KUADU
CHANGPIAN XIAOSHUO
WENKU

跨度 长篇小说文库

长篇小说

女東家

喻成武◎著

中国文史出版社

目　　录

第一回

承使命演义开篇　弃绝地天涯寻福

一老者，退休闲居，一日突发奇想，欲做时下最时髦之事：写书。老者一生做工糊口，看书且看不明白，每日面对桌上稿纸凝神默思。如此不知几年过去，纸上只有六个大字“金喜鹊”，又勾掉，下面是“女东家”。眼见这老者一天天苍老，却不见其有丝毫动摇，看来这书中之人，必与老者有某种机缘，欲述之事，似与这老者有切肤之痛。

又不知几年过去，纸上竟歪歪斜斜有字出来。只见是：民国十四年，山海关外，凤凰山下，一依山小村，二三十户人家，山村虽小，却有年岁。看那屋舍，虽非深宅大院，却不是土坯茅棚，竹篱柴扉，屋瓦门墙一似都市模样井井有条。村前一口古井，井旁这棵两围古槐，都可看出这里曾有过辉煌的“东关驿”。昔日曾车水马龙，北去昭乌达，东去宁古塔。如今它已完成了历史使命，晚清文报局逐渐取代了驿站，绕山修路的年代已过去，历史已进入劈山修铁路的时代。当年留下的人家，那也是各有各的因由，且满汉蒙杂居，至今已毫无区别了。不同方向的两条驿道已长满了杂草，牛羊猪狗或趴卧或找食，俱显得悠然自在。时高时低的蝉声随着微风拂过，杨花在空中飞舞，榆钱向地下飘落，草地上飞奔着云影，这是世外才有的宁静，倒退二百年才能看到的古朴。

树上的鸟在对歌，它们是在歌唱鸟儿独有的自由和爱情。树下几个孩子在玩着古老的游戏，故事就发生在这几个孩童身上。为首的是个白脸大眼的姑娘，十三四岁，小名叫“鹊儿”。举止言谈已带有大姑娘模样，怀中捧着一兜山杏、大枣、梨干之类的果干，端坐在一块大石头上，大有王者之风，操大人语，玩拜神。这里无寺无庙，山民以祖宗为神，只见一个秃头孩子上前跪下说："给老奶奶磕头。"说完扑哧一声笑了，小姑娘不笑，抓一把果干给他。一个叫春常的大脑袋孩子过来很认真地趴在地上说："给姑奶奶磕头，给祖奶奶磕头。"小姑娘看他那样子很逗便笑了，抓一把果干给他。他不干，要两把，说："我说了两个奶奶，应该给两把。"小姑娘说："那你再磕，再叫。"这孩子又趴在地上说："这辈子你就是我的祖宗，我就是你的孙子，你啥时候召唤，我啥时候伺候。"小姑娘高兴极了，抓两大把给他，后面的孩子学会了，"奶奶"、"娘娘"一阵乱叫，不一会儿一兜果干就分完了。

天真烂漫的孩子，甘甜的果脯，宁静的山村，善良的村民，在这世外桃源里，过着与世无争的生活。可是上帝在造人时赋予了七情六欲，就使得欢乐与烦恼同在，加上闷热无风，似要下雨，玩累的孩子们各自回家了。可是鹊儿姑娘余兴未尽，对大头孩子说："春常，上你家粮仓凉快一会儿。"回身拽着一个叫中玉的孩子，三人来到春常家，爬上了这座足有两间屋子大的粮仓。仓分上下两层，四根粗大木柱支撑，一层砌着砖墙，作为仓库；二层铺着厚木板，四周围以高粱秆，透风不透雨，宜于粮仓干燥，现粮食已不多，都是未脱粒的玉米棒子。还有一堆换下来的破旧冬衣，正好铺在身下，一阵凉风吹来，很是惬意。女孩的恶作剧又来了，脸上现出调皮的微笑，歪着脑袋，斜眯着眼，里面闪着高傲和狡黠，说了一句让人意想不到的话："咱们玩儿哭死人。"也难怪，村里刚刚死了人，他们都去看过，三个儿子闹分家，小儿媳妇委屈，气迷心窍，癫狂了，人们说是故意的，后来真把做豆腐的卤水喝了。说着女孩把装果干的布袋往脸上一蒙装死说："你们俩哭。"半天没动静，小中玉说："哭不出来，总想笑。"女孩说："我掐你一下，我妈掐我的时候我就使劲哭。"中玉幼小不知就里，原本是跪坐在腿上的，便挺起身，膝盖点地往前蹭了两下。小姑娘在小中玉的大腿里侧使劲地掐了一下，小中玉长这么大从来没受过这个，杀猪一样地叫了起来。吓得春常双手捂脸装哭，没看见一大苞米棒子砸在头上，直疼得他眼泪哗哗淌，虽然恨得直咬牙，但不敢还手打她。不知怎么回事，他愿意接受这女孩带给他的一切，就是再打他两下，他也乐意忍受。女孩见他俩哭得那么伤心，先是看着很开心，这回可是真哭，哭着哭着，女孩又觉得害怕了，心想要是真死了可怎么办啊，躺在木板上那个死人的影子一下出现在脑海里，飘浮在眼前，她一挺身坐了起来，使劲喊了一声：“别哭了。”又把他俩吓了一跳，立刻不哭了，可是忍不住抽搭。女孩又笑了，觉得是有点儿欺负人了，伸手搂过小中玉哄着说：“不哭了，咱们玩儿住家。”指着春常说，“你当孩子，我当娘，他是爹。”春常说：“我大应该当爹。”小姑娘说：“我娘说我三岁时，就把我给他们家了，他刚满月，我就是他的媳妇了。”说着绻个小枕头，摁小丈夫睡下接着说：“哪天你们家把我娶了，我还得天天哄你可怎么处。”十岁的小中玉，哭了半天，心里委屈，很快进了梦乡，梦中还不停地抽搭。梦见自己置身于深山老林里，没有人烟，一群狼向他追来，吓得他大哭起来。小姑娘见中玉哭出声来，躺下靠着他的小脑瓜，轻轻地拍着。多么可爱，这便是天性，她已流露出妻子和母亲的行为来了，但此时她还不知情为何物，可叹命运就要安排她生儿育女了，又多么可悲！这时春常见两人都闭上了眼睛就说：“我睡哪儿?”迷迷糊糊的小姑娘伸手拽春常躺在自己腋下，便进入了梦乡。

小姑娘今日的恶作剧可是有些过了头，俗话说得好，乐极生悲。这春常可不是个孩子，他是一点儿睡意都没有，且异常兴奋。躺在一个小姑娘的怀里，长这么大可是第一次。脸紧贴着小姑娘的肉体，小姑娘身体散发出来的气息，已具有刺激异性的作用了，他感到无比的美妙、畅快。他使劲地吸这气息，抬起身脸凑到姑娘鼻子底下，一股甜甜的气流直冲脑门，他的身体发热，血往上涌，开始意识到应赶快离开，可是身子就是挪不动，小姑娘的美丽如磁石一般牢牢吸着他。心说：“平时你又凶又狠，这回你睡着了，我得好好看看你。”白脸上的雀斑都看得清，鼻子长得真逗，他伸手摸了一下，姑娘没反应，他心跳得厉害起来，觉得她睡觉的时候更美，春常就这样看着她好久。叹了口气，心说：“长这么大，父母什么样都不知道，快二十岁的人了，将来怎么办，还能活多久?”一个可怕的念头闪过，让他失去了理智，死了也值，有了这样的决心，人就无所畏惧了。伸手解女孩的腰带，只是个布带系的活扣，可怜那个年代的孩子没有内衣内裤，小红兜兜往上一掀，就一览无余了，这春常轻而易举地完成了上帝赐给他的本能和幸福。先是女孩叫了一声，便不会动了，这春常死死地抱住女孩，任天塌下来，女孩的心灵和肉体都在燃烧，她的生命被催化，就在这一刻，完成了女孩到女人的成长历程，她懂了发生的一切，但她只能接受而无力反抗。这时小中玉已醒，见春常光着屁股趴在鹊儿的身上，从没见过的事，抓起一个苞米棒照头就打，这春常先是任他打，就是不撒手，实在受不了了，才不情愿地翻身躲过。“哎呀!”只听小中玉叫了起来，小孩儿长个大人的鸡鸡，吓死人了。小姑娘坐了起来，看着小中玉那一脸的疑惑不解，一下子所有的委屈都上来了，再也忍不住，抱着小中玉放声大哭。好一会儿，只听春常说：“这下你是我的媳妇了。”这春常见他们抱着哭还有些嫉妒了，女孩立刻止住了哭声，两眼射出两道凶光，一推中玉，整了一下衣裤，忽地一下站了起来。春常一看如见鬼一般，全身哆嗦，坐着向后躲，后面高粱秆不结实，一下翻了出去，只听嘎的一声，就没了声息。两个孩子下来见春常没气了，也是害怕，鹊儿姑娘本想咬他一块肉下来出出气，现在也不知如何是好了。这时春常家人出来见了，认定这是淘气从仓上掉下来了，一时摔蒙了，揉掐了一阵，看看没有大碍，问他话，也说是高粱秆不结实，就没多问，搀着进屋了。剩下鹊儿姑娘、小中玉站在那里心里有话要说，可又哪里说得出口。姑娘害羞，中玉太小什么也不懂，两人只得一步一回头各自回家了。由于害怕、害羞，不敢和大人说。春常当时是美了，但事后也是害怕，知道惹祸了，不敢隐瞒，晚上没人，一五一十地和奶奶说了。老太太听了，一声没吭，起身下地在祖宗牌位前跪下，老泪纵横，想今日之事，莫非祖宗显灵，抑或金家难满，我门当不该绝，金家重兴有望了。春常看在眼里，心中高兴：奶奶的心事我知道，是怕我这辈子找不着媳妇，心中默默说道，好鹊儿，给我当媳妇吧，你生个儿子，我去死都行。老太太更是喜不自胜，寻思此事当如何处置，眼下只坐看鹊儿姑娘动静，如果姑娘没怀孕，自己去认错，那是自讨苦吃，且毁了人家姑娘的名声；如果姑娘怀孕了，认下孩子，将姑娘娶过来才是正理。至此老太太日夜烧香叩首，求祖宗佑护。

说到这儿，须将这金老太做些交代，金家祖上居波斯，世代为金器匠人，因慕中国金银器皿的精美，这一年，老匠人将儿子托付一经商友人，此子只身随驼队来到中国。拜师学艺，深得东西方金艺之精髓，因留恋大国的繁华，娶了中原女子，定居北京。以金为姓，先在街头支个金锅，不几年，便置下一个金店。“波斯金”的招牌在京津一带，颇有名气，达官贵妇，乃至王妃的首饰，多出其手。至道光十九年，老人已年过花甲，二子应招入宫，王命不敢违，进宫为皇家打造金器，老人只得关了店铺，守着孙辈生活。早已忘记了那穆斯林的先祖了。许是真主怪罪吧，二子急症双双死在宫中，皇帝格外开恩，厚加赏赐，这时老人的孙子已二十多了，着吏部补了一个驿吏，举家迁至关外。算不上朝廷命官，却也穿上了官服，成了金家驿的始祖，这已是一百多年前的事儿了。后来便是文报局取代了驿站，再后来大清解体，驿站后人便在这耕读度日了。只是金家人丁不旺，几代单传，现仅剩春常这一息。金老太看看无望，终日足不出户，抱个枕头端坐床上，非僧非道，一年三百六十天，从不躺下睡觉。来人不用睁眼，便知是谁；拿走东西，也知是啥；多大岁数，没人知道。家中二十几口人，多为族人，本来万念俱灰，春常惹这一喜，恰是一声惊雷，将这半僵之人唤醒，遂成就了后面发生的故事。冥冥之中，有谁知，这不是上天有意呢！

再说鹊儿姑娘，要说奇，确也有些奇处。姑娘生时一群喜鹊在院中树上喳喳欢叫，父母就以喜鹊为名。后有一串村算命先生，这先生倒是会捋竿爬，说是，银河喜鹊下界，同来数十只，后必多事，且累及父母家人。实是先生吓唬无知山民，混些卦资罢了。姑娘父母害怕，忙问，可能破得？先生默然不答，其父去外间灌了一斗小米，先生笑了，坐那里叨念多时说：“诸般难行，但看你二人厚道，心慈面善，少不得拿出看家本事，且只此一法，永保平安无事：将孩子嫁人。”二人大惊，这还在怀里抱着呢，才两岁半，先生说，只做个仪式，换了生辰帖，收下定礼，等到成年，夫家接走便是，接着将自己多年如何为人济难解惑海吹一番，骗得二人心悦诚服，直至千恩万谢。酒饭过后，鹊儿爹套车送先生，临别说：“如先生路过，不可过门不入，也好即时请教。”先生说，到时一定叨扰。

送先生回来，鹊儿爹坐那儿抽烟，回想先生话语，半晌，忽地两手一拍说：“小米一斗，值，三年了，全村除了刚满月的小中玉，竟然没一个男孩，长大嫁谁去？中玉他们家境差一些，咱们也不要彩礼，咱们是白送姑娘与人。”鹊儿娘说：“说不好长大会是什么样，要是像瞎老太太那孙子，光长心眼不长个，不是把姑娘给毁了吗？”鹊儿爹说：“姓金的都是一个祖宗下来的，那辈都出小个子，祖上无德，也有说山里水不洁净的。不过这孩子娘是蒙古鞑子，中玉他爹年轻时给人拉骆驼领回来的，长得五大三粗，这孩子长大错不了。”就这样，三岁的鹊儿姑娘嫁给了刚满月的小中玉，惹得村上人说啥的都有，小中玉生得面如美玉，见人就笑，是个十分招人喜欢的大胖小子，更兼老来得子，宝贝疙瘩似的，就起个金中玉的美名。不知道寄予了父母多少希望，真是可怜天下父母心，孩子刚刚降临世上，做父母的就开始为他们操心了。可是哪里会如人愿呢，三灾八难长这么大，这不，还没成年就出了这事，可见命是算不明白的，如能算，人间便没了悲苦，只有欢乐了。可怜鹊儿一个天真烂漫的小姑娘，有苦不敢诉，有气没处出，只能求老天让她躲过这么一劫。可是觉得一天天的不对劲，动不动就吐，心知这下完了。死吧，往井里一跳就行了，可是把爹娘害苦了，丢尽了颜面，便宜了小哈巴腿。姑娘恨哪，她要报仇，可眼下该怎么办，真是难坏了小姑娘。到这时金老太那是瞅得清，看得明，一日打发人来请姑娘父母说有事相商，姑娘见老太太的人来了，不对父母说是不行了，当着来人的面跪在父母跟前，将事情经过哭诉一遍。末了说：“现在他家的人也来了，我早该去死的，可我不甘心哪。爹娘养我这么大，没尽孝心倒让你们伤心。我自己的罪我自己遭，你二老只管跟了去，看那瞎老太太怎么说，说不好，别指望我给他家生孩子，我带着孩子跳井、上吊、投大河。”小姑娘跪在那儿泪流满面，牙关紧咬，恶狠狠地瞪着来人，两位做父母的到这时候才看见姑娘白脸上的孕斑，身体也有些变形，一时又生气又心疼，一句话也说不出来，口齿哆嗦，双手颤抖，不知如何是好。其实来人也不知道啥事，不过倒是个会说话的主儿，一听这事，连忙接下说道：“这可是大喜事，你可为两家立了大功，老太太就这么一棵独根，过门就是少奶奶，老太太能活几年，这么大一个家，还不都是你的，你爹娘不是也有靠了!”说着拽起鹊儿爹娘来到这个供着他们祖宗的大厅里，只得先拜过祖宗，是幅一男一女穿着官服的画像。供桌上是香炉烛台，大厅东边儿把木椅，西边一张大围床。这时金老太和下人从里间出来，走到鹊儿父母身边，一人拉一个坐在木椅上，老太太自己去床上坐下。只见金老太太灰白头发，头戴一黑色金边围帽，看上去近六十的年龄，腰不弯，背不驼，穿一件皂色镶边大夹袄，散腿裤下一双大脚，不用说是旗人。一条腿压在屁股下，一条腿支着胳膊，这有个名堂，叫老君坐，一脸的穷苦忧郁，好像明早没有下锅米似的，这么大一件喜事，捡这么大一个便宜，脸上没显出一丝笑容。鹊儿娘心里不由得紧缩起来，这么冷的女人，八辈子没有男人的老寡妇，孩子进了这个家可怎么熬那日子。这时金老太太开口了，半睁着眼，看着自己那双大脚说：“我特意看了家谱，我这边是长房，落你们七八辈子，你家姑娘都是我八辈子前的姑奶奶，虽说出了五服就不是亲戚了，可不管怎么说，老祖宗坐在那儿呢，一家人不说两家话，这是天意，天意不可违。”叫进春常拜见岳父岳母，春常乐得趴在地上一顿磕，看了老太太一眼，起身去了。二人见春常那模样，大人的脑袋，孩子的身子，算来也有二十岁了，心里像猫抓似的难受，止不住眼泪下来了。老太太见状忙说：“你家这两年收成不是很好，你们那山边子地，雨水少的年头就旱死了，雨水大的年头山洪就给冲了。过年给你家换十垧河滩地，我看是足够了，多了能把你们累死，也是四十多的人了。”说着拿出一百块大洋，接着说：“一半补贴家用，一半把姑娘的亲事退了，和人家有了婚约，收了人家的彩礼，咱们退婚理应加倍赔偿。姑娘聘礼、嫁妆我另备，这需十天半月的，到时我送过去，事已至此，孩子的身子一天重似一天，还是尽早过门吧，省得人家笑话。这不八月十五就到了吗，日子就定在八月十六，过节办喜事，吉利，喜庆。”一席话说得鹊儿爹娘心生感激了，回来送十块大洋给小中玉家，也是分外高兴，因有这一说无这一说无所谓，白捡十块大洋，十块大洋够全家吃用半年。你看人家金老太说话大气，出手阔绰，三言五语将这天大的一件事，处理得皆大欢喜，可是只苦了姑娘一人。

八月十六这一天还是到了。金老太有话，全村三天不做饭，不到三百人的小山村沸腾了。本来八月十五前后这几天，秋高气爽，正好有几天农闲，地里的庄稼就要开镰，满山飘着果香。在这香风弥漫的山村里，一个最小的、最辉煌的姑娘出嫁了。山村的姑娘，历来都是新郎背着回家，老太太心想，春常背着定是不雅，势必惹人笑话。就特制了一顶小轿，将一张大椅，绑两根长杆，外罩红丝绸，四人抬着。山村第一顶花轿，山民倾巢出动了，小新郎更是看点，鹊儿姑娘在人群中看见小中玉盯着自己，一脸的疑惑。心说，你快长吧，你现在还不知道这是怎么一回事。只觉一阵心酸，眼泪就止不住了，我怎么把狼当孩子搂在怀里睡觉呢？怕是肚皮也露在外边了，真是丢人哪，这么大了，怎么就不知道害羞呢？我饶不了他。轿子快到地方了，又看了一眼小中玉叹了口气，你可别忘了我呀。轿子落下，由人搀着拜了堂，便入了洞房。姑娘看这新房，在画上见过，好多东西都是山里人家没有的。突然肚子里的孩子在动，她恨这孩子，心说等生出来就掐死你，然后放一把火，反正我不能让你们得好。正胡思乱想呢，午饭送进来，帮忙的都是村上婶子、姨娘，靠近的劝慰几句，大多是看笑话，不怀好意的，背地里嘴撇得老高，说，看到时生个猫崽狗崽。院里一天没落桌，山民们余兴正浓，乘着这一轮皓月，如天灯一般挂在头上。金老太是做足了面子，图个吉利，买大家一个好，也真管用，都只顾喝酒欢笑，没有人议论人家孩子的。姑娘的二老爹娘可是一刻也没平静，在家里是坐立不安，想那个家跟自己家完全不一样，那老太太死鬼一样，没有不怕她的人。这么点个孩子落在她手上可怎好，人家是不曾亏了咱们，可总觉得那是把姑娘卖钱了，到现在儿子、儿媳躲得老远，嫌羞。两人睡不着，起身到院里，听老太太那边喧声渐止，已是后半夜了，两人叹息一回，进屋不知啥时睡了。姑娘下午睡了一会儿，晚饭送来没吃，桌上有花生、栗子、红枣、西瓜，一样吃几口。这时两个婶子送新郎回房，把新郎瓜皮小帽摘了，新衣服脱了，关上门笑着去了。春常看鹊儿坐在床上，一脸的怒气，就面带笑容往前蹭了几步，“站那儿，”姑娘摔过来一句接着说，“为什么占我便宜？”春常忙说：“我有罪，我错了。”姑娘抬手扔过来一把刀说：“死吧，你不死，我死。”然后眼睛瞪着春常，小姑娘发起怒来，真是柳眉倒竖，眼露凶光，要吃人一般，春常真怕，再看姑娘手里还有一把剪刀，只听姑娘恨恨地说：“指望我给你生儿子！”说着撩起衣服，把剪子尖顶在隆起的肚皮上，春常扑通一声跪在地上说：“你别死，你活着我好弥补我的罪过，我想好了，到时候把你还给小中玉，就我再托生八次，也不配。”一提小中玉，姑娘心软了说：“那你给我滚出去！”春常说：“你把剪子给我，我就走。”姑娘想了想，把剪子扔了说：“我啥时候想死，就带着孩子投井、投河、上吊，也省得让人耻笑。”话没说完先自哭了，春常忙把剪子、刀子拾起来，走到门口回头说：“你也别哭了，只管放心睡觉，我不会偷摸进来。你记着，我这辈子就做两件事，一把你还给人家，二是给你做牛做马赎罪，可你得好好活着。”说完恋恋不舍地出去了。

尽管日子难熬，可还是熬过去了，过后也觉得飞快，看看已近年终，这期间，金老太不时地把姑娘父母叫过来陪姑娘唠唠家常。平时族人孝敬老太太的山货之类，放一些在姑娘屋里，老太太交代，父母走时不要空手，咱们是大家，要有大家的做派。看来一切都无可挑剔，春常不在新房睡，老太太不作理会，只盼着孩子早早出生。村上几个敢给人家接生的婆子都请了来守着，好酒好菜伺候着。这天腊月二十三，老太太要亲自送灶王爷上天，蹲那刚点着，一声婴儿叫传出，老太太头一晕，腿一抖跪趴在灶前，来人扶她，她摆手不用，两手扶地喘了几口气。这时咚咚咚跑来一个大嗓门婆子：“老太太可得吃个喜，一对双，小子，母子平安！”老太太跪趴在那儿，半个时辰没动，就在这一刻，一个大胆的、惊人的念头闪过，她还要深思熟虑。上天一下赐给两个孩子是何意，定是祖宗要重振金家，果真如此，趁我一息尚存，少不得拼上老命，岂能眼睁睁看着金家毁灭于此？伸手拽人站起来对六叔、六婶说：“今年祭祖供品预备双份，仓里的陈粮不留了，多做年糕、果子、饴糖挨家送，给孩子找奶妈，一年二十块大洋。”不多时，领进来两个妇人，一个孩子已经两岁可以断奶了，一个孩子死了来奶了。老太太心情好，看谁都好，啥事都满意，叫快领过去，看孩子都饿了吧！家下人私自议论，咱们老太太可从来没露过笑脸，你见过吗？另一个女人说，没有，我到这个家就没见过晴天，这下可算出太阳了，那个大柜里有的是金条、大洋，不往孩子身上花，死了还能带走啊！那女人问，大柜里有多少金条、大洋，你来得早，见过吗？那女人说，没见过，是我听说的，没人能见到，老太太晚上都不睡觉，瞪眼盯着。说完三人大笑，接着说道："今年过年你瞧热闹吧，咱们也能沾点喜气。"是的，鹊儿娘仨给全家带来的喜庆，那是一浪接一浪。

过了新年，过满月，又到了百日，老太太要玩抓福。将孩子的姥姥、姥爷也请过来，一齐乐。两个孩子也真是长脸，一床小物件，单单的兄弟俩抢一本破皇历。老太太真是激动了，外人是不解的，眼里流着泪花，抱起孩子，孩子拽着她的手笑，金老太决心定了，她要抖起精神，带领全家，去那荒蛮世界，给后世子孙，开创出一恢宏家业来。这日老太太叫六叔、六婶至床边，叹息好一会儿才说："咱们这个家，多亏留下你这么一个，要不连个顶门立户的男人都没有。我已是朝不保夕之人了，春常那个样子，还能指望他干什么？这些年，我留心你们两口子，不争不怨，不攒私房，我心里有数哇。金小十三四了，要有合适的也可以定亲了，到时候不用你们张嘴，只能比春常强，不能比春常差。"二人感动了，六婶眼泪都下来了，说："有老太太这句话就够了，你老是为了谁呀，还不是为了孩子。"老太太说："这回真是祖宗显灵了，上天保佑，来了哥俩一对，我起名叫金梁、金柱，顶梁柱之意。咱们这个金家沟气数已尽，咱们上哪儿去呢？进城，那是谁都乐意的事，可是坐吃山空。早年村里也有人学山西人的活法，孩子长大了，娶妻生子后，打发出去闯荡，大多没回来。有两个回来了，是空手要饭回来的，山里人没文化，没见识，出息不了人，出去也发不了财。咱们出去也只能种地，此去向北三千里，就是黑龙江，边外荒草大甸子，没人烟，黑土流油。放火一烧，撒上仔，只等秋收，无捐无税，没有官府，乃为兴旺发家宝地。"六叔说："我长这么大，看明白一个事，就是你老想做的事，那是不会错的，只是你老能吃得了这份苦吗？"老太太捶了捶腰说："趁我还有这口气，把孩子带出去，才对得起祖宗。"六叔说："年轻时听过往官员说过，那里冬天北风刮到脸上像刀割一样疼，大雪封门出不去屋，冻死人是常事，野狼见人撵人，见牲口撵牲口，脚上的鞋叫靰鞡，小船一般。"老太太笑了说："还有就是一大家子睡在一条火炕上，锅里总是炖着肉，烧酒烫得滚热；大烟袋老长，男女都抽，女人一辈子生十多个孩子，到重孙子那辈就是一百多个，还愁不兴旺？”六叔说：“你老这是叫我先去看看，选个落脚之地。”老太太说：“那不用，明年开春咱们全家一齐走，今年地种完，牛换马，家里这两匹老马卖了，瓦三辆大车，一挂车两匹马，拉上种地的犁铧、祖宗牌位，咱们这也是上那儿跑马占荒，可惜要是倒退二十年就好了。”老太太说得很神气，很自信，又把诸多细节及一切需备办之事与六叔商议稳妥。从老太太屋里回来，六叔心想，看来老太太是铁了心了，可这老的老，小的小，要做这么大的举动，她也真敢想。单就这路上就不知有多少凶险，就算一路平安，到地方盖房子、开地、雇长工，你有多大精神头张罗这些事，过太平日子多好，就怕断了香火！小时候的事记不起来了，总觉得自己不是金家人，是抱过来的，胡思乱想好一阵子才睡着。老太太大主意拿定，便告诉了金家人，并有意让鹊儿父母知道，希望他们二人随姑娘前往，但山里人没出过家门，不知外面世界啥样，一听说举家迁往荒蛮之地，十分不解，更不想同往。姑娘家再好，毕竟不是自己家，再说了，怎么舍得那十垧好地呢？这日端午节，老太太请二人吃炸糕，山里做不出粽子来，也没几人知道粽子为何物，只能以炸糕代之。老太太先是说了那里的诸多好处，然后说了：“如果离不开女儿就跟着走，不想走呢，这个家就归你们了，把你们孩子都叫过来，我家的地，你挑好的种，剩下的金姓人家随便种，哪年我们发财了，就回来，我是活着回不来了。”说完笑了。鹊儿父亲说：“我现在孙子也有了，也到哄孙子的时候了，我这姑娘从小惯坏了脾气，你老多操心吧。”老太太心说，你们不扯后腿，我就走得顺当。经过半年多的准备，一切就绪，新瓦的三辆大车这天赶进了院，六匹大马，看着真是神气，看热闹的人挤了一院子。老太太叫把孩子抱出来上车坐坐，这就是车主，少东家。只是才会走路，生日也快到了，大年也就到了，磨米、磨面、杀猪。老太太吩咐，好肉腌上，准备路上吃。全村男女老少借着过年磕头带送行，金家大门从过了年就没关过。

一直闹到三月，春光明媚，正准备装车上路，却传来了炮声，不远不近的，六叔去打听回来说：“张大帅和吴佩孚打起来了，官道上全是兵，老百姓没有敢出门的。”老太太知道今年是走不成了，因为出了三月就不能走了，晚了，盖不上房子过不了冬，黑龙江九月就下霜上冻。还好，没误了下种，远征边外的事就放下了。老太太的脸又阴了下来，也没人敢劝、敢问。由于金梁、金柱的可爱逗人，冲淡了鹊儿对春常的仇恨，原本一脸怒火，从不说话，因为孩子少不了招呼和支使，老太太见了心里轻松了许多，就这样在孩子的笑声中又盼来了新年。可是有一天老太太无意中看见金中玉长高许多，不再是黄嘴丫没退的毛头小子了，眉头又皱起来了，眼睛又开始不睁了，连饭也减了许多，央央跄跄像是病了。六叔要请郎中，老太太不让，这还没动窝，就来病了，能不能走到地方都不知道，又没人劝得了。人一老就固执，再说了，那地方没好人，白天拿锄头铲地，晚上拿菜刀劫道，她那个大柜有多少给人送多少，不如打开给大伙分分，死了也能给你烧张纸，这话真是好话，除了老太太都愿意听，可老太太的心事没人懂得，也没人敢问。时间飞快，正月、二月一下子就过去了，老太太是既不张罗走也不说种地，真是轻松。忽地这日老太太对六叔说，三月初九黄道吉日易出行，收拾装车。一大正月老太太没个动静，突然叫装车，着实忙了几天，头一辆就是老太太和她那个大柜，鹊儿娘仨，二辆车上是个柳条大囤，装着人吃马喂的粮食，三车是农村庄稼院过日子、种地的工具。每样东西老太太都亲自看过，最上心的是这套井壁，一色上好二寸的木板，井裙、辘轳按金家老井原样加细制作的，说是到地方，先打井，有了水井，才能安家立户，此为第一大事。男人不能坐车，车上有地方，那是实在走累了，上车歇歇。初九这天，一大早老太太跪在祖宗牌位前，不知叨念些啥，喊春常没人，叫身边人把祖宗牌位捧上了车。

原来春常去找小中玉告别，春常拿出五块大洋和一个小金鸟说："这都是我偷的，等你长大了就拿这钱做路费找我们，小鸟做凭证，你长大了，我也认不出你了，记住。"小中玉接下大洋，春常把小鸟给他挂在脖子上。中玉说："上哪儿找你们哪？"春常说："奶奶说上边外开荒种地，我也不知是什么地方，到时你打听吧。"小中玉只得点头，但似懂非懂，拿起来小金鸟看时，只见小鸟杏核般大，配有丝链，金灿灿似要飞起状，小中玉再看，这不金喜鹊吗？有话要说，却不知说啥。这时听有人喊春常，等春常跑回来，大车已出了院，鹊儿把金粱塞给他，二人一人抱一个放在老太太身旁，这时大白狗叼个小狗崽来到鹊儿身边，眼睛定定地看着鹊儿，鹊儿奇怪，老太太说："它要把孩子托付给你，这狗通人性，能看出谁可靠，你接过来，看是不是这个意思。"鹊儿接下狗崽抱上了车，三辆大车出了金家驿。老太太回头看看，她这一行十八人，除了孩子个个眼里都流着泪，心里一阵难受，没让眼泪流下来，连忙避开众人的眼神，抬头看了看这小山沟。她还从来没在远处看看这个小山沟的全貌，这个生活了一辈子的地方原来很美，那么熟悉的屋舍，隐在桃花丛中，她是这里的女皇，她有些留恋了，开始怀疑自己的决定，哪里会稳操胜券呢？想着想着只觉得脸上有物，伸手摸了一把，没觉得是两行老泪，这时听鹊儿高喊："二郎，二郎。"她回头见，远远的大白狗坐在大路中间，目送着他们这一行人，就说："别喊了，它不会跟来了，它老了，知道自己走不动了。"鹊儿叫它回家，它也不动，老太太接着说："它也不会回去了，它知道自己的归宿。"果然见它慢慢地向山里走去，鹊儿不解地问："这是为什么？"老太太似有所悟，没有说话。是的，它把自己的孩子送出了大山，完成了自己的使命。

欲知后事如何，且听下回分解。

第二回

因邪说兄弟如水火　窥私隐魔女生柔情

上回说金老太三辆大车出了金家沟，一路虽春光明媚，风和日暖，老太太的心情依然沉重，她此去哪里，前路多少凶险，俱不得而知，更无心欣赏沿途风光。田地里已见农人和耕牛，正是春耕时节。笔者想趁老太太一行这几日太平无事，因有一女侠要登场，故先让他们在路上慢慢走着，听我把这女侠交代明白。

话说当年太平天国洪秀全，内讧之后，连连失利，眼见得大势已去，回首半壁江山，痛心疾首，即令诸葛再生，子仪重现，也无回天之力。大叫岳文小儿，口吐鲜血，晕倒在地。岳文何人？这岳文，与胞弟岳武乃武穆后人，大有武穆之风，皆为绝世之将才，岳文为曾国藩湘军都统，岳武为洪秀全将领封荆王。俱各为其主立下赫赫战功，其主也都有用人不疑之胸襟，当世便颂为美谈，更兼兄弟俩亲情极深，曾国藩为岳文买上好水田一千亩，岳文分一半给岳武，岳武不受，恐天王生疑，岳文写信给岳武，见之者无不动容：

二弟见字如晤：

想二弟少年聪慧，隽才异度，奋发雄飞，秉祖上懿德，为吾家宝树也。每觉自愧，常喜于色，而羞于心，吾家历千载无大成者，今可恢宏祖上威名矣。奈何临歧分袂，饰非助恶，以身借人，归于杀身败名之列？想那西夷之人，心中只存上帝，无父无君，不忠不孝，金田红毛，将其搬来，蛊惑人心，致使数百万苍生死于非命。今我中堂大人，运筹帷幄，决胜千里，可谓子房重生，将兵百万，战必胜，攻必取，不啻当世之韩信。其于儒学，程朱之后，第一人也。每于尊前聆教，则思，为人子当孝，为人臣当忠，吾弟为异说所害，拯弟登坦途，脱匪籍，为愚兄当尽之责。所赠诚非虚意，若你我各弃封爵，书剑关山，归而做一田舍翁，成一名儒，亦兄之愿也。闻终南山有木曰不材，寿六七千年，正因其不材，不为人用，获长存也。看你我身后数十万大军，剑拔弩张，只待你我一声令下，他日若两军杀得只剩你我二人当如何，是必横刀颈上，同赴黄泉，于父母膝前请罪也。不然回首尸山，血流成河，虽封侯拜相，其心也难安，其罪亦难逃也。一将功成万骨枯，正其谓也，虽各为其主，实乃逞才于世，为天地难容也，吾弟以为然否？

兄启

洪秀全临终嘱爱妃云端说：“众宫妃你武功最高，江湖上能比之者亦寥寥无几，可成我最后遗愿。”云妃哭着领命，破城时，清兵冲进宫中杀人寻宝，众嫔妃宫女一时逃散，独云妃端坐宫中说：“只见岳将军，有要事相告。”军兵急禀将军，不多时，岳文来到，云妃说：“小女子云端，愿以珠宝赎性命，以身侍将军。”岳文答应，云端领众军兵到一墙角处，果然挖出两箱珠宝。既获绝色，又得珠宝，岳文大喜，吩咐将云妃和珠宝送到亲兵营，连夜着家将把云妃和箱子送回湖南老家。岳文有三子、三女，长子岳守信，在岳麓书院读书；二公子岳守诚，十三岁，一日突然昏睡不醒，遍请医家，诊不出病了，三天不到，一命呜呼。家人急报军前，岳文因军务不能脱身，又因其最喜老二守诚，好不悲伤；不几日，悲痛未去，家人又报，小公子也昏睡不醒，夫人不敢怠慢，忙飞报老爷，务请老爷回家。岳文大惊，对副帅交代几句，带上医官，只令几个亲兵跟随，私自潜回岳府。进院扔下缰绳，带着医官直冲上楼，见夫人等一大家子正痛哭呢。也顾不上见礼，医官近前一看，小公子尚有一息，抚摸多时说：“将军外边说话。”二人来到客厅，屏退左右，医官说：“小公子像是为内气所伤，外无伤痕，而五脏俱碎，武功高手所为。小人随军多年，故有此经历，必是将军仇家，潜于府上所为。”岳文听了，内心羞愧，自己贪财贪色，引狼入室，以致遭此报应，心中后悔不迭。自思这个妖女有此内功，自己怕也不是对手，先且不动声色，不能让她跑了，否则后患无穷。对医官说：“家里有狼，还须将其稳住。”医官明白，坐下胡乱写了个方子，着家人去抓药，一面吩咐备饭，叫出四名亲兵吃饭、饮马，准备送医官回营。转身对医官说：“请自用饭，跑了一夜，还须速回大营，如此奔劳，容日后补报。”医官说：“将军家遭此不幸，而小人无回天之术，自觉惭愧，将军不怪罪，便心生感激，还敢望报。”岳文说：“家下今夜将有一场厮杀，现心烦意乱，哪里咽的下？”医官说：“将军请便，吃完饭，我自回营，不会耽搁军务。”送出医官，岳文坐下写了两封信，着人分别送出。再说云妃，已知事情败露，深悔自己性急，误了天王大事，已进入了他家，早晚自会到自己房来，举手就可雪天王之恨。这下倒好，原本是让他回家，现在成了拿人孩子出气，不是英雄作为，现在说啥都晚了。收拾一下自己的衣物，穿好夜行衣，带上百宝囊，天一黑，蹿到屋后树上看动静。不多时，外面传来车马声，门开了，进来六个人，只听一个山羊腔的声音道：“什么人这么大胆，敢在岳府行凶!”这声好熟，想起来了，仇人，这真是冤有头债有主，这时外面又进来四个人，他们边走边打招呼。云妃心想，他们身上大多有火枪不可大意，就这么走了，又便宜了他们，怎么也得让他们知道知道我的厉害。看着他们过去了，便从树上一蹿，飞身下来，大喊一声：“看刀。”这些人听见声音一回头，只见一道黑影。说时迟，那时快，云妃对那山羊腔一抬手，等众人掏出火枪再看，早已无影无踪，惊愕中扑扑倒下两人，抬进屋，掌灯看时，喉上有一寸长小口，一滴滴流血，气息全无，早已没救了。众人奇怪，怎么就这么丁点一个小口，也没流几滴血，何以这么快就无救了？于是擦干血渍，仔细看这小口，见有一黄色飞薄刃器，卡在喉上，钳出看时，乃一枚磨成刀的铜钱。众人才明白，女贼将铜钱制成飞刀杀人，身轻飞燕一般，出手快似火轮，刀没喉骨，百发百中，可见其功力之深。这等器物，冠绝古今，众人不由得倒吸一口凉气。岳文在心中暗自庆幸，今日躲过一劫，赶紧拿银子，处理后事，也是赔了多少好话，多给银子，总算了结。但也明白，从此永无宁日了，增加院丁，将大儿子岳守信叫到军中，书就不念了，一来预防不测，免遭女贼暗害，二来可早早历练，岳家只剩守信这一条根，岂能再有差错。白天忙完军务，晚上夜深人静一想不对，不能坐等宰割，趁自己尚有权柄，务必除掉祸根，否则将遗害后世子孙。选亲兵十六人，多半见过女贼，配火轮，多带银两，分兵四路，彼此联络，另外派人，又备黄金五百两作赏金，十六名亲兵家中妻儿老少发双份军饷。因此十六名岳家军极其用命，直逼得云妃白天不敢进城，晚上只能在山洞破庙避风躲雨。

几年下来，云妃身中数枪，实属命大，她自以为天王英灵佑护，没中要害，但右臂伤口流脓，久不愈合，手指变黑。看看无望，潜至横山燕回峰拂云庵，月瑶师太为其除去伤臂。追杀者也伤亡过半，岳文又增派新人，务要活见人，死见尸。然而云妃渺无踪迹，多年不见动静，认定已死，可再没人想到云妃就隐藏在洪秀全老家金田村洪家祠堂。祠堂早已破败不堪，断壁颓垣内外杂草丛生，野狐白日出没，多年人迹罕至。金田村人，大多随洪秀全起事，无一人生还，祠堂在半山腰上，山下散落着五六户人家，已多年不与外世相通。这几户人家只知山上住一断臂老尼，这时云妃已尼姑打扮，砍柴人偶有相遇。老尼略知医理，山下人问病，总能得一小方、小术，回去自行施治，无不奇效，农人感激，老尼粒米不受，嘱不与外人道可也。老尼不食人间烟火，夏天山上桃李杏柿，冬天每日干枣数枚，老尼在此潜修多年，外人即使从祠堂经过，也看不出人居迹象，因此多年安然无事。一日山下一对夫妻背一个六七岁女娃来求老尼看视，只见这女娃柴棒一般，无声无息，看那两只眼睛才知尚为活人，夫妻二人哭求救其一命。老尼在女娃头上抚摸多时说："看你们缘法如何了，若舍给天王晨昏叩首，早晚添香，天王有灵，抑或能保得一命也未可知。"常言说，好孩子哪有往庙上舍的，回去也是死，舍给这老尼或许活得过来，夫妻二人狠了狠心，扭头出门。老尼说："从此不见面，见面不相认，否则大祸立至。"二人也是好吓唬，扔死孩子一样逃回家去，不提。老尼趁女娃重病不知疼痛，骨上无肉之时将女娃全身关节松开，气脉打通，可怜这女娃连哭闹喊疼的气力也没有，任由老尼摆布。晚上月华升起，老尼运气至掌心，顺膻中沿两乳下至丹田，施抚多时，第二天早上女娃即能下地排便。腹中残渣恶气一时排泄干净，顿觉神清气爽，配以泉水枣泥，女娃吃了一小碗，身上便有了些力气，活动几下胳膊腿，宿疾尽除，女娃磕头拜谢师父，老尼起名洪寄娘。自此，白天习武，晚上练功。一日在院中习武，见墙根鼠洞爬出一鼠子，过去拿在手中，只见粉中透红，这哪里是鼠子，分明是大个草莓，更兼热乎乎颤巍巍，忍不住口中流水，腹中饥肠咕咕鸣叫，放入嘴里一咬，浓汁满口，可怜女娃便觉这是人间美味了。折树枝在洞里拨，又得三只，从此便寻鼠洞吃鼠子，时光荏苒，不觉二十年过去。洪寄娘已是二十七岁老姑娘了，可容颜一如十七八岁妙龄女子。因师命甚严，每日习武练功，故依然瘦骨嶙峋，其师真传尽学在身，已非其师可比。寄娘二十年炼成月华吸阴大法，此功源自印度达摩穆德拉，拙火定一派，经中国武人改习成月华吸阴大法，为绝世武功，金银铜铁至手，如软泥一般，自然所受之苦，亦非常人所能忍受。寄娘功成，云妃亦喜，自己贪恋红尘未得功成，有爱徒相继，实为莫大的安慰，至于十八般兵器，舞枪弄棒，原非女子所长，只将这无柄飞刀、毒针、飞弹世上所无之绝技，习练精熟，任你侠客、剑仙绝难躲过，云妃自觉复仇之日不远。

一日，云妃说要出远门，嘱寄娘，师父不在，不可偷懒，回来带你下山。寄娘高兴，倍加用功。一月后，师父归来，满身尘垢，看似连夜奔波所致，寄娘忙打水给师父洗漱、换衣，因心中欢喜，笑着说："师父，什么时候下山哪？"老尼打量着寄娘曼声说："你怎么也得让师父歇息两日。"嘴上笑答着，老眼半睁，看寄娘那着急的样子，心中很觉安慰，此去长沙，可叹时过境迁，朝代更迭，自上次逃离岳府，已去三十年矣。想起被追杀的情景，依然心惊胆寒，刻骨铭心，天王遗愿至今未了，而岁月匆匆，时不我待，今年近耄耋，前路哪有多少时日，死后又将何颜去见天王，趁自己还跑得动，小徒功成，可将自己一生的心事做个了结。

这日天气晴朗，师徒二人收拾上路，下得山来，云妃回首金田，不觉凄然落泪，想当年自己花容月貌，武艺高强，天王恩宠，何等荣耀。再看那一堵残祠，在里苟活了二十多年，饱受凄凉，这一腔怨恨，便泼向了岳府。师徒二人沿大路奔长沙来，再也不用躲躲闪闪。寄娘习武练功二十年，山外之事，茫然不知，师父也是有意让寄娘留意沿途世俗人情，增长见识，日后也好独立江湖。这日二人到了横山雁回峰拂云庵见月瑶师太，月瑶与云妃同为天王宠妃，情同姐妹，二人相见，抱头痛哭。数百万人马，仅剩你我两具朽骨，悲痛多时，月瑶才问云妃从何而来，这些年是怎么过来的，可有小天王消息。云妃说："小天王的传闻甚多，有说已登上去美洲的货轮，有说已死于乱军中，还有说降敌被杀的，众王家眷多下了南洋。还有一说，藏在荆王岳武家中，此说似可信。"月瑶诵佛数声，面容惨淡，云妃这才起身谢过当年救命之恩。云妃引寄娘拜见师叔，云妃之所以绕道拂云庵，也是另有心事，因寄娘功成已不能生儿育女、嫁人、做女人了，自己此去若有不测，寄娘怎么办，似有托孤之意。寄娘高兴，跪下给月瑶磕头，月瑶亦喜，伸手拉起，打量了一番说："你有爱徒相伴，余生当不寂寞。"云妃擦了把眼泪，将被岳文追杀十年，身中数枪，虽逃得性命，仅剩独臂，之所以留着这口气，指望小徒功成，一雪心中之恨，也可告慰天王在天之灵等语泣诉一番。云妃说话时，满脸怒容，义愤填膺，不能自持。月瑶见状，心中甚忧，此念一生，万劫不复，有意将话题引开，先将寄娘夸奖一番，言道："如今大清朝已烬灭，天国也无存，仇人早已作古，这仇你到哪里去讨，其后人当属无辜，姐姐虽穿僧衣，却未行佛，我佛慈悲，上天亦有好生之德，不如在我这住下，同参佛理，以尽天年。再说了，纵然你练得金钟罩体，身如飞鸟，也不能面对火枪，此去必是凶多吉少。"云妃说："与其含恨而死，不如去出口恶气，让清妖岳文在天之灵也不得安宁。"月瑶见其去意已决，绝难挽留，起身去卧室，不多时，拿出一副护心甲，状如坎肩，青铜铸成，铜片厚似瓷盘，用金丝穿结，拿在手中，可卷可放，穿在身上，可防刀枪子弹。月瑶说："此为天王胞妹洪宣娇之物，姐姐带上，也让月瑶放心睡觉。"云妃拿在手中，反复看过，叫寄娘穿上，外罩青衫，问寄娘如何，寄娘答，无不适感，云妃代为谢过，当晚二人直谈至天将破晓，云妃自觉有去无回，寄娘无家可归，放心不下。月瑶说："姐姐放心，让寄娘回山伴我，近来自觉神思恍惚，哪里还有多少时日，尚有点儿余资，留给寄娘，我要是走得动，定与姐姐一起下山，只求姐姐此去不管是何结果，务必回山，免得月瑶日夜悬心。”说罢泪如雨下，不知何时二人睡去，醒来天已大亮，月瑶打点二人下山，其分别之状，不待言表。月瑶站在庵门外，直到不见二人踪影，也是心中悲苦，被山上凉风一吹，当下病倒。

搁下月瑶，再说云妃师徒二人到了长沙，没敢进城，买些吃食在城外破庙里住下，为寄娘着想，让其记下进出城的道路，二人围岳府转了三天，看那岳府一如当年气象。岳文早亡，岳守信已年近花甲，清室退位，现算是个遗老，在家颐养天年。岳守信有二子四女，四女早已许配人家，次子岳克已二十三岁，在英国皇家陆军学校读书。长子岳克强二十五岁，生来文弱，恭俭孝顺，深得其父岳守信欢心，娶妻名门，李鸿章外甥孙女——菡馥小姐，生一子一女，儿子五岁，女儿三岁。可其母不喜长子克强，岳老夫人女中豪杰，偌大一个岳府，治理得井井有条，几十年兴盛不衰。认为男儿当志在四方，建功立业，光宗耀祖，若不能，也该帮自己打理田庄，治家理财，尽人子之责。少时以读书为由，少不更事，老太太认了，可娶妻之后，终日沉湎于闺房之中，家事、世事，概不过问，自己死之后，这个家必毁于他手。虽不是那吃喝嫖赌的败家子，却是个一能没有、任人欺凌的半痴废物，老太太一见克强就来气，小夫妻俩也是没有办法。让云妃想不到的是，岳守信夫妇谨遵父训，几十年不曾消除戒备之心，与长沙天鸿镖局订下保安协议，每年上好稻米一万石，大洋五千块，镖局日夜有人当值，确保合府安全。天鸿镖局原为天鸿武馆，馆主谢天鸿在湖广、四川一带颇有威名，江湖人称海天一鸿谢大侠，先创武馆，后转为镖局，半生不曾丢镖失事。这日夜半，云妃二人潜入府中，当值镖丁早已发现，二人还没近到正房，只听一声枪响，已中云妃肩胛处，云妃情知事已不济，叫寄娘速去，顺手一推，寄娘纵身上房，只觉背上已中数枪，幸有宝甲护身，竟毫发未伤。寄娘趴在房上看时，师父已倒在血泊中，随即屋内冲出四人，犹不放心，当当当又击数枪，这时合府上下都已惊醒，早有人报与老爷说，女贼已死。岳守信长长出了一口气，几十年提心吊胆过日子，一块石头总算落了地。当又听说，还有一年轻女贼身中数枪逃走，不禁哀叹了一声，家门不幸，何时才得安静，出来看时，见血泊中倒一独臂老尼，知为洪秀全爱妃云端无疑。惊恐之余，不免心生感叹，想这女贼几十年矢志不渝，生死效命，虽为女流，敢笑须眉，实在难能可贵，其情亦可许，其忠亦可嘉。众人七嘴八舌说抬扔江里喂鱼吧，岳守信心想二叔和父亲信仰不同，政见不合，厮杀一生，到头来还贻害子孙，何时为了，不如就此做个了结。命人买口上好棺材盛了，于岳家下人墓地择一静处葬了，墓碑写天王洪秀全爱妃云端之墓，岳守信此举看似大度，实另有所图。再说寄娘见灯笼火把照得通明，只得穿过几道屋脊逃回破庙，坐到天明，欲哭无泪，想起师父叮嘱，若有不测，速回横山，只是无颜见师叔，问起师父结果如何，寄娘作何回答。看看日上三竿，悄然潜回城中，定要看个究竟。只见岳府门前人流如潮，原来此事已轰动长沙，岳家此举，堪为世人称颂，寄娘挤在人群中，听得众人有称颂女贼情义的，有赞岳府美德的，岳府门前停一辆四马大车，车上一口上好棺材，不多时，车向城外走去，后跟二十人肩扛锹镐棍棒麻绳，还有长长的看热闹的人流，寄娘也在其中，眼看着将师父葬了。是夜寄娘在师父坟前跪哭多时，连夜奔回横山，第二天就有镖局人蹲守，意在寄娘，一月不见人影，确信同来女贼中弹不治而死，单等年终镖局撤保，合府庆幸，从此无忧矣。

再说洪寄娘含悲忍泪，不一日回到拂云庵，见月瑶师父已卧病在床，寄娘扑上前大哭，月瑶见寄娘一人回来亦哭道："我早知会如此，还是庆幸你安然而返。"至此，寄娘在拂云庵住下，月瑶师父的病也是两天好三天坏的，精神好些，便讲些古今佳话与那天国的兴衰，还有那山野豪杰、江湖英雄、朝中屈死的大臣、发配的囚犯，无论何人若是到了那黑龙江宁古塔，便为官府不到处，是躲灾避难的绝佳去所，只是日与野兽为邻，以冰雪为伴。寄娘觉得新鲜，听得十分入迷。得月瑶师父启蒙，寄娘心智亦大为开启，月瑶之所以作此说，以为拂云庵不是寄娘归宿，属是非之地，离长沙不远，久居必有失，当远离为好。不到半年，月瑶师父圆寂，埋葬了师叔，寄娘又孤身一人，庵堂顿觉凄凉，山风呼啸，长夜难眠，不免愁绪万千。自己生来多病，幸得师父相救，活至今日，想那师父和月瑶师叔的孤苦，不免悲从中来，难道自己也要随师父过这样的日子，可眼见得上天已是这样安排了。寄娘真是绝望了，庵后悬崖，便是万丈深渊，跳下去，也就罢了，永无痛楚，寄娘哭了一回睡去。忽见师父和月瑶师叔从外进来，笑容满面，走到寄娘床边坐下，笑着说，已给寄娘找好了婆家，夫君英俊，寄娘定会欢喜。谈笑多时嘱寄娘在庵中耐心等候，夫家择日来娶。说罢二人出庵，寄娘哪里肯放，想追腿不好使，大叫师父等我，一下将自己喊醒，睁眼一看，哪里有师父，南柯一梦。虽为梦境，可让寄娘念起师父在日，常以误寄娘青春为恨，习练这等功法，好端端姑娘家，经血全无，还哪里嫁得人家，生儿育女。忽地寄娘醒悟，师愿未了，师仇未报，岂可先自轻生，师父一生心血指望自己功成，以雪大仇，最后自己取死，以身相护。寄娘抬手打了自己一个嘴巴，起身做锅饼十个，将月瑶师叔的水葫芦、雨伞、采药背篓、柴刀等物收拾齐全，搬块大石掩上庵门。在月瑶师叔坟前拜道；“二位师父有灵，保寄娘此去，将那岳府杀绝，了却师父一生心愿，如不能则去地下伺候师父。”寄娘也是抱着必死之心，雄赳赳下得山来，正走间，忽地空中跌下一鸟，看时比乌鸦大，比山鸡小，黑色红嘴，不知何名，样子也不甚好看。寄娘拾起，见身上没伤，不动亦不叫，想是摔蒙了，或许被鸟鹰追赶侥幸逃得性命，寄娘只好将其放进背篓，免得落入野狐之口。继续下山，走不多时，只听头上嘎嘎鸟叫，寄娘忙于赶路，没有在意。时近中午，寄娘坐在树下休息，鸟叫甚悲，且盘旋头上。寄娘忽地想起篓中跌鸟，二鸟必是夫妻，雌鸟将亡，雄鸟不忍离去，在空中哀鸣，也算是有情有义，我何不救它一命。从篓中抱出跌鸟，依然一动不动，寄娘手抚鸟背，吸气一口至丹田，再送至掌心，轻抚其背，不多时，只见它慢慢睁眼，轻轻叫了两声，空中飞鸟更是急旋，高声鸣叫，寄娘高兴，将其放在一棵树下，掰一块锅饼给它，它抬头看了寄娘一眼，寄娘见它不吃，想是渴了。就摘一朵喇叭形花朵，一拳在地上按个小坑，放进花朵，倒入半下水，起身躲在一旁。只见飞鸟落下，不住地哀鸣，用嘴啄一块锅饼送进跌鸟嘴里，又见有水，先自喝一口然后鸣叫，跌鸟近前喝了两口，然后依偎在一起。此情此景，人见之，动人心魄，既而你一声、我一声低低地鸣叫。这对恋鸟，没有美丽的羽毛，没有动听的歌喉，却有这千恩百爱的恋情，让寄娘见了怎不浮想联翩。寄娘看呆了，不知啥时，才觉渴饿，拿出锅饼、水葫芦陪着一对恋鸟吃了起来。寄娘似觉今日锅饼比平日香甜，吃完上路，两鸟飞上树枝，对寄娘高声鸣叫，寄娘忽觉得这世界很美，由是心生欢喜，忘记了路途辛苦。这日天色将晚，暮烟里已远远地看到了长沙城，寄娘想，应到师父坟上看看，把一腔心腹事说与师父。待到了师父坟上，见已长满青草，抬头看，天空尚存一抹残阳，几只暮鸦匆匆归巢，秋风瑟瑟，正是一番凄凉景象。寄娘坐在师父坟前，想师父贵为王妃，到头来也只此黄土一堆。为谁生，为谁死，寄娘将来去向哪里，不由得心潮起伏，一股恶念从心底升起，叫声师父，寄娘今夜定要了却师父一生夙愿。

看看夜色已深，寄娘来到岳府后门，飞身上房，向一高楼奔去，抓住屋檐做了个倒挂垂帘的式子，见屋内有烛光，一对小夫妻坐在前窗赏月。后窗正开，寄娘翻身滚进屋内，在帷幕中遮住身体，伸嘴咬下一块帷布，在布洞中偷看二人情话。是夜皓月当空，窗外朦胧中露出长沙一角，远处湘江如带，如此月夜，最惹人愁思，忽地一团黑气从江上升起，渐渐遮住了朗月。一阵冷风吹来，菡馥小姐打了个冷战，克强关上窗户，拥着爱妻宽衣上床，仍无睡意，小美人缠在克强怀里，互相抚摸着。小夫妻结婚八年，一如新婚般恩爱，公子白面书生，貌似潘安，小姐是那人见人爱的小家碧玉。想那世上夫妻也没几对匹配得当，哪里似岳家小夫妻才貌、秉性、门第具称绝配，更难得的是二人情义之深，非他人所能解得。只听小姐轻声问："阿强，你说人死了到底有没有灵魂?"公子沉思一会儿说："人为万物之灵，如果一死了之，没了下文，岂不是造物主之有缺?历代先贤，对神佛鬼怪多嗤之以鼻，独崇转世报应一说，人之灵魂当信而有之。"小姐说："要是这样就好了，活着我守着你，死了我等着你。"公子咬住她的嘴，不让她说下去，既而小夫妻在床上千恩百爱，这般巴皮巴肉的缠绵，被寄娘看在眼里，不由得全身发热，气促血涌，从未有过的激动，实在无法自持。拿出熏香，口含解药，点着将二人迷住，走到床前，只见旁边还有一小床，睡着一个小囡，梦中带着微笑，着实可爱。那一腔仇恨早已烟消云散，哪里还下得手杀人，再看那一对赤精玉体，不由得心生欣羡，伸手轻抚，肌肤丰润滑嫩。看自己一身柴骨甚觉羞愧，上天造下这般绝品，我若杀之，必遭天谴，再说了，其与我无冤无仇，月瑶师父说得对，其后人当属无辜。想这人间男女之事，不过如此，原来不知，空加妄想，哪有行功美妙，寄娘独身一生，何恨之有？正胡思乱想呢，一声鸡叫，惊醒了寄娘，转身要走，那小囡的可爱，让寄娘母性萌发。对着美人和公子说："孩子我抱走了，练功练得不是女人了，可是也想有个孩子，没办法，你们俩再生吧，恩恩爱爱地过一辈子，寄娘不会再打扰你们的。"解开衣带，包好小孩儿，放进怀里，这小囡被麻，任寄娘摆弄，怕是一宿也醒不过来。寄娘绑扎妥当，飞身上房，四下一看，前院正是师父中弹处，师父死时惨状哪里能忘，可恨镖丁用火枪杀人。今天你们若在，岂能让你们笑我无胆，也愧对师父，师父是你们杀的，今天定要为师父报了大仇，也不枉来长沙一趟。寄娘在房上掰了块小瓦片扔过去，没动静，又扔了一块，仍然没动静，正要跳下，只见门开了，出来俩人，站地里就尿。寄娘抬手两枚飞刀，二人倒地无声无息，寄娘随即跳下，进屋见床上还睡两人，伸手至其喉处，这人只当有人和他闹。迷迷糊糊地说，勿要、勿要。寄娘心中好笑，一使劲掐碎了喉头，左手在另一人喉上也只一掐，转身出门，跳出院外，这时远处传来鸡叫声。

再说菡馥小姐听到鸡叫，觉得身上冰凉，便从梦中醒来，头疼恶心，以为一宿没盖被冻着了。但异香满室，心中生疑，伸手推丈夫，克强迷蒙中只觉疲惫不堪，喃喃呓语不肯起来，这时院中人声嘈杂，才惊慌坐起。向小床看时，小床已空，二人立时抱头大哭，正不知如何是好呢，门外家人叫门说："老爷叫大少爷过去，昨晚女贼进府，将镖局人杀死，问少爷受没受到惊吓。"克强忙穿衣出门，回头见妻子如泥塑一般坐在那里，只以为是丢失女儿缘故就说："我去去就来。"说完随家人来到父亲屋里。原来岳守信处一大早就有人报说镖局人被杀，心中一惊，情知不会只为镖局人而来，叫人速去叫公子，为的是看看克强他们有没有事。克强过来哭着说女儿被偷。老爷只张了一下嘴没叫出声来，向后便倒，瘫在地上，众家人连忙抬起放床上，连喊带叫，这口气总算上来了。不免老泪纵横，连叫不活也罢，家门不幸，子孙无辜，要寻仇何不对老夫下手，既而又想到，只带走孩子，没动岳府人丁，是想要钱，老人又觉得还有一线希望。对克强说："告诉菡馥，不用哭，就是倾家荡产也得把孩子赎回来，不日即会有线人送信，再说了，镖局对此有责，也会去寻。"克强看父亲偌大年纪，如此悲痛，心中不忍，没有即刻离开，但心里记挂爱妻，又不好明言。直到镖局人到来，岳家老爷心性宽容，没有指责，只叫先带人回去安葬，事后再说。镖局人自知有责，说话很是客气。克强直到送走镖局人等，才急忙回房，推门看时，妻子寻了短见，克强没有惊慌，他知道妻子的心，预感到妻子早晚会如此，她是个追求完美的女人，哪会容忍私隐被人窥视，见妻子梳洗完毕，穿戴整齐，平静地躺在床上，一只胳膊垂在床外，手上还有血滴，剪刀掉在地上，她割了手腕。克强后悔在外面耽搁太久，致使妻子这么快就寻了短见，她该有话留给我，转身见桌上果然有遗书，上写："阿强，不是我绝情，我实在受不了这样的奇耻，你我的隐私被其看个够，如果我活着，这双眼睛将永远停在床边，我无法洗耻，也没脸见你，女儿没了，儿子已五岁，总还庆幸给岳家留个后人，算我无债而去吧，唯欠你情，菡馥等你百年。"克强看罢，提笔写了八个字："菡馥高洁，我何独浊。"关上门，整了一下衣服，把妻子推在里边，拾起剪刀，在腕上使劲一划，随即鲜血涌出，看了一眼妻子，便依偎在身边，慢慢地闭上了眼睛。不知啥时家人上楼叫公子，半天不应，推门一看，地上满是鲜血，吓得腿一软滚了下去，大叫少爷让人杀了，等家丁叫齐了人，手拿棍棒硬着头皮冲上楼一看，少爷、少奶奶双双自杀。岳家老爷一大早先是受了惊吓，送走客人，仍心有余悸，躺在床上半晌稳不下心来，不知啥时，倦意上来，便和衣睡去。朦胧中听见外面人喊少爷让人杀了，一下惊醒，要起身下地，刚欠了欠身子，一下挺在床上。家人忙报给老夫人，还好，老夫人是见过世面的，一见老爷只有进气，没有出气，内心尚明白，看了一眼夫人，流下两行泪水，似有千言万语，张了几下嘴，喉头一颤，撒手而去。岳老夫人自嫁过来，每天都是提心吊胆，战战兢兢过日子，几十年是怎么熬过来的，心里一阵酸楚，唰地冲出来两行眼泪，忙用帕子擦了，伸手在老爷脸上抹了一把，拽个单子盖上。转身大步来到克强屋里，见满地是血，二人双双躺在床上，面色安详，似乎欣然赴死，老夫人见了，不由得怒火中烧，冲众人说道："平日里你们总在我面前夸大少爷，如何如何孝顺，少奶奶如何如何贤德，天底下就没见这么和睦的小夫妻，合府就没有不说少爷、少奶奶好的，你老真是好福气。你们看见了，他们这叫孝顺，丢个小丫头就不活了，媳妇割了手腕子，他也割，置父母、儿子、家业于不顾，眼见得我们老了，家业无人，更何况还有五岁的儿子，你扔给谁，他们这一闹，老爷也去了，咱们岳家世代英雄，我怎么生了这么个孬种！”家人拿起遗书给老夫人，老夫人只扫了一眼，随手扔在血泊里，接着说：“就是一味地心疼媳妇，平日里我就看不惯白天晚上缠在一起，只知衣来伸手，饭来张口，从来不问来得有多艰难，这等人死了也罢了！”老夫人越说越气，可还是止不住大哭起来，从来没见老夫人这么伤心，刚才说话还那么刚强，这会儿怎么撑不住了，还是的，这人哪，生气是生气，心疼是心疼，这一天没了四口，也真算是拿得起，放得下。众人好歹劝得老夫人止住了哭声，搀回房去，老夫人叫给四个女儿家送信，打电报给在英国的二儿子，把家里发生的事说了。岳克己把电文反复看了几遍，见母亲没说让他回去，心知母亲素来刚强，刚强女人的命运往往如此。这个家全凭母亲支撑，兄长柔弱，且不知人情世故，帮不上母亲什么忙，只能惹母亲生气，如果母亲让自己继续留在英国完成学业，她也会明说不许回国。这是让我自己看着办，想是母亲已心力交瘁，即使再刚强的人也经不起这样的打击，可想而知，该多么想念儿子。

克己一天也没停留，搭东印度公司货轮，二十天抵香港，乘北向火车，三天到家，母子相见，自然有一番悲怜，不待细说。母子二人悲伤多时，老夫人说：“家中事已由几位姑爷办妥，镖局要我家给其一年时间，若找不回孩子，赔我家两万大洋，谢飞鸿于各省镖局均有联系，有信说女贼有逃往关外之意，就因她带着孩子，才逃不脱镖局人的追踪。”克己说：“镖局的镖丁只不过例行公事，不会跟女贼对命的，他们是指不上的，再说了，我们不只是找孩子，务要将其除掉。既知去了关外，母亲尽可放心，女贼一时半会儿不会回来，我应去关外在张作霖的军队里找个差事。用江湖的行径，我们不是她的对手，我是军人，借军队的力量，才能除掉她，只是我刚回来母亲舍不舍得让我走。”见母亲落泪，忙又说：“我也是先这么一说，再听一听消息吧。”老夫人擦了一下眼睛说：“咱们娘俩还没唠唠家常呢。”是夜娘俩在灯下聊至深夜，到底是岳克己会讨母亲欢心，也许是老夫人偏爱克己，屋里不时地传出笑声。末了，老夫人说：“要是我儿娶妻如唐婉，那我一定是要做陆母的，可不能再来一个克夫败家的菡馥了。”克己笑了说：“娘是不是已看上了谁家的姑娘了。”老夫人说：“娘是不会看错人的，更不会像你爹那么迂腐。”克己说：“那就接家来，白天帮你管家，晚上陪你唠嗑，娘身边有个人，我也就放心了。”老夫人听了心说，听这孩子的口气，这是要走啊，这事要办还得快，只是在丧期。真没想到，留洋的人，那是一定要娶烫卷发、露大腿的新派女人。这孩子真懂娘的心。小心试探地说：“娘是不是委屈了你，这小脚女人。”克己忙说：“娘，你看我还能为这个家做点什么呢，看来我只能尽这点儿孝心了。”老夫人听了一愣，这话里怎么带着不祥的味道，本来露了笑容的脸上又布上了阴云。

欲知后事如何，且听下回分解。

第三回

洪寄娘百丈涯逃性命　金老太千金寨遇知音

且说洪寄娘带着岳家小姐，昼夜兼程，小姑娘是可人心，随人意，醒了看看山景，困了便睡在怀中，不一日回到拂云庵。搬开大石进屋，小姑娘依然睡得正香，轻轻放在床上，将里外收拾干净，日已近午，小姑娘从梦中醒来说："饿了。"寄娘拉着她的小手，来到庵门外的一棵大树下，寄娘指着树上的鸟窝说："我上去拿鸟蛋给你吃。"小姑娘瞪大了眼睛，有些吃惊的样子看着寄娘，只见洪寄娘吸一口丹田气，一拧身，拔地而起至鸟窝，伸手抓出两枚鸟蛋，轻轻落下，如鸿毛落地。将两个鸟蛋一手一个平伸给小姑娘看，小姑娘伸手来拿，寄娘说："别动，你看。"只见两个鸟蛋在掌心滴溜溜旋转，继而呼呼冒气，瞬间白气不见，寄娘两手一磕，剥去蛋皮，晶莹剔透，大个珍珠一般，笑着说："吃吧，慢点别烫着。"小姑娘看呆了，不到四岁的孩子，已懂得食物怎样由生变熟，这份神奇，一下子抓住了孩子的心，几口吃完说："还要，你背我上去，我自己拿。"寄娘也高兴，索性让孩子乐个够，就蹲下身说："你搂住我脖子，闭眼。"小姑娘照做了，寄娘起身，只跳一人多高落下，也是怕吓着孩子，先适应一下，孩子乐开了花说："高跳，上树。"寄娘说："那你得管我叫娘。"小姑娘伏在寄娘背上，小嘴凑到寄娘耳朵上，轻轻地叫了声娘，啪，又在寄娘脸上亲了一口，忽地一股暖流涌入心田，寄娘再不觉得自己的人生有缺失，现在自己有两件宝贝，一是师父的绝技，无柄飞刀，二是这孩子。师父说磨制飞刀，开元通宝最好，对了，就叫通宝，扭头对着小脑瓜说："娘给你起个名字叫通宝，娘姓洪。”只听小姑娘说：“我姓岳，该叫岳通宝，好听。”寄娘听了，想了想说：“是你爹妈叫我带你上山学艺，学成之后，就送你回家，你就先叫通宝吧。”小姑娘不住地点头，然后大声叫：“娘，你先教我上树。”两条小腿在地上乱蹦，寄娘看在眼里，想起师父来了，当年自己一个将死之人，能有今日，师父恩情天高地厚。现在轮到我了，这里可比洪家祠堂好多了，这样一想心生欢喜，背起小通宝，飞上树梢。一手抓起几个鸟蛋，一手拽着通宝站在自己肩上，仙女般飘然落下，小姑娘一点儿没害怕，高兴极了。自此，每日压腿、下腰、翻跟头，还不许吃饱，有时疼得眼泪直流，就是不哭不叫，想来也非一世之缘。看看月余，山上月瑶师父所储之物已空，须下山买些米面油盐，便叫通宝坐进背篓，手握柴刀，看上去就像地道的湖湘山民。就近集市，买下一应之物，没敢停留，雇个挑夫，匆匆回山。可第二天山上就有生人走动，寄娘心知必为镖局、岳府之人。至晚小通宝已睡，寄娘心中有事，哪里敢睡，心想现在是他们在暗处，自己在明处，也会夜里来偷袭的，自己干过的买卖，岂能眼睁睁看着吃亏，没有这孩子也就罢了，跟他们拼还真不怕他们。可这孩子真是抓人心肝，不能有半点儿闪失，寄娘是左想不行，右想也不对，还是走吧，就去月瑶师父说的那地方。收拾好出门之物，把睡梦中的小通宝放进背篓，乘着月色，大步下山，回头看朦胧之中孤零零的庵堂，已知再也不会回来了。此一去天涯海角，哪里为家，何处安身，不免心中难过，想起师父被追杀一生，难道自己也要走师父的路，可偏偏是这么相似。再一想这孩子，又觉得值，就是平平安安老死在这山顶上，又有什么意思，这么一想，不觉身上有了力气，月光也格外美妙。有分教，此一去管叫日本鬼子应声毙命，也成就了洪寄娘母女“飞刀女侠”的旷世美名。

且说洪寄娘下得山来，背着小通宝一路北逃，凡大州大县均绕城而过，专挑那山路崎岖，荒村野店，一路风餐露宿，也顾不得旅途辛劳。这日来到山东密州刘家庄，正赶上集日，也是有几分村集的热闹，寄娘买好大人孩子的吃食，穿集而行，却见前面三个男人拽一个死活不走的女人，洪寄娘碰上这事，焉有不问之理，上前一把将那人推出老远说道：“光天化日抢人哪！”这女人见有敢说话的，便是抓到了救命稻草，停止了哭骂，说："这三人说，我家男人把我输给他们了，进屋就抢人。"洪寄娘说："你男人呢？"女人回身一指那蹲在门口用手抱头的人，这时看热闹的人群已围了起来，寄娘问这三个男人："这女人你们赢来了，她男人是否认账？"一个秃子跑过去就拖了她男人来，理直气壮地说："你自己对大伙说说，你输得是否心服口服。"这男人一脸的愧色说："你们领走就是了，丢人现眼。"洪寄娘见这人，小白脸，也算得上英俊，如果换上华丽的衣裳，倒是可以和岳家公子比一比，可是一脸的猥琐气，一副俊美的外表，配上一副邪恶的心肠，他的父母罪莫大焉。再看那女人，泪汪汪的眼里闪着乞求的目光，让人心生悲怜。寄娘心说，无论如何，我该救救她，伸手掏出一捆大洋说："我跟你们赌。"这四人一听有赌，立时来了精神，常言道，要钱的爪子，养汉的胯子，那是兔子拉稀没治了。只见一瘸人，不知从哪扛着一个卖菜的案板，一瘸一拐地来到寄娘面前说："就在这上玩儿，你那大洋放在这上。"洪寄娘说："你们三人就先押这女人。"说着把一捆大洋啪地立在桌上，"我这是一百块大洋，怎么样？"三个赌徒立时嗷的一声说："看不出来，够个玩家，小娘子人不大，胆不小。"这三个赌徒为此处地头蛇，这三人凑在一起，也真难为天老爷了。三人姓刘，大哥刘秃子，二哥刘瘸子，刘三歪嘴子，以贩卖烟土、拐骗妇女、聚赌嫖娼为业，且都是色鬼，骗来妇女，玩儿够了卖入妓院，作恶多端，今天让洪寄娘碰上，也是天理昭然。单说这刘瘸子，因左腿让车轧了，慢慢地这腿聚筋伸不直，走路一点一晃。众人揶揄他，爬山时横着上，看不出瘸；也有叫点籽刘的，因为走路像种地点籽，总之雅号颇多。只见他拿出色子盒，急不可耐地摇了起来，刘秃子一见，用肩膀一拱，将其拱在一边，从衣底里拽出一个紫色雕工考究的色子罐。摇着没毛的秃头，举手臂漫天舞了几下，啪，往案板上一扣，扯着嗓子喊："十八点！"洪寄娘伸手在桌子底下运气将色子翻过来，慢声细语地说："三点。"刘秃子脸上立时开花，喊道："众人开眼啦！"一抬手，只见三个红心，立时长眼，寄娘说："现在这女人归我了，要不要再赌？"刘秃子哪里肯罢休，撩起衣襟从腰间解下一个钱袋说："这些没你多，但身上没有了，咱们再玩儿一把，也让哥们我服气。"洪寄娘正想教训他一下，又拿出一捆大洋说："你没钱可以押人那，把自己押上，你赢了，二百块大洋归你，你输了，连钱带人一块归我，做我的奴才，你不是也赢了人家的媳妇吗?”人群高呼公平，痛快。刘秃子一咬牙，一跺脚，拿起色子罐长出一口气，看样子心情沉重，洪寄娘说：“慢，上回你是庄家，这回该我了。”刘秃子说：“那不行，这回是把我自己押上了，大活人，理应我坐庄。”寄娘笑了笑，没做计较，只伸了一下手说：“请吧。”刘秃子将色子扣在案板上，晃着膀子左右划十多下，停住颤抖的手喊道：“一条龙，一二三，六点!”洪寄娘伸手按住色子罐，闭目，煞有介事地说：“虽是一条龙却是四五六，十五点。”抬手问刘秃子，“揭不揭?”刘秃子也算赌场高手，玩儿色子不曾失利，今天是腿肚子也转筋，手也发抖，好一会儿不敢揭，寄娘说：“你不揭我揭。”刘秃子看了一眼周围的人群，心想该死该活眼朝上，一咬牙一瞪眼狠心揭开，四五六，十五点。没等寄娘说话，刘歪嘴上来，伸胳膊一划拉，案上色子飞了，一推刘秃子，刘秃子趁势躲在一边。歪嘴子拿出自己的小竹筒，很精致，对寄娘说：“咱俩玩玩儿。”洪寄娘说：“有先例，你押吧。”只见刘歪嘴从兜里拿出一个小布包，打开一看是一缕女人头发，歪嘴子说话时眼睛一眨，歪嘴一咧说：“钱我没有。”一指那缕毛，“这是我老婆，一起押上，你赢了，我带着老婆上你家给你扛活，你输了，人、钱都归我。哥们可舍不得让你干活，哥几个带你闯大码头，赢个金銮殿不在话下，哥们我看中的是你这手把。”洪寄娘笑了，对众人说：“你们看见了，谁家姑娘要是嫁了他，还能活吗?”其实歪嘴子哪里有老婆，不知哪里捡了一撮毛在兜里罢了，只听歪嘴子说：“你也别小瞧人，打听打听，咱也是公子哥出身，我们家是这刘家庄的祖宗，你少废话，看点吧。”噌，将摇筒抛向空中，唰唰耍了两个花活，高喊三三见九，说完就要揭，洪寄娘抬手按住竹筒说：“你让大伙听清楚了，别揭了以后耍赖。”刘歪嘴自以为很有把握，很得意地说：“三个三，九点，该你猜了。”洪寄娘说：“三个四，十二点。”寄娘抬手，刘歪嘴揭开一看，都是四，心说只好跟你耍无赖了，我们哥们还怕你个外乡女流不成，双手一抱拳口称：“师父，弟子认输，可我有一言奉告，今天我们哥三个是栽在你手里了，可道上有句话说得好，强龙压不过地头蛇，行路的英雄，今天你大驾光临，但你是不知道，我们哥三个可不是光吃干饭的，你要把哥们逼到绝路上去，大不了鱼死网破。”寄娘说：“从来到这个世界上，还没有人吓唬过我，你这嘴歪人还是头一个，我先给你这副歪脸换换撇。”啪就是一个嘴巴，声音响亮干脆，只见这歪脸吹气球般地长了起来，又像放气一样消了下去，再看时这嘴不歪了，刘歪嘴左右摸了几下，跪地咣咣磕头不止，看来洪寄娘不吐口饶他，他是不敢起来。正这时，刘瘸子拎把大斧高喊：“让开，让开！”常言说，瞎子狠，瘸子愣，歪脖子拔嚎横，只见他愣眼巴睁地蹿蹦到洪寄娘面前。求人帮忙，把那条瘸腿放在案板上说：“我就押这条腿，输了，我拿斧子剁下来给你喂狗，赢了，那女人还有两个哥们还给我，今天要是眼瞅着让你把人领走了，对不起哥们，没脸活，我也只好和你拼了。”洪寄娘说：“我要是不让大伙看看你怎么剁这条弯钩犁杖腿，也对不起这么多捧场的乡亲，好吧，这可是你情愿的。”刘瘸子说：“大丈夫一言既出，牛马拉不回，哭鼻子耍无赖，那是你们女人干的事。”说着从怀里拿出个小铁罐，寄娘说：“我得看看你的色宝。”刘瘸子没迟疑，伸手就递给寄娘。寄娘拿在手中，沉甸甸不是一般灌铅的，可能是水银灌心的，觉得也没什么新鲜花样，寄娘握在手里心想，现在捏碎它，当场戳穿他怎么骗人的，显得我没本事，让他耍到底吧，抬手把色子罐甩给他。刘瘸子把铁罐只一颠一扣喊道：“满贯十八点！”双手叉腰对寄娘说，“你自己揭了看。”那份自信、得意，活动了两下瘸腿，腰也挺直了许多。洪寄娘按住铁罐好一会儿没动，刘瘸子反倒着急了说：“聪明的，你就认输，省得丢脸。”洪寄娘说：“我是想让众乡亲看看你是用什么玩意儿赢人家媳妇的。”一抬手，水银散在案板上，只剩一小堆骨粉，这下刘瘸子傻了，今天这是撞上鬼了，怎么办？跪地求饶，还是再拼一把，不是还有个看家的大头吗，就硬着头皮说：“这不算数，是我的色子碎了。”寄娘说：“这么多人，还看不明白你呀，你把水银灌在色子里骗人，今天遇上了我，算你倒霉，也是你的末日到了。”伸手就操起了斧子，刘瘸子大叫：“不服，不是你赢的，再来一把我就服。”洪寄娘把斧子扔在案上说：“那好，就让你心服口服。”刘瘸子听了伸手在身上掏出一块大洋丢进铁桶，大声说：“猜反正。”然后推过摇筒接着说，“这回你做庄，公平合理。”寄娘早就看在心里，只撇了一下嘴，拿起摇筒高举过头，一翻手使劲扣在案板上，刘瘸子嗷的一声："正，袁大头。"洪寄娘不慌不忙笑道："你把两块大洋各磨去一半粘在一起，两面都是袁大头，岂能骗了我，我也是没办法，只好把它立起来。"刘瘸子一听，伸手抢过摇筒想碰倒里面的大洋，只觉得被什么东西挡了一下，揭开瞪眼一看，大洋插在木板里，众人见了都倒吸一口凉气。刘瘸子要跪地求饶，动了两下腿，没拿下来呢，洪寄娘伸手在膝盖上一按，听嘎巴一声，这弯腿就直了。刘瘸子愣是没觉疼，寄娘抬手，这弯腿慢慢地又弓了起来，寄娘只得又按下去，再抬手，弯腿又起。寄娘没办法，一手掐脚脖，一手抓脚尖，原本这只脚就脚跟不着地，寄娘只一拧，脚尖就朝后了。刘瘸子哪里站得住，一屁股坐地下，只见他脸上豆大汗珠雨滴一般，愣是没叫一声，因用力攥拳，手心都抠出血了，秃子、歪嘴子一见，连忙跪倒说："求你老高抬贵手，怎么也得让他能走路。"寄娘说："我没剁他这条腿就便宜他了，再说脚尖朝后也比弯钩犁强。"歪嘴子说："我们哥三个已是你老的家奴，你治好了，也好伺候你老，给你家干活，现在这个样子也丢你老的脸不是。"说着抱起这条脚尖朝后的残腿，举在寄娘面前，刘秃子不住地磕头，寄娘说："那你们记着，还欠我一条腿。"说着抓住脚尖一掰，只听嘎巴三响，像掰苞米棒子似的给掰回来了，又在脚脖上揉掐了几下说："扶他起来。"又从腰间摸出一丸药接着说："给他吃了。"刘瘸子把药咽了，心说这么狠，你不是人，是狐狸精，我可怎么能让你尝尝掰脚脖子的滋味呢？你别说，她这药还真神，在地上活动了几下，不那么疼了。洪寄娘扭回头看看背上的小通宝，小姑娘大眼睛眨了两下似告诉说，好玩儿，挺热闹。寄娘抬手摸摸她的小脸蛋，小姑娘笑了。

到这时那女人才敢过来给寄娘施礼，谢过救命之恩，那男人也跟在她身后哈腰施礼。寄娘说："上你家坐坐，让孩子下来活动活动，撒泡尿。"那女人连忙在前领路，寄娘对刘秃子等说："你们四个跟着。"刘瘸子想说走不了，没敢说出口，扶着二人进了院靠墙边站了。洪寄娘放下背篓，让通宝在院里玩儿，背篓里有好吃的，通宝一点儿也不饿，自己玩儿了，寄娘对那女人说："你们还能过吗？"那女人说："你走了，用不了三天，她还会把我输给他们，我只好回娘家了。"说着眼泪下来了，洪寄娘说："既如此，我救人救到底，他能卖你，你也可以卖他，这人我买了。”伸手把刚才赢的那袋钱递给她，这女人不敢接，也从没听说女人卖男人，那男人站起来想说话，又咽了回去，没敢吱声。寄娘也是觉得一个人带着孩子诸多不便，且等于背个招牌，难于摆脱追杀者。寄娘对她说：“抢你那三个畜生，也送给你，白天你只管让他们下地干活，晚上就睡牛棚，我三天两头回来看你，今天让他们三个先收拾院子、掏粪、挑水，他们要是胆敢使坏，”寄娘环视了一周，没有合适的东西，见这白色门板还算光洁，伸左手推住这门，默运月华，只见五指间呼呼冒出黑烟，寄娘收功，门上留下一个烧焦的掌印，寄娘两手拍打了几下对三个赌徒说，“我拧你们的脑袋就像揪面团。”三人连忙操家伙干活，大气没敢出，见寄娘进屋了，刘秃子边干活边嘟囔：“今天这是撞上鬼了，还是做梦呢?”话音刚落，嗷地叫了一声，头上挨了一石子，伸手一摸，鸭蛋大个包，疼得他在院子里蹦高，把瘸子、歪嘴惹笑了说：“要是做梦，不疼。”刘瘸子到这时还心有余悸，自思，刚才没把我疼死，不过，这女人没把咱们怎样，就说：“你这嘴也不歪了，我这腿也不勾了，这几个头没白磕，要是我有这本事，少说娶十个媳妇。”这三人因祸得福，便开始想美事了。寄娘和这女人进屋，这女人依然战战兢兢，寄娘对她说：“你一个人守在这儿怕是不妥，回家伺候父母尽份孝心，会有个好结果，你收拾东西吧，明日早早离开，我一时不在跟前，说不好他们还会使坏，给我找件换洗的衣服。”这女人听了，便擦干了眼泪，自去做回家的准备，寄娘又叫那男人收拾出远门的衣服、鞋袜、雨伞、水壶等物，那男人哪敢怠慢，连忙去了。这时红日西坠，正是鸟入林、人奔店的时候，寄娘拿钱叫那男人去买煎饼、大葱、腌菜，不多时东西买来，寄娘留下一些说：“去和他们一起吃吧，吃完就在柴房歇了，走时叫你。”这男人乖乖去了，寄娘招呼那女人吃饭说：“吃完你带孩子睡觉，我在外面守着。”收拾完了天也黑了，通宝困了先睡下，那女人便护在通宝身边，寄娘出来，从屋后飞身上房，俯下身看前院的动静，心中有事，哪敢大意。仰看星空，三星正午，听院中有石子落地声，寄娘知道有人来了，又一声石子落地，没动静，从墙外跳进俩黑衣人，放下顶门杠，便朝正屋摸来，看看近窗，寄娘掰块瓦片，顺瓦楞扔下，发出滴溜溜的滚落声，俩黑衣人一抬头一挺身，随后倒地。寄娘没动，卧俯多时，听鸡叫，寄娘才跳下房，误以为二黑衣人放下顶门杠是外面还有人，进柴房叫醒这个买来的仆人，见三个赌徒仍如死猪一般睡得正香，二人悄悄出了柴房进屋，这时那女人已穿戴整齐，寄娘抱起小通宝放进背篓，那男人这会儿也知趣连忙背了。三人出后门，听鸡叫二遍天刚放亮，上了大路，寄娘对女人说："送你回家。"各有心事，一路无语，天光大亮，到了女人娘家，女人和寄娘洒泪分别，哭着说："我已有两个月的身孕，他竟忍心把我输给人家。"那男人听了，一扭头，啪，打了自己一个嘴巴，大步离开。自此洪寄娘和那男人同行，外罩兰花麻布衫，一对农家夫妻模样，再不走那崎岖难行的小路，住破窑、破庙，一路穿州过府直奔关东而来。

再说三个赌徒直睡到日上三竿，刘秃子让尿憋醒，出柴房一眼就看见院里卧着两个人，尿也吓没了，喊出瘸子、歪嘴，三人没敢上前，忙进屋喊人，可定睛一看，人影不见。正不知如何是好呢，院门嘎吱一声开了，进来一人走到两黑衣人身旁，拾起两支枪，掏出身上存物，说话了："三位朋友，出来吧。"三个赌徒互相看了一眼，小心翼翼地开门出来，来人接着说："朋友，要是不想吃官司，想发财就跟我走。"三人对了一下目光，一点头，来人在前，顺大路快步出庄。走不多时，对面来了一辆大马车，车到跟前，只见来人伸手抓住扶板，一蹿坐在车上，掏出手枪顶在车老板腰上说："磨车。"车老板见了，不敢不从，刘秃子三人也跳上了车，来人问："大路前方到哪儿?"车老板说："四十里到密州。"来人掏出两块大洋给他说："我们是官家人，不是劫匪，因有紧急公务，本可以派你个官车，可未免不仗义。"车老板转忧为喜，马车赶得飞快，刘秃子三人心中好笑，也真是长见识，一个时辰到了密州，四人下了大车，车老板赶车扬长而去。来人将刘秃子三人领进一家酒馆，三人怀着忐忑不安的心情见礼坐定，来人自言："小弟岳克已，长沙人，追女贼至此，女贼偷走小姐，害死父兄，此仇不共戴天，我誓除此贼，其师已被击毙，她带着孩子准备逃向关外，昨日女贼对三位百般戏辱，三位在此地也非等闲之辈，岂能留笑柄在乡里，想来也必与其势不两立，如三位肯相助，"说着拿出一百块现大洋，三条大黄鱼，接着说，"这钱你们先收下，做沿途费用，大黄鱼你们抱孩子来取。”伸手在腰间拔出两支手枪，和一面天鸿镖局的镖旗说道，“一有消息拿这面镖旗到当地镖局联系，他们自会相助，我也可及时赶到，昨晚两个镖丁被女贼杀死，女贼相貌、口音三位已熟，谅其逃不出三位的法眼，镖局的镖丁都是有勇无谋之辈，我已看明白，三位定有除贼妙计。”刘秃子三人都是见钱眼开、不知死活之人，认为有了手枪，任你是谁，也挡不了枪子，便满口答应，刘秃子站起来与岳克己击掌发誓：“我三人今日始，唯东家是从。”

再说洪寄娘一路北逃，出了山海关，来到关东地界，哎呀，慢着，还没将背孩子这男人交代明白，也因笔者不曾访得十分清楚、真切，传闻此人为太监之子，姓关名才。诸位听见了，用这名字想其有些胆量，这太监之子，却费笔墨，需从皇帝老儿这个冤大头说起。在皇宫里，管皇帝吃饭的地方叫御膳房，管皇帝妃子睡觉的地方叫敬事房，实际就是女浴室，这里的太监就是给妃子们搓澡的杂役。洗完之后用毯子一裹，背起给皇帝送去，太监则在门外等候，皇帝行事后，太监手拿纸笔，跪地记下年月日时，并请皇帝示下，皇帝要说留，这妃子跪地磕头流血，感谢皇恩，太监再用毯子一裹背回去，聪明的立即向太监献媚，将身上饰物尽赏他们，并请太监给家里送信，拿银子。这些太监就有办法让这妃子在一个月左右怀孕，他们是财色双丰收。要是那不会讨男人喜欢的，没伺候好皇帝老儿，他不高兴，则说去，这妃子就惨了，跪地大哭，回去之后，太监用一种毒草塞入阴内，不得怀孕。可这妃子仍须忍痛向太监们献媚，求授玄机，如何能讨得皇帝老儿的欢心，再则，这妃子心中有气，要寻找平衡，报复一下皇帝老儿，也在情理之中，故此皇冠是天底下最绿的帽子。更可悲的是他的这些太监，还有办法让他的这些饥渴难耐的妃子痛快、满足。敬事房的太监，都是眉目清秀，模样端正，十六七岁时选进来的，因这份终日抚摸美女的差事，在心理作用下，生理也会产生相应的变化，凡敬事房的太监都有半截之物。只要进了敬事房，用不了三年，必得三寸宝物，别处太监则无此念，也茫然不知，但也需自己忍痛硬拉。若问这半截之物如何让女人痛快、满足。却不知这些太监还有一宝，叫作免铃，状如蚕豆，黄金所制，内装半下水银，用时先含口中温热，偷偷顶入女阴，只轻轻一动，此物便在阴内横冲直撞，十分得趣。要说敬事房这些太监可谓胆大包天，这份差事，也算得上人间最美的差事，皇宫之物都是宝，偷得三五个碗碟，就一世吃用不完。清室退位，王公大臣都靠变卖家财度日，八旗子弟也都成了关才这副模样。太监出宫都成了财主，买房子，买地；敬事房的太监出宫后，还须买姑娘娶媳妇，有的竟娶三四个，自觉不如宫里快活，这便是太监娶妻之谜。到老了也有那子女成群的，只为向世人炫耀乃尔，这关才便出自这等人家，将家财败尽，逃出躲债，也是这妇人命苦，嫁个人家不到两年死了丈夫，老父心疼女儿，一日在街上看这关才可怜，问他如何流落街头，他说家里人患传尸痨，自己命大跑了出来。老人就将这关才带回家中，出资在近路的刘家庄开个杂货铺，指望夫妻二人恩爱过活，却不知引狼入室，不到半年，小铺被关才败光，最后卖妻卖己。如今这关才落在洪寄娘手里，洪寄娘哪有女人性情，虽心地善良，但遇事火急，自己武功在身，哪管关才死活，这关才背着孩子，每天从早走到黑，累得他筋疲力尽，脚上大泡一个接一个，也不敢叫苦，赔着十二分小心，大气不敢出，这也是罪有应得。

三人进了山海关，这日到了千金寨，这里人杂乱、肮脏、龌龊为当世之最。杀人的逃犯，躲债的骗子，惯匪盗贼遍地皆是，你杀了人，下煤洞子一躲，便高枕无忧了。好人在这儿，那也难活，可这些不是洪寄娘害怕的，以为这里总可以躲避一时的，殊不知她在刘家庄就埋下了祸根，哪里逃得了三个赌徒的贼眼。这不到了千金寨还没落脚，便觉得身后有双眼睛，紧走几步，闪在胡同口里，看清了，还面熟，寄娘只好买了吃食出城，奔那山高林密、没有人烟的地方走去，因一时着急，没看清山路，走上了绝崖。后面人心中高兴，跟得更紧了，不多时，只听有人说话了：“洪家帮的英雄，你是不知道，我们一路护送你至此，可是没难为你，你抱了人家的孩子，人家自然与你不共戴天。若是那庄户人家也就罢了，可是这等人家有力量动用全国各地镖局、江湖高手，任你跑到天边，也难逃一死。我们只是替人家找孩子，你我前世无冤，今世无仇。今天是你自己走到绝路上了，如果还想吃饭，放下孩子，各走各的道，奉劝你听这一句好话，咱们就是朋友，天下也就太平了。若听一声枪响，”紧接着当地响了一声，那人接着说，“你就去了阴曹，那里人畜不分，一样扒皮、剁骨、下油锅，我好话说尽，你那给个回音。”寄娘听了，心中好笑，月瑶师父说了，人死筋骨血肉臭皮囊都留在人世，只剩清风一缕，下油锅，你炸西北风啊。寄娘问关才，这声音耳熟，关才说：“是刘秃子他们。”寄娘撇了一下嘴，也没心思去想他们三个是怎么回事，但认为绝不会只他们三个，向下看这悬崖，十多丈高，自己背着孩子跳下去，没问题，可关才怎么办？事到如今，听天由命吧。看看背篓里的小通宝，着实可爱，寄娘抱出来，把东西装背篓里先扔了下去，拿个带子把通宝绑在关才背上，摸摸她的小脑袋说：“抱住大人的脖子。”关才这下明白了，这是要跳崖，腿一软就要倒，寄娘伸手揪住了衣领，翻手就是一个大嘴巴，一巴掌打不害怕了。常言说，艺高胆大，面对深渊，洪寄娘毫无惧色，只见她深吸一口丹田气，又紧了紧孩子背带，抓在手里，一推关才，自己一纵，三人一同跳下悬崖。关才眼睛一闭什么也不知道了，洪寄娘右手提着孩子和关才，左臂转开，耳边呼呼风响，全然不知，看看离地五、七尺，猛地一提关才，松开手，想双手着地来个前翻站起。哪知右手被关才挡了一下，身子一偏，左脚已着地，只好左手接地，向左一滚扑在地上，皮都没破一下，可一看左脚，脚心已朝外，寄娘吓坏了，平生第一次害怕。坐在地上看那脚，差点儿没掉下泪来，搬过左脚握住脚掌，使劲往回一掰，只听嘎巴一声响，愣是搬回了原位，只见寄娘顺脸淌汗，其痛楚无体验者不能道也。再看关才趴在地上，人事不省，小通宝哇哇大哭，这还是头一回，孩子是吓坏了，寄娘也顾不得他们。撸起裤腿一看，脚脖和腿肚一般粗，路是走不了了，这几个杀手来了，可怎么办，洪寄娘这回真是绝望了。

可是天无绝人之路。此时金老太一行就要赶到这里，洪寄娘已听到远处车马声，果然金老太大车赶到，听到孩子哭声停了下来。这荒山野岭如何会有孩子哭声，让人顺哭声去找，见到了寄娘三人。春常抱起孩子问寄娘，发生了什么事，寄娘说从山上摔了下来，春常也没多问，唤醒关才。关才爹一声、娘一声哭叫，寄娘心烦，在肩胛处一点，关才立时没了声，死了一样。六叔解开他的衣扣一看，胸上肋骨突出，许是断了，他是脸朝下着地，满脸是泥，幸亏没有石头。春常过来跟奶奶说：“山上掉下三个人，男人伤得很重，女的脚脖摔断，孩子在男人背上一点儿没伤。”老太太说：“抱来我看看。”金老太看这孩子比金梁大，摸摸胳膊，摸摸腿，孩子不怕生人，讨人喜欢，这时众人把寄娘搀扶过来，关才也抬到路边。老太太问：“因何落崖?”寄娘说：“被歹人追赶，想一死了之，不曾想落到这般地步，想是歹人随后就到，落难之人，不愿连累他人。”老太太抬头看看断崖入天，人落下必粉身碎骨，焉能活命，看他们只有小伤，大为惊疑，想是有神灵相助，上天让我遇上，必有因缘，我岂能见死不救。再看洪寄娘立眉鹰眼，全身上下如刀刻一般，哪是寻常百姓人家儿女，且被人追杀，定有非常来历，就说：“此处不是说话之地，上车，回千金寨，救人要紧。”六叔说：“店东告诉，前方三旗镇是大集市，想必能有医生。”老太太说：“我是想摆脱歹徒。”洪寄娘听了，内心感动，鹊儿把通宝抱在怀里说：“坐大马车好不好?”通宝连叫“好好”。可想而知，那竹篓子里有多憋屈，六叔叫两个有力气的女人下车，给关才腾出个地方，老太太拉寄娘挤在自己身边，吩咐加鞭快赶回千金寨。山上刘秃子三人已看见寄娘跳下山崖，心生欢喜，自觉那大黄鱼儿已轻易到手，寻路攀下山来，准备收拾尸体，给东家报信，坐等领赏。当看到洪寄娘落崖的痕迹却不见人影，心中害怕，这样高人，我等哪是对手，咱们只远远跟着，等她到了落脚地，咱们给东家报个准信，也就是了。

且说金老太一行早上出了千金寨，过午又回来了，进北门路边就有一洪家店，院内宽大干净，就赶车过来。店家见这么早就有人住店，一下出来五六个伙计，拉马车进大门，车辆靠墙停好，卸下马套，牵进马棚，饮水喂草，店主亲自将老太太让进客房。老太太说：“若老板放价公道，则在贵处多住些时日。”店老板说：“看你老也不是头一天出门，一路的时价你老自然心中有数，一切从优如何?”老太太又说：“还有一事相求。”叫人搀寄娘，抬关才进屋，洪老板看了看寄娘的脚和关才的伤说：“脚伤好办，这条街上老杏林药房的膏药很是厉害，贴上用不了几日就会消肿。”说着打发伙计去请先生，“小老弟的肋骨嘛，千金寨有两家外国人开的医院，白俄办的这家离这不远，小店有送客马车。”略沉思了一下说道，“还是我自己送去吧，小可不才倒是会几句俄国文，你们自去，怕是让他拿了黑，老人家你看可使得？”老太太点头称谢，叫春常、金小、六叔跟着。洪老板说：“店里有伙计，你的人派不上用场。”老太太就叫春常带二百块大洋跟着，寄娘带着哭腔说：“本来身上有钱的，一看脚歪在一边，就蒙了，忘了找钱。”老太太说：“小事。”又叫春常回来给孩子买点心糖果，老杏林药房的先生倒是便当，说话间就来了，见寄娘脚脖肿得滚瓜溜圆，拿出膏药，点上蜡烛，烤软了趁热贴上，问寄娘可还疼，寄娘只得说：“是好些了。”先生说：“我这膏药，八辈子祖传，方圆百里，谁不知道，三天保你下地。”又给寄娘开了三剂活血化瘀的汤药，洪老板对先生说：“是我家远亲，记小店账上。”送走先生，洪老板对老太太说：“你老要是给钱，他得多要你一块大洋。”老太太点头称谢，洪老板要众人吃饭，说后面已备好，饭后去白俄医院，只是你这位伤者昏迷不醒，寄娘知道再过半个时辰他就醒了，不用点他。正好去医院，就说：“吃饭喝水，又会多事，等晚上回来再吃吧。”鹊儿过来抱起通宝，六婶搀寄娘，寄娘说：“早上从山上掉下来，五脏颠倒，这会儿不想吃东西。”老太太明白，她是觉得自己行动不便，不愿麻烦人，此人倒是值得同情，就说：“我也不愿动，端过来吧，给我们做两碗鸡丝面。”鹊儿想说什么，老太太摆手说：“孩子吃饱了，让他们在院子里玩儿。”鹊儿也明白了，老太太想和她说说话，偷偷跟春常说：“奶奶这不是自找麻烦吗？她也不像好人哪，跟奶奶说咱们还是赶路吧。”春常说：“你敢说，我可不敢说。”这时伙计送了两碗面来，老太太对寄娘说：“你我虽是萍水相逢，可此乃天意，不必客气。”洪寄娘含泪端碗吃了，老太太也吃了半碗，叫人收拾了。她很亲切地对寄娘说：“我家姓金，凤凰山人，那两个孩子是我重孙子，我们家是去边外开荒种地，敢问姑娘投向何方？”寄娘听了心说，正是自己要躲的地方，就说：“那我的孩子也是您的重孙女，我就叫您奶奶吧，等我能下地，就给您老磕头。”老太太高兴地说：“此话当真？”寄娘说：“你老救下了我的性命，便是再生父母。”两人直聊到掌灯时分。寄娘对这老太太感激、敬重，佩服得五体投地，就将自己的身世，因何至此，毫无保留地说了。老人亦感慨万千，心想高人传授，想是了得，没看错，日后定有大用。这时门外传来洪老板说话声，春常他们回来了，洪老板对老太太说：“洋大夫给动了刀子，须在医院里扎洋针，半个月可下地回家，我留个伙计在那里守着，有事回来送信，吃饭、拉屎、撒尿洋护士全管，只是押了一百块大洋。”春常说：“那洋大夫的治法跟锔锅一样，割开皮肉，在肋条上钉个锃明瓦亮的巴锔子，用螺丝拧上，再缝好皮肉，和劁猪差不多。”众人都笑了，寄娘称谢说：“住三五天就回来吧，自己有接骨药。”洪老板说：“这须看刀口是否长好，洋大夫说七天拆缝线，除线后再说。”老太太说：“不急，我家洪姑娘着急了，她和你是本家，都姓洪，可不是那没来历的，洪秀全的后人，不知洪老板是哪里人氏。”洪老板说：“山西洪洞县大槐树，不知哪辈犯了事跑千金寨来了，千金寨跟洪洞县一样没好人。”说罢大笑，笑完了说：“敢问你老这是搬家呢还是投亲？”老太太说：“去边外种地。”洪老板说：“你家男丁去几年了？”老太太说：“都在车上，才走到你这。”洪老板一下站起来说：“就你们这老的老、小的小，连扶犁铲地的人都没有，还有你老这高龄，敢做此壮举，确实让我这男人汗颜，我以为你们家男丁先去的，已打下了粮食，盖好了房，这是接女眷和孩子的。”老太太说：“这洪姑娘还是路上遇到的。”寄娘说：“要不是奶奶相救，什么样的死法就不知道了。”洪老板一听，心说，这老太太不但有胆识，且仗义，不由得心生敬意。这时伙计进来叫洪老板说：“上回天津卫古董店的佟老板从满洲里回来了，还有三个人，请你看看货。”洪老板对老太太说：“你老有什么事尽管吩咐。”又对寄娘说：“咱们就算是自家兄妹了，宽心养伤，回头我叫他们串房，不挤在一起。”说完出去了，老太太好像听明白了什么事，反倒增添了心事。

到这时，还须将这洪老板做些交代。此人姓洪名全福，年轻时随父到俄国做瓷器生意，想是生意尚可，后来他父洪老先生迷上一金发女郎，女郎发誓说，日后随其回中国，哄得老先生不知道祖宗是谁了，一点儿积蓄也都花在女郎身上了。这白人姑娘就曲意迎合，不久老先生就招架不住了，可人家姑娘年轻，如狼似虎，便又与一小军官火热，老先生一时气愤不过，大病一场，还好，算其明智，收拾收拾回国了，瓷器店扔了。自己落了个晃头摆手的毛病，自觉无颜，闭门养病，好在洪老板孝顺，从不多言。回国后，别无生计，将自家院落，几间老屋，改成一个大车店，这车店生意倒也好做，只将屋舍院落收拾干净，坐等客人车马上门就是了，可是也没有多大收益，但这洪老板在瓷器古玩上很有见识，和过往客商兼做起古董生意，还真让洪老板捡了几宗便宜，没几年，将东西两院房产买下，扩了门面，开了酒楼，洪家店兴旺起来了。过往客商络绎不绝，洪老板待人诚恳，处事通达，且见过大世面，地面上踢得开，头面上叫得来，在这条街上口碑甚佳。光阴似箭，日月如梭，现已年过半百，人也发福，只是战事连年，兵荒马乱，生意萧条，大不如前，再也没有奇货可遇，可洪老板并不在意，过得去就行，今天金老太太一行让洪家店又热闹起来。最高兴的是孩子，因为来了小通宝，会翻跟头，会拿大顶，这给金梁、金柱平添了无穷的乐趣，洪家店大院实在好玩儿。

可是七天忽地过去，关才拆了缝线，虽能下地不用人服侍，可哪里出得了远门，且一年后须再来医院割开皮肉，除去钢钉。洪老板说："如车马着急赶路，人可留在洋大夫那儿，出院后先住小店将息，好了再去找你们。"寄娘很觉过意不去，但也毫无办法，窃喜自己的脚伤痊愈，便每至夜深人静之时，坐在床上行功数遍。通宝与金梁、金柱已玩恋，白天晚上都要在一起，金老太和洪老板甚是投缘，倒像是多年未见的老朋友，连日来彻夜长谈，不疲不倦。这晚，金老太对洪老板说："我让你看件东西。"拽过枕头，拆开横头，拿出一个小金碗，说是碗比碗小，比酒盅大，洪老板拿在手中，觉得有些分量，看盅里有龙纹，盅底有道光御制四字，便说："皇家之物，好东西。"老太太说："取手电筒来。"洪老板出去拿来手电筒，老太太接过对金盅一照，只见一条金龙出现在头顶上，洪老板忙用手捂住金盅说："快请收好。"然后点上灯，老太太心事沉重地说："我家祖上兄弟二人同为宫廷造办处匠师，兄弟俩历二十年制成此盅，自然也偷偷为自己制了一只小盅，便是此物，后兄弟俩于宫中暴病而亡，其制法没来得及传给子孙。"说完老太太面色极为难看，半晌无语，洪老板心说，什么暴病，皇帝心黑乃尔，看来此物也不知累及多少人命，老人家不愿多说，自己也不便多问，二人直聊到深夜。末了，老太太说："你再寻一颗珠子，百年后，放在身边，后世子孙必富贵兴旺，我们老家诸般都好，可后世子孙在那大山里，永无出头之日，不得已冒死弃之。"第二天洪老板一天没见，晚上拎个箱子来到老太太屋内，伸出三个指头说："只凑了这个数，不敢夺爱。"老太太说："仓促间，也算难得，开个百八十垧地，盖几间茅草屋应是绰绰有余，若不是遇上你洪老板，断不敢拿出，这等东西，落在谁手，乃由天定，未落奸商之手，祖宗便不会怪罪，不在其值多少，如此，明日告辞。"洪老板知道挽留不住，起身自去张罗明日送行之事，老太太叫住说："要件你家夫人的半旧衣服，给洪姑娘换上，不要艳丽，像我家女妇们穿的为好。"洪老板说："衣服现成，一会儿叫内人带过来让洪姑娘自试。"说完没动，半晌才说："看你老还有……"老人摇头，洪老板转身走了，洪家酒楼的伙计一夜没睡，为老太太一行做麻花、火烧、酱肉、腌菜之类路上的吃食。鹊儿、春常到柜上结账，伙计说："老板有话，分文不收。"二人大为不解，回禀老太太，老人家点头说："好人哪，咱们记下就是了。"二人更是不解，搀老太太上车，洪老板早已在车上坐下，说定要送出千金寨，一行人离了洪家店，看看出城已远，老太太说："洪老板请回吧。"洪老板仍依依不舍，老太太只好停下车说话，洪老板说："此去向北过长春、哈尔滨向东过鹤立岗，再向东二百里便无人烟，一望无边荒草原，任你开垦，只是白天土匪，晚上恶狼，十分凶险。"正说着，洪家小马车飞奔而来，赶车伙计跳下车对洪老板说："一应之物都办齐，只有洋药缺几样，寻了几家，仍未买到，所以来迟了。"洪老板接过鞭子对老太太说："车上为白花旗布十匹、黑花旗布十匹、洋油、洋火、麻绳、锄镰犁铧、锹镐等农具，还有一只洋炮，连同马车，一并相送。"说着递过马鞭，老人家手颤抖了，此举也让众人大为感动，洪老板接着说："你老为洪全福最敬服的人，临别请受我一拜。"说着跪下给老太太磕个头，老人忙命春常扶起，洪老板起身说："还有一言恐不吉，不敢言，先请罪。"老太太说："百无忌讳。"洪老板说："若此去不顺，请带全家回小店，全福将车店一分为二，并认作高堂，膝前尽孝。"老太太无限感慨，手指着小马车说："你我有此一遇实上天助我，自当成功，若事与愿违，那才有负先生高义呢，就此别过。"老人转身上车，还是流下了两行老泪，洪老板站那直到看不见了车马人影，才跟伙计往回走，一路闷闷不乐，若有所失。连日来一直为金老太奔走，店内积了一大摊事，忙了一天，晚上拖着疲惫的身子回到屋内，却见洪寄娘坐在椅子上等他呢，不由得一惊，问：“老太太有事?”洪寄娘笑了，从怀里拿出金盅递给洪老板，深施一礼说：“洪兄恕罪，恩人和洪兄的交易我尽知，原意是盗金盅报救命之恩，但看洪兄如此仗义，寄娘存此心无地自容，也为老人所不许，倒叫我这江湖人羞愧难当。”说罢二人大笑，洪老板说：“这老太太多不容易，为后世子孙，如此奔命，令人敬服，不过有贤妹在身边，不至于有凶险，请将金盅带回，百年后给老人压棺材底。”寄娘说：“这我回去都不敢明说，恐老人生气，还忍心惹她!”洪老板说：“吾生有此一遇，岂非一大快事，愿与大侠八拜为交。”寄娘说：“你我早已胜似兄妹，落难之人，恐给府上带来不吉，唯铭刻在心。”说罢一拱手，转身出屋，再抬眼人影不见。

欲知后事如何，且听下回分解。

第四回

世代江湖弃江湖　父子猎人猎貔貅

天地庄生马，江湖范蠡舟。世事无常，人生难料，单道鲍家班江湖卖艺，突遭变故，不得已亡命关东，落草桦树岭，豺狼入侵，化家仇为国恨，演绎出一段凄美悲壮的故事来。

闲话少叙，江湖多的是凶险，种田吃的是辛苦，却各有各的道，各有各的苦乐。鲍家兄弟家住河北吴县鲍家湾，早年鲍家湾有鲍、马、迟、过四姓，现只剩鲍、过两姓，可知江湖卖艺这碗饭之艰难。鲍、过两家之所以兴盛不衰，因以种田为基，外出卖艺，家中田亩不令荒芜。杂耍之乡，即使经商务农之人，亦有一二绝活在身，也有闲时外出，忙时务农的。耍把式与习武本为一家，但习武学的是杀人的本领，耍把式是玩儿给人看的，只求赏心悦目，实乃江湖混饭之法。但习练起来与真功夫吃的是一样的苦。鲍家祖训，凡男丁均要练真功夫，有了真功夫，便有了本钱，为的是常年在外，江湖险恶，难免被人欺凌，真功夫在身好随时防身自救。鲍家班一行十六人奔走在河南、河北、山西一带，班主鲍东山已年近半百，堂上父母健在，生有二子一女，长子有伤，不能上场，留在家中照料爷爷、奶奶和家中田地。小儿子七岁也能上场，女儿鲍银花十五岁，已在班里挑大梁，令鲍班主十分欣慰，自然疼爱有加，一个是掌上明珠，一个是肝尖心头肉，比自家性命还重十分。二弟鲍西山二班主四十有五，儿子鲍银镖二十五岁，已娶妻生子，长女二十岁已嫁人，小女儿不愿离娘，由她在家玩耍。班中唯银镖武功精到，办事老成，可接哥俩重任，兄弟俩的意思，再跟两年就交给孩子，自己在家过那清闲自在的日子。可天不遂人愿，这日行到唐山境内窦家集，天已过午，如要赶路，天黑前进不了唐山，住下吧，为时尚早，班主鲍东山说：“看这窦家集也不算小，撂地打场，敛个住店饭伙钱。”锣声一响，不管远近，听到了声音就围拢上来，因很少有江湖草台班子在此停留，今日来了，岂能错过。姑娘鲍银花走了一趟滚地刀，因姑娘个子不高，鲍班主专为女儿编创，姑娘玩儿得也精，恰似一个彩色圆球围场滚动，见刀不见人，忽地姑娘一个鲤鱼打挺起在空中，又一个鹞子翻身落下，博得全场一片喝彩声。姑娘放下单刀，提起金梭，摆了个金蛇缠身的架势，只见金梭上下翻飞，如同一条黑色长绸裹住姑娘银色的衣裳，极为爽利，这金梭也为鲍家独有，黄铜炼铸，三棱形状，一尺二寸长，配以七尺紫檀木杆，虽为观赏物，急切时也可作兵刃。鲍家班能立足江湖数十年，靠的就是男丁为真功夫，女的玩意儿精当，把式新奇，窦家集的观者无不拍手叫好。这时从外面挤进几个人来，众人见到他们，霎时散去，鲍班主知道地头蛇来了，对这类事也见得多了，忙上前赔笑说道：“初来乍到，不知山门朝哪开，明日一定登门拜访。”其中一个大块头，南瓜一般，三十多岁，少说二百多斤，从干涩嘶哑的嗓子里挤出来一句：“不必了，穷耍把式的，跟要饭差不多，早早赶路吧！”鲍班主说：“因早上走得迟，刚到此地，如再赶路已无宿处，只好在贵宝地住一宿，明早离开。”这人愤怒了，“不行，即刻离开！”

此人是谁，为何这般无礼，书中交代，这人叫窦虎，排行老七，人称窦七爷，为集上一霸，养着一群恶狼一样的奴才，坏事做尽。数日前抢了一个姑娘，谁知这姑娘性情刚烈，百般不从，触墙而亡，死前咬碎银牙，狠狠地说，晚上做厉鬼前来索命，惹得窦虎晚上噩梦不断，白日神情恍惚，十分烦恼。请教一位看命先生，先生说：“近日有血光之灾。”嘱其不可见生人，百日后可消灾。窦虎信了，吩咐打手们凡过往行人，做买做卖的均不许在集上过夜，今日见来了一伙耍大刀的，更得速速赶走。所以踢开人群就进来了，这些打手平日横行乡里，以欺压软弱乡民为能事，况今日主子在跟前，就更像狗不像人了。一个长着金鱼眼睛的打手说：“就这么让你们走了，那是便宜你们了，在这块地皮上，我们七爷的话就是圣旨，没人敢违抗！”姑娘鲍银花气得柳眉倒竖，杏眼圆睁，说：“这是你们家的天下呀？”鱼眼小打手笑了说：“小姑娘长得俊，小嘴说话也好听，你说对了，这里就是七爷的天下。”伸手去摸姑娘的脸蛋，姑娘切腕一掌，这小打手捧着手脖子嗷嗷怪叫，众打手见了一齐上来，姑娘没小心被推倒在地，鱼眼打手窝心一脚，姑娘一口鲜血从口中喷出，再看姑娘已魂飞魄散。鲍家班众人还在向窦虎赔着小心，没看见身后姑娘被打倒口吐鲜血，众打手一看出了人命，呼啦一声溜了。鲍家班人操刀要追，被班主喝止，鲍东山抱起姑娘放在车上离开了窦家集，来到一个荒坡上，把女儿葬了。鲍东山泪流满面说道：“此仇不报无颜活在世上，二弟、大侄留下，余者速速回家各自谋生，我们三人去找仇人索命，如果顺利也得远走他乡，不能回家。”鲍银镖过来跪在二老面前说：“报仇事交给银镖，银镖自幼随大伯习练武功，对付一个地头蛇自信不会让二老失望，报了大仇即刻回家。”鲍东山说：“你有所不知，鲍家班在江湖上也小有名气，窦家乃有钱有势大家，很快就会打探清楚，如果我们在外，家里人自会平安无事。窦家人不会惊动他们，为的是等我们回家，如果我们回家，怕都会有凶险。”想了想，又将银梭留下对他说：“如果上天不佑，报仇不成，反遭毒手，家里人怕是也不会有好日子过，不许你回家，隐姓埋名在外闯荡，拜师学艺，鲍家的深仇大恨就靠你了。”说完将班上财物分给大家，众弟子只得跪地磕个头洒泪而别，连夜赶回家中不提。送走亲人，剩下父子四人，在庙里躲了三天，想是回家的人也已到家，窦虎家宅也踩探清楚，离了破庙，在大路旁一家乡村客栈住下，夜深人静，留银梭在店内等候。三人摸进窦宅，窦虎女人听到动静，穿衣坐起，迷蒙中窦虎也有所警觉，情知不妙，伸手向枕下摸枪，银镖已到床头，手起一刀，窦虎便没了声息。那女人跪在床上说：“我是好人家儿女，被其抢来，饱受欺凌，也算为我一家报了仇。”一指大柜，“那里是窦家的不义之财。”鲍东山说：“打手们住在哪儿。”那女人说：“在耳房里。”鲍东山点头，一手将锁头连鼻拧下，打开大柜果然堪称巨富，扯下了三块被里，将金条大洋包好，三人系在腰间，金银首饰便拿不得了，鲍东山对那女人说：“将其埋在地下，过后偷偷取走，可得平安。”三人转身奔耳房，打手们睡得正香，一刀一个半点儿声息没有，进厨房搬倒油缸点着，三人跳出墙外，飞奔客栈，转过一条街见后面大火冲天，照亮了窦家集。百姓冲到街上，见是窦家无不叫好称快，哪里有人去救。那日对银花姑娘窝心一脚的小打手，因手腕有伤，这几日养在家里躲过一劫，这天夜里见外面火起，开门见是窦家大火，就奔了来，正好与鲍家父子相遇，这也是天理昭然。鲍东山嘱银镖街上人多不可杀人，银镖兜头一拳，正打在左眼上，人翻进了沟里，虽捡得一条性命，却落下个血红眼，样子十分吓人，但也记住了银镖有颗眉心痣，这便是打蛇不死，留下了后患。

父子三人赶到客栈，银镖背起银梭逃离窦家集，一路奔向关外，不必说那风餐露宿，受尽奔波之苦。这日行到一山脚下，一茅屋孤零零立在半坡上，屋前种有庄稼，鲍东山知有人居住，就向茅屋走去。未至屋前，一只大黄狗迎了出来，冲着三人吼叫，听到狗叫声屋里出来一个十四五岁的小姑娘，小姑娘看见鲍家父子，轻轻踢了狗一脚，止住了狗叫，转身回屋旋即和一个五十多岁的健壮男人迎了出来。鲍东山上前说："过路人，讨口水喝，孩子渴了。"老人见有孩子，知不是歹人，开柴门将四人让进屋，姑娘转身端来大水瓢，鲍东山接过，几个人立时解了口渴，主人说："听口音几位不是本地人。"鲍东山说："家住河北吴县，说不得，一言难尽，天降大难，出来躲灾，也不知哪里是一站。"说完连声叹气，主人说："这里天边国界，深山老林，怕是没有都市人的活路，且有孩子，还是须进城谋生，抄小路四十五里，现在太阳已偏西，今天要是把你们送走，就是把你们喂狼了，必遭雷劈，我这虽然没有好吃的，但也饿不着四位。"鲍东山听了，心说山里人真是忠厚坦诚，很感激地说："听老哥这么一说，真是不敢走了，只是不便打扰。"主人说："我还巴不得来个人说说话呢，我孙女就是愿意听山外的新鲜事。"鲍东山说："还没请教老哥你贵姓。"这人说："姓宋，祖辈打猎，都叫我宋炮，也有叫宋皮休的。"皮休二字一出口，这人立时神情惨淡，一时无语。鲍东山不知就里，见有些尴尬，接着说："家里就你和孩子?"宋炮说："家里人都叫黑瞎子吃了。"一语道出了山里人艰难的生存法则。

原来宋炮年轻时随父在山中打猎，从未失手，父亲老宋炮胆大敢冒险，为了给宋炮攒钱娶媳妇，老父要打虎卖骨，结果老虎没打成，老父送了性命。宋炮万分悲痛，独自一人开荒种地，有时也打个狍子，抓个狐狸，放山挖参等，找点儿山里人的来钱道。后来娶了一个死了丈夫的女人，虽然年龄大些，山里的日子也苦，但夫妻恩爱，接连生了两个孩子没活成，不久又生了一个胖儿子，给苦日子带来了欢乐。夫妻俩老早就给孩子起好了名字，叫栓柱，吃兽肉长大，这孩子长得粗大健壮，一看就是猎人的坯子，山里人日与野兽为伍，孩子一生的苦乐酸辛，便与野兽连在一起了。盼到了十八九岁，总算比老一辈强，老早娶了媳妇，生了儿女，宋炮也美滋滋地当了爷爷。时值四月天气，大田种完，爷俩心情高兴，也想弄点荤腥解解馋，犒劳一下疲惫的身子，就扛起老洋炮，带了粮食背上酒葫芦进山了。直到橡树岭连个兔子都没碰到，爷俩很觉沮丧，宋炮坐在树下抽烟，隐隐地听到远处传来野兽群的奔跑声，爷俩连忙各自解下腰间皮绳，往树上一搭，拽绳爬上大树。只见一只老虎追着一群野猪迎面而来，老虎一个猛扑，将一头野猪扑在身下。可奇怪这头野猪没害怕，撅着屁股在老虎腹下摇蹭，许是都处在发情期，这只肉乎乎的小母猪，还真把老虎的情欲给挑逗起来了。结果是老虎性欲战胜了食欲，就和这只多情的小母猪做起爱来了。完事后老虎站起身，小母猪发疯似的逃了，老虎愣了一下，晃了几下脑袋，优哉游哉地走了。爷俩看了这绝世的一幕，宋炮似乎想起了什么，在大脑里使劲搜寻儿时的记忆，一时又想不起来，只觉得这事不为吉利，悻悻不乐空手回家。爷俩半年没进山，只在山边打个野鸡、兔子，看看已是秋凉时节，家里也需添置油盐酱醋日用之类，准备过冬，就想进山碰碰运气，也真巧，又碰上了那群野猪，爷俩连忙上树，这回看得真切，一大群野猪，一个黄色有点儿像虎的小崽子夹在中间。宋炮这下想起来了，小时候听父亲老宋炮讲过，野猪生虎下熊，似虎者叫貔貅，似熊者叫熊罴，自古就有传闻，似熊者更为多见。想那上古之时，野兽满山，像小母猪这类风流事，应是时而有之，今蒙古草原上的兔孙，世上第一只骡子怕也不是人为之物。古人为这类怪物起了名字，造了文字，当不应是凭空想象，也算不上稀奇罕见。哪里出现此物，哪里便遭劫难，见之者，亦绝难活命。当年老父这话，让宋炮的心情十分沉重，怕是宋家大难临头，爷俩从此封枪种地，不再进山。

可是人在家中坐，祸从天上来，这年地里的玉米将熟，晚上被黑瞎子掰了一大片，宋炮只好摘下猎枪，晚上和儿子看地。这只黑瞎子也是有些怕人，一连几天晚上没有动静，爷俩心里轻松了许多。这天吃过早饭宋炮说：“没有黑瞎子有大雁，这几天雁群一队接一队围着苞米地转。”栓柱拎枪先出去了，他就不光是轰雁了，而是想吃雁肉，宋炮也随后出门，栓柱到了地头。果然里面有动静，端枪顺声音找去一看，心里一惊，一个黑瞎子带个小崽子，这母子俩掰一棒咬一口，扔了又掰，小崽子离大黑瞎子仅十步，栓柱上去就是一枪托，这小瞎崽只哼了一声就不动了。老黑瞎子听到声响一回头见孩子倒下死了，一窜逃了，等栓柱掉枪口，玉米棵子遮住了视线，只得对着响声打了一枪。宋炮听到枪声赶到地里一看，儿子打死一个黑瞎崽子，栓柱站那沮丧地说：“老黑瞎子跑了。”宋炮忽地心头火起，但一看儿子那样子又压下去了，自言自语地说了一句：“怕是没有平安日子过了。”声音不大，儿子还是听见了，不知道自己做错了什么，满脸的疑惑。宋炮语重心长地说：“我跟你说过多少次，就是不长记性，和黑瞎子近处相遇，能躲开最好，如果它先走开，也不能打它，一枪是打不倒它的，你打它一枪，它回身和你拼命，再装枪不赶趟，就算你有双筒枪，能再打一枪，也未必打倒它。何炮何大脑袋遇上了，躲不开了，黑瞎子就扑上来了，何炮只好打了一枪，扔了枪，双手抽出腿叉。何炮真不含糊，老黑身上挨了两刀，肠子都淌出来了，可何炮到底没跑了，老黑临死还把何炮脑袋啃了，那时还没你呢。你打死了它的崽子，它一定要找上门来报仇的。”小伙子不知道野兽复仇有多么可怕就说：“你没看见有多气人，掰一棒，咬一口，它来更好，我不怕，也就是晚上少睡点觉呗。”宋炮知道，他自己没经过的事，你说他也不服气，现在再责怪孩子也没用了。爷俩重新修整了篱笆，也知道这篱笆连狗都挡不住，在篱笆外挖了四个陷阱，可能进院的地方都埋上了地枪、夹子。吩咐女人看好孩子，外边有天大的事也不许出院，这样爷俩觉得放心些。看看地里的庄稼已熟，这天宋炮爷俩磨好镰刀去割地，临走还亲亲小孙子。却不知道这只黑瞎子就伏在附近草丛里，已经有些时日了，将宋炮爷俩行动看得清清楚楚，今天见宋炮爷俩出去了，已到地里干了一气活，它沿着宋炮爷俩出门的路线慢慢走到门口，推倒柴门，宋炮的小孙女正在院里和大黄狗玩儿呢，大黄狗见了大声吼叫跳出院外，奔向地里报信。这时大黑熊已冲到了女孩跟前，女孩吓得妈呀一声昏死过去，大黑熊见女孩已死，就没碰她，进屋照婆媳俩一人一掌，二人倒地，叼起宋炮小孙子，出门向山里奔去。宋炮在地里听到黄狗狂叫忙对儿子说："它来了。"小伙子扔了镰刀拿起枪，大黄狗就到了，跟着黄狗往家跑，进院见姑娘倒在地上人事不省，进屋见婆媳二人天灵盖已碎，倒在血泊里，小孙子不见了，小伙子转身冲出院，宋炮刚好赶到，喊住儿子说："救孩子要紧。"忙抱起小姑娘，爷俩千呼万唤总算睁开了眼睛，见到爷爷干流泪，哭不出声来，从此失声不会说话，爷三个抱在一起哭得是惊天动地。宋炮见婆媳二人的惨状，痛不欲生，只好用草帘子将二人卷了，埋在屋后山坡上，看着两个土丘，好不悲伤。只为小姑娘死而复活，使爷俩有一份活下去的责任，不然爷俩会撵婆媳二人去的，小孙女一下没了奶奶、妈妈，自己又不会说话了，就不住地哭闹。宋炮不忍，只好背在肩上哄着她，儿子收拾好柴门，撤了陷阱、夹子，熬过了他们最痛苦的一天。第二天早上宋炮醒来，儿子不见了，知道是进山了，也知道他找不到那老黑。每天只能和孙女坐在太阳底下发呆，看着对面的大山，搜寻儿子的身影。熬到第十天的时候儿子回来了，蓬头垢面，宋炮看了气得说不出话来。本想回来狠狠地骂他一顿，见成了这个样子，还能说什么呢，只剩心疼的份了，起身给儿子做饭去了，端上来看儿子那恨不得连碗吃下去的样子，心里又是一阵难过。忽地见儿子吃着吃着哭了起来说："只看见孩子的小衣服，那老黑连骨头都没吐。"宋炮听了恨恨地说："冬天它蹲树洞时再去找它，打猎人身上有野兽的血腥气，五里地以外就知道你来了，就是种田庄稼人，勒狗扒皮吃肉三回，一辈子狗不敢咬你，见你就躲，血腥气一辈子散不掉。"这年冬天是个多雪的冬天，看看已近腊月，宋炮跟儿子说："到时候了，我进山找它去，给我孙女剁两只熊掌过年。"儿子想说什么，没说出口，知道自己进山也找不着，只能怪自己没本事，跟着去吧，也不能把孩子一个人留在家里。只好乖乖地给父亲收拾东西，小米、盐、咸菜疙瘩，枪药、枪沙、枪豆都一粒粒仔细装好，宋炮将大斧磨得飞快，又做了三根木楔，大擀面杖粗细，一尺半长，一头削得尖尖的，儿子不知啥用，也没多问。第二天吃过早饭，宋炮对儿子说："要是碰上了野猪、犴达罕我就叫狗回来送信，你带爬犁接我。"说完带着大黄狗出柴门奔山里走去，宋炮在这大山里有三个地窨子。头一个离家小半天的路约四十里，桦树岭一个、橡树岭一个，相距都是半天的路，因雪天难行，第三天才到橡树岭。这时天色已晚，进了这个猎人的小屋，见有人来过，炕上有一件皮袄，不是山里人的样式，这人是夏天来的，天热扔了。宋炮也无心多想，收拾干净，生火化雪做饭吃完，铺上这件皮袄，倒头就睡。第二天早早就起来做饭吃完，剩下给大黄狗，扛着老洋炮，拎着大斧上岭。橡树岭满山橡树，秋天遍地橡子，野猪就靠橡子生存。野猪多，熊就多，其他动物也多，都是野猪招的。宋炮准知"它"在这儿，捡粗大枯树仔细察看，当看到一棵枯树上的雪壳有个气孔，周围有霜，心说你在这儿呢，将两把腿叉抽出，钉在树上，从腰间解下皮绳，搭在树枝上，拽皮绳一纵，站在腿叉上，树洞正好和腰齐。拿大斧敲树，果然震得它受不了了，伸出一只爪子掀掉了雪壳，搭住树洞口想上来，宋炮一斧将爪子剁了下来。只见它使劲地舞着断臂，伸出另一只爪子扳着树洞口还想上来，宋炮又一斧剁了下来。然后从腰上拽出木楔，趁它仰头张大嘴嚎叫时，插进嘴里，只三四斧就将一尺多长的木楔钉入体内，宋炮吐了它一口，长长地出了一口气跳下树来。捡起两只熊掌，扔给狗一只，这狗扑上去就啃，才啃了两口，突然抬头警觉起来，宋炮见了，知道有野兽来了。端起枪环顾四方什么也没有，这时大黄狗朝不远处的一棵枯树跑去，宋炮跟了来，果然树洞里有叫声，宋炮心说好哇，你们也是一家子。只见宋炮不慌不忙，从从容容如前法演练一遍，一刻也没停留，收拾好四只熊掌快步下山，宋炮只用了五天时间就回来了，这让儿子十分佩服，爷俩总算出了一口恶气。可是没给他们带来多大宽慰，新年过得索然无味，本来一个和睦欢乐的家庭，一下就成了这个样子，谁能受得了。

姑娘自从惊吓后不能说话终日呆呆的，脸色蜡黄，这让宋炮很是着急，又无计可施。心说老父的话应验了，那怪物不除，怕是还有灾难。自己老了没什么可顾忌的，儿子、孙女可不能再有什么闪失，豁出老命，也应把它除掉，死了也可闭眼。爷俩商量种完地，把姑娘送下山，托人照看几日，进山看看那怪物长成什么样了，宋炮有了这样的念头，真的又惹出一场灾难。黑熊已给这个家造成一场毁灭性的灾难，它复仇决心的坚定、行为的聪明超出了人的想象，现在宋炮又动了野猪家族的心思，可悲的是落得个同样的结局。猎人虽为野兽的天敌，可须借助工具，当徒手面对面的时候，可就脆弱得很了，这是猎人注定的命运，无法改变的。爷俩进山都十天了，踪影没见，儿子说："它不一定活下来，它打不过黑瞎子，冬天也没有它吃的东西。"宋炮说："野猪冬天吃草，吃树叶，黑瞎子冬天蹲仓，各有各的活法。"话声刚落，大黄狗警觉起来，好在爷俩脚下地势稍高。猪群远远地出现了，队伍可壮大多了，像老虎的怪物在后面压阵，个头比野猪大多了，由于离得远，长得什么样，看不清楚。等猪队伍走远了，宋炮察看它们行动路线，估计几天后它们还会经过这里。爷俩分两侧各选了一棵大树，在上面横上几根木棒，算是搭个铺位，把大黄狗也拉上树来，约好枪中怪物，儿子在对面放毒箭，一个时辰后下来。这爷俩真是好耐性，每天早上爬上树，天黑下来，整整在树上蹲了七天，中午高粱米饭团就泉水，还真盼来了。这回看得真切，皮毛像虎，样子很吓人，脑袋牛头一般，两根獠牙一拃多长，后边甩着一条细短的猪尾。宋炮对着大脑袋打了一枪，枪中耳后，怪物杀猪一样的嚎叫。儿子在对面一箭也中耳后，怪物站不住坐在地上嚎叫。枪响后猪群顿时惊散，可有一只听到叫声又奔了回来。怪物见了叫声更加凄惨，渐渐低弱，最后再也支持不住倒了下去，犹不时地叫出一声，艰难地喘着气。它真是不愿意死，好像知道自己的性命来之不易。这只回来的野猪守在它身边不走，用嘴拱它，那意思是扶它起来，宋炮不想打它，可它就是不走，只好慢慢地装着枪药，它也看见了树上的宋炮。枪对着它好一会儿，毫无怯意，亦无去意，宋炮只好开枪了，也中耳后，无声无息地倒下了，看来它是情愿赴死，头枕着怪物，可是它没有闭眼。儿子在对面一箭射在腿上，爷俩在树上慢慢地抽着烟，一个多时辰过去了，宋炮的心就是静不下来，他在这大山里和野兽斗了一生，从未怀疑过自己的胆量。头一回和野兽进行心理较量，也头一回见到野兽用这种目光和他长久对视，那目光里的仇恨和无畏让他心惊。忽然想起来了是“它”。那只在老虎嘴里逃生的小母猪，多么辉煌，和老虎生了个儿子，这个让它无比骄傲、无比自豪的儿子死了，自己也不愿独生，亲情重于生命，与人同理。宋炮震撼了，自己为了什么，不也是为了这份亲情吗？一种罪恶感让他惶惶不安，觉得它们不再是自己的猎物，而是一些有情有义的生灵。他混混惑惑，若有所失，他只想快些回家，从此不再进山。猎人生涯里的惊险、刺激都是作为美感享受的，当付出了血的代价之后，宋炮终于获得了刻骨铭心的感悟，但为时已晚，可谓命定难逃。他应该想到的，他都想到了，他没着急，先放下了大黄狗，这狗跑过去咬咬尾巴，咬咬耳朵，没有动静。宋炮的心情平静了许多，心说下去把它们埋了吧，叩叩自己的小烟袋，慢慢地下了树。儿子在对面见了，噌地从树上跳下来，快步走到这母子身边，刚哈下腰，只听嗷的一声，这位野猪母亲抬身一口将栓柱脑袋咬住，人兽同时倒下。宋炮听到这惨绝的一声嚎叫，大脑嗡的一声一片空白，眼睛什么也看不见，不用看，他知道发生了什么，但觉得还不至于是看到的这种结果。当赶到儿子跟前，见儿子趴在地上腿还在伸动，脑袋只剩一半，宋炮腿一软瘫在地上傻了，他恨的怪物，他爱的儿子死了。这一切为了什么，谁能告诉自己，宋炮痛心疾首，能怨野猪母亲的凶狠吗？它为儿子忍死复仇，虽为兽类，却让人类赞许，猎人更为折服。怨儿子吗？儿子很听话，只能恨自己，为什么进山，为什么非要和它们过不去，最后落得个两败俱伤的下场。快快跟儿子走吧，这一点，野猪母亲给猎人立了榜样。可小孙女怎么办，思来想去难坏了宋炮，最后觉得还是撵儿子去吧，看了儿子一眼，不禁老泪纵横，对天喊了一声：“大丫，别恨爷爷。”抽出腿叉，伸出手腕，这时大黄狗突然叫了起来，向前跑去。宋炮以为猪群回来复仇，看了一眼地上的枪没捡，坐那儿也没动，此时的宋炮已无所畏惧了，正好听天由命。这时有人说话了：“宋大哥，我是吴三，快叫住狗，我是听枪声上来的，要是打了大个，我也好捡个头蹄下水回去喝两盅。”宋炮叫住大黄狗，见是吴三、石贵，止不住大哭起来，二人一怔，可一看地上，明白了，再好的猎手也有失手的时候。劝解道，人死不能复生。等看清了那怪物吓了一跳，说：“这是什么？”宋炮止住了哭声说：“听父亲说叫貔貅。”二人听说过这名字，这辈子还真见着了，吴三心内有了主意，乐呵呵地说道："老哥，这是件可以轰动东三省的大事，你让全天下人见识了流传千古的貔貅，这要是献给张大帅，你一夜之间就天下扬名了，大帅一高兴，还不赏你万八千的。"宋炮听了，想起了老父的话，见之者绝难活命，自己死后能留点钱给孙女，也算对得起死去的儿子，禁不住又伤心地哭了起来。二人见状，觉得应把眼前的事做个安排，就不由分说，抬起栓柱放在一个凹坑处，拿大斧砍树枝盖了身体。山里人习惯出门必带个家伙，亦如种田人出门腰里别把镰刀一样，这把大斧既能砍树，又能刨土，二人又捡些碎石，总算把栓柱埋了，不致让大老黑吃了。然后十分小心地扒着貔貅的皮，私下小声说："骨头可当虎骨卖，咱俩费点工夫把它埋上，过后偷偷来取。"这二人何人，因何此时此地出现，看其说话行事也不是良善之人，确须向读者交代明白。这吴三、石贵本是小城两个无业游民，生计所迫，进山种大烟，几年下来收益可观，就纠聚了二十多人进山。收了烟就下山，三七分，自己不种了，当起了把头，买了枪亦匪亦烟地干了起来。家里买了地，城里养起了小老婆，正是春风得意之时。今日上岭，眼见得这又是天上掉下来的马蹄金。吴三说："兄弟，时来运转了，咱不在这儿蹲山沟了，上奉天。真要是见到了张大帅，就凭咱哥俩的机灵劲，瞅准了，看清了，保不齐在大帅府里弄个事混混。"二人越想越高兴，身上就越有劲，不一会儿，完完整整的一张皮扒了下来，吴三说："脑瓜骨可得好好收着，别弄坏了，没这副大嘴巴，这两颗大獠牙就不上相。"二人割下怪物脑袋，身子让狗挑好的吃，心肝摘下带着下山喝酒，这东西，天底下没人吃过，美得二人像刚吸足了大烟。剩下的刨个大坑，埋个结结实实，累得满头大汗，可心里是抑制不住的喜悦，拉起宋炮，美滋滋地背起他们俩认定的马蹄金，宋炮是几步一回头，带着无限的悲痛，离开了这个让他生死两难的地方。三个人、一条狗下山了，到了宋炮家里，将怪物皮上的肉里子刮净，抹上芒硝，非一日之功，鞣好了，填上乌拉草，立在那里，活的一样。吴三、石贵美滋滋地说："为了大哥这事上奉天，路上一应费用都是我们哥俩的，到时分哥哥点赏钱。"宋炮说："无论多少，咱们二一添做五平分。"二人听了高兴，掏出皮囊里的乌拉草包成两包，三人一人一个大包背在肩上，出门奔鹤立岗，坐火车到了奉天。

下火车一路打听大帅府，到了警戒区，三人不懂规矩，径直奔府门，被执勤误会。吴三说："见大帅献……"话没说完，啪，挨了一记耳光，一个踉跄倒在地上，口吐白沫，眼珠上翻，手脚抽搐，好心人帮忙指引抬到大帅府对面莲花观门口说："观主医术高明，远近闻名。"这时围观的人越来越多，惊动了观主，下了坐榻，众人见观主出来，便退在两边。宋炮见这道人，五十上下，一绺山羊胡，玛瑙簪别发，天青色道袍，下看一条木腿，状如高跷。道人走近前见是抽风病人，开言道："若施主心诚，多施香火，感动仙师，或许可医。"石贵听明白了，跑进大殿在三清前拜了三拜，投下五块大洋，小道童出来在师父耳边说了几句，道人叫道童回去取针，道童飞快取来。只见这道人拿起银针，用酒浇过，在吴三颈后扎了三根，手里还有三根，没等再扎，吴三便不再抽动，慢慢睁眼，翻身给道人磕头称谢。宋炮向道人一拱手说道："敢问师父，哑人可扎得？"道人说："耳聋便无望，如年轻体健耳不聋可以一试。"宋炮大喜接着说道："在下江北猎人，来大帅府献貔貅，小孙女因惊吓口不能言，来日请师父看视。"话没说完，早有好事者报给了帅府执勤，这时一下闯进七八个荷枪实弹的大兵，将三人带进了大帅府，由一人去报说："三个江北猎人，要见大帅献貔貅。"大帅一听特别高兴，放下公务说："快叫进来，光听说可没人见过，难道世上真有此物，咱们一块开开眼。"三人被带进帅府大厅，只见上面站着一个身着便装，个子不高，年可六十，颌下山羊须，极是精明利落的一个小老头儿。三人忙哈腰施礼，小老头儿摆手说："快看看你们的宝贝。"三人打开包裹，撑起怪物，大帅围着怪物转了三圈问宋炮说："你怎知此物是貔貅？"宋炮说："小时听父亲讲，此物长在野猪群中，还有似熊者叫熊罴。"大帅点头说："看这大嘴巴子和小尾巴，还真像外边那个石头的，古人还真不撒谎，这回来个真的。"环顾一下左右，"咱们是不是要发财了，小日本要买矿山、买铁路，我他妈了巴子信不着他。"吴三对大帅说："宋大哥为了打它，儿子被咬去了脑袋。"大帅一听默然，回头吩咐取两千块大洋，侍从端到宋炮跟前说："大帅赏的，收下吧。"宋炮从未见过这么多钱，不敢接，大帅说："拿着，往后常来走走，讲点山里的新鲜事。”宋炮谢过说：“当时多亏两位兄弟帮助处理后事，指点上奉天见大帅。”大帅说：“好哇，赏你俩点什么呢。”二人忙说：“不敢要赏，只想找个事做，讨碗饭吃。”大帅说：“这好办，我给你们钱县长写封信，回去保你满意。”早有帅府当家记者一顿拍照询问，然后吩咐备饭，三人被带下去吃饭。由侍从二人抬起貔貅放在大帅椅子旁，大帅越看越高兴，设宴庆祝。第二天多家报载：江北父子猎人勇斗貔貅，儿子被咬住脑袋，仍与怪物搏斗，父亲趁机一刀刺死云云，此事亘古未遇，将预示大帅进京总督天下兵马，当时一片誉美之声。可也有文字说，此为不祥之兆，东三省怕是要遭劫难等语，虽为信口浪言，可此物进大帅府不到一年，皇姑屯爆炸声响，豺狼来到，猎人宋皮休也为东北人尽知。

再说吴三、石贵二人觉得能在大帅的饭桌上吃顿饭，足以在人前吹嘘一辈子，怀揣着大帅的书信，宋炮分给的一千块大洋，出了大帅府来奉天的大街上一看。吴三说：“奉天就是天，九道沟就是地，咱俩到了天上，不能就这么回去了，怎么也得闻闻天上仙女的香味。”石贵更是美得不知姓啥了。二人把宋炮送上了火车，找家旅馆住下，刚安顿好，就有两个日本人来请，说是请教猎取貔貅事。二人听了，心知财神来了。什么也没问，随二人来到一个日本式饭馆，脱鞋进屋，酒菜随即端来，日本女人跪在旁边倒酒。二人哪里见过这个，美得身上刺挠，心里痒痒。日本人详细问了貔貅出现的时间、地点及猎杀情况，二人虽然没见着，却能吹得精彩神奇，这也为本事。日本人听得很是认真，并仔细记录。最后问：“骨骼能否收集齐全?”到这时二人听明白了，日本人要买骨头架，二人对付这类事，那可不白给，就说：“当时不知怪物骨头架有人要，我们扒了皮就下山了，尸骨一准叫野兽叼得满山是，怕是不好找。要找，须多叫人上山，多给工钱能找到。”两个日本人一听有希望，大皮兜一拉拿出一千块大洋放在二人面前，二人的眼睛立时不会动了，忙说：“二十天后交货。”日本人说：“如果一块不缺，再付两千块。”吴三说：“头在大帅府。”日本人说：“这个的知道，头骨不算。”二人这时心里如喝蜜一般，但也知此处不可久留，面对美人美酒实在难舍，二人对了一下目光说：“酒喝好了。”起身要走，日本人摆手叫坐下，然后指着两个日本女人说：“她们的要?”

话音刚落，二人同声："要。"然后就伸手去摸，日本人笑着关上门出去了，两人一人按着一个就除去了人家的衣裙，要说真是有辱斯文，笔者道来都觉脸红，不说也罢。人家日本女人，那是世上最温情的女人，轻轻款款面含微笑，任你摆布，石贵情不自禁地说："三哥，你不是想上天吗?"吴三一听这话，突然觉得不对说："怕不是做梦吧?"啪，抬手打了石贵一个大嘴巴问，"疼不?"石贵带着哭腔说："死人才不疼呢。"没把两个日本女人笑死。吴三、石贵心满意足，恋恋不舍地离开了两个日本女人。怀揣巨款，不敢停留，回到吴三家中，小娘子刘彩凤满面春风把二人让进屋。吴三啪地把钱袋扔在她怀里，随即又伸手拿出五卷给石贵，石贵心中有气，不敢明言只得接了，心说，这回本该分得一千，你吴三只给五百，你房子有了，小娘子美得馋死人，还回回占大头。酒菜上来了，喝两盅就放下了，吴三倒是十分得意，三杯下肚，便乐不可支了，满嘴喷着酒气说："跟三哥混亏不着你，这不也可以买个房，接个人了，把钱给你嫂子，就叫她给你办，她那姐妹一个赛一个，比那日本人……"没说完连忙打住笑了，接着说："等把那骨头棒送去，回来咱俩就去见县太爷，把大帅书信一递，三哥我就看好警察局长，那叫威风，你给三哥当保镖，往后进山收烟土，里里外外都交给你，再给你弄个家伙带着，看谁还敢小瞧咱哥们。"说着舌头也不好使了，眼睛也睁不开了，头一歪鼾声响起。小娘子刘彩凤过来撤了杯盘，抬起吴三脑袋垫个枕头，拽过一床大被盖在他身上，又给石贵铺好被褥，自己进里间睡了。石贵见刘彩凤在地上走来走去，臀丰乳颤，不由得春心荡漾，寻思这吴三今晚死了才好，这个家和这女人就是自己的了。还有大洋两千，山里的烟土，警察局长，想到这热血沸腾，恨不得上去一把将其掐死，可怎样才能无声无息，没有痕迹将其弄死呢?猛然想起，趁人熟睡将铜钱压在心口上，就可致人死命，也不知啥时听说的，今晚自己何不试试。掀开被，在吴三心口上放了三块大洋，心里默默地说："你快死吧，你要不死，就没我石贵的出头之日，我就得伺候你一辈子，你不是想上天吗，你去吧，不遭罪，一觉就到了，也别怨我，我给你戴孝当儿子，你别动，也别出声，西南大路，以后逢年过节我都给你烧纸。"一个时辰过去了，共加了十八块大洋，再看吴三气脉全无，又过了两个时辰，身体冰凉硬邦邦挺尸了。石贵连忙收起了大洋，盖好被，恨不得冲进里间去占那女人，可还是告诫自己别坏事，只好躺下蒙头大睡，可哪里睡得着。看看天已放亮，心里稍安，鬼魅不敢来了，便闭上了眼睛，迷蒙间见吴三从门外进来，怒目圆睁奔了过来，吓得石贵跪在地上大叫。刘彩凤在里间被叫声惊醒，出来见是石贵魇着了，掀开被见石贵汗流满面，大叫三哥饶命，刘彩凤平日就看不惯石贵那双色迷迷的眼睛，早就担心他在自己身上使坏，今日让他多叫一会儿心里也痛快，看看实在过意不去，也没客气，掐着耳朵就拽了起来。石贵惊醒，仍抖做一团，等明白了是梦，才放下心来说："梦见一帮小鬼把我和三哥抓住了，吓得我大叫，亏得嫂子叫醒，再待一会儿就吓死了。"刘彩凤见石贵反常，料想他心中必定有鬼，再看吴三声息全无，往日鼾声如雷，莫不是被石贵害死了？伸手一摸，果然又凉又硬。刚脱口要说，是你害死了吴三，又忍住了，刘彩凤虽为农家女，可自幼流落风尘，也算见过世面，知是石贵所为，但这时也奈何不得他，这一腔怒火便化作了悲伤，扑上去哭道："你怎么就无缘无故死了呢，昨晚还说带我上奉天呢，你一声不吭就走了，叫我可怎么办哪！"石贵也装模作样哭起来，刘彩凤见了心说，你能使坏，我就不会？吴三你冤魂有灵，我定会给你报仇。在刘彩凤心中，吴三虽非如意郎君，毕竟花钱将自己救出火坑，这也算是一份恩情，一阵伤心不由得放声哭了起来，想自己父母双亡，虽有个兄长，也不知流落何方，今日若在，也不至任人欺凌。石贵在一旁暗自得意说道："人死不能复生，请嫂子宽心，一切有兄弟我代劳，还是先张罗给三哥发丧吧，我这就去报官。"不多时警察署的医官，红白喜事的牙行等男工女妇就来了，搭灵堂的，买棺材的，所有事项都有人管办，不劳主人操心，只付银子钱就是了。医官仔细验过认定，酒后猝死，立时就有人围着死人跪地大哭。

等诸事圆满告落，刘彩凤对石贵说："这几天多亏了大兄弟里里外外张罗，这大恩日后必报，我还有一事未了，在蕊香院我们好姐妹五人，独我跳出了火坑，还有四人在那里熬着，实在于心不忍，老鸨子有价，五百块大洋放人，可我只有一千五百块，四人领三我真是没法去，你替我去一趟吧。"说着把钱袋递给石贵，石贵接下心里美得一下开了花，我这不是梧桐树吗，真的是时来运转了！兴冲冲出了门，心想这事我得办得漂亮点，这可都是我嘴里的肉。进了蕊香院，胖老鸨子说：“许久不见，石二爷想是发财了。”石贵说：“财嘛，也发个小财。”抬手一扔钱袋，老鸨子一摸说，算。石贵又说：“官吗，也想混一个当当。”老鸨子嘴一撇说：“就你，叫你一声二爷，你也不带秦琼那两步走。”石贵笑了说：“咱这警察署没有正职，别的咱也不会，从小没念过先生，要是在这条街上管个治安，你看兄弟我干得来不?”说着从怀里拿出张纸在老鸨子眼前晃了一下，老鸨子接过一看大帅府张作霖，舌头一伸说：“看不出二爷还有这能耐。”石贵收好了信说：“明天过江见县长，你看这张纸能好使不?”胖老鸨子说：“二爷你有了这张纸，可不至于就管那几十个人。”石贵说：“我这是把握说话，大帅是我舅老爷，我也不能给他老人家丢脸是不是?”胖老鸨子这会儿变了腔，讨好地说：“二爷今晚看上谁了，你说说我这蕊香院的姑娘哪个第一?”石贵笑嘻嘻地说：“那还得说人家梁果，那大腿滚圆，屁股初一拍一下，十五还颤连，就那双二齿钩眼睛，瞟你一眼，别人不知道，我这魂就勾去了。要说还是你老厉害，从小就看出来了，名也起得美，可就是个黑道名，今天二爷不搁你这玩儿，领家去慢慢地受用。”说着把一千五百块大洋拿出来接着说：“这钱你收好，高枝、梁果、田杏、迟园我领走，这个面子你怎么也得给吧!”然后对四姐妹说：“你姐在家等你们呢。”四姐妹一齐把眼睛投向了老鸨子，老鸨子犯难了，半天才说了句：“才一千五，再说了，你一下子就领走四个，我不黄铺了吗?”石贵说：“我知道你有价，这也没差多少，来日方长，兄弟我记着就是了。”老鸨子说：“你小子财也发了，官也当上了，艳福也来了，你可别美死了。”要说老鸨子什么人哪，可今天还真让个小混混唬住了，就点头了。四姐妹嗷的一声开始收拾东西，老鸨子看着她们那欢喜若狂的样子，心里很难过，就说：“别恨我，你们从小在这儿长大，虽是拿你们挣钱，可吃穿用没委屈你们，我也真心希望你们遇上个好人。”这话里有话不能明说就是了，“出去成个家，我也不想坑你们一辈子，我都这个年纪了，要那么多钱干什么，死了也带不走，差点儿就差点儿吧，都走吧，有空回来看看我，也算娘儿们一场，一下子就走了四个，实在受不了。”说着眼泪下来了，老鸨子今天这眼泪可是真心的，四姐妹一齐跪下给老鸨子磕个头，算是了却了往日的恩怨。五个人别了老鸨子来到街上，石贵叫来四个卖秫秆的①，背起四姐妹来到吴三家，刘彩凤听到声音，忙出门把四姐妹请进屋。石贵高兴掏出一块大洋扔给了四人，谁知这几人不识相，以为遇上了傻大爷，就要赖说："一块钱没法分，你老再赏一块。"把石贵气乐了说："就你们这四根干巴秫秆，扛锄头在太阳底下铲一天地也挣不来一块大洋，这不到一袋烟工夫，你们是乐晕了还是这女人的香粉味把你们熏迷糊了，看你们也就配闻那一身猪食味的老妈子，今天你们屁股也摸了，腚沟也抠了，回去三天别洗手，我他妈的都看见了。"说着照其中一人就踹了一脚，这几人忙说："我们和大爷逗着玩儿呢。"说着灰溜溜地走了。石贵进屋见五姐妹抱在一起有哭的，有笑的，见石贵进屋，齐声谢过，石贵心说就这么谢啊，我可不是那吃素的，谅你们也跑不出我手心，先让你们乐几天。石贵出去从馆子里叫来酒菜，因刘彩凤身上有孝，谁也没好意思畅饮。刘彩凤对石贵说："你又要过江找县长，又要上奉天，又要进山，干脆我们跟你进山得了，你也好放心干你的事。"这话正中石贵下怀，心说："你们几个太招风，我一走说不定会出什么事，遇上什么人，进了山就是进了铁笼子，再别想飞出门。"就笑着说："还是嫂子想得周到，我这就去雇牲口，置办你们的一应用品。"石贵想得很周到，从针头线脑到洋花布、洋胰子、洋袜子、吃食一应俱全，真是准备让她们长住山里不下山了。等石贵最后一趟回来，五姐妹挤在里间睡下了，石贵只好抱个枕头，在外间头朝里和衣睡下。第二天鸡叫头遍脚力、牲口就到了。六匹马，两头骡子，石贵这会儿很舍得花钱，六人，六匹大马，两头骡子只驮东西，为的是轻载赶路。四名牵马的脚力是挑身高力大，敢和劫匪、野兽较量的壮汉，讲好二十块大洋安全送进山。这时帮主说话了："快些上马，天黑到不了就得喂狼，女人出门就是事多，东西多。"几个女人连忙收拾东西，迟园见刘彩凤兜里有药，回春丹，还有个纸包，打开一看，烟土，就说："姐，你上瘾了？"刘彩凤说："吴三想要儿子，让我吃那苦药丸子，烟土是换钱

① 以打零工为生的人。

花的，搁家里不放心，再怎么说姐不至于到这种地步。”几个女人上了马，一路叽叽喳喳，恰似出笼的小鸟，自由翱翔在蓝天上，头一回骑马，头一回置身于大自然中，山风吹走了污浊世界的尘垢，自己也觉得换了一个人似的。憧憬着目的地那个新奇小巢，没有烦恼，没有痛苦，只有安心和舒畅。或许她们的劫难未满，抑或这是个只有罪恶的世界，五只依人小鸟，刚刚飞出樊笼，又将落入罗网，此乃后话，暂且不提。

红日西坠，天尚大亮，石贵一行就到了，石贵高兴得一一抱下马来，五姐妹都不会走路了，互相搀扶着一步步活动着。山里头一回来女人，可让这些烟民感到新奇，背后说：“二把头弄了五个女人进山享乐，还不把他累死。”有个老烟民，叫盛老七，去过吴三家，认识刘彩凤，满腹疑虑地说：“大把头没来，媳妇来了，媳妇交给石贵，那不是把鱼交给猫看着，那还能有好？你们等着瞧吧，会有好戏看。”这边石贵让人把自己和吴三的住处收拾干净，才让那几个女人进屋。刘彩凤一看就一铺小炕，五个女人都挤不下，嘴里也没说什么。取出带来的猪头肉、驴马烂、老白干，分一些给烟民，他们也难得开一次荤，不住地称谢。几个女人把石贵让到炕里，拿出酒菜，点上蜡烛，围着石贵坐下，石贵心说：“今晚把你们都放倒，一个一个地消受。”刘彩凤倒上酒对迟园说：“你能有今日是你石贵哥——不，叫姐夫——的恩情，你先敬他一杯，要不你还得在那里熬着。”石贵高兴，心说，算你聪明，一扬脖和小五干了。接着姐几个一人一杯，刘彩凤不喝，说头疼，石贵也不在意，抓着刘彩凤拿杯的小手美滋滋地喝了。五大杯进肚，石贵毫无惧色，刘彩凤一看姐五个加一起也不是对手，端起酒杯说：“我们姐几个的感激之情无法表达，你们几个看着。”说完一张嘴一大杯酒含在口中，凑到石贵嘴上，石贵高兴地接了，一连又是三大杯，石贵乐疯了说：“你们再来三轮我也不大（怕）。”刘彩凤见他舌头也大了，眼睛也直了，觉得差不多了，说：“这酒怎么酸呢？”石贵说：“不对，甜。”刘彩凤说：“还差迟园没敬，迟园害羞，我替小五怎么样？”偷偷将一块烟土溶在酒里，用嘴含着，拽过石贵耳朵，石贵美滋滋地咽了，说了一句实话：“你们姐五个谁也跑不出我手心，到了山里，我就是天，叫阎王老子都不好使，都给我老老实实的。”话没说完，一歪趴在刘彩凤怀里老实了，刘彩凤恨恨地说："去找你三哥吧。"这小子还真听见了，答应了一声，就见外面进来一人，石贵对他说："这几个女人我玩儿够了，五百块大洋一个。"来人说："我都要。"说着就把钱放在石贵肚子上，石贵大叫，快拿开，能压死人，再看这不三哥吗，第二天石贵就睡在了山上，第三天就剩骨头了。

欲知后事如何，且听下回分解。

第五回

逢炮手鲍家班入江湖　遇金蟾金老太安坟墓

上回说吴三、石贵这两个无耻小人，都落得个应得下场，这才是天网恢恢疏而不漏，任你是谁，但凡黑了心肝，断无归路。貔貅一事本已说完，但这二人收了日本人的大洋之后，一去无踪影，两个日本人气冒了烟，每天站在窗前，看着街上过往行人，希望这二人突然出现。盼得黑眼珠由黑变绿，由绿变黄也没能把人盼来。半年多了，仍不死心，要说也算能耐，千里迢迢竟寻到宋炮家来。宋炮自从奉天大帅府回到家中，与失语的孙女相依为命，姑娘有时将父亲的行头穿上，在家门口的山边、草甸里也能射个野鸡，套个兔子。这也属猎人孩子的乐趣，再不是要人照看、带领的小姑娘了。在猎人家里长大的孩子，自会多一份独胆和豪爽，失去亲人的阴影逐渐散去。看看山上绿叶变黄，天上雁阵南飞，秋天悄然而至，这日姑娘正在院里晒蘑菇，见两个人朝小屋走来，姑娘进屋跟爷爷比画，有客人来了。宋炮迎出来，来人用日本味的中国话说："阁下是宋皮休?"宋炮点头，来人接着说："我们在报上见过你，大英雄，今天慕名而来，很不容易找到这，顺便打听你的朋友吴三、石贵，我们给他一千块大洋，买貔貅骨骼，答应二十天交货，至今半年多了，人影的没有。"宋炮见是日本人就警惕起来，没让他们进屋，示意孙女回避，等听完了这话，才明白吴三、石贵当时为什么把貔貅尸骨埋个严严实实，就说："我们从大帅府出来，他俩把我送上火车没和我回来，还在奉天，要不他俩已把尸骨取走，卖了大价钱。"二人听说，更加恼火，就说："你老当时轰动了奉天城，但是找你老，我们找不到，却找到了这两个骗子，也不知你们是什么关系，稀里糊涂把钱给他们了，并答应他见货再付两千块，他们的家住哪里，我们到警察局告他们。”宋炮说：“他们俩是烟贩子，住在山里。”两个日本人听了知道无望了就说：“我们主要是寻求貔貅骨骼，我们的不懂，猎物是你的，为什么他的来卖?”宋炮说：“山里规矩，见者有份。”当时也亏了他们二人，原本是准备一死的，要是没有他们俩，也就没了下文，不过这话宋炮没说。两个日本人见宋炮半天不说话，开口问道：“听你老的说话，貔貅的还在。”宋炮说：“下山时埋好了，除了吴三、石贵没人知道。”日本人很高兴，把准备给吴三的两千大洋递给宋炮说：“钱的收下，快快地领我们貔貅的拿来。”宋炮心说，看来这两个日本人是不见棺材不死心了，被你们缠上也是凶多吉少，那骨头棒子有没有事小，我怎么也不能和你们日本人打起交道来，也只有把你们弄进山里见机行事了，就说：“钱这时不收，吴三、石贵这两个兔崽子要是不仗义偷偷取走了，我也没处找去，咱们要是遇上了，我就把他俩的卵子仔挤出来，给你们下酒。”这话一个听明白了，一个不明白，两人比画一阵大笑起来，等他们笑够了，宋炮说：“你们俩在柴火堆上坐坐，我收拾一下，就领你们进山。”说完进屋对孙女说：“我得把这两只狼打发走，你自己在家，有事叫大黄狗给我送信。”姑娘点头，宋炮收拾好了进山的东西，背上猎枪，在院子里拿把铁锹，递给一个日本人叫他扛着，又找了一条麻袋递给了另一个说：“这个装貔貅的骨头。”那人忙接了，三个人出门奔大山走去。宋炮今天领着两个日本人进山，心里很不是滋味，心说，到时看你们是人是鬼了，要是鬼，我就把你们俩扔山里，谅你们这没进过山的人，别想转出来，让大老黑尝尝你们日本人是什么味儿。宋炮这样想着心情由阴转晴，亮开嗓子喊了几声，抒发一下猎人对大山的情怀，两个日本人感到奇怪，就问：“为什么要叫喊?”宋炮说：“告诉这里的山猫野跳，我来了，但不是为你们来的，你们都躲远点，要是碰上，那麻烦，我今天还带着客人哪。”两个日本人望着这个神秘的、敢和貔貅较量的中国猎人是心悦诚服，钦佩之至，这不就是一个中世纪的角斗士吗?跟在这样的勇士后面，何其自豪，又何等渺小。听这吼声之洪亮，底气之充足，气贯长虹，响彻云霄，余音在山谷中久久回荡，很原始，很具野性。二人很久没说话，不由得对这个古老民族和这片神圣的土地产生了由衷的敬畏。一路上二人的心情还是忐忑不安的，这毕竟是异国的原始森林，不久转忧为喜了，二人谈论着骨骼到日本后，论文一发，定能轰动日本学界，不，乃至世界学界。我二人是这个古生物的发现者，标本拥有者，二人越想越美，哪里会想得到，他们踏上的是一条不归路，正一步步走向终点。宋炮的脚步也是越来越沉重，这个让他痛心疾首的地方到了，看见儿子的坟上长满了青草，一种亲手断送儿子的痛苦折磨着他，一句话也不说，从日本人手里要过铁锹使劲挖着。两个日本人见了，心想有望，很是高兴，在一旁默默地看着，等宋炮停下喘口气的时候问："面里的是貔貅。"宋炮拿铁锹一指，这小日本忙抢过铁锹，衣服一甩，亟不可待地挖起来。宋炮掏出烟袋坐在树下抽烟，抬头看见上次搭的草铺还在，当时的场景又出现在眼前，不由得心中难过，止不住流下两行老泪，眼睛一闭，长长地叹了口气。忽地听到一声野猪的嚎叫，开始以为自己糊涂了，伤心的幻觉，不对，远处又传来数声，而且不是一个方向，宋炮趴在地上细听，是野猪的奔跑声，越来越大。宋炮大叫一声不好，扔了烟袋，连忙拔出腿撑子、皮绳，大声招呼两个日本人上树。两个日本人抬头看见树上的宋炮笑了，向他摆摆手说道："你的高兴，树上的玩儿吧。"宋炮急得手挥皮绳示意他俩过来，拉你们上树，可那日本人手里举着一根骨头棒高兴地说："我们慢慢地，轻轻地，着急地不行。"宋炮急了喊道，"野猪来了！"那日本人扭头一看，果然一头野猪向他奔来，可他不知害怕，还笑了说："来的吃肉。"他的话音刚落，野猪就到了，一头将他拱出老远，随即一哄而上。可怜两个日本人皮毛没剩，不多时就剩几块骨头被野猪叼着满山跑，后面跟着一帮追，这群野猪疯狂过后，围着貔貅尸骨嚎叫一通离去了。宋炮从树上下来，一股难以忍受的恶臭扑鼻而来，捡起铁锹，把貔貅埋好，心想这群野猪是闻到了气味而来，相信吴三、石贵和日本人一样给野猪吃了。捡起日本人的提兜，除了大洋外还有一把小手枪，顺手别在腰间，提兜挑在猎枪上，不时地回头看一眼，心情又沉重起来，现在除了自己再无见之者了。等待自己的会是怎样的死法呢，突然一个念头闪过，宋炮扑通跪在地上痛哭起来，我怎么能把它送给张大帅呢，大帅要是有个好歹，自己下十八层地狱也弥补不了这滔天大罪。

宋炮自觉罪孽深重，懊悔不迭地讲完了自己的故事，这故事本是讲给鲍家父子听的，是笔者说着说着就把宋炮家中这四位客人给忘了，读者也乱了头绪，只好回头再说这被冷落多时的鲍家父子。这父子四人听了宋炮的故事，虽说是猎人的家事，可这故事也算得上亘古奇闻，不由得让人肃然起敬。宋炮郁结在心的块垒无处诉说，今天也算是来了亲人，遇上了知音，将这一肚子的苦水，便倾吐了出来，说到那惨痛伤心之处，不免老泪横流。鲍家父子也都落下了眼泪，也是想到自己亡命至此，也不知此去哪里，何处是家，家中亲人定是日夜悬心，鲍东山脑海里不时地闪现着妻子的泪眼，心想似这样两下煎熬，倒不如死在一起的好。啥时有了落脚地，留下孩子，老哥俩先自回家为好，强似客死他乡，落得个孤魂野鬼。但看宋炮为人善良可亲，这种山里人特有的坦诚质朴，十分难得，这人急难时可托妻寄子，此时相遇，也属天意，应做生死交。便把祖辈卖艺为生，因遭人欺凌，女儿惨死，杀死仇人，亡命至此，现有家不能回，明日飘向何方，哪里可安身，俱不得而知，心里空荡荡，一片茫然之情事诉说一遍，说完神色惨淡。宋炮乃古道热肠之人，岂能就这样打发走了，就说："要是信得过我打猎的，就在这儿住下，眼下已是秋凉时节，冬天说来就到，猫过这一冬，来年春暖花开，托坯盖房，偷偷接来家眷。过个三年五载，灾星躲过，有道是天无绝人之路，老弟自有功夫在身，日后重操旧业，依然快意江湖，现在只是受点旅途的辛苦，何必伤感？今天闯到了猎人家中，若非前世因缘，断难相遇。山里规矩猎人家中无宾客，只要不嫌这土炕兽皮，就为到家一样，只管住下。"鲍东山听了猎人这一席话，心里热乎乎如烈酒入肠，虽然闯荡半生，阅尽了人生百态，其真诚、热心、好客如眼前这位猎人老兄的尚未遇到过，万分感激地说："我们父子真是遇上救星了，还能往哪儿走呢，前面已无人烟，眼见得是死路一条，只是萍水相逢，将来何以为报？"宋炮笑了说："留下你们父子四人，这话往年还真不敢说，巧了，有日本人送了钱来，这也许是天意，秋后进城买足粮米油盐，办好年货，就不怕大雪封门，一大家子热热闹闹过年，那我孙女可就乐开了花。”说着也笑了起来，遇上了这样的好人，还能说什么呢，鲍东山忽地想起来宋炮说到盖房子，就问：“不知深山里能不能盖房子，住家过日子。”宋炮说：“在山里盖老毛子样式的房子，叫木刻楞，就地放树，圆木摞起为墙，上盖桦树皮，冬暖夏凉，野猪拱不动，黑瞎子推不倒，晚上睡觉不用担心狼进屋。要是不缺钱，现在张罗，上冻前没准还能住上新房。过跑腿的日子，别提多美了，我是为了种点地，光靠打猎养活不了老婆孩，谁愿意山里山外地跑哇，说实话我真是离不了林子。可有一样，在林子里盖这样的房子，得多雇人进山，拉大锯的，抬大木的，木瓦作坊的工匠，进山干活工钱加倍，这辈子做梦都没敢想。”鲍东山听了，心里有了主意就说：“不瞒你老哥，我们爷几个身上的钱，够盖几间木屋，过几年清闲自在的日子，我是想带着孩子躲在深山里习武练功，再不过那担惊受怕的流浪日子，从今日起咱们就为一家，凡事大哥当家做主，进山择地，进城雇工，咱们是想早日进山，雇工高于时价，不必苦争，我也知大哥拿命换了几个钱，那得留给孩子做嫁妆，孩子快到找婆家的时候了，要是寒酸，孩子到人家受气，不能让婆家人小瞧咱们猎人，老哥你说对不?”经鲍东山这么一说，宋炮心说对呀，就这么一个孙女，不嫁个好人家，也对不起她的父母，死了拿什么脸见儿子？宋炮一生缺少的就是亲情，感动得不知说啥好了，自言自语道，吴三、石贵也是爹娘生的，怎么就不是人呢！第二天一大早，宋炮对鲍东山说：“老弟，你们在家等着，我进城叫人，要是顺当，咱们进山住新房，这几亩地我也不种了，进山养老享清福。”鲍东山叫银镖带一千块大洋说：“你宋大伯也是有年纪的人了，为了咱们……”不等鲍东山说完，银镖抢着说：“今天宋大伯领着认认路，往后这山里山外还能让你们三个老的跑吗?”宋炮见银镖这孩子懂事，心里很是喜欢，带着进城，见了兴庆坊的夏掌柜说：“有几位道爷看好了五峰山桦树岭，要戳五间木刻楞。”说着拿出五百块大洋放在桌上接着说：“先付一半，得是进屋能做饭，上炕能睡觉，狗窝、鸡架一样不能少，中不中，小爷们，你也来个痛快的。”这位小夏掌柜见宋炮今天这么大气心想，背后之人定是不好惹，纵然他们是着急等房子住，也不可太贪，要是拿大了，必结仇怨，适可而止吧。所以诸多事项，也就爽快答应，两家愉快谈成。

有钱能使鬼推磨，这话不假，不到一个月，五间木屋就横在桦树岭的山腰上。房前有意留下了几棵乘凉大白桦，朝阳也好，夕照也可，斜侧一映，恰似一幅欧派风光油画。屋里泛着浓浓的木香，朝迎鸟鸣，晚送林涛，无一处不透着别致、雅气。真的是人人称意，个个喜欢。前开俩门，右边四间，进屋东西通长大炕，大炕东头是做饭锅台，左边一间小屋，一铺小炕，为宋炮孙女一人居住。屋后有眼小泉，水流不大，冬夏不干，正是因这眼泉水，宋炮选定这里。可小泉乃伏杀机之所，会引来不速之客，有人有兽，也就注定此处不会平静。虽然百事可心，终有一缺，但这一层除宋炮外没人会想得到。鲍东山一见极其高兴，特别是门前这一小场院，喜得他放下手里的东西，摆了个架势，马步围小院转了三圈，对宋炮说："这老胳膊老腿可是好久没抻巴抻巴了，我就守着这个大院，几棵老树，老死不出山，真能如你老哥所说就更好了。"宋炮知道他的意思，心说，进了大山，不用担心仇家报复了，也不再过那逃亡的日子了，就想家想老伴了。开口说道："我是冲你们爷几个功夫在身，要是种田做工的寻常百姓，我可哪敢引你们进山，山里的野兽我是不怕的，想来你们爷几个对付个土匪毛贼也不在话下，怕就怕被人暗算，好人哪里知道歹人的心肠!"鲍东山满不在乎地说："咱们多加几分小心也就是了。"六个人欢欢喜喜占了桦树岭，宋炮是大掌柜，凡事宋炮做主，银镖下山将过冬、过日子的东西样样置备齐全。进山后一连几天晴朗暖和，几个人忙着收集枯枝倒树劈成柈子，准备过冬。宋炮是伙夫，这日中午先自回屋做饭。舀水淘米，见水的颜色有些发红，用手指沾水在舌尖上一试，发麻，心知有人下毒，他们是看好了这房子。这人应在屋外暗处，既然他用这种办法，看来他们人不会太多，应该能对付得了，听到外面说话声，知道自己人回来了。宋炮当机立断，搬倒水缸，晃晃荡荡来到院子里趴在地上装作中毒模样，众人进院见宋炮倒在地上，扔下肩上的柴火，把宋炮抬进屋。宋炮小声说："有人在水缸里下毒，咱们装死，一会儿就有人出来。众人顿时紧张起来，但没害怕，有的喊嗓子疼，有的叫头疼，都歪在墙下，好一会儿，不见动静，众人开始怀疑，宋炮示意耐心等待。又过一袋烟工夫，听见一个声音喊："屋里有人吗？找点水喝！"随着声音这人进来了，见都歪在墙下回头喊："出来吧，这房子归咱们了。"果然又进来两人，后面还有一个扒着门框瞅，不进屋，头一个进屋那人笑嘻嘻接着说："看见啦？除了女人啥都有，过冬的柴火都劈好了。"说完用手指着数，"一二三四五个，今晚狼也过年了。"这时门外那人喊声："不对！"扭头就跑，屋里这三个人似乎也明白了，转身就跑，宋炮喊声："杀！"银镖提刀一个箭步蹿了出去，照后脑一刀，这人倒地，又去追另一个，没几步上去也是后脑一刀，再看人影全无。宋炮说："别撵了，山里你不熟。"银镖说："让他跑了两个，这两个死的怎么办？"宋炮说："扔岭后喂狼。"可心里知道，从此得睁着一只眼睡觉了。明天起早下山，把孩子接上来才放心，这几个人该是认识我的，大黄狗要是在山上就不会出事了，可惜它也老了。等屋里屋外收拾好了，鲍东山叫过银镖、银梭说："替我给你大伯磕个头。"宋炮连忙叫起来说："咱们是一家人，一家人不说两家话，我还有个小玩意儿要送给孩子。"说着从行李卷里拿出一个小手枪递给银镖说："你是个懂事的孩子，这天底下就没有个安生的地方，拿着吧，也许能用着。"银镖真的好喜欢，连忙接了，鲍东山感慨万分地对宋炮说："今天我明白了一个道理，从古到今，那些做大事创大业的都是逼出来的，就说我们爷几个被逼到这一步，想要在这大山里做个善良百姓，怕也是做不成的，要保住这五间房，六条命，真还得占山头，拉杆子。"这话一出口，鲍东山自己都吓了一跳。

各位读者，桦树岭的故事说到这，好戏就要开场了，我得赶紧把一号人物请上山来，哪位？洪寄娘。这须回头看看金老太走到哪儿了。且说金老太与洪老板洒泪分别，众人不知其中原委，对洪老板的仗义虽然满腹疑惑，但无不为之动容，赶着满载农用之物的小斗车，怀着万分的感激，离开了千金寨，又踏上了他们的征途。经长春、哈尔滨沿松花江北岸顺江东下，这日行到一个叫五通河的地方。小集依山面水，为水旱码头，顺江而来的百货，在此上岸，当地的山货，由此装船下水。小集不大，却是一片繁忙景象。老太太抬头见太阳已偏西，又见路边这家"望江车店"门脸招牌赫然醒目，其旁又有挂马掌的铁匠炉和收拾马具的皮铺就说："歇了吧。"大车一停，店里的伙计便迎了出来，拉马进院卸车饮马，很是周到，一家人也被让进了店里的小通铺，众人一看，南北大炕，可睡二十人，伙计说："大通铺可睡四十人。"半夜来客不分男女，客人第二天醒来见身边睡个女人，便恨自己睡得太死，要是知道身边有女人，怎么也能占点便宜。洪寄娘见这家客店的伙计多为彪形大汉，走路脚步轻盈稳健，不似莽汉、力巴走路三摇，咚咚作响，行家一眼便知，入过师门，为练家子。吃过晚饭，春常、六叔将马掌补齐回屋，寄娘趁跟前没人，对春常说："这是家黑店，今晚结账，买好吃食，明天早早上路，夜里不许脱衣睡觉，我出去看马，别让盗马贼给牵走，你插好门，有人来不许开门，我回来是三声老鼠叫，别吓着老太太和孩子。"时近三更，众人都已睡熟，寄娘轻轻出屋，春常插好门，紧挨着房门躺下，不敢睡觉。寄娘出屋纵身上房，趴在房脊上看院里动静。夜半三星正午，两人骑马进院，伙计出来称二当家，接过缰绳，这人说："大哥睡了吗?"伙计说："大当家才抽过烟，在他屋里等你。"这人便进了亮灯那屋，两个伙计便各自回屋。寄娘在房上见了，跳了下来，蹲在窗下，只听屋里有人说道："今天来了个大活，可都是些女人孩子，好做，就还在'前八拐'那儿做完扔江里，要干净些。这三挂大车要费点劲，赶上山藏在树丛中，两三年后再寻买主，不可大意。牲口就拴在山上喂着，一个一个往下牵，是不会有事的，这是个大富人家，车上的'货'少不了，你要亲自验看，别叫小子们糊弄了，你连夜赶回去等着他们，吃完早饭我去接你们。"进屋那人答应一声："好。"寄娘听得仔细，忙闪在黑影里，只见这二当家出院上马走了。寄娘心想这黑店须给他砸了，不能让他再害人了，要是动起手来他们人多，明天怕是难于脱身，更不能吓着老太太孩子，想了想转身进了厨房，拔下大锅，捧起油坛子，将一坛子豆油倒进了炉灶，放回大锅回屋，春常听见鼠叫开门，寄娘进来说："睡一个时辰，起来套车上路。"太阳出山，老太太一行已出了小集，寄娘远远看见后面浓烟冲天，心说，你们从后面来不了了，就对老太太说："昨晚咱们进了黑店，他们在前面等咱们呢，你老别害怕。"老太太说："昨晚你悄悄出去，我就准知有事，"回头对鹊儿说："告诉孩子，就说前面有唱戏的，和咱们玩儿打渔杀家。"停了一下说："不对，是杀庙。"说完眉头紧锁。又走了一个时辰，到了一个所在，左边树林，右边大江，还没看仔细，只听当的一声铜锣响，老太太说：“戏开场了。”话音刚落，树林里冲出十多个手持大刀的强盗将车截住，最后一个光身匪首满身刺着一条黑龙，大肚皮上张着血盆大口，可笑这匪首自报姓名说：“大爷我姓李名俊，大爷这名字一千年了，想当年水泊梁山我混江龙李俊坐第二十六把金交椅，现在大爷在这儿占山为王，你们都给我乖乖下车往江边走，大爷慈悲赏你们个全尸。”见鹊儿漂亮，就凑了过来接着说：“算你有福，留下伺候大爷拉屎撒尿。”说着就伸手来摸，寄娘在旁一把抓住，底下向外一脚，只听嘎巴一声，这腿在膝盖处折断，寄娘钳住他的胳膊，如被老虎咬住一般，一丝动弹不得，身子被架着没倒，李俊知道今日遇上灾星了，连忙喊住小匪徒过来给月宫老底子[①]磕头。寄娘说：“去求我师父。”众匪徒连忙扔了大刀，跪在老太太面前哭求大师太饶命。李俊到这时了，还硬撑着说：“今天我是翻了盘子，可你要我这命也没用，你留我这口气，我拿钱买命，你说个数，要把你这三挂车装满，那是不敢说，不过你可以坐地开花[②]，每年打发人来取就是。”寄娘说：“我要是留下你，就得遭雷劈，也赏你个全尸。”说着操起他的胳膊对着那黑龙大嘴一插，他自己的手就进了自己的肚子，只见他一口鲜血喷出一丈多远，吓得跪在地上的小匪徒都尿了裤子。老太太说：“你们从此要痛改前非，再不许干这伤天害理的勾当。”说完回头喊：“看赏！”春常又是气，又是急，眼珠一转，有了，掏出帕子，车上有从老家带来的核桃、栗子一样抓一把，帕子系个扣，过去扔给一个小匪徒，众匪徒忙说：“不敢不敢！”老太太说：“拿着走吧，回去重新做人。”众匪徒得了赦令，呼啦一下奔进了树林，春常也不敢笑，想了想拿起装栗子的小口袋，到江边捡那光滑好看如核桃、栗子般的石子装了半袋，心说再有这事，也好对付。

再说望江车店厨房师父，早上起来点火烧水做饭，刚点着，还没起身，呼通一声响，一条火舌从灶口冲出将他冲倒，他再也没爬起来，灶上大锅一下掀翻在地，随即大火上房。大当家李英，四十二岁，李俊的哥

---

① 黑话，老母之意。

② 黑话，坐地分赃之意。

哥，睡梦中被浓烟呛醒，一看大火进屋，顶床大被，一头撞开窗户，翻了出来。外面的伙计将他扶起，惊恐之余问伙计："这火如何起得这般凶猛，定属人为。"伙计说："小通铺那一大家子天没亮就走了，大通铺昨晚只三个客人，他们最可疑。"说着指向远远地站在门口看火的三个人，李英一听心中大怒，没做多想，在院中寻条大棒，朝这三人就扑了过来。原来这三人就是刘秃子他们，尾随大车而来，偷偷在店里住下，心中有事，早早就醒了，听外面人喊起火了，三人刚刚跑出屋来，就见有人来拼命，吓得掉头就跑，刘秃子边跑边掏出枪来，看看追上，回身当当当就是三枪。李英和两个伙计连忙趴在地上，可是李英膀子上已中了一枪，再看人已跑远，只得扯下衣襟包上伤口，叫二人回后院牵马，咱们赶在他们前面，叫二当家截住他们，没想到他们身上有枪，但也休想跑出咱们的地界。起身看看店房已落架，嘴里骂了一句，他娘的，老子明天盖新的。并没在意，这是没伤筋，没动骨，也就几间房子。手下人牵来三匹马，三人上马奔前八拐飞去，前八拐和后八拐是两个险要去处，兄弟俩在这地方，也不知害了多少条性命，二人心狠手辣，毫无人性，可李英今日就是心神不宁，到了地方，人影不见，却见草丛中有一尸身。两个伙计上前一看，喊了一声："二当家！"李英听了，跑过来一看，倒吸一口凉气，心说世上竟有比我还狠毒之人，再看地上的钢刀，这是自己的人反水了，才落得这样的惨局。不由得心头火起，冲着跟来的柳顺、于小手——这人鸳鸯手，一只手小，说是生时老牛婆给拉坏了——破口大骂，将二人骂个狗血喷头，犹不解气，柳顺、于小手二人没来由挨顿大骂，恨由心生，遂起恶念。李英看着弟弟的惨状，一手插在肚皮里，两眼怒目圆睁，似有万千之恨，禁不住落下泪来，伸手抹一下眼皮，早已僵硬，可不经意间觉得伤臂抬不起来，脱下衣服一看膀臂发黑。子弹有毒，这个念头一闪，立时紧张、恐惧，该怎么办，只能忍痛剁掉保命，让于小手拽着这条黑臂，按在兄弟胸上，让柳顺拿刀剁下，柳顺正好是一腔的怒火，便使足力气，咔嚓一刀，胳膊是下来了，可是李英不知道干这个活得先用钢丝将胳膊拧紧或许能保住性命，看来这也是天理昭然。柳顺、于小手二人使个眼色躲在一边高兴去了，李英这时才知道自己情急乱了方寸，另一只手使劲地掐在伤口处，可哪里掐得住，鲜血如泉水一般，且渐渐地没有了力气，恳求道：“看在你们投靠我多年的分上，难道你二人眼睁睁看着我死吗?”柳顺说：“大当家，到了这份上，你闭眼吧，二当家就在前面不远，兄弟俩一起去那边，也好有个照应，我知道，你放不下的就是你那小娘子，你放心，我给你伺候着，从今以后我就是大当家，我们哥俩重振望江车店，这时呢，我们哥俩还得费点劲，让你们哥俩顺水去。”再看李英真的闭上了眼睛，没有了气息，到后来柳顺、于小手也落得个吴三、石贵的下场，像这类错披了人皮的畜生，也只能给后人留下几句骂声而已。

要说老太太这一路的艰辛，也是难以描述，多亏有洪寄娘在身边。这三辆崭新的大马车和一辆精致斗车特别招风，让土匪毛贼分外眼红。再看车上除了孩子就是女人，就放大了胆子，光天化日之下，就截住马车说：“大爷借车用用。”但只要洪寄娘轻轻露一小手，毛贼们便伏地求饶，狼狈而逃，才使得这一行人安然顺利地到了老太太想象中的地方松江镇，住进了孟尝客店。次日老太太对六叔说：“今日不走，听洪老板等人说也就是这里了，要仔细打听明白，也须在这里添些粮米、油盐，看看盖房木料市价，牲口市上的行情，还有牛马犁杖，长短工的做工时价等事。”六叔点头去了，又叫鹊儿说：“这一路也没让孩子下车玩玩儿，今天带他们上街逛逛，买点好吃的，这么点的孩子跟大人受一样的罪。”鹊儿说：“还不都是为了他们。”春常听了，脸先自红了，自思奶奶偌大年纪，为了我，全家都是为了我，还不知有多少罪要受呢，我可怎么报答你们呢？金梁、金柱你们俩快快长吧。春常正胡思乱想呢，听奶奶叫他，老太太说：“鹊儿一个人上街不放心，也照顾不了三个孩子，你也去吧。”说着把通宝从寄娘跟前拽了过来说：“跟你金梁哥上街买麻花、烧饼、糖球去。”通宝乐得蹦了起来，可连叫脚疼，老太太对鹊儿说：“买结实的料子给孩子做鞋，孩子的脚长了，需要换鞋了，再怎么难也不能苦了孩子，找找看有没有卖童鞋的，多买几双备着才好。”又回头对寄娘说：“你也上街逛逛吧。”寄娘知道老太太的用心，也觉得这一路小两口连个说悄悄话的机会都没有，我怎么会那么不识趣，就说：“我还是陪你老在家唠嗑吧。”老太太说：“也好。”六叔、六婶、金小三口先自出去了，春常、鹊儿领三个孩子也出了客房。

看这小镇，地处三江之中，自古就为守边要地，小镇之初为戍边军队草料营，满人进关后，发罪犯囚徒在这儿筑城屯兵，筑堤防洪，一条大坝像山一样横压在小镇上，原城墙尚剩有断壁残垣。这情景就像一个人回到了自己荒废多年的老屋一样，看了心里难受。每一段墙头上都有一蓬茂盛的蒿草，那是山雀、野蜂的领地，冬天，倘若这段城墙根背风向阳，便会聚成一小集。大多为编席卖筐的，捶乌拉草的，鞣好的狐狸皮，行家用嘴一吹，便知你这是入冬打的，还是数九后打的。柴草大车成排成队，小镇居民的燃料，就是野蒿杂草。夏天进城，一条东西大道笔直穿城而过，中段为小镇最热闹之处，洋沟板上蹲满挎筐摆摊的小贩，还有抽签算命的、摆棋阵的、修眼镜金笔的、修脚修鞋的、剃头拔牙的。一小撮、一大撮的穷汉光着膀子晒眵目糊，拿虱子，至于乞丐、醉鬼就把这洋沟板当家了。要说这洋沟板为内地所无，其实就是马路两边的排水沟，上盖木板，宽五尺，离地一拃，下雨天就是人行道，晴天就是小贩的摊床。马路两边店铺一家挨一家，生药铺，卖鱼卖肉的，驴马烂的大锅就支在大街上，四个幌的大馆子也有那么两家，当铺、票号招牌的烫金大字，最是醒目，说书馆窗根、门口蹲满了白听书的。街上的气味也是随风变换，肉香味、臭鱼味、阴沟味；吆喝声、叫卖声、铁匠铺的大锤声从早响到晚。要是站在大坝上会顿觉心旷神怡，江水流到这里，突然变阔，江宽数里，中有沙洲，洲上盖着柳条林，郁郁葱葱，远眺还真有点儿洞庭波渺、秋水长天的味道。只可惜这景象地处塞外边陲，不要说达官贵人不曾到过，更没有文人墨客赞美过，只是偶然被一个过路的差官，向金家驿的驿使夫人描述过，也算没白说，驿使夫人记住了，四十年后她来了，只是改换了朝代。战乱也使小镇变了模样，可人们的穷苦相却丝毫没有改变，身上还是捉襟见肘的衣服，便知劳苦大众的苦日子，有如这东流的江水，那是永远不变的。倒是有一样改变了，男人头上的大辫子改在女人头上了，流血牺牲推翻帝制，也就只此一功尔。

鹊儿原本也是一条又粗又长的大辫子，今天出门，老太太给她挽个歪髻，插个猫眼绿的金钗，立时平添了几分俏丽，在小镇一出现，街上人的眼睛就是一亮，从未见过这样标致的女人。鹊儿姑娘自从生了孩子以后，就脱了孩子气，虽然不满十八岁，眼见得出落成一个白璧无瑕、美艳绝伦的女子，她的美是道不得的，任何语言的描摹都是拙劣的。眉宇间蕴含的媚气让男人无法抗拒，是那种只要看一眼就动心，再也忘不了、放不下的女人，最具特色的是嘴角，让你想到天上的一轮弯月，两边缀一小星，此处最能显现女子格调，历来无人道及。只见红唇微启，尚未出声，定会惹你三尺垂涎，且高矮适中，胖瘦匀称，头脸那也是白的白，红的红，黑的黑。姑娘今天穿一件紫地银叶镶边筒袖缎面夹袄，黑色绣腿花边裤，从头到脚无一处不透着高贵、艳美。让人奇怪的是与一个冬瓜脑袋、板凳腿一走一晃、不倒翁一样的小男人牵着孩子，这吸引了街上所有的羡慕和诧异的目光。他们进出了几家店铺，好吃的也买了，做鞋的物品也买了，高高兴兴回客店，迎面过来一醉汉，摇摇晃晃和鹊儿撞了个满怀。鹊儿骂了一声，瞎眼的畜生，领孩子快步躲开，这人还想要赔不是，见人家没理他，就呆傻在那里，这人是谁，这人便是本书一号色鬼刘秃子，尾随洪寄娘至此，也住在小镇上。碰到春常和鹊儿一行，早被鹊儿的姿色迷倒，当看到和春常一同领着孩子，孩子阿玛、妈妈（nene）地叫着，特别惊讶。我的天爷，武大郎和潘金莲转世啦，好一朵鲜花插在牛粪上，为什么世上的武大郎都有这样的艳福！凭什么我刘秃子就缺点头发，就这么可怜！今天这是遇上了，就不能放过，我怎么也得粘上点香味，就上去撞了鹊儿一下。春常恶狠狠地瞪着他，四目对视了好一会儿，二人都从对方的眼神里看明白了对方的心思。刘秃子心说，你这只癞蛤蟆也该知足了，这样的美人怎么会落在你手里，还给你生了个双胞胎，你咋没美死，我今天见着了，我就有份，这就是天意。别说你武大郎，就是你那打虎的兄弟在眼前，我也要当一回西门庆，纵然你与那女魔头是一路我也豁上了，依仗武艺高强，心狠手辣耍我，本已到手的女人让她搅了，这口气岂能就这么咽了，不信你能逃到外国去。受人钱财，忠人之事，这回老天开眼了，我报了仇，出了气，又得美人，这小美人小冤家要是弄不到手，我就白活一回！这色鬼发誓要抢人家的媳妇，春常也料想他日后定会来找麻烦。心说，你动她一手指，我就剁你一只手，我也是看明白了，不整死你，怕是没她的好日子过。让色狼盯上了，你就别想睡安稳觉。可是到后来金家屯相遇，二人握手言和，这小男人还送他一个温柔体贴，有才华、有品位、貌若金喜鹊的隽雅可人给他，这也为一奇，此乃后话，在此不提。

天已过午，六叔回来说："所需之物办齐，并与米铺掌柜聊过，这里人家多数沿江居住，因大江东流，村庄、土地都在城东西两头。这里土地便宜，一百块钱买好地一垧，也能买好马一匹，五十块钱买耕牛一头，也能买马架房一撮。城北三十里以外就没有村庄了，要开地需在春秋两季，放火烧荒，犁杖一翻，来年可种黄豆。夏天草甸子进不去犁杖，有水，杂草如人一般高，狐狸、恶狼成群，屋里没人敢进屋把孩子叼走。"老太太听了半天不说话，闭着眼睛好一会儿才说："你去歇着吧，明天咱们去看看。"第二天老太太一行出西城门外向北约三十里就没路了，举目望去，如碧海无边，草浪中星落着几户人家，都是一小片庄稼，庄稼中间一所茅屋，每户人家相距一二里、二三里不等，不知为何，似有老死不相往来之意。前方不远处波光粼粼像是一泓湖水，老太太站在车上手搭凉棚看了多时，突然坐下，坚定地说："去看看这水。"等到了跟前见湖岸大多被芦苇遮住，湖面东西长约一里，宽半里许，车马声惊起一群野鸭，湖水东面是一片年轻的杨树林。环顾荒原，无边无际，西望是远山，南面小镇依稀，围湖数里无一户人家，这正是老太太要寻找的地方。自言自语道："好地方，真是好地方，只是这些人家为何远离湖水？"这使她满腹疑虑说："去湖东树林看看。"没有路，车行得很慢，一路看这一湾湛蓝的湖水，给人的感觉是颠倒的，在草的海洋里，没有山石，没有野花，风吹草浪，那份空阔浩渺，仿佛置身大海，这湾湖水倒像是个海岛，这般仙境终于让老太太寻到了。这时金小在树林里叫起来："奶奶快看！"寄娘搀下老人，近前一看，是一只金色大蛤蟆，大海碗一般，披着一身金甲，和老太太四目相对，半晌一动不动，老太太跪下祝道："若是祖宗显灵，托湖神引路，就请湖神点头。"祝罢看那蛤蟆鼓了几下腮，向前动了一下，老太太起来跪在一旁，它便向湖边慢慢爬去，众人要捉住养起来，六叔说："这叫金蟾，用棍敲能吐金豆。"老人不许，直看着它爬进草丛不见了，老太太才站起来说："必是湖神，我等要在这儿安家，岂能冲撞了此水之神？"老人静静地凝视着这湾湖水，远眺茫茫的荒原，好一会儿没有说话，忽地似有所悟，难道这是上天有意留给金家的一方宝地？虽为宝地，可需有福德者方可居之，若生有微福愿留给后世子孙。于是大步向前，站在金蟾出现的地方，环视了一下这榆杨相间的树林，背后一棵老榆如盖，钻天杨大者如碗，细者似胳膊一般，笔直冲天，老人稳了稳激动的心情说："你们都看仔细了，记住，我死葬于此。"抬脚将那地方跺了几下，这话一出口，所有的人心里就是一惊，看老人说话时直视春常、鹊儿，极其郑重，二人不知如何是好，只得点头，但心里知道老太太是不走了。可是让人不痛快，怎么千辛万苦到了这里，先弄个坟地，多不吉利，明天你真要是来病了，我们可怎么办，这么一大家子！鹊儿不敢想下去。只听老太太叫磨车回湖西面，众人说面水盖房，夏天凉快，拿鸟枪坐屋里打野鸡，老太太说："不可，人畜粪尿冲到湖里，神灵怪罪，更不能杀生。"众人又说，盖在湖西头也好。老太太说："金家要在这儿扎下根基，应为子孙后世想，百年后，此处必为一大集市，向西距水半里，向后半里，房子盖在湖水西北角上，水汽犯不着人，人也腌臜不了水，人水两安，向西数十里，便是大山，日后冬闲可进山伐木。"老太太越看越中意，这时金小提水桶打水，老太太跟到水边祝道："此水上天所设，亘古无人动过，今我携家至此开荒种地，如有冲撞神灵之处，其罪由我一人承担。"叨念多时才转回身，金小分开苇丛又惊起一群野鸭飞向南岸，不一会儿只见金小拎一桶野鸭蛋回来，笑呵呵地说："苇丛中一窝挨一窝，咱们在这儿不用养鸡鸭。"众人看这白中带绿的野鸭蛋，比鸡蛋还小些，很是喜人，便有人说道："这要是抓两只鸭子炖上才美。"人们真是喜欢这里，便七嘴八舌说道，如何打野鸭，如何打鱼，如何套兔子。正说得高兴，可一看老太太沉着脸，便不作声了。老太太说："记住，我门中人不许吃湖中蛤蟆，究竟能不能在这儿站下，尚不得而知，凡事不可做绝，比如这鸭蛋，一窝取十之三五，它仍可孵雏，若老鸭回来，一见空巢，有的竟悲号至死，人畜一理。看这些人家，都远离湖水，哪会不知道这里鸭蛋成堆，今晚大车围成一圈，人睡其中，马拴车上，将这一周杂草割倒，多点几堆大火，外用粗麻绳挽成小套将车马圈起来。洪老板说过，豺狼横草不过，所赠洋炮没人会使，男人不许睡觉，拿铁锹守夜，看来也只能求祖宗佑护了，哪还有心思吃鸭蛋。”让老太太这么一说，众人便开始害怕了，偏是夏天太阳迟迟不下山，下山后很久不黑天，人们如临大敌一样。都不说话，只有蛙声阵阵，不知啥时天上和水里各有一轮明月，此时此刻此夏夜，蛙声、明月、微风，若携佳人幽会湖边，该是一个多么美丽浪漫的夜晚。可哪里想得到来者竟比人还浪漫潇洒，只见一对对野狼乘着柔美的月色，来湖边嬉戏交配，然后喝湖中凉水顺利分开，看到这一幕，定会发出几声赞叹，它们比狗可聪明多了。见有火光，于是三三两两，向大车走来，老太太见了忙说：“快用头巾、衣服蒙上马头，马要是惊了，全家命丧于此。”这些野狼到跟前见地上有绳套，就坐在绳圈外向里看，等所有的狼到齐了，就围着车马转，倒像是一队巡逻的士兵。可里面的人们吓得不敢动，不敢出声，个个让蚊子咬得满身大包，一宿谁也没敢睡，天亮了，狼群才不情愿地撤岗了，人们这才倒吸了一口凉气，鹊儿说：“我数了，十八只，吓死了。”寄娘一直守在老太太身边，一手夹着两枚飞刀，这时将飞刀放进腰带说：“谅它们也冲不进来。”老太太说：“这群害人的东西是定要清除干净的，但现在还不是时候，还不知它有多少，不到万不得已，不能伤其性命，怕的是越杀越多。”老太太的疑虑有了答案，长长出了口气说：“等这一带都开垦起来，种上了庄稼，它们自会离去。”这时天边朝阳升起，将荒原染成金色，老人家的眼里也映出了金光，那不就是麦浪吗，她觉得完成了使命，这荒原是远古的荒原，太阳是远古的太阳，金光里的这位老人多么像远古的女娲。

欲知后事如何，且听下回分解。

第六回

掘甘泉落脚荒原　误投军枪震关东

上回说金老太明白了围湖一带没有人家，是因为有群恶狼，只要把这群恶狼除掉，便是一方宝地。心里很觉快意，一高兴觉得有点儿饿，想起来了，昨晚没吃饭，就对鹊儿说："煮两个鸭蛋，我也尝尝。"鹊儿去拾干草点火，这一路二郎和鹊儿寸步不离，他已有板凳高了，没走多远，就叫了起来。且吓得往主人身后躲，鹊儿觉得奇怪，刚蹲下身还没抱起来，只听前面草丛里哧溜一声，有一物钻进深处，鹊儿也吓得退了回来。寄娘见了，自去桶里拿出两个鸭蛋，一手一个当走到老太太跟前时，鸭蛋已熟，伸手递给老太太，老太太摸摸还烫手呢。捧在手里翻过来掉过去看，舍不得磕破。鹊儿从寄娘手里接过另一个，扒了皮，递给老人家，咬了一小口说："虽没有家养的鸭蛋好吃，可是比家养的鸭蛋好看，小巧玲珑，很是喜人。"鹊儿要给她扒那一个，老人家说："留着晚上吃。"鹊儿笑了说："湖里那么多鸭子，你老也真是的。"老人家说："你是有所不知，这两个是寄娘用真气焙化，可不能和水煮的等同视之。"寄娘见老人高兴就说："奶奶喜欢吃我手焙的，那可省事了，你啥时想吃都行，铜铁我都焙得化。"老人相信她的话，叹了口气，自言自语道："有这等功夫，我怎么能让你跟我在这种地方呢?"这时寄娘想起了什么，问鹊儿："你刚才看见什么了，吓成那样?"鹊儿说："只听草里稀里哗啦地响，没看见什么。"寄娘过去看看，明白了是狼的痕迹，心想它们这时来了怎么办，自己身上的飞刀怕是不够，不免心中着急，无论怎样也不能吓着老太太和孩子，须找些石子预备着。可转了一圈什么都没有，不要说石子了，砖头瓦块，连一块硬实的土块都没有。老太太见了问道："洪姑娘找什么呢?"寄娘说："我找石子，也不知这些狼啥时来，有多少。"老太太说："白天是不会来的，狼是夜里找食，今晚咱们回城。"又一想说："不对，它们是没走，在看咱们的一举一动，如果是过路，它们也许不会理咱们的，如果看咱们想占它的地盘，一定要和咱们较量的，咱们还是早些回城吧。"春常听了，连忙将布袋拿给寄娘说："我这有石子，在五通河看戏时捡的。"说着笑了，寄娘打开一见太小，拿在手里掂了掂，又觉得轻，想在什么东西上试试，小树、木桩最好，可是没有，只得把车上铁锹拿下来，使劲往地上一插，后退五十步，瞄了一眼锹把，一抬手只听叭的一声锹把断了，老太太见了心里暗暗说道："是上天助我，还是祖宗有灵，这一走祖坟可是没人管了，三五年后根基扎下了，回去个人看看才好。"金小见了，拿起半截锹把，跑到寄娘身边说："姐，我就学这功夫，你教我。"寄娘说："你就坐这瞪眼看锹把，啥时锹把如大树般粗，一打一个准，然后练臂膀力量，你看着，马步，五脚趾抓地，日久则生根，院中埋一树桩，日击千次，则力与日增，你来试试。"说完吸气一口，沉入丹田，平伸一只胳膊说："随你搬压。"金小搓搓手掌，唾了口唾沫，搬着寄娘胳膊一蹿，木杠一般，纹丝不动，金小转到寄娘身后，用肩膀拱了一下，没拱动，纵身撞去，不曾想反弹一个大跟头。把众人逗得大笑，寄娘过去拉起，给他揉揉肩膀问："疼吗?"金小摇摇头说："今日就磕头认师父。"老太太说："你未必吃得了那份苦，单就习武之人不能吃饱饭这一条，你就做不到，练功翻跟头，拿大顶，身上不能长肉。"大伙看着金小那胖乎乎招人喜欢的样子都笑了，金小自己也笑。老太太说："喂马，做饭，看好孩子，不许下车，吃完回城。"

早饭好了，是将带来的馒头热了，鸭蛋汤飘着香气。众人正端起饭碗，还没吃到嘴。只听一声狼嚎，草丛里钻出一排恶狼，为首的那只闻了闻地上的麻绳，伸出一只爪子试探着抓那麻绳。寄娘看了老太太一眼，老人眼一闭，寄娘随即一扬手，一枚石子飞出去，那只狼一头跄在地上。后面嗷的一声蹿起来一只，是想从前狼的尸体上蹿进来，寄娘又一枚石子飞出去，那只狼在空中翻了个身滚在地上，不再动弹，紧接着上来四只，一只接一只向前冲，寄娘不慌不忙甩了四下胳膊，就见它们一个接一个滚在地上，好一会儿不见动静。老太太叫鹊儿搂着孩子，不叫他们看，可哪里捂得住，三个孩子哪里知道害怕，反倒看得高兴好玩儿，这时只听后面一只狼嚎，一只狼正抓地上的麻绳，寄娘一点脚，站在了车上，抬手甩出一枚石子，这只狼一个嘴啃泥窝在地上。后面随着一声狼叫纵起来一只，同时前面也蹿起来一只，真不能小瞧它们，还懂得前后夹击。老太太喊了一声："金小。"金小明白奶奶的意思，跑过来给寄娘递石子，只见寄娘面不改色，气不长出，出手之快令人称奇，谁也没看清石子是怎样从她手中飞出去的。还好，它们终究没能冲进来，只剩一只老狼了，再不想往绳圈里冲了，在那嗷嗷嚎叫。看着它的子孙一个个脑浆崩裂，看样子也是痛不欲生，可它没有去意，面对这些不共戴天的"人"索性坐在地上，闭上了眼睛，静静地等最后那一刻，这情景人见了，也为之感慨。半晌，老太太见它仍无去意，对寄娘说："送它上路吧。"寄娘慢慢地从腰间夹出一枚飞刀，一抬手，打进了它的喉头，它很不情愿地倒下了，还呼哧哧地哀叫，抽搐了好一会儿，才不动了。老太太说："为啥改用飞刀，磨制挺费时的。"寄娘说："我看这只老狼狡诈，它头扬得老高，石子打不着它的要害，怕它要滑装死，还是把握一些好。"老人点头赞许，叫金小拿镢头再挨个砸几下，扔湖里喂蛤蟆。说完拉过寄娘为她擦擦脸上的汗说："你对金家有大恩，在家的时候断没想到会有这么凶的恶狼，早知这样，借我十个胆也不敢上这儿来。"寄娘说："没吓着你老和孩子就好。"老太太沉痛地说："你看见那只老狼没有，人要是到了这个时候，也是如此，我送送它。"叫鹊儿拿炷香扶着寄娘，来到湖边，鹊儿伸手培了个土包，插上香放上坐垫。老太太跪下祝道："自从金梁、金柱降生，知列祖列宗要重振家基，故不敢以老病偷闲，千里迢迢来到此地，占了狼大人的地盘，不得已杀死了它们。求列祖列宗带它们到人间降生，做牛做马，由人喂养，与人同乐，以消被杀之怨。狼尸业已投湖，祭奠湖神，以求来年风调雨顺，垦种之地打下粮食，不负列祖列宗之苦心，七世孙媳，那珍叩拜。"叨念完毕，伏地多时，寄娘、鹊儿不忍，过来搀起。老太太叫鹊儿去照顾孩子吃饭，收拾东西回城，寄娘扶着老人在湖边走着，这时老太太有些无可奈何地对寄娘说道："想我家当年在京城也是出入皇宫的人家，退一万步说，到哪里不能谋生，非要上这荒蛮苦寒的地方受罪，我这不是老糊涂了吗？洪姑娘已不是外人，也就不怕你笑话了，你看我家鹊儿如花似玉，正所谓一俊遮百丑，如到了那市井喧哗之地，春常能撑起门户吗，我还能陪他们几年，怕是两个孩子都无望成人，白投金家一遭，只好冒死走出大山。"寄娘听了，顿觉这老太太心胸深远，可亲可敬，就说："有你这样的老人，真是晚辈的福气，不过可真是苦了你老，千斤重担一人担，这一大家子，生死存亡，干系重大。"老人满怀信心地说道："剩下的事好办了，打井、盖房子、开地，咱不缺钱。"寄娘不好意思地说："寄娘有罪，你老要是不生气，我就说出来，压在心里挺难受的。"老人笑着说："寄娘在我心中，什么时候都有恩无罪。"寄娘说："你老和洪老板的交易我尽知，离千金寨时已取金盅在手，想报你老救命之恩，当看到洪老板出城相送，拳拳真情，何等感人，知道你老必不相容，我又送回去了。"老太太问："当面交给他了？"寄娘点头说："当面赔罪了，洪老板曾让我带回金盅，说给您老压棺材底，我说寄娘不敢惹她老人家生气。"寄娘说完看老人家的脸色极其难看，很难过地说："让你老生气了！"老人家摆手，半晌说了一句："此生已矣，不知来生。"声音很低，下话没听清。这时众人已收拾好了，大车赶到了湖边，车马声惊起一群野鸭，也惊散了老人的一怀愁绪，看着湖面欢快的鸭阵，对寄娘说："从此它们也平安了，这是在感谢你呢。"寄娘瞅着老人发愣，没懂，老人笑着说："晚上没有狼抓它们了，金小捡点鸭蛋带着。"寄娘扶老太太上了车，一行人又回到了小镇东门里这家"孟尝客店"。

店主田文，外号田老好，忙迎出来，让进客房倒上茶，对老太太说："看来还是小店干净，伺候得周到吧，不是自夸，看看我这牌子，孟尝君子店，你老从上江来，这一路的车店、客栈哪里会没分晓。"老太太说："店家的牌子好，店主大名更好。"田文笑着说："你老好厉害，小可的名字和这块招牌乃本地胡大先生所送，先生说，只要挂上这块招牌，自会广招天下客商，果不其然，自改名换号以来，宾客盈门。我们开店的，那也是会看人的，看得出你老不像是富贵门里的老祖宗，也不像村里的土财主，乃为闯过大码头、见过大世面的官宦家眷，敢问你老是等船过江吧?”老太太说：“出城三十里，有个袜底湖，土肥水美，我想在那儿盖房，开荒种地。”田老好田掌柜一听，甚是惊讶，将每位客人看了一遍，坦诚地说：“你说的袜底湖当地人叫泥鳅湖，吃人泡子，人掉水里无影无踪，就是掉大江里，灌饱了也会漂上来。湖里满是泥鳅蛤蟆，一条鱼也没有，你说怪不怪，白脸狼、黑脸狼成帮成群，人到了那里骨头不剩，不知多少人看好了那地方，结果是有去无回，你老快别做此念。”老太太说：“我们昨晚在那儿过的夜，看见几只狼，我烧炷香叨咕叨咕它们就走了。”大伙强忍着不敢笑，田掌柜满脸疑惑说：“你们昨晚在那过的夜？那你老不是凡人，这天下事自有定数，看来这方宝地的主人到了。”这话老太太愿意听，笑着说：“初来乍到，人地两生，与田掌柜虽萍水相逢，可我相信你是真君子，烦劳大驾请来土木作坊的做东，我要在湖边盖个庄院，请你做个中人，到时我自有谢礼。”田老好忙说：“这个容易，将来你老必是这一带头号大粮户，我也能沾上点福气，这城中兴庆坊，石、木、瓦工匠齐全，你老建个庄稼院，小活计，本地盖房都是拉合辫墙，芦苇盖儿，一百年不坏，胜似砖瓦，你老就地割草，不用花钱买，晒干后和泥拧成草辫墙，内外抹泥，冬暖夏凉，大水冲不倒，小水泡不堆，又快又省钱。”说完起身给老太太茶杯换上水说：“你老坐着，我去兴庆坊，把他们掌柜带来。”老太太拿出五块大洋递给田掌柜说：“如果顺利谈成，就请老弟带他们找个大馆子，吃个缔约酒，我一个妇道人家，多有不便。”田掌柜说：“这不对，不是这话，反了，他们请咱们才对，不过你老放心，我自然说是我家亲戚，不能让他黑了咱们对不?”笑呵呵接了钱，老太太说：“咱是图个吉利，就装一回大方。”田掌柜连连点头，高高兴兴地去了。不多时领进四个人，田掌柜一一引见，为首兴庆坊夏掌柜，年轻，三十多岁，山东莱州海边长大，水性甚好，还会两手拳脚，有话说：“河北的戏，山东的拳。”这是说山东习惯农闲时集资请拳师，教村中青年习武打拳，而河北人则请教习，教村民唱戏玩儿。夏掌柜十八岁闯关东至此，先在码头行帮装船、抬大木、扛麻袋。一次兴庆坊老东家落水，这山东大汉二话没说，跳江里追出二里地，救起老东家，自此就去了兴庆坊，后来娶了东家女儿，老东家过世，就成了兴庆坊掌柜。第二位先生模样，姓胡名治平，老太太说："是田家老弟说的胡大先生吧?"先生笑着点点头，看这先生四十开外，瘦精身材，原为教书先生，妻子女儿被他的一个学生拐跑了，一气之下得场大病，饭碗也砸了，只靠与人写家信、文契，出入各商行买卖间，混点笔贴过活。后面是夏掌柜的两位班头，分宾主坐定，老太太说："家中遭难，逃荒至此。"说完觉得不吉，但话已出口，无法收回，只好接着说："远房表弟在这儿开店混得不错，从上江赶车投奔来了，想以此地风俗，在泥鳅湖建个庄院，那一带有好地上千垧，无人开垦。"夏掌柜等人听了，连声称赞。"看不出你老偌大年岁，有此雄心，我等小辈惭愧得很，可巧去年冬天在桦树岭做个木头活，带回几车好料，虽不十分干，可也能上锯，保你一尺粗的大梁，一色松木檩子。你老这是给后世子孙打江山，如用砖，今年就地烧砖，来年盖房。"老太太说："哪里等得了明年，店家老弟说的土坯草墙甚为适宜。"夏掌柜说："江边粮栈还有乾隆时拉合辫粮仓，三丈粗，两丈多高，至今纹丝没动，只一件，事虽小但麻烦，此地无石，基石须过江在县城砖窑烧大块青砖，不过不用你老费心，只出银子钱就是了。"老太太听说当地无石，想起一件事说："那碾子磨一定缺少了。"夏掌柜说："你那店主老弟，为此地灵通人士，买个碾子磨，小事一桩，无论黑道白道，只要田掌柜点头，没有办不成的事。"田掌柜笑着对老太太说："别听他信口开河，年轻嘴边没毛，不过碾子磨定能寻得到，会有那外迁的，那东西是带不走的。"老太太说："如此有劳了。"夏掌柜说："你老这院子，要多少间房子，怎么个盖法，让胡先生画个图样，也好计算工费和用料。"老太太对胡先生说："我们老家是正房七间，左右厢房也为七间，院长二十丈，宽十丈。"胡先生依老太太所述画了一个图样，看了看摇头说："你老气概大而架势小，恐拉不开手脚。那里几百垧好地你老不是都看好了吗？以在下之见，院长二十八丈，宽十四丈，正房八间，左右厢房各十间，以应上天二十八宿之数。左十间住长工，右十间为牛马棚，虽有左青龙、右白虎一说，但此地冬天多为西北风，牛马棚在西，背风挡雪。后院设万斛粮仓两座，门外打井，与马槽一线，用木槽连接，水从井中汲出，倒入木槽进院，不用人挑。仓下设大木桶七八只，夏天防火，冬天腌酸菜，水克火，水在则火不生。井旁留一大道，过往行人、车辆必奔井水而来，人旺则财聚。隔道为磨坊、碾坊，碾子磨千家用，此为古风，吃水人越多，则井水越甘甜，村人必赞为大家风范，小户依大户而生，大户则用小户之人力，自古皆然。再前则为菜园，打谷场，凡我所用之处，广植杨柳，十年后，则俨然一大村落，还没请教你老贵姓。”老太太说：“贱姓金。”胡先生很自信地说：“如此金家屯问世。”老太太听了，连连点头，高兴地说：“先生高人，敢问这孟尝客店也是先生手笔了?”胡先生说：“田掌柜姓田名文善，则我想到齐相孟尝君田文，对田掌柜说，你可借你家先祖福威发财，但多一善字，善克财，去善则财旺，现客店生意兴隆则小人也心安。”老太太说：“我这金家庄院经高人指点亦必兴旺，就依先生，今日之事，容日后再谢。”胡先生将图样一一注明，递与夏掌柜，夏掌柜念道：“正房八大间，左右厢房各十间，围墙二十八丈宽十四丈，粮仓两座，磨坊、碾坊、打井、猪圈不算钱，山东人直性，五千大洋坐死。其他如木桶、桌椅、板凳诸用具则按件另算。”老太太说：“我这个家就缺个菜窖了。”夏掌柜一咬牙说：“那就再送你老一个菜窖。”老太太说：“成交。”随即拿出两千大洋接着说：“夏掌柜先收下，完工后如数付清，一日不欠。”胡先生写好了字据，田掌柜为中人，三人签字画押，夏掌柜说：“明日先打发人割草，随即运料、打井，奠基是否请风水先生?”老太太说：“现成的先生在此，明日务请胡先生到场。”胡先生含笑答允。末了，老太太说：“让店家老弟代我敬杯酒，日后如有争执处，还望包涵。”夏掌柜笑了说道：“你老放心，日后果有争执处，就依你老，今日这酒嘛，理应我敬才是道理。”

四人拱手出了店房，田掌柜跟了出来，连走几家都是鱼馆，这五人只胡先生喜吃鱼，夏掌柜吃鱼长大，见鱼则烦，最后进了这家蓝幌西域烧麦全羊汤。五人坐定，不一会儿酒菜上齐，谁也没用让，美美地品了几口，话匣打开，夏掌柜夏山东子问：“我说文善兄，啊，现在没善了，田文兄?你看这老太太什么来路，谎称你表亲。我十八岁闯关东，没过三句话，我就明白了，她说从上江来，可说话京腔，不带那沟帮子侉味，就这三挂大车，除了老娘儿们就是娃，就能顺顺当当赶到这儿，你们谁信？那老太太大把使钱，别说这年头，就是康熙、乾隆爷的太平世界，活着也到不了咱这儿，跟你们说，必是京城里的大人物，自己要干那掉脑袋的大事，先把老人孩子送到这，官府找不到、抓不着的地方，这一路定有镖头保护。”田掌柜大腿一拍喊了一嗓子：“着。”三个人时不时围店转悠。夏掌柜很得意地喝了一大口说：“我没黑她，去年桦树岭来了几位道爷，我给他们摞了几间木刻楞，眼看上冻了，黑他几百大洋也不算过分，可咱不使黑心钱，晚上睡觉踏实。”两个班头连声附和，夏掌柜几杯下肚，不免飘然自得起来，田掌柜看是时候了就说：“我这做中人的总得有点儿回敬才是。”夏掌柜带着醉意说道：“那是自然，阎王不差小鬼钱。”可就是装迷糊不掏，田掌柜又讨好地说：“方才我可给你留了一面，大甸子里挖一锹就出水，你送人一个菜窖，岂不是个空头人情！”夏掌柜说：“一个菜窖儿锹土，如上水就怨不得咱们了，我就是让那老太太高兴高兴，人家初来乍到，纵然有钱，也属不易，这一路的颠簸，风里雨里，担惊受怕，你没见男人都没来吗，这时脑袋有没有了都不知道，咱能忍心黑她吗?”夏掌柜一通自以为是的神侃，别人听了，只是入耳，左进右出。胡先生听了那是入了心了，这位多愁善感的老先生给当了真，对这位想象中的大人物那是无比的崇敬，认定是革命党。自己杀身成仁真君子、大丈夫，身后名垂青史，看看自己潦倒一生，跟人家一比，真是惭愧，如能为其尽一点儿绵薄，也属安慰。这胡先生一时感慨良多，不免多贪了两杯，回到家中，一宿好睡，第二天早早起来上了兴庆坊的大车。

老太太留下春常、鹊儿、孩子妇女在店中，两家长长的一队大车来到了泥鳅湖，胡先生一见，果然好地方，一泓碧水在芦花丛中，当名芦花湖，若福德人居之，定会发达。胡先生把各地方都丈量精准，放绳钉桩，夏掌柜说：“须是先打井，然后正房、厢房、粮仓，院里完活，围墙一围。”老太太说：“可否先起碾坊、磨坊，因其简易，必快，我住磨坊，你们住碾坊，有了住处可防阴天下雨。”夏掌柜说：“还是你老想得周到。”说完自去料理工序，跟前没人，老太太问起胡先生家事，当得知孑然一身时，心中暗喜。原来老太太想给金梁、金柱请先生，胡先生很得老太太赏识，且孤身一人，再合适不过了，就说："你看老身能不能算个可信赖之人?"胡先生说："非但可信，乃女中俊杰。"老太太说："与先生甚是投缘，有意请先生来家坐馆，我那两个重孙子虽未到念书年龄，但遇上了先生，不可错过，先管管往来账目，课金就按你那官学，吃住在外，日后再为先生寻一家室，若无子女来接，可终老金家，不知先生可有意?"胡先生说："胡某已沦为半饥之人，焉有不愿之理，唯愿这两个孩子听话，吃得了课业之苦，胡某当彻夜伴读，以报知遇之恩。"老太太说："先生今日记下这话，但请不必多心，两个孩子，看哪个是那读书的种子，择一而教之，这过家，外面须有当县长的，地里要有管庄稼的，炕上要有生孩子的，方可兴旺发达，不可对家人、孩子父母说破。"胡先生沉思了一会儿说："出两个县长岂不更好!"老太太说："那才不是好事呢，散家之道。"胡先生听了心说："这老妇人，真是有见地，可智者千虑，必有一失，她没想到这地方天高皇帝远，盗匪、胡子遍地，且极凶残，想过太平日子发家致富，那也是难。"因而说道："还有一事，甚是要紧，咱这孤庄，宜招土匪，若无防范，必受其害。"老太太不以为然笑着说道："土匪毛贼奈何不了咱们。"回头指着洪寄娘说："此人是洪秀全爱妃的弟子，身怀绝技，天下无双，若无此人，就我这等模样，能到得了这里，得识你胡先生?"胡先生不再说什么，没走多远，老太太改主意了说："不可大意，洪寄娘不是久留之人，依先生怎么说?"胡先生说："须做成八尺高墙，留有枪眼，粮仓顶上设有炮楼，雇枪手护院，方为稳妥。"老太太笑着说："先生这名字是治国平天下，胸中亦有此大才，可生不逢时，无用武之地，奈何!"胡先生自我揶揄说："毁在姓胡。"二人大笑，老太太接着说："请先生与夏掌柜磋商，多付工钱，改为高墙，仓顶设一炮楼，随他多少，免伤和气。还有，我想将我那小房子一并做了你看是否妥当?"胡先生明白，这老太太想做个棺材预备着，就说："此事大可不必忌讳，本属吉物，过去皇帝即位就为自己修陵墓，此地大户人家多有早早备下，老人自己看着也舒心。"这时来人叫老太太，说是夏掌柜明日上人打井，让东家自己定好眼位，有水无水，为东家事，与打井人无关。老太太问胡先生："若无甘甜之水，当复如何?"胡先生说："你老放心，大江两岸岂能无水，只须深做，浅则有腐味，咱就打在大门右侧，离墙一丈，你老以为如何?”老太太说：“你已是我家管事先生了。”胡先生笑着自去，不多时回来说：“今晚随夏掌柜大车回家，拿来铺盖及随身用物，将我那间破窝托给邻家，明早回来就算上工。”老太太说：“我今晚在此祭祖，明日回城休息几日，回来与胡先生商量如何开地，是雇犁，还是买牛?”胡先生说：“放出话去，五十块大洋一垧，农闲时会有人干的，自己也买牛，雇长工，长年开垦不停，眼下自己家人没事，可将屋前菜地刨起来，当年生地可种萝卜。”老太太说：“冬天没菜，多种下窖可行?”胡先生说：“多种不得，多了只能喂猪，窖藏无几，且此地雨天灶坑都出水，夏掌柜说送你一个菜窖，也是送个欢喜罢了。”老太太笑着说：“夏掌柜也是个歪鸟。”胡先生说：“也不一定便宜他，可于近井处一试，或许无水。”老太太笑得更开心了，没想到心中的问题都迎刃而解。当晚老太太将祖宗牌位从车上请下来，供在井基旁，伏地祝道：“家中无甘甜之水，致令子孙不昌，不得已撇下祖宗基业，历尽艰辛，寻到这土肥水美、任意开垦之地。今日始，开基立业，光耀门庭，重现金家昔日之盛，求祖宗佑护!”待一炷香燃尽，身后人伸手搀了起来，老太太见是寄娘，呆呆地看着她，似有话要说，好长一会儿，末了，叹口气，扶着她回到帐篷，一宿无话。

搁下老太太盖房、开地不提。再说三刘一路尾随至此，将女贼与这一家子落脚小镇，打探得清楚明白，心中欢喜，到底没让她跑了，想那大黄鱼也将到手，三人匆匆赶到奉天。见了岳克己说明了女贼的状况，岳克己说：“不巧上边来令，凡请假探亲兵员，务于十天内归队，部队正补充编制，更新装备，近期必有战事，这时无暇顾及她，此事一过，明年我建议去黑龙江驻防，到时咱们带部队，看她还有多大能耐。你们三人回去两个看着她，二刘识字留下给我做个帮手。”说完打开皮包拿出五百块大洋给二人，刘秃子、刘歪嘴、刘瘸子三人握手分别不提。

先不说金老太太诸事顺利，兴庆坊人马齐集芦花湖，大院虽非一日之功，但克期不远，一座崭新的庄园即将落成。可是被遗弃的金家驿，金家世代先祖的坟墓，在大院落成三年后七月望日的中午，人们正围着桌子吃午饭，山洪下来，瞬间吞没了金姓人家的一切。这事还须从头说起，金家驿一带一连几年风调雨顺，大灾不降，人祸不生，老太太走时有话，金家房屋土地，凡金姓人家，任凭耕种取用，直到归来。已十五岁的金中玉长得像十七八大小伙子一般，下地干活大人模样，且老实勤快，村民的眼里都是赞许的目光，几户姑娘大了的人家，反托了媒来，可男家于此并不上心，凡事你越是上心，人家越是拿捏，这也属常理。村中这几个待嫁的女孩，没一个比得上鹊儿姑娘，家里要给他定下，他死活不干。这婚事怕就怕心中有个人影，一旦占了位置，则万难美满，那随缘而合不知男女之事的小夫妻一生甜甜蜜蜜，此即为纯情。两个人独自磨合得的那份甜美，为人间至爱，那些挑挑拣拣的，越换越不对味，一生也寻不到如意可人。金中玉的少年玩伴都已成家，偶然聊起，也是柴米油盐过日子，金中玉一听就烦，过去的欢乐那是一去不复返的，过去的忧伤那也是挥也挥不去的。这几天连降大雨，村前河水暴涨，冲走了光屁股时光的美好回忆，这日不由自主地走到春常家粮仓下，他不止一次地上了这个让他伤心的小楼，如今人去楼空，躺在当年的老地方，昔日情景历历在目，不由得触景生情，好不悲伤。不久泪眼蒙眬，只见鹊儿姑娘走来，两眼泪人一般说：“你都这么大了，还不来找我呀？知道我等你等得多苦，你家要给你定亲了，你是不是不想我了？”金中玉忙说：“我才没看上她们呢，你在哪儿？告诉我，我好去找你。”鹊儿仔仔细细地告诉他多遍，并千叮咛万嘱咐，早些来找她，忽地轰隆声将他惊醒，原来是梦。这让他难过极了，鹊儿的泪眼还在脑海里，轰隆声越来越大，有雷声、风声、雨声，似千军万马奔腾而来。金中玉扒开秫秆墙一看，一团黑水小山一样直冲下来，吓得他紧紧抱住仓柱，眼瞅着大水从自家屋顶倾泻下来，眨眼就到了仓下，粮仓开始晃动，但终于没倒下来，山洪从山上俯冲下来，一头扎进村前河里，所过之处一扫而光，山村也被一切为二，金家驿成了金家沟。村民跑到河边，滔滔河水，带走了十多户人家，岸边哭声一片，人们只能跪在地上送自己的亲人，金姓人家只剩金中玉一人。欲哭无泪，叫天不应。

当晚他又爬上了这个使他羞辱难当、痛苦万分又救他一命的粮仓，可见上天行事的公允，再说了除了这上面哪里还有他遮风挡雨的安身之处！除了那份伤痛的回忆，他是一无所有，孤零零独自一人，伴随他的，只有漆黑的夜晚，淅沥的雨声，再也忍不住痛哭起来。不知啥时睡了，天亮了，使劲想，好像见到鹊儿、春常了，怎么也想不起来他们说的那地方，让山洪的怒吼声吓丢了。抬手把胸前的小喜鹊举在眼前看着，认定是这小东西保佑了他，摸摸五块银圆还在，昨晚好心邻居姨妈给的黍米面豆馅饼还没吃，这时也饿了，几口吃了三个，还有三个没舍得吃。想了想脱下布衫，把衣袖系个疙瘩，把三个粘饼扔在衣袖里，披着一个袖，穿着一个袖爬下粮仓，向村外走去。见旁边菜园里黄瓜喜人，扒开篱笆钻进去，摘了七八根，这事小时候没少干，把另一个衣袖也系上，装进黄瓜披在肩上。头也没回离开了这个生他养他，却又夺走了他一切的地方，这便是命运逼着他踏上了寻找旧梦的征途。翻过三道山梁，就是大路官道，见有行人，就远远地跟在后面，不时地从衣袖里抽出一根黄瓜解渴，不知不觉黄瓜和粘饼从衣袖进了肚，太阳也偏西，前方的石桥镇也到了。小镇不大，却守着官道，过往行人川流不息，使得小镇店铺买卖兴旺，不知为啥乞丐、流民、大兵满街。金中玉走了一天，肚里早就没食了，见路边有个烧饼铺，摸出一块银圆，上前说："换十个。"店家没说什么，拿竹签穿了十个烧饼，又找给他一大把小钱，这使他很是欢喜，可他不知道一块大洋能买一百个烧饼，长这么大这东西也没吃几回。手举着竹签，把烧饼凑到鼻子底下使劲闻这香味，在大街上选了一棵平伸树杈的老树，脱下露大脚趾的鞋插在腰间，光着脚，烧饼用布衫兜着叼在嘴里，爬了上去，这本领是从小练就的。下河摸鱼，上树掏鸟蛋，弹弓打飞鸟，山里孩子的把戏，样样精到，这也为天才。至于晚上在树上睡觉，一个人上乱坟岗都曾与人叫过号，赢过彩头的。今天晚上在这个不知名的小镇，树上就是他的家，好在宽绰舒展，十个烧饼一口气吃了七个，饱了，剩下的没地方放，双腿绞在树枝上，身体靠在树干上，看街上的过往行人，不知啥时烧饼没了，怎么吃的全然不知。街上行人中有穿着笔挺的洋服留着洋头的，也有挽着露大腿的女人的，有的坐在不用马拉自己会走的铁车上叼着又黑又粗的洋烟，铁车飞快，屁股冒烟，这一切真是让这个剃着光头蛋的山里孩子开眼了。这时过来一队背枪的大兵，齐刷刷从树下走过，他大气没敢出，看队里有跟自己差不多的，心里很是羡慕，自己啥时能扛上枪呢，再没人敢欺负。

这时太阳已下山，只见推车的、担担的、背包挎筐的，呼儿唤女急匆匆、惊慌慌，回家的回家，奔店的奔店，毕竟不是太平世界。此时的金中玉肚子也饱了，在树上没人欺，也不怕狗咬，放心大胆进入了梦乡，想是累了。第二天日上三竿，街上的嘈杂声吵醒了他，从树上下来，揉揉屁股，揉揉腿，顺大路左瞅瞅、右看看出了石桥镇。来到了十字路口，可就不知往哪走了，正犯难呢，对面来一辆铁车，这回离得近，看得真切，很觉稀奇，铁车过去了，他在后面跟着跑。到了一个大门洞前，铁车哧的一声，冒股烟停下了，下来几个人，从大门里抬出个方桌，下面白布围腿写着："石桥镇招兵处"。两个当官模样的人坐在椅子上，背枪的站在两边，铁车掉头开走了。金中玉也不知干啥，没精打采地在街上闲逛，猛地听到一声："石桥烧饼！"金中玉一看这不烧饼铺吗，抬头一看正是昨晚睡觉的地方，这不又回来了吗。这便是天意，他如果直接走出了石桥镇，万事皆无，光明坦途，可这一回来，他的命运就拐进了另一条轨道，注定了他的悲剧人生。他这样在街上漫无目的地转悠，烧饼铺对面有个卦摊，这位算命先生看在眼里，动了害人的心思。开口招呼金中玉说："这位小弟兄从外乡来，口渴了吧？"一句话金中玉顿觉嗓子冒烟口发干，怎么会连饥渴都不知道了呢？可怜金中玉小小年纪，父母被山洪卷走，自己流浪在外，举目无亲，茫然无助，不知此去哪里。处此境地，别说一个头一回离家、大山里长大没见过世面的孩子，就是大人也受不了这样的打击，其苦可想而知，怎会不着急上火，哪里看得出这先生是何居心。接过先生的大碗，一口气喝了，先生又倒上了说："豪强即匪盗，杀人为英雄，在乱世里闯天下，你小小年纪，能走多远，我给你找个吃大馒头、睡高枕头的地方如何？"金中玉又一口气喝了点头说："行。"先生又说："我也不能白白地得人家的好处，你前行三步，后退三步，我送你一卦。"金中玉照做了，只听先生振振有词。"你前行三步犯杀家，后退三步犯桃花，是说当年刘、关、张杀妻起事。三人定下大哥去三弟家，杀三弟媳，二哥去杀大嫂，三弟杀二嫂，待张飞到了二哥云长家见二嫂身怀有孕，不忍下手，嘱其速逃，后来关云长坐镇荆州，才有关平认父这一出。但世人不知，看你小小年纪犯了全克，上克父母，下克妻子，中间亲友沾上死、碰上亡，自己却是将军命。大贵极荣至尊，但身陷桃花，但凡人沾上这一条，任你怎样的英雄好汉，休想抽身，看你虎背熊腰憨实相、白面脸，这等相貌最上女人眼。切记远离女人，记住这话，先生我就是你的贵人，将来自会享尽人间富贵，否则，为色所迷，必受其害，死无葬身之地。请问大名?”金中玉说：“姓金叫金中玉。”先生很惋惜地说：“这名字倒是金贵得很，可惜了。”说完拉着金中玉，来到报名处，两个当兵的迎上来说：“报名的?”先生点头，金中玉被领进院，叫金中玉围着大院跑一圈，跑完了，另一个叫脱了布衫，在金中玉前胸拍了两下，后背捶了两下，来到门口对当官的说：“是个扛枪的料。”一当官的问，“叫什么，多大了?”先生说：“叫金中玉，十七岁半，家里掀不开锅了，送孩子当兵救命。”他乐呵呵地接了十块大洋，签了字按了手印，看都没看院里的金中玉一眼，掉头走开。转身进了酒馆喊：“一壶酒，一盘鸭翅膀。”随即又摇摇头说：“还是花生米、豆腐干吧，今天定能吃出鸭子味。”美滋滋地心说：“今年是饿不着了，只是阴德上有些说不过，这年月也是顾不得了。”

不说这先生在酒馆里细嚼慢饮，再说金中玉光着膀子被领到一个大水缸旁叫脱光洗澡，洗完了换衣服，两个当兵的在前指教，从穿衣戴帽，到吃饭睡觉，样样都有条理有规矩。然后来到操场下操，傍晚列队扛着个没有大栓的枪，在大街上列队行走，经过昨晚睡觉的那棵树下，心里忽生美意。昨晚尚无家可归，今天就当兵了，回想昨晚那热切渴望的心情，不由得伸手摸摸胸前的小喜鹊，挺胸昂首，自豪地迈着刚学的步子，脸上露出甜蜜的笑容。三个月后，金中玉走在了北京的大街上。此时北中国的三个军阀都垂涎北京的金銮殿，可谁进北京谁挨打，张作霖趁蒋介石辞职，汪精卫、胡汉民这三位国民党巨头都不在位，就开进了北京。给阎锡山一个安国军副司令的头衔，阎锡山表面上接了这一封号，暗地里和冯玉祥联合，张作霖一点儿不知道，在石家庄和冯玉祥杀上了。西北军不是奉军的对手，眼看冯玉祥招架不住了，阎锡山从斜刺里就杀出来了，奉军前沿指挥张学良吃了大亏。金中玉所在奉军二十三团伤亡惨重，这一仗从早打到晚，看看实在顶不住了，撤离时金中玉见一个老兵腿上中弹，走不了了。那老兵说：“看在一个团的分上，要不给我一个子，要不背我走。”金中玉二话没说，背起就走，不知啥时到了一个坳凹处，老兵说："有这地势就没事了，歇歇吧，我把伤口弄弄，要不流血太多，不等撵上队伍就没命了，你也白背了是不。"金中玉轻轻放下，只见这爷们打开一个小包拿出针线，腰间拔出匕首，解开腿上的纱布，从腰间摘下酒壶咕嘟嘟喝下三大口，匕首针线用酒浇了，拿匕首割开伤口。子弹正好卡在大腿骨和小腿骨中间缝里，很幸运，两腿骨没伤，但卡得也很结实，剜了几下没动，脸上豆大的汗珠哗哗淌。只听老兵说："小兄弟救人救到底，喝口酒漱漱嘴用牙咬出来。"金中玉接过酒壶含了一大口酒，老兵又往伤口上倒了两下，疼得他身子直抖。金中玉吐出口中烧酒，趴下咬住了子弹使劲一拔，子弹出来了，这时老兵才叫了两声，又咬牙往伤口上倒酒，拿针线把伤口缝上了，做得很轻松，好像那腿不是自己的皮肉，缝衣服一样。金中玉看得脑后直冒凉气，头皮发麻，手打哆嗦，老兵看了说："这个苦吃不了，就为孬种，这条腿就得生蛆剁掉。"金中玉佩服极了，再背起来的时候，觉得轻了许多，也高兴侍候，他们俩撵了三天，背了二百多里地，才赶上部队。

原来阎锡山在石家庄打了张学良一个黑枪，另外派傅作义一个师取了涿州，气得张作霖调集人马把阎锡山一直打回山西老家，在娘子关闭门不出。这边张学良把涿州围个水泄不通，二十三团在涿州侧面，团长张家振见二人回来了，很高兴，老兵把前事一说，张家振说："好样的，上警卫连吧，做我的勤务兵。"原来这老兵叫猫眼雕，团长的救命恩人，原名叫啥只有团长和文书知道，土匪出身，张作霖早年收过来的。这人小个子，老太太脸配着一双狸猫眼，慢慢地姓也换了，成了猫眼雕，因枪法好，所以有了神枪猫眼雕美名。张家振还是连长的时候，一次剿匪战斗中队伍打散了，张家振腿上中弹和这次差不多，猫眼雕把他背到一个小土包后面，二十多个土匪紧追不舍，要命的是他俩的子弹没几发了，眼看六七个土匪上来了。猫眼雕趴在地上，留着前面这个不打，把后几个放倒了，前面这傻二愣也没回头看看，只想这回闹个活的，等让人把枪顶到脑门上了，回头一看，我的妈呀，一个人没有。猫眼雕下了他的枪一看说："够了。"问哪个是瓢把子，这位愣哥脱口指着下面说："就那个使双盒子的，我哥。"

“你俩投降吧，我拿脑袋保你俩坐把椅子。”猫眼雕扭头就是一枪，他那哥一下子趴在地上了，猫眼雕说：“你家还有什么人?”这哥们说：“我们是大户人家，父母都在。”猫眼雕说：“回家孝敬父母，好好过日子，大户人家不愁吃不愁喝，丧这份天良干啥?”这哥儿趴在地上邦邦邦磕仨头，回身就跑下去了。等跑到他哥跟前一看，脑袋揭盖了，拿起他哥的枪领人就冲上来了，猫眼雕一枪一个放了五六个，众土匪一看，全是揭脑盖，吓得呼啦一声作鸟兽散。猫眼雕背着张家振回来了，后来张家振是团长了，给他买了地、盖了房、娶了女人，让他回家和媳妇过日子，他不干，就在张家振这儿混，从此二十三团就有了个兵祖宗。今天猫眼雕见张家振也相中了金中玉，没用自己吱声就说：“这孩子是不错，只是他那条枪还保护不了你，我训练他一下试试，也许能了了我的心愿。”这天猫眼雕叫上金中玉，二人来到一片树林后面，猫眼雕拿出两个洋棒子，分别卡在树杈上说：“我这一枪从瓶口进去打瓶底。”说完后退五十步，接过金中玉的枪，喀喀顶上二子，左手倒握枪身，右手掐住枪把靠在肚子上。侧身瞥了酒瓶子一眼，枪响，酒瓶也啪地响了一声；又瞥了一眼另一只，枪响，酒瓶也响了一声，金中玉跑过去一看，两个酒瓶掉底了，瓶嘴一点儿没坏。这份神奇让金中玉佩服极了，猫眼雕在树上剜去一块碗大的树皮，看着像个白色的靶心，对金中玉说：“我看你心眼好使，当自己亲儿子了，看着我的样子，用眼角瞄着树上的白圈，眼珠向后翻，后脑海就出来一个白点，等这白点进了白圈钩大栓，眼睛不用管枪口，心里想着就是了。”金中玉一连打了十多发，一发也没挨边，七八天过去了，树上终于见到子弹了，猫眼雕高兴地说：“这个活就是心手相应，慢慢来，脑后的白点会一天比一天清晰，一天比一天大，记住不是眼珠向后看，是心向后看。”转眼三个月过去了，金中玉大有长进。这天爷俩坐在树下休息，猫眼雕递过手巾，金中玉擦了一把脸，老习惯，金中玉把挂在树上的酒壶摘下来，猫眼雕喝了一口很是感慨地说：“我要是有个闺女，就招你做个女婿，我真是有点儿舍不得。”一句话把金中玉说糊涂了，愣了一会儿说：“那我给你磕头认干爹，养老送终。”猫眼雕说：“你这个头还是给团长磕吧，都什么岁数了，他心里也是苦哇。”说完起身走了。

涿州围了三个月，城里的耗子都吃光了，傅作义只好接受北京商民调停，效关老爷降汉不降曹，张家振带傅作义七千人到黑龙江改编。猫眼雕对张家振说：“金小子行了，我放心了，过去部队只是剿匪保安，在那驻防没事就是逛窑子喝酒，现在净打大仗，半团人说没就没。我也老了，跑不动了。”没说完眼泪下来了，张家振说：“回家守那女人过日子吧。”说完半晌没有下文，末了说：“黑龙江那地方冰天雪地，撒尿拿棍敲。可岳参谋说京津混乱总有战事，还是远点好。”说着将一个布包递给猫眼雕，接着说：“给你带点打酒钱。”猫眼雕打开见是四条大黄鱼，拿起一条给金中玉说：“不打仗，不要整天跟着团长，有空找文书学识字，打仗不能离开团长半步。”金中玉说：“你老放心吧，这钱我不能接，团长给你的养老钱。”张家振说：“你自己收着吧，他说媳妇还早呢。”这时火车汽笛响起，张家振对金中玉说：“给你师父磕个头，也替我磕一个，这辈子能不能见着就不好说了。”火车起动了，张家振、金中玉跳上了北去的火车，接着演绎命运给他们安排的故事。

欲知后事如何，且听下回分解。

第七回

乱世争雄豺狼殒命　草莽英豪义结金兰

话说俄国十月革命胜利后，宣布将中东铁路无偿归还中国，不久又变卦了，到后来日本侵占东北，为了稳住苏俄，小鬼子给了一大笔钱，算是买下了中东铁路，满洲国成立，苏联第一个承认为独立国家。当年皇姑屯爆炸声响，少帅接任，年轻气盛，且国恨家仇交织在一起，决心重振国威，卧薪尝胆，励精图治。蒋介石为防止东北赤化，也给张学良打气说："若俄方动武，民国政府出兵、出钱。"于是张学良于民国十七年七月十日下令逮捕俄方全部职员，遣送回国。那老毛子立刻脱下了共产主义的外衣，露出侵略者的嘴脸，迅速组建远东特别集团军，任加伦将军为总司令，出动了海陆空八万人，分东、西两路向中国杀来。西线满洲里一战，东北军惨败，三个旅长阵亡，兵团司令官张季英自杀，一万五千人无一生还。东线俄军九艘军舰一举击溃东北军江防舰队，队长季泗亭等七千人阵亡，东北江防舰队覆灭，同江失守，俄军直指哈尔滨。

这时驻在松江镇的二十三团刚刚整编结束，张家振对参谋长岳克己说："同江死那么多人，老毛子的军舰就要到了，要是从我鼻子底下过去了，我可没脸姓张。"在这里要交代一下，张家振系张家子孙，只是出了五服，且他们这支人丁不旺，他很小就成了孤儿。落在张家，但不成材，不晓事，没人稀待，只是不缺他一口吃的就是了。没办法，张作霖夫人赵春桂把自己丫鬟给他做了媳妇，有了媳妇不生孩子，张家振知道他这一支是绝户了，就破罐子破摔。跟出去打了几仗，还真是一个带兵的料，慢慢地这兵让他越带越多，还真是出息了，不过大烟也抽上了，那媳妇也给忘了。虽说媳妇是忘了，但对大帅夫妇尤为感恩，他的出身、处境、经历决定了他不分国事、家事，更无私心私利。岳克己说：“大鼻子欺负咱们没有大炮，就想横行松花江，咱们就在江上学学小周郎火烧曹孟德。”张家振一听来了精神，从炕上跳下来，烟枪也扔了问：“怎么个烧法?”岳克己说：“咱们在上游江面狭窄处，用二十只舢板小船，内装火药，用粗麻绳链住，横在江上。大鼻子军舰来了，将其炸沉，咱们在岸上打落水狗。”

这日俄舰索伦号载陆战队一个团一千五百人，一路没见一个中国士兵，有恃无恐地从同江口岸驶进。知道松花江沿岸没有军事工事，纵然有几处驻军，也奈何不了他们的军舰。当驶过松江镇，就见江上横着一排木船，有绳索固定在两岸上。陆战队长官科鲁特·普洛夫对舰长伊万·阿格列维奇说：“木船内必有炸弹，咱们不能往上撞。”舰长伊万说：“你看这条小河沟子，一百多米宽，横着这么几只蚂蚱，就这样叫他们吓回去了，能把中国人笑死，把俄国人气死。”二人正争论，只见两边岸上高粱地里钻出个人手拿大斧，砍断绳索，每只船里冲出一个人翻身跳入江中。一排小船顺流冲了下来，眨眼间兜住了索伦号，二人扶栏向下看时，爆炸声响。二人连忙隐蔽，只见满天飞木片，当一阵爆炸声过后，军舰纹丝没动，舱里的士兵都跑上了甲板。奇怪，江上、岸上一个人也没有，只见江面上满是木板碎片。士兵开始欢呼，二位长官也大笑起来说：“中国人喜欢放炮仗欢迎客人!”正准备回去当笑料炫耀，这时从船舱里跑上来一名水手报告说：“储藏舱漏水，裂缝八十厘米，无法堵塞。”舰长命令封闭储藏仓。心说还好，不至于沉船，还能返航。”陆战队士兵听说漏水，一下子慌了，冲进舱里抢救生衣，外边抢救生艇，一时乱成一团，队长指挥也不灵。这时船身已开始歪斜，科鲁特·普洛夫站在船头见两岸茂密的庄稼，知道必有伏兵，这一劫怕是难逃了，轻敌的报应。怎么办，总不能随船沉江吧，那是舰长应该做的，对勤务兵维克说：“收拾东西准备下水逃生。”对翻译察卡瓦尔、副团长迪拉斯耶夫说：“咱们几个有马，拽着马镫从上游上岸，进山奔边境回国，这一切都是伊万造成的，他活着回去也得上绞架。”这时船身已倾斜得站不住人了，陆战队的士兵都已跳下船，普洛夫看着自己的士兵在江水中挣扎非常痛心，走到了伊万跟前，指着鼻子恨恨地说："看见没，我的士兵，他们都是有妻子儿女的，不知几人能回到祖国，最大的耻辱是我们一枪没放，就断送在你的手里，这责任，不是友谊能代替的。"随即八人四马跳入水中，逆水向上游去。这时舰上只剩大副、水手长、轮机长等十余人，眼巴巴地看着舰长，伊万说："炸弹放在舰长室，走吧。"众人齐声说："请舰长和我们一起走，如果舰长不走，我们愿意和舰长一起沉江。"只听伊万·阿格列维奇沉痛地说："你们是祖国的骄傲，水兵的精英，为了祖国的需要，也为了你们的妻子和孩子应该活着，顺便去看看我的妻子，告诉她，世界上的船长，都是和船共存亡的，作为军人，我必须对这次失败负责。"说完将这几人推下军舰，伊万进舱准备和索伦号同归于尽。这时岸上枪声大作，伊万出舱一看，两岸伏兵拿枪打挣扎着想上岸的同胞。不一会儿，尸体漂满江面，他的心在颤抖，更让他心痛的是，他要亲手毁掉索伦号。这比要他的命还难受，手握着炸弹迟疑了很久，突然觉得舰艇不再下沉，也不再倾斜。经验告诉他，索伦号沉不了，我不能毁掉它，也许有一天，它还能回到祖国，今天的事情，如果船上的官兵能够冷静对待，在舰上和伏兵抵抗，等待救援，就不会是这样的结局。可是又能向谁诉说呢？江上十多只满载中国士兵的小船向他驶来，他心平气和地对着自己脑袋打了一枪。等东北军士兵登上了索伦号，只见有一个当官的倒在血泊中，满船的武器弹药和军用品，张家振、岳克己赶到一看，吩咐把尸体运上岸埋了，作为军人也算是个忠良之士，胜败乃兵家常事，其功勋罪责留与后人评说。

再说普洛夫几个人跳入江中拽着马镫，奋力逆水向上游，很幸运躲过了中国士兵的视线爬上了江岸。可人能爬上来，马却上不来，马虽是好马，但因逆水，还拉两个人，好不容易游到岸边。可江岸坡陡土松，八个人费了好大的劲拉上来三匹，那一匹眼睁睁地看着被江水卷走，那马几次从水里扬起头，射出祈求的眼神。翻译官察卡瓦尔是它的主人，放声大哭，被普洛夫喝住，八个人牵马快步钻进了树林。站在一个高坡上，普洛夫拿起望远镜，见大江两岸十余里，满是中国士兵，拿枪打挣扎在水中的同胞。不禁叹道，曾几何时，用同样的方式打中国落水的士兵，看来战争的法则是被报复的一方将更加悲惨。想到这忽地一惊，自己现在能不能逃得出去尚不得而知，远远地看见歪在江中的索伦号，它没沉，心中后悔自己不该离开军舰。一枪没放，全军覆灭，自己无伤无险，回去如何面对首长和同志，怎样回答战士亲人的问话，他从来没有这样痛苦过。再看看站在他身旁的七个人，他的部下，对他很忠诚，曾多次共过生死。不管仗打得多么残酷、悲壮，可最后总是让他这个指挥者感到自豪欣慰。而这一次，一千五百多条生命，死于他的失误，他不能原谅自己，他想自杀结束这份痛苦。这时枪声渐渐远了，他明白中国人不会放走一个生还者，他愤怒了，他内心的痛苦一下子变成了仇恨。他恨这个贫穷的国家，恨这个落后的民族，他又觉得自己不能死，不管回去要忍受多少屈辱，他应该活着，应该报仇，应该做第二个哈巴罗夫。他这样想着，不觉身上有了力气。这时衣服也被山风吹干了，身上也舒服了许多，拿出带指南针的金表看了看，朝着正北方向走去。在茂密的丛林中，他们行走得很慢，山里的太阳落得也早，必须在太阳落山前找一个相对安全的地方露宿。普洛夫发现半山腰处有裸露的山石，走到眼前一看，像是一面墙，靠在上面，还热乎乎的，这就算是个好地方了。这一天的惊恐劳累，随着夜幕的降临而结束，每个人都很满足，且每人还有一份面包，最后的一份，是勤务兵维克绑在马鞍上的，没掉在江里。别人就没这么幸运了，当一个人落到这种境地的时候，一块面包也让人终生难忘。所有的人都把感激的目光投向了维克，维克是从一千五百名士兵中选出来的，年轻人的优点，他全都具备。当然还要感谢普洛夫这匹身强力壮的顿河高头大马，它拉着普洛夫和维克第一个游到岸边，没让主人费多大劲，就上了岸。普洛夫手里拿着这块面包没舍得吃，喂了它，谁都知道普洛夫和他的马是什么样的感情。它的前一位主人是白党的一个头目。那次战斗普洛夫身上留下了四处刀伤，但终于砍死了它的主人，并征服了它。几乎是普洛夫用生命换来的，因此也视之如命，普洛夫见它不时地刨地、晃头，显得很不安，给它水也只喝了几口。普洛夫仔细一看，它肚子上、脖子上有好几处牛虻，大山里晚上没风，蚊子、牛虻就猖狂起来。普洛夫很是心疼，脱下上衣，盖在马脖子上，又掠了一大抱蒿草披在马背上。维克来帮忙，普洛夫不用，让他找干树枝点火。然后普洛夫轻轻地在他心爱马头上拍了两下，又按了一下，它明白主人的意思，很温顺地趴下了，普洛夫用命令的口气说了一句："睡时留哨。"就偎在马肚下睡了。第二天，勤务兵维克第一个醒来，揉揉眼睛，看见石壁上一条蛇伸着脑袋在看他们。想到团长一天没吃东西，要是把这蛇抓住烤上会很香，团长醒来会高兴的。维克起来掰个树棍，轻轻地绕到蛇的身后，拦腰一棍，这蛇在地上滚了两下不动了。再看这蛇，全身油黑，长似腰带，擀面杖一般。维克好高兴，想拎着尾巴拖回来，刚刚抓到尾巴，这死蛇突然回身在维克手脖上咬了一口。维克大叫一声，这下所有的人都醒了，普洛夫一看问明白了情况，将自己的衣襟撕下一条，紧紧地勒住维克胳膊，拔出匕首割开伤口，将毒血放掉，可是眼瞅着这只手变紫，普洛夫心里很难过，心说："这只胳膊怕是保不住了。"问："谁有急救包?"翻译察卡瓦尔明白团长的意思，说："只是没有止痛药。"普洛夫不禁仰天叹道："上帝呀，可怜可怜这个孩子吧，他还没有恋爱结婚。"突然仿佛一缕炊烟映入眼帘，细看从对面山腰间升起，心想这大山里怎么会有人家，只觉心里一亮，拿望远镜站在石壁上看去，隐隐约约是一幢木屋。他断定是山里人家，应该备有蛇药，他觉得有了希望，本来他认为大山里随时都可以打到野兽的，可是一天了，连个兔子也没看到，大家都在忍受饥饿，维克看到一条蛇，还被它咬了。他知道维克的用心，所以普洛夫心里非常着急，指着那一缕炊烟说道："你们看，那是一户人家，必有蛇药，咱们快些赶到那儿，维克这只胳膊说不定就保住了。"这几个人听了很不高兴，因是往回走，望山跑死马，你看着饮烟就在前面，可是要走过去，那可说不定有多远。副团长迪拉基耶夫不高兴地说："叫察卡瓦尔带维克去就是了，咱们在原地等候。"没等迪拉基说完，普洛夫就火了说："这是在中国，敌人的国家!"但马上又想到，怕是真的走不动，自己不是也硬撑着吗，你们为什么就想不到，只要到了那人家，才能有饭吃，他想骂人，但又忍住了说道："你们闻到了没有，这饮烟里有股肉味，这一带林中有一种鹿，中国人叫犴达罕，又叫四不像，咱们叫驼鹿，你们没吃过，第一口是鹿肉味，第二口是牛肉味，第三口是羊肉味，哎呀，那真是天下第一美味，我闻到了这会儿已熟。"几个人立时来了精神，拄着拐，牵着马，向那饮烟快步走去。如果没有蛇咬这回事，几个人直奔边境，两天路程，便是黑龙江，也就逃过了这一劫。可也得说普洛夫出于无奈，不能眼瞅着维克死掉。也不是指着那人家有蛇药，他是想先弄到吃的，然后烧水消毒，剁掉维克这只手臂，先保住他的生命。如果走不了，还可以住下，这是普洛夫心里的如意算盘，可他算计不到，侵犯了人家的家园，杀了人家的百姓，早已犯下了必死之罪，湛湛蓝天在上，数万冤魂在看着哪，你哪里逃得了这因果报应。想来世上万事，皆有定数，非写书者胡言乱扯。

且说那木屋，不是别人，正是猎人和鲍家父子，鸡唱三遍，爷几个在院中习练拳脚，宋炮做早饭。大黄狗叫了起来，普洛夫一行来到，路上普洛夫对察卡瓦尔已交代明白，翻译察卡瓦尔上前说道："我们是苏维埃军事考察团，应贵国邀请，对这一带做地貌考察，不小心我们中尉被蛇咬伤，寻求蛇药，我们多付报酬。"在屋里做饭的宋炮看是八个老毛子，也听明白了他们的意思，赶紧让大丫爬上梁棚，藏在米袋子间，无论出什么事，不叫不许出来。宋炮想快些打发走这帮大鼻子，就拿着个小酒瓶扎着做饭围裙出来说："我们是猎户，岂能没蛇药?"问察卡瓦尔，"看清没，是什么蛇?"察卡瓦尔比画着："腰带那么长，黑色。"宋炮说："土球蛇，多长时间了?"察卡瓦尔说："天亮时。"宋炮打开酒瓶，里面是红色液体，让维克喝了一大口，倒一些在伤口上轻轻揉搓说："年轻不懂山里规矩，这蛇你不碰它它不咬你，今天到了我这儿，算你运气好。"普洛夫上前劈手抢过酒瓶，大伙一愣，普洛夫又笑了，从兜里掏出一枚金币要察卡瓦尔告诉他们这能买一头牛，然后把金币放在宋炮手中，哇啦啦叫了一通，察卡瓦尔对宋炮说："我们长官问，还要喝多少次，你这一小瓶够不够?"宋炮见普洛夫的举动，觉得来者不善，后悔拿出了蛇药，死一个少一个才好呢。又见他们八个人，进院四个，那四个牵着马，端着枪，像对敌人一样，心说："你们是狼，我是打狼的。"就对察卡瓦尔说："我多次被蛇咬，一次保好，喝多了全身变成血色，一辈子不退。"说完自己都想笑，察卡瓦尔对着普洛夫一说，普洛夫马上还给了宋炮。接着问维克觉得怎样，维克说："不疼了，真的好使。"普洛夫很高兴，又摸出两枚金币要察卡瓦尔对他们说，我们要吃饭，要粮食喂马，吃完饭给我们做向导。宋炮没接金币，山里规矩，只剩一碗米也得给客人带上，转身说："我给你们端饭去。"可是跟进来两个老毛子，宋炮笑了，掀开锅对他们说："你们看吧。"两人只见锅里一个大铜盆，热气腾腾，红色蒸糕一样。宋炮又拿出两碟腌山菜，让他俩端着，自己端出饭盒，普洛夫一见知道这是高粱做的，但没吃过，随即露出鄙夷的神色，你们中国人和畜生吃一样的东西，可这扑鼻的饭香勾起了他强烈的食欲，从衣兜里掏出一个小银匙，迫不及待地舀了一勺放在嘴里，细细地咀嚼，似乎有点儿鹿肉的味道。招手示意持枪的两个过来吃饭，那两个人依然端着枪，看犯人一样。当这几个俄国佬吃过之后，开始争论说："团长真是厉害，那么远就闻到了，不过不是鹿肉味，是牛排味。"另一个说："明明烤羊腿味道，真是没见识。"察卡瓦尔笑了，心说这人要是饿了，吃啥都香，你心里想啥味，它就是啥味。他匆匆吃完，向宋炮要粮食喂马，又和普洛夫嘀咕一阵，有两个提枪进屋，不一会儿拿出两根麻绳，翻译察卡瓦尔面带笑容对宋炮等人说道："山高林密，为防止走散，必须把你们绑在一起。"宋炮说："我一个人就可以的，不用那么多人，再说了，我们也没吃饭，哪里走得动?"察卡瓦尔对普洛夫一说，普洛夫立即吼了起来，察卡瓦尔只好对宋炮说："我们团长说了，这是军事行动，为了保密，留下的人……"说着用手在脖子上一划，宋炮明白了，小声对鲍东山说："我被劫持了，走吧，不走他们就要下手了，咱们在晚上想办法脱身。"鲍东山说："不怕他，怎么也能抓个垫背的，孩子自己留在山上行吗?"宋炮心里很难过，没说话，愤怒地走到察卡瓦尔跟前双手一伸。察卡瓦尔笑了，要他转身背手，这时过来两个老毛子将宋炮、鲍家父子绑起来，银梭才十岁，一样绑得紧紧的，用一条长麻绳连在一起。察卡瓦尔说："你们不要害怕，到了边界，咱们各自回家，我们团长还有重谢，虽然有些委屈了各位，但是双方放心，都有好处。"这样宋炮走在最前面，心里想着脱身的办法，也做着必死的打算。让他不解的是，这帮老毛子为什么不敢走大路，光明正大地回国，要从山里奔江边偷渡。日本人、俄国人都想占东北，日本人已炸死了大帅，他们该不是也炸死了少帅。宋炮这个念头一闪，惊出了一身凉汗，他们说是军事秘密，这就对了，我们的人一定在抓他们。要是帮他们抄近路逃回国去，那我的罪过可就大了，直到这时一想起大帅的死，心里就难过，这回就是死了，也不能让他们逃了。想到这就站住了，翻译察卡瓦尔过来问看见什么了，宋炮说："前面是老虎岭，岭上七八只吊白睛花斑老虎，咱们是绕行，还是顶着上，我们今天到了这一步，也只好豁出去了，怎么死都一样。"察卡瓦尔对普洛夫一说，普洛夫半信半疑，心说，我们是军人，都有枪，人又这么多，还怕什么老虎，再说了，有你们在前面挡着，难道老虎会捡大个的进攻？刚张嘴要说："我们是英雄的俄罗斯军人。"又打住了，心想，我的马，会惊着我的马，他知道，人和马在一起的时候，老虎更喜欢马。不管有没有老虎，小心为好，无可奈何地对察卡瓦尔吼了一句，察卡瓦尔连忙对宋炮说："为了你们几个人的安全，团长同意绕行。"宋炮磨身领人向山下走去，不多时，这一行人就出了大山。

放眼一看，荒原无边，心情顿觉轻松，密林中的压抑心情也随风吹去。唯有普洛夫大为恼火，当看到这一带并无人家，不会暴露，就没再说什么。宋炮趁机说道："此处距松花江和黑龙江两江的距离是三百里，在平原上走，三天到黑龙江边，如在山里走是要五六天。我们也没带粮食，只好杀马，我是猎人，跟野兽打了一辈子交道，离野兽多远我会不知道？那老虎一直在我们后面跟着，我们这是出来了，要不，怕是后面那位就喂老虎了。"察卡瓦尔对普洛夫一说，普洛夫不得不承认自己失误了，心里越发恼火，这股怒气又没处发泄，只得把察卡瓦尔狠狠地训斥了一顿，"为什么不在出发前问有多远，要走多长时间，要带多少粮食，路线的选择和路上可能发生的情况，到这时才问明白，有什么用？这是严重失职，回去我蹲你禁闭。"可他心里明白得很，现在最要紧的是弄吃的，他拿望远镜向四处搜寻，发现远处有户人家，院落很大，有些像家乡农奴主的庄园，门前有井，有牛马，有大车，有人进出，应该是个有地位的，至少是个有钱的人家。远处还有几家低矮的小草房，这样的小户人家是会安全些，可这些人家能有粮食吗？到了这一步还有什么可选择的？他想着要先装成过路人，要到井边找水喝的样子，然后突然冲进院内，把所有的人都赶到一个屋里，看好，带上所需要的东西，走时放一把火，干净利落，这是老祖宗们干过的。他心里开始得意起来，他又想了整个过程和细节，觉得万无一失了，大声对维克说："你上察卡瓦尔的马。"又对察卡瓦尔说，叫他们几个快走，大约四五十里，要在黄昏前赶到那庄园。说完自己翻身上马，不知为什么，这一路还是心神不定，想那会是怎样的一户人家呢？

说起这户人家，不是别人，正是刚刚落成的金家大院。全家男女老少，在经历了千般辛苦、万种惊骇之后，一颗心总算落了地，看着自己的大院，不说心花怒放吧，那也是无比的自豪。老太太是头一个，每日里在大门口，看着被开垦起来的土地，心里是又美又甜。这日正和寄娘在井边上唠嗑，见远处有一行人向这走来。寄娘眼尖，说是外国人，还有犯人。老太太说："定是来喝水的。"就站起身扶着寄娘坐在旁边的大车上。这车今日得闲，车辕伏在地上，外侧大黄牛卧在车轱辘旁，慢悠悠有滋有味地倒嚼。自从金家起了这个大院，打了这井，就常有喝水的、讨饭的各色人等。等金老太太看清了这一行人的状况，心里立时警觉起来，向寄娘使了个眼色，寄娘紧了紧腰带，靠在老人家身后站定。与此同时普洛夫也看清了这里的一切，向察卡瓦尔交代了一番，心里是异常地紧张。眼前这两个人让他产生了不祥的感觉，只见那老太太上身穿着左开襟青绸布褂，下身穿兰丝裤，紧扎裤脚，黑色翻口夹鞋，头戴八角尖顶草帽，手拿雕翎大扇，目视天边，旁若无人。再看老太太身后那女人，瓦刀脸，白纸一般，白纱宫衫直垂脚面，遮鬓髻如一只大黑蝴蝶落在头上，倒背双手，木桩一样，立在老太太身后。一阵清风过后，让普洛夫看见了寄娘里边的紧身衣，普洛夫心说："这哪是庄户人家的女人，分明是中国武侠小说中的江湖女侠，世界上只有中国有这类女英雄，比男人更可怕。"普洛夫喜欢中国的武侠小说，怎么今天还真遇上了，怕是凶多吉少。不管你是过路，还是为谁而来，我必须先下手为强。没有多想的时间了，一行人已到了井台。维克一头从马上栽了下来，普洛夫一摸身上滚烫，已烧得神志不清了。同时也明白了，他们让这山里人骗了，现在已不是一条手臂的问题了，已经没有希望了。他狠狠地瞪了宋炮一眼，一挥手察卡瓦尔等人向院内冲去，这边普洛夫等三人拿枪把宋炮五人顶到老太太身边，为的是好看管。鲍东山一见，小声对宋炮说："咱们有救了。"用嘴一指洪寄娘。鲍东山早已看出这二人必是武林高手一师一徒。这边普洛夫指着老黄牛对副团长迪拉斯耶夫说："面包有了。"迪拉斯还真领会了团长的意图，掏枪对牛头就是一枪，普洛夫随后拿枪顶着宋炮的脑门，哇啦哇啦地吼叫起来。老太太看明白了，又是狼来了，向寄娘使了个眼色。寄娘一挥手，这三个大鼻子立时中魔一样，立在那儿，不会动了，然后慢慢倒下。寄娘转身给宋炮松绑，鲍东山见拇指粗的麻绳，在寄娘手中如衣线一般，几把扯成碎段，鲍家父子见了，大为惊奇。这时院内大呼小叫，察卡瓦尔已将院内二十余人，驱赶在一个小屋内，留下二人守门，自己和卫兵出来向普洛夫报告，正好在门口和寄娘相遇。寄娘点住了他俩，随手向那两个俄国佬甩出两根毒针，等屋里人见这两个白匪倒下，从屋内冲出来跑到寄娘身边，像受了惊吓的小鸡仔，躲在母鸡翅膀下一样。寄娘这才脱下长衣，一身练家子打扮，自从听胡先生说这里土匪猖獗，她就终日披挂整齐，以防不测，今日果然，而且还有外国人。众人就拥着寄娘来到老太太跟前，宋炮问寄娘："大侠使用的是什么器物，这等神速，且无声响，胜似枪弹。"寄娘指了指普洛夫脖子上的小竹签，宋炮伸手要取下看看，寄娘说："取下来即醒。"宋炮连忙从地上捡起一节麻绳将普洛夫紧紧捆了，也算出了口恶气。鲍东山对寄娘说："既如此应都捆了。"寄娘点头，鲍银镖不多时就将他们手脚捆个结实，搜出身上的枪支杂物，用衣服兜了，放在老太太跟前。老太太夸奖说："这孩子懂事，懂事就是成家子，贫富不足道，若是养个不懂事的败家子，给他留个金山，也没有用。"鲍家兄弟忙称谢，这时胡先生对老太太说："给咱们赶犁仗的狗剩子今早从城里回来说，昨天打仗了，把老毛子一条船打沉了，一船人都喂鱼了，这几个是当官的逃上来了，那个会说中国话的是翻译。"宋炮说："这就对了，他们逃进山把我们绑了，给他们带路，要不是有一个让蛇咬了，他们就逃回去了。"胡先生说："老太太你把他们交给官府请赏，你老可是扬名了。"老人家沉思半晌说："阳名我不要，我倒是想留个阴名，两国交兵，最后必是要交换战俘，这几个人多半可以平安回国，若他们不曾闯到我家，顺利回国，则我等也为其高兴。可现在已和咱们结下仇怨，说不定啥时战事又起，这些人又会领兵重来，必然要报当年被俘之仇，岂不给后世子孙留下祸根？若要求个千秋万世的平安，永绝后患，须借他们的阴魂，回去告诉其子孙后代，那里的人吃人肉，喝人血，杀人不用刀，使其永世不敢犯我家园，今天必是要大开杀戒了，若损我十年阳寿，也为值得。”宋炮听了说：“老人家，我是打猎的，这个活交给我吧，扒皮剔骨，摘心肝，一袋烟工夫。”老太太笑着说：“既如此，先把那头牛解了，我好招待贵客。”宋炮挽了挽袖子说：“点火烧水，拿大木盆。”胡先生听宋炮说自己是猎人，忽地想起报纸上的一件事，近前拱手道：“敢问兄台可认识一位叫宋皮休的猎人？”宋炮笑着说：“就是我。”胡先生连忙对老太太说：“这位就是我给你老讲过打貔貅的英雄，千古一人。”宋炮说：“命中注定，遇上它，也是万般无奈。”老太太很是惊喜说：“咱们这也是千古奇缘，今天晚上我是不睡觉了，炒点瓜子，听奇闻。”说着伸手搂过银梭，叹道：“这么点的孩子跟着在江湖上跑，今天早上让那大鼻子绑了，怕没怕？”银梭摇头，老太太指着通宝、金梁、金柱说：“跟他们玩儿去吧，山上没人跟你玩儿，你就在这儿住下吧。”忽地想起孩子还没吃饭，就招呼鹊儿先给孩子弄饭，这边宋炮、六叔等已将那头倒霉的老黄牛收拾妥当，下了汤锅。老太太对宋炮、鲍家兄弟说：“正巧今天是七月十五鬼节，我从老家到此，没想到诸事顺利，方才又是有惊无险，当告祭天地、祖先，也好祈求风调雨顺。”宋炮说：“你老发话，我就把这几个老毛子的脑袋卸下来上供，一来解了我们心头之恨，二来也敬敬我们的山神。”老太太说：“用人脑袋，吓人那，我可没那个胆，晚上睡觉非做噩梦不可，还是用那个牛头吧。咱家蜡烛高香现成，你们打猎的敬山神，我们种田的敬土地。”然后问鲍东山，“你们作何生计？”鲍东山说：“跑江湖卖艺的，讲的是义字当先，供关老爷。”老太太又问寄娘说：“你属何派？”寄娘说：“不知何派，只知二位师父敬六祖慧能。”胡先生说：“那你是禅宗，这禅宗实属荒诞，不著文字，盲修瞎练，一个千众的寺院，得禅者一、二人耳，余者皆不知禅为何物。以在下看来，世上所有创教者，都属杀人、夺位、涂炭生灵，从黄巾军的张角到太平天国的洪秀全都以此术愚民，正所谓圣人不死，大盗不止也。”老太太打断他说：“一会儿让你颂祭词，你可知我意？”胡先生点头，躲在一边默思去了，实是老太太看他扯上了洪秀全怕寄娘心生不快，就把先生支开了。老太太叫人套车，对宋炮、鲍家兄弟说："这几个人不可久留，让人见了，传出去，恐生祸患。"然后一指那湖水说："如何？"三人知道老太太想把这几个老毛子沉入湖底，三人点头说："最好。"众人将普洛夫等像装死猪似的扔上了车，众人跟在后面，三匹马一直拴在车后，也就赶着牛车来到湖西树林。大车横在水边，卸下拉车老黄牛，任其自由吃草，三匹马拴在树上，普洛夫等被拖下车，绑在水边树上。寄娘收起毒针，宋炮将那耸角怒目的牛头供在车上，两边摆上香炉，点起高香，老太太只留寄娘、胡先生、宋炮、鲍家兄弟俩，余者回家，不许观看。这时胡先生将拟好的祭文拿给老太太说："可是对了你老的心思？"老太太看了说："加一句，若阎王老官怪罪，可折我阳寿一旬，与他人无关。"胡先生点头，老太太看了众人一眼，跪在车前，宋炮、鲍家兄弟、寄娘，跪在老太太身后，老太太磕三个头说："列祖列宗在天之灵有知。"然后向胡先生示意，胡先生站车旁高声诵道：

时维己巳，兰秋中元之望日，于草野芦荻之滨宰太牢诛夷敌，致祭先祖在天之灵而哀曰：敝人那珍，不辞艰辛，风雨无阻，携家徒步数千里，秉祖灵昭示，天赐宝地，土肥水美，凿井筑屋，垦荒原为良田，教幼稚念诗篇，谨记耕读传家祖训。我煌煌华夏，龙脉五千载，河山九万里，天之骄子，岂容尔西夷野狼，犯我家园。豺狼本性，逆天悖理，自取灭亡。今日借尔阴魂，述尔后世子孙，永世铭记，泱泱中华大国，其土不可犯，其民不可欺。湛湛蓝天，耿耿星河，水府龙君，当方土地，过往仙佛，皇天玉帝，悉可见证。胡为乎！天行不怠，四时更迭，大江东去，千古英雄谁与！感天地，泣鬼神，貔貅何惧，视豺狼为鼠兔兮，其非猎人天职？恢宏祖上基业兮，斯愿家国永昌！此举若阎罗怪罪，折我阳寿一旬，与他人无关。祖灵不昧，此心纳焉，尚飨。

民国十八年八月十九日

胡先生诵完，焚了祭文、纸钱，老太太伏地多时，回头对宋炮说："听说猎人饮百兽生血，今日能否尝尝这只大鼻子狼是什么味?"宋炮称谢说道："得此一碗，活着壮力强身，死了鬼都不敢抓。"众人起身，宋炮端着碗抬腿抽出腿叉，奔普洛夫来了，这时普洛夫等已醒，见这架势，自知难逃一死，把心一横，闭上了双眼，脑子里出现了小女儿那可爱的笑容，到这时，才觉后悔，若自己不生害人之心，在山里善言相告，以诚求救，或许能回到祖国与家人团聚，不至于落到这般下场，早知遭此羞辱，还不如葬身大江。看着部下的脸上都是怨恨的表情，还有那视如生命的白马，也正悲切地看着自己，他的心碎了。这时宋炮一手端碗，一手拿刀走到普洛夫跟前，打量一番走过去了，宋炮在他们每个人面前停一下，翻译察卡瓦尔懂这人想干啥，吓得尿了裤子，宋炮最后停在维克面前，宋炮和野兽搏斗一生，猎物倒地挑大筋喝血为常事，可今天毕竟是人，拿刀的手不由自主地发抖，他稳了稳心神一刀插进维克发黑的手腕上，黑血顺刀淌了下来，宋炮接了满碗，放在车上牛头前，又端碗接第二碗，端到老太太面前，高举过头顶，老太太一点头，宋炮一扬脖子喝了，喝糖水一样，普洛夫大叫野蛮，"没有人道，你们虐待俘虏，违反人道主义，是魔鬼，要遭报应的"。翻译察卡瓦尔颤抖着说了一遍，胡先生说："你们西方人来中国杀人放火，说是进步、文明，我们反抗就是野兽、魔鬼。"老太太对寄娘说："那咱们应更野蛮、更像魔鬼才对得起他们，做个恶鬼给他们看看!"寄娘从宋炮手中接过腿叉，猎人的刀比匕首把短、刃长极是锋利，来到普洛夫跟前，一刀挑断麻绳，普洛夫一下跪在寄娘脚下说："我不求活命，只求你善待我的马，它是顿河汗血天马，你们大总统都未必有，你有了这马，如虎添翼，就更神奇了。"寄娘说："你那马没有我的腿快，你的马在这儿，只能拉车、拉犁，拉磨是轻巧活。"普洛夫一听就流下了眼泪，老太太说你露一手让他们看看，他们就死而无怨了。只见洪寄娘马步站定，吸气一口，一个箭步蹿进湖里，蜻蜓点水一般在水上飞，顺湖心转个大圈回到跟前，面不改色，气不长出。几个俄国佬看呆了，连宋炮、鲍家兄弟也是面面相觑。鲍东山感叹道，活到这时也只听人说过，世上有些奇功，今日是开眼了，看来达摩芦叶渡江亦当可信。也越发觉得天赐机缘，不可错过，这人怀此绝世武功，敢说天下英雄无敌手，这要是请上桦树岭，说不定会做成惊天动地、千古流芳的大事业来。退一步讲，两个孩子拜在门下，学不来其全身本事，也必为一流高手，自己看明白了，此事取决于这老太太，鲍东山主意拿定，单等时机。普洛夫正呆傻时，不想寄娘从后点了他一下，他便不会动了。寄娘一把将其后衣扯开，刷刷在背上划了两刀，再横下一刀，伸手一扯，扯下一条二寸宽一尺长的皮条，随手扔在地上，再横下一刀，扯下一条二寸宽一尺的肉条，抬手一点，将普洛夫解了，普洛夫见寄娘拎着一条肉，高举过头顶在嘴里大嚼。俄国佬吓得不敢喘气，等寄娘吞下肉条，普洛夫才觉疼，才知是自己的肉。伸手一摸，血流如注，不由得哇哇怪叫，老太太向寄娘示意，寄娘马步吸气，距普洛夫十多步远，双手对着普洛夫一推，只见普洛夫像稻草人一样，飞入湖中。寄娘把那几个人也解了，到这时他们聪明了，自己冲向湖边跳入水中，水面上咕嘟嘟一片气泡，不多时归于平静。那三匹马眼瞅着自己的主人跳入水中，扬头冲天一阵嘶鸣，前蹄使劲刨地，很久才平静下来。

老太太长出一口气，面对湖水，半晌不说话。寄娘近前搀住，老人很感慨地说："人老了，本来就怕事，可谁想到，老了老了摊上这么大一件事，将来还不知道……"老太太下话没说，停了一会儿说："你腿快，回去看看牛肉熟没熟，告诉他们切好了送来，林中凉快，野草地的味可比牲口圈的味好闻。"寄娘去了，鲍家兄弟、宋炮互相对视了一下，一起跪下给老太太磕头，老太太忙说："这是何意?"鲍东山说："一谢救命之恩，二有事相求。"老太太说："救命之恩不敢当，实为自救，有事起来说话。"鲍东山说："想与洪大侠八拜为交，上山坐镇桦树岭，我们兄弟愿做马前卒，求你老成全。"老太太只迟疑了一下说："此事从长计议。先喝酒吃饭。"宋炮、鲍家兄弟见此事有望心中欢喜，不由得肚子也咕咕叫起来，远远见寄娘带人朝这边走来。原来鹊儿已将招待客人的饭菜预备好了，且都想知道貔貅长什么样，怎么收拾的老毛子，寄娘一进院，鹊儿等就端盆、挎筐跟寄娘来了。见老毛子没了，就问先生，先生说："送回家了。"鹊儿不信，轻轻拽了一下寄娘，寄娘用眼睛指了一下湖水，鹊儿明白了，小声说："这老太太也够狠的。"寄娘说："不狠，还有你的好，头一个不会放过的就是你。"鹊儿脸唰地一下红了，连忙招呼人摆放酒菜去了。老太太不管在哪里都是盘腿趺坐，鹊儿也总不会忘了她的团垫，拿过来放在老太太跟前说："我们在院里吃过了，你老不叫也不敢过来。"老太太对宋炮、鲍家兄弟说："真是慢待了客人，今日奇遇，一应客套全免，诸位请。"胡先生说："你老说今日是奇遇，胡某敢说日后必出奇迹，你老信不?"老太太点头笑了，春常凑到宋炮身边说："貔貅什么样，吓不吓人?"老太太说："他们今晚不走，你让客人先吃饭，今天这牛肉确是新鲜烂乎，就算是过年了。要是三天吃不完就臭了，咱们就可劲乐三天如何?"鲍东山听了老太太这话，忽地想起大丫还在山上，怎么到这时才想起孩子来，真是不应该，忙对老太太说："我们一大早就被劫了，宋大哥的孙女还在山上。"老太太哎呀一声说："这多让人担心。"银镖站起身说："正好有快马，我回山接下来吧。"老太太对众人说："你看人家这孩子懂事。"然后问宋炮："孙女多大了?"宋炮说："十五了，猎人家的孩子，什么险事没经过，这外国强盗可是头一遭，不碍事，有事我的狗会来找我。"银镖过去解下普洛夫大白马的缰绳，银镖从小练功，家里有马，也算得上是个骑手，这马看着真是让人喜欢，脚踩马蹬翻身上马，不想这马忽地腾身站起，银镖没提防，滚下马来。然后这马转圈尥蹶子不让人接近，寄娘过来，它尥起后腿就踢，寄娘闪过，抬手照后臀一拳，那马站不住，一个马失前蹄戗在地上。寄娘上前一脚踩住脖子，它脸贴地，跪在那儿，后腿踢蹬了好一会儿，终于没能站起来，不得已趴在地上一动不动，寄娘抬脚，它站了起来。眼睛恶狠狠地盯着寄娘，寄娘把缰绳拴在树上对银镖说："你骑那红马吧，换人怕它使坏。"这时鹊儿用生菜叶兜了两大块牛肉，外用手巾包了递给银镖。银镖揣在怀里，翻身上了红马，众人眼瞅着那马乖乖地驮着银镖飞驰而去，眨眼消失在青纱帐里。

众人悬着的心平静了一些，牛肉的香味也勾起了饥肠，虽然新鲜烂乎，毕竟是不易消化之物，老太太只吃几口，便扶寄娘起身，寄娘以为她要解手，便搀着她出了树林向湖边走去。老太太亲切地说："我这辈子最得意的一件事，就是捡了你这孙女，现在就是死了，也可以闭眼，今天这事岂非天意，这哥仨想请你入伙，我看他们是吉人，就替你答应了，你可愿意?”寄娘说：“我怎么能离开你老呢，我离开你老就没魂似的，不知怎么活。”老太太说：“到江湖上显一下身手，我相信，即便不能青史留名，世上也会多一段佳话。你陪我在这种地，岂不辜负了你这身功夫!”寄娘说：“你老不是撵我走吧?”老太太说：“傻孩子，我怎么能忍心一辈子让你替我看家护院呢，你看我还能撑几年，我觉得眼前这些地开起来，种上了，我也就到时候了。你要是早些有了归宿，上了山有了自己的人马，你也不用日夜提防仇家了，我也就放心了。”寄娘半天不说话，不知怎么眼泪下来了。老太太倒是显得很兴奋，扶着寄娘转了回来，对鹊儿说：“把酒菜归拢一下，我和客人还没尽兴，留下胡先生为我们烧水沏茶，你回去安顿孩子和客人的睡处。”等众人离去，已是月上东山，微风拂面，老太太问胡先生：“这么好的夜晚，咱们怎么乐呢?”胡先生心说你们想干啥岂能瞒得过我，就笑呵呵地说：“今晚是清风明月，天上一轮，水中一轮，有美酒嘉宾，所谓四美具，正好玩儿桃园三结义呀!”老太太笑了，赞赏道：“先生高人哪!”鲍东山一下听明白了，老人家答应了，向寄娘一拱手说道：“今生有幸，得遇洪大侠，佩服之至，若蒙不弃，愿与大侠八拜为交，同死同乐，大侠为舵主，我等于马前听命。”寄娘看着老太太，不知说啥是好，老太太笑了：“人家已是刘关张三兄弟了，你正好是四弟赵云。”老太太这话说得真是得体，鲍东山对这老太太真是五体投地，佩服极了。胡先生点上香，四人对着湖中明月拜了八拜，换了生辰帖，发了宏愿，回身又给老太太磕了头。老太太说：“要是倒退四十年，我也不在这种地。”说完笑了，接着说道：“这人身上要是有了本事，进可以立身扬名，退之以守家保命，我不是让你们打家劫舍做强盗，是想让你们管一管人间的不平。”然后对胡先生说：“四兄弟齐了，就差诸葛孔明了，先生如有意，他们也就不用三顾茅庐了。”胡先生知道老太太这是说着玩儿呢，她才不能让自己上山去享清福，这两个孩子已可启蒙了，岂能误其学业，就说：“我舍不得这两个孩子，人老了，只能和孩子一块玩儿。我上山能干什么？也借不来东风。但是今日之英雄大聚会，那是一点儿也不比当年桃园逊色，就说洪姑娘吧，从红拂女、聂隐娘到前朝的十三妹，历代女侠均无寄娘这般身手，貔貅一事为千古绝响，前无古人后无来者。鲍家兄弟是逼上梁山，当世之林冲，就你老今日之壮举，也不亚于当年的佘老太君。你们说刘关张的故事，可有这么精彩？后世若有那好事之人写成一书，传颂千古，也未可知。”寄娘听了说：“其实我师父的故事才感动人呢。”胡先生想问，又觉不是时候，一行人乘着月色，回到大院，大白狗忽地叫着跑出去了，老太太说：“孩子回来了。”

随着马嘶、狗叫，银镖进院，鲍东山上前把大丫抱下马来，春常接过缰绳，牵到槽头饮水，它真是渴了，喝了好一会儿，然后和那两匹拴在一起加料喂上，可它们不吃，寄娘问银镖：“它可服帖？”银镖点头说：“这马真快，骑着不蹽不蹿很舒服，是好马。”胡先生说：“你没听那大鼻子说吗，汗血宝马，史书上有这名号，价值连城，咱们大总统都未必有。”老太太自言自语道：“恐非祥物，送给仇家最好，可咱们没有。”说完笑了，伸手拉着大丫进屋，众人跟着，老太太拽姑娘身旁坐了，问：“今年多大了？”姑娘伸手翻了三次，老太太见这孩子不会说话，问宋炮：“怎么得的？”宋炮说：“吓的，黑瞎子进院了。”老太太把孩子搂在怀里说：“别着急，能治，你能说话，我经着过。”姑娘眼里闪着泪花，老太太又问：“有婆家吗？”宋炮摇摇头叹口气，老太太说：“这就成了。”众人不解，老太太对众人说：“你们看这孩子像谁。”众人还是不明白，老太太喊来金小，一手搂着一个说：“你们看看。”众人这才觉得黑黪黪胖乎乎，天生的一对，等两个孩子明白了大人的意思，相互看了一眼，姑娘羞红了脸，金小跑出屋偷着乐去了。老太太对宋炮说：“咱们轧亲家都没差辈，天意。”宋炮说：“高攀了，孩子不会说话，日后怕是……”老太太摆手说：“你放心，这孩子我相中了，我就认，再说了，这毛病能治。”鲍东山说：“宋大哥已准备好上奉天给孩子看病的。”宋炮说：“能不能找到那道人，治好治不好，说不准的，恐有欺骗之嫌。”老太太说：“山里人真是实在，这亲事错不了，孩子我就留下了，山里狼虫虎豹的，也不放心。现在正是长身体的时候，再等两年，我的地也有了收成，到时好好办办，人家有的咱家也得有，别委屈了孩子。”六婶更是高兴说：“看这孩子又精又灵的，不会说话，是半路得的，不留根。”老太太笑着对大丫说：“你这婆婆妈，一辈子就盼个闺女也没盼来，要不先认个干妈，省着拘束。”大丫一听过来要给六婶磕头，六婶一把搂在怀里，再不撒手。众人说笑着安歇了。

不知啥时天已大亮，吃过早饭，又聚在老太太屋，鲍东山说：“先请大侠到山上看看，要回来有快马也方便。”老人点头，伸手掀开一块绣花包皮，露出一只小皮箱和一个蓝布包，皮箱打开里面两个布袋，老太太说：“这是一万块大洋，给寄娘带着。”蓝布包里是从几个大鼻子搜来的八支手枪、一个望远镜、一块金怀表、嵌钻匕首七把、戒指二只、银匙三只。寄娘说：“我死也不能拿钱的，现在一粒粮食还没打，刚刚盖了房子，到处用钱。”老太太说：“若无寄娘我能到这里盖房子、开地？早就不知死哪了，让你空手上山，我不白活这么大岁数了，一文没有也就罢了。”寄娘跪在老太太膝前说：“我这条命不也是你老救下的吗，你老这么大岁数，带着全家容易吗？寄娘拿钱真是出不去屋。你老放心，寄娘会有钱的。”老太太说：“孩子，你也得让一个老人心安哪！”所有的人都感动了，老人拉着寄娘，寄娘很少流眼泪，这一回是泪流满面，鲍东山觉得自己应该说话了，对寄娘说：“洪大侠，我看你带上一半，留一半给老人做棺材本，收下老人的情义。”宋炮说：“账记在我头上，桦树岭会加倍偿还的。”寄娘没法，接过老太太递过来的布包。鲍东山方才话一出口，就觉失言，便不自在了，老太太看在眼里笑着说：“我的棺材和这大院一块做好的，上好的寿材，连个节花都没有，很难得。”胡先生心说，老太太这是怎么了，这话真是不吉利，忙打趣寄娘说：“想当年贾家楼三十六位英雄大聚会，这部书叫《响马传》，小时候就喜欢看，大爷魏征，二爷秦琼，三爷徐茂公，最没本事的就是程咬金，可偏偏让他当混世魔王。长大再看就明白了，人家程咬金劫皇纲有钱，有钱就是主子，出钱招兵买马，没钱就得出力，就属扛活的。”老太太心说，你这话说得是时候，这真是大千世界，芸芸众生，都是围钱转。鲍东山说：“山上三五年吃喝不愁，你老放心。”老太太说：“过年这时打下了粮食，我上山看看山景。”宋炮说：“你老不能骑马，我做个小轿抬着你。”老人忽地想起一件事，说：“你为何拣那被蛇咬的老毛子？”宋炮说：“蛇毒去火除湿，永不生恶疮，我都想让你老喝一口的。”老太太说：“我哪里喝得下那东西，可怜我们寄娘也是吃生鼠活蛇长大的，我还有个礼物，保你喜欢，特意送你的。”老太太示意春常，春常出屋回来拿着一个帆布袋放在炕上。宋炮一看认得，说是猎枪，打开一看，双筒德国造，为当世一流猎枪，喜欢得不知说啥好了。老太太把大丫手拽过来，拿起那枚大戒指就给戴上了说：“这回就是我家媳妇了。”姑娘连忙用手捂住了脸，老太太又拿起一支手枪给春常，剩下的叫鲍东山都带走，鲍东山说：“金表给您老留下做个纪念。”老太太说：“种田人看太阳，听鸡叫，打仗用的东西你们都拿走。”鲍东山只得包了，进山叫寄娘分派，众人出屋，老太太送出大门，寄娘和鹊儿告别，拔下头上金簪对鹊儿说：“这只毒簪可以防身，师父留下的，别传出去，传出去则废，千万别伤着自身，我也没有解药。”二人依依不舍，只听外面老太太叫寄娘，二人止住眼泪出来，老太太笑着对寄娘说：“我给你的钱就算是聘礼。”寄娘不解，老太太抬手一指，寄娘看去，只见野地里金梁拿朵小花，正往通宝头上插呢，胡先生打趣老太太说：“你老这是上了年岁，年轻时不知怎样精呢。”众人都笑了，正这时银梭手里也拿朵小花送给通宝，老太太见了，心中不悦，原本要留下玩儿的，也就不说话了。

欲知后事如何，且听下回分解。

第八回

张家振锦上又添花　杨桂香怀春入风尘

且说张家振打了大半辈子仗，做梦也没想到这一仗会这么漂亮，真好比捡了个媳妇，抽足了烟。一面命士兵搬战利品，一面叫岳克己向张学良报捷。二十三团的胜利总算给张学良挽回一点儿面子，少帅大喜，颁令特别嘉奖，大洋二十万，全团官兵每人晋升一级，又补给大量军需。当地官绅也送猪羊好酒慰问，二十三团一时誉满关东，岳克己建议致电少帅，请求在松江镇长期驻防练兵。这时的张家振也看明白了，也认为距关内军阀越远越好，离近了，一遇战事就当先锋，他没少吃苦头。少帅也认为在那儿置一劲旅可及时增援三江防线扼守东大门，回电又勉励一番。张家振更加春风得意，给士兵训话，要严明军纪，长驻小镇，保境安民。一时小镇街心路口，白天有岗，夜间有哨，城内治安立现新貌，街上警察装人，小偷洗手，骗子、渔霸、撂地大爷儿销声匿迹，真个是外无来犯之敌，内无偷窃之贼。可烟馆、妓院一夜之间钻出好几家，在那儿点上了烟灯，搽好了香粉，要坐收这些老兵油子身上的大洋。要说这人要是走了背字，俗话说祸不单行，你是躲也躲不过；要是这运气来了，那也是春风化雨，银蟾吐彩，这不正有一美貌女子阴差阳错一步步向张家振走来。

这日张家振、岳克己巡察防区，当走到一个叫杨家庙的小村时，见迎面有五六个人跌跌撞撞地跑来，到跟前扑通跪在张家振马前。张家振看为首的是一对老夫妻，种田人模样，但衣着整洁，算不上富人，但不带穷苦相，属于那种叫人见了就生好感的人。就下了马搀扶起二人。二人哭诉，昨日女儿出嫁，半路被土匪抢走，张家振一听就蹦了起来说：“我的治下光天化日敢抢人，知道叫什么吗?”那老汉说：“松树岭狼窝洞的，报号小白龙，手下就十多个人，这屯子有两个因打死了人，跑去入了伙，这一带百姓都说你是灶王爷下凡，灶王爷本姓张骑红马，挎红枪，玉皇大帝打发来的。”这杨老汉见张家振骑匹红马，就来了那么几句，把张家振说得心花怒放，很客气地说：“你老贵姓?”老汉说：“免贵姓杨，女儿叫杨桂香。”张家振重复了一句杨桂香，接着说：“你家姑爷呢?”杨老汉说：“不提他我还不生气，当时就尿裤子了，没脸回家就无影无踪了，小时候看着挺有出息的，还念几天书，他爹还请先生给他起了个大号，叫杨明远，他妈丢名丢得远。”张家振笑着说：“昨晚我做梦娶个媳妇，今天有人在我眼皮底下抢媳妇，你二老回家等着。”岳克己说：“交给我吧，我去收拾这几个小土匪，没准圆了你的梦。”张家振说：“小土匪也不可大意，我打了半辈子土匪，要不是命大，吃饭这玩意儿早没了，还能做他妈的美梦?”指着金中玉说：“你们几个都跟着。”金中玉还是留下两个士兵，和岳克己一行九人飞马奔松树岭而去。张家振亲亲热热地和杨家二老唠了好长时间，看看天将正午，才慢悠悠地回城。

再说岳克己等人飞马上了松树岭，只听得一声锣响，不见人，也没在意，直冲到洞口。洞里人跑出来一看是当兵的，举双手喊饶命，小白龙和两个小匪闪在最后，出洞就溜。金中玉当当两枪，倒下两个，小白龙还是跑了。余者哆哆嗦嗦地跪在地上，岳克己问：“谁是杨家庙的?”没人吭声，好一会儿，站起一人指着其中两人说：“就他们两个撺掇小白龙抢亲，才有今日这下场。”二人高喊饶命，岳克己自言自语地说：“白瞎两张人皮。”伸手一指，左右两边卫兵抬手就是一枪，子弹从脑门进去带出一条长长的血线，地上的小匪吓得磕头如捣蒜。岳克己说：“下了他们的枪。”几个小匪哭丧着脸说：“我们哪有枪啊，枪盒里是块红布包的笤帚疙瘩，山上就两把枪。”说着拿笤帚疙瘩给岳克己看，岳克己心中好笑，下马带人进洞。见那姑娘坐在草铺上，见当兵的进来低下头翻了岳克己一眼，岳克己立时心里一惊，这是双什么眼睛，这么勾人，对了，古人说的凤眉环眼，大白眼珠上一个黑豆粒，不是风流鬼，就是狐狸精。乡下姑娘，一点儿没有乡村姑娘那种土气相，很耐看，谁要是娶这么个媳妇，能美一辈子。就亲切地对她说："我们是来救你的。"姑娘深信不疑很温柔地说："那多谢了，只是无法报答。"岳克己笑着说："还有更大好事等着你呢，走吧。"姑娘出洞，岳克己仔细看这山洞，内长十余丈，宽敞可进车，后有多处拐角、洞窝，隐蔽幽深，可是有透气孔，故干爽宜人，蓄物藏物绝佳，弃之可惜，不如让他们在这儿看管，看样子这几个人也不是那些杀人抢劫的惯匪，只不过是小偷毛贼，放了还是去偷去赌。出了洞口，对刚才说话的那猴脸模样的人说："你怎么称呼？"那人说："我叫王四。"岳克己说："以后你就是老大，但不是土匪啦，是国军，我按时发军饷，谁要是再偷再抢，就是他们的下场，把那支枪拿过来。"王四跑过去从死鬼老二手里取来给岳克己，岳克己接过来看了看，又拿出了二十发子弹一同给了王四说："我下次来给你们发枪、发衣服，你们从今日起就是国军了。"说完翻身上马，对金中玉说："拉她上马。"金中玉有些迟疑，岳克己凑到他身边说："回去给你当干妈。"金中玉一下明白了，在心里嘟囔了一句："你也真会溜。"上前拦腰一抱，把杨桂香揽在怀里，岳克己一拨马向山下奔去，众人紧跟着飞下松树岭。到了杨家庙的岔路口，岳克己停下来对金中玉说："你们先回城，把她交给孟尝客店田掌柜，告诉他收拾干净客房，好生伺候着，我去接她的父母。"金中玉先走了，岳克己进村见了杨老爷子，说明来意，杨老爷子先是谢过搭救之恩，接着说："我们乡下人能当上团长夫人，那是祖坟冒了青气了，这孩子不知哪辈子修来的福，岂有不愿之理！"可心里说，我敢说不愿意吗，还真不知是福是祸呢。岳克己又嘱咐说："土匪一事压根儿就没有，你说对不，你们娘家多去点人，咱们风风光光地进城送闺女。"杨老爷子点头哈腰鸡啄米似的，千恩万谢地送走了岳克己，回来借了几匹马，套了三辆大车，凡杨家远近亲戚，只要有件没有补丁的衣服，穿着觉得能出去门的都上车。昨天受了全屯子的嘲笑，今天姑娘当上了团长太太，你们哪家姑娘嫁出去当了太太？杨老爷子罗锅都乐直了，连看门狗都欢实起来。这杨家昨天出尽了丑，今天又无比风光，真是让人啼笑皆非。

岳克己也大张旗鼓，团长娶亲，小镇头等大事，张家振开始老大不高兴说："土匪窝里出来的，凡沾土匪边我就忌讳，再说年貌也不相当，你自己张罗你自己要，别说我不领你的情。"岳克己也不跟他多说话，躲着他自己忙，只三天，万事俱备，等岳克己把新娘领到他跟前时，立马变了腔调，乐得睁不开眼闭不上嘴，许愿说："这个情我领了，你等着我回奉天给你弄个洋学生来，这地方的庄稼丫头，粗胳膊粗腿的，一身猪食味，跟我这土坷垃是正合适。我跟你说，拜堂、磕头、敬酒这些全免，我这么大岁数带着个小丫头片子，让人看着就不舒服，你就照顾各界人士喝酒，有要见新娘的，就说乡下丫头上不了台面，娘家人不能冷淡了，别让小人挑了大人礼。"说完迫不及待地撵岳克己去招呼客人，岳克己是哭笑不得，只好替他打圆场。张家振乐呵呵地打量自己的小媳妇，只见这姑娘，鹅蛋大脸，头发老鸹毛一般乌黑油亮，拧劲眉毛，豆荚眼闪着灵气，咬着嘴唇，看不见嘴型，自然也是美的。美不美且不论，看得出这姑娘要是把她惹急了，她是会发狠的。驴尾巴辫一前一后，削肩膀，虽是乡下姑娘可没干过粗活，双手细嫩白净，跳动的酒窝会说话，神仙拿这种女人都没办法，这就是个谁见谁啃的甜香瓜，庄户人家娶了这样的媳妇，是要落得个丧门败家的下场，狐狸精转世，要不是落在我手里，说不定得死多少人。杨桂香见他坐那儿一动不动，眼睛里还有鄙夷的神色，就大胆地说："你大团长也别瞧不起人，我可是黄花闺女。"张家振忽地站起来，一甩袖子走了。客人们见团长出来了，争先恐后地敬酒，直喝得天昏地暗，岳克己趁机溜出来，走到姑娘房门前，听到哭声进屋问："出什么事了？"杨桂香横了横心说："你救了我，为什么又害我，拿人送礼，也不问问人家愿不愿意，什么团长、师长谁稀罕，他比我爹岁数都大，还瞧不起人。"就不顾羞臊地把匪徒醉酒没动她说了出来，然后拿眼睛瞪着岳克己。岳克己听了心里很不是滋味，懊悔、难过更觉于理有亏，见她那似怒非怒的样子让人心生爱怜，不敢面对她的眼神。长出一口气说："你年轻，往后的日子长着呢，我听到你的哭声来看看你，我的话对谁都不能说，这对你有好处。"说完转身出去了，关门时深情地看了她一眼，这使她感到一丝安慰，以后的日子长着呢，这话也很耐人寻味。杨桂香正胡思乱想呢，自家姐妹来了，要陪新娘去新房："我们也想看看你的家什么样。"上前拉着来到院中，岳克己招呼她们上了车，自己和卫兵跟在后面。大车到了一家大院门口，金中玉领几个士兵迎出来，把她们让进院，岳克己领着进了新房。看这屋内家具虽说是旧的，但这是有钱人家的陈设。炕上的铺盖全是新的，乡下人不曾见过的，总之一切都是杨家人想不到的美好。只是新娘这村姑衣服显得很土气，与这新房不相配，没进屋时站在姐妹中间，人和衣服通身光彩照人，超群拔萃，若是杨家的草房，铺着炕席的土炕，这身打扮的新娘仍不失清新秀丽；可是在这屋里，不知道的，还以为是下人充主人。岳克己怎么看怎么别扭，但也没办法，对杨家众姐妹说："今晚都在这儿陪新娘，有事叫院里的勤务兵。"说完开门走了。

张家振直到第二天太阳偏西才醒来，田掌柜递上香茶，张家振一口喝了说："换大碗。"一连喝了三大碗，喊勤务兵说："参谋长在哪儿?"勤务兵说："在江堤上。"张家振说："备马。"和四个勤务兵飞马上了江堤，见岳克己一个人坐那儿发呆，张家振看江上只有过往的白帆，打鱼的小船，使大劲来了一嗓子："你想鱼吃啦?"把岳克己吓了一跳，站起来说："江堤多处须加固，汛期到了，真要出了事，决了口子，问罪倒是问不到咱们头上，可得一样跟着遭罪。我在想这个活咱们干了，不白干，上边会给钱，还能落个好，县里也能给钱，咱们晚上睡觉也踏实。"张家振满意地说："咱们待着也白吃高粱米籽，弄点钱抽烟也他妈的舒服。"岳克己说："你睡了一天一夜回家看看吧。"张家振说："那小丫头片子也够气人的。"岳克己说："我审那几个土匪时，他们说这女人是个灾星，白搭好几条人命，抢回来哥们就喝酒，小白龙一高兴喝得死人一样，第二天我们就到了，人家还是个黄花姑娘，要是不干不净，我也不能往你屋里塞呀。"张家振一拍大腿："这么说我不够人了。"岳克己说："去吧，赔个不是，不算丢人。"张家振说："行，那孩子也够可怜的，这两天吓坏了。"二人打马来到张家振的新房，金中玉和警卫连的十个卫兵迎出来，张家振看这小院严严实实，卫兵住的门房也很干净，十个人住，紧紧巴巴很合张家振的心意，问岳克己房子是谁的，岳克己说："钱县长有个外室，很得钱县长欢心，房子就是这女人老爹的，老爷子想闺女了，捎带过江看看洋大夫，赵镇长做主收拾了。"张家振说："钱有安这头胖猪还不知道吧?"岳克己说："人家两人是换命兄弟，你能住这儿是瞧得起他们，赵镇长带信去了，钱县长明天就回家，给你贺喜。这房子在镇上是最好的，客厅、卧室、火房、下人住的地方样样齐全，你自己看看。"二人进屋，杨家众姐妹看团长回来了，退到客厅，张家振笑着说："喝多了，慢待了娘家人，这可没姑爷的好。"众人见团长还是挺随和的，也就不那么紧张了。岳克己问："客店田掌柜侍候得好吗？"众人忙说："很客气，很周到。"岳克己说："那你们就再住一宿，今天就别贪黑回家了，明天和新娘一同回门。"张家振笑着说："是了，我还没给老丈人磕头呢，不能落过。"岳克己对杨家姐妹说："明天你们赶车先走，我们马快，不等你们到家，我们就能撵上你们的大车，回头我叫田掌柜早做准备。"说完和众人一同出了小院，杨家姐妹自回客店，张家振送出门来。岳克己说："明天我在家接钱县长顺便定一下修江堤的事。"张家振说："明天总得带点什么东西吧，空着两只手去见老丈人，那也丢份儿呀。"岳克己想了想说："顺便我叫绸缎庄冯掌柜送几匹洋花布，让新娘回家自己分去，赚足了面子自然高兴，临走给老丈人留点钱。"张家振点头说："这对，就这么办。"乐呵呵地回屋了。

岳克己一人来到大街上，觉得空落落的，当走到绸缎庄时，心里一阵热一阵冷，直向上涌酸水，开门进屋。冯掌柜见是岳克己连忙说："参谋长大驾光临，有事你打发个当兵的来，就是瞧得起小人。"岳克己说："我们团长夫人胜西施赛貂蝉，大姨子小姨子都仙女一般，团长要给扎鼓扎鼓。你给包十匹洋花布，不要重样，上好丝绸旗袍料子两身，花布记在团长账上，料子钱我现付，包好了，送到孟尝客店。"冯掌柜说："料子就算小店一点儿心意。"岳克己说："团长娶亲，我总得送个小礼，冯掌柜心意领了，钱嘛，你也照收。"冯掌柜说："洋花布十匹记团长账上，明日夫人来裁时，我就说料子钱、手工钱参谋长已付。"岳克己说："如此也好。"岳克己付了十块大洋出了绸缎庄，殊不知这十块大洋里岂能没有手工钱，冯掌柜卖个人情罢了。送走岳克己，叫徒弟搬出十匹花布，每匹扯下十尺，包好送孟尝客店，小徒弟说："团长你也敢要。"冯掌柜说："这你可记住了，钱没到手，就不知道谁把谁要了。"

新房里，张家振见杨桂香脸朝里躺着不理他，只好赔笑道："还生气呀?”杨桂香翻身冲着他说：“我也生不出气来了，这几天让人抢来抢去的，我只盼着这时再来一伙强盗，把你们打跑了，又把我抢走，我还可以理直气壮地告诉他，我都让你们抢了三回，可我还是个黄花姑娘。”就这两句小话，又把张家振气个半死，回身插上门，上来扯去杨桂香的衣服腾身上去，杨桂香一下瘫了，张家振恶狠狠地说：“你给我惹急了，把你卖窑子里去，看你黄花不黄花。”杨桂香只有流泪的份儿，全身颤抖咬牙忍受，张家振完事了，一看这可怜相，心说何苦的，怎么这么没人性，再看小模样，实在招人心疼，就说：“我知道你是嫌我老，实在不愿意，明天你就不用回来了，你放心，我张家振背后不使坏，今天的事实在对不住。”杨桂香哭了一宿，第二天大半晌才起来，张家振早就起来了，没叫她，自己和卫兵一起吃了早饭，等杨桂香梳洗完夹包出来，张家振叫卫兵上马，掐腰把她举到金中玉马上，伸手扯过她那个包说：“搂住他的腰。”杨桂香闭着眼睛，脸贴在金中玉的背上，双手紧紧地搂住腰，依然吓得不敢睁眼，七匹马八个人飞奔杨家庙。这时杨家大车刚刚进院，在院子里远远就看见了马队，团长姑爷到了，连忙收拾锅灶，给二人打了两碗荷包蛋，盛到了碗里，人也进院了。屯子里人谁家要是有点儿啥事，就当热闹看，张家振当是接他的亲友，非常高兴。姑娘见了爹妈一肚子委屈没法说，为了不让父母伤心，只好装着笑脸和张家振接受众亲朋的祝贺。完事就被小姐妹拽跑了，她们有好多好多疑问和传言要证实，杨桂香只得推说下次回来不走了，和她们唠一宿。众姐妹见问不出来，只得作罢，陪杨桂香的几位小姐妹解围说：“参谋长给带个大包拿给我们看看吧。”杨桂香打开一看，十匹洋花布，两块丝绸，心里觉得参谋长还真是个有心人，忙把绸缎包了起来，过来问张家振花布都给谁，张家振说：“你家姐妹陪你好几天，我总得谢谢她们吧，问参谋长，他说送件花布衫保满意，我也不知道够不够，你自己弄去吧。”众姐妹乐得叫起来，杨桂香看了看说：“一人五尺，男女有份，男人回家给媳妇。”杨桂香这次回门可算得上皆大欢喜，杨家早有准备要留姑爷吃饭，张家振说：“军务在身，不能久留，想姑娘我就让勤务兵送回家住几天。”说完拿出五百块大洋说：“你二老岁数也大了，少种点地，少操点心，部队有医官，下回我带来给你们听听，哪有毛病扎上洋针保好。”话不在多少，说得人心里热乎乎的，二老眼泪都下来了。张家振告别出屋，拿眼睛找杨桂香，没人，只得一步步蹭出屋来，见杨桂香已等在门外。心里一喜，上去又把她举到金中玉背上，杨家人都送了出来，所有人都觉得这一走，就不知啥时再见了。当晚两人唠得很热乎，杨桂香说：“那小子灌多了，一宿没翻身，死猪似的，让你捡个便宜，这不就是命吗?”张家振说：“你说对了，命，他敢动弹你，他是什么玩意儿?也就是条嘎牙子，还叫什么小白龙，他那小命比蚂蚁大不了多少，都不够我小手指头碾的，还癞蛤蟆想吃天鹅肉。他没长吃天鹅肉的牙，我也信，就你这狐狸精，他抢到手，还不是乖乖送到我嘴里。我是什么人，大命人，福大、命大，枪子都躲着我，谁敢拿邪心眼瞅你，我挖他眼珠子，你信不?”杨桂香嘴一撇心说：“别人怕你，我还怕你，以后的日子长着呢……”

撂下这对老夫少妻不表，再说那日小白龙跑得快捡条性命，但心里实在窝火，自从上山，一步一个跟头。前年在松树岭也是自己跑得快，可是死了两个弟兄，这一回到手的小美人，还没摸一下，又飞了。还落得个有家不能回，苦心经营的小巢也属他人。特别是王四，自从穿上了军装，就扬言自己是岳大参谋的副官，小白龙抢团长的夫人，早晚难逃一死，他敢回来，就绑去领赏。当初小白龙对王四可是有恩，这小子良心丧尽，恩将仇报，连同那夺妻之恨也就一并算在王四身上了。这日偷偷摸上山来，见众人都坐在洞口聊天，将身子隐在树后，只听那王四说道：“你们这回跟着哥哥我干，都有出头之日。你看那些大兵，天天吃馆子，逛窑子，跟着小白龙得蹲一辈子山洞。咱们下去扛三年五载大枪，就可以回家买地盖房子，山东逃荒过来的大姑娘比毛驴子还便宜，又能干活，又能吃苦。”只听一个声音说：“他们的军饷也不多，哪来的钱，抢的吧!”王四笑着说道：“老百姓把大兵叫什么?叫蝗虫，就怕过大兵，大兵一过，大姑娘都生孩子。”众人大笑，王四接着说：“小白龙弄个姑娘，脑袋差点儿没丢，这会儿魂儿不知找回来没有!”众人大笑，王四又说：“可也不只靠当蝗虫，只要见过两次小仗，腰包就鼓，我跟你们说，我三舅家大表哥、二表哥打鱼的，家里穷得叮当响，那天正赶上岳大参谋把老毛子军舰截住了，一船大鼻子，一个没剩。我的妈呀，那个惨哪，江上漂一层像褪了毛、吹了气的死猪。哥俩搭上来几具死尸翻着了啥，不知道，剁下一只手指，这么大个镏子，卖多少钱不知道，小船扔了，换上了大帆船，你看看，说发比做梦还快。”王四正说到兴头上，只听背后一声：“王四!”王四不由自主地一回身，接着“当当”两枪，王四没吭声，倒地死了。众人知道是小白龙回来了，有道是冤有头债有主，也都没害怕，就喊大哥回来啦，半晌没人。咱们说小白龙心里再怎么不平，也不敢和团长斗，就躲了起来。山上这几个人不怕小白龙，可怕岳克己呀，弄好了是靠山，弄不好那也是掉脑袋，小命攥在人家手里，飞跑下山两人，报给了岳克己，岳克己说：“我知道会有一场小火并，可不应是这个结果，看来王四不是个可造之才。”就吩咐勤务兵叫刘副官，就是刘歪嘴，现在是参谋长的副官，很有眼色，也会来事。张家振曾对岳克己说：“这小子兔子腿，挺勤快，八哥嘴，也会说话，就是他妈的色迷眼，见了女人淌哈喇子，早晚得吃女人亏，不可让他带兵，但为人还算仗义。”岳克己说：“他也就是个跑腿学舌的料。”一声“报告”，刘歪嘴跑步来到，岳克己对他说：“去叫你那两个哥们来，给他们个上尉干干，看能不能干得来。”刘歪嘴替两个哥哥谢了，跑步出去。

再说刘秃子、刘瘸子哥俩有吃有喝有钱花，住在江边一家小旅馆里，没事漫步江边，远看过往的船帆，抬头看天上的南飞大雁，日子过得很是惬意。岳克己不时约他们哥仨聚餐小酌，讲点域外的风土人情、军队里的敌友恩仇，如此日久，这三个赌徒心里也就有了军人的意思。三人也将女贼已上桦树岭落草，城中人不知实情，传言京城某要员，因属革命党，请终南山女侠护送家眷到此垦荒避祸，造了好大一座庄院禀告给岳克己。岳克己听了后悔，要是早些带人除了，也就了事，到这时上了山，有了人马，要除她，怕是要大动干戈。如今有了松树岭这一天赐宝地，在那训练出一支手枪队，名正言顺地打土匪，整顿治安，报了大仇，救下小侄女，回家守着老母，膝前承欢。可这一晃离家三年多了，想自己七尺男儿，受训英国皇家军校，对付不了一个女贼，有何面目回家见母，因此心中着急，今天叫这刘秃子二人就是为此事。不一会儿三刘齐到，岳克己对刘秃子说："松树岭好地方，团里要在那驻一支队伍，作为外编。从今天起，你就是上尉连长，你的兄弟给你当副手，记住了，可得给我长脸，要是犯了军纪，我自己的人就得我自己执行。"刘秃子忙说："从今后参谋长就是我的再生父母，你要用这颗秃头，我自己抹下来，不带眨眼的。"岳克己笑了，对刘歪嘴说："带他俩到供给处，换衣服配枪，配两匹马，现在是连长了，山上的弟兄也都配备整齐，伙食要弄好，才肯有人上山，明早你雇好牲口，带着军需随他俩进山，山上的弟兄要进行正规训练，洞内要修整，弄好了，我好向团长汇报。"这一天，岳克己看张家振高兴，上前对他说："松树岭那几个人我给发了枪，让他们去打土匪，省得咱们满山跑。"张家振一听说："高，这不就是让宋江打方腊吗?"两人都大笑起来，张家振挠挠脑袋接着说："上这来真是对了，啥都可心，就是这小丫头片子比我还倔，还真他妈的不好糊弄。要是也上了瘾乖乖跟我抽烟多好，可就是不上套。"岳克己心说："我要是不叮嘱她，这辈子也就毁在你手了，可这啥时候是个头啊!"几个人就像树上的鸟偶然落在一棵树枝上，唱了一段恋曲，大限来时，也只好各自分飞。这正是：前世不知今世逢，要知今世也朦胧。

就是这段酸杏的日子，也没过上一年，一声炮响，打破了他们各自憧憬的美梦。只为关东这块宝地，日本人垂涎已久，这只狼终于在民国二十年九月十八日这一天下口了。东北军扔下家乡三千万父老乡亲就跑，张家振的独立二十三团接到命令，立即收拾行囊，连夜开拔急行军至鹤立岗上火车。小镇一下乱套了，钱庄、商号的掌柜，财东、有钱的大户，一夜之间逃得净光，带走的可是老百姓的血和命，豺狼还没到，穷苦人的日子就已没法过了。张家振留下金中玉和杨桂香收拾东西，明确交代，就一只皮箱，以金中玉背得动为准，余者全扔，收拾好赶部队。杨桂香一边磨磨蹭蹭收拾，一边想：这一次要是不逃，怕是这一辈子只能守着大烟鬼了，早晚死在他手里。岳克己那里也是指望不得，我也看明白了，他有这贼心，没长贼胆，他才不会为我丢了他升官发财的差事。眼前这小崽子还不懂事，我可怎么办?我怎么这么命苦!一个是张家振忠心耿耿的兄弟，一个是心头肉干儿子。杨桂香到这时，也只好发了狠心说："今天可是对不住了，你就是他的亲儿子，我也得下手了。”这时天已近午，部队怕是已到了地方，心里恨了一声：“张家振，姑奶奶我不侍候了。”见金中玉已捆好了皮箱，就帮他背在肩上，上了马，自己扳着他的膀子也上了马，靠在他怀里说：“先去杨家庙，给我爹留点钱。”金中玉不乐意地说：“那赶不上部队了。”杨桂香笑着说：“你要是怕赶不上部队，我下马，你自己走吧。”金中玉没办法，拨马向东，二人出城二十余里到了去杨家庙的岔道口，杨桂香说：“我爹不在杨家庙。”马不停蹄顺路奔去，看看渐无人烟，金中玉勒住了马说：“不对。”杨桂香扭身搂住了金中玉的脖子，斜着眼笑嘻嘻地说：“对了，怎么不对，我给你找个媳妇要不要，还带十万大洋。”这太突然了，臊得金中玉从脸红到脚后跟，也明白了这女人要干什么，气得脸都变成了茄子色。第一次用了抢白的口气说：“你这是作死!”杨桂香紧搂着他说：“不作也死，这一次我逃得了就活着，逃不了就死，跳大江，你也别傻，到了这一步，你还想回去呀，小嫩黄瓜，我敢当着张家振的面说，我跟你干儿子才是一对，我们俩有事了，你当爹吧，那么大岁数了，过了一年半载，高高兴兴抱孙子多好。”金中玉暗自叫苦，这只发情的母狗，不知死活，让她缠上了，你只有陪她去死，到最后落了个身败名裂的屈死鬼，气得说话都带哭腔了说：“夫人，你害了我，也害了你自己，团长什么人哪，从小跟大帅闯匪巢，掏狼窝，跟土匪打了一辈子交道，比狼都狡猾，比狐狸都精，你斗得过他？我敢说一会儿就追上来，你看，部队在西，南面是大江，北面是荒草甸、涝洼溏，只有这一条沿江大道，要是有渡船，咱俩逃过江去，能保条命，现在只有跳江了。”杨桂香笑了：“你真是个孩子，瞧你吓得那样，你哭一场我看看，军令那么急，他这会儿怕是已上了火车，还顾得了我?”金中玉气急败坏地说：“拿你真没办法，你就知道整天在部队里浪，惹得那些老光杆子天天晚上做你的梦，那张家振天老大，地老二，他老三，少帅都叫他大哥，今天是不在这儿，要在这儿都得等着他。”金中玉越说越气，正不知说什么好呢，远远地看见杨家庙的方向尘土飞扬，金中玉见了反倒不害怕了。对杨桂香说：“你看，已去了你家。”杨桂香一看狠狠地骂了一声：“张家振，我变鬼作死你。”绝望地对金中玉说：“认命了，我一时心血来潮毁了你的前程，可不能再害了你的命，你跑吧。”金中玉下马把箱子放在地上，杨桂香说：“带上吧，本想和你做长久夫妻，可是老天不佑，别恨我。”说着泪流满面，泣不成声，金中玉见了，老大的不忍说：“夫人，无论如何也要活着，箱子我不带，还是命要紧，记住，我跑了，就推到我身上，张家振是个明白人，我若不跑，你必死无疑，你推到我身上，或许能骗得一时，过后他不至于置你于死地，也许能饶了你这一回，夫人你保重。”说完翻身上马，飞驰而去。

杨桂香呆呆地看着金中玉箭一样的背影在金色的地平线上迅速消失了，孤零零的像一个人漂在大海里一样，心想，真不知道男人为什么都这样绝情，痛心自己一片真情付之东流，茫茫然不知所措。一阵凉爽的秋风掠过，将她吹醒，自己这是自作多情，一种被厌弃的羞辱感涌上心头，他金中玉完全可以带着自己远走高飞。但她也明白，在张家振和自己中间，他更愿意做干儿子，自己是过高地估计了自己的魅力，还是看错人啦，还是操之过急？可哪还有谁供自己选择，哪里还有机会让自己等待呢？看他最后还是不乏怜香惜玉之心的，早早让他尝尝甜瓜的滋味就好了，现在后悔也来不及了。她正没头没脑地胡思乱想呢，突然明白了，好个金中玉，美貌女子、十万大洋愣是没动心，今生别再遇上，遇上还追，这样男人为他死了也值。这时，一阵烟尘袭来，杨桂香一屁股坐在箱子上，双手捂着脸，样子是挡灰，实是借以平静一下要跳出来的心。十几匹马一时也停不下来，围着她转了好几圈，杨桂香理了理被风吹散了的头发，远眺天边，脸上是一副轻蔑的苦笑。只听张家振尖着嗓子满是幸灾乐祸的味道：“哈哈杨桂香，你等谁呢？”杨桂香满不在乎地答道：“我等金中玉呀，让他送我回家，我们俩不跟你们跑，在家种地，你们也真是让人瞧不起！”杨桂香往地上吐了一口：“还没见着日本人就尿裆了，半夜爬起来，拿着烟枪就跑，你不是说，没有女人可以，烟枪一刻也不能离身，你还回来干啥？”张家振说：“干啥，那小子跑了，一会儿抓回来，把你俩绑一起扔江里喂鱼，也遂了你的心愿。”嘴上是这么说，一看地上的箱子心里明白，财、色到手没动心，我就知道不会看错人，可臭小子你跑啥呀，你一跑这事就真了，我还不得不做个样子。吩咐卫队：“追。打死勿论。”这话一说出口，心里很难过，让这狐狸作的，头也没磕，爹也没叫一声，就这样走了。拿你爹当糊涂虫，带兵打仗的人，不是整天守着女人住家看狗玩儿的平头百姓，命都不是自己的，亲近什么人，糊弄什么人，你怎么他妈的看不出来。这杨桂香该有多可恨，你真要是自己跑了，算你捡着，我也没工夫和你计较。可你毁了我的命根子，坏了他的名声，断了他的前程，灭了我的盼头，这口气怎么咽得下去。不禁想起了大帅的话来，打仗身边不能有女人，不吉利，祸水。看来留着这狐狸精，时间长了能把我的队伍搅乱了。今天不就是个例证吗？到啥时候都得说大帅英明。伸手摸身上的枪盒，杨桂香见张家振半天不说话，以为是气的，心里也觉痛快，心说我死，也气你个半死，断了你的左膀右臂也算是出了一口气，就说："你能抓到他？他说，打你右眼都不带打左眼的，他的枪子吃肉，自己会找人。再说了，你那么大岁数，弄个小媳妇早晚是人家的，凡是娶小媳妇的不是累死也得气死。你整天打仗，说不上啥时候就遇上个枪子，自己是个骡子也没个儿女，我们俩好歹也能给你收个尸，烧张纸，你说是不？"只见张家振的脸由红变绿，噌地拽出手枪来，正这时，一匹马从他身后飞来，马上之人伸手抬了一下他的手枪，一枪打空了。张家振见是岳克己，只得罢手。岳克己磨转马头对他说："出师杀人多不吉利，若是不可饶恕弃之就是，放她一条活命，也是一份阴德，此为大善。咱们这行之人，将来急切之时，获结草衔环之报也未可知。"张家振说："说得轻巧，你是没听见她说什么来着。"这时，警卫连的战士跑步赶到，张家振问："怎么回事？"岳克己凑到他耳边说："抓金中玉谈何容易，他的子弹不打没，休想靠近他，为了你的安全，人少了能行吗。"张家振虽然心里不痛快，可也无话可说，沉着脸不情愿地说："那就看你面饶她一命，卖窑子里去，我也算出了这口气。"岳克己见他吹胡子瞪眼的，想说你先消消气，有话好好说，但转念一想卖窑子里也好，省得和他磨嘴皮子，深了浅了都不是，还会让人觉得别有用心，老鸨子那就好说了，说啥她都得听着。想到这儿就说："我去把那老帮子捆来，叫她乖乖地拿五千大洋，可咱们丑话在先，我一走，人死了，别说我不跟你上火车。"张家振说："你去吧，五千块少一个子也不行。"岳克己带卫兵飞马回城，杨桂香还真听出岳克己的话里有话，明白了这话是说给自己听的，不由得又添了些胆量。张家振一腔怒火没处发泄，一时也不知说什么解气，嘿嘿两声："老虎带刺，猪鸡巴拧劲儿，大叫驴当啷到地儿，你乐去吧。"杨桂香白了他两眼说："没准我真乐呢，强似陪太监抽大烟。"张家振脑袋像挨了一闷棍，张着嘴半天说不出话来，勒着马原地转了好几圈，突然说："好，真不能让你这么便宜走了，我不行，我的兵可行，立正，向后转，他妈的，宽绰宽绰再上火车，赵连副开始！"赵连副捂着肚子说肚子疼，连忙跑队后边去了。"那刘副官开始！"刘歪嘴一听乐晕了，跳下马跑到杨桂香跟前，扑通跪下磕个头，搂腿扛起来跑到旁边草丛里，一把扯下自己的上衣铺在地上，扒下杨桂香的裤子就按在地上，刚碰到大腿就了事了。起来说："夫人，有这一次死也值，来生给你当儿子。"提裤子跑回来，此时杨桂香的大脑里一片空白，不知自己是死是活。

再说岳克己到了蕊香院，老鸨子大白瓜迎了出来说："大参谋可不是逛这地方的人，今天这是有大事了。"岳克己说："我们团长要把夫人押给你，速带五千大洋跟我走。"大白瓜笑了说："参谋长这是逗着玩儿吧。我现在干爪了，钱庄害得我都要上吊了，有钱的大爷都跑了，眼看我这买卖也黄铺了。"岳克己说："你可放明白了，这都什么时候了，你还敢要花活！"大白瓜说："到啥时候，到啥时候人也是人哪，那日本人三头六臂呀，怎么就把这帮大爷吓得不是人了呢？城里有头有脸的大人、先生都扔了老婆孩子带着小老婆跑了，你们团长更绝，干脆把媳妇卖了，这是没钱抽白面了，还是没钱买船票了？我现在就剩这空窑子了，明天就得领姑娘上街要饭了，你看着办吧。"岳克己说："那好，张副官带火柴没，点了，你也不用操心了，我们也不惦记了。"大白瓜看实在没法，哭丧着脸说："你怎么也得给我留条活路。"岳克己站起身说："拿钱领人，我们团长可没多大耐性。"等岳克己赶回来一看，差点儿没气疯了，这叫什么事，你张家振也真干得出来，传出去，让全天下人笑话。可叹岳克己，将门之后，文武全才，也理不出个缘由。到头来竟是这般苦涩、恼羞、愤怒，在心里呼唤着杨桂香的名字，杨桂香啊杨桂香，真的是我害了你了，让他万没想到的是张家振会做出这等事来，全连士兵，众目睽睽之下做此兽行，他恨透了张家振，二人的情义似也走到了尽头。这时追金中玉的人马回来说："追出五十里，没见人。"张家振什么也没说，只是叹了口气，正要招呼老鸨子说话，传令兵飞马来到。紧急命令，战事吃紧要二十三团扔下辎重，轻装急行军，天黑前务必赶到，否则，以贻误军机论处。张家振犯难了，部队天黑前可以赶到，自己快马加鞭也能追上部队，可警卫连怎么办？岳克己不用思考就说："只有我留下来带这些弟兄了，找个山头，等团长打回来。"张家振可真是感动了说："今天来不及了，回来和你磕头论兄弟，那箱子留给弟兄做军饷，老鸨子这钱我带着。"小声对岳克己说："她的父母让我接走了，我得养老送终。"岳克己心说，这什么人哪，一会儿是人，一会儿是鬼。二人都流下了眼泪，岳克己擦了擦眼睛说："刘副官下马！"一挥手，自己的八名士兵也下了马，张家振从连里喊出来九个人上了马，看了看又叫赵连副下马，对岳克己说："我得给你留个帮手。"张家振向岳克己一拱手说："后会有期。"三十四马飞驰而去。

这边老鸨子见张家振拎着卖媳妇的钱尥蹶子跑，心里这个好笑，凑到岳克己身边说："这么大个团长拿媳妇换钱花，他可真够个爷们，他媳妇在他手里是夫人、千金，在我这儿她还是个生瓜，多说值五百大洋，五年她也挣不来五千块，我可上哪儿哭去！"岳克己瞪着他说："你还想钱哪，告诉你，人放你那儿，可不是给你挣钱的，要是有半点儿差错，你看仔细了！"向身边一个卫兵说了几句什么，一个传一个，最后那个向岳克己一点头，岳克己一挥手，八个人一齐开火，排头的六个倒下了。因他们也干了刘歪嘴干的事，岳克己赶上去，亲自补枪，脸色愤怒极了，从没见参谋长发这么大的火。刘歪嘴吓得跪在地上大气不敢出，岳克己说："下了他的枪。"回头对大白瓜说："看见了？"老鸨子指天发誓说："我把她当闺女认了。"岳克己仰头看天沉痛地说："夫人你保重。"老鸨子连忙拉着杨桂香说："我的姑奶奶快走吧，我的腿肚子都转筋了。"岳克己看着杨桂香的身影远去，半晌不说话，心里想，张家振明年要回来我可怎么弄。这时卫兵把刘歪嘴的枪递过来，岳克己接了，刘歪嘴见了绝望地说："参谋长开枪吧，我愿以偿，死而无憾。"岳克己当的一枪，刘歪嘴闭眼等死，只听岳克己恨恨地说："下作东西，团长夫人你也敢污辱，夫人堪称善良亲和，全团官兵哪家有事，夫人知道了没有不尽心的，好惹事的，哪个没求过夫人，今日之事，必是金中玉见财起意，劫了夫人，团长一时生气，过后必后悔，如果没有你们几个畜生，人家夫妻只会和好。我要打死你，还跟你说这些干什么，我是让弟兄们也明白，明白这做人的道理，在我手下混事，得把这个……”说着用枪顶了一下胸口，“放正了。可我要是不打死你，又失了天理公道，念你关里关外跟我多年，实在于心不忍，自己在脸上做个记号，滚吧！”刘歪嘴抽出匕首，一狠心，一咬牙从脸上割下一块肉，给岳克己磕个头，又掉头给众弟兄们磕个头说：“对不住，兄弟丢人了！”起身奔大路而去，岳克己望着他的背影想起张家振说过此人必吃女人亏，此念一闪，心里一惊，吃女人亏的可不只他一人，自己这又是干啥呢？长叹一声，翻身下马，向全体士兵非常郑重地敬个礼说：“警卫连弟兄们，咱们也算是东北军的天牌了，打过吴佩孚、冯玉祥、阎锡山、老毛子，还能怕小日本子吗？咱们在家先跟他试巴试巴，也学学共产党上山打游击，可占山不报号，只大碗喝酒，大块吃肉，愿意干吗？”一百来人嗽的一声：“干！比当兵自由，痛快！”岳克己听了说：“虽说不归天朝管了，依然是国军，不劫道，不抢女人，有老婆孩子想家的，愿意回家种地的，晚上睡觉没女人不行的，发一百块大洋，回家老老实实守着老婆孩子过日子，谁要是出来给日本人干事，那就是敌人，我知道了，就去拿你的命。有军衔的出列，剩下的愿意回家的站东边。”岳克己一看站过去五十多人，很恼火，警卫连的士兵都是自己亲自挑选，平时待遇从优，觉得有些伤心，但也没法说，自己有言在先，点了一下留下的算自己正好六十人。一想日本鬼子也不是一日能打跑的，要待何年何月，自己是何结局，又何其难料，人多了也不是件好事，就说：“回家的放下枪，在箱子里拿一百块大洋上路。”共过生死的弟兄，一朝洒泪分别，其情非寻常可比。岳克己翻身上马，手搭凉棚，目送他们，人影不见多时了还呆呆的，不知想些什么。

欲知后事如何，且听下回分解。

第九回

上梁山金中玉入伙　遇旧友小白龙逃命

正是人生多变，世事难料，不说岳克己移兵作匪，单说金中玉一路飞奔，不知多远，马累得通身大汗，心中不忍，见路旁有棵大树，走过去，下马坐在树下想刚才发生之事。从早上到这时，又让他尝了一回从金家驿出走的那份凄楚、茫然、无助。真的是哭也无泪，恨也无由，让他落到这一步的人，此时是死是活尚不得而知，这一腔悲愤无处发泄，气得他眼冒金花，手脚发麻。看看太阳偏西，一对回巢的喜鹊在头上欢叫，不由自主掏出怀里的小金鸟，举在眼前，看着看着小鸟又变成了小姑娘。姑娘深情的眼神，使他释然气消，心里一亮，明白了他真正的期盼，仿佛她就在前面不远。到这时，他对没有跟部队进关，已不再难过，驱散了内心的迷茫，自觉也有了些力量，也想到了一个可以安身的去处。城中传桦树岭来一女侠，京城某大人物从终南山请来，护送家眷至此，结差后没走，落脚桦树岭。城中强人送绰号：索命刀椤。手中无柄飞刀冠绝古今，杀人无声无息无痕迹。行侠仗义，乐于替被欺压者鸣不平，曾住过孟尝客店，田掌柜说其人终日不发一语，人见之生畏。金中玉心说，要不会会此人，也枉称二十三团第一力士、东北军第一枪。天色完全黑了下来，金中玉上马，绕城飞驰而过，月光中见一泓湖水，顿觉喉中干渴，是了，整整一天水米未进。信马由缰到了湖边，饮马，喝水，拉着缰绳拴在树上。跑进地里掰下十多棒苞米，扒了叶子，林中枯草落叶正好点火。放在火中四五棒，余者喂马，那马连核带粒吃得又香又甜，金中玉啃着烧苞米，也觉惬意，在闪烁的火苗中闭上了眼睛。一觉醒来，东方渐白，连忙上马，远远的晨曦里一座十多户的小村庄炊烟升起，村前一座整齐的大院，心想，院里该是什么人呢，不禁多看了两眼，似有留恋之意，然后催马向山里奔去。上了一道山梁，回头一看村庄、湖水不见了，只见山下一带寒烟，不觉又生茫然。此时此刻的金中玉还不晓得，要见村庄，为时尚早，需得太阳出来，驱散晨雾，则天下大白，金中玉伫立多时，只得悻悻进山。正走间，只听一声音吼道："蘑菇溜哪路？"金中玉顺声音看去，不见人，只听子弹上膛声，金中玉答道："拜山。"那声音又道："下马，把家伙放在地上。"但声音已不再那么难听了。金中玉照做了，只见从树上下来俩人，有一个手里拿块黑布近前道："懂规矩吗？"金中玉闭上眼睛让他蒙上了。接着从金中玉手里接过缰绳说："上马。"然后他在前面牵着马，后面那人拾起金中玉的枪，跟在后面。到了一站，换人又走，不知多远，金中玉自觉转了好多弯，听声音说："到了，下马。"那人给取下黑布。金中玉见是一个大院，正中五间木屋，左右斜向有马厩和仓房，共十余间吧，大院成扇形，这样的布局，是因山坡太陡，为的是有个平整的大院。院内摆着石墩、石锁、刀枪剑戟，练功的正压腿、下腰、拿大顶。金中玉一看，这哪是占山的土匪，这开的是武馆。院中有粗大榆桦数株，正中那棵树下有木墩四个，并排坐着三个老者，上首那女人必是头领大侠。说这山里藏着武林高手，并非谣传，不及多想已被带到四人跟前，金中玉施礼道："在下姓钟，名玉，城防士兵，日本人打来了，不愿随军进关，又无处安身，城中传桦树岭为关东梁山，特来投奔。"一个老者笑着说："上梁山的不是杀了人，就是做了盗贼，我这桦树岭不是贼窝，不收强盗，你是军人，自然不会做这等事。因何开了小差，定有难言之隐。这些且不论，你要是甘心做个弟老扛大枪，今天就算挂住了。看你有枪，有马，衣服上有军衔，我们也得高看一眼，可不比这些上山学艺的毛头小子。你要是有本事，想坐把交椅，那得看看你的'活'应不应人，有没有闯格鞑子的胆量。"金中玉听明白了，是要看看他的枪法，金中玉说："我想用这位老兄的长家伙。"经主人同意，金中玉接过摆弄了几下，抬头四下寻找，宋炮说："你对山顶放一空枪，就会惊起飞鸟。"寄娘摆手止住，向鲍东山要来一只玉石球，沉了一口气，一抬手，只见这球直上云霄，渐渐似蚕豆一般，金中玉看定，将手中枪贴在腹上，忽地向上一顺，枪响，只见那蚕豆变成一股白烟，随风散去。寄娘很是惊奇，说道：“好枪法，方才小瞧了兄弟，我本以为是要接下来的，让鲍大哥剩一只了。”鲍东山说：“值，有这本事，咱也不怕日本人了，我们这些老玩意儿，中看不中吃。”金中玉自谦道：“女师傅那才是真功夫呢，就这弹丸小球能直上云霄，开眼，不知这格鞑子怎样闯法。”宋炮说：“晚上去对面山上将灯笼点上，不带家伙。”鲍东山说：“不点也罢。”金中玉说：“山里晚上有人吗?”鲍东山说：“人没有，虎狼黑瞎子，说不上遇上啥。”金中玉可是真的害怕，但还是硬着头皮逞强说：“死人堆我爬过，迎着大炮也冲过，还没和野兽较量过，晚上让我试试。”午饭后，众人向金中玉问了大帅如何被炸，少帅怎样除的杨宇霆、常阴槐，如何让老毛子打得惨败。这些都是东北军自己的事，金中玉自然讲得滔滔不绝。鲍东山说：“东北扔了，这不是做了亡国奴了吗，日本人会进山打咱们吗?”金中玉说：“这样的密林他不敢轻易进山，他真要是来了，咱们钻林子在暗处打黑枪，没他好，不过得多备粮食，防备他困咱们，各要道口一把，粮食进不来，能饿死山中，少帅就困过涿州，城中老鼠都吃光了。”

几个人直聊到天黑日头落，晚饭后金中玉拎把劈柴大斧上路了，借着月光向对面望去银白一片，向下看时，两山间一条小沟塘，仗胆大步下山。一路走来，想着该如何对付虎狼，手拿大斧砍了一根锄把般的树棍，修整光滑，又寻了几根棘条，一劈两半，在树上反复磨拽。看看如皮条般柔韧，腰间抽出匕首，绑在木杆上试了试，不亚于一把长枪，随手捋了一把草叶包住刀刃，扛在肩上，觉得胆子大了些。但山风呼啸，林涛怒吼，不时传来夜鸟的怪叫，依然让人毛骨悚然。金中玉是上过战场的，只觉这时比战场更可怕，当兵和当土匪就是不一样，当土匪靠的是胆量，当兵则需命大。不觉进了沟塘，只听前面传来一声低低的嚎叫，顺声看去，两个绿点，知道狼在前面等着呢。这时倒不知害怕了，大步迎上去，这狼后退一段坐在地上等他，如此多次，它是想看看他的胆量，也想弄清他身上有什么家伙，好和他斗智斗勇。这狼见此人颇有胆量，自己怕是没有胜算，伸直脖子朝天叫了一声，金中玉听说过，狼能叫来一群，老虎都害怕，回头一看，果然来了一只跟在后面，前狼又退，后狼又跟，始终和他保持一定的距离，看来这两只狼不愿多叫同伴，是想独享这顿大餐，来多了，那可就是狼多肉少了，它俩要先来一回合，二狼这时已知此人身上没枪，看看又走到前狼跟前，前狼起身假作要走，突然一回身，大嚎一声冲来，后狼同时蹿起，奔金中玉后脑。当金中玉觉得这狼已碰到枪尖，用力向后一戳，这狼头朝下重重摔在地上，前狼低头向金中玉大腿下口，金中玉兜头一斧，这一斧没打着脑门，打在肩胛上，因用力太猛，这狼滚出老远。金中玉回身看后狼，已无声无息，头下一大摊血，腹下反而不多，很觉奇怪，也没碰到它的脑袋。近前仔细一看，乃一条老狼，难怪如此狡猾，头上有一寸长小口，金中玉明白了，有人暗中保护，不由得心生感激。方才吓了一身冷汗，这两只狼配合得如此默契，看来它俩没少害人。拿大斧剁下狼尾，再看前狼没死，正奋力爬入草丛，金中玉也没管它，大步上山，到了山顶见树上挂着灯笼和他的手枪，点上灯笼，摘下手枪，当当两枪，山对面回了两枪，到这时，金中玉一颗惊魂未定的心才逐渐平静，总算有了落脚之地。

搁下金中玉不提，再说岳克己，前面说到东北军一枪没放，躲进了关内，可算是古今最为不耻之事，笔者也不便为其开脱。可叹张家振一夜之间只剩下孤家寡人，其内心的悲苦可想而知。聪明伶俐的小美人让他卖进了妓院，指望养老送终的干儿子上了梁山，足智多谋的参谋长这会儿正带着剩下的警卫连回到了营房。进团部一看，一片狼藉，只剩库房六个库兵，见了参谋长像孩子见了娘一样，带着哭腔说："没接到通知，不知该怎么办，也不敢走，急死人了。"岳克己感动地说："好样的，没把仓库扔了，这可是咱们的家底，忠诚可嘉，一人记一大功。"部队的物资，分弹药库、军粮库、杂品库。岳克己进库见堆放合理，储备充足，这本是他的心血，岂能白白葬送。出了仓库，进伙房，见锅里蒸好的高粱米饭还没动，炒熟的小米两大箩筐，尚有余温。心里一阵难过，心想，这以后，大山里的日子，该是怎么个过法？出了伙房叫大家收拾吃饭，吩咐各班长，饭后带十名弟兄上街雇骡子，驮军用品进山，一天一块大洋，越多越好，家里的弟兄装麻袋，从锅碗瓢盆，到做豆腐的小磨，一件不丢，全带走，鸡鸭鹅狗老母猪原来没有的，山上也要有。然后武器弹药、米面油盐、煤油、军服、棉被、帐篷、锹镐工具。当看到医药品时，心说，这回没有医官了，真要是打起来，轻伤成重伤，重伤等死，这是他最不愿看到的情景。以后只好自己学着做了，没事看点医药、战地救护等书才是。上街的弟兄很顺利，头一天就雇到二十四骡子，自带草料，说第二天能上来五十匹。岳克己随驮队到了山上，吩咐刘秃子、刘瘸子二人现在替了刘歪嘴是副官了："山洞做仓库，士兵在外搭帐篷，你二人带山上的弟兄多备干柴，大队就要到了，阴雨天没干柴吃不上饭，拿你二人是问!"刘秃子忙说："这点儿小事不劳参谋长操心，守着大山岂能没柴烧，还有饮水的泉眼也要叫人深挖，用石头砌成小井，以防冬天冻死。"岳克己点头，刘秃子二人去了，六名库兵，跟来三个，岳克己对他们说："东西存放要有条理、有数、有位置，山洞不比仓库。"三人说："我们自会立账、订牌、打号，不会乱放的。"岳克己说："你们三个做军需官多年，我是相信的。"说完带着几个连排长上了山顶。

九月天气，正是黄花红树春不如秋的季节，山里五光十色，环顾四周，如同置身花海，且天高云淡，风清气爽。岳克己自从到了关东，还没有闲情欣赏一下这秀丽壮美的山川，今日见了心说，难怪日本人眼红，可尔等不知上天行事，在这大山里，几只老虎、几只兔子皆有定数，我大汉江山，秉承天意，将这圣土授我华夏子民，历万代而不衰。今天我站在这里，既为此山之主，手下将士，也为我岳家军士，先祖之英灵在天，我后世子孙，只要三寸气在，狼子倭奴就休想在此逞凶。岳克己拿起望远镜，远看一条大江，蜿蜒接天，近看这五峰山，前三岭呈三角状。松树岭为杂木混交，林密难行，岭上无猛兽，秋天一到，榛子、核桃、松子引来众多鼠类，故也多蛇，夏天蛇吃鼠，冬天鼠吃蛇，却也顺乎天道。桦树岭一色白桦，桦叶甜多虫多鸟，棒槌鸟亦时而可见，山色四季秀丽，夏天半白半绿，冬天纯白一色，雪山一样。橡树岭橡子满山，因是野猪成群，也为熊狼虎豹的美餐，故岭上总是充满杀机。三岭下去，有处可垦之地，烟民寻到，自以为福地，进山后种上蔬菜、夏粮、烟花，秋后收烟回家，明年再来，多为父子兄弟，结伴而来。再后两峰怪石林立，人迹不至，岳克己环视多时，自思，如果三座岭上各驻一连弟兄，互相照应，便攻守自如，永为不败之地，可惜了。岳克己站在山顶，俯视山下，整个松树岭尽收眼底，不禁心生欢喜说：“弟兄们，你们看，北面桦树岭，他们没几个人，不用设防。南面半山处有个小平岗，正好建营房，平操场，背靠山洞，敌人从前面攻上来，尽量不在那发生战斗，敌人有炮火、燃烧弹，咱们凭借山洞，可避免伤亡，山洞炸开一个出口，前设火力网，后修暗堡暗道，咱们弹药充足，出入自由，即使敌人使用毒气弹咱们也不怕，他来多少，咱们吃多少。山下营房的桌椅、板凳、床铺全拆上山来，山上也要有饭堂、澡堂、议事厅，六人一间房为一个班，这样一栋二十多间就很好，不过，弟兄们怕是要辛苦一阵子。”赵连副说：“山上大树现成，咱们人也多，二十八间营房很快就盖起来，只是冬天大雪封山，出不了屋，弟兄们在这大山里，可怎么打发日子。”岳克己半天没说话，满腹心事地下了山。

驮队进行得还算顺利，日本人也没到，这几天岳克己见驮队中有弟兄二人麻包总是满满的，从不争轻重，极是老成，受人讥笑，不以为然。让人打听说这兄弟二人叫李福、李财，家住东门外，不到四十的年纪，打鱼为生，家中人丁俱全。这日驮队上山，卸了驮包喂上牲口，有的没打尖倒地就睡。岳克己将两人叫来问话，二人自言：“江上行船，没有门路不挣钱，将船租了，今秋江水又大，也打不上鱼来，只好在城中打短工，听军营有活，现买了一头骡子，原来家中有匹老马，正好庄稼没到收割，我们哥俩算计着，也许能挣回这头骡子。”岳克己说：“看你二人实在本分，想和你们兄弟做点买卖，想发财吗?”二人说：“发财是想，可我们哥俩不会做买卖，再说也没本钱。”岳克己说：“会做买卖的我还看不中呢，你们也看见了，下面五百多担粮食在库里，也弄不上来，弄上来也是喂耗子，咱们开个粮店或叫米行，就叫福财米行。你们把家搬来，团部的房子多收拾几间，山上的弟兄有事，下去也有个落脚的地方。弟兄们在城内的亲人，实在吃不上溜了，部队也能周济一把是吧。粮食陈的卖出，新的买进，赔挣都行，保证山上的吃粮，剩下的归你们。”二人听了，天上掉大洋一样的高兴，心说难怪昨晚做梦梦着一条大鲤鱼蹦在船上，万分感激地说：“这你可是我们的大恩人，话不是这样说，挣了的，我们哥俩不能私留，是要遭雷劈的，我们全家吃喝不愁就烧高香了。”说完哥俩像有啥心事，支吾了半天才说：“还有个事，这时可得说出来，搁在心里害怕。”李福接着说：“我有个表弟叫王四，不学好，没少骗我们，去年跑在这山上当了土匪，我们打听说是编进部队了，担心受他连累。”岳克已说：“可见你们哥俩人好老实，你那表弟让小白龙打死了，本来我把枪给他留下，是让他收拾小白龙，可他不是小白龙对手，这条祸根不除，还会危害他人。”李家兄弟说：“他自己作死，谁也没法，他死了，我那姑妈也能多活几年，我们一块接来，姑丈识字可以记账。”岳克已说：“这对，善有善报，只要看看你们哥俩就信了。不过这囤积粮食，也是门学问，通风防虫防火灭鼠，慢慢学着干吧。”哥俩千恩万谢下山回家了。

驮队运了十天，岳克已见武器弹药已全部上山，粮食也够三年，一应用品也都齐全。到了第十一天早上，驮队像往常一样，天刚亮就到了营房。远远地见参谋长站在仓库门前，库门大开，众人上前打招呼，岳克已操着带有辣椒味的嗓子大声说：“乡亲们，辛苦啦!”一举手向大家敬个礼说：“感谢你们在日本人到来之前，帮助部队把武器、粮食运上了山。日本人来了，我们做了亡国奴，但是只要有了武器、粮食和这一连不怕死的弟兄，他日本鬼子，就别想在这儿睡安稳觉，咱们中国人必须团结起来，抗日打鬼子。驮队已编上了联络线，说不上啥时候，又得辛苦大家。”众人异口同声地说：“只要参谋长给个信，我们一个不少立马就到。”岳克已说：“好，为了答谢各位情义……”说着用手一指，“库里的东西送给乡亲们了，一人两条麻袋，装满回家，人背马驮各取所需，不要乱，不要抢，排队进，排队出。”说完闪开身，只听嗷的一声，发了疯的人们，眨眼之间，只剩李家两兄弟。岳克已问：“怎么不进去拿点东西?”二人说：“也想进去来着，又觉得应该知足，太贪心怕是没好结果，参谋长的话，回去跟女人说她们都不相信，说我们俩这几天没睡好觉，大白天做梦呢。”说完不好意思地看着岳克已，只见岳克已脸上出现了赞许的笑容说：“我留下三个管库的兄弟和一千块大洋，帮你们把米行开起来，你们商量着办，对外就说五千块大洋买下的仓库，记住保密，日本人知道了，说你通匪就麻烦了。”这时从库里出来七八个肩扛大麻袋的人，到岳克已跟前就跪倒在地，一个年纪大些的人说："我家八口人一床被都没有，晚上睡觉盖草帘，我这包里有一床被、一双皮鞋。"说着从包里拿了出来，用袖子擦去鞋上的灰，给岳克己看看。岳克己说："今年冬天不能冻脚了。"这人流下眼泪说："这辈子没白活，穿上皮鞋了。"岳克己将他们一一搀起来说："回家吧，让老婆孩子高兴高兴。"每个人的驮架上都满满的，这份欢喜，真是无法描述，乡亲们一步一回头恩人菩萨地叫着。岳克己真是被感动了，面对这种真诚的感激崇拜，心中顿时升起无比的自豪，自言自语道："就是死在这里也值。"

搁下岳克己松树岭安营扎寨不表，再说小白龙。这小白龙只是车道沟里的一条泥鳅，一无本事，二也兴不起风浪，却与本书女主人公有场遭遇，到后来金喜鹊一针扎死个小土匪，杨桂香当场认出是小白龙，这下女东家与白燕结下了深仇。这是后话在此不表。可巧此时小白龙正要对书中一红颜女子下毒手，一时不知从哪里说起为好，就从小白龙说起也算顺当。这小子自从打死了王四，在外躲了一年多，受尽了夜宿荒郊、餐风饮露之苦。独自一人，大户人家不敢进，小户人家没啥可偷，每当凄风苦雨饿肚皮的时候，也想过学好。但人生之路千万条，只要干上了杀人吃饭这一行，纵然有朝一日良心发现，也是没有那个份了。这条道上的人，都是至死方休，想过安稳日子，那就是把脑袋放在了菜板上，等仇家来剁。要说小白龙如何落得这般模样，原来他那个爹就不是个良善之人，承家传，裱糊匠。可不是装裱字画的工艺师父，这地方也没那雅人，哪里有什么字画？是给人家糊棚、糊墙扎纸人、纸马糊弄鬼的手艺。好酒贪色，奸人妻女，没有好报，背上生个痈，状如馒头，紫红油亮，疼痛难忍，卖掉了家财，吃的那药，装得满麻袋，总算消了下去。先生说，这叫瘩背，单个可医，成双没命。这先生的话也真损，没过多久，旁边又长出一个，且疯长不止，终于崩裂，血流如泉涌，一命呜呼。小白龙老爹一死，小镇子就养不下他了，可命中不是那称王称霸的坯子，做梦都想上梁山，颇觉自豪的本领，就是跳进江里能抓条鱼上来，又姓白，就给自己起了个小白龙的雅号。长这么大最佩服三个人，一个是《响马传》里的单雄信，天下绿林英雄的总瓢把子，坐地分赃，响箭一支，号令天下；二是《水浒传》里的时迁，出入皇宫如平地，皇帝的玉玺、娘娘的大红兜兜也偷得出来；三是浪里白条张顺，能在水里待三天。每当想起这几年万事不如意，就恨得牙根疼。桦树岭险些丧命，火烧黑蛇洞赶跑了长虫，安了家，已聚了十个弟兄，要不是那女人给坏了事，到这时候就成了大气候了。最可恨张家振抢了我的人，占了我的窝，还说我抢了他的团长夫人，抓着先劁了，害得我吃尽了苦头。现在日本人来了，不是你张家的天下了，你们跑啥呀，有种你们和日本人打呀，都是他妈窝里斗的能耐。这回我也不怕你了，大爷我给日本人干，看谁还敢瞧不起我，你张家振要是敢回来，大爷正好和你算账。可他也知道，这回又捡了条命，肩膀上落了个大疤瘌，打死了穿上军装的王四，给张家振抓住了，别想得好死。可他这一跑，他那可怜的老娘只得带着十岁的妹妹白燕出门要饭了。等他抱着给日本人干，出人头地，报仇雪恨，孝敬老娘的心思回来了，进门一看，哪还有人影，早已人去室空，房子也快趴架了。院内杂草丛生，只觉脑袋嗡的一下，一屁股坐在地上，两手使劲砸脑袋，平生第一次痛哭流涕。不知多久，已没有亮灯的人家了，把枪藏在墙洞里，向街心走去。好在从小流浪，知道哪里可以过夜，街上的洋沟板上总有疯子、乞丐、醉汉、流浪狗在上过夜。他正奇怪，今天怎么这么清静，还没等他躺下，让巡逻的日本兵看见了，被带到了宪兵队，小白龙到这时还没害怕，以为正好能见到当官的，也好说明心意。当问他是干什么的时候，他想了想说："种田的。"那人在鬼子官面前哇啦一阵，这鬼子官听了，把灯笼举到小白龙脸上看了看，又拽过他的手摸了摸。小白龙昼伏夜出，小脸漂白，哪里是太阳底下铲地的大黑脸，满手老茧的种田人！不用问了，不是好人，只听八嘎一声鬼叫，一巴掌打得他天旋地转，满口流血，一个拿皮鞭的鬼子，一脚踹在他腿上，小白龙站不住，一下子跪在地上，随即劈头盖脸一顿鞭子，那真是鞭鞭见血。他哪里吃得了这个，杀猪般的号叫，平白无故招一顿毒打，想认日本人做爹的美梦也就破灭了。他恨死日本人了，心里暗暗发誓，豁出命也要报这个仇。

天亮了，他被带到劳工队修路，可巧碰上了臭味相同的赖疤、掉腰子。这赖疤姓甚名谁不晓得，说这人是大麻子，还真不是麻子，是满脸花斑大疙瘩，不过这斑长得出奇，癞蛤蟆皮一样，就得赖疤美名，且能说会道，天下事无有不知，小白龙、掉腰子佩服极了，视之如父；这掉腰子嘛，从拉地庄稼车上掉下来摔伤了腰，满满的一车麦子，二人多高，这车没人敢坐，他懒趴在上面还美呢，悠车一样。摔下来后，半年下不来地，好了之后，腰杆挺不直了，撅屁股走路，老百姓叫掉腰子了。三人密谋打死鬼子，逃出魔掌，这橡子面实在咽不下去，咽下去也拉不出来，早晚是死。他们这一处有劳工五十名，都是晚上回家晚了，过路的行人，被抓来，病了、累死就地一埋，总之，谁也别想活命。白天由城里的老鬼子坐汽车带翻译来监工，领着干活的八个二鬼子小队长，朝鲜人，比鬼子还凶，晚上睡觉和劳工一样，二捆干柴，睡在劳工堆里。六个鬼子兵，有个临时帐篷，二人一班，端着枪盯着劳工睡觉。三人串联了十多个被弄得家破人亡、心里仇深似海的劳工，准备一有机会就动手，先掐死八个狗腿子，然后劈了站岗的鬼子。

这日修到一段近林处，觉得正是时机，晚上小白龙、赖疤故意睡在边上，站岗鬼子的刺刀就在脑门上晃动。看看北斗正午，帐篷里的鬼子已睡熟，赖疤一声夜猫子叫，然后扔块石头，小白龙那边也扔了一块。鬼子听到身后有动静，转身看时，赖疤、小白龙腾起一锹拍在鬼子头上，鬼子倒下了。八个二鬼子也同时被石头砸死或掐死，十多个人点着干草扔进了鬼子的帐篷，一个鬼子像烧煳的家雀，闭着眼睛冲了出来，小白龙上去一锹劈倒。这时帐篷内外全是火，眨眼之时，化为灰烬，满身是火的鬼子，捂着眼睛在地上滚，三人拿铁锹想一锹一个，可一回身，五十个劳工，霎时人影不见，三人吓得扔了铁锹，逃进树林，不知跑了多远，连吓带累瘫在地上，喘息半天，犹惊恐未定。小白龙说："这些人真他妈的不仗义，把咱们扔给了鬼子，他们跑了，咱们要不带这个头，都是死，谁也别想回家。"赖疤对小白龙说："这回捡着了，这么惊慌，只会败事，你拍的那个鬼子没死，只是一时打蒙了，我看见他动了，只是一时半会儿站不起来。"小白龙说："也别光说别人，我也是害怕，下手没劲，心也慌，把他的枪拎着，扛着锹也行，怎么没想逃出来怎么活？城里不敢进，在这山里不是饿死，就是喂熊瞎子，身上连盒火柴都没有。"赖疤倒是一副胸有成竹的样子说："有赖疤在，你们哥俩就不用愁没活路，一会儿天亮了，找个猎人的地窨子住下，九道沟没去过吧，神仙住的地方。你们去了都不想出来，我给吴三带过两趟货，吴三死了，石贵无影无踪，现在他的女人带着四个窑姐，号称五娘子在那撑着。那大山里一帮光棍子，被这几个臊气冲天的窑姐当成哈巴狗耍，她们既然不是好人，咱们绑一个出来，也不算是缺德，叫她们拿个三千五千大洋赎人，得手后过江去省城混。"小白龙说："咱们就占了多好，那里有房子，有女人，有财路，哪里还会有这等美事?"赖疤说："已经有两个男人不知怎么死的了，你都吃一回女人亏了，怎么就不长点记性。再说了，松树岭、桦树岭这么近，这几个女人早晚是他们嘴里的肉，你还想搂女人在那里睡舒服觉哇，做梦吧你。"接着眉飞色舞地炫耀了一番他的调虎离山计。三个人在桦树岭下找到个地窨子，进去一看，真还有米，有盐。立时来了精神，取水刷锅，劈柴点火，抓一把盐粒放在碗里，倒上水化开，不一会儿，肚子咕咕叫了起来，闻到了饭香。吃了十多天橡子面窝窝头，三个饿鬼哪里还等得了，八分熟的高粱米粥，筷子蘸盐水，喝得大汗淋漓，犹未觉饱，盆碗都舔得干干净净，上了橡树岭。相中半山的一处，两边各有一棵大树，赖疤说："就是这了，你们俩躲在树后，我们一过，就把他们当日本鬼子，下手要狠，要是失了手，出了差错，咱们就没命，记住这地方，明天午前，我一定赶到。"说完小白龙二人回去睡大觉，赖疤翻过橡树岭，到了九道沟。

太阳已挂树梢，远远就见一座朝鲜马屁股草房，披着厚厚的长草，状如大块蘑菇。一人多高的柞木杆围的大院，严严实实，院内两只大黄狗已知道有生人来了，高声招呼主人，六个男人从屋里出来，赖疤老远举双手高喊："看货的。"到门口，管事的盛老七一看，认得说："这不是坑人（赖疤又一别号）吗，发财了？想做大买卖?"赖疤不好意思地拍拍他那瘪肚皮说："这都填不饱，还发财呢。混不下去了，给人家跑跑腿，有个主儿要一百两，可他是只老狐狸，可精了，怕进来出不去，说带货进山弄不好命都得搭上。咱他妈这命贱，吃苣荬菜长大的，黑小子都不愿意吃，嫌苦，也算我命大，要是天黑前赶不到你这儿，就在山里做鬼了。"盛老七说："做鬼挺好，再不愁瘪肚子填不饱了。"赖疤说："那我还能想点美事，做鬼就做个风流鬼，你们女东家似貂蝉，赛观音，我一见她就想下跪，做了鬼我就往她被窝里一钻，再不出来。”说完大笑，盛老七见他不说人话就说：“快喂喂你那瘪肚子吧，我们刚端起饭碗，你就到了，挺会赶饭碗子的，你跟他们进屋吃饭，我去见东家。”赖疤就跟这几个男人去吃饭，盛老七见刘彩凤说：“赖疤来说有笔买卖，买主在山下等货。”刘彩凤说：“他是要咱们送货下山?”盛老七说：“没跟赖疤来，看来是个常跑外的，咱们也不能带货下山，先去见见他，多跑一趟，把握。”刘彩凤说：“你带拉末渣去吧，看看怎么个人，如诚实可信，头一次，咱们让一些。”盛老七说：“赖疤都说是只老狐狸，如果他压价太狠，我做不了主，你跟着跑一趟吧，谈成了下山送货就不用你了，咱们是三个人，你身上还有枪，咱们身上没钱，没货，也不用担心赖疤使坏，你换上死鬼石贵的衣服，天亮就下山，当天赶回来，是不会有事的。”刘彩凤点头答应。第二天，天刚刚放亮，就吃饭上路，高粱小豆大饭团子一人揣了四五个，赖疤要了一升小米背着，看见墙上挂着半干的咸黄瓜，也没问摘下一串拎着，等刘彩凤跟了出来，心里一阵欢喜，没想到，他们这么容易上套。只见刘彩凤一身黑布便衣，外扎一条蓝布腰带，头上一顶旧毡帽，本想增加点男子气概，反倒突现了女性的风姿，赖疤咽了口吐沫，假惺惺地说：“三哥不在了，赖疤依然愿意为嫂子出力，有句话不好意思说，要是买卖做成了，是不是也赏赖疤两口。”刘彩凤说：“哪能让你白跑呢，放心吧，买卖做成，你再跟着回来取货，到时……”盛老七说：“别理他，两头抹油嘴，我还不知道他，没拉过人屎。”赖疤心说，可惜了，烟土没带着，转回身说：“哪头炕热我还不知道，一会儿你就知道我是啥人，一准对得起东家就是。”一时无语，刘彩凤跟在赖疤身后，下了桦树岭，赖疤在前面摔了好几个跟头，脸上也被树枝划出了血，全然不顾，一副魂不守舍的样子。盛老七看在眼里，觉得不对劲，怕是有鬼，刚要招呼东家，只觉脑后有风，还没等回头，就挨了一闷棍，眼前一黑，没了知觉。拉末渣听见声音一回头，见一个人手拿大棒兜头砸来，一下子吓傻了，眼睛一闭，去了另一个世界。刘彩凤转回身见了，妈呀一声尖叫，赖疤伸手卡住了她的脖子说：“别叫，我们可不是要你的命，陪哥们乐和乐和，要是伺候好了，送你回去。”刘彩凤跟吴三、石贵也算混出来了，胆量也是有的，就说："哥们缺钱说一声，干吗害我两个兄弟?"赖疤说："也是没办法，我们的钱没有空，向你借点钱使，至于他们俩吗，走了俩来仨，你不亏本。"回头说小白龙："你们俩下手也太狠了。"小白龙说："没日本人扛打，不过我是一点儿没害怕。"赖疤说："你们俩也就是打自己人的能耐，那这盘菜哥哥先吃头一口了。"小白龙说："那是。"赖疤一把将刘彩凤的毡帽扔了，一眼就看见刘彩凤的脑门上一排花边旋，心里一惊，说声："不好，这女人动不得。"刚转过身，一声枪响，本能地一捂肚子，只觉得一个透心凉，倒在地上。小白龙、掉腰子听枪响，连忙趴在地上，知道大哥完了，刘彩凤掏枪对着他俩钩了好几下，没响，小白龙、掉腰子一见腾地起身，以为刘彩凤枪里就一颗子弹，掉腰子一下扑倒刘彩凤。赖疤这时还能说话，费大劲说道："这女人碰不得，快逃，还能捡条命。"说完气绝，这二人岂能理会这个，小白龙劈手夺下刘彩凤的枪说："你还没学会打枪。"啪，压上一颗子弹说："看着没有。"顶在她脑门上大声说："哥你等着，兄弟给你报仇。"掉腰子说："别，可怜可怜兄弟，还是三年前我攒了一块大洋，和这女人睡了一晚上，到这时我还做她的梦呢。"小白龙一看他这一出，只得罢了，掉腰子一下撕开刘彩凤的衣服说："你不认识我了，乖乖地侍候大爷，大爷舒服了，背你下山。"刘彩凤气得眼泪哗哗淌，生自己的气，怎么就忘了压子弹了呢，这小子裤子还没脱下来，当一声枪响，就听见："枪放地上，举起手来!"好几个人的声音，小白龙连忙照做了，掉腰子一手高举，一手拎着裤子，一个当官的过来，捡起小白龙的枪。搜了二人的身，只有几个饭团子，那人看了刘彩凤一眼很亲切地说："不用怕了。"刘彩凤见是军人，也就放心了。来人正是刘瘸子，带着两个弟兄过岭来，想打个野猪解解馋，先是听到一声女人叫，问两个弟兄，二人说没听见。后来听到枪声，赶过来正好救了刘彩凤。

原来这刘秃子、刘瘸子和小白龙的八个人分别在两个入山口做远哨，岳克己有意不让他们和部队掺和。这几个人，没受过训，不懂军纪，又带匪气，在一起会有不良影响，每人每月发五块大洋做军饷，部队士兵每人才两块，这几个人虽然住地窨子，可是自由，不受约束，所以更高兴，远哨一枪报警，三枪连发为平安，今天碰上这事，会得奖赏的。小白龙的两个人，见是小白龙，没办法，只得替他求个情说：“刘副官，他就是小白龙，我俩和他有过码，今天能不能放他一马?”刘瘸子没哼声，心想自己带的四个兵都是他的人，这事真还不能做绝了，抬手又打了掉腰子一枪，这小子临死做个光屁股鬼。小白龙腿一软，跪在地上。刘瘸子抬腿一脚，小白龙就趴在了地上，刘瘸子随即两抢，扶起刘彩凤，对天连发三枪。刘彩凤扑向盛老七，盛老七头上一大摊血，摸摸还有气，刘彩凤喊了几声，盛老七睁眼说了一句：“东家，对不住，看走眼了。”头一歪死了。刘彩凤心如刀绞，连惊吓带悲痛一下子也昏了过去，刘瘸子二话没说，哈腰背起，下了橡树岭。好一会儿小白龙才抬起头来，确信人已走远，跪在地上，向着他们走的方向，磕了仨头，谢过不死之恩。

要知后事如何，且听下回分解。

第十回
报恩情刘彩凤献身　救红颜岳克己招亲

上回说刘副官不早不晚，恰于这最紧要关头出现，救下这女子，不光是天理昭然，冥冥之中亦必有其因果。笔者不才，不敢胡言，想上天生人，为善为恶，到头来必是善有善报，恶有恶果，又有谁逃得过天公的法眼，诸君只管慢慢读，细细品，只会有滋味在其中。

说也是怪，今天刘副官心情特别好，二话没说把刘彩凤背在身上就走，不一会儿满头大汗，两个随行兵说："刘副官换换吧，还远着呢。"三个人轮换着，始终没让她下地走，刘彩凤很是感动，心想，遇上好人了，看这小军官一点儿不觉陌生，好像老熟人似的。不禁想起了儿时，常常趴在哥哥背上睡觉。她大胆地把脸贴在这小军官的背上，还真像是儿时回家，后来哥哥的腿让牛踩了，父母早早过世，她就让狠心的瘸子哥卖了。正胡思乱想呢，刘副官站住了说："下来歇歇。"放下刘彩凤向一棵山梨树走去，不一会儿摘了一帽兜山梨，两个随行士兵也摘了些山葡萄、原枣拿在刘彩凤面前，刘彩凤眼里湿润了。也想起了早上带的饭团子，从衣兜里拿出个手绢包，打开只见两个红红的高粱米小豆饭团，很是惹人食欲。刘彩凤深情地递给二人，二人让刘副官，刘副官板起面孔说："一人一个吃了，这是命令。人是铁饭是钢，吃完了就有力气。"掌灯时分，将刘彩凤背上了松树岭。刘副官简略地对岳克己报告了救人的经过，岳克己摸了摸刘彩凤的脉搏，叫勤务兵拿来急救箱，岳克己打开拿出两片洋药片，让刘彩凤吃了。回头对刘副官说："你们去吃饭，叫伙房做碗米粉汤送来。"刘副官没吃饭，做好了汤自己端了回来，刘彩凤喝了大半碗，脸上泛起了红晕，先谢过救命之恩，然后哭诉了自己的一生遭遇，岳克己很同情地问道：“那今后有什么打算?”刘彩凤茫然了，急得直摇头，岳克己看她是双大脚就说：“参军吧，古有花木兰，今有秋瑾和男人一样，上阵杀敌，为国立功，这大山之中岂是你们弱小女子藏娇之所，久居必为奸人所算，今天乃为巧合，遇上刘副官，不然，不光是你身遭不幸，怕是四姐妹也难逃厄运，部队也需要女兵，等你们自己有了本领，也就不怕恶人了，你那烟场，我派人看着，以后咱们把那地方做大，你还有什么顾虑吗?”刘彩凤说：“参谋长大名在城里就听说了，再说了我们都是无亲无靠无牵挂的人，哪还有什么顾虑。”岳克己说：“你们五姐妹可以先试试，如果真的吃不了苦，不敢打枪，你们还可以回去，你如愿意，我明天还叫刘副官带你们回去接众姐妹。”刘彩凤一咬牙说：“参军!”岳克己叫来勤务兵说：“带刘彩凤到我屋休息，然后到仓库拿两床被褥铺在议事厅，咱们今晚睡议事厅。”又叫刘副官打信号，叫远哨的弟兄连夜回营。两个时辰过去，刘秃子等回来了，岳克己说：“叫你的弟兄到饭厅吃饭，饭后就在饭厅休息，明天有任务。”这时刘副官的人也到了，几个人一同去了饭厅，岳克己对刘秃子说：“我决定让你带着你的弟兄去九道沟种烟，筹集军饷，粮食由部队供给，烟土部队收购，免除烟民的后顾之忧。这事你全权代办，你的八个人自己开地，自种自收，所得归己，平时让他们给你跑腿，明年烟收后停发军饷，你看他们可乐意?”刘秃子说：“几年后就是财主，还不乐得忘了姓啥，上哪儿找这好事。”书中说到后来这几个人都有了钱，日本投降后，他们偷跑下山娶媳妇过日子，得以善终，此乃后话。

岳克己今天是格外的高兴，半夜了，一点儿睡意没有，叫勤务兵拎着马灯上仓库，拿一套小号中尉军装，又叫醒炊事班长说：“明天早上送客，晚上欢迎五个女兵入伍，这是大喜事，比过年还重要。”炊事班长说：“只能加菜，咱们有腌鹿肉、熊掌，要吃炖野鸡，明天现打，饭就是小米、高粱米、大苞米茬子。我就回去淘米蒸饭。”岳克己自言自语地说：“一点儿面没有，过年可怎么办?”等众人都出去了，仍无睡意，闭着眼睛，靠在椅子上，心说：“要是良家儿女还要受道德谴责，怎么会有这般好事降临，真要是能成，去我一大心病，真乃天助我也。”不知啥时睡了。一觉醒来，天已大亮，岳克己拿着军装来到自己门口，刘彩凤听见有人来，就开门迎出来，岳克己把衣服递给她，叫她换上。她接了，换完，岳克己进来纠正一下，只是靴子太大，岳克己伸手摘下自己的手巾一撕两半，叫她包脚，刘彩凤很过意不去，但只得照做。再看刘彩凤，虽说军装有些不合体，但是军装一上身，立除脂粉气，周身俊丽，清秀脱俗，脸上尚有一丝阴云，眼里是一种期待渴望的目光，眉宇间略带羞涩。刘彩凤见参谋长这么仔细地打量自己，不好意思地说：“这行吗?”岳克己笑了，是开心的笑，说道：“等你们姐妹见了，不知会怎么说。”刘彩凤说：“这一宿还不把她们急死。”岳克己说：“那就吃饭上路。”松树岭上只有三匹马，刘彩凤骑在马上，刘副官牵着，那两匹马驮着粮食、油盐由士兵牵着，刘秃子是这八个人的连长，这样一行十三人下了松树岭。岳克己站在晨曦里目送他们，人影早就消失在树林里了，可依然站在那里，他在想什么，不得而知。

刘彩凤在马上，心里焦急，恨不得立刻见到四个小妹，这样想着，她们那可亲可爱的样子就出现了，她们在一起有太多的苦辣酸甜可回味。太阳又挂在了树梢上，随着狗叫声，冲出一帮人，前面四个女人见到刘彩凤傻了。这身打扮让她们不敢相信自己的眼睛，高枝说：“姐，你遇上孙猴子了，把你变成军官了，骑着大马，又有这么多护兵，这是怎么回事，沟头和拉渣呢?”刘彩凤说：“进屋说。”进了门再也忍不住了，放声大哭，姐几个抱作一团，哭个天昏地暗，好不容易止住了哭声，就说我被赖疤骗出沟，他打死沟头、拉渣，遇刘副官救上了松树岭，见了岳大参谋长，让我当兵，我答应了，接着说：“姐想明白了，听姐的，咱们当兵，骑马打枪，耍大刀，不然有枪不会使，有钱不敢花，终日担惊受怕，在这大山里没有王法的地方，早晚死在男人手里。这日子不能过了，咱们这样的人有啥豁不出去的，上战场打死几个男人，死也痛快，也值!”四姐妹异口同声说：“姐做主，不听姐的怎么办!”接着刘彩凤介绍刘秃子、刘瘸子说：“这位是刘连长，这位是刘副官，我的救命恩人和我都是一家子，刘连长在这替咱们看烟沟，光顾哭了，快给他们做饭去呀!”叫来烟民和刘连长一一认识，刘连长讲：“参谋长说了，刘彩凤姐妹入伍参军献身抗日救亡运动，是爱国行动，堪称楷模，派我来保护烟田，你们明年不用种粮食，全种烟，粮食由部队供给，烟收后，以两厢情愿的价格收购，我们几个人明年自己开地，自种自收，自己养活自己，部队要修筑工事，完工后也来种烟，筹集军饷，打日本鬼子。”烟民听了，互相叫着哥哥兄弟呀，明年回家叫人，一定要种出个媳妇来。大家高兴一宿无话。第二天刘彩凤留一笔钱给刘连长，要他找到盛老七和拉渣的亲人，然后刘彩凤上了刘副官的马，四姐妹两人一匹马，由士兵牵着告别了九道沟。

也是掌灯时分，一行人马到了松树岭，岳克己将四姐妹让到自己屋。炕上放着四套军装，叫彩凤帮着换上，岳克己转身出来，叫勤务兵通知全体将士，到议事厅欢迎新兵。不一会儿五姐妹随岳克己进了议事厅，五间大房挂着岳飞画像，两边是岳克己写的大字对联，上联是：谈笑杀敌寇，渴饮倭奴血，下联是：武穆英魂在，河山自清平，横批：精忠报国。地中央一个地炉，上面扣着一口大锅，炉中烈火熊熊，霜降天气，屋内温暖如春。画像下面方桌木椅，岳克己走过去站在桌边，两边将士呼啦一声全体起立，接着爆豆般的掌声。姐妹几个哪里经过这种场面，一时不知如何是好，刘彩凤只得同姐妹向弟兄连连鞠躬，岳克己将五姐妹让至身边坐下，一个举手礼，掌声戛然而止，然后操着带辣味的国语说：“我等生于此时代，便负此时代之使命，五姐妹芝兰玉树，藏于深山，无言自芳。在此国难当头，大厦将倾，关东父老已沦为亡国奴，中华民族处危亡之时刻，挺身而出，洗去脂粉，换上戎装，要与我男儿一齐上阵杀敌，如此气概，为我全体将士所敬仰。我代表东北军独立二十三团留守将士，以最真挚之心意欢迎。从此我将士便如枯木逢春雨，涸泽遇甘霖，自当赴汤蹈火，以一当十杀敌立功，以报关东这片热土的养育之恩!”接着又是一片不息的掌声。欢迎宴会持续到深夜，她们的临时住处，就是议事厅，地炉烟道上搭个木板大铺，姐几个捂着喝俊了的脸蛋回来了。也就是出门进门，见大铺上被褥整整齐齐，心中欢喜，口中念叨，军营就是军营，就是和百姓不一样。迫不及待地将沉重的身子摔了上去，淡淡的库房霉味绕鼻而来，姐几个闻着仿佛是洋胰子的香气。不知谁说的，那位刘副官说参谋长的山葡萄酒不醉人，你们喝吧。咱也没惜外，头一回见公婆也没装装。五只小鸟叽叽喳喳地笑开了，不知啥时睡了。刘彩凤哪里睡得着，走到这一步，是福还是祸，这可不是我自己，他们是救了我，可这些贪婪的眼睛要把人吃了似的。不过参谋长可是个正人君子，男欢女爱的恋情，随时可遇，真正可托终身的知己何其难求。想着想着羞了，不知啥时做了个美梦，她笑了，又做了个噩梦她哭了。朦胧中，听到号声，大山里有回音，所以这号声特别响亮，姐几个明白了，军营起床吹号，以前听说过，连忙穿衣下地，勤务兵小张敲门说："到操场集合。"进屋教她们当兵怎样铺床叠被，怎样穿衣吃饭。看她们笨手笨脚的，叹气说："你们真是有福不会享，不知道当兵有多苦，常言说：好汉不当兵，好铁不捻钉，参谋长可厉害了，我就没见他笑过，早晚有你们哭的时候。"刘彩凤忙问："你们参谋长有媳妇吗?"小张说："还是外国洋妞呢，他兜里有张照片，谁也不让看，没人的时候，自己偷着看看。人家是留洋回来的，会说英国文，大人家的公子，老祖宗是岳飞，你没见墙上供着吗?"姐几个听了，心里又添了几分敬意，操场上，可能岳克己有意向姐几个展示一下自己的治军才能，抑或是战士们见来了异性，立时精神抖擞，动作利落洒脱，参谋长露出了满意的神色，战士们也很自豪，姐几个见了面带难色，咱们哪来得了这个。早操结束，早饭后战士们各带斧锯绳索，全体进林伐木，只剩参谋长当姐几个的教官，勤务兵小张陪练。参谋长并不教她们摸爬滚打，一人发一支小手枪，只教她们骑马打枪，这正合她们的心意。两个时辰过去，子弹也能上靶了，骑马也不用人牵了。岳克己说："怎么样，遇上敌人，不至于不会拉大栓了吧?"刘彩凤不好意思地笑了，下午参谋长教她们识字，从自己名字学起，给他们讲世界各国的风土人情，在地图上找到了中国、日本、哈尔滨、松江小镇和自己脚下这座大山。接着从宋美龄、蒋介石、张学良讲到日本鬼子天皇，满洲的汉奸卖国贼。姐几个最喜欢的是岳克己收集的世界各地风光图片，生下来到这时才知道天底下是个什么样，更没想到会这么花花。也感到了人活着不该任人欺负，也看到了人家过的那才叫日子。姐几个气愤地说道："他日本人凭什么上人家来杀人放火，咱就该和他们拼命!"岳克己听了，觉得这几个女人还是好调教的，心里也就有了几分把握。过了几天，开始教她们战地救护，讲生理卫生知识，将来要做部队的医务人员，姐几个对此更感兴趣，当看到弟兄们为了给自己盖房，抬大木，那么辛苦，一点儿没有怨言，到这时一颗心算是放下了，才觉得真正参加了军队，是一名让人羡慕的女军人。半个月过去了，新房也盖好了，让她们喜出望外的是一人一间小木屋。山里的冬天来得更早些，这天下起大雪，弟兄们没出操，帮她们搬进了新房。新房里一屋一个小火盆，屋里暖融融的，姐几个被男人们视作宝贝一般，凡事都想得周到齐全，晚上小炕有人给烧，早上送来火盆，生怕她们有半点儿委屈。接下来的训练就为正规了，参谋长讲军纪的时候，庄重严肃，一点儿不含糊，军队靠的是铁的纪律，军人的天职是服从，以舍己为人、舍己为群、效忠党国为荣，以贪生怕死违反军纪，投敌卖国为耻，向姐妹们灌输爱国思想和牺牲精神。不久大雪封山，天气又特别冷，好在弟兄们备足了木柈，不用顶风冒雪，锯木劈柴。木屋里打牌的，唱戏的，讲古的，也有那年轻不怕累的上山趟着没膝深的大雪，撵野鸡，套兔子，无可奈何地打发着大山里这漫长的冬天。参谋长对女学生的学习一点儿也不放松，看看到了年根才松了一口气，宣布放假过年。

女学生可是乐了，他可是有件烦心的小事，说小事，可是很重要。过年总得吃顿饺子，山上一点儿白面也没有，好几次下山都无功而返。他想带人教训日本人一下，顺便带点面回来过年，可又一想，毕竟是打仗，真要是伤了弟兄，为了吃顿饺子丢两弟兄，这年可怎么过？很长时间下不了决心。突然想到一个人可以试试，提笔写道："大汉奸钱，三日内必取尔头。落款东北军二十三团。"又拿张纸画了一个熊掌写道："钱兄笑纳，此物山中甚多，改日请老太爷进山品尝。"写完叫来刘副官说："带两个弟兄下山，先住在米行，晚上把纸条贴在钱县长的大门上，第二天晚上把这个画包成个礼品包去拜访他。"刘副官立刻答应一声："是。"摘下手枪说，"带枪进不了城。"岳克己说："枪得带着，要是留一个弟兄在城外，晚上会冻死，找一个城外有亲戚的弟兄带着。"刘副官答应着，自去准备下山。这天，钱县长早上起床，家人拿个纸条跑过来，说是贴在门上的，钱县长一看说："麻烦来了。"家人一时没听明白说："麻烦是谁？"钱有方哭笑不得说："全家老少谁也不许出门，有人来就领人见我。"晚上刘副官一身买卖人的打扮，进了钱县长家，钱有方一看是刘副官，认识，说：“刘副官大驾，必有要事。”刘副官递上纸包说：“参谋长知道老太爷喜欢这口，特意孝敬老人家的。”钱有方打开一看，又包上了说：“老太爷身体欠佳，望高抬贵手，刘副官有话说吧。”刘副官说：“弟兄们舍己抗日，过年连顿饺子都吃不上，你说弟兄们能不找你吗？”钱有方说：“请转告参谋长和弟兄们，钱某也是不得已，并非真心投靠日本人，山上弟兄有事，钱某一定效劳，钱家今年，这年不过了，事不宜迟，今夜将家中年货，猪肉、鸡、鸭全剁了装上爬犁，顺大江送出，可于你们沉舰处接货上山。”刘副官说：“马爬犁多带草料，山中难行，不知几日能到。”钱有方又问：“下来多少弟兄，好准备干粮。”刘副官刚要脱口说三个，又怕他耍滑，就说：“多多益善。”钱有方起身说：“那么刘副官先请。”刘副官走到了门口又转身说：“若是钱县长失言，我只好带弟兄来府上过年了。”说完出门回到米行叫上同伴，李家兄弟说：“面没送上去，对不起参谋长大恩，听说是钱县长给日本人出的主意，粮食许进不许出，乡村大户粮食一律封存，小户没多少不用管，用不了多久，山里的兵匪、共匪、土匪就不打自灭。进山剿匪林密难行，匪徒在暗处，皇军在明处，进山必吃亏，等他们饿急了，只得下山和咱们拼，他们只要下山，咱们就能消灭他们，因此日本人很欣赏钱有方。”刘副官说：“参谋长知道你们难。”然后自言自语地说：“钱有方，参谋长早晚……”说完接过李家兄弟的干粮出城，弟兄三人汇齐来到江边，大江之上，风大冰滑，如同一个大风筒，晴天雪天总是风卷雪，雪乘风，顶风睁不开眼，迈不开步，顺风站不稳，吹着人跑，三人挖个猫耳洞躲在里边。不知啥时，江上出现一个黑点，渐渐看清了马爬犁，驾着风一样，眨眼间飞到眼前。三人迎上去，来人递过马鞭一指爬犁说：“看好了。”刘副官仔细看了一下说：“你是怎么出来的？”那人说：“花的那钱能买十爬犁年货。”刘副官接过马鞭，一拱手说：“辛苦。”牵着马进了大山。

山里没有风，可是大雪没膝深，很是难行，这时午夜已过，天亮还早。如果坚持走到天明，人马都走不动，不如停下稍作休息，喂喂牲口，天亮再走会快些到家，刘副官这么一说，二人赞同。马拴在树上，草料袋绑在马脖子上，刘副官用雪块砌个雪墙，那二人找了些干枝点着，这就算很惬意了。刘副官心里想，没费多大劲，就完成了任务，明天就是大年三十，弟兄们能吃上饺子，每个人都会称赞他，还有刘彩凤的笑脸，心里升起甜甜的美意，看着小火苗进入了梦乡。可是这时他的参谋长已经后悔让他们下山了。刘副官走后，岳克己坐立不安，先派赵连副领着他的弟兄带帐篷下山迎接，可还是放心不下，这大冬天冻死人是常事，脑海里想着各种可能，如果我是钱有方，也会送点东西打发了事，不会让刘副官空手，要想稳妥必走大江爬犁上冰，又轻又快，路上雪大难行，又有巡逻日本兵。这样一想觉得自己连连失误，一种不祥的预感涌上心头，好不容易盼到天亮，打发两个弟兄下山通知赵连副连夜回山。自己带着二十个弟兄牵着仅有的三匹马，向着大江方向奔下山去，没走多远想起一件事，军用棉鞋，不如靰鞡，要出事怕是出在脚上。连忙叫一个快腿的弟兄去拿三双大号棉鞋带着，一行人刚翻过橡树岭，就听见一声枪响，岳克己这才放下心来，人在，但也知道，遇上麻烦了。原来刘副官一觉醒来太阳老高，唤醒二人，二人站不起来，连摔了好几次，爬到树边扶着树站起来撒泡尿，一迈腿又摔了，刘副官一看心慌了，拿着木棍敲两下自己的脚，当当响，脚冻了，脚没有知觉了。两个弟兄在眼前，只得故作镇静说：“没事，参谋长一定会来接咱们。”没等说完哭开了，掏出手枪向天上打了一枪，过了一袋烟工夫又打了一枪。等岳克己一行赶到一看，就是一个冰鞋，冻在脚上了，连忙点火，冻鞋有些软了，用刀挑开后跟，好不容易脱了下来，连忙按在雪里搓。半晌，问有知觉没，没有一个感到凉的，岳克己一看说：“换鞋回山。”三人一见参谋长带来了新鞋，不知说啥好，热泪直流，以为万事大吉了。可是岳克己明白，这脚能不能保住很难说，岳克己叫抬他们上马，拉爬犁的马也卸了下来说：“我们四人立刻回营，山中雪深林密，爬犁难行，你们扛着东西，原路回营，我也好叫人接你们，半夜前务必赶回大营，今夜是大年三十，实在扛不动，就扔了，这儿只脚保不住，谁还吃得下饺子?”每个人的眼睛都湿润了。

岳克己等四人赶到家，也是掌灯时候。刚迈进屋，就叫拿大木盆，三人脚放盆中，倒入凉水，一袋烟工夫，岳克己二话没说抱起刘副官的冻脚使劲揉搓，好一会儿，仍然雪白，好像褪了毛的猪蹄，无半点儿血色，岳克己急得团团转，刘彩凤看在眼里说："一点儿办法也没有了？"岳克己瞪了她一眼，没吱声，心说有办法我还等啥呀，刘彩凤说："让我试试吧，把他背我屋去。"岳克己说："你听说过？"刘彩凤点点头，岳克己说："如果能保住这几只脚我给你磕头。"刘彩凤对高枝、梁果说："你们俩跟我来，我怎么做，你俩怎么做。"刘副官头朝外躺在炕上，刘彩凤背靠墙坐着，当众撩起衣襟把一双冰块般的脚放在滚烫的胸脯上。刘副官一掀衣服蒙上了脸，眼泪哗哗淌，高枝、梁果也真听话，一点儿难色没有照做了。岳克己一扭身，出来，望着漆黑的夜空，自言自语地说："都是好样的，我可怎么狠心让她们……"突然想起没派人去接山下的弟兄，回身进了议事厅。这边刘彩凤揉着一双冻脚，不时地掐一下问道："这有知觉吗？这，疼吗？"刘副官闭着眼睛躺在刘彩凤脚下，心里特别美，想都没想这双脚没了今后怎么活，还有这双猪蹄子似的冻脚怎么从腿上锯下来，自己将遭受怎样的痛苦，命能不能保住，他全没想。只看见这双女性的柔软的小手，摸到有知觉的地方，心里升起无限的遐想："我刘瘸子这双脚怎么这么有福气，小时候让车轧了，好了落了个脚心朝上。嗳，偏是遇上女魔头给掰正道了，这会儿让这么漂亮的女人搂在怀里揉着，酥胸似雪，嫩乳迷人，我的妈呀，都在我脚上，我怎么会感觉不到呢，这不活活气死人吗？"不知过了多久，突然觉得像有根钢针扎了进来，一直疼到心上，接着如同心上有根线绳那头系在脚趾上使劲地拽了一下。刘彩凤觉得他的大脚趾会动，撩衣一看，有了血色，知道有了希望，也算报了救命之恩，姐儿个在大营里也就不觉得白吃干饭了。又不知过了多久，见刘副官龇牙咧嘴痛苦地说："这脚上像扎了一百根钉子似的。"可一看刘彩凤着急心疼的样子，连忙忍住了心说："人家图咱啥呀。"不一会儿，脸上大汗珠子直滚，一声不哼。刘彩凤也只能搂着两只脚在胸口上蹭着，不知啥时渐渐地不那么疼了，又换了一种疼法，只觉有如一万只小虫在脚上爬，痒得他俩脚乱抖。刘彩凤唤来迟园说："去报给参谋长说脚有知觉了。"这时已是后半夜了，弟兄们都回来了，听说冻脚有知觉了，也都跟了来，看到了这感人的一幕。岳克己摸了摸已经有了血色的冻脚，在脚心上划一下，脚趾收缩一下，岳克己放心了，对田杏、迟园说："咱们包饺子去，谁也别打扰她们。”参谋长又叫每屋送两碗葡萄酒和两碟小菜，说给姐仨暖身体的。接下来的事就不用细说了，孤男寡女，干柴遇烈火，尽情地享受这次上帝安排的欢乐。又美美地睡了一觉，天也就亮了，参谋长和勤务兵端着饺子进来说：“大家都说，这第一碗饺子请刘彩凤姐妹吃。”刘彩凤见参谋长亲自端着饺子站在那里，很不好意思，笑着说：“不知参谋长说话算不算数。”岳克己知道她调皮，因曾说过给她磕头就说：“算数，你等着。”刘彩凤冲他做个鬼脸，姐几个带着胜利者的喜悦，钳个饺子在嘴里，眼泪也下来了，真难哪。岳克己见刘副官三人已能下地走路就说：“刘彩凤姐仨，一人记大功一次，你们三人可拿什么报答人家呢?”其中一个磕磕巴巴的哭丧着脸说：“阿就我们当兵的可怜身上就一杆枪，除了鸡巴没零碎，她要是想吃眼珠，我就挖一个给她。”岳克己说：“没出息，罚你们每天晚上来烧炕。”三人听了，差点儿没乐晕过去。今天是大年初一，为了这一顿饺子，差点儿冻掉了三双脚，还好没酿成大错，在没漆深的大雪里，趟了一天一夜的弟兄们，吃完饺子，早饭当晚饭，倒头就睡。岳克己可是毫无睡意，心情极佳，叫勤务兵告诉伙房，晚上给三姐妹庆功，好东西全拿出来。转身进了刘彩凤屋，姐几个都在，岳克己乘兴滔滔不绝，从秦始皇高祖母，母子定计，母亲降戎，都已生二子，最后杀死戎王，为国献身。又讲了燕王妻子女休。接着从南丁格尔献身医护，讲到苏菲亚刺杀亚历山大二世，姐几个听得大气不出，连连点头。

晚宴上，姐几个坐在六十个男人中间，桌上有熊掌、猴头、鹿肉、山鸡腿，都是皇上吃的东西。席间一片赞美声，立功的自豪和荣耀，再加上美酒佳肴，全都美在一起了，姐几个早已不知酒能醉人了。要说这自酿山葡萄酒，醉人只醉一小会儿，头不疼，心不跳，只是身子软绵绵轻飘飘，手脚痒酥酥，不甚听使，这感觉很是美妙。岳克己见姐几个醉眼微斜，酣然欲睡，叫赵连副等五人扶姐妹回房。屋里的弟兄这时有的唱，有的笑，有哭的，有骂的。岳克己不愿听，一人来到院中，只觉北风凛凛，山涛阵阵，仰望星空，遥想家中老母，已是风烛残年，此时亦正思念克己现在何方。哀哀慈母，可知儿子现有六十名岳家军士，个个是杀敌勇士，带兵的将才。待时机一到，儿振臂一呼，则应者如潮，届时儿将率领数万岳家军，横扫关东如卷席，挽社稷于危难，救黎民出水火，驱强敌于大江之内，再演一场加伦沉舰、痛打落水倭奴如丧家犬。儿虽肝脑涂地，亦无憾无悔。想到这热血沸腾，大衣一甩，迎着山风在院中行拳，直到勤务兵过来，拾起大衣说："别让风吹了出汗的身子，明天伤风了，都来怨我。"岳克己只好披上大衣回屋，依然心如潮涌，提笔写道：

关山万里，乡音渺，天涯浪子。忆梦里，哀哀慈母，泪眼终日。何时病榻问暖寒，熏风吹绿杨柳枝。奋凌云，借松岭春色，有谁知。俏英姿，男儿志，献香魂，笑赴死。国恨家仇铸，岳家雄师。神州十面杀声起，看狂奴无处陈尸。山河碎，正是热血儿，断头时。

——调寄满江红

再说赵连副拥着刘彩凤回屋，刘彩凤劈头就问："是参谋长特意让你来送我的?"赵连副得意地一点头，"炕也是你烧的?"又点头，"他们几个也是参谋长点的，他这是叫我们重操旧业，怪不得他把我们姐几个分开住，单单地给我们一人盖一间房，他早就安的是这个心，我可是一点儿没看出来。"赵连副说："你我在城里的时候就认识了，连里人也认识她们姐几个，这不是让你们重操旧业，你没见弟兄们眼巴巴地看着你们？参谋长他是张不开这个嘴，要是没有刘副官这个事，还不知道要等到啥时候，你深明大义，能想明白的，彩凤今晚如不留，我即刻告退，不敢相逼。"刘彩凤听了，心里不知是啥滋味，半晌默不作声。赵连副说："她们姐几个还得你说句话。"二人出屋，经过几个屋门都没声，只有迟园在说话，只听里面传出："你们参谋长也真会疼人，就知道女人喝完酒想啥，这以后的日子还真有个盼头，比在九道沟出家当尼姑强。"刘彩凤牙缝里挤出一句："狐狸精。"两人对视一眼，回屋安歇了。从此这个大家庭就充满了欢乐，六十个男人守着五个女人，欢欢喜喜送走了严冬，迎来了阳光明媚的春天，银铃般的笑声，伴着暖风在大山里回荡，多情的草木也被感染了，仿佛一夜之间，就脱掉了冬装，换上了绿衣，一切都可人心、随人意，可是天老爷嫉妒了，向她们洒下了眼泪。

一天早上，岳克己在操场上打拳，刘彩凤见了要学，岳克己说：“你们学此无益，我教你擒拿，你只管冲我打来。”刘彩凤也没客气，伸手照脸上打来，岳克己轻轻接住，一压一拧，把刘彩凤按在地上，旁边四姐妹一使眼色，一齐冲上来将岳克己按在地上。岳克己说：“我是没看见，要不你们休想占便宜。”再看一个个嘴噘得老高，忙问：“你们几个有气?”迟园冲他呸了一口说：“能不气吗，你瞧不起人，五姐妹你一个也没瞧起。”说完四姐妹飞身跑了，刘彩凤从地上坐起来，岳克己对刘彩凤说：“她们怎么这么想?”刘彩凤腾地起身说：“我也这么想。”转身走了，岳克己愣在那里，半晌没动。

这晚刘副官把刘彩凤的炕老早就烧得滚烫，刘彩凤回来一看说：“怎么又是你。”刘副官说：“和小六子换的。”刘彩凤说：“怎么他不愿给我烧炕?”刘副官说：“就差没下跪了我，求他说，小彩凤的命是我救的，我这双脚是她给的，你说我俩要不拜堂，天老爷能答应吗？等小日本打跑了，我跟参谋长要了领回家生儿子，你小子有啥心思往别人身上使。他说，你这双臭脚真他妈的没白长，参谋长亲自又是揉又是搓，让人家小凤放在奶子上焐着，你别美死了。”刘副官学着六子的话，心里特别舒服，问刘彩凤：“你怎么想到的?”刘彩凤说：“听人讲的，男人冻死了，放在女人被窝里能焐活，一个女人不行，需好几个女人轮换着。”刘副官一拍大腿说：“早知这样，我在山上，把棉袄脱了。”刘彩凤说：“那你可是作死，瞧你们这份出息，就你们这些兵油子，有一个算一个，都是色鬼，见了女人就酥骨，要是没我们姐儿个，你们都得拎着脑袋进城逛窑子，说不上让日本兵打死多少呢。看你们参谋长，那可称得上是英雄，都说英雄难过美人关，我们下过钩，他就是装傻，不咬。”刘副官说：“我们参谋长弟兄们敬得跟佛祖似的，好比前边是大江，他说跳，没人皱眉头。你们姐几个就是仙桃，给弟兄们吃的，自己就不能动了。弟兄们谁不明白，参谋长是啥人，将来不是师长就是司令。你们谁要是有福气跟这样男人睡一宿，死都值得，要是参谋长上了你们的炕，姐几个就会一门心思在参谋长身上，谁还能拿眼皮夹我们这些浑葱。”刘彩凤听了，心一下凉到了底，这天晚上二人都很动情，不必说，自然是千恩百爱，好像明天就要回老家似的。刘彩凤含情脉脉地问：“你老家是哪儿呀?”刘副官说：“山东历城刘家庄。”刘彩凤说：“这真是有缘分，咱俩是老乡，提起老辈人都能认识。”刘副官说：“我爹叫刘玉梅，爷爷给起个女儿名，说是好养活。”刘彩凤一下把他推下去，哭着说：“瘸子哥，真的是你吗，这可叫人怎么活呀，我是二彩子!”刘副官搬过刘彩凤的屁股一看，小时候自己要洋叉把妹妹屁股扎了，留下个伤疤，这时还在，抬手在自己脸上一顿打，穿上衣服就走，刘彩凤叫住了说：“怎么也得告诉我这些年你是怎么过的，腿是怎么好的。”刘副官说：“一个女魔头，被参谋长撵到刘家庄，看歪嘴子不顺眼，一巴掌嘴就歪那边去了，不一会儿正了，歪嘴子差点儿没说谢谢。我这弯腿按在桌上就给压直了，操起脚脖子一拧，差点儿没疼死，那可真叫狠，不过我不恨她。参谋长父亲、兄嫂都死在她手，小侄女还在她手里。这女人就在桦树岭，参谋长早晚灭了她。彩凤这名谁起的，怎么也到了这里?”刘彩凤忍住悲声说：“妓院的妈妈说二彩子多难听，叫彩凤，就叫开了，从小到大也不知叫人卖了多少次，最后卖到了这里。”刘副官一听，转身跑出去，到了山后，坐在一棵倒树上，自己在心里骂着：“刘瘸子呀，父母让你气死，赌钱输了卖了妹妹，这还叫个人吗?明天我可怎么见她，这六十口吐沫我怎么受，快些死吧，迟了死都死不起!”掏出枪顶在脑袋上，他什么也没感觉到，就倒下了。

寂寞的大山里，一声枪响划破了夜空，弟兄们第一时间冲了出来，眼睛盯着参谋长的门，见参谋长还是那种从容不迫的样子，披着大衣慢悠悠地开门出来，什么也没说，没问，只把目光投向了五姐妹屋门，众人也不约而同地把目光跟了过去，只见一对、两对……就是不见刘彩凤、刘副官，姐四个突然发疯似的冲进了刘彩凤屋里。岳克己也跟了进来，见刘彩凤傻子似的坐在炕上，姐几个忙给她披了件衣服。岳克己问：“怎么回事?”刘彩凤大鼻涕多长哭着说：“他是我亲哥哥，一奶同胞!”岳克己转身出屋，叫赵连副带弟兄去找，这时弟兄们见独缺了刘副官，已明白了大半，午夜里的枪声，连大山都惊醒了，也告诉了人们，他走了。弟兄们在山后找到了他，这时天已大亮，报给了参谋长，岳克己出了刘彩凤的屋门，对勤务兵说：“下了她的枪。”同时叫四姐妹把枪交出来，极其郑重地说：“看住她，出了事，要你们偿命！”转身走了，迟园一伸舌头说：“还挺吓人的，用你说，她是我姐。”岳克己赶到山后一看，顿觉心头沉痛，是自己一手酿成，人已死，无法挽回，无法补偿，只得先将人葬了，举目见这半山之上，放眼望去，甚觉开阔，就说：“他自己选择的归宿，就地挖坑吧。”岳克己脱下大衣，盖在刘副官身上，叫弟兄们将炸山洞的碎石背来，堆成一座大墓，葬了刘副官。岳克己说自己罪孽深重，要在坟前罚跪一天。弟兄们要陪着，岳克己不许，可哪里肯走，岳克己脸色一沉说：“你们是军人吗?”赵连副只得带弟兄回营。刘彩凤送走了哥哥，生望已绝，自思活了二十六年，一直在死亡边上，尝遍了苦难，脸面丢尽，现在又学了杀人的本事，还不知前路有多少凶险，痛快一死，才为明白。没有办法，姐妹看得紧，只能绝食。四姐妹看见刘彩凤万念俱灰，哭得泪人一般，说：“姐，你咋不疼我们了呢，你要是有个好歹，参谋长会枪毙我们，再说了，怨谁呢，谁也没错，老天爷的错。”刘彩凤是抱定必死之心了，四天粒米未进，岳克己看看实在没法了，进伙房端碗小米粥，来见刘彩凤，进门就跪在炕沿下说：“岳克己向你求婚，全连弟兄做媒，明媒正娶，白头偕老。”四姐妹见参谋长跪在地上也陪着跪下说：“姐呀，知足吧，你再闹下去，老天不会答应的。”刘彩凤一看岳克己直挺挺地跪在地上，外边也跪着一大片，叹口气说：“这人哪，求死也有求不到的时候，你们起来吧。”岳克己说：“你喝了，我就起来。”

欲知后事如何，且听下回分解。

第十一回

大并屯血染芦花湖　猎豺狼风雪桦树岭

上回说到刘彩凤见岳克己动了真心，十分感动，接过粥碗喝了说："参谋长，你为了救我，委屈一辈子，我自己配不配还不知道吗?"岳克己起身说："现在大敌当前，国破家亡之时，个人身家性命都抛在脑后，我哪还有心思去想这些？克己只求你平安宽慰，如你有个三长两短，哪还会有五姐妹装点军营!"这时门外一片欢呼，随即又一下散去，赵连副示意四姐妹将新娘打扮一下，转身进饭厅对伙食长说："参谋长成亲能做点什么好吃的?"伙食长说："只能做两碗面。"二人很是难过，赵连副回到自己屋里从行李底下把自己得的一副大金镯子拿出来，出了门，弟兄们围上前说："参谋长成亲，我们都有个小礼，怕参谋长不收，还得请赵连长说话。"赵连副见弟兄们想在自己前边了，很高兴说："你们他妈还都长个人心，好，他不收，我就跟他学跪着不起来。"赵连副是故意抬高嗓门，岳克己也是听得明白。对刘彩凤说："这可得你自己去挡一挡了。"四小妹扶着大姐出了门，弟兄们一见，二话没说，将自己手里的金表、项链、耳环、手镯、金银饰物往姐儿个怀里一丢，姐儿个只得拿衣襟兜着，愣在那儿了。刘彩凤说："弟兄们，我们姐儿个是什么人哪，哪缺这个？你们抛妻别子，在外当兵，这些东西也不是容易得的，等小鬼子打跑了，你们回家，总得对家人有个交代，这些东西可以盖房子、买地、养老，两手空空拿什么脸面见自己的家人!"赵连副说："说这话还早呢，我们谁也没想到回家，想的是打鬼子，和日本人拼命，这些东西带在身上是累赘。你不能太伤弟兄们的心，我们欠五姐妹的情义，也没法报答，我们心中惭愧、难过。现在你是这个家的掌柜，我们信得过，你就给我们收着，谁要是有命，能活到日本鬼子消灭了，就给他，也算是个念想，再不就留作军饷，也让参谋长省点心。”岳克己听了，擦了两把眼泪，出屋向弟兄们行个军礼，对刘彩凤说：“给弟兄们收着吧。”赵连副进屋拿出铜盆，姐几个把怀里的东西倒在盆里，满满的一盆金疙瘩，赵连副对刘彩凤说：“这是六十颗心，哪一颗都能为你去死，一定能保佑你二人长命百岁，择日不如撞日，此时即为吉时，现在就请二位新人拜天地吧！”小姐四个不容分说将二人架在一起。赵连副高喊：“一拜天上的玉皇大帝。”岳克己对刘彩凤说：“咱俩正好给弟兄们磕个头，也算谢过弟兄们的情义。”二人冲着弟兄们拜了三拜，众人拥着他们二人进了岳克己的小屋。不知啥时小屋打扫得干干净净，炕上整整齐齐两套新被，刘彩凤小心翼翼地坐上去。心里想，这可是参谋长的床铺，从见到他那一刻，心里就有奇奇怪怪的念头，有个影子在脑海里生了根一样。不由自主地抬头看了这个已是自己丈夫的男人一眼，正好四目相对，见他站在那里，正深情地看着自己。到这时才觉得，自己想要的一下都来了，她有些不知所措，因这一切太突然，好像是梦，心底一下涌上好多往事，忽地一下又飞走了，大脑一片空白，只有眼泪哗哗淌。赵连副知道岳克己不喜热闹，怕弟兄们没深浅让参谋长不高兴，就说：“下午带弟兄们刨地，四天没干活了，山上种菜早一天种上，就早一天吃上，大地还没化透，工事得推到下个月，李家兄弟送来十个猪崽死了一个，这几天你就陪……”话没说完，勤务兵小张端两碗热气腾腾的山鸡肉丝蘑菇面进来。赵连副对刘彩凤说：“我们这么多男人养活不起你们姐五个？你等着，一定能让你们想吃啥就有啥，想要啥就来啥。”说着示意四小妹，咱们也去吃饭吧。屋里只剩岳克己、刘彩凤二人，刘彩凤早已腹中空空，饥肠辘辘，加上大喜的日子，觉得这碗面是有生以来最香的一顿，就说：“从来没吃过这么香的面条！”岳克己笑了说：“饭是香的，弟兄们也是疼你的，活着多好，干吗想死，再不许生这样的念头！”刘彩凤说：“人活着不能有亏欠，欠了账是要还的，小时候哥哥把我卖了，到时他就来救我，最后是这么个结果。”岳克己说：“我们生在这兵荒马乱的年代，谁也别想有什么好的结果，日本人来了，弟兄们都不知道家里人是死是活。守在这大山里不容易，这支队伍能不能存在下去，不在我，而在你，你就是梧桐树金凤凰。”岳克己推心置腹，大道理、小道理说得刘彩凤连连点头。半晌工夫总算没白过，把刘彩凤心中这片乌云变成了彩霞，脸上现出了笑容。当晚二人都很矜持，刘彩凤克制着火一样的爱慕之心，觉得不可张扬，否则会被瞧不起。岳克己始终是温文尔雅的样子，一天两天也是混得熟了，岳克己忍不住说了一句：“就你这木头似的哪里称得上大牌红头姑娘?”刘彩凤心说，我是什么人，烟花巷里混出来的老手，收拾你个小嫩黄瓜还不容易，今天我就让你见识见识。刘彩凤只使出了三分手段就把岳克己弄得神魂颠倒，如醉如痴。刘彩凤笑着说：“我的大参谋，上了床就是个傻小子愣头青，你可笑死我了。”由是二人如胶似漆，爱与日增，不知不觉过了蜜月。一日刘彩凤说：“将来你当了师长、将军，指挥千军万马，我一个乡村丫头刚从屎坑里爬出来的绿豆蝇，可怎么当这个将军夫人!”岳克己说：“你可不是只会喂猪、做饭、生孩子的乡村丫头，你是太上老君八卦炉里炼出来的白牡丹，正因如此，方解风情。纵然大家闺秀、千金小姐于风情二字，恐也无涉。当年顺治皇帝迷恋名妓董小宛，封贵妃，极其恩宠，董小宛一死，顺治无意江山，出家守情，千古一人，堪称情圣。克己不敢比，但执卿之手，相搀偕老，苍天可鉴。”说完转到她身后，双手扶肩，按在椅子上揉着说：“等打跑了小日本，我领你回家，她老人家不知……”说完眼里一热停下了，刘彩凤知他思念母亲没敢插嘴，岳克己默然了好一会儿，叹了一口气说：“顺便带你看看我娘舅湖南省主席赵恒锡，很好的一个老人，再到国外让你看看黄头发、蓝眼睛、白皮肤的女人，可就是不知上天怎么安排的。”是的，他们的好日子不会有多少，岳克己岂能不知，在那样的年月里，等待他们的会是什么，笔者看他们这般恩爱，也不忍心往下写了，让他们尽情地缠绵些日子才好。

搁下这对新婚夫妻不表，再说洪寄娘自从上了桦树岭，初一下趟山，十五回趟家，如同出嫁的小女儿离不开娘一样。这日洪寄娘带了金中玉来见老太太。刚进大门金中玉一眼就看见了自己的亲姑妈，这七八年过去了，她人也老了许多，哪里还能认得，只看了他一眼，对寄娘说道：“洪姑娘回来了，刚才老太太还念叨说，洪姑娘在山上，一准吃不好，睡不好，也没个说话的人，这两日该来家了。”寄娘心里一热说：“六婶急急忙忙这是干啥去呀?”六婶说：“今天种谷子，都下地踩格子去了，家里牛要下犊子了，我去找懒虫给照看着点儿。这是喜事，天阴成这样，是要下了，不是想抢在雨头里种上吗，忙得放屁工夫都没有。”说完匆匆走了。金中玉在一旁听了，心中的谜团豁然开朗，可是新的疑虑又涌上了心头，他想知道又怕知道。紧跟在寄娘身后进了老太太屋里，老太太拉寄娘身边坐了，叫客人放下背包坐下说话，金中玉拿眼看这老太太，白发似雪，可一丝不乱，脸如刀刻一般，坐在那如秫秆架披件衣服，风一吹就能飞了。真是岁月不饶人哪，可虎瘦雄心在，看那两只眼睛炯炯有神，她可一点儿没服老。这时寄娘对老人说：“上回我跟你老说的就是他，姓钟叫钟月。”洪寄娘说话还带点湖广味，将玉说成月，“枪法不必说，且人最是亲和老成，他守在这儿，那些半路出家的土匪来个三十二十的休想进院，这兄弟一颗子弹都不瞎，寄娘在山上睡觉也踏实。”老太太高兴，也没多问只说：“住得惯就好，先带他各处走走。”寄娘点头，二人从老太太屋里出来，金中玉见高墙二尺多厚，十多步一个枪眼，院中正房、厢房、粮仓、牛棚、猪圈布划得很是得法，心说，这老太太越老越能。二人爬上了仓顶小阁楼，一间房大小四面小窗，外面天地，一览无余，地中间一张小床，铺盖齐全。金中玉心中欢喜，放上背包拿出他们的七九汉阳造，还是一包散件，只听咔咔咔声响，手法之精熟、动作之麻利，寄娘亦深服，只见他压上子弹，伸出窗外，眺望多时说：“师父，这个大院让人抢了，我不活着见你。”寄娘深信笑着说：“即令我在这守着，也不敢说这话，你这条枪，胜我那刀片子百倍，这个家有了你，真是她的福气。”说完觉得这话不妥，忙又说：“老太太有话，吓唬走为好，真要是想进院寻仇行凶，则当别论。”金中玉说：“咱俩定个暗号，我这背包往窗外这么一挂，即为家中有大事，你拿望远镜就能看到。”寄娘说：“好主意，三匹马一个时辰就到。”金中玉说：“我的马带回山，放这招风。”寄娘说：“也好，只是把你扔这坐牢一样，于心不忍。”金中玉说：“我已认了师父，并非说笑，这静室正好习练师父的功法，这件事也真是说不得的，此一时是如此，彼一时我要谢你，也未可知。我住这以不为人知为好，饭送到仓下，我用小筐提上来，不唤不下，你尽管回山就是。”安顿下金中玉，洪寄娘放心地回山了。

春常晚饭后爬上了小阁楼，金中玉一见翻了五味瓶一般，说不出什么滋味。多年没见，人倒是粗壮了些，小眼睛总是不停地眨巴，站在板凳上和自己一般高。可就是这么个人，把自己媳妇霸占了，不知内情的人打死都不相信，做梦都想不到两人今天会坐在一起，老天爷这是捉弄谁呢！在山上众人闲谈时，已觉得是他们，可怎么没羞没臊上人家这儿来了，人家两个孩子那么大了。这么一想，自己和自己生气了。春常见这人话语不多，关切地问道：“因何走到这一步?”金中玉简略地报了一下身世说：“自己姓钟名玉，从小在大帅府当兵，随团长至此，日本人来了，参谋长带一连人哗变了，说是抗日，进关为可耻，现占据松树岭，我不能背叛张家，只好投奔洪大侠。”春常说：“我们这个家老太太说了算，女东家管事，我跑腿，缺啥少啥只管跟我说，至于劳金，咱们弄个两下明白，免伤和气。”金中玉说：“我是桦树岭的人，干活吃饭，别不多问，更不敢私下收钱。”春常回来跟老太太一说，老太太说：“如此，每顿饭必是有酒有肉。”自此，金中玉每日有好酒好菜，渴了喝，困了睡，终日端坐阁楼，看大院人来人往，忙忙碌碌好不热闹。

这日平静了，是地种完了，女东家晚饭后早早睡下，半夜里要起来各处看看，已成习惯了。二郎总是跟在后面。女东家抬头见半个月亮挂在院中，一片乌云从月亮面前飞驰而过，那期盼的眼神，不停地搜寻着。这时一阵凉风吹来，带着牛粪、泥土和草香味。她捋了一下头发，自言自语，像是有雨。她播下了一百垧地的种子，大院里的人谁都松了一口气，女东家的心可是更沉重了，雨就是她的命，一个雨点落在她脸上，她长长地出了一口气。猪圈里的呼声此起彼伏，这声音让她放心，牛棚里传出来牛吃草声，她从它们面前走过，它们会轻轻叫一声，这是在和她们招呼，它们懂得女主人对它们的爱。她像往常一样，坐在它们面前的大车上，陶醉这一切。又一阵凉风吹来，她打了一个冷战，夜空上落下了细细的雨点，她没动，她是在等，在求。春常从自己屋出来，手里拿个草帽，递在她手里。她依然扬着脸，闭着眼睛接了说：“这雨真好，落在脸上凉丝丝，很觉舒服，你回屋披件衣服吧。”春常顺从地回屋披件老棉袄，出来见草帽还在手里拿着，就说：“湿透了要着凉的。”女东家没理会他，接着说：“明天长工起粪、铡草、推磨，预备开锄。”春常笑了说：“苗还没出来呢，不急，起早贪黑种完了，明天下雨就让大伙歇一天吧。”女东家突然把草帽一甩，起身回屋了，这是生气了，春常若无其事地捡起草帽，把马鞍子、牲口套用草帘苫好，回屋，看来他是习惯她了。这一切金中玉都看在眼里，躺在床上再也睡不着了。老太太看他们也是习惯了，差不多天天这样，可还是生气心疼，叹息着，闹吧，何时是个头，你们也不让我闭眼哪，老人发出了最后的哀鸣。为了后世子孙，她耗尽了心力，四条腿的狼都没吓倒她！这日天上乌云翻滚，可就是不下雨，天老爷也真吝啬。忽地一声炮响，两条腿的狼来了，将这位胸襟博大、敢闯天下的老太太推到了绝路。

且说日本鬼子进来以后，像金家屯这样边陲荒凉之地，一时还有些鞭长莫及，但大白告示几日一换，就贴在金家大墙上，不外乎宣扬日满亲善，一心一德建立民族协和的王道乐土。为保分散农户的安全和进行日本化教育，实行归屯并户，凡为良民，须勤劳奉仕敬神尊教，也就是老老实实做他们的奴隶。小镇周边从来没有人工修筑的公路，现在所行之路，春天翻浆，夏天泥泞，秋天到处是水洼。日本鬼子的汽车摩托无法行驶，为强化这一带的血腥统治，特从关东军骑兵师拨下三十名训练有素的骑兵，由雄野少佐任队长。他们的任务很简单，就是杀人放火。芦花湖一带所有人家都并在金家屯，已做了规划，全村为一百户人家，四面围墙，四个大门设岗楼出入盘查，村中心为村公所、学校，适龄儿童要上学，由日本教师传授日本文化。前三条街、后三条街很是整齐，散居人家也都领下房基执照。可是盖房子哪里是吹气，再加上春耕大忙，地还没种完，所以多数人家尚未动工，日本人不耐烦了，下决心一次处理干净。一大早雄野带着马队，有马的伪军头目，也跟着下乡来了，见房子就点着，远处不愿跑腿，大炮一轰了事，大人下地干活算躲过了一劫，老人孩子，就不知死了多少。金中玉在楼上看得真切，自己不敢贸然做主，下楼来见老太太，正好胡先生也在，金中玉说：“他们要是进院行凶我打不打?”胡先生说：

“还是忍忍吧，这不是消灭几个日本人的事，老太太辛苦打下的这片江山就毁了，现在是他们的天下，忍过这一时才是上策。”老太太说：“日本国多大，怎么这么凶?”胡先生说：“咱们好比饭锅，他们好比饭勺。”老太太说：“这就奇了!”胡先生说：“老蒋不真打，东北就这么拱手让给日本人了，怕把家底打没了，将来可怎么对付共产党?”老太太说：“这下可苦了老百姓。”胡先生说：“你看着吧，将来哥俩争天下的时候就真打了，大仗在后头呢。”金中玉从老太太房里出来把枪藏在柴火堆里，又上了阁楼，见大地上飞奔着日本鬼子的骑兵，到处是烟火，心说，这要让我打该有多痛快，怕是再没有这样的机会了。豺狼们倒是觉得战果辉煌，兴冲冲地聚在金家大门口，雄野带着翻译和头目进了大院，女东家毫无惧色地让了进来说：“弟兄们屋里喝茶。”翻译告诉她，队长应该叫太君，当兵的叫皇军，天皇的军人。雄野见这女东家漂亮大方，要是穿上日本和服很像自己的妹妹，很有好感，各处看了看，见粮仓是空的问：“怎么回事?”女东家回答：“我们才来到这里开荒盖房子，哪还有剩余了?”雄野点头，当来到老太太屋里时，老人躺着没动，女东家说：“老人有病。”雄野很客气地说：“我们重点保护你们这样的人家，请老人家放心养病。”实际雄野很清楚，日本人不会种旱田，移民进来，短时种不出粮食来，对这样的人家是要利用的。出了大门，还恋恋不舍地鼓励女东家说：“多种地，支援圣战，你们的家我要常来的，我们朋友的干活，你的男人的在家，我们的认识认识。”说话时一脸的淫邪相，春常早已气不过，一下蹦在井台上，这是他的习惯，和人说话时，总是找个垫脚物，大声说：“我在这儿，我自己会种地，也不怕土匪，用不着你们来保护。”雄野一看大笑了一阵对女东家说：“他是你的男人?”女东家一时不好回答，愣在那儿，雄野仔细打量起眼前这个小人，自从进了中国没有一个中国人敢和他这么说话，他一把抓住了春常的衣领，另一只手抓住腰带，忽地一下将春常举在半空。这帮鬼子嗷的一声叫了起来，摔死他，摔死他，雄野举着春常心里也明白，这人不是女东家的男人也是她的至亲，不能摔死，见墙根处有小孩儿拉的屎，有条狗在那舔呢，心里来了坏主意，举着春常转了几圈一下把春常脸朝下按在屎堆上，抬脚踩住了脖子说：“你的吃了，我就叫你起来。”在场的鬼子都笑疯了，金中玉在楼上见了，下楼冲了过来，大叫一声放手，雄野一看笑了说："他的起来，你的米西。"金中玉说："你能把我按在屎堆上，我就吃了，我要是把你按在屎堆上，你吃了。"雄野浪人出身，和金中玉同等身材，只是相貌丑陋，多年没遇到对手，今天有人敢叫号，极其兴奋，二人不容分说扭在一起，这小鬼子求胜心切，猛地一使劲，想把金中玉推上屎堆，哪知金中玉往下一沉，身子一翻，随即顺势一推，这小鬼子一下扑倒在地，闹个嘴啃泥，差一点儿碰到屎堆，这一下恼羞成怒，起来脱了衣服又扭在一起，半晌不分胜负。这时过来一人将二人分开，这人一拱手对金中玉说："金老弟一向可好？"又转向雄野说："队长，这人是我兄弟，叫金中玉，我曾向井川大佐提过此人，大佐交代，找到此人，领来见我。"雄野情知不是对手，应该罢手，但还是装作盛气凌人的样子说："你的军人？"金中玉指着屎堆说："我一定能把你按在屎堆上。"雄野气急败坏地说："带走！"只听枪栓哗啦啦，所有的枪口对准了金中玉。再看春常满脸是屎，鹊儿从井里打上水来顺春常从上浇下，冲洗多时，春常肚里吐得干干净净，可还是恶心不止。当听到金中玉三字时，二人惊呆了，惊讶之余，春常突然想起了什么，冲到金中玉面前一蹦，蹿到他怀里。金中玉顺手托住，春常伸手从金中玉脖子里一下拽出小金鸟，看到这小东西，泪水就下来了，跑在一边大哭起来，众人眼看着金中玉被日本人带走了。

到这时须将这位不速之客交代明白，你道是哪个，原来就是那丢人现眼的刘歪嘴。岳克己饶他一命，他哪里混得下去？做工、种田、跑买卖全不会，在赌场上混，气没少受，也没混出个名堂。日本人来了，立时认了爹，日本人也是在找舔屁股的狗，就让他组建保安军，封他个保安队长的官。原警卫连回家的，大多来投他。现在他的保安队六十多人了，还有一些赌徒、窃贼输得只剩光杆一个人了，再没的可卖了，就卖良心，帮日本人欺压自己的同胞。刘歪嘴很得日本上司的赏识，嘴会说，腿勤快。原张家振手下这些老兵痞子也很得力，因此正是青云直上的时候。今日见了金中玉大喜，心想，拉他进来，腰杆可就硬多了。等井川一见金中玉，很是满意，把原警察署署长高岛替下来做自己的副手，这样金中玉一下就当上了日本人的警察署署长。刘歪嘴虽有些失望，但也多了份仗义，雄野也是知道将来的日子长着呢，各方面也得保安军、警察署的配合，就给了刘歪嘴一面，自己也顺势下了台阶。以前还真是小看了中国人，看来要想长治久安，还真不是件容易事。再说金中玉被逼到这一步，心里极是清醒，要是上了这只贼船，怕是永无归路。但看到金喜鹊还在苦苦地等着自己，春常信守自己的诺言，这个家连个支撑门户的男人都没有，日本人哪会放过他们。雄野那贪婪相，要一口吃了她似的，只有自己当了这个汉奸署长，认下这个家，才会有他们的安生日子，那老太太千辛万苦撑到这一步，看了让人心酸。他在心底问自己，金中玉你千里迢迢寻了来，难道还能扔下她不管吗？

不说金中玉心中波浪翻滚，再看金家大院，当认定那人就是金中玉时，鹊儿立时心跳脸红，一肚子委屈自己也不知怨谁。十年了，皇天不负有心人，真还把他盼来了，天杀的，再要不来，就不知咋回事了，想到这儿害羞了。春常见了自觉如释重负，心说一辈子赎不完的罪，这下好了，总算开眼了，见了笑模样。洪寄娘亲姐姐，你要不把这人送来，我可上哪儿给她找去。这么多年春常每天见她那失魂落魄的样子，又着急，又心疼，如同一块大石头压在心上，喘不过气来。好在她贪财，一门心思想发家，老太太最看重这一点，说，像我，这孩子对我心思。金喜鹊呀，你没白想，这小子够个爷们，敢和日本人较量，这我就放心了。想着想着不知怎么眼泪下来了。忽地又觉得让日本人带走了，该不会出什么事吧，一块石头又压上了心头。屋里老太太听说这个身材魁梧、相貌英俊的钟月是金中玉，如同一盆冷水泼下，从头凉到脚，不禁凄然泪下，口中念叨，到底没算计过老天爷，从此怏怏不乐。雄野的马队有事没事三五日一趟，催促并屯事项，建学校，修围墙，修岗楼，还要修公路。老百姓叫苦连天，每次都死人，且每次必到大院坐坐，说："这是警察署长的家，不可过门不入，一是向老太太问安，二是看看家中是否有事，也好给署长带信，同是天皇臣子，署长忠心耿耿为皇军效劳，没空回家，作为朋友，理应代劳。"可也是的，一晃半年了，金中玉没进家门，这其中的原委老太太极是明白，心里暗道，这孩子算是懂事，真能出息个人物。一日金中玉因公至金家屯，要是不看看老太太实在是说不过去，老家的事也该告诉她了，也好拿个主意，进院直奔老太太屋，至床前跪下哭道："中玉再不能瞒着您老了，你走后三年一天正吃午饭，山洪下来，金姓人家只中玉一人逃得活命。"老太太立时傻了，眼直、手抖憋了半天也没说出一句话来，一改往日对金中玉的成见，伸手搂在怀里哭道："好歹还给我留了个孙子。"再也说不出话来。金中玉将自己前前后后的遭遇哭诉了一遍，两人不知哭了多长时间。老太太抬起颤抖的手想问祖坟可还在，又一想他哪会知道，就说："这半天了，快去吃饭吧！"金中玉起身从老太太屋里出来，进了春常屋，一眼见屋内停着一口大棺材，春常正收拾牲口套，中玉指着棺材问："这是干什么？"春常见金中玉来了，心中高兴，连忙放下手里的活说："老太太早早预备下了，说自己看着放心。"金中玉刚止住的眼泪又流了下来。春常顺手关上门，一下跪在地上恳求说："来家吧，我伤了她的心，你不能再伤她了。"中玉没说什么，摘下金鸟递给春常，春常拿在手里，高高地举在金中玉面前说："你这样她就没活路了，你要是觉得多了我，我就跳那水泡子里喂泥鳅。"金中玉叹了口气，伸手拉起春常，春常顺手将小鸟放在中玉手里说："雄野早晚对她下口。"金中玉小心地挂在脖子上说："他敢，我跟他拼了！"春常急得直摇头说："那将来她怎么办哪？"春常还想说什么，金中玉打断了他说："快去看看老太太吧，我得回去了，卫兵们都在门外等着呢。"春常送走了金中玉回来听见老太太屋里哭声一片，心说这可要了老太太的命了。真个是老太太不多几日就病倒了，城里的先生也请了，药也吃了，只是不见起色。寄娘回家见了说："要是骨折刀伤，寄娘自有办法，不知医理，也不敢胡乱施气，师父要在必有良方。"急得流下泪来，也只能安慰几句，回山说给宋炮、鲍家兄弟，众人都感叹老太太的雄才大略，为人处事，可于此也是束手无策，干着急。默然良久，宋炮说："老太太年老体虚，我给她找颗老参补补或许会好，事不宜迟，明日起身一个月为期，寻不到也算尽心，寻到了那是她自己的福气。"说完起身收拾行囊，一升小米炒熟、半升高粱米、半碗咸盐、黄烟蛇药、酒葫芦、心爱的猎枪，两把腿叉磨得飞快。第二天一大早寄娘送到山下，担心地说："半月吧，实在放心不下，本来是可遇不可求的事，掐指算正好赶上老太太八月十六的生日，真要让你遇着，也算个礼物，咱们也拿不出什么东西来。”宋炮说：“我那孙女不会说话，老太太不嫌弃，我已无牵无挂，一月不归，也不用找，我也了了心愿。”寄娘还想说些什么，宋炮大步下山去了。一日寄娘回家说给老太太，宋大哥给你老找参，后事都交代了。老太太说：“承情太厚，于心不安，他那孩子正长呢，你看这一年出息的，我的意思让她再长两年，看来还是办了吧，也好闭眼。”

再说宋炮寻遍了五峰山，那看不上眼的二荚子、四品叶倒是遇上几棵，宋炮看了，也没稀得动，二十多天过去了，还是两手空空。只得垂头丧气地回桦树岭，看看转过坡就到家了，步伐反倒沉重了，实在是无颜进家门，可又当如何？忽地想起儿时老父说过，早年桦树岭上有四虎，凡猛兽，大长虫的窝多有老参。宋炮本着无望的心情到了山顶，还是老样子，年轻时上来过，有一洞，也算不上洞，大石缝而已，仅能遮风挡雨，洞前光秃秃，老虎嬉戏玩耍之地，哪里会长人参？看看无望，坐在一块大石头上抽闷烟，一袋接一袋，一阵倦意袭来，不觉睡去，只见一白发老人近前自称秋翁说：“你身后这参已一千八百岁了，你若挖走，必遭天谴，到时岭上会一片火海，一切皆化灰烬，万劫寸草不生。”宋炮醒来，想想梦境，大为不解这是点化我呢，还是吓唬我呢，也没怎么入心，但还是转到洞后，见树丛中一棵粗大倒树，中空可容人，宋炮探头一看，只见树洞那头一团红花映入眼帘，几步蹿过去，拿出红绳一把系上，口中叨念：“上天生你，原为救人，今天遇上，也为天意。”取出小铲，抑制不住激动的心情，跪在地上小心翼翼地扒着土，不一会儿，只见宋炮三把两把又培上了，自称罪过，不住地磕头。原来这参已成双株，认得出男女，辨得清眉眼，宋炮坐那儿沉思良久，将男参取出，剥下块桦树皮将参卷了，浑浑噩噩地下山了。

再说寄娘和鲍家兄弟自从宋炮出了家门，就日夜悬心，现如期而至，全家像过节一样高兴。鲍东山连忙接下行囊，见到树皮筒，知道得了，寄娘递过一碗开水，只见这宋炮如醉酒一般，无半句言语。鲍东山说：“怕是被蛇咬了。”喊银镖端来热水，两个孩子将宋炮鞋袜脱下，洗了脚，脚上无伤，全身也不见红肿处。寄娘说：“我给他松松筋骨，若有那毒气，也可排出。”寄娘运气在手，掌心距肌肤一拳沿四肢至前胸，伸食指对膻中一点，只见宋炮一口长气吐出，醒了过来，见众人围在身边问道：“我倒在山上了吧?”寄娘说：“你自己来家的，你是一时情急，迷失了心窍。”宋炮忙问：“树皮筒?”鲍东山忙说：“在在。”宋炮整衣下地，伸伸胳膊，踢踢腿很觉舒服，对寄娘说：“你这内气既可治病，你看老太太?”寄娘说：“不知医理，也不知病在哪里，要是一口气上不来岂不害了她?”这时鲍东山拿来把剃刀说：“我送你把剃刀，你剃了胡须年轻二十岁。”寄娘替他接了，催他去刮脸，银镖缠着寄娘说：“师父，你点我一下，让我见识见识。”寄娘说：“我这手没轻重，明天你搬块石头。”说完又觉不是什么新鲜把戏，接着说：“你去拿个饭碗。”银镖跑去拿来，寄娘蹲在地上，手放炕沿上掌心朝上，碗扣在手心上，吸气一口，只见这碗冉冉上升至房梁又慢慢落下。寄娘说：“我师父能距人一尺将人点住，传言济公距人一丈将人定住，也为内气，并非神法。”这时宋炮打开了树皮筒说：“你们看看。”几个人一见立时心头紧缩，已这般模样了，给挖了出来，一时无言，良久，寄娘拿在手上说：“此乃一宝，老太太用了定见奇效，宋大哥歇息两日，咱们下去给老太太过生日。”

再说老太太随着天气转凉也觉身上清爽了许多，扶着鹊儿在院中晒太阳，鹊儿告诉她地里的庄稼快熟了，这地方的黑土有劲，一垧地能打七八石，吃着也香。就是日本人实行粮谷出荷，强行低价收缴，不过这话没说，刚刚见好，怕老人生气。又关切地说：“你老一病半年，都吓得什么似的。这回好了，你的生日也到了，可得让我们乐和乐和。”老太太笑了说：“你怎么忘了，也是你进门的日子，一晃两个孩子十多岁了，明年让金柱上学堂念书，我问过胡先生，你看这两个孩子是成家子，还是散家子，胡先生说金梁胆大不惹事，金柱遇事小心而有主见，错不了，书是梯子，你念到哪儿，就出息到哪儿。可胡先生还说，至于这片家业，就难以预料了，当今世上学派甚多，共和、民主、共产，现又来了日本人。”鹊儿说：“我不怕，是人就得吃饭，任你什么主义，都得种田。”老太太说：“眼见得我帮不了你了，这个家就交给你了，以后什么种谷子、种豆、骡子换马、庄稼遭灾、没钱买盐，我也是一天比一天糊涂。让金梁跟着他爹，里里外外也不是你一个女人都能干的，把通宝那孩子早点娶进来，跟着她妈打打杀杀难得善终，早早给他们成了家，也可早早立世，好支撑门户，再说我还想抱……”话没说完一阵咳嗽，鹊儿忙扶进屋。老太太生日，还真赶上个好天，八月秋高，既无艳阳，又无阴雨，寄娘早早备了马，通宝抢先骑上了，寄娘只好坐在她身后，也是有意让她习练，通宝一直在家玩儿的，有一打无一撞地学字，胡先生也不做管束，金梁也愿意带着，寄娘怕她荒废了功夫，春秋两季总是在山上的，听说要下山，昨晚就睡不着了。鲍家小兄弟俩也是的，鲍东山让银梭在家和哥哥一起练功看家，可他见通宝上了马，也抢着上了，当爹的只好由着他。鲍西山骑着金中玉的马，加上宋炮，四匹马一大早就到了金家屯，春常接过缰绳，众人直奔老太太房里，老人是格外的高兴，宋炮打开树皮筒说：“托您老的福，得了颗参堪称神品，要不只好空着两手来了。”鲍东山说：“今天这头一定是要磕的。”老太太说：“免去俗礼，更觉亲热。”等一见着这参犹如婴儿，心说把山神给挖了，要想在山里久住，怕不是好事。但也只得称谢说：“你也真能，这东西可是易得的！价值连城，就我这一百垧地，怕也换不来此物，急难时能救人命，我一个朝不保夕之人，用之无益。”宋炮说：“你老不用，你看谁还敢用，当年洪大侠上山，山上欠您老的今日就算还债，您老等着，我再给您寻个千金屋。”老太太对这颗价值连城的人参不甚看重，见说千金屋，立时眼里放光，忙说：“都坐，让亲家慢慢说。”宋炮点上烟说道：“这千金屋就是降龙木，也叫黄琼木，杨五郎没有这降龙木斧把就不肯下山。粗得像锄杠，极难遇，大多如镰刀把，鞭杆子模样，用石刀锯下，金线连成软帘，裹住人体，外罩套棺，此即为千金屋。选山背深埋九尺，千秋冻土胜似皇陵，这回我还真见着一棵，我一年能寻三五棵，您老用了这参，硬硬朗朗地等我十年，定能凑成。”老太太一听如此艰难，忙说：“我那房子早就弄好了，今年杀猪用猪血漆了，到时往里一躺，眼睛一闭。还真是有件大事，得看亲家的意思，打完场，看个日子，把孩子的婚事办了，明年春暖花开，烦劳亲家带孩子去奉天，治好治不好，咱们得治到。”宋炮说：“您老想得这么周到，我还用说什么？”老太太说：“我还有难以启齿的话呢，老家让山洪冲了，祖宗的尸骨没人收敛，我想等孩子病治好了，过了年也有了孩子，小两口抱着孩子回老家，这日本人说不上啥时就不让咱们活了，回去一支，我这眼睛也可闭上一只。”宋炮说：“俗话说嫁鸡跟鸡飞，嫁狗跟狗走，回你们老家也许是他们福分呢。”宋炮这么一说，老太太也就放心了，说道：“老家这个时候什么都有，哪像这儿，连棵树都没有。”寄娘知道老太太啥意思，就说我给您带了点，说完示意通宝，通宝出去拎个元宝筐进来，里面有山葡萄、山梨、核桃等山珍，老太太搂过通宝说：“金梁要像这么大和大丫一块办了省多少事。”通宝连忙把脸埋在老太太怀里，寄娘心里也美滋滋的，春常拉寄娘偷偷地说：“雄野要对她下口。”寄娘说：“你不用担心。”饭后寄娘对鲍东山说，三位哥哥先请回山，今晚我进城教训教训日本人！”鲍东山说：“万万不可，要进城须是我们几人白天进城探路，在城里住上二三日各处打探明白，晚上方可下手，你一个人进城，万一有个闪失，老太太还病着，如何得了！”宋炮说：“干脆灭了他那马队，也算救了这一带百姓，对付这帮野兽，猎人自有办法，别急，咱们都回去准备着，单等数九，不把他们冻成猪肉样子我就白打了一辈子猎！”转身又对老太太说：“孩子的事一切从俭，入冬下雪后，我套个鹿，你老吃个鹿心，腿脚就有劲了。”老太太说：“你的嫁妆太重，要不像个样，我这心里可是过意不去。”两个人的话都很感人，鹊儿、春常送出门，宋炮说：“先忍着点，别惊了老太太，不能让他们过去年，你等着吧。”

关东的冬天来的就是快，好像有意要帮宋炮的忙似的，北风不停地刮，大雪不住地下，宋炮对寄娘说：“不用等数九了。”送信给春常，春常赶着爬犁进山送来米面粮油，还有两口大肥猪；又送信给金中玉，金中玉向井川告了假说：“日久没回家老太太思念。”井川准假三天，金中玉直接上了桦树岭说：“马队虽天天出城，但不知去哪个方向，须出城前去引诱。”宋炮半夜起来杀了猪，和寄娘二人趁热吃猪油，如吃豆腐一样，金中玉见了反胃恶心连忙转过脸去。宋炮将干辣椒在火上烤焦，让金中玉吃一口辣椒喝一口猪血，马喂馒头，宋炮说：“这样人马可以三天三夜不吃不喝，没有这三匹马，我也不敢说这大话。”又担心金中玉那两碗猪血挺不到时候，让金中玉把两根猪连贴放油锅炸酥带着，这样的大冷天，任你啥东西都给你冻成石头。穿上宋炮自己缝的大号靰鞡，雪白的皮裤，大孬头皮帽子戴在头上看不见脸，三个人三匹马披挂停当，看看三星当头，宋炮说：“这时下山天亮前正可赶到。”三人跨上宝马，乘着午夜的月色下了桦树岭，在城西树林里下了马。宋炮找些干枯的蒿草，捆在一起，如卖糖葫芦的草把，把猎枪插在草里，扛在肩上和寄娘向城门走去。金中玉把三匹马敛在一起，眼睛盯着城门，城门刚开，还没有行人，寄娘抬了几下手，门外的四个鬼子自己倒下了。宋炮一甩草把，一手端枪，一手猛地一拉门，对着屋里的鬼子当当两枪，这时金中玉正好飞马赶到。屋里一片狼嚎，宋炮、寄娘飞身上马，三匹马跑出约半里地，后面传来枪声。宋炮这两枪铁砂豆子，屋里的鬼子虽死不了，可都得带伤，还真有两个没伤着眼睛的忍痛跑了出来。金中玉跳下马，背过身往自己的大枪上浇尿。宋炮开始不解，后来明白了，大栓冻住了，两声枪响，两个鬼子趴下不动了，三人站在那里看城里的动静。不大一会儿，鬼子的马队冲了出来，金中玉又是一连三枪，只见三个鬼子在马上晃了几下掉下马来。横行大江北岸的雄野，从来就没想过有人敢碰马队一根毫毛，留下小队长田夫带三个伤兵去军医处，扯破嗓子号了一声，放马追来。金中玉翻身上马，三匹马向正北方茫茫雪原飞去。离开小城，便是茫茫大地，一望无边，北风卷起地上的雪，吹在脸上刀割一样，心里却充满必胜的信心。三人骑着宝马，始终和雄野的马队保持七九枪的射程。鬼子的三八大盖够不着，雄野疯了，哇哇怪叫，定要亲手劈了这三个飞贼，他的亲信小队长中村竹近前说：“他们定有埋伏。”雄野今天对他也不客气了，骂了一句：“瞎眼睛的东西，你拿望远镜看看，埋伏在哪儿?”是的，茫茫一片银白世界连个黑点都没有，看看太阳偏西，那小队长又说：“这里的土贼土生土长，耐寒扛冻，这样的天气会出事的。”雄野站住了，那三匹马见鬼子马队站住了，掉头向西，不紧不慢地走着。雄野拿望远镜一看，惊讶得叫了起来，这大半天，一直在后面追，只能见马尾，现在掉头向西，清楚地看见了马的全身，头小高颈，样子很像书中说的大宛汗血天马。想不到这小镇上的毛贼会有这样的好马，就是大日本关东军司令也没骑过，骑兵的马都是蒙古小马，司令部有几匹英国高头大马宝贝似的。这三匹马要是弄到手献给司令官，我就能在司令跟前当差。这小鬼子越想越美，好像几步能追上似的。大吼一声，追，自己一马当先，追着追着三匹马进山不见了，雪地上有人马的脚印，雄野说："他们也是牵着走，应该就在前面不远。"顺着脚印蹚着没膝深的大雪，转过了一个山头。那小队长流着泪说："队长，你看花眼了，这地方怎么会有汗血天马，这三个支那人想把咱们拖死、冻死。你一定要追，让我带三个人跟踪追下去，你快快带大队回城。"雄野这时才意识到问题严重，马没带草料，人没带干粮，士兵又累又饿，倒在地上不愿动，马饿得拱雪地里的树叶。天也黑了，原以为可以像撵狍子似的，撵得你爬不动了，情愿等死，现在看了看自己忠实的部下说："他们在暗处，咱们在明处，你去追也是送死，如果连夜往回赶，出了山西北风卷着雪会冻坏人，看来只能在山里宿营，杀马充饥。"爬山累得走不动的士兵一听不走了，可下吐出了一口怨气，砍下树枝当扫帚，清理出一大块土地来，找来干树枝，点起火。那小队长狠了狠心掏出手枪，对着自己的马头打了一枪，那马眼睛瞪着他倒下了，他背过脸靠在树上流下了眼泪。小鬼子们将死马拉在火堆旁解了，野兽一样没管生熟，肚子舒服了，觉也来了。雄野也抗拒不了饥饿，吃了一小块。他哪里睡得着，想到自己的马队何等成功，这一带的治安很让上司满意，所行政令无一不仰仗马队。三十个人如同兄弟，今天两人有病，路上三人受伤，一人护送回城。现在这二十四个人，二十四匹马的命运就握在他手里，看着火光里一个个红肿的脸，他的心要碎了。自己一时冲动铸成大错，千万别再出什么差头，天明速速牵马回城，马已无力驮人，他把它们围挤在一起，也好抵御寒冷。小队长中村竹一口没吃，那是自己心爱的伴侣。他在为同伴充当警戒，见队长没睡凑到身边说："发信号求救吧，乘着黑夜，咱们一宿没归，井川大佐一定着急，会等咱们信号的，也能想到咱们的处境，家里还有几匹马，会带食物、草料来救咱们的。"雄野说："这时已过午夜，天快亮了，一会儿就叫醒上路，打了信号，也得咱们自己走回去。"中村竹不好再说什么，雄野靠着大树看着将灭的火苗，不知啥时闭上了眼睛，朦胧中听到枪声，见他忠实的部下正发信号呢，刚要发火，一想已发射了，说也无益，坐那儿没动，忽地传来一声惨叫，雄野跑过去，中村竹已切腹，雄野跪在他面前说："你这是干什么?"隐约听到一句"我向天皇尽忠了"，还说些什么已听不清。这时鬼子们都醒了，多数手脚不能动，站不起来，有的脸冻肿了，说不出话来只流眼泪，随着太阳的升起，大山里是一片绝望的哀号。日本鬼子这只恶狼，进东北如进了羊群一般，可今天遇上了猎人，在天敌面前，那也是在劫难逃，这也是天理昭然。

欲知后事如何，且听下回分解。

第十二回
祭活尸井川康瑞尽忠　献金丹独脚道人下毒

书接上回。宋炮、寄娘、金中玉三人拉着宝马蹚着没膝深的大雪翻山。山风呼啸，林涛怒吼，金中玉累得通身大汗，摘下帽子，抓一把雪搓在脸上。宋炮看他大口喘着粗气就说：“你虽年轻力壮，比不了我和你师父，你师父这是陪着咱俩，要不人家就在树上飞，才不趟这大雪呢，我是从小就在山里跑，这点儿路不算什么，你身上不是有吃的吗？垫补垫补。”金中玉从怀里掏出两根炸焦的猪连贴，让寄娘。寄娘说：“我可以三五天不吃。”让宋炮，宋炮摆手说：“板油生吃最好，大冬天吃了不渴不饿扛冻，你慢慢试着生肉蘸盐面吃。”金中玉答说：“回去试试。”又有些怀疑地问：“那些日本鬼子能冻死吗？”宋炮说：“就算明早有人救，没冻死胳膊腿也得冻掉，你猜猜这时他们在干什么？”金中玉说：“就算咱们有脚印，他们也跟不上来，这么深的雪，我都饿得走不动了，他们这会儿点火杀马。”宋炮说：“就怕烤火，潮气向里走，手脚先冻僵，他们那鞋蹚雪就湿，和脚冻在一起成冰块，别小看这靰鞡草，脚总是干的，不返潮气。还有咱这一尺半长的大靰鞡，草楦得多不说，因其大一脚下去只没脚脖，鬼子那皮靴一脚下去没裆深，还有咱们这靰鞡底上这块毛朝外的狍皮，上坡爬山防滑，小鬼子累死他也撵不上咱们。”金中玉说：“这东西我头一回穿，真轻巧，脚在里边没觉得凉。”宋炮接着说：“如果小鬼子贪黑往回走，又饿又累走着走着就睡着了，冻死鬼和醉鬼差不多。”金中玉又问：“冻僵了能救吗？”宋炮说：“有救活的，先放凉水里缓，然后让女人焐。”

金中玉说：“没女人呢?”宋炮说：“听说有用狗舔的，身上抹大酱荤油，会很快有知觉，什么道理可是不知道。”金中玉说：“那些马冻死了，可真白瞎了。”宋炮说：“剩不下，咱们这马是人家老毛子训练出来的，啥都能吃，人吃的东西，它也能吃，吃一顿好东西能在沙漠里跑好几天，没训练出来的马，吃馒头蹿稀，你看它身上一点儿汗都没有，树木稀少的地方骑着走。”这样三人骑一段，下马走一段。此时虽是夜晚，但皓月映雪，如同白昼。他们年龄不同，来自不同地域，有着不同的经历，共同做了一件惊天动地的大事，虽古之豪杰大英雄亦不过如此。笔者有幸听了这故事，并将其整理出来，献给读者，也为人生一大快事，感慨之余，赋小词以记之：

硝烟起处，怎忍看，父老三千，铁蹄下，呼儿唤女，哭声震天。豺狼凶惨绝人寰，天敌猎人智勇全。越千年，风尘三奇侠，一身胆。报唐主，三尺剑，驰万里，定戎边。明月照今宵，看关东汉，敌寇尸僵谈笑间，天马踏雪唱凯还。望群峰，挥泪洒碧血，染江山。

——调寄满江红

天将破晓，三人到了桦树岭的小木屋，捏着一把汗的人们才放下心来。他们已早早起来，做饭烧水，为了犒劳这三匹马，特意熬了两桶米汤，这时正温，有人接过缰绳饮马。宋炮对金中玉说：“快脱下靰鞡我看看你的脚。”金中玉进屋见炕沿下一捆靰鞡草，就一屁股坐下解腿带，才打开一只，身子往炕墙上一靠睡着了，春常过来给他脱下靰鞡，端来热水，脚放水里，金中玉醒了说：“我怎么困成这样!”宋炮说：“你的脚只磨了两个小泡，没事，穿上你的大皮靴，赶快收拾下山，以免日本人生疑。”春常自去套爬犁，金中玉央求宋炮一起下山，如能将雄野弄活，将来大有好处。宋炮说：“那我得换换靰鞡草。”寄娘脱下靰鞡说回屋行功，宋炮、金中玉、春常匆匆吃完饭，鲍东山送出说：“日本人有什么动静早点送信。”这时天刚亮，三人上了爬犁，一路顺风，午饭时就到了金家屯，进大门金中玉第一句话就问：“有日本人来找我吗?”听说没有放心了，对宋炮、春常说：“日本人准来找我，和他们去找雄野，咱们这大爬犁他不会放过，现在就做准备吧，我穿宋大哥靰鞡，家里还有吗?”春常说：“要十双都有，长工都穿这个，咱们这是两匹马大爬犁，牲口料就是干草拌高粱米，人吃的就是黏豆包。”宋炮说：“我在家把长工大炕烧热等你们，就看小鬼子有多大命了。”春常很是不愿意，但不好说出口，自去收拾东西准备上路。宋炮、金中玉来见老太太，老太太很是高兴，让中玉身边坐了，对宋炮说：“亲家来得正好，今年秋雨大，黄豆不干，才打完场，年成还不错，日子就定在冬月三十，这还剩几天了，你也别回去了，正好给杀猪。”金中玉把自己的想法跟老太太说了，老太太说：“我还没老糊涂，还不都是为了这个家吗!”话音刚落，外面有人喊日本人来了。

再说昨天井川老鬼子一大早就有人报：“马队刚出城，就被打伤三名士兵，送医院死了一名，大队正追赶杀手。”这让一直得意的井川很是震惊，他的治下平静无事，上司很赏识他的稳重老辣，就是省城佳木斯每天都有日本人失踪。是什么人这么大胆?一种不祥的预感涌上心头，看看天色将晚，还不见马队回城，更加坐立不安。叫来高岛、保安队刘队长、马队小队长田夫一男，井川说：“马队怕是中了埋伏，雄野一向刚愎自用，好大喜功，是要吃大亏的，中国有句古话说得好，将在谋不在勇。哪像田夫一流武士，外表却是谦谦君子，将来不是我辈可比，我这话你们不信，先放着，日后自会应验，今日这事诸位有何高见?”刘歪嘴心里明白，这一带没人敢和马队抗衡，这么冷的天，也没人敢打埋伏，这是小土匪引出去要冻死他们，马队罪恶滔天，也该遭报应了，马队没了我还怕谁?不过这小土匪的胆量也真是让人佩服，这要是让马队撵上了，还不剁成肉酱，最好是两败俱伤。他这么想着，心中得意坐那儿一言不发。田夫说：“队长到这时还没回来，一定是出事了，天黑以后，队长会发信号，咱们可以知道方位，现在应该做好出发准备，现有九匹马，带草料、食物，见信号先出发，天亮在城中征马爬犁。”说着说着哭起来了。井川这时才觉得真是出大事了，吩咐刘队长带六个弟兄和田夫还有医生一起准备出发，又叫人上街买果子、饼干之类。马带干草干料，保安队要连夜行动，最少要征到五张马爬犁，他自己带队，高岛君看家，可别再出什么差错。一切正如他们所想，也没出金中玉所料，等井川的爬犁进了金家屯已是过午时分。金中玉见井川亲自来了，知道大事成功，笑着说："太君光临深感荣幸。"井川一摆手，叹了口气简略地说了马队有险，要金中玉陪他进山，也听说金家的爬犁又大又漂亮，金中玉忙说："皇军有事，金家当尽全力，太君略坐，我去叫人。"转身出屋，不一会儿，带着四个长工，手拿两双靰鞡和靰鞡草等物，金中玉坐下说："请太君换鞋。"四个长工一人一只脚飞快地缠绑好了，金中玉又将井川打扮一番。再看这老鬼子，身穿白茬老羊皮袄，头戴火狐狸皮帽子，双手插在套袖里，眼睛上卡着一副玳瑁眼镜，不知情者累死也猜不出他是个什么玩意儿。老鬼子着急，金中玉把他扶上了爬犁，春常打马上路，马不停蹄追着前行马蹄印。冬天的太阳早早下了山，这时天黑了下来，见山根处有火光，六张爬犁径直奔了过去。

再说刘歪嘴、田夫一行早早就找到了马队，见雄野这下场，不免有兔死狐悲之感。保安队充其量也就是只狐狸，现在老虎死了，自己的威风哪里来，所有的罪恶都是马队干的，自己在后面呐喊助威而已，这以后轮到自己干马队那些事，他不敢往下想了。田夫抱起雄野的脑袋大哭起来，问医官还有救没，医官说："还都有心跳，队长的情况好些。"雄野眼里流出了泪水，嘴肿得老高，话是说不出来了。田夫看自己的士兵一个个被活活冻僵，这比中弹残酷，让人难以接受。两个小队长，雄野的左膀右臂，马队三十人现在只剩下自己，中村竹切腹真是明智，他看到了这结局，平时我还真嫉妒你，现在好了，今天井川说我前途无量，这就是命，军人靠的就是命大，你们都向天皇尽忠吧，要说这田夫一男真是有点儿感谢雄野，抱头痛哭也是真心的。刘歪嘴就是幸灾乐祸了，凑过来说："队长放心，井川大佐一会儿就到。"但这时能做的也只是点上一堆大火。回身叫人在大路口点起火，免得井川多走路。等井川赶到一看，顿时手脚颤抖，嘴不听使唤，金中玉连忙搀下爬犁。老鬼子近前看这些还有一口气的小鬼子，再看看和冰雪冻在一起的战马，首先感到的是自己的末日到了，问金中玉怎么办，金中玉说："让爬犁主先喂马，把人抬上爬犁连夜回城。"春常把草料袋绑在马头上让牲口吃草，那几家也照做了，然后拿起半面袋子黏豆包往火堆上一倒，一袋烟工夫，春常把火拨到一边，从灰堆里扒出几个烧煳的黏豆包递给金中玉，金中玉抓起一个捧在井川面前说："吃一个肚里就有了热气，好赶路。"要说老鬼子井川真算得上是个明白人，心想，这是在人家的土地上，现在只有三个活着的日本人，十五六个中国人，在这荒山野岭，又是这么冷的夜晚来救他们的仇敌，这是多么善良的人，自己这时的处境该有多凶险。当看到金中玉那毕恭毕敬的样子，烧焦的豆包烫得他两手不停地翻倒，用嘴吹去上面的草木灰，举在他面前，再加上这一路的精心照料，还真是被感动了。伸手接了咬了一口是先酥后粘又香又甜又烫，身上真是暖和多了，可一看那些冻僵的士兵的样子哪里吃得下。金中玉招呼赶爬犁的老板子，刘歪嘴的保安队，本来都是二十三团的自家弟兄，都吃两个热豆包上路。刘歪嘴刘队长高兴地说："还有给马队带的点心都拿出来一块吃。"在场的每个中国人看到冻成了猪肉梓子似的小鬼子，点心没吃到嘴呢，心里已甜美了。回来路上金中玉关切地问井川："冷不冷，冻不冻脚？"井川是中国通，汉语精熟说："不冷，想不到我们的皮靴，还不如你们一把草。"金中玉说："当地百姓治冻伤很有土办法，雄野队长轻一些，我带家去试试，不知太君信得过我吗？"井川说："进城也是束手无策，雄野死了我要负全责，他要是活着，还可以分一些罪责，我怎么能不相信你呢？"金中玉故作沉痛地说："太君应尽早上报，请令定夺，这么多人命干系重大，恐于太君不利。"井川说："事已至此，罪责难逃，雄野失误葬送了马队，我就是浑身是口，也难以自白。上司才不管根由，只知马队进山，没有后援，致使冻死山中，再说了总得有人为这事负责吧，你我二人的缘分怕是到头了。"金中玉又说："医官说截去四肢能保命。"井川小声说："我这话只能跟知心人说，如果马队变成了二十多个肉蛋，那将给帝国的圣战带来无穷的后患，你想上司能愿意看到这场景吗？我作为帝国的军人，岂能把个人的荣辱放在心上，到了向天皇尽忠的时候了，可我真是冤枉啊！"老鬼子眼里闪着泪花，接着说道："在异国他乡，还有一个可以倾吐内心痛苦的朋友也算知足了。"金中玉心说，老鬼子、小鬼子你们谁也跑不了，扭身下了爬犁喊："刘副官。"话一出口知道错了，忙改口说："刘队长叫弟兄们下马跟着爬犁跑一会儿，别冻了脚，咱们回来是顺风，很轻快也不吹脸。"当行至金家屯岔道时，春常叫停了爬犁，金中玉搀下井川说："请太君回城，今夜若有功效，明早给太君报个喜讯，若不济事，明日也早早回城，助太君处理善后。"老鬼子感激地点点头，众人把雄野抬了过来，这时已不省人事。

春常打马回金家屯，二郎迎出一里多地，大院里的人也知爬犁到家了。宋炮和几个长工将冻僵的雄野抬进长工房里，屋里热气扑面，大炕烧得烫手，地中央放一马槽，宋炮伸手至雄野腋窝处一摸说："有救。"就剥了衣服放进马槽，倒入凉水，约半个时辰，宋炮摸摸手脚已变软，叫抬上炕，先将一碗大酱抹在身上，从头到脚一处不落，停了一会儿，又将一碗猪油涂在上面，唤来二郎，这狗平时吃不到这有滋有味的东西，不一会儿把雄野收拾得干干净净，又在脚心上涂抹多次，让狗反复舔舐，最后看到脚趾微微会动，宋炮停下说："行了，炕上铺麦秸。"众人把雄野放在半尺厚的麦秸上，让春常取床大被，春常撇嘴说："他也配!"将麦秸往雄野身上一扬，众人都笑了，叫人又抱了两抱，厚厚地盖上了，不知道的会以为老母猪要下崽呢。宋炮以手试试他的鼻息，似有一丝进气就说："不用管了，睡觉吧。"第二天一大早雄野自己穿衣服下地了，看见了屋里的马槽、麦秸，明白了自己是怎么活过来的，有人送来一碗姜汤他喝了。春常套好了爬犁，金中玉过来招呼他，出了门，雄野对着金家大院拜了一拜，又转身给春常磕个头，什么也没说上了爬犁。金中玉看春常有气，也不知怎么解释，三人一路无语。进了城，春常说要给老太太抓药，买油盐、火柴煤油等物，自己去了。金中玉、雄野一起来见井川，井川没发火，说了一句让人不解的话，"好哇，还有一个人活着，上司和后人就可以知道事情的真相了。你能活着见到我，是因为有恩人，知恩要报答，方可在天地间做人，高岛君在江边设了祭坛，天皇的臣民阴魂应归故里，到江边送你的士兵上路吧，你先走一步，我和中玉君说几句话"。雄野走了，井川带金中玉进了他的卧室，伸手扯起床单撕下一半，打开抽屉，黄澄澄十块金条，井川用床单一卷，亲手系在金中玉的腰上说："这是贵国之物，现物还其主，若能赎所犯之罪则万幸。我井川康瑞帝国大学毕业后就来到中国，当年那也是疯子一样，也认为日本的出路就是满洲，到现在已二十年了，这二十年所见所闻得一结论，日本举国全疯了。不说其残害他人，就是自己亲人战死也毫无悲伤，只要新闻报道一个小小的胜利，倾城上街欢呼，已失去了人的良知，竟敢与全世界人民为敌，你说都疯狂到何地步！现虽逞一时之雄，早晚难逃败亡，我是看得明明白白，整个日本会像马队一样活活被拖死，中国人的高明之处就在这里，我的下场只不过提前来到罢了。”金中玉不解地说：“虽说太君有不可推卸之责，就是上军事法庭也没杀头的罪呀，你这是怎么了，这金条我先替你收着。”井川说：“好，咱们走吧。”到了江边，见祭坛上二十六块牌位，下有香烛供果，两排二十六人手握白幡，幡下二十六具尸体，白布缠身。祭坛正中凿个大冰窟窿，雄野、田夫头绑白布，跪在冰上。井川面色难看极了，厉声说：“开始！”两边军兵开始嚎号，二十六具活尸被投入冰窟窿，金中玉哪见过这个，心说：“喂鱼比喂狼干净。”可谁也没想到井川跟着也跳了进去，雄野见了一下蹿起来，又扑通倒地，人事不省。这一下鬼子乱了套了，笔者也没法述说了，索性搁下不提。

今年过年是喜事连连，金家大院办喜事，金家屯村民赶着爬犁、带着劈柴大斧去剁马大腿，家家吃马肉，放鞭炮，都说等见了这三位英雄，知道了姓名模样，咱们修个庙供着，永保这一带的平安。说话间，十五的元宵也吃了，二月二的猪头也啃了，宋炮带着孙女小夫妻，一家三口坐上了去奉天的火车。三天三夜下了火车直奔莲花观，到了门前一看，已不见昔日的景象，冷冷清清既没有香客，又无游人，大门紧闭。宋炮敲了半天，那小道童才出来开门，现在长高了，不该叫道童该叫徒弟了，只见一脸的愁苦相，宋炮问：“师父可在？”徒弟说：“师父有话不见客。”宋炮说：“我和你师父说定了，不会不见的。”说着进了大门，小徒弟无奈只得关上大门，领至大殿，只见道人闭着眼睛坐在榻上，宋炮三人来到跟前，道人依然闭目端坐，好一会儿，才慢声问：“施主何人？”宋炮忙答：“当年献貔貅的猎人，今日带小女求师父施救。”道人这才半睁双眼说道：“日本人逼命，我只等着坐化飞升了，哪里还能行针治病，此处乃是非之地，请施主速速离去，免遭连累。”宋炮说：“师父世上高人，为何坐等日本人杀戮?”道人一指他那木头腿说：“你看，我能逃到哪儿去?”宋炮仔细打量了一番说：“如师父愿意随我进山，猎人自有办法。”道人说：“这么说我命不该绝?”宋炮说：“也许是天意吧，师父放心，我去去就来。”说罢三人出了莲花观。傍晚，金小推着一辆独轮车及一应用物回来了。宋炮说：“将师父如此这般装扮起来万无一失。”道人听了，面露笑容，点头称许。宋炮接着说：“今晚无事请师傅……”道人知道他的心思就说：“这哑穴，世上医家谁人不知，但无人敢碰，因稍有不慎，便置人终身瘫痪，须镇定从容，平心静气，你看我哪里静得下来，万不可急，一旦铸成大错，后悔晚矣。”宋炮说：“猎人不知深浅，以为还如上次那么神速简便。”道人说：“明日若逃得性命，包在贫道身上，保你小女说话。”宋炮也只得称谢，各自安歇。要问这道人早已超出红尘，不问世事，因何也得罪了日本人，真要说起来是要费些笔墨，不是三言两语能说清楚，只得从头说起。

这道人姓李名仁孝，名字如此叫，可不仁又不孝，生长在读书人家，因是独苗，自幼娇生惯养，生成一身恶习，吃喝嫖赌无所不好。父母拿他没办法，气愤不过早早过世，不几年将家业弄得片瓦不剩。一日喝多了，醉倒街头，十二月天气，一觉醒来只觉脚疼，看左脚小趾已白，也没在意，过两日由白变黑，再过两日又黑了一只，不几日五趾全黑，累累向上，问人说：“锯掉可保命。”这回着实害怕了，又无人可求，人到无路可走时才明白自己的过错。人年三十，虽幡然醒悟，可家业已败坏殆尽，再无一物，便开始败坏自身，似这样今日去一脚，明日去一腿，还不如早早了结，也省得人家笑话。莲花湖不远，忍痛蹭到湖边，望着湖水落下泪来。湖边莲花观清虚道长一大早见一人在湖边踌躇，知是想寻短见之人，近前一看认得，故意打趣道：“这不是李公子吗?大清早便有这般雅兴，可是学好了?”李仁孝回头见是父亲的至交张伯，红着脸无法回答，道长知他是实在混不下去了，想解脱，就说：“你李公子在这一带也算是个有名之人，不管美名恶名，总算是个明白人，也曾白天骑骏马，夜晚拥花眠，小口品美酒，大把花金钱，现在流落街头，沦为乞丐。可见人之一生，吃多少，用多少乃有定数，你才三十岁，将一生的福享完了，自然死期也至，亦可见上天之公允。可你往前走一步，也是万丈深渊，那阴间冥界，毒虫猛兽，凶神饿鬼，还有你阳世所行罪恶，欠债的、欠情的、被骗的都等在那里，向你索命，你看你可去得?”一番话说得他毛发倒竖，带着哭腔说：“张伯，你是家父好友，亦大德苦修之人，我自知罪孽深重，你看我还能活吗?”说着伸脚给道人看，道人气愤地说：“别提你父，你那二老硬是让你活活气死，你父走后，再没人陪我下棋谈经，没了多少乐趣！你那黑脚，乃是医家事，医家自有办法。”沦为乞丐的李公子到这时绝望地说：“去医院没有钱，活也活不下去，死也死不得，这便如何是好!”道人在其身后吟道：“苦海无边……”李公子顿时开悟，倒身下拜说：“愿终生侍奉师父。”也是道长看他生在读书人家，比那农家儿女聪慧些，且在风月中混得惨败，看透了世态炎凉，功名利禄早已无望，这种人宜于修炼，二是自己年事已高，身边无人，因此将其收下。领到医院摘去黑脚，百日后接一三寸木蹾，用皮绳绑在脚脖上，裤腿长些，站立不歪不斜，走路时也无瘸相，只是缺只脚，因此有了独脚道人李铁拐之美称。数年后师父羽化，自己独守空观，经清室退位，袁大头、张大帅，二十多年过去了，日本人来了，逼着他干了一件死也值的事。因其师自称张三丰第十代孙，修炼法门为人乃无根树，想要长生久视，老树嫩枝栽接为要法，烧丹炼汞虽非本门正途，然亦不可不知，故也炼有红汞丹丸。日本医生小泉秀藤久慕此术，得知独脚道人深谙此术，便主动修好备献殷勤，务求其真传秘方。道人也喜现代医术，时间久了也只得与他一粒，小泉服后，精神倍增，面色红润，房事骤强。小泉大喜，备份礼物，又磨得一丸，送给日军驻奉天司令官原木一郎，服后亦大喜，叫来小泉对他说：“此术将失传，想法将其收买，方是长久之计，中国的好东西都在日本，独缺此物。”小泉说：“此非武力可办之事，你就是盗来秘方，杀了人，我们也不会烧炼，须得他心甘情愿为日本效力才行，他一个瘸腿之人，金钱美女怕是无用。”原木一郎沉思一会儿说：“我有一宝，是修炼之人喜爱之物。”说着从抽屉里拿出一宝珠，蛋黄大小，无半点儿瑕疵，对小泉说：“这是慈禧太后棺木里的夜明珠，你送给他，就说我要和他交个朋友。”小泉忙说：“这珠子价值连城，岂可送人?”原木笑了说：“只要他上道，等他把全部秘密都献出来了，我们就把他……”说着伸手抓住宝珠，另一只手在脖子上一横大笑起来，小泉也笑了说：“原木君这个!”拇指举得老高。原木得意地说：“约个时间，你带他来，我跟他面谈，看他是想修观，还是要土地，总是有办法，中国人最大的毛病贪财，只不过有的高雅些，有的可鄙些，从古到今你看看他们的历史，文人更爱财。”最后小声说：“今晚再去讨一丸。”两人大笑。要说这金丹也没啥神秘处，主要是取砒霜的穿透性，古代丹家多利用皇家财力为自己试制，皇帝吃一颗，自己吃一颗，皇帝看着也放心。修炼人服后，运起周天，药随气行，贯彻全身，自会除旧更新，白发转黑，齿落复生，甚有奇效。皇帝服后，身体燥热，只得去后宫宣泄，最后成了催命金丹。历代丹家对此物也付出了极大代价，但亦有望在现代化学理论指导下将其开发出来，造福后人也未可知。道人自知让日本鬼子惦记上了早晚是死，不如药死一个够本，药死两个赚一个，晚上又把两丸春药加了砒霜。小泉早早过来将司令赏识、将来要去日本为天皇陛下炼制的事说了，又将司令的宝珠炫耀了一番，送给了道人，乐呵呵拿着两丸毒药走了。道人知道服了三日内必死，自己也备下毒药，只要日本鬼子一进门就服下，哪知来的却是猎人宋炮，天降贵人，给道人带来了生望。

第二天众人早早起床，将道人胡须剃光，盘起头发，系一顶老太太围帽，脱下道袍换上棉袍，拿出一双买来的三寸小花鞋，用铁钉钉在木橔上，往独轮上一坐，盘起双腿，大脚盖在棉袍下，小鞋露在外面，姑娘坐在另一边，金小推车，宋炮扯着皮绳说：“我们爷俩把你拉上桦树岭。”道人现出无奈的神情，长叹一声叫徒弟：“剃了头发，换上百姓衣服，收拾观中值钱东西，锁好观门，速回老家，娶媳妇过日子。这也是我门的宗旨，从小出家，成道后回家，尽人事，娶妻生子，侍奉父母，老了回观修炼。”环顾一眼莲花观，闭上了眼睛，宋炮拉起小车优哉游哉出了奉天城。因老太太叫顺便看看洪老板，小车转奔千金寨而来。再说原木一郎那日服药后着实美了一晚上，第二天二便带血，医院止血无效而死，鉴定为砒霜中毒，小泉秀藤吓得自己捅了肚子。小车一路遇到好几处日本兵设卡捉拿独脚道人，但都从容而过。不一日到千金寨，金小找到了洪家店址，一看只剩大火焚过的断墙，打听到洪老板因大火惊疯，不知去向，生死不明。

宋炮不敢停留，出城找个荒村小店歇了，如此晓行夜宿月余到了五峰山下，几个人才放下心来。道人由是感激，下车摘下老太太帽，揪下那支小金莲要扔，宋炮说："别扔，说不上啥时还要用的，日本鬼子还没倒台子呢。"山中林密，小车很是不便，扔掉金小又舍不得，宋炮说："这车值三块大洋，那卖车的黑我五块，也是看我急用，真是可恶。转过这个坡就到我那地窨子了，小车放在那里，咱们空手上岭。"等道人见了这小地窨子，满心欢喜，心中暗想，这才称得上清静之地，历代仙师，进山修炼，其状况也不过如此。道人一路欣赏着山景，此时虽为阳春三月，可是关东山的春天总是姗姗来迟，山里的积雪还没化尽，看到的还是冬天的气象。但吹在脸上暖融融软绵绵的风先自悄然而来了；那夹着雪吹在脸上刀割一样，能冻死人的北风，不知去了哪里，此时在折磨谁呢。人们明白了，原来大地上的四季变化是大风吹动的。转过山来就看见了一排木屋，宋炮说："到家了。"道人心里极是畅快，这么轻松地逃得了性命，这大山里就为归宿，金小给他背着药箱，他在后面不停地称赞，好地方。宋炮看孙女像小鸟一样高兴，心情可是更紧张了，此行的目的能否实现，能像小鸟一样唱歌吗？进院寄娘等人迎了出来，寄娘也没管有没有客人，劈头就问："你把孩子领哪儿去了，本是十天就能回来的，这都一个多月了，不说老太太着急，让人晚上哪里睡得着，我们准备下山了。"说完脸红了，宋炮说："我们是走着回来的，不是几句话能说明白的，先认识认识李道长吧。"说完一一引见，主人置酒欢迎客人，席间宋炮把先后始末说了，众人举杯称赞道人气节。道人很健谈，且见识广博，一时大有酒逢知己千杯少之意，不觉夜深酒酣，一个月的惊恐奔波在醉梦中消散了。

一觉醒来，日上三竿，道人心情极佳，要给孩子试针，说："早上起来，人身上行的是清气，吃了饭五谷杂粮进肚，行的便是浊气了。"梳洗完毕，叫姑娘长凳上坐了，左边寄娘，右边金小，两人手挽着姑娘的胳膊，紧靠在姑娘身上，门外留人看守，不许弄出响动，人命关天，众人一下紧张起来。道人打开针包，取出一根一尺多长的银针，虽称作针，但柔可绕指，棉蘸酒精，擦拭多遍，又擦后颈叫姑娘竖起脊梁，左手指在颈上点了几下说，疼吗？姑娘摇头，音没落一针刺入哑门，道人屏息凝神，轻轻捻动，只见这针缓缓而入，众人看着大气不敢出，心都不会跳了。一袋烟工夫只剩二寸，道人停下，让宋炮问话，宋炮这时百感交集，从那貔貅出现到家破人亡，一齐涌上心头，有万语千言一时说不出口，两眼含泪说："孩子你六年没说话了，你叫声爷爷。"姑娘憋红了脸，干着急没有声。道人捻了几下长针，让姑娘再叫，又捻针，反复多次，姑娘还是没声，道人将针轻轻一提，不再动了。看这道人也急得团团转，半晌，劈手夺下宋炮烟袋，照姑娘脑门刨了一下，带着生气的样子说："疼不疼？"姑娘委屈了一下喊了一声："疼。"众人也跟着吸了一口凉气，道人擦了一把汗说："总算对得起恩人。"起了针。小夫妻俩双双给道人磕头，高兴得眼泪直流。鲍东山说："师父得道高人，腰疼可扎得？"道人说："惭愧，修道二十年尚未进门，道门讲任督通方为筑基功成，才算入了道门，否则便是旁门左道，师父走得早，只学得这些疗疾小术，不知何年才得入门，你那腰疼一针可除。"寄娘说："我倒是可助师父通督。"道人说："若是如此我当拜在门下，奉天人送我一个外号叫李铁拐，我尚未拄拐，但这称谓我听着顺耳，你们只叫我李铁拐就是了，我先为鲍兄的腰疾除了，再请洪师傅助我通督。"道人嘴上是这么说心里却怀疑，你小小年纪自己通了没有尚不得而知，敢说这等大话。接着说："请鲍兄站直，两手抱拳平端双臂，成拱手状。"药箱里取一枚三寸小针，擦拭几下扎在右臂天府穴上问："是疼是麻或是酸？"鲍东山说："确实说不准，算是疼吧，直到脚跟。"道人说："是了。"又捻戳几下，起了针。鲍东山扭了几下腰，伸了伸腿说："神！"拱手称谢。道人迫不及待地向寄娘一拱手，寄娘叫他面朝里在炕上盘坐，道人随即闭目守神入静引气入丹田，寄娘伸手在他阳关穴上接着，半晌不觉气到，知道他身上六脉一处未开，遂运气从下至上，将这一路六脉催开。不一会儿觉得阳关上有股凉气，寄娘接住，慢慢推过夹脊，玉枕至泥丸，引着这股真气在头上旋转数圈，突然一放这股真气，顺雀桥下膻中直到丹田，任督通身上百脉皆开，道人自觉通体舒畅，舍不得收功，又运周天数遍，心说："真是人上有人，天外有天，这小蛮女虽无姿色，可功夫了得，若能搂在怀里接气也不枉生一世。"邪念一生，真气立时消散，道人连忙下地给寄娘磕头，寄娘叫金小搀住，道人说："看你也就二十出头，怎样练出这身功夫?”寄娘说：“我都快进五十了，七岁拜师，师父先将周身六脉打开，再习武练功，自然事半功倍，你们修道之人需自己打开穴脉，有人行功几十年，到死也没打开六脉。”接着又问：“是否疼痛?”道人说：“如火烤身，不敢叫苦。”众人笑着说：“她这手铁球焐得化。”道人更加佩服说：“今日周天一通，省了我十年工夫，今生结丹有望，这是再造之恩，只是无可为报，只能深藏感念，进山时见山脚处那地窨子正好闭关修炼，今日就别过下山。”众人怎能答应，说道：“即使这里人多难得清静，也得先住几日，也好叫人将那土室重新修缮，备下日常起居用物，这时断不能放师傅下山遭罪。”道人只得谢过，早饭过后，天已半晌，寄娘叫金小夫妻速速回家，老太太定是急坏了。金小忽地想起洪老板的事，就与寄娘说了，寄娘一听，立时七孔生烟，银牙咬得咯咯作响，心里明白，定是那关才不仁害的洪老板，这要是不找到关才与那金盅下落，如何对得起洪老板。对金小说：“洪老板的事暂不让老太太知道。”接着寄娘将洪老板与老太太的恩遇说了一遍，众人无不感慨。鲍家兄弟说：“四妹去找这关才，我二人同去，帮不上忙，散散心也好，宋大哥两次出门，我等在家如坐针毡。”寄娘只好点头说：“如此今日我和宋大哥带孩子回家，明日回来，两位兄长在家打发人去看那土室如何修整。”寄娘、宋炮收拾好了正要动身，忽报松树岭来人。

欲知后事如何，且听下回分解。

第十三回

寻福人撒手人寰　护花人生死护花

且说岳克己听说日本马队被劫，派人下山打探得知日本鬼子的马队让桦树岭的人给灭了，只下来三个人把马队引进山，没用动手日本人就冻成了猪肉样子。要说这日本人也真够狠的，凿个冰窟窿就塞进去了，还都有气呢，老鬼子井川自知难逃罪责，自己也跳进去了，这回小鬼子一时半会儿是张狂不起来了。老百姓家家放鞭炮，过年一样，岳克己心中深感惭愧，这份功德正是自己该做的，怎么没想到呢！几年下来，看这女魔行事，不得不让人佩服，只得把家仇放在心底，应对他们的胜利有个响应，才算得上大将胸怀。就此也探探他们的虚实，叫来赵连副说："带二十条枪，十箱子弹，去趟桦树岭，就算是慰问。"这样赵连副作为友好使者，同两个弟兄牵着马驮着武器上了桦树岭。都到了大门口了，里边的人才知道，赵连副心说这么大意，日本人来了谁也活不了。洪寄娘迎出来，一个弟兄上前介绍说："这位是赵连长。"赵连副一拱手说："奉命送来二十条枪、十箱子弹以示慰问，桦树岭获此大胜，我们参谋长十分敬佩，顺便提醒各位……"寄娘还礼说："请赵连长进院坐下说话。"随即卸下武器，给饮了马。赵连副接着说："来时参谋长让我致意各位老大，日本人必来报复，要你们早做准备，不要和日本人硬拼。请你们上松树岭，不敢说大话，他们来个三头五百的别想回去，咱们两家是邻居，应建立兄弟情谊，唇齿相依嘛。请收好枪支，如果没什么话说，这就告辞。"寄娘说："怎么也得喝口桦树岭的水呀，我们去去就来。"寄娘同宋炮、鲍家兄弟进屋，寄娘说："没想到松树岭的人这么仗义，咱们真是不知大难将至，看来还是局外人看得清，可怎么回敬人家呢?"几个人也真是犯了难，宋炮说："装一袋木耳给带着。"鲍东山说："派人去面谢，这二十条枪不算小钱，银镖这会儿带人下山干活去了。"寄娘说："叫通宝和银梭去，咱们大人去实在没面子。"鲍东山说："告诉两个孩子到了松树岭不可提及金中玉。"宋炮将一口袋木耳绑在他们的马背上，寄娘交代了几句带两个孩子来见赵连长说："穷家拿不出什么礼物，让两个孩子代我们给参谋长磕个头吧。"赵连副见这女人很会说话，这些人身上也没匪气，不由得对桦树岭心生好感，起身说："今日幸会，但军令在身，不敢久留，这就告辞，来日向大侠请教。"寄娘说："一些小把戏没有大用，回去请致意参谋长，容日后补报。"说着将一行人送出，送走了赵连副一行，寄娘对鲍家兄弟说："二哥、三哥你们闯荡江湖半生什么没经过，你看咱们如何应对?"鲍东山说："也无须多虑，能打就打，不能打就上松树岭，那日本鬼子不会长时待在山上。"寄娘听了，心里宽慰了些说："那我就和宋大哥先把孩子送下去。"鲍家兄弟帮二人备马，金小要自己骑一匹，寄娘不让，说："你给我消消停停见了老太太我就不管了。这马出了山，飞的一样，要到家了，真要是磕了脑袋，摔了腿，你叫我怎么见老太太，痛快上来搂着我的腰!"金小嘟囔道："今日不让骑，怕是再也骑不着了。"寄娘拽金小上了马，一转眼那爷俩已飞下岭去，金小在路上还不住地磨叽，寄娘说："等我把金中玉那马带回家，你骑他那小马是没事的。"春常也喜欢那马，说是上山进城没个脚力不方便，金小只得罢了。过午他们就到了金家屯，大丫迈进大门坎，就是一嗓子："奶奶。"等见了面是哭一回、笑一回不用细说。

回头说通宝、银梭随赵连副进了松树岭议事厅，赵连副指着上面坐的那个人说："他就是我们的参谋长。"通宝、银梭上前跪下说："代母亲大人叩谢参谋长的馈赠。"岳克己一见通宝，自家人一眼就认出来了，哪里还听赵连副介绍，不由得感慨万千。我上这干啥来了，不就是找你吗，你的父母因失去你双双自杀，现在和家人多年音信不通，近在咫尺又不好相认，你也该给我这个二叔磕个头了，岳克己本来想近前拉起好好看看的，这么一想就坐下了。等两个孩子磕三个头起来，慢声慢语说了一句："十五了吧？属鸡的，还是凤命。”通宝很觉奇怪，只好点头，岳克己回身对赵连副说了几句什么，赵连副转身出去了。岳克己近前面带笑容说：“听说你武功了得，露一手让我看看。”说着一挥手，几个人出屋，通宝小声对银梭说：“让他知道知道也好，我看他有点儿小瞧人。”银梭点头，跑去掰来一根树枝，如镰刀把般粗细，三尺多长，仰头叼在嘴上，操场上的弟兄们凑过来站两边看热闹，约五十步姑娘站定，只见她伸手在腰上一摸一抬手，树枝断成三截，银梭两手接住树枝，谁也没看见什么武器，操场上一片欢呼。岳克己对姑娘说：“我们也有几个习武出身的弟兄，你们切磋一下如何？”姑娘爽快地点点头，岳克己抬手向人群一指，立时冲出一人向姑娘一抱拳说：“请！”二人马步转圈，忽地冲到一起对了一拳，那人倒退了几步，岳克己又指出一人，二对一，看得出也胜不了姑娘。姑娘可没有兴致陪他俩玩儿，使了一个假象，晃了晃身子，一人不知好歹扑了上来，姑娘忽地飞起身来，将后面那人踹倒，扑上来这人也挨了一掌，只好就地一滚又跃了起来，众人叫好。岳克己又抬手指出一人，银梭不干了，喊了一句不公平，冲了进来截住那人，岳克己看了一会儿，手指插在手里使劲一吹，那三人立时跳出圈外。岳克己走到姑娘面前，见姑娘面不改色，气不长出，心中暗暗叫好，笑着说：“咱爷俩过一招。”说着摆了西方拳击式，姑娘笑了，没见过，一拳打来，岳克己轻轻接住，两手向上一抬，往外一掰，姑娘立时蹲在地上说：“你也不按套路接掌啊！”岳克己笑着说：“记住咱们自个在家玩儿，有套路，有步法，打日本鬼子可是你死我活的事。”看姑娘还是有些愤愤不平，不由得心生爱怜，可又觉得，小丫头片子，不给你点厉害的，以后你也是目中无人哪。这时赵连副夹个包回来了，岳克己说：“带孩子到我屋换衣服。”赵连副三人进了参谋长的屋对刘彩凤说：“桦树岭打发两个孩子回谢参谋长，参谋长高兴叫给孩子换衣服，还让你给包个红包，说孩子磕头了。”刘彩凤一下子想起了哥哥临走时说过参谋长的小侄女在桦树岭上，再看这孩子眉眼之间就有他岳家人的影子，心说，世上事真是难以料想，像自己这样穷人家的孩子被拐被卖，养活不起送人，参谋长这样有钱的大人家怎么也有这种事！拽着通宝摸手、摸脸，问这问那问得姑娘羞红了脸。末了还说：“你得管我叫点啥?”姑娘说:“叫大姨吧。”刘彩凤说:“不叫大姨叫婶娘。”通宝只得叫了一声,刘彩凤乐呵呵地答应说:“不让你白叫,我送你个嫁妆。”说着拿出一副大金镯子,拽着姑娘的手就戴上了,说:“赵连长,你看多合适。”赵连副说:“你说合适就合适。”拿起一套衣服拉着银梭回自己屋了,刘彩凤斜了他一眼。等刘彩凤、赵连副把两个孩子领到岳克己面前一站,只见姑娘亭亭玉立,虽颠沛流离仍掩盖不住高贵的天资,红扑扑的鸭蛋脸,新月弯眉,一双杏核大眼,深邃无底。岳克己心说,这孩子小小年纪胸有城府,薄唇小嘴,透着机警灵巧,这张小快嘴也是厉害不饶人的,再加上一身功夫,这要是在自己身边必成大器,兄嫂一个文弱书生,一个深闺淑女,怎么生出个侠女来,是祖上懿德,还是湘江、岳麓有灵?是的,湘江之水是孕育英雄的乳汁,还不知要出多少治乱英雄呢!岳克己对故乡顿生自豪,难道我家要出一个贞德,可惜没受过教育,随即问了一句:“识字吗?”通宝说:“识字。”岳克己随手拿过来一张旧报纸,通宝读得很流畅,岳克己一高兴打开抽匣拿出三把崭新的手枪,亲自别在通宝身上一把,银梭身上两把,再一打量真是小英雄模样,越看越高兴,不由自主地说道:“天生的一对。”两手拍着两个孩子的肩膀说:“不虚此行,不虚此生!”回身示意刘彩凤。刘彩凤打开手里的小兜,见有块洋胰子,两双洋袜子,一条花手巾,两块洋花布,然后拽过姑娘的胳膊让岳克己看了镯子,刘彩凤把小兜放在姑娘手里说:“喜欢吗?”姑娘的脸乐开了花,“那再叫一声婶娘!”通宝甜甜地叫了一声,岳克己听了转身出门,擦了一下眼睛说:“吃饭。”几个人来到饭厅,饭后岳克己说:“我送你俩下山。”刘彩凤、赵连副只好跟着,下了松树岭,赵连副觉得过分了,刚要张嘴,刘彩凤踢了他一脚,随即对岳克己说:“走不动了。”和两个孩子摆手说:“有空过岭来玩儿。”和赵连副站在那看三人走远。赵连副说:“参谋长今天是怎么回事?”刘彩凤说:“你没看出来?”赵连副摇头,刘彩凤讲了这孩子的故事,赵连副抬手打了自己一个嘴巴,刘彩凤接着说:“你那大镯子一直放在包里,弟兄们的东西已埋上了,今天给了这孩子,也算了了一份心事。”再说岳克己把两个孩子一直送到山下,站那看他们走远了,忽地想起一件事,忙把两个孩子喊了回来说:“回去对你娘说,我十分佩服洪大侠,什么时候见见面，如大侠不介意，由你们俩带着你们的人过来，我给你们训练，不会打仗，日本人来了怎么办?”说完挥手，两个孩子也是几步一回头，依依不舍，等互相看不见了，银梭说：“我看见那当官的流泪了。”一句话把通宝也说流泪了。有人说岳克已不是大仁大义，也不是不计较个人恩怨，是因为小侄女在桦树岭，有一份担心，说实话果如此也属人之常情。

说完松树岭、桦树岭再说金家大院。单说这独脚道人还真是个医家圣手，只一针宋大丫就开口说话了，宋炮心中再无牵挂，欢欢喜喜送回家来，老太太见了搂在怀里，高兴地流下泪来，对宋炮说：“亲家，我没看错吧，孩子能说话，要是胎带来的聋哑，这亲是做不得的，怕是留根，这孩子原本就招人喜欢，这回说话了，就更招人疼了，上你婶子、婆母娘跟前叫几遍让她们听听，孩子都憋坏了。”孩子出去了，老太太对宋炮、寄娘说：“我就剩一个心事了，大丫生了孩子，过了周岁也会走了，小夫妻抱着孩子回老家，通宝和金梁我就管不得了。”说完半晌无语，宋炮说：“让他们这时就走吧，这次出门也长了见识，再不用担心。”老太太说：“那不行，女人生孩子性命攸关，在家里日本人的医生也请得来，大人孩子都平安。上回金中玉把日本医生带来了，听完前胸听后背，说我是心力衰竭，真对，愿意操心哪，这回可是操到头了。”说得两人难过了一宿。第二天别了老太太出了金家屯，寄娘放慢了马说：“宋大哥，你看老太太要不要紧?”宋炮说：“如果春天过去了，夏天是不妨事的。”然后自言自语道：“看来这老太太真是撑不下去了。”寄娘眼里闪着泪花，二人飞马奔桦树岭。

这时山上银镖已将那小土室修整一新，带着粮米油盐送道人下山去了，众徒弟在练功。鲍东山哥俩信步上了山顶，正值春草发芽，柳丝吐绿，二人沐浴在明媚的阳光下，适意的春风里，可也最是惹人思乡之时。环视群岭，一种莫名的留恋在心中涌起，这一别实难料想，连日来的几件事让老哥俩的思乡之情更加急切。本以为这大山里与世隔绝，过个三年五载接来老伴，一生就做个蹲山佬，以尽天年。哪曾想这大山里会来老毛子，命不该绝遇上洪寄娘，拉上山来本以为从此无所畏惧，谁料想又来了日本人，再别想过安生日子。眼见着他们就要打上山来，这也是在劫难逃，自己一死不可惜，可鲍家的根在这儿，两个孩子不能在这儿等死。昨天跟银镖一提，孩子掉泪了；哥俩跟银梭一提，这小兔崽子死活不走，迷上通宝了。可人家通宝是金家的媳妇，他明明知道，看他昨天回来美的那样，就知道鲍家指不上了。动了这个心思，便为孽缘，没有好下场，鲍东山想到这儿，自觉浑身发冷，一时万念俱灰，他是看到了自己凄凉的晚景。他不想走了，也不再怕日本人打上山来，倒是想早早了结，也少生闲气。再一想，还有一个银镖呢，心里矛盾重重。午饭时寄娘、宋炮回来了，寄娘脸色惨淡，无精打采，鲍东山问宋炮是何缘故，宋炮说老太太怕是不好。兄弟二人一下也没了言语。这时通宝、银梭进来了，二人有意让寄娘看了欢喜，故意昂首挺胸，银梭双手按在枪把上，眼睛看天，一副傲然自得的样子。寄娘一下愣了，问："鲍兄这是怎么回事?"东山将通宝在松树岭大显身手，他们那当官的夫人一高兴，摘下金镯子给通宝戴上了，通宝听了撸胳膊让人看，寄娘只斜了一眼。通宝满以为会被夸奖，哪知一团欢喜换来的是一双双冷眼，鲍东山一指银梭说："你再看看这个小兔崽子，上趟松树岭回来都不知道姓啥了，都美到天上去了。"寄娘心说这孩子真是不能撒手，才出一次门就看着眼生了，看他俩笔挺的军装，腰扎皮带，通宝腰间一支左轮小手枪，银梭腰间斜插两把大肚子盒子，神气十足。这孩子原本方头大脸，天生带着一副非凡的气概，不知怎的小小年纪，眉宇间含着一股杀气。鲍东山伸手从银梭腰间拽出一支手枪给寄娘看，带着气说："二十响盒子炮，现今最好的短枪。"寄娘无可奈何地说："鲍兄你看这是福还是祸?"鲍东山说："还有呢，那边人说了，让这两个小崽子把咱们的人都带过去他们给训练，你看到了吧，穿军装回来的，都是那边的人了，可咱们这边的孩子是想学把式，将来混碗饭吃，不想扛枪打仗!"看鲍东山越说越气，寄娘说："你们两个先出去，我看着也是不顺眼。"两个孩子心里委屈，出来了，饭也没吃，通宝对银梭说："人家松树岭对咱们多好，我娘不领情不道谢，还看着不顺眼，你瞅你爹那一出!"银梭说："快别说了，你是不知道，他们是要跟师傅出门，顺便把我送回老家去，都是老奶奶闹的，让大丫回老家，我爹一看，要和日本人打仗，非让我回家不可。”通宝一听傻了，银梭说：“你放心，我死也不走，等师傅他们走了，咱们带人上松树岭，就怕这些混蛋不给咱们争气，一听说当兵打仗，还不吓跑家去！”通宝说：“他们敢，现在就向他们交代明白，谁要想溜，我饶不了他，去叫他们来！”要说这十八个小师弟都比通宝岁数大，但本领是师姐教，师父就是时不时地站一旁看一眼，日常学功夫就靠大师姐、大师兄，大师姐的话跟师父是一样的。师弟们来了，通宝说：“日本人要打上山来了，咱们还不会打枪，这本事我没有，怎么办，带你们上松树岭由军官教练教咱们打鬼子，我跟他们说定了，到时你们谁也不许给我丢脸，谁要半路上装熊不争气，别说我翻脸不认人。日本鬼子啥时来谁也不知道，这本事得先学到手，上哪儿找这好事白吃、白住供咱们子弹，人家说了，中国人是一家，打日本就是亲兄弟，也就是两三个月，学成回来接着练功，有不愿意的吗?”众人异口同声说跟着大师姐就是了，这日本人真是可恶，咱们躲在这大山里学功夫，为的是不被人欺，他们来就和他们拼了。

再说洪寄娘看两个孩子那委屈的样子，心里也不好受说：“你们没见老太太那样子都脱相了，我心里先乱了，怎么这些事都赶在一起了，咱也不是生人家松树岭的气，这事也就得说人家是好意。咱是生孩子的气，拿人家那么多东西，不知道吃人家的嘴短，拿人家的手短，怎么这么不懂事，那么大个姑娘家，不认不识给个镯子就敢戴，那女人不定动什么心思呢。老太太说不上啥时一口气上不来就走了，我得尽快把那东西找回来，给她压棺材底，也算了了我一生的心事。二哥、三哥跟我去，遇事还有个商量，我这心里踏实多了，这事跟大海捞针一样，也不知老天成不成全我。”寄娘说时很是伤感，鲍东山见了说：“我们离家时，二老都在，也不知仇家放没放过他们，我们爷几个躲在这儿能安心吗？趁这个事叫银镖回去看看，这颗心也就落了地了。山上这些孩子让通宝他俩带松树岭去躲过这一时也属上策，家里就剩宋大哥一个人了，连个帮你铡草喂马的也没有。”宋炮说：“这好办，下去叫个长工上来和我做伴儿，日本人来了我就住地窨子，山上好几个呢，再说了，我是这山里的猎人，遇上也不怕，你们放心走吧。”寄娘说：“也好。”叫来通宝吩咐一番，末了说：“要多回去看看老太太。”宋炮说：“这你放心，我和通宝定好，初一、十五下山。”桦树岭便一时安静了下来。

再说金家大院又是一年忙春耕，种完地正是人间美好四月天。有陈年痼疾的老人这时都会转好，可金老太太洋药也吃了，洋针也扎了，就是不见好转，鹊儿每日守在身旁。老太太自知来日不多，摘下身上大钥匙交给鹊儿，鹊儿忍不住哭了起来，老太太厉声说：“不许哭，还没到时候呢，打开柜，把我的衣服拿出来，我挑几件衣服。”鹊儿打开柜一件件拿出展开，各色长短衣服不算，光马夹、兜兜就二十多件，没上脚的绣花鞋十多双。老人看着不时面露喜色，定是每件衣服都有一段值得回味的往事，上面印着老人的青春、美貌和梦想，今天这是最后一眼了，看得很仔细，也许心里正叹息自己还很年轻的时候就没有展示的机会了，世上要强女人的命运大多如此。老人只捡了一件金丝大绒斗篷说：“到时给我披上就行了，剩下的我带走，下辈子也够了，现在时兴洋花布，又好看又便宜，可好东西到啥时候都是好东西，这都是上好绣花绸缎。”鹊儿说：“好是好就是像唱戏穿的。”最后一件拿出来了，大柜空空无一物，鹊儿呆呆地看着大柜，满脸的疑惑，不解，老太太说：“看清楚了？”鹊儿笑着说：“你这老太太，全家人都让你糊弄了，都以为这大柜你看得紧紧的从不让人看，不知里面有多少大洋、金条、珠宝呢！”老人也是无限感慨地说：“这也是无奈之举，若我是一个什么也没有的干巴老太太，谁愿意跟我吃这份苦，这个家有了这个大柜就有了盼头，你这个女东家就当得仗义，腰也粗，胆也壮。要是没这个大柜，这几年还不愁死你，这大柜的钥匙就好比皇帝的金印，你说的话，他们就愿意听。别恨我，我要是有钱哪能就开这百十多垧地，这一带还能让别人占了，跟你说送走了洪姑娘我就分文没有了。”鹊儿说：“不是两包，一包五千吗？”老太太说：“有一包不是钱，我是万不得已做此见不得人的事，我一辈子不欠外债，不欠人情，那几个钱能拿出手吗？还有外人在跟前，那鲍家兄弟是明白人，一看两个包就知道了我的意思，说给我留个棺材本，可他哪里知道我的苦衷，再说了我不这样做，家里一分没有，洪姑娘能要吗？你把大柜给我锁好了，钥匙春常也不能给，也不让他知道底细，记住了，以后有钱也不能让男人把家，十个男人九个花心。”鹊儿真是感动了，再也忍不住哭起来，半晌哭着说：“当年春常把我害了，不得已嫁过来，最恨的就是你老，可这些年看你老行事无一不是为金梁、金柱。家业起来了，你老也不行了，我再不长心就不是人了，你老放心，我啥也不想了，和春常好好过日子，多种地，粮仓装满，大柜里也得有东西。”老太太听了老泪纵横说：“你这句话我等了十年，临死你还真让我闭眼了，可有一样，有钱买地，土匪抢不去，大水冲不走，好东西可不能往大柜里放，我教你怎样藏东西……”鹊儿一一记在心上，说：“我想把这房子变成玻璃窗，大瓦房，拴胶皮大车。”祖孙二人越唠越对劲，美梦越做越美。

也不知啥时候了，鹊儿出了老太太屋。三星正午，在院中迟疑了一会儿进了春常屋，见春常搂个枕头睡得正香，春常梦里只觉得有股凉风吹来，一下惊醒，睁眼看是鹊儿，吓哭了说：“老太太没了？”鹊儿说：“别瞎说。我刚从老太太屋出来，这会儿睡下了。”春常披着被坐起来说：“我知道了，老太太跟你交代后事了，这老太太精明一世，准知道把钥匙交给我，最后我也得交到你手里，那里都有啥？”鹊儿说：“钥匙都交给我了，你就别操心了。”春常笑着说：“我还以为你是来告诉我有多少大洋金条呢，你也没看是吧？我也不问落个省心，这都二半夜了，你回屋吧，有啥事明天说。”鹊儿一听凑了过来，站在炕沿边上说：“今晚不走了，我答应老太太了，再给她生几个孙子。”说完斜眼瞄着春常，大出鹊儿意料，春常是一点儿惊喜样子也没有，半天压出一个屁：“早知如此，何必当初，这么多年都过去了，就因这把钥匙就动了心，你上老太太当了，那柜里不会有钱了，这老太太一生花钱如流水，可金小娶亲老太太没往出拿，就连看病的医生都空手走了，以往没有的事，这不是老太太的作为。”鹊儿说：“你就是看我认钱、贪财，我是女人，到你们家都十一年了，还没跟男人睡过觉，做梦生了两个孩子，我冤不冤。”说着上炕了，春常抬手打了她一个嘴巴，鹊儿哇的一声哭了说：“你敢打我！”扭身要走，春常一把拽住说：“你听着，今天晚上要是住这了，就把你自己毁了，也毁了这个家，也害了他，他为你吃的苦还少吗，为了你他当了汉奸，没有他当这个汉奸，还能有这个家吗？你也早让日本人祸祸了，现在全城都知道你是警察署长的女人，人家图什么呀，我打听过，他在城里不嫖不赌，将来还不知什么下场呢。再说了，老太太也没几日了，到时我接他来家，你盼的是啥呀，不就是这一天吗，你怎么突然傻了呢?”鹊儿听了擦把眼泪跑了出去，春常一个人在屋再也睡不着了，憋屈，怨恨，可恨谁呢，自己是武大郎转世。

老太太见鹊儿进了春常屋半天没出来，一块石头算是落地了，可究竟什么原因使这个孩子回心转意了呢，她想不明白，大柜也给她看了，一个子都没给她留下，这个家前路之艰辛，显而易见，大院女东家这副担子谈何轻松，她竟毫无惧色，真是像我。是时明月临窗，夜深人静，自思这一路走来，虽惊恐万分，但都能逢凶化吉，转危为安。思之良久忽地豁然洞明，其如洪寄娘、洪老板、宋皮休、金中玉，乃至胡先生这些人等，皆承上天之意，来助我金家，今夜鹊儿之举亦乃鬼使神差，祖宗如此佑护，我复何憾，更复何求。心里一高兴，倒头一觉天亮，自己下地拄着拐杖出了屋，在院中踱了一圈，出了门，回头看自己绘制的杰作，实在难舍，但大限来临，如之奈何，不禁凄然泪下。这时有人喊老太太出院了，众人跑出来，鹊儿和六婶搀住说：“可是大好了，一大早出来，让风吹了够你受的!”老太太说：“扶我上茅房。”老太太因这一活动，便将腹内陈渣排泄干净。自觉身上轻松许多，对六婶说：“金小回家的事，你如不愿意，不走也罢。”六婶说：“我真是觉得老家踏实。”鹊儿对六婶说：“你老放心，金小那一股我会给他分出来，老太太你也不用担心，哪能让金小空手回家，到时我会给他准备足的，这些事办不好，你老不是白调教这么多年了吗?”半晌老太太自言自语说了一句：“祖上有德呀!”二人将老太太服侍躺下转身出来，胡先生对鹊儿说：“老太太这是望路了，这是回光返照。只剩三日了。”鹊儿一听紧张起来说：“我哪懂这些，你看这时都该做啥?”胡先生说：“顶要紧的是老太太想见之人赶快去叫。”春常对鹊儿说：“我带个人上山，把宋炮换下来，你打发人进城送信。”春常打马上了桦树岭，见了宋炮说：“老太太不行了，我知道山上没有人就带个人上来喂马。”宋炮说：“你这就下山，我上松树岭接通宝，我的马快定能撵上你。”宋炮向来人交代明白，上松树岭接下通宝，见了老太太，老太太还跟宋炮开玩笑说："我要是男人，也当猎人。"宋炮说："也有女猎手，更厉害。"老太太笑了，晚饭后，通宝和金梁跑过来，老太太高兴地说："你们俩给我磕个头吧，就算看到你俩成亲了。"通宝跪在地上一时不知说啥，老太太对金梁说："你先出去玩儿一会儿，我和你姐说会儿话。"金梁出去了，一老一小唠得挺开心，饭后众人都回到老太太屋，老太太实在忍不住问鹊儿说："寄娘因何不来看我？"鹊儿只得实说："洪老板有难，寄娘和鲍家弟兄去解救。"老太太说："是我害了他，那东西一露面，必得死人。"鹊儿不解也没敢问。老太太又说："有信吗？"鹊儿摇头，老人心里一急，这口气堵在胸口上就没上来，再叫就没应了，这一天是民国二十三年四月十日晚九点许，享年七十三岁。

安葬了老太太正好开锄铲地，三铲三趟后能挂锄喘息几日。鹊儿烧完七，换下了孝服，又到了烧百日，大地已是金秋景象。许是丰收在望，抑或女东家对自己的成果满意，和春常商定先上坟烧纸，然后进城添置些日用之物，春常也要更换几套马具，就偷偷告诉六叔说明日进城或许三五日回来。第二天一大早，鹊儿备供品，二人赶车来到老太太坟前，放上供果点着纸钱，鹊儿可就想起来老人在日那是百事顺畅，大院各色人等都看老太太眼色行事，老人才走百日，诸事便觉不畅，这往后的日子还不知怎样呢！心中这一腔苦楚无处诉说，你老长眠于此，不知有知无知。老人音容历历在目，可坟上已长满青草，烟雾弥漫，百问无应，再也忍不住失声痛哭起来，忽地一阵风来，将纸灰悉皆吹上坟头，春常立时磕头如捣蒜，鹊儿见了止住哭声问他，他装作不知仍磕头不止，鹊儿慌了站起身来踢他一脚说："你中邪了？"春常神秘一指坟上纸灰说："我刚才对老太太说，如不把金中玉接回家，他可要走了，你让我怎么支撑这个家门。老太太同意，一下收了纸钱。"鹊儿将信将疑地问："老太太怎么说的？"春常起身打马磨车，二人上车一路赶得飞快，春常说："进城见见他吧，为了这个家，你不把他稳住，老太太都不答应你。"鹊儿一时也没了主意，春常把车赶进了孟尝客店，对田掌柜说："这是金警官家人。"田掌柜忙收拾干净客房，安顿下了鹊儿，春常来见金中玉说："她来接你了，这时在孟尝客店。"说完站那儿不说话，眼巴巴地看着金中玉。此时的金中玉如翻倒了五味瓶不知啥滋味，也理不出个头绪，闭上眼睛坐那儿一动不动。二人就这样僵了好一会儿，春常实在没法就说："要不你们就在城里安家吧，你总得给她一个交代，这十多年不是容易过来的。"春常说时差点儿没掉下泪来，金中玉这才慢慢站起身来，从公文柜中拿出一个皮兜说："走吧。"二人出门奔客店。春常出去后，鹊儿一直傻坐着，见了金中玉有些心慌，不知说啥，只绯红了脸，金中玉见了她也没话说，只打开皮兜拿出金条、国元说："这三万块是我这几年的薪水，金子是团长留给我的，拿回去添补家用吧。"鹊儿见了钱，立时心里开了花说："怪不得老太太答应春常接你回家，这回可不用愁了，老太太走时……"话一出口觉得走了嘴，连忙打住了，金中玉见她说鬼话，也没在意，就说："老人走时我正在桦南打胡子，这一伙二十多人一多半是山东人，比日本人还凶狠，当地百姓不恨日本人恨胡子，让我一枪一个，可惜有一叫小白龙的，说是五峰山人，跑了。"鹊儿关切地问："你没伤着哪儿呀？"金中玉说："他们是短枪，我是长枪，哪天回家给老太太磕个头去。"鹊儿高兴地说："这回能盖玻璃窗大瓦房，拴胶皮大车了。"春常趁他不注意，拿起一打放进怀里，等鹊儿装钱时说："不对，少一打。"又查两遍还是二万九，金中玉笑着说："我怎么也得留点零用钱。"鹊儿就是觉得不对劲，但也不好说什么，春常借口喂牲口出来，对田掌柜说："叫两碗打卤面，一盘虎皮蛋配肉炒蘑菇，一盘清蒸鲫鱼，一壶酒，做好送进去。"田掌柜打发人去了。

春常一个人出了客店，信步到了江边，见落日已将江面染成红色，徐徐微风，吹得他心头格外轻松，苍天有眼，经历了这么多磨难，终归如愿。想到这儿不知怎么又难过起来，自己也不知为什么，一会儿糊涂，一会儿明白，想想金梁、金柱也该知足，再看看自己身上一针一线全是她亲手所做，别人代做她不许，日常嘘寒问暖，很是细心。那晚自己装得真像个顶天立地的男子汉，硬是把她撵出去了，过后也是一日后悔一日自豪，忽地想起胡先生说过，鲜花是看的。这个胡先生！不过今日才解得个中滋味。天色黑了下来，春常下了江堤奔灯火热闹处走来，被几个打扮妖艳的女人指点讥笑，春常怒目回敬了几眼，一个高个女人笑着走过来伸手摸了春常脑袋一下，比画着说："吃奶都够不着。"惹得满街一片笑声，春常才知这是妓院，一气之下拽住这女人说：“今晚娶你做媳妇。”这女人大笑说：“明天告诉你们这小黄瓜纽什么样。”又是一阵大笑，此时因门口蜡烛灯笼昏暗，谁也没看出春常的年龄，以为是个小后生呢。春常进屋摸出两张五十元伪钞，甩给老鸨子一张，老鸨子说：“看不出这小爷还真爽快，是大家公子吧，也真是有眼力，知道她是谁吗？大团长夫人，一会儿叫你没魂儿。”春常看了这女人一眼，把另一张递给她说：“买酒菜，喝喜酒。”这女人乐呵呵喊来杂役说：“一斤鸭翅膀，一斤鸡脖子，一斤猪耳朵，两瓶洋葡萄酒，一斤瓜子装两袋，一袋赏你。”杂役乐颠颠地去了。这女人是谁，不用说就是杨桂香呗！世人只知女人一进了妓院便为下了地狱，殊不知也有不以为苦反以为乐的。夜夜做新娘，要戏天下各色男人，同时也满足了她那母狼般的性和欲。此时的杨桂香兴致极高，本想今晚哄孩子玩儿的，可脸对脸一看，竟是个大男人，杨桂香说：“看你人小年岁可是不小了，有媳妇孩子吗？”春常说：“我今年三十四了，媳妇比你好看，孩子一对双，小子，今年十二了。”杨桂香看他说话时的自豪样说：“我明白了，你是两口子吵架了，你赌气来逛窑子，是头一回吧？我奉劝你就别开这个洋荤了，你别看我年轻才二十二岁，可我明白事理，和我睡一宿，你也不能舒服一辈子，要是背上这个良心债，永世不得心安，我看你不是一个花心男人，才跟你说这话。”说着酒菜上来了，杨桂香给她斟满了酒说：“喝过吗？”春常摇头，杨桂香说：“好喝！”接着春常一大口、一小口，一杯下肚了，杨桂香见了笑着说：“你喝凉水哪？”又给他倒上了，春常只觉得这酒比黄酒甜，好喝，又当凉水喝了一杯，一下子就闹个关公脸，眼睛也迷糊了，半睁着眼睛看着杨桂香说：“你真是团长夫人？”杨桂香只抿嘴笑，看他那样再有两杯也就老实了，端起自己的酒杯说：“等你当了团长我给你当二房，看你年轻时也是个漂亮人精儿，我也不能白认识你一场，来让我摸摸你这小脸，白白净净地挺招人喜欢的。”托着下巴就灌了下去，春常立时坐不住了，杨桂香把他架上了炕，横在那正好够长，再掐掐鼻子摸摸脸，就没应了。杨桂香招呼两个没有嫖客的姐妹说：“你俩今晚没主正好陪我喝酒。”二人进屋见春常睡得正香，一桌的好吃的就说：“你可够损的，东西没吃一口，也不知你让没让摸一下，就给哄睡了，看这小模样怪可怜的，我摸摸他的小家雀吧。”说着要解春常的腰带，杨桂香吐了一口她，说：“一宿没人就馋得这样，不定一会儿就进来两个日本兵够你伺候的。”这女人咂了两下嘴说：“哟，还动真的了，不让人碰了，行，你留着玩儿吧。”然后自豪地说：“上我屋来的日本兵，回去就得烂掉，跟我撒野，我跟你们说趁他发疯的时候，把手指盖在炕沿上蹭热，往他那小脑瓜上一烫，个保个。”不一会儿，笑脸转阴说：“也不都是畜生，来过一个，岁数不大，中国话说得挺明白，想家呀，哭了半宿，就像你这样，让我哄睡了，第二天把身上的钱都掏出来给我说，说不上哪天就死了，也挺可惜的是吧？”另一个女人也忍不住笑着说：“上我屋来一个利索的，我都替他愁得瞅，哄都不用哄，那时日本鬼子还没来呢，一个大白天，来个关里人，里外钱都花了，我就脱了等着吧，这哥一看可就着了忙，裤子刚脱到脚脖又提上了说，他大婶子，你不用费事了，得得地咧！”这三个女人不敢放声大笑，憋得眼泪鼻涕直流。说笑间风卷残云，天已夜半，酒也半酣，就各自睡了，春常酒醒睁眼一看，嘴巴下一双大脚丫子，随即吐一口坐起身，才知在这女人脚下睡了半宿，连忙出了妓院，回到客房，田掌柜给他抱来一床大被，在大通炕上睡下。

欲知后事如何，且听下回分解。

第十四回

小侠女秋江知身世　风尘女深山遇神仙

上回说春常忍痛完成了心愿，自己也从痛苦中挣扎出来，大院女东家在城里住了三天。一回到家，立时叫来胡先生说："我有钱了，这大磨坊不开起来我就睡不着觉。"胡先生听了笑着说："现在咱们是和屯里人换工，他使了咱们的碾子磨，种地时、铲地时给咱们干几天活，光这个没多大算头，只要开了磨坊，就应常年不停，粮食碾成米面，送城里米行，咱们挣个工钱，长工冬天有活干，剩下的糠麸、豆腐渣养猪，生猪送城里肉铺，过年过节咱们杀猪，屯里穷人必吃咱们猪肉，一斤肉干一天活，两下欢喜，农忙时也不愁没人干活，猪粪上地，一举三得。"女东家说："就是院子太小了。"胡先生说："院内不行，拉不开架，磨坊门前，是要停三五辆大车装卸磨车都不误事才行，我看把门前的老磨坊拆了，菜园也就别种了，就地再起个大院，东西厢房，仓库各十五间，先安三台碾子，五盘磨，拉磨的骡子得买十头，分上下午干活，你按三万元钱预备吧。"女东家说："钱够。再给你自己带出两间房，请先生住院外，进出粮食，往来账目，照看招呼也方便，不过可要辛苦先生了。"胡先生说："孩子已进了官学，我正好做这个事，这要是干个三五年还能置下一百垧地，只可惜老太太看不到了，她要是活到这时，不定乐啥样呢。"说完两人都很难过。半晌，女东家说："房子盖好了，先生看个人吧，这是老太太的心思。"胡先生说："这事靠缘分，东家记着，我就感激了。"

不说女东家雄心勃勃，再说日本人在中俄边界修大型军事基地，准备对俄用兵，又制订一个“北边振兴计划”。什么东北共荣，剿共自卫，严防不逞分子，年满十八岁青年就检查身体，没毛病的当兵，剩下的当劳工，谁也别想活着回来。李福、李财二兄弟备好了山上弟兄们过冬的一应用品，雇了十多头骡子，上了松树岭，参谋长迎了出来，李福说：“这几日进出方便些，早些送上来也就放心了，怕是像去年大雪封山，急死人了。”岳克已问：“日本人又做什么孽?”李福说：“抓劳工，修工事，地道从黑龙江底修过老毛子那边去了。听说那里有一万多劳工，人死了就扔江里。这回抓了一千多人，宪兵队、保安队、警察署大部都去了边境，今年告示也贴出来了，粮价压到小麦八分一公斤，黄豆一角三分，玉米七分，谷子六分。江边粮库修整扩建好了，凡米行、粮栈都得为圣战储粮，给咱们米行下一万担的任务。说咱们院大，要是不慎漏雨、发霉、失火按反战论罪。”雄野带着为数不多的鬼子在城里日夜巡察，很怕出事。岳克已觉得是个好机会，保安队、警察署原二十三团的人没在城中，剩几个鬼子好对付，破坏他们的征粮计划，老百姓必拍手称快。天天喊抗日，就是不见行动，岂不叫人脸红！叫来赵连副制订了一个砸银行、火烧粮库的行动计划。

第二天天刚亮，李福对驮夫们说：“参谋长要借你们的牲口和你们的破衣服进城，你们晚两天下山，我会给你们家里送信的，就说你们要在山上打松树子、采山货。牲口下去拴米行大院我给你喂着，工钱加倍，可有一样，你们记住了，不管明天城里发生了什么事，你们牙口缝要是一欠，没准就兴掉脑袋，老婆孩子都不能说。”众人说：“打鬼子抗日的事，为的是谁呀，放心吧。”这样岳克已、赵连副、通宝、银梭、李家两兄弟一行十二人下了松树岭。短枪都放在李福的背兜里，昨天出城李福已给门岗上了货，今天见李掌柜回来了，过来两个守门伪军在李福胸前摸了一把就放过去了，一行人很顺利地进了城，来到米行。李福打发人上街买了一筐麻花、烧饼，一时也做不出什么菜来，兄弟俩只得将一坛咸鸭蛋煮熟了端来，这两样东西山上已是几年不见了，弟兄们吃得只差皮扎嘴，要不就连皮吃了。吃完饭，岳克已叫人分头去买煤油。李福说：“这事让伙计去吧。”岳克已说：“城内熟人不行，不能留下痕迹。”米行豆油桶现成，二三十斤不等，装在破面袋里，六个人陆续去了。李福叫出女人，将一升黄豆泡一袋烟的工夫，炒熟略带咸味，做成油酥豆，晚上带着。说完站那一时还想不起该做什么，走过来对岳克己说："参谋长要是没什么事，我们哥俩去江边借船，天黑停在江边等你们。"岳克己点头，李财夹着一捆麻绳进来，对岳克己说："水大流急，上行须拉纤。"岳克己看着兄弟俩出去了，对赵连副说："这就为成事之人，难得呀，咱俩也该出去了。"带着通宝、银梭来到街上。小镇这条东西大街很整齐，商号、买卖都在这条街上。四个人从东门走到西门，又走回来，鬼子的银行就是原同记商号，现在叫帝国银行满洲松江株式会社，对面就是绸缎庄。岳克己向赵连副使了个眼色，几个人进了绸缎庄，冯掌柜忙迎上前说："二位爷要裁衣服，先看料子。"岳克己见有做好的长衫就说："先试试你这长衫。"冯掌柜心中欢喜，好几年没人看没人问，忙说："不用试，一看就知道，大爷您这身材就是衣服架子，这就是给您老做的，等你老今天来穿的。"说着很麻利地给岳克己换上了，这长衫一上身，可就看不出这人是干啥的了，听声音还耳熟，再一细看，我的妈呀，这不是参……差点儿没叫出来，岳克己说："我今天是来还账的。"赵连副掏出一把大洋，啪啪啪按在柜台上十块，冯掌柜忙说："莫提，莫提，参谋长有事请吩咐。"赵连副说："委屈一会儿吧，大伙都放心，对你有好处，你是明白人。"冯掌柜一屁股坐在椅子上，双手一背，赵连副掏出麻绳将冯掌柜绑在椅子上，自己也换了件长衫，对两个孩子说："他这有现成的新衣服，把带虱子、跳蚤的破烂换下来。"岳克己对银梭和通宝说："把门插好守在这儿。"二人出屋天色已伸手不见五指，绕到后街，进了蕊香院，老鸨子还在厅前坐着，赵连副扔给他两块大洋说："会会团长夫人。"老鸨子喊了一声："杨桂香接客。"只见一个懒洋洋的女人开了门，老鸨子笑了一努嘴。二人进了杨桂香的屋，赵连副随手插上了门，杨桂香调皮地说："二位这是想玩儿时兴的？"赵连副生气地说："你好好看看我们俩是谁！"杨桂香再一看，眼泪就下来了说："天杀的，你们俩还长个人心！"赵连副说："不是说话的时候，收拾东西，参谋长接你来了。"这一惊非同小可，为了这一天，吃了多少苦，真还活着盼来了，立时止住了眼泪，三把两把收拾个小包，夹着就出来了，老鸨子一见腾地站起，又坐下了，认出来了。赵连副过来用枪在她后腰上顶了一下，老鸨子是什么人哪，哈拉皮、滚刀肉，蒸不熟、煮不烂，软硬不吃、黑白不惧的孙二娘。坐那儿一点儿不害怕，咽了口唾沫说："现在可不是你们的天下了，我这个地方也是个好进不好出的，你们闯得了大江大浪就兴在我这小河沟里抹不过弯去。"赵连副一抬腿抽出了匕首说："你要是还想吃饭，就送我们走。"劈手把杨桂香怀里的小包塞给她，这老鸨子丧气地说："我就知道会有这一天，不过我没亏待她，也没认日本人做爹，我这老命也没啥用，你们走就是了。"赵连副说："我倒不怕你向日本人报告，我们还有大事要办，真要是砸了，也怀疑不到你的头上是不，上绸缎庄，让冯掌柜给你换身衣服。"老鸨子一听也是，扭着屁股就出来了。等进了绸缎庄，见冯掌柜绑在椅子上，明白了，不光是来接这贱人，今天晚上城里要出大事了。赵连副眼睛在屋里踅摸一圈，没有他要的东西，把冯掌柜解开和老鸨子背靠背绑在一起，上身绑好了没绳了，赵连副从大布卷上扯下半尺宽一丈来长的布条，把冯掌柜扯得心肝疼，说："那可是上好的苏州丝绸。"赵连副也没时间搭理他，把二人从腰到脚脖缠个结实，二人是一动不能动，看这麻利劲就知赵连副是何出身了。岳克己对杨桂香说："做件一辈子都自豪的事吧。"一指对面，"去把那屋里的鬼子引出来。"杨桂香吓得也不知道害怕了，半天不敢说话，到这时明白了，这是要砸银行，要是死了有他陪着也算值，出门大步走过去，趴窗一看，四个鬼子正在打牌呢，一看花姑娘，先跑出两个，见杨桂香坐在地上揉脚，两个鬼子哈腰来拉，忽然脑袋一晃扑扑跪在地上，慢慢倒下；后边两个鬼子觉得不对劲，反身要回屋，手一捂后脑也倒下了。这边通宝、岳克己跑过来，赵连副、银梭一人抱一床大被跟着进来，把四个鬼子抬进屋，灯捻暗，岳克己叫银梭跑回米行，叫大泥像和大旗杆带着煤油来银行，银梭和弟兄们一起去江边粮库等他们。银梭飞也似的去了，赵连副用大被把保险柜包上，伸出手枪，对锁打了四五枪看看还是无法打开，岳克己说："算了，把四个保险柜搬在一起，蒙上大被，桌椅板凳都搬了过来。"这时大泥像、大旗杆也到了，岳克己说："我们去粮库，见江边火起，煤油倒在大被上点着，回米行，不许出门，城内必定戒严，三五日后见机回山。"

又对赵连副说："下了他们身上的钱，还有走时把你们这身带煤油味的衣服脱下扔火里。"说完，吹灭了灯，拉起杨桂香飞奔江边。到了粮库，见七八个巡逻的鬼子就在前面，几个人蹲在路边沟里等鬼子转过库院大墙，摸到门口通宝抬了两下手，看门的鬼子倒了，赵连副带人冲了进去。岳克己叫杨桂香趴在沟里别动，自己和通宝守在门口，在死鬼子身上扯下块布蘸血在库墙上写"杀尽日本强盗，还我锦绣河山"。落款：东北军独立二十三团。这时赵连副带人跑出来向岳克己一点头，岳克己向路对面一指，赵连副向身边二人一挥手，三人埋伏在对面。岳克己左边通宝、银梭举双枪伏在右。这时巡逻的鬼子转回来了，看见门口没人，就快步跑过来，一阵枪响，七八个鬼子就回老家了。岳克己说："分头点火。"七个人箭也似的冲了进去，正是月黑杀人夜，风高放火天。等到大火冲天，一行人已划船到了大江对岸。回身看银行方向，大火也烧了起来，城内一片警笛声，这一行人心里真叫痛快。

李福刚拴好缆绳上游传来马达声，李福说："鬼子巡逻艇，咱们躲一躲。"小船拖进苇丛，等鬼子巡逻艇过去了，岳克己说："这要是有准备，岂能放过他们，大军舰咱们都炸过。"李福、李财感动地说："就是那次我们哥俩发了点洋财，一步步跟着参谋长走到今日，我们的心里一刻也不敢忘了您的大恩，让你家姑娘也上船和这位大妹子，也不知道怎么称呼，我们拉着，天亮前得走五十里地，哪能让孩子和大人一样，你也真舍得，这么点就让她跟着打仗。"这几句话把岳克己说高兴了，从来没见这么高兴。赵连副笑着说："她是桦树岭洪大侠的女儿。"李福说："城里没有不知道的，飞刀厉害，天下无双，不知什么样。"赵连副对通宝说："让你李叔见识见识。"通宝摸出一枚，兄弟俩一看说："这不是铜大钱磨的吗?"赵连副说："练的就是力气，二寸厚的木板挡不住，今天晚上没这个，能这么顺当，比我这个好使。"说着，一拍自己的枪把，李福说："可这两日我怎么看怎么像参谋长的女儿，你就让谁看，也得说是父女俩。"岳克己忙接过来说："你别看她还是个孩子，功夫了得，我现在要是中了弹，她能背我走这五十里地。"赵连副听着不顺耳，但也不好说什么，一行人拉着缆绳，说说笑笑，吃着酥豆，东方渐白。杨桂香躺在船舱里，可是睡得自在、舒服，小船忽忽悠悠，悠车一样，还做一个美梦，全团都喊她参谋长夫人了，不叫团长夫人，一下把她乐醒了。听岸上人说："咱们就在这儿过江，上船吧。"杨桂香连忙坐起来，一行人上了船，小船向对岸划去。李福说："要是渴了，里舱有瓢。"不说便罢，有人一说，可不是都渴了吗，清凉的江水一进肚，立时来了精神。李家兄弟扯起渔网说："看看咱们有没有口福。"一网下去，船到岸边扯起渔网，两条大鲇鱼，真让人高兴。船上有锅有盐，李福说："大伙睡一会儿吧，我把鱼炖上。"说完就在水边收拾鱼，众人进了树林，各自找棵大树一靠，便进了梦乡。小通宝可是睡不着，李福的几句话她可是上了心。岳克己也靠在一棵树上看这兄弟二人支锅，拾柴放上鱼，倒上水，一个人点火，一个人不知在找什么。不一会儿，只见李福捧着一抱树枝、草叶，择吧择吧就往锅里放，岳克己凑过来问："都是什么。"李福指着一盘树枝说："这是山花椒，这是山葱，这是山苏子，这个叫酸姜。"满满地塞了一锅，杨桂香蹲在地上烧火，岳克己看着，心里可是犯了愁，不带出来吧，良心上过不去，带回营吧，松树岭就得让她作个天翻地覆。看她乐得那样，大有龙归大海，鸟上蓝天之意，这双贼溜溜的眼睛，看着就吓人，一时也想不出什么好主意。不多时，鱼香扑鼻，李福撅把蒿杆当筷子，柞叶当菜碟，叫醒了弟兄，掀开锅，将树枝草叶扔掉。夹了一块，柞叶一兜，当众人手捧鱼块，凑在鼻子上，咬一小口，这个味，就连岳克己、赵连副常吃四个幌的大馆子，也没吃过这个味的鱼，这才是山蔬、江水炖江鱼。李福说："这鲇鱼还不是上讲的鱼，要是上来两条细鳞鳊、鲤鱼也行，会比这好吃多了，让大伙空嘴啃鱼骨头，真是对不住。啥时灭了鬼子，弟兄们下山，我下底钩弄条大鳇鱼下酒，然后小米饭、鲫鱼汤那才叫对桩。"赵连副说："要是参谋长不亲自来，我一定弄瓶酒在兜里，这时要是有酒可就美了，城里的高粱小烧都不知啥味了，这次弟兄们要是都下来，把城里的鬼子都端了完事，还不是咱们自己的天下！"岳克己说："还没到时候呢，城里这帮鬼子跑不出咱们手，一个也别想活着回去，要是让他们跑了，我就对不起城里的父老。"赵连副见参谋长说话时很激动，手里的蒿子秆断了好几截，又见李福兄弟只招呼众人吃鱼，自己不吃，就说："你们俩从江里打上来，做好了一口不吃，我们也过意不去呀！”李福说：“打鱼的，还差这一口，平日里我们俩打上来的大鱼留着卖，小鱼生火一烤，撒上点盐，就是午饭，一会儿我们俩上船顺水顺风，一桨不用划就到家了。”岳克已像是想起了什么似的说：“粮库空仓，满仓都烧了，城里的粮食要涨价的吧。”李福说：“烧的是鬼子的军粮，老百姓的口粮都在大粮户、米行、粮商手里，鬼子要是没法征粮了，说不定会落价。”岳克已说：“看看这不也会做买卖了。”哥俩笑着说：“鬼子发电厂快建好了，用火磨碾米，米价还会落的，凡鬼子占用的地方就要点电灯了，说是跟白天似的。”岳克已说：“是的，将来晚上行动就难了，有路灯、探照灯，电厂是可以给他炸了，可是建个发电厂谈何容易，将来咱们是要留用的。”说话间，一锅鱼汤汁不剩，李家兄弟拔锅上船，眼看小船飞一样眨眼间消失在晨曦里。

这一行人最得意的便是杨桂香，苍天有眼，这回真是苦尽甜来。岳克已、金中玉这二人到手一个就死了也值，可她哪里晓得天老爷可不是这样安排的。搁下这一行人不表，再说绸缎庄里的冯掌柜和胖老鸨子，火烧银行，老鸨子眼皮没眨一下看得清清楚楚，吓得她血都凉了。仗着还有一个做伴的，可冯掌柜脸朝里什么也看不见，干着急，问老鸨子：“他们怎么进去的?”老鸨子说：“先叫那个小贱人去勾引，这我是知道，日本人见女人立时变鬼，笑嘻嘻地先出来两个往屋里拽，只见这小丫头在腰上摸出个啥没看见，一抬手，两个鬼子就倒了，一声没吭，后面两个开门，一探头就倒地上了。抱着你家大被，倒上煤油，划根洋火，银行就上天了，那四个鬼子也变成了烧家雀。早知道小鬼子这么熊，你天天坐对面看数钱就不动心，干一把下辈子都够花，你穿针引线干女人活烦不烦心！”冯掌柜说：“别说去抢，就你这么一说，我腿肚子都转筋，天生只能干点女人活混碗饭吃。”老鸨子说：“这事可是在你这绸缎庄干的，你说我是报警察署呢还是报宪兵队?”冯掌柜说：“那你先安排好后事再去，你的人去勾引的鬼子，不定你不是个主谋也是个从犯。”老鸨子没拿住，倒让他抓住了刀把，忙转话题说：“城里传这位飞刀大侠原来是个小丫头片子，你也看见了，顶多十五六岁。”冯掌柜说：“你有所不知，凡是剑侠、高人不食人间烟火，一辈子容颜不改，年岁是看不出的，五六十岁小姑娘一样，要是你这模样，还能蹿房越脊，飞檐走壁呀!”老鸨子吐了他一口说：“我是干啥的，摆弄一辈子姑娘了，还能走眼，这小丫头还没长开呢，你就听说书讲古的扯大栏!”冯掌柜说：“别的不说，就人家这手飞刀没个二三十年能练得出来？别看你这胳膊比我大腿都粗，一刀就断。”老鸨子有些信了说：“可也是，那么点的孩子哪会有这大能耐，这都什么时候了，我可真的受不了，你那徒弟怎么还不来?”冯掌柜说：“来不了啦，街上戒严了，银行都砸了，还不折腾个十天半月的。”老鸨子一听傻了说：“我腿都站肿了，这一宿让你捡个大便宜。”冯掌柜说：“这倒是，你这大身板子真是热乎，常言说，好男一身毛，好女一身膘，这要是脸对脸绑三天我都愿意。”老鸨子说：“说你美，你还来浪了。”冯掌柜说：“一会儿出去你请我吃个喜吧，这要是换个刁的，跟你没完，老窑子给你折腾黄了。”两人正斗嘴呢，小徒弟从后窗跳进来，见二人吓了一跳说：“这是怎么说?”忙解了绑绳，二人一下瘫在地上，老鸨子揉着脖子扬着脸，让冯掌柜看脖子下的勒痕说：“你看我这是不是出血了。”半天没回声，一低头见冯掌柜正盯着她那巨乳，气得一扯衣领说：“给你看，可小心你的眼珠子，别掉人家裤裆里。”冯掌柜笑着说：“真要是掉下去，那可一饱眼福了。”让这二人你一句我一句斗着玩儿吧，笔者是没工夫陪他们，这二人在书中也算不上人物，也就是胡椒面，不想多费笔墨。

回头再说岳克己一行，怀着胜利的喜悦进了深山，两个女人可是各有各的心腹事，杨桂香还在做她的美梦。因想起了刘副官说的话，你一门心思在参谋长身上，他也是早就有意，参谋长就在松树岭上，早晚接你当压寨夫人，这一天还真的来了。不像那金中玉给人家当了上门女婿，也就是一条看门狗，还得认日本人做爹，不然那门你也是看不了。蕊香院，警察署，才几步远都没来看我一眼，想着想着忽地打了自己一个嘴巴，不要脸，就要当压寨夫人了，怎么想起那个狼仔子来了。小通宝也是满腹的疑惑，李福的几句话一下子触动了她儿时的记忆，恍惚记得自己姓岳，娘说过，生身母亲把自己交给她习武的，难道他是父亲，他和娘可都是南方口音，他夫人让我叫她婶娘，叔父也是对的，无亲无故不会对我这么亲。娘带自己从南方逃过来，还有人追杀，这么多年养育成人，教我武功，娘一生没嫁人，真是不容易。她们都是好人，可这一切究竟为什么，一定与自己有关，娘的武功天下无敌，为什么要逃到这里？还有金梁一家，这个像父亲的参谋长和他这支队伍，还有娘去救的那人，要找的金盅，这一切的一切，我一定要弄个明白。她正胡思乱想呢，忽听参谋长在后面叫她，她站住了，岳克己走到身边对她说：“把这女人带桦树岭暂住，和你宋老爷爷商议送金家屯安置。”说着递过一捆大洋，接着说：“让女东家给找个合适的人安个家。”通宝想说这女人我怕是带不了，但看岳克己脸色郑重严肃又咽了下去，只得接了钱，岳克己带人拐进密林奔了松树岭，杨桂香心中高兴，身上也有劲，和银梭走在前面，等通宝赶上来，回头一看没人了，问通宝：“参谋长呢？”通宝说：“回松树岭了。”杨桂香一屁股坐在地上说：“那我上哪儿？”通宝说：“叫你跟我们上桦树岭暂住，然后在金家屯给你找个庄稼汉。”杨桂香一听就号上了，大骂岳克己你个挨千刀的，挨大炮轰的，我这辈子就毁在你手里，头一回救我下山送给大烟鬼张家振，张家振临走把我卖进窑子，今天又救我回来要送给扛锄头种地的。姓岳的你回来，今天你不把我送回去，我就死在这儿，做鬼扒你的心，喝你的血，连骨头带肉一口一口啃个一点儿不剩，才解了我这口气。可是任杨桂香怎么哭喊，回答她的只有这呼啸的山风，林涛的吼叫，她哪里知道岳克己早已成为人夫。不知号了多长时间，也是累了，嗓子也哑了，有气无力地对通宝说：“洪姑娘求求你，你那刀片子挺痛快，给我来一个吧。姑娘你命好，从小习武，男人不敢欺负，哪像我让男人当牲口，往后还不知要遭多少罪呢，他姓岳的要早说，我跳大江里就得了。人活一世早晚是死，可到了这，连个上吊绳都没有。姑娘要是不肯下手，你们俩就走吧，只盼着早点来只老虎、黑瞎子也行，也比死在男人手里强。”说完泪如泉涌，小通宝对这女人一点儿同情心也没有，可能是杨桂香骂了她崇敬爱戴且很可能是父亲的岳克己，可又不能对她发火，只觉得这一出让人恶心，对银梭说：“她死活不走怎么办？”银梭说：“我有地方，扔道人那，让她号吧。”说着蹲身背起杨桂香就走，这时的杨桂香极度的悲哀，抱定到哪儿都是死的念头，也无力反抗，在银梭背上昏昏沉沉，似睡非睡，不知啥时到了李铁拐那土室。把杨桂香往炕上一放，李铁拐一看奄奄一息，以为让他救治，忙说："这我可治不了。"通宝说："李爷爷她没病，要赖不走，明天宋爷爷来送她下山。"说完二人出门上山了。杨桂香依稀听见了她们说话，睁眼一看一个鬼站在身边，本不想活的人，也不知道害怕，再看是个披头散发的老头儿，一下坐了起来，吼了一句："你们俩告诉岳克己，不用给我找种地的了，我就嫁给这个鬼，让他心里好受，舒服！"可通宝、银梭早已走远，哪里听得见。

但这一嗓子让李铁拐明白了她的来路，再看这女人生着一双勾魂的眼睛，柳叶弯眉、桃花面，不用问，这是院里的姑娘，几步跑出门外，跪在地上，仰望南天，泪流满面拜道："纯阳大仙，三丰真人，过往仙师，可怜弟子端坐数十年，今日天降法侣，现法、财、侣、地万事俱备，定能克日还丹，弘扬仙法，济世度人，以报师恩。"祝罢起身进林，在一棵葡萄根下，拿起个玻璃瓶，内有大半瓶浆水，喝一小口清凉甘甜，甚是可口，可名之为葡萄甘露。取法是选多年的老山葡萄藤，挖出一条侧根，斩断插入瓶中，数日后便得一瓶葡萄浆，然后培上藤根，于葡萄也无大害，其味甘甜，生液散浊，防衰延年，久服可长命百岁。李铁拐乐颠颠地回到屋里，见这女人一点儿不喜外，枕着自己的行李舒舒服服地睡着了。站在那从头到脚仔细打量了一番，抑制不住内心的喜悦，忽觉得应该弄点吃的，她一觉醒来定会喊饿，可米袋里只有小米、高粱米别无他物，心中好沮丧，恨自己一能没有，这要是宋炮定能弄个兔子、野鸡让这姑娘欢心。想那上古之人，群居野合，你如打一只羊，可领一帮姑娘，点堆大火，慢慢地烤，尽情地跳，那是怎样的快活。如你打了一只兔子，也能领一个姑娘点堆小火，烤好了兔子，待那姑娘吃饱，自己将残肉剩骨打扫了，那姑娘也会献上一夜的温情。如你只抓了只老鼠，或是一只麻雀，那你只能孤零零地躲在一边。远远地看着别人的欢乐。想当今，穷人和富人亦何尝不是如此，此为生存法则，千古不变。可叹自己残足一只，鼠洞一座，苟延在这大山里，所剩者，只这一颗欲夺天地造化的雄心。自从寄娘相助通了周天，功力大增，想到这儿又有了精神，梳头洗脸换了件干净的衣服，淘米、生火做了一碗松仁高粱米粥。杨桂香一觉醒来，要解手，李铁拐送出门外，一指前面大树，杨桂香看着那树后，这么远，一回身脸对着李铁拐，眼睛看天，脱下裤子就行事，两人只距五步，旁若无人，李铁拐转身入林，只觉好笑，心说：“这女人要是开了脸，就没有做不来的事，说不出口的话，今天这也是长了见识。”杨桂香尿完起身进屋，看这地窨子，原是一块突出的山石，中可蹲人避雨，当年宋炮下挖二尺，便可站人，外用碗口粗的圆木斜靠在石上，圆木外埋土，一间简便的土室便成了。虽经翻新重修，现已浸没杂草丛中了，不近前细看，是看不出为人之居所，石后空隙有一空山水流，一天可接两桶，冬天只好吃雪水，到清明水流复来，很可人意。杨桂香站了一会儿，低头进屋，见锅台连着一铺小炕，伸手可摸石顶，一个小门，下半截钉张黑瞎子皮，说是野兽再不近前，上半截糊张窗纸，小屋就靠这张纸进点光亮，屋小不通风，可是没有烟灰尘土，腌臜气味，土室且冬暖夏凉，很是宜人。此人隐藏于此，必为官府通缉要犯，忽地门响，那人回来了，怀里兜着硕大喜人的蘑菇。杨桂香这才看清蓝布长衫下露出一支木腿，头发挽在头顶上，如果没有胡须，倒像个旗人老太太。五十上下年纪，中等身材，瘦挺精神，脸泛红光，二目有神，心说必是凶狠杀人的胡子装成这样，这人还真是费猜想，但跟那丫头片子是一路，这倒不用害怕了。他看了杨桂香一眼，没说话动手炒蘑菇，炒好了递给杨桂香，锅台连着炕真还方便，又端上煮好的粥说：“姑娘饿了吧，山里没有好吃的，只能解饿疗饥。”杨桂香说：“生了一肚子气，这时头晕恶心，哪里吃得下！”李铁拐打开药箱，拿出一粒红色药丸说：“这是安神醒脑丸，”又拿起玻璃瓶说，“这里是葡萄甘露，将药服下头疼立除。”杨桂香信以为真，接过药丸，玻璃瓶，瞅了一眼那药箱，见里面满是瓶罐药包，试探着问道：“你是看病的先生?”李铁拐点头说：“我本想给姑娘扎一针的，怕姑娘胆小。”杨桂香不用疑心了，将玻璃瓶送到嘴边尝了一口，也没多大甜味，不过在这大山里，也算难得了，哭号了大半天，早已口干舌燥，吞下药丸，几口将瓶中甘露喝光，又不好意思再要。这时只觉一股香气冲上头顶，下蹿阴阜，杨桂香娼门中人，心下明白，这是春药，不由得好笑，我还怕这个。不过也让她明白了，这人可不是良善之人，倒要看看他要什么把戏。只见他闪着两只色迷迷的三角眼说道：“姑娘好些了吧，再趁热喝了这碗粥，便没事了。”杨桂香说：“只此一碗，哪好独喝。”先生笑道：“姑娘何人，不便多问，但我是何人却须告诉姑娘，我已修炼四十年了，不敢说不食人间烟火，平时三日一碗粥，便可度日，十天前用了辟谷丸，可一月不食，姑娘但请自用，不必客气。姑娘吃完了，好听道人的故事。”杨桂香听了心说：“原来是个杂毛老道，饭做得倒也干净，今天我就吃了他这顿斋饭，谅他也吃不了我。”端起碗喝了一口，才知是松子粥，松子吃过，可都是当瓜子吃的，放在粥里堪称神品。蘑菇也常吃，可今天吃着有点儿草木的香气，看来人在山里隐居，也是自有其独到的好处，没进过大山，如何晓得。杨桂香吃完，二人对坐炕上，道人说：“敢问姑娘因何至此？”杨桂香听了，半晌默然。道人说：“冒昧。”接着便洋洋洒洒讲起了自己书香门第，富家公子弃家学道，医术医德，称颂一方，助人急难，救人无数。日本人来了，想盗我中华炼丹绝学，怕我跑了，剁去一足，为报此仇，用计毒死关东军城防司令官。经仙师指点逃至此处，隐居修炼，我三十一岁入观，今年七十三岁了。”杨桂香说：“那你该是爷爷了。”可心里明白，一根白发没有，脸上没皱纹，牙齿齐全，谁信？这不鬼话吗，富家公子，弃家学道，那是把家败没了，这又是一个王三公子，就说：“师父不像七十三，倒像三十七，今天真是见到神仙了，看你这样，真能长生不死了。”道人说：“彭祖八百岁，吕祖二百七十岁，张三丰三百岁，我师道光时人，也一百四十岁了。如愿驻世，还可夺舍，佛家转世，我门高其一筹。”杨桂香说：“你说的夺舍，是不是聊斋鬼故事里讲的借尸还魂，这还是真事啊？”道人说：“修到元神也现，寻一刚死之人，从其百会冲入，便可借他肉身存世，上天生人，原是有备于此，只是不为人知，人有三脑，世人只用其一，人死脑先死，再生亦无知，我入自有居所。”说到这儿，又觉凄然，想我那祖师张三丰，朱棣给他修个金顶，他都没敢露面，未免太不仗义了，想是他也没那本事，让朱棣长生，盛名之下其实难副。想这小小的周天，尚需人助，修到元神出窍，更不知何年，师父死后盲修瞎练二十年无长进，历代修者如牛毛，成者是凤角，想这世上事，多是可想不可做的，今日有此艳遇，岂能错过。想到这儿便有些按捺不住了，用话挑逗说：“姑娘看此时此地，倒好有一比，好比那上古开天辟地之时，天地间只有你我一男一女，世上之人皆你我之子孙，你我便是人之始祖。”杨桂香听了心中明白，今天落在这鳖洞里，不是喂狼，就是喂鬼，撇嘴笑道：“只可惜你已七十高龄，若是年光倒转五十年，也不行，那时你正在烟花巷里做鬼，没想做始祖。”说完大笑，道人亦笑道：“上天降你至此，必是让你成就一位金足大仙，天意不可违。”杨桂香瞅着他笑道：“就你脚脖子上接的那块木头，还金足大仙。”没等说完笑倒在炕上，道人没理会她，打开药箱，拿出个用鹿皮包的小包，打开小包，立时荧光满室。道人说：“此珠名孔雀暖玉，采撷日月星辰之洁光，经风霜雨露之润泽，山川树木之钟秀，世间精灵，奇珍之瑞气孕育而成。价值连城，请姑娘收下，姑娘从此可富比陶朱公，小日本长不了，尽人皆知，待其败亡，姑娘回到家里，置起田产，再不为衣食发愁。”杨桂香说：“宝贝给我了，师父你呢?”道人说：“到那时结成金丹，太平世界，遍游名山大川，寻师访友，功行圆满，跨鹤飞升，此吾之鸿愿也，身外之物，出家人视为粪土。”说话时昂首挺胸，很是感慨，想其苦熬干修数十年，这其间的苦乐悲辛，局外人哪得而知。杨桂香接过珠子，捧在手上，见如蛋黄般大小，闪着绿中带黄的莹光，心说这东西，稀世珍宝，我要收了，怕是命就没了，沉思片刻说道：“这宝贝师父你收好，别说我一个弱女子，就是城中大买卖家，玩儿这东西怕也会招来杀身之祸，师父送此大礼，不会是挖心喝血吧?要是做那男女床上之事，不信你还有这能耐，怕是半宿连头也抬不起来。”道人说：“我最喜你这爽快之人，还没请教尊姓大名。”杨桂香说：“叫杨桂香，杨家庙人。”道人又重复多遍，在这深山老林，漆黑的夜晚，土室恰如鬼的世界，宝珠的荧光下再看二人亦如魔鬼一般接在一起。杨桂香觉得有股凉气在阴内盘旋，极其畅快，道人直挺不动，看杨桂香的脸由红变紫，两腿颤抖，觉得是时候了，猛插几下，忽地一抽，淫水便直射出来，道人跪地用嘴接住咽下。依然钳住阴户不松口，两手在杨桂香腹上轻揉，杨桂香这时又觉一股热气直冲胞宫，周身奇痒。道人如婴儿吮乳一般舔吸起来，杨桂香哪里禁得住，挺了几下身，两腿一蹬大叫一声淫水又冲了出来，道人接住咽下。起身连声叫好，绝妙修丹伴侣，胜似金童玉女，寻常女人哪有这种韵味，一经男人挨身，便难以自持，津液横流，在院中亦称上品，难怪松树岭大队人马去接她。

道人以手揉了几下小腹，上炕闭目端坐收腹提气，默运周天。杨桂香拿眼看这道人，心说，这老杂毛，也许有点儿道行，那物能射出气来，再看道人那物已不见，心中好奇道：“完事了？不怕憋出回马毒？”道人说：“修炼之人，用时阳具出来，完事藏象，一日可十数交，再无精液射出，精随气行，还精补脑，便为修炼第一步功夫。”杨桂香笑道：“再加上老娘那股臊尿，你喝了就成了金丹，这不笑死人了。”道人说：“那叫华池金液，连李时珍都倍加推崇，称作秋石，一味上好中药。”杨桂香说：“你准备好尿罐，我都给你留着。”道人说：“那就是臊尿了，好比男人，虽从一孔而出，但精是精，尿是尿，姑娘金水旺盛，非比寻常，不是每个女人都有，十有一二而已。”杨桂香好像想起了什么似的说道：“古书上骂你们叫牛鼻子道人，原来是这么回事呀！”道人说：“这话也不算骂人，世上早有双修一派，男女交媾，不独愉悦身心，且能祛病。人患血痈（日本人叫血压高症）周身血流不畅，且头昏目胀，起坐眩晕，血流齐聚中宫（大脑）故也，轻则瘀塞，重则崩裂，若勤行房事，血流集于阳具，则头清目爽，身轻体健，百病不生；若久无房事，阴精随血而行，无处耗散，则必成淋痨（日本人称尿糖症）且终日不饱，古称馋痨。”杨桂香说：“原来你们神仙是靠玩儿女人长生，传说当年吕洞宾和白牡丹，三天三夜不分胜败，不信你有这本事。”道人说：“你我今日一遇，也不亚于当年吕洞宾和白牡丹。”杨桂香心说：“我今天就要耍这个老杂毛。”这时天已大亮，二人一宿没睡，仍无倦意且谈兴正浓。杨桂香在道人大腿根处抓了几下，道人那物便从肚子里钻了出来，杨桂香一看，也就常人之物，心说什么修炼，也就点床上功夫，我见多了，还说一日可十数次，就他这岁数，有三次就直不起腰来我也信。然后开口笑道：“我今天也是开了眼，见到神仙的物件了，不信他能战三天三夜，有一袋烟工夫就算你能。”道人让杨桂香一激，这道心再也胜不了凡心，抱住粉团般的美人又做起美来，杨桂香歪头咬住他的耳朵，两腿盘在他的屁股上，双手拦腰一抱，道人休想动弹。道人心里自以为她动情，没多想，只觉阴内咬动，很是惬意。正得意之时，忽觉阴内有数条小舌舔舐那物，想退出动弹不得，大叫一声不好，连忙攥拳翻眼，咬牙吸气，可哪里管用，精关一开，一泄千里，也只能美美地享受一番了。杨桂香松口，撒手，道人却意犹未尽，赖在身上，杨桂香觉得道人那物一撞一撞又挺将起来，便放松肌腹，周身更加松软如卧绵上，道人更加动情，不由得心荡神驰，再也把持不住又射了出来。杨桂香歪着头，瞅他笑道：“你这是哪家丹法，就这点儿工夫，也就能来个连发，还仙家呢，你这是射家。”说完大笑。道人也不生气，两眼痴痴地直在那儿。这女人的美，笔者也是道不得的，更不知对错。只见酥胸似雪，两乳迷人，用手轻抚，醉人心田，再看弯臂如玉，丰腿圆臀。道人心说：“这女人必是杨贵妃转世，可惜明日下山，便属人妻，空惹相思，今日岂能放过！”这道人几十年未近女人，早已成色中饿鬼，道行功夫哪里还派得上用场，那物突突地射个不停。道人说声：“不好，我命休矣！”话音刚落，便昏厥过去。

要知道人性命如何，且听下回分解。

第十五回

巧突围再惩鬼子兵　脱金蝉火烧洪家店

上回说道人纵欲身亡，然现今之人纵欲而引发心肌梗死亦不在少数，只是无人说破罢了。道人身亡，可命不该绝，这杨桂香年岁不大，却是风月场中的老手，若是那农家女人，便也一命呜呼了。只见杨桂香不慌不忙，翻在道人身上，以嘴接气，下身轻轻蠕动，不多时阴内已觉道人那物渐渐疲软，鼻内也有了一丝进气。继尔道人睁眼，只觉这女人口内嘘气如兰，一缕清香直透头顶，使劲吸了几口，渐觉下身有了知觉，胳膊、腿也能动得。杨桂香还在身上轻轻抚慰，道人心知已是死了一回，很是感激，止不住两眼流出了两行老泪。杨桂香看见道人呼吸均匀了，才起身穿衣。这时已是日上三竿，二人折腾一宿早已饥肠辘辘，杨桂香见道人勉强穿上了衣服，再没力气下地，只觉好笑，没办法，只好自己生火煮粥，炒蘑菇，道人这回喝了三大碗，绝口不谈修炼辟谷，热粥进肚，也有了说话的力气，谢过搭救之恩，问："如何临危不乱熟知房中救急之方?"杨桂香说："院中老鸨子心术不坏，似这等因脱精、回精、惊吓而死，她多有经历，也为娼门必知，常有多年老跑腿子如你一般，几十年猫屄儿、狗屄儿没摸着的。"说着笑了，"上床最易出事。最常见为脱精，为射精不停，精尽而死，若阳物未举便射，而不见精出，此为回精，这二种多能救转。若二人正得趣之时，突遭惊吓而死则无救，你们仙家当然不在此列，方才你好悬没成仙是吧?"道人自觉惭愧，不过让他明白道家那千古不传的下手工夫，原来也是自欺欺人，实际就是她说的回精，事后随尿水而出，哪里炼得成气？见杨桂香收拾完碗筷，站在地上没有坐处，动了一下身子，腰杆如折了一般疼。这小炕原是顺着睡一人正好，道人将身子团成一团，横在炕头，给杨桂香腾出一半，杨桂香也将身子团在一起，枕着自己的小包进了梦乡。不知啥时一阵枪响将二人惊醒，杨桂香说："日本鬼子打上门来了，烧了人家的粮库，砸了银行，岂能善罢甘休！"问道人能跑吗，道人说："哪里跑得了，咱俩只能等死了。"说完不胜悲切，可看杨桂香一点儿惧色也没有，转思之，有这一夜的艳遇，更兼有美人陪死，有此善果，实为难得。从药箱里拿出两丸闭心丹，递给杨桂香一丸说："一会儿日本人进来就服了，岂能受禽兽羞辱！"

不说二人坐等大限。再说这枪声，原来是雄野被上司狠狠地训斥了一顿，老羞成怒，要护送劳工的一干人马，交接后连夜回城，要杀他个措手不及。只让这些人打了个盹，留下金中玉看家，天刚蒙蒙亮，匆匆吃完了饭，宪兵队一百来人，保安队五十多人，鬼子汉奸共一百五十多人，上了两辆汽车。雄野到了桦树岭下，不由得想起了马队的惨状，被逼死的井川，粮库银行大火，共产党也趁机大造反战宣传，一夜之间，满城标语传单，一时四面楚歌。这一切今天都要算在你这个杀人无声无息的飞刀女贼头上，今天是有我没你，有你没我。此时的雄野就像一头被激怒的野熊，挥舞着战刀，凡阻挡他前行的小树，横在眼前的树枝，就当敌人的脑袋，气急败坏地左一刀右一刀，发泄心中的怒火。他这一折腾，惊了林中正在梳理晨姿的山鸟，人有人言，鸟有鸟语，姐妹们哪，灾难来了快逃吧！惊飞的鸟群越聚越多，宋炮清早起来，听见空中飞鸟哀鸣，开门一看，很是反常，忙叫出众人说："定是鬼子大队人马上山了，惊飞了山鸟，你们顺着鸟飞的方向绕上松树岭向参谋长报信。"宋炮返身进屋，把一瓶黑色的药水，倒在水缸里，又将一兜半干的山梨片摊在门口的木墩上，背起猎枪快步赶了下来。通宝等人没走多远，顺着刚升起的太阳，看见了鬼子兵围了上来，宋炮赶过来一看说："不能从这下山了，屋后林密，从后山冲出去。"一行人又跑了回来，这时鬼子已经发现了他们，就响起了枪声。后山的鬼子也是拉网式地围上山来，听见枪声，快步向山上冲来。通宝在前向冲上来的几个鬼子抛出了飞刀，打开一个豁口，一行人冲了出去，等跑下了桦树岭，后面传来宝马的嘶鸣，宋炮说：“鬼子进院了，这马见了生人就是这种叫声。”深恨自己一把年纪怎么这么不拿事，怎么忘了牵马，寄娘、鲍兄回来如何对答，日后下山该有多难。通宝倒不以为然说：“哪天进城牵回来就是。”宋炮心说：“小孩子没吃过亏是不长见识的，这要是让日本人堵在屋里……”他都不敢往下想了，可心里也明白，今天早上就是想到了也未必牵得出来。不谈宋炮的懊恼，再说雄野摸到了木屋，不见动静，后山报说：“人已逃走。”雄野这口气没处发泄，打了来人一个嘴巴。冷静下来，觉得仍不可大意，中国人狡猾得很，这几年吃了多少亏，连个人影还没见着呢。叫保安队围住木屋警戒，日本鬼子已冲进了木屋，灶坑里尚有红火，雄野进屋没等细看，听见马叫，转身奔了出来，几步冲到马棚一看，激动得跪在马前流下泪来。就为你们三匹马，我的马队死得惨绝，我自己也死了一回，总算没看走眼，天可怜见。今天终于落在我手。马牵到院子里，左看看右瞧瞧，欢喜若狂，他仿佛又看到了希望，这三匹马可以洗刷自己的一切过失。心中正得意呢，扑扑倒地四五个人，口吐白沫，人事不省，惊恐未定屋里又倒下七八个，一问是喝了凉水吃了梨干眼看着翻眼断气了。雄野这一下又气个半死，吼了一声，烧了这匪屋，等点着了火，一想不好，马有恋巢的习性，它会冲进火里烧死，忙又叫灭火，气得在院中哇哇怪叫，把药死鬼踢了一顿，你们把大日本皇军的脸面丢尽了，怎么也不能死于嘴馋哪。吼骂了半天，仍不解气，集合，把鬼子汉奸统统骂个狗血喷头。骂够了，把尸体往马背上一搭，剩下的让保安队抬着，恨恨地带队下山了。刘歪嘴可是暗自欢喜保安队没摊上一个。

再说通宝一行跑上松树岭见了岳克己说：“鬼子打上了山!”接着引见了宋炮，说了脱险经过，岳克己高兴地说：“平安撤出，很好!”可一看不见杨桂香，忙问：“那女人呢?”通宝说：“昨天你走后她就闹，死活不走，作的我没法，留在道人爷爷的地窨子里了，没跟我们上岭。”岳克己一听急了，这要是让鬼子发现了，还有好，可这时跟孩子发火也没用了。吩咐赵连副叫上二十个弟兄准备下山，自己也忙着打腿绑、压子弹，对通宝说：“带你们师弟上伙房吃饭，吃完跟你婶说话去吧，她想你了。”然后对宋炮说：“是宋大哥救了孩子，我替孩子谢过了。”宋炮听了，有些不解，怎么好像是他的孩子似的，不过也是好意，就没多想，只对岳克己说：“可惜宝马落在鬼子手了。”岳克己说：“我带人撵他们去，伺机行事，那女人只好劳大哥送金家屯，还有一事，如能见着金中玉，对他说山上需要日本人的消息，福财米行两兄弟是山上人。”宋炮说：“这好办，我和喂马的长工老头儿用小车推着把人送亲家去，顺便看看孩子。”岳克己收拾好了和宋炮进了伙房说：“宋大哥请用饭，饭后自己下山，要是能牵回那宝马才好。”宋炮说：“请参谋长放心，人一定平安送到。”岳克己转身对炊事班长说：“准备三份干粮给猎人带着。”炊事班长说：“正好有水磨三合面，烙十张牛舌饼，蒸块腌鹿肉，参谋长看行吗？”岳克己点头，转身向宋炮一拱手出门，和赵连副等人飞快下山了。

刚下到山底，远远听见人马声，不一会儿就听清了日本人的呵斥声。他们拐过一个山弯，岳克己看清了前面五六十个鬼子，三匹马后三四十个鬼子，最后是保安队。岳克己觉得今天反常，以往都是让保安队在前面开路，当替死鬼，今天他是觉得后面不安全，还是太自信了，我是不管你是怎么回事，要是这么放过去了，也丢人哪，可他们这么多人是要吃亏的。岳克己沉思片刻说：“咱们打马前面的鬼子一个黑枪，一人一梭子，顺小路向前跑，在前面等他们上来，再给他一梭子回山，不要伤了马。”鬼子近了，岳克己的枪先响了，接着二十支盒子炮一齐响，等鬼子从地上抬起头，掉过枪向枪响的方向打去，早已不济事了。再看三匹宝马听枪响立刻卧倒，雄野喜欢极了，叫刘队长保安队掩护，尸体不带了。刘歪嘴看自己的人一个没伤，明白了，用手比画，枪口抬高半尺，向林中放了一阵，半天没动静，雄野爬起来一看，死了九个，伤了七个，简单处理一下，只好把马上的死人扔了，把受伤的搭上马背，喊了一句，急行军回城。走不到二里地，忽地又一阵枪响，枪声过后，一看又死伤二十多人。雄野叫保安队在前面开路，刘歪嘴心里暗叫参谋长高抬贵手，日后歪嘴一定补报。

再说宋炮吃完饭，炊事班长递给他一个小筐说：“参谋长叫带的。”宋炮谢过，对通宝说：“回家把水缸里的水换了，我下了毒药，外边晒的梨片也是给日本人吃的，鬼子要是没动，那可白费劲了。晚上机灵点，你娘没在家，你就是大人了，领师弟们好好练功，我三四天就回来了。”说完和喂马老汉下了松树岭，奔道人土室。这边杨桂香和道人手里攥着绝命药丸，倾听着外边的声音。半天不见动静，静得连树叶落在门前都能听得见，不多时，又一阵枪声，然后又归于寂静。不知啥时道人忽说有脚步声，杨桂香一把将药丸填在嘴里，道人一见急了，对她肚子就是一拳，杨桂香一呕将刚咽下的药丸吐了出来，道人捧双手连吐沫带黏痰接住。用嘴将津液吸了说："美人津液得之不易。"然后捏住药丸接着对杨桂香说："别看这指甲盖大的一丸药，也许世上只有这两粒，服了可假死三日，如遇用家，值万金亦未可知也。"可心里知道，古传之方，未经验过，吃了活得来活不来，便不得而知了。杨桂香见他如此下作，只觉可憎，这时脚步声越来越近，道人说："这脚步我熟悉，定是猎人到了，猎人走路，自有法则，无落地声，而是趟草声。"说话间，外面人喊李道兄，人也随声音进小屋，见李铁拐龇牙咧嘴勉强支撑着坐起来，宋炮一见就明白了，和这女人没干好事，就打趣他说："当心你这把老骨头。"然后对杨桂香说："来接姑娘下山，可信得过猎人?"杨桂香说："我在这儿，你这位道兄就成不了仙了。"说完大笑，猎人也笑了说："那咱们上路吧。"三个人出了小屋，猎人拉出苫在草棚下的小推车一看，依如前年模样。让喂马老汉擦拭干净，自己从身上摘下葫芦，去屋后灌满水，进屋和道人不知谈了些什么，笑呵呵出来。叫杨桂香把小包放在车上，坐在包上，递过小筐，杨桂香接了，喂马老汉推起小车，猎人在腰上解下皮绳拴在车上拉着。山中无路，林密难行，杨桂香觉得这不合适，下车自行，转过桦树岭，猎人在前面发现十多具日本人的尸体。心说，参谋长没白下山。近前一看见有口鼻流血的，脸似泥土，知道这是自己毒死的，也消了心中的怒气，看那中弹的鲜血流尽，脸似白纸与那冻死鬼一个模样。三人前行不多时，又发现二十多具鬼子尸体，原来鬼子二次中弹后，雄野急着出山，没管尸体，等出了山林，发现马上受伤的也死了，雄野叫埋了，大队上了汽车，自己上了天马，得意扬扬，以胜利者的姿态回城了。再说宋炮三人，这时也出了山，坐在树下休息，放眼望去，一马平川，日本人早已没了踪影，实际他们只距半个时辰的路，看看天已近午，宋炮说："打尖吧，再走连个树荫也没有了。"杨桂香把小筐递过来给宋炮，宋炮从腿上抽出刀将鹿肉一切两半，用刀叉起一块给杨桂香，杨桂香说："再切。"宋炮说："你吃吧，这是鹿肉，你未必吃过，打猎的已吃够了。"杨桂香拗不过，只得接了，另一块给了喂马老汉，自己摘下葫芦喝了一口，递给杨桂香，杨桂香吃了块肉，吃了一张牛舌饼，坐那儿看远方。她要去的正是金中玉的家，心中恨恨地说："真是冤家路窄，我倒要看看是个什么样的女人，你甘心给她当看门狗，好便好，不好，看我不作你个家败人亡！"不一会儿小筐空了，宋炮招呼她上车说："这路可是难走，半夜到家是快的。"杨桂香也是累了，上车拿眼看这二位老人，忽地想起老父，这二人有父亲的影子，看着觉得亲切。也不知道二老这时在哪儿，因自己的过失让二老吃苦，自己真还不能死，都说日本鬼子长不了，等打跑了日本鬼子，我要找你们回来过几年安稳舒心的日子。想着想着心里一阵难过。小车晃晃悠悠，杨桂香迷迷糊糊睡着了，不知啥时被人叫醒，借着月光一看，这是一户大人家的门口，向院里一看好几辆大车，一排牛棚，知道金家大院到了。

不一会儿猎人和一个年纪和自己差不多的女人来到跟前，一见杨桂香，高兴地说："我的好爷爷你可帮了我大忙了。"二话没说，叫开对面大门，把三位让进大院。杨桂香心说：这位就是大院女东家了，看样也没啥出奇的。开门的是胡先生，女东家对他说："太巧了，比说书还巧，上你屋。"胡先生进屋点上灯，众人跟了进来，炕上睡个十多岁的孩子，女东家一把拽起来说："柱子快起来，师娘来了。"然后卷起小被，把杨桂香连拉带拽让到炕里，看了胡先生一眼笑着说："你们说会儿话，我叫他们热点饭，这都半夜了，不定饿成啥样了。"说完拉着金柱夹着小被出去了。胡先生高兴，已明白了女东家的意思，不由自主地看了杨桂香一眼心说，这么年轻，怕是难得长久。杨桂香也正看这屋里一切，炕上铺着新炕席，地上一张八仙桌，桌上满是账本、书本，先生用的东西；靠墙还有一张小课桌，两把小椅子，屋里散发着木头的香味，对了，这房子刚盖好。这时女东家抱着一床崭新的大花被，后面跟个小人，头上扣挂个大饭桌，手里拎个小筐。女东家进屋放下被，接过饭桌放在炕上，二人从筐里拿出两座蜡台，插上大红蜡烛点着，立时红光满屋。杨桂香一眼就认出来了，这不是搂我脚丫子睡一宿的那个小家雀吗？差点儿没笑出声来，连忙咬住嘴唇。看这小人站在地上，比饭桌高出一头，往桌上摆杯盘碗筷样子很好笑。可就这么一会儿，点个蜡烛，摆个餐具就让杨桂香看明白了，这小人无论干啥都看女东家眼色行事。不多时两个老女人送来饭菜，一大一小俩筐，放下就走了。女东家让宋炮说："你老是长辈坐炕里。"宋炮说："腿不会拿弯。"最后只得胡先生、春常上炕，坐在杨桂香两边。女东家先拿上四碟压桌小菜，大户人家，自有大户的做派，这么晚了，一时配不出来，倒碟大酱，切个葱段，也要凑齐。接着四大盘，一盘摊鸡蛋，一盘炒粉条，一盘麻油豆腐，这为农家常菜，一盘蒸肉。女东家说："八月节杀的猪，老家习惯，切成豆腐块，煮熟抹上大酱穿成串，吊在房檐下，五月节杀猪吃到八月节，八月节杀猪吃到上冻，就是预备来客人的。都说这个味好，跟腊肉不一个味，今天晚上要是现杀鸡，怕是天亮也吃不到嘴。"小筐里满满一筐黏火烧，女东家夹出两个递给杨桂香说："尝尝我家黏高粱米面的火烧，别人家没有的，铲地时黏火烧麻油豆腐，角瓜汤管够，榜青的吃好了，第二年还来。种子是老家带来的，这屯子哪家都想要，那可是不能给，我大你几岁算是姐，给妹妹做主。我家胡先生一肚子学问，够妹妹一辈子受用的，嫁给先生，做个师娘，谁不羡慕？明天上老太太坟上磕个头，了了老太太的心愿，只是没来得及给先生做件长衫，现成的洋花旗布，洪老板送的。你们择日不如撞日，要不怎么说是天缘呢，先生刚盖好房子，这炕今天才睡了三宿，这床大麻花被……"说着手指春常，"他背着我买的，从来没背着我花过钱，你说这是不是给你预备的？"其实这被就是那次偷钱买的，要给金中玉回家盖的，女东家没舍得用。杨桂香心说，什么嫁不嫁的，我走到这一步还能说啥，可管咋地是个账房先生，总比扛锄头铲地的强。拿眼看这先生，年纪大些，跟那牛鼻子老道可不是一路人。再看这小家雀想喝酒，还得看东家的脸子，那女人不睬他，他就不敢喝，心里越发好笑。这要是对她说，别看他人小，可胆大，敢逛窑子，在我的炕上睡了一宿，我的妈，这女人能跳起来把他掐死。众人不知就里，看她喜形于色，以为她很中意这婚事，都很高兴，频频敬酒，杨桂香是来者不拒。独春常不敢，杨桂香端起杯说："小哥怎么称呼？"胡先生对她说："就叫二东家吧。"杨桂香笑着说："那就干个双杯。"这两杯急酒下肚，她可就坐不住了，一歪身倒在春常身上，春常架不住，二人倒在炕上。女东家说："咱们也别喝了，别误了先生的好事。"饭桌往地上一抬，宋炮架起春常，一进春常屋，两人鞋没脱，头朝里枕着大行李就吼声响起。宋炮那是累的，这春常可是美的，酒桌上心说："怎么会有这么巧的事？还真是个明白人，要不可就惨了。"一高兴，偷着喝了几盅，也就多了。新房里胡先生可是一点儿睡意都没有，看着这如花似玉的美人，此情此景，自己好有一比，今晚真好比那独占花魁的卖油郎，将美人的身子摆舒展了，拿起这水葱般的小手，心里无比的熨帖，可一看这手上半条命线，三条性线，不由得心里恐惧。不知啥时，叹息一声，如此美貌，却非福寿之人，真的可惜，燃烧起来的小火苗又熄了。等杨桂香一觉醒来，院里已有说话声，看看自己衣服整齐，先生端过来一碗温水说："昨晚喝多了吧，喝口水吧。"杨桂香顿时生了几分敬意，接过水碗，二人互问了些家事，末了杨桂香问："你们这女东家和二东家怎么说？"先生讲了她们的故事，杨桂香听了，不时地为之叹息，先生说："这大院的日子，过得这么兴旺，是大东家给日本人卖命，才有这日本人不进院。"杨桂香心说大东家的事，我可比你知道得多，原本生金中玉的气，这时也消了，觉得做人本该如此，你这个汉奸当得也值。这时女东家带人端着早饭进来说："进了我家大院，就是我家人，要什么只管说，要是觉得委屈，也跟姐说。"这话一出口，觉得不妥，脸色很难看，这是自己的疼处，一时无语，杨桂香这时倒心生爱怜了，要说你受的苦那是真苦。从心里往外苦，我受的苦，是可以苦中作乐的，本来一腔怨气，也就化作西北风了。这时外边有人叫女东家，女东家安慰几句和胡先生出去了。杨桂香吃了饭，出门看对面院子里二东家也向这边看呢，二人出来坐在井台上大笑了好一阵。末了春常对杨桂香说："要是让她知道了，非饿我三天不可，我三天不吃饭死不了，可是能把她气死，牛脾气可大了，常了你就知道了。"杨桂香听了，一阵伤心，怎么有情有义的男人我一个也摊不上，不知跟这老先生能走到哪一站。春常看她脸色难看，就说："到这儿了，放心，没人难为你的，好歹我也是二东家。"

搁下这二人不表，再说留在城里看家的金中玉，知道雄野这时进山林密难行，占不着便宜。果不其然，人没见着一个，搭上五六十个鬼子回来了，要不是缴获了三匹宝马，雄野只好撵井川去了。可这也会促使鬼子下决心，调集重兵来围剿的，势必有场大战，桦树岭这几个人只好钻林子。岳克己倒是可以和日本人较量一下，关键是日本人的消息我怎么送，山上要是得不到信就会出大事。这晚金中玉回家，见宋炮也在，笑着说："这打猎有下药，还有什么招?"宋炮也笑着说："还有下套、下夹子、挖窖、地枪、地箭、翻板。听说鱼皮鞑子，他们离这也不远，十多岁小孩儿就敢一个人进山斗大老黑。用细钢丝做个套拴在树上，躺下装死，等大老黑闻到人味来了，一看是个死的，就掉屁股蹭，这是大老黑的习性。这小孩儿就给它挠痒痒，趁机把钢丝绳拴在卵子上，一会儿就勒死，小孩儿回家领大人来抬。要是母子，小孩儿就对着屁眼一刀，大老黑嗷的一声冲出老远，在地上转，找刀，不多时就死，这靠的是胆量。日本人进山，猎人这些活也好使，前天是不知道信，没得手，最心疼的是那三匹马。对了，你回来得正好，岳参谋长有话。"宋炮学了，金中玉说："这就没事了，回山尽可以放心睡觉。"两人聊到深夜，金中玉回屋吓唬女东家说："不能让那女人出院，传出去日本人要找麻烦的。"鹊儿说："猎人爷爷对你说了?"金中玉点头说："团长没儿没女，对我格外亲近，那十块金砖就是团长临走时留给我说媳妇的，他的夫人落在咱家应当另眼看待。"鹊儿说："那咱们按一等劳金给算工，让她高兴就是了，也不用她干活，伺候好胡先生就行了。"金中玉高兴地说："你这把家虎头一回这么大方。"女东家瞪他一眼，摸着自己的肚子说："我还不是为了你，这么快就有了，这要到四十六不生十个也给你生七八个，老太太说了要是有十个儿子，到时要当一百个孙子的奶奶，这几垧地够干啥?"女东家没说完，金中玉打断了她的话说："再有一百垧地累也累死了。"伸手拦腰抱起说："明天还要起早呢，到当爷爷的时候，脑袋不知在哪儿呢!"鹊儿担心地说："可是的，你总是两头不见太阳，真叫人不放心。"金中玉说："你看我是怕人呢，还是怕狼，我是怕……跟你说你也不明白。"鹊儿听了，还真的上了心。第二天跟春常一提，春常说："这不明摆着吗，当汉奸哪会有好结果，不过只要不真心跟着日本人，总会有路走，你不用担心，兰英母女咱要多照看点。"

鹊儿也明白了春常的意思，心里宽慰了些。过来把昨晚和金中玉说的话跟胡先生、杨桂香一说，二人很是感激。

大院里只杨桂香一个闲人，且女东家对其倍加呵护，这其间的内情无人知晓。杨桂香实在无聊时便接过女东家手里的鞋底紧一针慢一针地纳着，大院这一秋天忙完收割，订下的碾子磨也已运回，豆腐房已经做出了豆腐。由于新粮不干，磨坊要等明年春天才能开磨，看看可以喘口气了，天已下起了大雪，漫长难耐的冬天到了。可是先生自有先生的过法，什么鬼狐聊斋，三言二拍侠义情缘，现编都赶趟，将这难熬的冬夜打发得有声有色。终日无聊的杨桂香问道："先生要在这大院里管一辈子账本吗？"先生说："哪会，将来是共产党的天下，这大院还不知道干啥呢！"杨桂香又问道："到那时先生干啥？"先生说："教书。"杨桂香说："那我也教书。"一句话把先生笑出了眼泪，书没念过，要教书，这不是天方夜谭吗？杨桂香说："我现在就上学念书。"一把掀开被子，穿衣服下地，恭恭敬敬给先生行个礼说："先生好，上课吧，上课先生拿手，上床先生害怕。从现在起只上课不上床。"胡先生听了，很觉心仪，觉得这女子痴顽可爱，堪称红尘知己，笑着说："孺子可教也，虽不能教书，却会有用，我也学学那袁枚老夫子专收女弟子。"说完拿起铁笔，杨桂香见先生是拿毛笔的姿势，心中好笑，见先生写下十二个大字："猫扑鼠，狗看门，牛耕田，鸡司晨。"写完说道："这是第一课。"教杨桂香念了几遍，先生手把手写了一遍说："现今这铁笔甚是便当，自有握法，我是改不了了，你不要学我。"自此杨桂香便一心扑在识字上。胡先生见其聪慧用心，也是爱怜有加，老夫少妻，原本多娇，加上这师生情谊，便相敬如宾，如糖似蜜了。先生回首一生，感慨良多便提笔写道：辛苦遭羞两鬓斑，家国无存寄人艰。今生得卿无别恨，寒灯课美拥花眠。

搁下这对老夫少妻不表，再说洪寄娘一行为找金盅已出来月余，宝马、金盅为本书亮点，岂能草草略过？只因老太太归天，金中玉回家，岳克己、小通宝、杨桂香、李铁拐等事一时搅在一起，如乱麻一般，到这时总算理出个头绪来。那第十二回书说宋炮、道人、金小夫妻四人到了千金寨洪家店一看，店房荡然无存，只剩大火焚过的断墙，打听洪老板也是生死不明。原来洪老板自得金盅极是喜爱，时不时地拿出把玩，不慎被关才撞见，这关才伤好后就留店里当了伙计，他哪里还愿意受洪寄娘的驱使，躲之还来不及呢，再说了，哪里还能找到洪家店这样的栖身之地？他是吃够了流浪的苦楚，所以做事小心谨慎，洪老板看其勤勉，又识字，可以代己办事，渐渐地当上了管事。这关才又是见过世面之人，自会顺情阿谀，洪老板心中自有见地，金盅让他见了，洪老板也是无可奈何。偏是这关才知道世上有此一物，说是小时养父讲过，宫中叫作盘龙长明灯，价值连城，你洪老板有此旷世奇珍便为千金寨首富。洪老板听了，从此便与俄国医生往来甚密，不久便将老父妻子儿女打发山西老家去了。店里多年的老伙计也都给钱回乡或他就，只留一个本家亲戚洪发，店里重招了伙计，多年褪色的洪家店招牌也换了烫金大字新匾。这条街上的买卖家见洪老板改换了门面，装新了店房，更换了人马，对洪老板的雄心很是赞赏，纷纷前来祝贺。

这日突然来了两个日本人，后面跟个中国人，中国人献上礼盒说："千金寨碳矿矿长大岛君特来拜会洪老板。"前面的日本人向洪老板一哈腰，这日本人叫大岛松，虽为碳矿矿长，却以掠夺中国珍宝为目的。身后的日本人是他的妻弟森崎，这中国人嘛，和他的姓一样，狗气，这人姓苟，因头上一根毛也没有，便有了狗卵子这雅号。古董行里的混混，熟人没人待见，生人喜欢，因他能说会道，能把赝品说得你心服口服，这也为本事。且这人消息极其灵通，也是这种人能混下去的原因，自然与洪老板多有往来，也就认识了关才，二人可算得上是同类。洪老板是何人，早已洞悉，今天这狗人领两个日本人来，洪老板是一点儿没感到惊讶，好像知道他早晚必到。拱手让客人进屋献茶，宾主寒暄一番后，客人说明了来意，大岛松说："洪老板为南满第一玩家，赏玩过的珍宝不知多少，大岛久闻大名，十分佩服，知府上金盅为当世奇珍，若能一见足慰平生，也不枉渡洋来中国一回，如肯转让，当不惜重金，若不肯割爱，互换也可，小矿上也有几件拿得出的东西。"说完静等洪老板开口，洪老板沉思良久说："看来此物必属贵国了，已有铁道株式会社、督统署的人来过。"大岛松说："他们看过了?"洪老板说："这种东西岂敢放在家里，大岛君是行家，此物也算有了归宿，若是落在军人、政客、奸商手里实为罪过，洪某也愧对此物。大岛君如有诚意，大洋一个大数，不要国元，先付二十万定金，明日洪某将这条街上的店主、店东请来做个见证，也让他们开开眼。我呢，再也不用为其日夜悬心了，洪某从此也没了麻烦，只做个阔老享清福。”大岛松说：“洪老板豪爽大度名不虚传，这行内也无那市井贪吝小人，不过大洋、国元的比值是三番，洪老板开出了三百万的天价，我也不少给，二百万国元，明日兑成大洋，公平交易，今日付十万定金。”说完叫身后那日本人去打电话，叫矿里送来十万大洋，大有不容置疑的架势，洪老板只得笑允了。不一会儿大洋送到，洪老板在收据上写清：“洪家店主洪全福将御制金盅以国元二百万（折大洋陆拾陆万陆千）卖给碳矿主大岛松，现收定金十万，余款次日交货时一次付清。康德九年六月二十日。”三位客人告辞出了洪家店，那日本人用日本话说道：“姐夫，咱们可从来没干过这么大脑袋的事，咱们做的都是没本的生意。”大岛松说：“那宝贝到手再说，咱们还用老办法。”那人又说：“要是今晚他逃了，他那几间破店房也就值个万八的多说了，咱们可是做贼没做成让贼偷了。”大岛松说：“他跑天上去都能……”没说完停下了，一想不对，接着说：“回去派人盯着他。”这时洪老板送走客人，转身进灶房，亲自在面盆里抓出一块发面，揉上一把花椒面，做了四个大馒头，把洪发叫到自己卧室对他说：“馒头里面有当年金老太太一个宝盅，我要还给她，那一家子你还记得?”洪发说：“记得，见了能认得。”洪老板说：“去佳木斯、鹤立岗一带找到那老太太，就说洪全福想尽一份孝心，找不到老太太就找和咱们一家子的洪大侠，当世奇人埋没不了的。要是都找不到，就回山西老家交给你婶，家里已给你盖了房子，买了地，回家说媳妇好过日子吧。这回我要是命大，能逃出日本人的魔掌，看日本人倒台子了，我就回家，这是一百块大洋，二百块国元，装在半旧的布兜里，四个大馒头包在油纸袋里。”又嘱咐说：“现在不管坐啥车，先离开千金寨，别让关才看见。”二人洒泪分别，洪老板一个人默然良久，叫来关才说：“和日本人做了笔大买卖，心里高兴，今晚请伙计们听戏，你去订票，告诉伙计早早收拾闭店锁门。”话一传出，没有不高兴的，头一出戏演完了，洪老板才慢慢悠悠地进来，散场回店，洪老板让伙计炒两盘小菜，炒好了，伙计端来。洪老板又叫过关才，二人畅饮，洪老板说："现今世上唯有你关才这名字贯绝古今，老祖宗给咱们那小房子起名叫棺材，寓后世子孙升官发财之意，你关才叫这名不知是吉是凶。"关才半晌无言以对，洪老板又问："那女侠究竟有啥功夫?"关才一直脖子喝了一大口说："你都未必能信，我们是从百丈大崖跳下来的，这女人偷一大户人家的孩子，被追杀到此。"关才这时才滔滔不绝地讲起了他的经历，同村刘瘸子，一条腿伸不开，那女人在瘸腿上抓了两把，按住膝盖一压，硬是伸直了，没把刘瘸子疼死，那真叫狠，到这时一想起来身上还冒冷汗。二人你一杯，我一杯，不多时关才伏在桌上不动了。又不多时，只听外面人声鼎沸，着火了，快救火呀，火光中只见洪老板面似漆黑，头发着火，大声叫喊，两眼发直，从烟火中冲出来。顺大街狂奔，有人说："洪老板疯了。"

欲知后事如何，且听下回分解。

第十六回

酬豪情重返千金寨　愁孽缘音渺鲍家湾

上回说洪家店大火冲天，洪老板从烟火中冲出，一路狂奔，不知去向。国人街上乱作一团，洪家近邻吓得用脸盆、水桶往自家房上泼水，手拿扫帚、钩杆站在房上守护着。店里伙计手脚麻利地扛出了自己的行李，那胆小怕事的，惊慌失措地光着身体先自跑了出来，再想冲进火里拿自己的财物，已万不可能。呼天喊地可哪里叫得应，眼睁睁看着大火弥漫了整个店房。这时只见一个人蒙着大被从火里爬了出来，两个伙计跑上去，将这呛得半死之人架起来，一看是关才。原来这关才醉梦中被浓烟呛醒，一看火起，老板不见，没有惊慌，拽床大被泼上水，蒙在头上向外爬，许是神鬼相助，抑或命不该绝，竟毫发未损。他稳了稳心神，坐在地上傻看这大火，眼见得这洪家店将化为灰烬，庆幸自己捡了条命。既而仔细思量，倒是让他想明白了，这大火是老板自己放的，是自己在外山侃海吹，将他那盅子传了出去，引来了日本人。可你洪全福也太绝情了，要把我烧死，你毁家护宝，耍了日本人，那日本人饿狼一样，你能斗得过他们？且现今已是他们的天下，岂不找死？可又一想，不对，这洪全福闯荡半生，见多识广，在外国跑过买卖，胆大心细，城府极深。老婆孩子早就打发走了，看来是蓄谋已久，今天这是腰缠万贯，怀揣宝盅一跑了之。上了大当的日本人就得拿我是问，想到这儿，蒙着水淋淋的大被从火里爬出来的关才，原本就落汤鸡一般，这会儿又吓出一身冷汗，刚才还庆幸自己死里逃生呢，这时哆哆嗦嗦地问身旁的伙计：“老板去了哪里？”伙计说：“疯了，天亮咱们顺这条街找吧。”关才一听，准了，快跑吧，迟了，怕是成了日本人的出气筒。可这几年没攒钱哪，都扔窑子里了，可就是再去要饭，也不能在这儿等死呀。还没等关才想好往哪儿跑呢，四面警笛响起，警察局、宪兵队、灭火队将现场围了起来，关才连忙闪进人群。大岛也带着荷枪实弹的碳矿保安队赶到了洪家店，先将店里的伙计看管起来。问老板呢，伙计说：“癫狂了，不知去向。”大岛一听，立时如嗓子卡块鸡骨头一样难受，他是万没想到，这支那人敢跟他来这一手，玩儿的是真绝。一个大日本的矿主，让个开大车店的当猴耍了，还有什么脸面回国见人，我就是把矿上的股份全卖了，也得把你弄出来。大岛咬牙发狠，立时报警方通缉，自己也撒下人马，三天过去了，洪老板是人影不见，如水蒸气一样消失了，只把关才抓住了。

原来洪老板那晚放了一把火。跑到俄国医生那里描黛涂红，头戴金色假发，身穿长裙，手挽俄国医生，怀揣医生夫人护照，从抚顺坐火车到哈尔滨转乘莫斯科国际列车，已出了满洲里行驶在俄国的大地上了。洪老板望着窗外长长地出了一口气，可心里很觉酸楚。虽逃出了日本人的魔掌，可这一走，去国离乡，再要回来，可就不知何年何月了。能回得来回不来，更是茫然，想到妻儿老父，依门翘首，还有那盅子能不能送到老人家手里，这一切的一切，俱不得而知。窗外莽莽黄沙，天边淡淡愁云，那份无奈、茫然和莫名的孤独，断肠人一时满腹的凄凉。飞驶的列车使他觉得永远离开了这方眷恋的故土。笔者看其为人行事也是五体投地，可惜此后的事迹无从查访了。

再说大岛从火场回来，这一腔怒火没处发泄，带过关才，吼叫了一通，过来两个手拿皮鞭的打手，将关才扯去了上衣，就是一顿打。这小子开始还杀猪一般地号叫，不一会儿，渐渐号不出声了。大岛摆手，近前气急败坏地说：“竟敢和你的主子合谋，欺骗大日本矿主，今天不把你的主人交出来，就把你喂狗!”关才半天才喘上一口气，无限委屈地说：“他洪全福就是因为我把他那金盅透露给了太君，恨我如仇敌，把我灌醉了，放火烧店，可我命大，托您的福，浓烟把我呛醒了，蒙着被从火里爬了出来，现在我是孑然一身，无家可归，又身无分文，太君抓住洪全福，也是为我出了一口恶气！”大岛听了觉得也属实情就说：“他跟什么人来往密切?”关才刚要说俄国医生，又觉得医生有恩与己，给自己治病时，很是用心，白白害了人家于良心过不去，再说了，抓洪全福，休想，他早已远走高飞。这时顶要紧的是自己如何脱身，忽地有了一个念头，去找洪寄娘，找到这女人，自己就有救了，要是找不着，也会有机会逃命。对大岛说：“洪全福那金盅是他干妈的，那老太太带全家去边外种地，带着怕出事，就留给他了。他还凑了点钱给那老太太，平日里洪全福没少念叨要去看那老太太。放火烧店，是早有预谋，店里的伙计都打发了，只留亲侄洪发一人，洪发昨天先走了，他们一准去了边外，鹤立岗以东没有人烟的地方。”大岛说：“那老太太你还认得?”关才说：“他们一家我都认得，姓金，在店里住半个多月才走。”大岛觉得这条线索可信，心里平静了许多，对关才说：“八格洪，抓回来，我和你朋友的干活。”假惺惺地安慰了一番，关才被带去诊疗室上药。关才咬着牙，忍着痛，到现在也不知道该恨谁了，这些年一直恨洪寄娘。昨天晚上差点儿被大火烧死，他又恨洪全福了，心说让日本人抓住才好呢，眼瞅着你让狼狗吃了才解恨。今天又让日本人打个半死，身上没有一块好地方，看着自己的伤痕，他也恨死日本人了。心里想着大岛上了套，让他带人去边外，找到洪寄娘，今天打我这几只饿狼，让洪寄娘一伸手扯下一条胳膊，一抬脚踢折一条腿，手指一伸抠下眼珠掉地上踩泡，我上去咬一块肉下来，出了这口气，死了也值。老天爷行行好吧！

不说这倒霉可怜的关才想入非非。再说大岛一向鄙视支那人，这回偏让支那人给耍了，鼻子都气歪了，除了关才提供的洪发，别的线索一点儿都没有，但他依然信心十足，像洪全福这样的人会抓不着？但只担心宝贝能不能弄回来，我要他那贱命啥用，支那人的命，猪狗一样，洪家店的伙计被带进来，他要证实一下关才的话，可这些人一进来就向大岛诉苦：“我们才来两个月，老板是啥人我们不知道，看他平日挺和气的，开始我们都不相信这火是他自己放的，看他逃了才相信。这个月白干了不说，衣服行李都烧了，回家的盘缠都没有，立时就要饭了，他可是太损了，必遭雷劈，太君抓着他，替我讨个公道！”大岛看这十几个人身体都挺好，豺狼本性就上来了，说：“你们就在矿上干吧。矿上啥都有，矿里的中国姑娘比你们国人街的漂亮，我们日本姑娘温柔体贴，征服了全世界的男人，我们日本男人也要用武士道精神征服全世界，首先征服你们这些劣等的支那人。”众伙计一听，立时像掉冰窖里一样，知道进了日本人的煤矿，就是下了地狱，再别想活着出来。胖厨师喊了一句，要饭也不下洞挖煤，话音刚落，后面一个鬼子照胖厨师兜头一鞭子吼道：“别喊叫，这是什么地方！”大岛心说：“我放过你们不是白痴吗？要恨就恨你们的洪老板吧。”大岛心里有些得意，这些人证实了关才提供线索是事实，应赶快派人去办，找到了洪发，就能找到八格洪。再说了，鹤立岗西山矿主茨原和森崎是同学，二人一同毕业于早稻田大学，森崎去了茨原自会相助，也不用带多少人。这样，森崎、关才一行十人坐火车奔鹤立岗。

再说洪发到了鹤立岗在郊外找家小店住下，觉得这金盅背在身上，放在店里都不放心，趁天黑没人时藏在附近桥墩上了。空手一人，白天混在饭摊，说书馆，街上人堆里，晚上回店放心睡大觉。没几天就听到了五峰山飞刀女侠的故事，洪发将这女侠打听得准实了，这日起个大早，吃了饭，结了账出店房来到桥下，爬上桥墩，取下背包上了五峰山大路。没走多远，后面上来一辆汽车，到眼前嘎吱一声，车停，跳下五六个人，二话没说，按住洪发，夺了背包推进汽车。洪发自以为做得谨慎小心，万没想到他早已被长着狗鼻子的日本人盯上了。原来森崎见了茨原说明来意，老同学很热情，再说了，这点儿小事对茨原来说举手之劳，很爽快地说：“包在我身上。”立时派人在城中旅店查这洪发，据洪家店伙计说的身高，说话口音，没费劲就找到了洪发的住处，问店家：“人去哪儿了？”店家说：“这人早出晚归，也看不出是干啥的，像是来找人。”开门进了他的房间，这人什么东西都没有，认定他是等人，嘱店家不许惊动，这人是帝国要犯，走漏了风声，与其同罪，就这样洪发被抓。关才自然也别想逃了，洪发被带进了茨原的西山碳矿，问其老板，打死不知，森崎没法，向姐夫发电。大岛听说得了宝盅大喜，回电向茨原致谢，嘱森崎带人速归，恨不得马上见到那宝盅。真个是望眼欲穿，等那宝盅出现在眼前，已是第七天的晚上了，立时心花怒放。捧在手里只觉热血沸腾，心跳加快，大脑一片空白，大岛心说："不好，要犯病。"马上平心静气，闭目坐了好一会儿才说："你们辛苦了。"赏了关才，让他接着寻宝，并放出风去，说洪全福那金盅已落大岛之手，他要撒下金钩，稳钓大鱼。到了这一步，还真不是关才本意，可这一切的罪过已经落在他头上了，他最怕遇上洪发，可世上事，越怕啥，越来啥，也知这事不会就此了结，自己必是落个屈死鬼的下场。洪发自然难逃下洞挖煤的厄运，看见洪发那恨不得要吃了自己的眼神，关才心里可是不知如何是好了。大岛乘兴要看看金龙什么样，支走了闲人，只留森崎，关才问怎样显相。关才说："暗室内灯光一照，金龙立现，若无便是赝品。"大岛一听，立时心凉了一半，更加急于验证一下，带森崎，关才进了自己的书房。放下窗帘，大岛迫不及待地摘下桌上的台灯罩，拿起台灯，对着金盅一按电门，忽地腾起一个怪物，张着血盆大口，吓得他大叫一声向后便倒，手中电灯也扔了，倒地上不省人事。关才忙拉开窗帘，森崎伏在大岛身上呼叫，大岛的妻子、儿女听到叫喊慌忙跑来，只见一个十多岁的男孩先跑了过来，后面一个穿和服的女人，挽着一个十五六岁的瘸腿姑娘，一瘸一拐地扑向大岛。这时大岛慢慢睁开眼睛，看着周围身旁的亲人，心里很觉羞愧，怎么一个日本商界要人，这么没定力，被一个光影吓得昏死过去，真是颜面扫地。看着两个吓傻的孩子安慰说："把你们吓着了，对不起。"几个人扶起大岛在床边坐下，手被碎玻璃划个大口子，划得很深，鲜血直流。他那女人懂急救，很专业又很心疼地包上了伤口。大岛慌说昨晚失眠所致，一时昏厥，不必在意，等忙完了这一段，矿事交给森崎，咱们回国休息一下。"妻子说："我真是想家了，你们天天杀人，我的心里真是日夜不安，怕是要遭报应的。"一句话把大岛说来气了，一挥手把他们撵了出去。关才看这一家子，心说："这样的人家，天仙一样的姑娘却是个瘸子，看来世上真的没有十全十美的家庭。"大岛坐那儿喘息了好一会儿，犹惊恐未定，两眼看着那盅子，心说："才进家门就流血生事，恐非祥物。"遂生不喜之心，问关才："怎么会是这般恶相?"关才说："盅内应是柔光夜明珠，时才那大灯泡子比金盅还大，故呈凶相。"拿手电一试，果然一条金龙盘在空中，大岛这才放心，自此每日晚上如放电影一样，赏玩一番，殊不知此乃冥器，把玩不吉。

搁下大岛老鬼子，再说洪寄娘一行，这日赶到了千金寨，找到了大火烧过的洪家店，打听店主下落，店邻说洪老板惊疯，不知去向，伙计都被日本人抓去挖煤。世上事，真是说不得，多红火的洪家店，说没一夜之间。可我们也是好景不长，日本人要挖千金寨地底下的煤，谁也别想有好日子过，都是日本人案板上的肉，还不如洪老板烧了痛快。洪寄娘看这残墙断壁，都已浸没于荒草丛中了，触景生情，曾几何时，屋主人那高义大度，热情磊落之情怀，平易亲善，谦恭好客之音容，犹在眼前。如今是生死未卜，杳无音信，再也抑制不住内心的悲伤，眼泪哗地一下就流了下来，鲍东山劝道："咱们就在附近住下，慢慢打听，定会有消息。"洪寄娘说："二兄有所不知，寄娘并不光是为老太太找那盅子，而是我留下了一条祸根。宋大哥从奉天回山说，那家客店被大火烧毁，我一听就知必是此人之故。"寄娘讲了关才这人，银镖听了说："我不回家了，陪师父找人。"寄娘说："谈何容易!"然后指着眼前的景象说："你们看看我害的人家，要是人再有个三长两短，这一生可难得心安!"鲍东山说："要是这样，可是易于寻找了，只是这等无耻小人是做不来这么大的事，那东西价值连城，背后必有日本人，这洪老板怕是有些凶险了。"说完停了一会儿，无限感慨地说："古之大侠行事，犹重侠情，并非侠行，为人即当如此，心无纤尘，坦坦荡荡，我们兄弟，得遇大侠，此生无憾。此次随行，还真不全是想家，其因一时也说不得，别提多孬糟了，这回是要和日本人较量较量了，我们哥俩未必伸得上手，可是别的做不到，舍命相陪，急切时给你挡枪子!"寄娘说："要是这样，寄娘更是不得活了!"一行人看天色不早，就近住下了，悠悠月余没有收获。

一日鲍东山从关内逃荒的难民口中得知山东、河北大旱，颗粒无收，老头儿原本懊丧绝望得心如火上浇油一般，一下子就病倒了，怏怏百余日，看看天气转凉才见好转，众人才放下心来。这日一行人在街上信步，忽地响起镗锣声，这声音鲍东山是格外亲切，老远就看见大树下几个练家子打扮的人，刚刚放下肩上的刀叉棍棒，有一人敲锣聚拢行人。洪寄娘一行四人，随着围观人群近前一看，可是让鲍家父子三人万没想到，真是个喜从天降，有道是，久旱逢甘霖，他乡遇故知，原来这一班人乃同乡过家。过姓，天下独此一家，且不入百家姓，起源亦不可知，在鲍家湾种田为生，农闲时学两手要着玩儿的，本属末流，上不了台面的，不比鲍家世代家传，乃为科班以此为业的，江湖上也有份名号。鲍东山一看过家也拉出了班子，来闯关东，就知家里出了大事。这时过班主过云青也认出了鲍东山。二人同龄，两家往来甚密，今日一见，过云青忙拉住鲍家兄弟二人出了圈外说道："要说话三天三夜也说不完，街上也不是说话之地，看你们身上没行李，想是已住下。"鲍东山点头，过班主拽着兄弟二人来到大树后这家山东老店，鲍东山叫银镖开房，然后回去退店取包裹，安顿好了，几个人坐下来。过班主看鲍家父子那焦急的样子，一时不知怎样说才好，叹了口气说道："家里今年春天是一滴雨没下，地也没种上，种上的也没出，比光绪二十八年那场大旱还厉害，村里的井都干了，我们爷几个你是知道的，哪会什么把式，这就是逃荒要饭，没饿死算是命大，二兄家能不能熬得过来实难料想。"爷仨一听，眼泪哗地就下来了，过班主一看，忙扯个谎说："出来时还见过大侄子，他说把家里老房子典出去了，总不能看着老人饿死，你家那孩子孝顺，你们不用挂心，我们是把家里门窗一堵，泥巴一抹，就下了关东。这一路上的人是让我看明白了，逃荒躲灾的，杀人逃命的，想发财上当受骗的，到头来都是送命来的，好的能落领炕席一卷，多数是狼吃狗咬，嘴啃黑土。关内出来的人都说千金寨遍地是金子，只要你肯哈腰，可是我们一家一天下来混饱肚子，就是佛爷开恩了。"鲍东山听了很觉难过说："也真难为你们了。"一句话没说完，过班主小儿子跑进来说："爹快去看看吧，来了一帮地头蛇，把场子砸了。"众人听了，随过家父子冲出屋来。原来这千金寨自从发现了地底下的黑金子，使无数的人发了大财，成了阔人，这让游手好闲的痞子、恶棍们红了眼。认定千金寨这湾浑水好趟，成帮成伙地盯了上来，致使千金寨的痞子、强人、恶人比苍蝇还多，遍地是大哥。原来这些人只能算是个屯大爷，欺负个小商小贩，和那些初来乍到的外地生人。自从日本人来了，收买土匪、恶棍、地痞，给钱、给枪，致使土匪更加猖狂，被收买的地痞无赖给他们通风报信，残害抗日反战人士，认了爹的小混混们更加有恃无恐。这条街上的几个小混混为首的一个长得鹰鼻子鹰眼，故得雅号老鹞子。姓甚名谁无人知晓，中等身材，看上去三十来岁，一脸嘻皮相。见到饿昏的老头儿、老太太真还能摸出俩子，买个烧饼，这时还三分像人，要是见着青年女人，立时变狼。今天见这伙卖艺的，明知这些人身上没什么油水，但见有两个女人看着挺顺眼，笑嘻嘻地来到过班主女儿过红霞跟前，姑娘手拿红缨枪站在场中，摆了个苏秦背剑的架势，他夺过来一撅，枪杆折了，然后高高举起来说："你们拿麻竿糊弄谁呢！"又从家什堆里拿起一把钢刀，抖了两下哗哗响，实际就是要着玩儿的铁片。可他装模作样地看了又看说："这刀是真的。"将刀递给姑娘，然后一撩衣服，露出了大肚皮说："你试试，看能不能砍开。"姑娘过红霞还真不简单，没怕他，说："一会儿，我和师父给你练肚皮上砍木棍。"这小痞子斜着一双色迷眼，嬉皮笑脸地说："那也是假的，我这有真的。"忽地从袖筒里拽出一条三尺来长的黑花蛇，一抬手挂在姑娘的脖子上，姑娘吓得妈呀一声叫了起来，不敢抓，不敢动，那蛇挺起身回头看着姑娘，舌头一吞一吐，快触到姑娘脸上了。恶棍们看着可是开心了，奸笑道："姑娘长得俊，蛇都相中了。"他们正闹着，过班主、寄娘等赶到，寄娘伸手抓住蛇头，另一只手轻轻一托，从姑娘脖子上摘了下来。顺势蛇头朝下，将蛇尾送到嘴里吃了起来，样子就像吃麻花一样，全场人都目瞪口呆，看傻了，生吞活蛇，天下也没几个人见过这个。看看这蛇还剩二尺长了，寄娘将这蹦跳扭动的蛇举在小混混们面前说："这半截你们带回去就死了，让它去找蚂蛇子，还有救。"说着一抬手，扔到树冠上，不见了。到这时老鹞子才回过味来说："你他妈的真还好胃口！"抬手照寄娘前胸就是一拳，寄娘好像没事似的，纹丝没动。这小子倒是后退了好几步，就像是打在大树上了。气得他使上全身力气冲过来就是一脚，只觉得这一脚踢在石头狮子上了，震得他这腿没了知觉，站立不住，一屁股坐在地上，眼瞅着这腿吹气似的肿了起来。这小子从来没吃过亏，特别是众目睽睽之下，栽在一个瘦小女人之手，真叫人无地自容。随即向一个小混混使个眼色，那小子突然抽刀对寄娘面门就是一刀，寄娘头一偏，伸嘴咬住了刀刃。这小子还不服气地使劲拧拽，可这刀就像钉在树桩上一样。寄娘看他不撒手，抬手在他手腕上轻轻一切，只见那手立时耷拉下来，这小子连忙用另一手托住。还伸给大哥看，一点儿没觉疼，可是刚要张嘴说什么，还没说出口呢，开始疼了，疼得他咬牙、跺脚转磨磨。围观的人见了，真是解气，心里都在说你们也有今日，真是老天开眼了。这时有一小混混想溜，寄娘见了，抬手握住口中尖刀的刀把向下一掰，只听嘎嘣一声，尖刀折断，没看见刀把是怎么出手的，这小混混只觉脑后挨了一闷棍，一下跄在地上，动弹不得。这时一猴脸小混混想下黑手，手伸腰里掏出枪，银镖见了，从后一脚踢倒在地，手枪落地滑出老远。银镖抢先捡起，递给寄娘说："师父，这猴崽子想打黑枪。"寄娘口中还衔着刀头呢，没法说话，只见寄娘头一扬，将口中的半截尖刀向上一吐，只见亮光一闪，钻进了树冠，随即哗啦啦如秋风扫落叶一般，纷纷落了一地树叶，残刀也随落叶掉在地上。寄娘这才开口说："我看见了，你不踢他，他就吃这把刀头了。"说完接过银镖递过来的手枪，一手握枪管，一手握枪把向下一撅，如撅柳条棒一样，再看枪管已朝天。老鸹子见了心说今天是碰上茬儿了，常言道，光棍不吃眼前亏，连忙趴地磕头口称："姑奶奶，小人有眼不识泰山，今天冒犯了姑奶奶，你老是天下第一高手。你大人有大量，不会跟我们一般见识。小人从今痛改前非，重新做人，求你老高抬贵手，放我们这一马，我们八辈子不敢忘您的大德！"寄娘说："你们平日作恶害人，丧尽天良，今天须向千金寨的父老乡亲认罪，赔礼道歉，你我往日无怨，近日无仇，我饶过你们这一回。如果你们还认日本人做爹，欺压好人，我就把你们的心挖出来吃了。"老鸹子心说，这女人他妈的不是人，她干得出来。连忙磕头如捣蒜，众恶棍也磕头流血，寄娘说声："也罢。"叫那断臂小混混说："你起来吧，我给你接上。"这小混混托着丢丢当当的手，伸给寄娘，寄娘一手按住胳膊，一手握住他那残手使劲一拽，对上了，又捋了几下，叫他别动，这小混混也是有点儿钢条，豆大的汗珠哗哗淌，愣是没喊没叫。寄娘将那半截红缨枪杆再断成三截，约尺许一根，伸手在他肩胛处一撕，将袄袖撕下三寸宽的一条布来，再一撕二条，绑好断臂。从兜里掏出一丸药说："吃了包你三天长好。"这小混还真是感动了，跪下接过，放嘴里咽了几下，没咽下去。寄娘在他头上一拍，他脖子一缩咽了下去。寄娘对老鸹子说："向父老乡亲做个保证！"小混混转身向外对着人群，磕了三个头说："请父老爷们放心，如再作恶、作孽天打雷劈，不得好死！”寄娘说：“今天就饶过你们，明天早早跪在这里，少一个也不行，我就是让千金寨的大人孩子们都知道你们改邪归正了！”说完一挥手，小混混们抱着脑袋挤出了人群，一溜烟不见了。人们嗷的一声欢呼起来，回家吃喜放炮，众人拱手向父老们致谢，人们久久不愿离开，都要近前看看这班人。寄娘等再三致谢说：“请回吧，明天再来捧场。”人们这才恋恋不舍地散去。鲍东山向一老者打听，这伙恶奴的住处，老者说：“前面不远，我可以引行。”鲍东山叫银镖随老者去了，众人回客店休息，不多时天色已晚，过班主置酒，鲍东山向过班主讲了与洪大侠的奇遇。姑娘过红霞起身向寄娘致谢，寄娘说：“就是陌路之人，只要有不平，我就会出手，姑娘一家是鲍兄的乡亲，寄娘无兄无弟，两位义兄胜似亲生，姑娘便也为寄娘的亲人，何须言谢。”这时银镖从外面进来，过班主招呼他吃饭，他说：“吃了。”在恶奴们的住所对面找个饭馆，要了一壶酒，一盘火烂肉，一碗面细嚼慢饮，看着他们，天黑后，他们背着行李，挎着包慌忙逃了。鲍东山说：“真要是这样倒省心了，尽管如此，今晚仍不可大意。”寄娘说：“二兄放心，你们只管睡就是了，我自睡到外边大树上，我喜凉快。”银镖说：“师父在树上打更，徒弟可敢在屋里睡大觉，这一群恶棍是背行李逃的，断然不会再回来寻仇。”众人这才放心，寄娘说：“明日想借过兄这个场子，招揽围观之人，那关才嫖娼嗜赌，游手好闲，若未离此地，定会现身。”鲍东山说：“好主意，咱们就一路搭班进京，可也就看到家了。”寄娘有些为难地说：“我身上虽是有点儿功夫，可不是耍着看的，真要是下场耍把式给人看，真还拿不出好看的玩意儿来。”可一看老哥俩那副成竹在胸的样子，按捺不住的心情，对银镖说：“这人身上要是有‘活’终归难舍。”银镖笑着小声对寄娘说：“师父看见没，这俩老头儿明天要下场。”过班主在旁听到了，高兴地说：“这可是孩子们的福分。”鲍东山说：“孩子们要是喜欢，肯吃苦，回家叫银镖带。”过家的几个孩子高兴得跳起来。众人说笑，一宿无话。

第二天早早起来，饭后装扮停当，出门一看，大树下黑压压的一片。原来昨天的事，一传十，十传百，且传的比说书人说的还神，一定得看看生吞活蛇的侠女长什么样。恶徒们跪在当街求饶，那是何等的解气，不成想你们也有这一天，可见天理昭然。过班主将场子圈了，地上洒了水，鲍东山外衣一甩，只见老人家一色靛青紧身衣，白色蜈蚣扣，中等身材，五绺短髯，相貌堂堂，雄风凛凛，一见便知定非等闲。场中站立一抱拳说：“我等沧州过家班（没报吴桥），今天来到贵宝地，一不卖狗皮膏药、大力丸；二不耍嘴皮子，不学那京油子、卫嘴子、保定府的狗腿子，也不说，那西北人土，东北人浪，公公儿媳一条炕；也不说拉骆驼走西口，真定人三只手。单说天上大鹏鸟，地上沧州佬。我们沧州人人习武，老少练拳，自古燕赵多豪杰，行侠仗义，路见不平，拔刀相助，为朋友两肋插刀，在所不惜，扶困救危，惩恶扬善，为我江湖立足之本。所到之处，必有义举，昨天耍横的几位道爷，谅你们这时也不敢露面。各位有钱的帮个钱场，凑个回家的路费，没钱的你老站稳了，帮个人场，于精到处喊一嗓子，助助威，我给老少爷们施礼了!”说完深鞠一躬，银镖背手握单刀，早已准备好，鲍东山话音一落，亮云手冲到场中。可鲍东山不退伸手要过单刀，抬腿弓步，向下一压，翻手向上一划来个弯月，落成一个架势，这有个名堂叫作犀牛望月。把式，把式，全凭架势，看的就是手、眼、步、气、劲、神，只见老头儿款款起步，那真是抬腿轻，落地松，快慢相间，顿挫有致，身似一条黑色游龙，眼似闪闪流星，只见一条白光，围着黑龙上下翻飞。人群中发出阵阵叫好声，寄娘也看呆了，忽地老头儿身子晃了一下，银镖拎条蘸银枪冲到老头儿身边，老头儿顺势一收，退在一边。这就叫打虎亲兄弟，上阵父子兵，就这么一小步没跟上，就给孩子看出来了，老头儿是气力不支，可是不比当年了，局外人哪里解得个中缘由。寄娘搬条板凳过来，见这位鲍兄满脸大汗就说：“当心风吹着，毕竟岁月不饶人哪。”鲍东山只好付之一笑，寄娘接着说：“得把我徒弟接下来。”转身和二哥说了几句什么，鲍西山拿铜锣敲了一下，银镖收式。鲍西山、寄娘二人场中站定，鲍西山亮了一下嗓子说道：“我这小师妹在峨眉山受仙人传授，苦练三十年，炼成了立地金刚这一世上绝技。”随着一手握拳在另一手里一顿，一跺脚，来个马步蹲裆式，站起来说：“场上不拘何人，任凭推、撞。”说着一扶寄娘肩膀接着说道：“若能将其晃动，便为学艺不精，功夫不到，输大洋十块，若是纹丝没动、没晃，您赏一块大洋，也好吃饭住店。”银镖搬来长凳，放上十块大洋，这下场子轰动了，昨天见过的，那是信了，没见的断然不信。这时已有四五个大汉挤在圈内，一彪形大汉走到场中，向鲍西山一抱拳操山东话说：“在下王五，在脚行抬大木，扛大个，二百斤的麻袋扛起来就走，这位小师父夸下海口，我想再问问明白，怎么个推法，怎么个撞法。”鲍西山说：“上身前后左右，任凭手推、头顶、肩扛，但毕竟是女儿身，若专捡女人要害处使坏则当别论。”话音刚落，这王五一抱拳，口称山东人来了，忽地哈腰耸肩向身旁寄娘撞去。寄娘是面南而立，王五是面北和鲍西山说话，二人一字肩并肩，他是想趁寄娘不备，一下将其撞飞。可是寄娘神情自若，旁若无人，王五这一膀子撞在寄娘手臂上，这山东人只觉得撞在门框上了一般，由于用力过猛，左半身疼麻一阵后失去知觉，一时是五内俱裂，天旋地转，鲍西山连忙扶住才没倒下，架在长凳上坐下。鲍西山给他按揉多时，手臂才渐渐有了知觉，慢慢站起身，面带愧色，先谢过鲍西山，然后面对寄娘说：“王五心服口服。”撩衣掏出十块大洋，放在长凳上说：“这才公平。”磨头就走，鲍西山说：“不可，我们有言在先。”可哪里叫得应，只见他头也不回挤出人群。这一下再无人问津了，寄娘见冷场了，叫银镖上店家柴草垛拿两根粗大结实的高粱秆，然后和二哥说：“我接着来个简便容易的，咱不能冷场是吧。只如此说就是了。”不多时银镖取秫秆回来，寄娘叫切齐去叶，自己在大树下选个位置，让银镖、过家姑娘一人手持一根间距一尺相对站立，鲍西山向人群一抱拳大声说道：“千金寨的老少爷们，今天您是来着了。方才看过了立地生根，这回请看金枝落燕。”鲍西山说完，寄娘一提腰，飞身站在秫秆上。全场立时响起轰天的叫好声：“好功夫，真是开眼了，这不能白看！”随即各式钱钞向场中飞来。过班主、鲍家兄弟忙施礼致谢，就这场面，鲍家兄弟闯荡江湖一生，也没出现过，过家大小人等拿铜锣，拿茶缸，用衣服兜着遍地捡钱，别提多高兴了。寄娘站在高粱秆上，离地一人多高，看她不摇不晃，不时地伸手在头上树枝扶一下，银镖、过家姑娘仰头盯着寄娘。寄娘远看一览无余，围观人群尽收眼底。这时只见一人挤进人圈内，看见站在高粱秆上的洪寄娘磨身就走，可早已被寄娘认出，叫银镖跟上进来这人，银镖撒手追去，挤出了人群一看，街上没有奔跑之人，这下可犯难了。寄娘在高处看得真切，纵身跳下，过家姑娘一手一根接住，鲍西山忙施礼谢场说：“各位老少爷们，时已近午，今日请回，明日再来捧场。”回身看寄娘也是一身大汗，心下明白，这等功夫，看似轻松，极耗功力。这时银镖噘着嘴回来了说：“师父，让他跑了。”寄娘说：“这么多人，你也不认识他，只见个背影，我站得那么高也没盯住，不急，只要他在这儿，不愁找不着。”看人群渐渐散去，却有一人站在那没动，寄娘盯他多时，并无去意，对二位兄长说：“你看，就是那人。”鲍东山见了说：“看来不算无耻小人。”对银镖说：“当请他过来。”然后对过班主说：“我们的事，看顺。要找的人现身了，咱们的把式也别耍了。这碗饭不吃也罢，昨天那场景，和十年前一模一样，我们家银花死得惨那!”说完只觉一阵伤心，叹了口气，抹了把脸接着说：“卷铺盖回家吧，这时家里的灾荒也过去了，带上今天收的钱和能包在包里背着走的，剩下的推车子、破家什就不要了，存在店里走人。这国人街咱不能住了，上新街找家店房住下，大人孩子都换换衣服，以不被人认出为好。”过班主说：“今天这钱合成大洋也有二百多块，怎么说我也不该拿。”鲍东山说：“我们是有大事要办的，别连累了你们。”

这时银镖领关才到了近前，关才见了寄娘不敢看也不说话，寄娘有气，一时也不知说啥，鲍东山见了，只得和关才招呼说：“听洪大侠说你叫关才?”关才只是点头，鲍东山接着说：“我们找你可是有些日子了，这也不是说话的地方，”一指前面挂四个幌的大馆子，“咱们进去说话。”回身对银镖说：“我和你过家大伯商定了，一起回家，世道变了，这条道谁也别想走了，昨天你师父不在场，结局跟咱家一样，落个亡命天涯的下场，一家人死活在一起，熬那苦日子，那也是有滋味的，这天南地北死活不知，多揪心。这家店房不能住了，这两天出尽了风头，会招麻烦的，去新街安顿好，再来接我们。”银镖、过班主回店，没走几步又叫住说：“中午带你过大伯全家好好吃一顿。”银镖点头去了。这边鲍家兄弟、寄娘、关才四人进了这家关东四扒馆，捡了个僻静小间，要了四个菜两壶酒。寄娘着急，脸一沉冲关才说：“洪老板在哪儿?”关才说：“随老毛子医生去了俄国。”关才说话的口气毫不含糊，他是故意说死，反正也没人知道，人也有去无回，再也无须多言了。说完了，很觉得意，觉得自己的胆子越来越大了，寄娘听说全福兄人还在，心里宽慰了些。这时酒菜来了，这扒菜黏黏糊糊、烂烂乎乎甚是可口，鲍东山给关才倒盅酒说：“你放心，不是来要你命的，喝口酒慢慢说。”原来这关才见洪寄娘来了，吓得他掉头就跑，可是转念一想，还能逃出这女人的手吗，多半是活不成了，反正是死，还不如死得光棍一些，没跑几步就改主意了，随银镖乖乖回来了。喝口酒吃口菜，将大岛图谋金盅，逼得洪全福自己放了一把火，洪发送宝在鹤立岗被抓，金盅最终落入日本人之手等情事说了一遍，这其间自己那些小人行径，却只字未提。但鲍东山可是老于世故，俗话说，会说的不如会听的，心知这关才是出卖了自己的主人，日本人只有先收买了关才，才能把那宝盅弄到手，但是要从日本人手里弄回来，这关才还是个有用之人。就接关才话说：“如此说来，这日本人夺得宝盅，你老兄可是有功之人，日本人怎么会那么准，到鹤立岗就把洪发抓住了，洪家店的伙计都被抓去挖煤，单单放了你老兄?”洪寄娘一听，噌地站起来说：“我就知道留你在这儿，就是给全福兄留了个祸根!”关才委屈地哭了，解开衣扣说：“你们看，日本人打的，我是里外不是人，怎么也是死。”鲍东山接他话说：“好。抱定必死之心，就成事有望，我们可不是找你对命的，送你一百大洋，今晚把我们领进大岛鬼子的住处，你就逃命吧。”关才说：“煤矿墙高，且遍布电网，再高的武功也进不去，只有一法，可以试试，大岛有个瘸腿姑娘，十五六了跟刘瘸子一样。”寄娘说：“你让我给她抻腿?”关才说：“这样咱们可以大摇大摆地进他们家去，金盅到手，就杀了那老鬼子，只是你不像先生，须是这位大师父扮先生，你扮背箱的徒弟，才像那江湖郎中。”然后关才将大岛的碳矿和家事详尽地说了一遍。寄娘听说挖煤的劳工没有活着出来的，觉得洪发因金盅而死，咱们可是良心上过不去，也对不起全福兄这份情义。就说：“应把洪发救出来，如找宝不救人，日后有何颜面见全福兄?”鲍东山说：“救一劳工，须用百人的气力，咱们伺机助他一臂之力，让他们自救，这五百名劳工都可逃命，也未可知。”几个人聊着，不觉日已偏西，这时银镖进来说：“都已安顿了，店家叫四海客店。”关才看时候不早起身说：“我这就去见大岛，你们在客店等信，如不成，再想别的办法。”一行人出了酒楼步至新街的四海客店。

关才别了众人来到碳矿，见了大岛施礼问候说：“有个游方医生可治小姐的腿病，只是要价太高，开口就是一千块大洋。”大岛说：“夫人领孩子来中国三年了，家里人都说这孩子的病，中国的土方草药能医，可这三年中国的江湖骗子我见得多了，但是这人敢要高价，想是有些医道，你领来见我，在行不在行，我一见便知。”可心里却说：“治好了，我就给你一千块，这是我女儿一生的幸福，治不好，就是骗子，给我下洞挖煤。”二人各揣心腹事，也不必多说。第二天关才在当铺买了一件半旧长衫，一套麻布裤褂，在药房买了十丸舒筋壮骨丹，用个葫芦瓶装了，来见寄娘等人，如此这般的一说。众人点头，寄娘内穿紧身衣，身带八宝囊，外罩麻布褂，一副店房伙计模样，唯有一丝女儿态，掩饰不住，二人换好了衣服，再一看，真个是先生像先生，徒弟像徒弟。二人随关才进了碳矿见了大岛，大岛一看先生的气度，极是洒脱不凡，可是跟以往的不一样，很客气地献了烟茶，互通了姓名，请出了夫人、孩子。寄娘见孩子这腿可比刘瘸子重多了。不光膝关节伸不开，脚关节已长死，脚趾钩着，脚心外翻，看得出大岛夫妇很是难过。鲍东山问：“怎么落下的？”那日本女人因不知姓名，只得名其日本女人，未曾开言，先自痛心，闪着泪说：“五岁时让门挤的，当时青肿，去医院照了片说没事，回家没几天可是好了，但却渐渐聚筋，成了现在这样，孩子怕羞不上学，不上街，听说中国医生能治，可是没遇上有医道的。”鲍东山皱眉头说：“看来是要费些时日，先把我这舒筋丹吃了，一会儿让我徒弟抻筋揉骨，我这治法就是撸筋吃药，这药我家祖传，用千年老参、穿山甲、乳香、透骨草等一百多味药材炼制而成，其值百元。”日本女人忙说：“只要能治好这腿，不与你争价，你说千元就千元。”鲍东山说：“行医三十年，还没治过这么重的，千元怕是不够了，若是那寻常见的，三丸药三天包好，我这瓶内只十丸，看来这也是缘法。”那日本女人说：“你治好了，再与你千元也使得。”这时寄娘给姑娘按揉，由脚至腰，运气在姑娘后腰上点了一下，姑娘下肢便没了知觉，寄娘先将膝关节按揉松动，这腿便伸开了些，看姑娘并无痛楚。大岛叹道：“到底天朝大国多奇人。”这下日本人信了，然后寄娘又在脚趾、脚脖上揉搓多时，便放松了穴位，让姑娘活动，姑娘这时才觉疼麻。可是见了奇效，看到了希望，忍着痛，含泪起身向鲍东山深施一礼。鲍东山对大岛夫妇说：“不敢操之过急，怕孩子受不了。”大岛夫妇是连连哈腰称是，这时下人端来香茶，大岛接下亲自敬上说：“先生请自用茶，恕我暂且失陪。”鲍东山说：“大岛先生请便。”大岛夫妇出了客厅，吩咐下人在小客厅安三张中国人睡的木床，让客人住下，中午备份盛宴，款待三位尊贵客人。这时关才又有了主意，见屋内没有外人，和鲍东山、寄娘一说，觉得可行，鲍东山对关才说：“这须看你的本事，我们俩今天不吃饭。”午宴上大岛一家四口，寄娘等三人，并无外人，大岛夫妇极是殷勤，频频端杯让菜，可是客人只应付性地尝尝，最后只吃了点中国的面点，大岛明白，这是没对口味，就说：“今日仓促，未合客人的口味，深感歉意。”鲍东山也欠身说：“行医之人，吃住自理，本不该在府上叨扰，府上盛情，诚挚感人，只好在小姐腿上用心施治，使其无痛而愈。”说着拿出药瓶抖出一粒说：“明日早晨服下，一日一丸，不吃这药，任你铁打硬汉，也经不起抻筋压骨。”大岛夫妇很是感激，饭后借故叫出关才问：“先生这饭食该怎样打理？”关才说：“这先生河北老憋儿，行医在外，平日风餐露宿，也没吃过什么好东西，你自管将驴打滚、杠子头、戗面馍馍给他保管对路。”大岛说：“可能请个师父来家？”关才说：“洪家店的胖子和洪发在矿上，叫上来就是了。”大岛高兴地说：“这可真是便当，叫上来你对他俩说，把我的客人侍候好了，放他们回家。”可他没料到，这三人一见面，管叫他矿毁人亡，虽没把他气死也落得个中风半瘫、亡命美洲的下场，按说这样下场也算是上天垂怜了。

不说这三人怎样下手，再说洪寄娘、鲍东山第二天早早起来，大岛忙于矿事，他的女人和孩子带着下人端早点给先生送饭，为的是让先生吃饱了，好为女儿施治。三人匆匆用了早点，寄娘便在姑娘残腿上行功，鲍东山故作指导，这日本女人看女儿真是无多大痛苦，很是欣慰。可他那十岁的儿子看着生气，这小狼崽子，狼心人之子，天生狼性，见寄娘一个支那下人，竟敢在姐姐腿上乱摸，半天不住手，实在气不过，跑上去照寄娘胳膊上就是一口，哪知就像咬在骨头棒子上一样，霎时有如一根钢针从嘴刺到心，疼得他五脏俱裂，哭喊无声。他妈一个嘴巴又把他打倒在地，这日本女人躬身向寄娘道歉，寄娘也不做理会，并未停手，只说了一句：“孩子不甚懂事。”日本女人拖着孩子出去了，弟弟的举动让这日本姑娘很是难为情，姑娘正值蓓蕾绽放，情窦初开之时，寄娘如此装扮，看上去虽算不上英俊，但男儿女态，倍觉可亲。姑娘原本就心存感恩，加上寄娘这带气的手，抚在腿上十分畅美，难免浮想联翩。再看自己这弯腿日见端正，这小先生依伊软语嘱其多做跑跳，没想到自己今生还能跳舞爬山。姑娘一激动，摘下手上的猫眼，拽住寄娘的手硬是要给戴上，寄娘哪里肯受。二人正推让间，姑娘的妈妈那日本女人进来了，接过戒指，拽着寄娘的手硬是给戴在手上，并请寄娘今晚睡姑娘屋。这一下鲍东山不知所措了，三人哪经过这个。只听日本女人说话了：“我国风俗，姑娘未嫁，任其自便，父母不禁，若十七八了，无男友问津，则视为病态。姑娘初夜那也是十分珍惜的，不会轻易破的，必是要报答有恩之人的，若无则献给父亲报答养育之恩，姑娘心愿告知父母，父母大多予以鼓励。”鲍东山心说：“这小日本真他妈的不是人，男人都是色狼，女人也无德无行。”寄娘自觉好笑摘下戒指说：“这个请收下，更不敢做那害人害己之事。”那日本女人很诚恳地说：“做个纪念也好，我们一辈子也忘不了你。”再看那女孩满是期待的目光，寄娘拱手说：“断然不受。”那女人无奈，拿出一千块大洋给鲍东山说：“老先生先收下这一半，痊愈后再付那一半。”鲍东山谢过，这日午饭可是变样了。寄娘、鲍东山故意多吃，大岛夫妇见了心说：“劣等民族无法改变的。”晚上关才回来说：“与洪发商定，只要我们把保安队收拾了，别的事不用我们，保安队分三处，一处十五六个人，我都看了，得手后，告诉洪发，咱们自己拿盅子走人，那盅子就在书房，再就是这老鬼子大岛。”寄娘说：“与我无仇，不忍下手。”鲍东山说：“这就得看天意了，如撞上，确也无奈。”三人商量停当，谁知老天又来帮忙，大岛那狼崽子，一天不吃不喝，不言语。矿上的医生看了，叫速送大医院。新街上有日本人大医院，可这里的医生也难下诊断，这一下大岛夫妇可就顾不上女儿了。家里的先生就交给关才了，关才可以自由出入，告诉了银镖，一切顺利，以免挂心。又过了两日，医院给大岛那儿子定个急性肺炎，无力回天，请备后事。殊不知这小狼崽子是吃了寄娘的内气，炸了肺泡，不过这事鬼都不知道，包括鲍家兄弟。洪寄娘本人也是茫然不知，大岛夫妇悲痛已极，舐犊之心，人皆有之。弥留之际，寸步不离，寄娘三人觉得正是时机，日里将姑娘的腿舒理平直，姑娘善良可爱，罪不当及，既为仁者应尽仁者之仁，关才告诉洪发今夜行事。

至夜关才带寄娘，来到保安队住处，并无门岗，寄娘用尖刀在门上一拧，便拧出一个手指粗的洞来，点上了熏香扔进去，屋里的鬼子就睡成了死猪，另外两处也如是，极是顺利。关才还是吓得腿抖牙颤，哆哆嗦嗦告诉洪发："了事。"洪发两手一拍大腿自回劳工大院，五百劳工早已分派停当，井下当班一百多人等上面信号，井上三百多劳工会使枪的五十多人。这五十多人冲进保安住处，见一个个被麻翻，劳工们这回可是得了复仇的机会了，拿大锤的砸脑壳，拿钢钎的捅肚子。劳工们从来就不被看作人的，今天看来你们也是爹妈养粮食喂，脑瓜一样不禁砸，肚皮也是一捅就透。这些人收拾起枪支弹药，把自己武装起来，洪发叫这支武装队伍守在门外，以防警察局、宪兵队，好顺利掩护劳工大队逃离碳矿。码机房（主卷扬机房）为矿上顶级要害，有二鬼子（朝鲜人）站岗，派人先解决了岗哨，控制主机，打点通知井下。井下接到信号，先关掉换气扇，提高井下瓦斯浓度，迅速升井，劳工全部上来后，用两件破棉袄包上火种，分装两辆碳车推入井下。小日本鬼子，这里的黑金子，是我们中国的，你们再也别想挖了。不大一会儿，只觉大地抖了一下，电也没了，整个碳矿大院可就乱了套了。洪发原定井下引爆后，所有劳工按原班组，迅速逃离千金寨，上龙岗山先落草当土匪，保住性命，下一步再说。可到了这时，洪发说话可就不好使了，只有拿枪这五十多人知道这时十分凶险，跟着洪发捡那僻静街道，跑出了千金寨，喘息未定，身后就已枪声大作，碳矿已被警察局、宪兵队、治安军围上了。那些趁火打劫的，想好事的，想发财的都死了，有一半被抓，又去挖煤，直到累死，也有那憨厚老成只想逃命回家的真还称了心愿，胖厨师就是一个。

再说寄娘三人这晚如同回到自家一般，将大岛书房门使劲一推，那锁簧便落了下来，室内为中国官宦人家式样，书案、书架、古框、绣墩、茶儿，那盅子就在书架上，大岛每晚用以解闷。关才拿起给寄娘，寄娘接过看了看说：“也没啥出奇的。”关才找出大岛的手电筒，关上灯，对盅一照，一条金龙盘在室中，鲍东山叹道：“绝世奇珍！”寄娘沉重地说：“也不知道老太太有没有这个命！”鲍东山说：“既然又回咱手，自然是有命的，若没这个福，必致殒命亡身，大岛就是个例子。”说着见案上有个一尺来长的宝船，黄金船身，白银为帆，拿起来看了看说：“回家够过了。”扯下一条床单斜肩背了，关才在屋内搜寻了一番，没有能带之物，很是沮丧。这时脚下屋地如地震般抖了一下，关才说：“外面也成事了。”随即灯灭，外面大乱，扯开窗帘看见大岛那小舅子森崎握枪跑了出来，劳工们一见他疯子一样就冲过来，他打死四五个劳工，最后被砸成肉酱。鲍东山见了说声：“不好，那孩子。”寄娘说：“这几日的辛苦不能白费。”三人冲进姑娘屋，姑娘和那女佣早已吓作一团，鲍东山对姑娘说：“外边劳工暴乱，你快换上佣人衣服，随我们逃命吧。”姑娘还真相信了他，披件衣服，拎起她妈的皮箱和女佣随三人逃出了碳矿，直奔医院找她的父母。看看到了医院门口，鲍东山说：“孩子去找你的父母吧。”三人跑出老远，回头见这女孩还躬身在那里，也就在大地震怒之时，大岛的儿子也一命呜呼，正悲切时，女儿跑来哭诉发生的一切。大岛一下崩溃了，他那女人眼瞅他眼斜嘴歪淌了哈喇子，再叫也不会说话了。可他这女人，堪称女中强人，失子之痛，丈夫中风，矿毁家败，竟能坦然面对，毫无慌乱，叫医生给大岛打上吊瓶，然后将碳矿善后事宜交与南满矿业株式会社。重重打击之下也有让她感到宽慰的，一是女儿的腿治好了，真是遇上了神医，二是宝贝女儿把皮箱带出来了，里面都是中国的无价国宝。这女人早就做好了回国的准备，可现在出了事，丈夫又成了这样子，也好，这回是她摆布他了，他再不能行使日本男人在家里的特权了，她便另有了打算。十天后，他们一家三口坐上了去香港的火车，准备在那买中国人的假护照，此后就做个中国人定居美洲了。

再说寄娘三人急走回店，看关才实在跟不上，就在一隐蔽处休息下来，稍作喘息，关才说：“心事已了，我该走了。”鲍东山解下背包拿出五百块大洋说：“这是日本人给的，那一半给治病的先生，做盘缠，这事没你不好办，该得的，不知你去哪里，作何打算？”关才不敢接，拿眼睛看着寄娘，寄娘说：“你年岁也不小了，以前种种不肖，也该有个醒悟。带上回老家吧，也不知你那女人是何情景。”一句话把关才说哭了，流着泪说：“走时已有了身孕，我这就回刘家庄。”寄娘说：“这就对了。过家班收摊回家，你们一起走，也好有个照应。”一句话把鲍东山的心事勾了起来，多少次话到了嘴边又咽了回去，只见他张了好几次嘴，最后说：“我这心事再不能瞒你了，良心不许。”关才听了，便知趣地坐到一边。今夜街上抓人，他也不敢回店。这时东方渐白，一阵凉风吹过，寄娘还是看见了鲍东山眼里的泪花，只听他很是伤感地说：“想当年全家受大侠救命之恩，未报不说，还惹事端，请你上山，实为一己之私，本想让两个孩子拜在门下，虽学不来大侠全身功夫，也可成天下一流高手。可是一个想家，一个一门心思在通宝身上，都没心思学艺，我是看在眼里，而无能为力。”寄娘说：“鲍兄这样说，让我也觉难过，哪有什么救命之恩，再说了，我的功夫孩子们没学去，其过不在孩子，是我不忍心让孩子吃那个苦，世道变了，我自觉不如金中玉那枪筒子。至于说银梭迷恋通宝，未必然，他知通宝有夫、有主，已许了人家。”鲍东山急得流下泪来说：“其害就在于此，此为孽缘，误己不说，更害他人，常言道知子莫如父，这小兔崽子，是必要弄出事端来，我是不忍心看这恶果，想来若无我们父子，你可在庄上轻松度日。”寄娘说：“自结识了二位兄长，我这心里便有了依靠，寄娘没有亲人，山中日子亲如一家，若说事端，那也是日本人闹的，听说关内日本人更凶，放火烧村，再加上你那仇家为旺族，不会善罢甘休的，偏是老太太这盅子回来了，我须送回去，不然我送二位兄长回家，不为别的，只图个放心。”鲍东山说：“原本是想终老山林的，可现在万念俱灰，更无颜面对你们母女，回家即使有凶险，也属万般无奈，我还有顶要紧的话要说，今日不说便没有时日了，眼下就要道别了，我是想请大侠将这小兔崽子废了，以绝后患。”寄娘说：“鲍兄不必多虑，真的是能者劳，智者忧。这事我只管教通宝就是了，再不我回去就把她嫁了，哪里会出事的？”鲍东山说：“寄娘潜心练功，一生未嫁，哪知世人为情欲所累，做出那丧尽天良的勾当，今日倾心相告，吾妹好自为之，但愿无事，九泉之下也得心安，代为拜上老太太。”说罢老泪纵横，寄娘也十分动容，这正是“人由恋德泣，马亦别群鸣”。可是这一曲阳关唱罢，鲍家兄弟再也没了消息，鲍家湾从此也没了过字一姓，叙到此处，笔者也不知作何结语。

欲知后事如何，且听下回分解。

第十七回

为博芳心少年逞雄　因羞家耻哥俩离家

书接上回。洪寄娘孤身只影，匆匆赶回桦树岭，一看被烟火烧过的木屋，知道家里让日本人洗劫了。见了宋大哥，得知老太太已死，只觉心里一阵绞痛，两眼模糊，老人家的音容一幕幕地映入眼帘，又随着流下的泪水远去。苦心人一时如飘荡的落叶，她又一次成了没娘的孩子，从被父母抛弃那天开始，上天便一次又一次的让她经受这种孤独和凄苦。离去的鲍家兄弟，带给她的落寞和悲凉还没散去，山上又发生了这许多事，一颗流血的心，这时如缠在乱麻里一般，无法自拔。宋炮见她这样难过，只得安慰她说："还好，咱们这房子像有神助，没着起来，日本人只把宝马牵走了。"寄娘长出一口气说："哪还有心思去想它们，只要你没出事就好，小半年了，你一个人守在这儿，也苦了你了。"宋炮说："不是因为有念想嘛！"说完觉得不妥，忙岔开说："那兄弟俩就这么走了？"寄娘很是感慨地说："大义人哪，等天下太平了，咱俩去看看他们。"宋炮见她平静下来了，把准备好的山货，大筐小筐地摆在寄娘面前，寄娘见了说："也不想想自己都什么岁数了，还满山跑弄这些东西，这是孩子们没在家，要不，累死你也供不上这帮馋猫。"宋炮笑了笑，做饭去了。寄娘进自己的小屋，见没被火烧，东西收拾得比自己在家还干净，被褥整整齐齐，只觉热乎乎一股暖流涌上心头。洗脸换衣服出来，宋炮端上了饭菜，都是自己喜欢吃的。宋炮说："晚饭还早呢，你自己吃吧。"寄娘指着满院的干菜说："你要是个女人，一定是个好媳妇。"宋炮说："没想到你一走就是半年多，走时也没说啥时回来，菜园都种上了，没人吃，山后的兔子可美了，今冬你等着吃兔子肉吧，偷我的菜吃，别想跑出我手。”二人都笑了，吃完饭，宋炮见她呆呆的，知她想通宝，就说：“明天上松树岭串个门吧，算是道谢，然后下山给老太太烧张纸。”寄娘点头，二人开始收拾粮食、干菜等食物，这些东西可得妥善放置。岭上的山贼颇多，天上飞的，地上跑的，三天家里没人，不动烟火，它们便来光顾。不过，猎人自有办法，凡不放心的地方，箩筐、麻袋、箱子柜上面撒上辣椒面，长虫、兔子、老鼠就远远躲开。

二人收拾停当，第二天宋炮装了半袋木耳又捡二十个猴头蘑菇，带着上了松树岭。刚进山口，就听有人喊：“干什么的?”宋炮回答：“猎人来了。”哗啦，树叶响处，两人冲到跟前说：“猎人大叔，好久不见，上回跟你学套兔子还是不得要领，一个也没套住。”另一个见宋炮身旁的洪寄娘问：“这位是?”宋炮说：“你们不是想见洪大侠吗?”二人连忙立正举手敬礼说：“二位慢走，我俩先上去通报。”二人说完，飞身上岭。岳克己一听洪寄娘来了，很是惊喜，因通宝的可爱，化解了他的敌意，恨也恨过，怨也怨过，想结识这位奇女子的心理，还是很强烈的，通知集合列队迎接。通宝听说娘来了，和银梭飞跑下山，寄娘一见通宝，立时闪过一个念头，就是俗话说的，女大不可留，怎么才几个月没见，这孩子就变了一个人，真是到了出嫁的时候了。再看银梭真是有种让人说不出的滋味，这孩子怎么长劣了，鲍兄啊，我真是佩服你。随即难过，两个孩子打过招呼，通宝便搂着寄娘开始撒娇。母女俩一路亲亲热热，山上的弟兄在操场上列队欢迎，岳克己见客人露了面，快步迎了下来，到跟前没用介绍，向寄娘行个军礼说：“岳克己仰慕已久，今日光临，足慰平生!”寄娘不懂这个，只是抱拳说：“桦树岭欠情，特来拜谢!”岳克己说：“国难当头，只为抗日救国，两家同处一山，自当一心一德，方为长久稳妥之计，克己所为，都属应该，大侠不必放在心上。”说着一行人到了操场，只听一声：“立正!”声震山谷，岳克己说：“弟兄们都想拜见大侠，只是无缘。”寄娘也不知说啥好，只得向众人拱手点头称谢，弟兄们一见，甚觉失望。怎么是这么一个瘦小、无容无貌的小女人，可比我们这五个女人差远了。寄娘走过，他们便三五一群议论起来，这时刘彩凤出来把寄娘、通宝拽自己屋里亲热去了。宋炮趁机将杨桂香事向岳克己交代一番，岳克己见有了归宿，也就放心了。宋炮又把女东家与金中玉这段奇缘说给岳克己，岳克己连连点头说："有情有义，不违心，不负人，堪称大丈夫。"既而自思，克己有幸，所遇之女子，均为奇女，愿上天赐我遮天羽翼，也好护花救美。中午岳克己设盛宴，招待贵客，指着一盘熊掌对宋炮说："昨天它自己送上门的，头一回见这么大的熊瞎子，比牛还大，也真能耐，去年二百多斤的肥猪叼着就走了，一点儿动静都没有，今年我们在猪圈外挖个窖，它还真来了，它怎么年年这时候来?"宋炮说："大熊瞎子，跑不快，打食困难，秋膘没抓上来，不敢冬眠，过不了冬，只好冒险上人家来。"岳克己点头称是，赵连副问："挖陷阱真是好办法，不知罕达罕上不上套。"宋炮说："于山下挖窖，大雪晴天后，在雪上撒苞米粒，把它引来，鹿、狍子找不着食履着苞米溜就上来了。"赵连副又问："需撒多远?"宋炮说："五斤苞米撒半里地，不用撒太远。"大家对宋炮真是喜欢，频频向宋炮敬酒，可是对寄娘都是斜眼相看，小声议论说："这传言真是听不得。"寄娘只当没听见，好在岳克己没以貌取人，二人说话一个味，很觉亲切，早已将那刻骨的仇恨抛向九霄云外了。这时桌上几只苍蝇飞来飞去，甚觉烦人，寄娘伸手指轻轻一点，便跌落桌上死了，且不拘多远，一指一只，众人见了连声叫好。岳克己再次给寄娘倒酒时，寄娘起身，伸手在岳克己手中接过金灿灿的铜酒壶，一手托壶底，一手提梁说："让我敬参谋长一杯，凉酒伤身，热热如何?"随即壶内嗞嗞作响，壶嘴冒气，寄娘面带笑容给岳克己倒了一杯热酒，又下桌要给弟兄们倒酒，赵连副连忙接过，手摸酒壶还烫手呢。众人是面面相觑。岳克己见了，心里懊恼，不为别的，只恨自己区区一个山大王，若手下有几万人马，再有这等高人相助，何愁不雄霸一方?弟兄们以为参谋长脸色不好看，是因时才对大侠不敬，心中不快，匆匆吃完陆续退出。屋内只剩客人，岳克己对寄娘说："十月天气，山里已下霜，通宝她们也当结束，他们接受了训练，穿了军装便为军人，若大侠不介意，每人发十块大洋作为军饷，以安其心，这才像一家人。"寄娘谢过美意说："如此便为无羞无耻之人了，倒是想让他们在这里暂住，但不知这边是否方便。”岳克己说：“怕是不妥，大侠有所不知，我这帮痞子兵，在家都是好人，只要当了兵几年下来吃喝嫖赌、抽大烟全染上，你这些孩子纯朴无瑕，人学好不容易，学坏一时。”寄娘连连点头，岳克己接着说：“今冬你可给他们放假探亲。”寄娘一听说：“这主意好。”岳克己说：“不能全放，全放恐生变，分三组，一个月为期，第一组回山换第二组，这样稳妥。”寄娘拱手称谢说：“参谋长盛情不知啥时能报，今日还想和孩子赶回金家屯。”岳克己说：“不急，我知道你们的宝马让鬼子抢去了，骑我们的，回来就拴在你们那喂着吧，下山也方便，反正我们也不用。”说着叫人饮马备鞍，寄娘再三称谢，叫过银梭交代一番，别了岳克己三人飞马而去。银梭看了岳克己一眼，岳克己点头，银梭对自己这十八个师弟喊了声：“立正！请参谋长训话。”岳克己一举手说声：“稍息！祝贺你们通过半年的军事学习，每个人都取得了优良的成绩，已成为一名训练有素的军人。关东汉子，个个英武，热血男儿怎能做亡国奴，待时机成熟，杀敌报国，看看你们身上的军装，都是少尉以上军衔。我已和洪大侠商定，军人嘛，当有军饷，每人发十块大洋，放假一个月回家探亲。一排可于松树岭下山回家，二排、三排回桦树岭等候。”这时银梭开始发饷，发完，岳克己高声喊道：“解散！收拾行装！”十八个人嗷的一声散去，场上只剩岳克己、银梭二人，岳克己示意二人信步向林间走去，岳克己说：“知道我为什么看重你吗?”银梭晃脑袋，岳克己说：“我是看你小小年纪武艺超群，聪慧勤勉前途不可限量，生逢乱世，正是英雄用武之时，顶要紧的是，要胸怀大志，你这十八个人很是难得，要牢牢抓住，恩威并用，视之为兄父，到时才能为你舍命。走时我再给你拿点钱，回去后，不可荒废了功夫，那三匹马就留你用，每天以放马、遛马为由，习练马上功夫，需飞马双枪百发百中，金中玉也没这功夫，他得下马。桦树岭的事随时向我汇报，冬闲时叫通宝教他们识字，不识字终归一武夫，派不上大用，你可知我是谁?”银梭睁大眼睛瞅着他，岳克己正色说：“我是通宝的二叔，通宝的婚事由我做主，我还有顶要紧的话要对你说，你要对天明誓，许下宏愿……”俗话说命定不可逃，这二人的密谋，便落得个惊天地泣鬼神的结局，此乃后话，在此不提。

再说洪寄娘三人到了金家大门口，寄娘见又起了一个大院，对宋炮说："你说这女人有多能！"话音刚落，见鹊儿奔了出来对宋炮说："猎人爷爷你回来了，快去看你的重孙女，可会哄人了。"宋炮把马拴在门口的大车上进院去了，通宝上前未曾说话先红了脸，小时不知害羞，现在大了，面对未来的婆婆有些难为情，鹊儿见了一笑说："先生天天念叨你，去看看吧。"通宝点头跑了，鹊儿一把拽住寄娘的手，哭了起来说："真狠心，就走了这么多天，老太太就是想你，都没闭眼。"二人相挽进了老太太屋，现在鹊儿住了，大柜还横在那，炕上只多了床被褥，房屋依旧，而人无踪影。寄娘含泪问："老太太可有话留下？"鹊儿说："临走时问你在哪儿，因何不来看她？我说洪老板有难，寄娘去解救，老太太说是我害了他，就咽气了，到这时我也不明白这个洪老板为什么对老太太比亲妈还亲？心说这里一定有事，可老太太至死不露，寄娘也应知情，可这到底是为什么？唉，不想了。"寄娘听鹊儿言语，老太太未露金盅事，想是怕给后世子孙带来灾祸，可怜老人家一片苦心。只得对鹊儿说："那洪老板先是让日本人看起来了，后逃出，去了俄国，今生不可见了。"说完心中难过，不禁想起了百丈崖下那果敢无畏、稳健亲善的音容。在寄娘心中老太太和两位师父一样崇高，不由得哀叹自己的命苦，亲人都一个个离去，止不住泪如泉涌。鹊儿见她这样悲痛，也勾起了伤心事，二人相对哭了起来，不知啥时，通宝从外进来说，要去接金梁。二人才止住了眼泪，鹊儿说："早点回来吃饭。"通宝答应一声跑了，寄娘诚恳地说道："告诉你早点娶了，这么大了满地跑，我不放心，嫁过来了我就去块心病。"鹊儿说："没想到这孩子出落得这么喜人，转过年麦收，让胡先生看个日子，还有，我怎么也得备份像样的聘礼吧。"寄娘说："一家人说两家话，我听着有气，山上二十多人吃饭哪！"鹊儿说："那不值一提，老太太的话，我一日也不敢忘。没有寄娘，全家喂狼，再说了这不还白捡个儿媳妇吗！"说完脑海里闪出一个阴影，只可惜两个人命相不合。不过这话没说出口，接着说道："金梁、通宝成亲后，你和猎人爷爷下山吧，一家人在一起，早晚也有个说心里话的人。"寄娘说："有金中玉这样的男人，你还不知足，还说没贴心人？"鹊儿说："苦熬苦修把他盼来了，可是跟客人似的，也不知为什么，看着不是家里人。”寄娘心说：死妮子，我知道为什么，可是不能跟你说，你苦去吧。然后很无奈地说道：“你宋大爷离不开林子，我从小在山里练功习武，这大院从早到晚闹哄哄乱嗡嗡满院牛粪味，你还是让我们在山里过清静日子吧，你家大门有金中玉把着，小偷毛贼有你儿媳妇，你还有啥不放心的？不瞒你说我这脑后总是冒冷气，总觉得有双眼睛盯着我们母女，我躲在山里也省得给你添麻烦。”鹊儿没话说，只得撒娇：“你不是好姐，不疼人。”寄娘说：“你数数多少人疼你，知足吧，你看看我。”一句话没说完，前院喊女东家，鹊儿去了，这时春常大车进院，寄娘迎出来问两个孩子呢，春常说：“在后边。”原来春常下午带长工拉麦秆，准备后半夜拢火赶霜，鹊儿让金梁跟着学农事、农活，没事帮先生记账，日后好自己管家。今秋雨水大，高粱到这时还没红脸，为防霜冻，夜间围高粱地点几堆大火，先用麦秆点着然后放上半干的蒿草，这样浓烟可以将高粱地上空罩住。春常见通宝来了问道：“你娘回来了？”通宝点头，春常匆匆卸下麦秆赶车回家。通宝一下将身子摔在麦秆堆里，金梁近前二人对视了好一会儿，金梁找话说：“宝姐，上回老奶奶和你神神秘秘说了些啥？”通宝笑着说：“你想知道？”金梁点头，通宝说：“那你以后可别怨我，这可是老太太留下的规矩，她告诉我，金梁要是不听话就打，女人要是管不住男人就得受一辈子气。”金梁丧气地说：“完了，完了，这不得受你一辈子气吗？十个金梁也打不过你呀，这老太太多恨人。”一句话把通宝笑出了眼泪，一把将金梁拽倒在身边，摸着小脸蛋心疼地说：“这么俊的小模样我能舍得打吗？”金梁傻傻地看着她，不知如何是好，半晌，通宝着急地说：“你也十四五了，只比我小二三岁，可站起来和我一边高，怎么不知道想媳妇呢？”说着抓住金梁的胳膊，掀起衣襟把金梁的手放在自己的小胸脯上说：“你摸摸我都成人了。”金梁一下蒙了，大脑一片空白，此后每当回忆起来就热血沸腾，很是美妙，可是俩人就这么点缘分，婚礼是办了，没入过洞房，真是令人痛心。

再说春常见了寄娘恳求地说：“你回来了？求求你，劝劝她吧，这样拼死拼活的，哪会有好结果！”寄娘说：“老太太这么调教的，谁拿她也没办法。”寄娘一提老太太，春常接着说：“你扔下老太太就走，别人不知道，我可知道你去干啥，拼着命去找那东西，不值，你再不回来，我就跟她说，咱们在老太太旁边堆个土包哭吧！”寄娘听了，心里热乎乎的。第二天寄娘上坟烧纸，鹊儿要跟着，寄娘说：“春常陪着就行啦，你忙你的吧，一个大院都不够你忙的，又起了一个。”鹊儿苦笑了一下走了，寄娘、春常来到老太太坟前，寄娘一下跪倒在地，张了张嘴，一句话没说出口，先自哽咽了，从怀里掏出金盅放在地上说：“寄娘对不起你老，你老有灵，我定会给您老配齐了。”春常拿起金盅说：“小时见过，咱们在洪家店住了那么多天，洪老板分文没收，我就知道老太太和他有过码。”寄娘说：“你也算是个人精了，可你不知道，洪老板为这东西毁家，亡命俄国，我是从日本人手里夺回来的，你给我收好了，知道我为什么不给她吗？给了她，她会卖了，再起一个大院，只等通宝嫁过来，了无牵挂，天涯海角我定要寻来。”春常说：“我的亲姐，快别这么想，你说的那东西没处找，那要靠缘分。再说了，老太太已过世，她哪里还知道你的苦心，你走这半年，我天天做梦。这年头活人都顾不上，哪还顾得了死人，能活着就不错了，正经是把孩子们的事办好。昨天见了通宝，我看了就着急，这孩子出息得谁见谁夸。”寄娘说：“她说了过年麦收后给孩子办事，她说过年为双春闰月年，最宜嫁娶，今年盲年无春，谓无始无终。”春常说：“现在都不翻老皇历了，可她就信这个。”寄娘说：“也不差这几天，图个吉利，也好。”说完以试探的口气问道：“看她那样子是不是有了？”春常面呈苦涩说：“来年开春的月子，你再也猜不着她怎么想，发誓要给老太太生十个孙子，生女掐死，胡先生把名字都起好了，梁柱闳堂，富贵永祥，先生对她说，这八个的苦就够你吃的了，还有更气人的呢。”春常没说完，寄娘苦笑了一下说：“我回山了，记住我的话，照顾好她，她的心比你苦。”说完转身，仰头看天，自言自语地说：“看是富贵人，实乃薄命子……”

不过这次上天确是遂了她的心愿，小金闳顺利地降生了。也不知道老太太给她施了什么魔法，女东家是处处学老太太，老太太说，她自己生孩子，从不用外人接生，对此她佩服得不得了。这天，肚子疼了，算日子也到了，自己炕席一卷，抱来麦秆，铺在土炕上，烧开水，刷木盆，做活的剪刀放锅里煮了。金梁、金柱小时衣物都找了出来。一大早门帘就放下来了，六婶、春常、大丫等一大帮媳妇、婆子在外间干着急，谁也不让进，也没听屋里哼一声。直到牛进栏，鸡上架，太阳落山了，才听到孩子一声叫，人们提到嗓子眼里的心才算落地。又过了好一会儿，只见女东家穿戴整齐，头发一丝不乱，抱着嗷嗷待乳的小金闳出来了，大丫接过来忙把奶头塞进小嘴，哭声没了，大丫一摸，小子，春常长出了一口气说：“多亏是个小子。”女东家瞪他一眼，这时朴老晃媳妇、鞭杆子媳妇来抱孩子，女东家说：“和你家男人说定了，半拉劳金，吃东家饭，秋后一人十根垄，自己收，孩子吃奶一人一遍，不和你们自己孩子争嘴。”朴老晃媳妇满心欢喜说：“东家放心，东家的孩子要是没我们家的胖，我就不是人，再生孩子没屁眼。”一句话把女东家说乐了，笑呵呵对鞭杆子媳妇说：“这回鞭杆子不能打你了。”那媳妇说：“东家这吃饭管够，睡觉炕热，我们俩伺候仨孩子，两个是自己的，没有那十垄地也行。”她身后一媳妇说：“这回你仨月别回家，憋得他下跪，看他还打人不。”众人大笑着散了，从此大院的媳妇、婆子见了女东家，格外恭敬，可背地里议论说：“咱们这女东家不是人，小鸡下蛋脸还红一下呢，人家生孩子哼都没哼一声，自己拽出来包吧包吧就下地，该干啥干啥，也没坐月子那回事，哪儿风大上哪儿，你说邪门不邪门。”另一个说：“你是没细心，她那也是强打精神浪，脸色白纸一样，她这是自己作自己，她是个大美人，可笑呈哭相，这人没有后福。”这时屋里传出六婶的话来：“你别不当回事，早晚腰腿疼死你。”又听女东家说：“眼下就要收拾地了，我能趴在炕上坐月子吗。”六婶真是生气了，一挑门帘出来说：“老太太一辈子没下炕，啥事没耽误，你这是谁也信不着。”女东家再没了言语，东家生孩子，大院每个人都沾了喜气，里里外外是一片欢乐，只有金梁、金柱气得鼓鼓的，金柱说：“哥你说，妈妈（读ne）这叫什么事，阿玛还没死呢，就嫁人了，不知羞还生孩子，阿玛也是的，有房子，有地，也不愁吃，干吗把媳妇送人？那懒牤子一回来，阿玛接过鞭子就放马，他怎么愿意受这气呢？”金柱说话时愤怒极了，金梁说：“我见人都脸红，咱俩一定要给阿玛争这口气。狗汉奸你等着！”

哥俩这晚在村外逛得很晚，第二天金柱迟到了，全校同学正做“朝会”，全体面北站立，向日本天皇陛下遥拜，九十度三鞠躬，再向满洲皇帝三鞠躬。训导长手拿木棒，大擀面杖一般，在队伍后边对稍有不敬和松散的，照后脊梁就是一棒子，不只打一人，前后左右都得借光，他真要不愿动手，就叫高年级的打低年级的或大个打小个。金柱一入列，后脊梁就挨了一棒子，遥拜结束，跟着同学进教室，进门金柱含泪摘下帽子恭恭敬敬向老师行礼，极其认真地向老师问好："森塞，噢哈吆勾扎伊玛斯！"很是标准，老师次仁四郎立时满面春风，金柱在跟前经过时，还伸手摸摸小脑瓜，当着全班同学表扬了一番，然后鼓励说，几年后，带去日本留学。末了叫金柱高声重复十遍，金柱照做了。同学们在下面没有不撇嘴的，这句问候语是"老师早上好"。原本不难学，可是同学们故意骂着玩儿，有的同学读成"小子，操你妈次老师。"有的读"孙子，操你妈次老师。"不过都是男同学，女同学不敢，也骂不出口。全校六个班，那几个班的老鬼子教师是中国通，学生们不敢当面骂，次仁年轻刚来中国他一时半会儿还弄不明白，再说这都习以为常了，唯独金柱不敢，班上同学都瞧不起他，很孤立，当面就挖苦他："日本人也向着有钱的，你家是大粮户，你不是男人，应该裹小脚，蹲着撒尿。"金柱没办法，打也打不过，骂也不会骂，只能默默忍受，班上一女同学，跟他同病相怜，两人便好上了。女孩叫相兰英，因漂亮，老师在她名字后面加一个花字，变成了日本名，课间提问叫到相兰英花时，故意提高一个调门，男同学极其反感，可是还总被夸奖，女同学更是嫉妒，称她是二鬼子。女孩父亲相传东为中共地下党下江地区负责人，女孩母亲开个小铺做掩护，为的是传递情报方便。小铺卖些火柴、蜡烛、煤油等杂货，因屯里有了学校，来了日本人，就添了烟酒、学生用具。金柱和兰英的事日久也被两家老人看在眼里，双方满意，金家虽没下聘，两家已做亲家来往了。相传东长年不在家，兰英母女二人也亏了金家照顾，小铺也时常靠春常从城里捎货，偶尔也传情报。小铺的常客就是次仁老师，因想家思念母亲，家中三个哥哥都已战死，母亲孤苦，常常以酒浇愁。但相家小铺也不挂晃，也没招牌，只是卖酒，不留喝酒客人，屯里也没有饭馆、赌场、妓院，从大都市来的日本人，就靠打学生发泄怒气。兰英母女看这次仁打一壶酒，就着眼泪，实属可怜，在兰英母亲眼里他还是个孩子，就将自家的咸菜、酱、大葱、黄瓜，有时会有一个咸鸭蛋拿来给他下酒。这小鬼子很是感激，在异国他乡，还能得到这样一份温暖，自然他也不白吃，可他越来越勤，越喝越多，且每次都是痛哭流涕。把兰英母女烦得没法，又不敢得罪，真是有点儿引狼入室的感觉，后来兰英想了个聪明的办法，小铺断酒了，推说农忙没人送货，次仁鬼子心中老大不悦，明白自己是让人厌恶了，遂恼羞成怒，可巧兰英身子不爽，一天没上学，第二天次仁让她在门口站了大半堂，快下课了才让她回坐。兰英独生女，天生的不管天不管地的风火性子，因有气鞠躬行礼时，就骂了一句，操你妈吃人的狼，次仁也不知就里，同学们强忍着没弄出声来，下课铃一响，次仁刚出门，嗷的一声哄了起来，“好样的，有种!”次仁听班里起哄，返身回来，同学们立时鸦雀无声，这小鬼子似乎明白了一些，自己被这些支那小崽子耍了，回去请教年长的同僚，此君也不客气，大笑了一通，跟他说清了这话的意思，然后拍着他的肩膀说：“你是才来中国，自然不会明白，咱们这叫自掘坟墓，小国征服大国，抢点东西就跑，才是胜利，还妄想长久霸占，那些孩子们的眼神你也看到了吧，哪个不想把你吃了？你把他们教大了，有了知识，不就是咱们的死期吗？再说了，这几个屯子两千多人，咱们五个日本教师，两个教国文的中国教师，能完成天皇的教化使命吗？咱们五个日本人就像大海里的一叶小舟，来阵小风，就死无葬身之地，小老弟，放聪明些吧，没让你上战场挡枪子，就属万幸，你觉得咱们这只小船还能漂荡几时，人家一人一泡尿就淹死你，你我都是客死他乡的孤魂野鬼，还想活着回家？做梦吧!”这一席话让次仁更加绝望了，可他不能容忍这样的耻辱！第二天，相兰英以辱骂师长的罪名，被训导长抓着头发带到前排，接受全班同学的帮教，一人打两个嘴巴子，以惩戒他人。这可难坏了全班同学，相兰英脖子一挺眼睛一闭说：“你们打吧，我不看。”“头排第一个男生!”训导鬼子向他吼了一声，这同学凑到兰英跟前，抬了一下胳膊又放下了，咣咣这同学背上挨了二棒子。第二个就是金柱，他觉得这是常事，每个人都挨过，走过来，就像平时闹着玩儿似的，啪啪打了两下，相兰英眼泪哗的一下就淌了下来，这可伤了姑娘的心，任何人都可以容忍，唯独金柱不能容忍，全班男同学谁也没打，宁愿挨鬼子两棒子。金柱不但伤了兰英的心，也更让人瞧不起，几乎被所有同学吐了一口，彻底颜面扫地，所遇到的全是白眼，多长时间兰英不理他，金柱懊恼极了。他想了很久，觉得只有豁出命做件大事，让他们看看我长没长男子汉的骨头。一天放学，金柱追上兰英说了几句话，兰英说：“你小子真要是有这胆量，以前的事一笔勾销，以后当爹侍候你，你要是做不来骗我，别说这辈子不进你家大门!”两人又说了一会儿话，各自回家。

过了两天，次仁鬼子在兰英的作业本上发现“我家新到高粱烧”几个字，次仁欢喜，当晚就去了，且尽兴而归，至此次仁又复如前，仿佛以前什么都没发生过。一天大雨从早下到晚才停，学校早早放了学，次仁烦闷便去喝酒，兰英今天格外热情，给他做了两样下酒菜，次仁高兴，多喝了一壶。兰英跑来叫金柱，金柱拉出金梁说：“时机已到，你给我壮胆。”金梁二话没说，跟着金柱见了兰英，三人远远地盯着兰英家的门，好一会儿才见次仁晃晃悠悠出来了。兰英见金柱鼻尖冒汗，腿打哆嗦，牙打战，眼看次仁已走到跟前，兰英推了他一下，金柱抖得更厉害了。金梁对兰英说：“我替金柱。”兰英说：“行，今晚谁把醉鬼淹死，我就嫁谁。”金梁笑了说：“我有媳妇，麦收后就娶了。”兰英说：“宁愿做二房，也不嫁他这胆小鬼。”这时次仁从他们跟前走过，不容多想，金梁抻手摘下金柱的帽子戴在头上，低着头上前架住次仁，次仁看是金柱，身子一歪就靠住了，嘴里还嘟囔着，不知说啥。金梁架着他向村外走去，兰英、金柱和他们保持一定距离跟着，不时地看看后面有没有人来。到了湖边，金梁用膀子一顶，次仁软绵绵就下去了，一点儿声都没有。兰英、金柱跑上来，见水面上一片气泡，金梁用袄袖擦了把汗，金柱突然指着水面说：“帽子!”金梁忙伸手抓，只差一点儿就是够不着，金梁说：“你们俩拽着我。”帽子是抓着了，金梁也掉水里了，兰英、金柱拼力把金梁拉上来，可是闹个落汤鸡，滚了一身泥。连怕带吓，三个人的心都快跳出来了，金柱两腿无力，扶着金梁，兰英瞪着他向地上吐了一口。还好，回家的路上，别说是人，连条狗都没看着，可是天老爷看见了，咔嚓一个雷，唰唰两个闪，大雨瓢泼一样，就这场大雨，地上了无痕迹，三人没白闹个落汤鸡，平安地躲过了日本人的狗鼻子，这也属天照应了。次仁失踪，城里来了一大帮鬼子，带着狼狗，挨门挨户一人不落的搜查，围屯方圆五里又搜寻了一遍，连根毛也没找到。最后认定必是死在湖里，水上水下折腾一天，只弄明白一件事，这湖面上一丈清水，清水下面还有五尺淤泥，人畜掉下去，永世葬身泥底。事件发生在警察署长家门口，金中玉也跟着回来了，学生放假三天，老师也被审训了，欲仓相千校长咬定次仁精神异常，终日酗酒，导致投湖自杀，这才幸免罪责。风波过后，一切又归平静，班上同学突然对金柱好了，再没人瞧不起他，他自己也是一副自得的样子，腰板也挺得笔直，兰英对他还是不冷不热的样子，他们班由一个教国文的中国教师接任了。次仁的失踪同学们都很开心，只有兰英她娘有点儿心疼地说："怪可怜的，他那在老家的娘知道了，不知怎样难过呢!"

再说女东家每日里是前院喊后院呼，忙完春耕忙夏锄，老天也真是帮忙，该下雨下雨，该刮风刮风，这使她很觉宽慰。自从老太太走后，大院当家人的千斤重担，那是每时每刻都压在肩上的，她是担得轻松自如，根本没有难倒她的事，却有桩心事让她吃不下饭，睡不着觉。原来自从生了小金闵，金梁、金柱就像变了一个人似的和妈妈（nene）生分了，他俩原本看金中玉就有气，娘仨在一起唠得亲亲热热的，只要金中玉一进屋，这哥俩立时嘴噘老高，躲得远远的。这些日子金中玉回来勤一些，有儿子了，心中高兴吗，小哥俩见了就像仇人似的，当妈的哪有不懂孩子心思的，他们还不会掩饰自己，一切都挂在脸上，金中玉看在眼里，只当没看见罢了。孩子一天天长大了，女东家有种不祥的预感，这样下去，可怎么得了，一天金柱放学，一开门香味扑鼻，平时小锅不做饭的，知道懒牤子回来了，只听里面说："挂锄有空，抱孩子上城里住几天，带你吃一顿大馆子，做套洋裙子，你穿上一定受看。"金柱在门上踢一脚，女东家连忙出来接过书包，见儿子嘴噘得老高，心里明白，只得在孩子身上多加一分小心，用眼睛指了一下泥盆，示意那里有吃的。金柱过来一看是鸡蛋，伸手摸摸还烫手呢，用帽子兜了，在院中喊了一声，径自出院，不一会儿金梁也追了出去，女东家看着两个孩子的背影，站那呆了好长一会儿，自言自语道："长大了可怎么好?"小哥俩在草垛上坐下，这草垛多半是麦秆，哥俩常玩儿的地方，不管谁叫一声，准知上这来。金柱手托帽子一举，金梁见六个鸡蛋，哥俩乐呵呵地吃了起来。突然金柱不吃了，生气了，金梁问他也不说话，过了好一会儿，恨恨地说："让他去见次仁得了。"这话金梁可是听明白了，很自信地说："你能把他骗到水边，我就敢推！"金柱沉思了一会儿说："我有办法了，你把弹弓给我。"金梁高兴地说："妈妈（nene）说了，你鬼点子多像阿玛。"金柱说："妈妈也夸你胆子大像阿玛，别看你阿玛人小可胆子大。"哥俩笑得好开心，几口吃完鸡蛋，金柱说："你先去水边等我。"哥俩会心一笑，金梁去了。金柱回屋主动和金中玉东一句、西一句地扯，忽地问道："都说你长短枪百发百中，我不信，你能拿这个打个野鸭子我就服。"说着从裤兜掏出弹弓递给金中玉，金中玉接过弹弓，扯了两下，抬眼看看他，又瞅瞅女东家，心说："露一手给这两个小兔崽子看看，见了我仇人似的。"金柱见他不说话，讨好地说："我不白吃，你给我打野鸭子，我给你放马，不玩儿赖。"金中玉说："好，一言为定，让你妈妈烧水吧。"女东家嘴一撇说："看把你能的，话说出去了，要是打不来就得剁我养的，要不他俩就跟你没完。"金中玉也来了兴致，警服一甩，跟着金柱出院奔湖边，女东家见两人今天这么亲热，心里也高兴，毕竟是个好兆头，可是总觉得反常，不对劲，喊声金梁没应，这时长工朴老晃媳妇抱着刚吃完奶的小金闵过来说："金闵爹回来了，必是要看孩子的。"女东家说："先抱回去，晚饭后再送过来。"

再说金柱一路小跑，领着金中玉到了湖边，金梁等在那，金中玉也没在意，叫金柱进苇丛哄，金柱钻进苇丛连喊带叫果然扑棱棱飞起两只，金中玉抬手一弹弓，只见这只鸭子屁股撅了一下，身子晃了晃，没管用，飞了。金柱高兴地叫了起来："打屁股上了。"金中玉说："这鸭子不像家雀，得打头，你再哄。"这回飞起六七只，金中玉唰唰两下，两只鸭子栽进水里，金梁凑上来说："你打早了，等过岸再打，这掉水里白打了。"金中玉说："你当这是枪呢，能打那么远？"金柱看这地势正好下手，向金梁使个眼色，哥俩又去哄，只听金柱喊："这有天鹅蛋！"金中玉刚一探身，金梁在他屁股后一扛，金中玉一头栽进水里，金梁、金柱对着水高喊："唉，多深哪，快上来！"见没动静，哥俩高兴地喊道，"那你去见鬼子次仁吧，狗汉奸！"再说金中玉被金梁一推，顺势潜出老远，隐在芦苇丛里看这两个孩子，要不是他俩喊狗汉奸去见次仁吧，也不会想到是孩子使坏，还善意地认为是叫他去取鸭子。金中玉明白了，次仁那小鬼子就是这哥俩这么干的，心里这个气呀，我还不是为了你们，为了这个家，这汉奸有谁叫的，也没有你们俩叫的，这还了得，敢作这么大的祸。再看岸上这两个小崽子先是高兴，后是害怕，在那哭喊："懒牤子死牤子你快上来！"金中玉是又气又好笑，懒牤子是胡先生起的，没人敢叫，你们两个小兔崽子倒敢，这时又喊叔叔了，"大个子叔叔我们和你闹着玩儿的，你快上来！"鼻涕一把，泪一把的，"叔叔你上来打我们也行！"等了半天没动静，这哥俩一屁股坐在地上吓傻了。金中玉见了，骂了一句，小王八羔子良心未泯，气也消了一大半，可是他也明白了，这个家不是自己的归宿，以前还真没往这方面想，再看这哥俩一步一擦眼泪往回走了，金中玉游过去捡起鸭子，上岸躲着这哥俩的视线，远远地跟着回来了。小哥俩进门哭喊："妈妈，叔叔掉湖里淹死了！"女东家听见哭声从屋里跑了出来，见两个孩子大哭，金中玉一手拎一只鸭子站在门口，女东家笑着说："叔叔掉大江里也淹不死。"金中玉轻轻走到小哥俩中间说："你们俩胆可够大的。"哥俩扭头一看，眼睛都直了，愣在那说不出话来，金中玉举起手中的鸭子冲女东家说："水开了吗？"女东家心里高兴，今天总算能在一桌上吃顿团圆饭了。转身回屋，嘴里不知还念叨些啥，金柱这时才回过神来，装作没事似的说："懒——"连忙打住改口说道："大个叔叔你真行，我服了，以后我就给你当马倌。"金中玉笑了，伸手摸摸两个小脑瓜小声神秘地说："我才见着次仁小鬼子了，他说要找你们俩算账呢。"说完哈哈大笑，进屋换衣服去了。

哥俩是面面相觑，这回是完了，金柱拉起金梁跑到大草垛说："咱俩只剩一条道了，跑！"金梁赞成说："我早就不想在家了，看见懒牤子就有气，跑得远远的，眼不见心不烦，对吧？"金柱说："事不宜迟，今晚我偷钱，明天早上我还背书包走，你先在村外等我。"金柱说时，很是激动，这哥俩做这么重大的决定，心情能平静得了吗？金梁说："去和兰英道个别吧。"金柱答应一声去了，金梁一个人坐在草垛里就想起了通宝，也不知多长时间了，衣襟袄袖湿了一大片。金柱来到了兰英家，见了兰英娘行个礼，不知说啥，兰英娘见是金柱，很是惊喜说："可是有日子没来了，你妈妈、阿玛好吗?”金柱点点头，兰英娘拉着金柱欢欢喜喜让进里屋，在炕上坐了。兰英正洗衣服，当娘的心里很酸楚又很心疼，看看金柱又看看兰英说：“我得照顾前屋的客人，哪有拿钱买的，都是赊账，前后院住着拉不下脸，要不是你阿玛帮着，早黄铺了。”说完转身出屋，屋内一对小恋人好久没亲亲热热，甚至没心平气和地在一起说会儿话了，两人沉默了好长时间，金柱只得说了：“我是来告别的，我要出门了，可能要好长时间。”兰英说：“好长时间是多长?”金柱无可奈何地说：“三五年吧。”兰英始终扬着脸一副漫不经心的样子，好像早已知情，淡淡地说：“我知你上哪儿。”金柱有点儿急了说：“不是和你说着玩儿的。”兰英说：“知道，你们家有的是钱，要是我早走了，在这破教室里，晴天一屋灰，雨天癞蛤蟆爬到脚背上，还要受这几个小鬼子的气，省城多好，读完国高上大学，不过就你这副窝囊样，离了娘还不哭鼻子呀!”说完嘴一撇，从金柱进屋兰英一直是一副轻蔑鄙视的神态，把金柱气得鼓鼓的，但兰英的话却让金柱豁然开朗，我何必流浪，去省城读书呗。兰英的冷漠无疑给金柱这颗惊恐忐忑的心又撒上一把盐，可兰英怎知金梁、金柱发生的事。极度伤心的金柱离开了兰英家，不时回头看看，兰英没出来送他，气得他冲兰英家的方向大喊：“相兰英你等着，我非混出个人样来让你看看!”兰英娘见金柱走时脸色很难看，知道两人在怄气，心说：“这姑娘大了，真是操心，不着家的吧，怕跟人家跑野了，可这不出屋的又犟又倔，不会来事，到了人家可怎么好!”叹了口气，语重心长地对女儿说：“你看这屯里的孩子挨个数，扒拉挑哪个有金柱老实仁义，有教养，懂事，嫁给这样男人，一辈子不受气，人家穷富且不说，咱也不是巴结人家，我就是不明白你们新潮女人是怎么想的。有句话你记住了，你要是错过了这门亲事，你得后悔一辈子，屯里这几个瞧得上眼的姑娘，上人家认干娘，认干妈，有事没事往人家跑，人家也没念书，可比你懂事多了，娘是把你惯坏了，可你也得掂量掂量自己，就算你不愁嫁，咱家就你这么一个，你爹你妈是不是也想有个依靠，不知你这书是怎么念的!”兰英哇的一声趴在炕上大哭。

再说女东家满心欢喜炖好了鸭子等着小哥俩，天黑掌灯了，人是回来了，可金柱非要和先生一起吃，还要酒，金中玉见状说：“鸭头、鸭翅膀留下余者不要。”女东家只得依着他们，金梁端一盆去六爷屋，金柱端一盆来到先生屋，胡先生见是烧野鸭，还有一瓶大麦烧，忙喊贵妃。胡先生戏称杨桂香为杨贵妃。三人坐定，金柱恭恭敬敬给先生、师母倒满酒说：“一日为师，终身为父，不管何时何地，先生教诲之恩，终身不忘。”先生问他成绩，金柱说：“国文第一名，国文老师没有先生讲得好，他说要来拜访你，你是前辈，校长欲仓也要来串门。”先生高兴，拿起一只鸭腿递给金柱说：“这可不是吹，全县你打听打听，我胡治平是何许人。”一句话没说完又摆手叹气了说：“这也不是那个世道！”看来老先生心里有苦，不便说，一口干了杯中酒，金柱忙又斟上说：“先生、师母再请一杯。”金柱回屋做功课，先生也没多想，只道是孩子懂事，爽快地干了，金柱走了，二人已是七分醉意，一时是感慨良久，想胡某何人，东家倚重如至亲，账房往来款项均出一人之手，失意人敢不献肝胆，献真心！金柱有成，实可告慰老太太在天之灵，报知遇之恩，可睡梦里也不曾想又得佳人，此生无恨无悔矣。杨桂香更是想不到进了大院被尊为上宾，白吃饭不干活拿一等劳酬。她是怎么也不会想到，这是金中玉因她那一次发飙，害得他无家可归，可是冥冥之中又帮了他，成全了他那一段前缘。金中玉想明白了这其中的因果，反生感激，亦乃情理之中，一句话便成全了杨桂香。这杨桂香也是心有灵犀，被先生引入师门，从此便一心扑在识字念书上，一年多来不知是先生会教，还是学生用心，竟能写信，读报，帮先生记账，日子过得比那后生小夫妻还甜蜜。二人高兴，不一会儿一瓶酒只剩一盅了，先生醉眼惺忪盯着那一盅酒说：“吹大牛看谁吹得玄乎可乐。”杨桂香说：“这个我可不会，认唱小曲。”先生点头开吹：“那一日皓月当空，乘着几分酒意，我在村外散步，忽见这轮明月如一硕大银盘落在脚下，先生我一高兴，张开双臂扑下去，忽忽悠悠来到一座宫殿，龙王在上面端坐，问我因何闯入龙宫，我一时答不上来，只好说为找贵妃。这时身后上来一人，长袍大袖，自称太白，哈哈大笑说，我学生来也！”先生说完大笑，杨桂香说：“就这个，我也会。”然后正襟危坐说道：“那年在蕊香院，一天晚上来了四个先生，在我屋打个茶围，其中一人说道：三位自海外归来，可学到救国的真理？其中一人说道：自身落后，无药可医，尤其汉字，一个人一生也不敢说学会，这汉字不死，中国必亡。先生听了气得骂道：放的是狗屁，人屁都不是。”杨桂香接着说道：“这时日本巡逻兵到，四位大先生吓得浑身发抖，我说桌下可以躲藏，四人趴在桌下犹抖作一团，我见了心中不忍，两腿一劈说，那进来吧，四人这才安下心来。偏赶上我有尿，只听一人说道：哪里来的波浪滔滔？另一人道：这不松花江吗？江面上因何一排排一队队黄色嘎牙子鱼？我听了告诉他们说，昨晚我接了两个日本兵。”把先生笑得眼泪直流，连叫绝妙，然后摇头晃脑吟道：“墙有茨，不可扫也，中冓之言，不可道也，所可道也，言之丑也。”杨桂香愣头愣眼地看着先生说：“这啥呀？”先生说：“我想起了《诗经》上这几句，你听着，墙上长灰菜，不可以拔下来，闺房被窝里的话，不可以说出来，要是说出来呀，那可丑死啦。”说着拿起酒杯看着这位闺中密友说：“先生我高兴，唱个小曲我听。”杨桂香也不推辞，忘情地唱道：“一呀更啊里呀，月牙没出来呀啊，拜月的貂蝉哪，走下楼台呀啊。二呀更里呀，月牙出正南哪啊，为抢贵妃呀，胡儿就反了长安哪啊。三哪更里呀，月牙照正西呀啊，醉酒的太白呀，捉月就跳进了水里呀啊。四呀更里呀，月牙转正北呀啊，昭君思乡啊，鸿雁汉家飞呀啊。五哇更里呀，月牙就见了太阳啊，西施范郎啊，双双就奔了家乡啊。”

搁下屋里这两人让他们尽情地乐吧。再说金柱出了先生屋爬上拉粮大车，躺在麻袋上，只等先生吹灯睡觉，可先生师母二人酒兴正浓，他只好耐心等待，环顾四周一片漆黑，微风轻轻吹拂，仰望夜空，繁星点点，汤勺般的弯月挂在天边，看星空看四野，可无论如何也平静不下来澎湃的心潮。想到一会儿天亮，就弃家去省城，自己可以继续读书，可是把哥哥毁了，且不止金梁一人，还有通宝，深悔自己逞一时之意气，铸成大错。懒牤子是必借此机会除掉我们哥俩，将来就没人和他的儿子分家产了。可又一想阿玛是有胆有识之人，通宝亦非等闲之辈，还有洪侠姑，量那懒牤子也不敢为所欲为。真要是借次仁事件下毒手，往我身上一推，我一走万事大吉，一不误兄嫂佳期，二不给妈妈造成太大痛苦。想到这儿，平静了许多，抬头看先生窗户还亮着，可他困得眼皮睁不开了，下车轻手轻脚推开门，见先生师母已睡下，是忘了吹灯，进屋在钱匣里拿了二捆回屋，见金梁睡得正香，把钱放进书包，和衣倒下，梦中听见鸡叫，一骨碌爬起来，天刚放亮。背起书包，进厨房拿了两个玉米面贴饼子，开大门，门外没人，出了村见两个背米袋去城里读书的大哥哥，三人走上大路进了城，金柱奔码头上了船。

搁下金柱，再说金中玉被小哥俩诓进水里，是让他伤透了心，到这时也明白了，这大院不是他的家，自己充其量也就是个拉帮套的骡子，深悔自己陷在这里无法自拔，哪会想得到，这么丁点的孩子，竟敢害死鬼子教师。那活干得滴水不漏，将来不知会闯出什么祸来，要是死在这两个小兔崽子手里，将被天下人唾骂，说我死于奸情，可该怎么对付他俩呢？说也说不得，骂也骂不得，甚至不能提一句。金中玉可是委屈极了，鹊儿送来的温情，也没心情领受，早早起来，胡乱吃了一口，打马回城。金梁醒来，不见金柱，想是与兰英难舍难分，金柱生来胆小，从未离家，多半是变卦了，虽然这样想，依然换上了干净衣服，将一双新鞋别在腰间，出来见槽头懒牤子那马不见了，知道他走了，心里还是想再看看妈妈（读nènè，满语“妈妈”），进屋见桌上饭菜没人吃，妈妈坐那儿发呆，看见金梁进来说：“去叫金柱，我有话要问你们。”金梁只道是露馅了，说：“我饿了，吃点儿再去找吧。”说着上桌狼吞虎咽使劲将肚子撑个滚瓜溜圆才下桌，心说，一天不吃饭没事了，一会儿就上路，再想找我没门。女东家看见儿子吃得很香说：“早点给你们成了家，就省心了。”金梁出门甩下一句：“你又有了儿子，管我们干啥？”一句话把女东家说得如针扎似的难受，金梁大步兴冲冲出村，在大路上等金柱，左等不来，右等没人，心说，真是变卦了，一定和兰英上学了。看看近午，回村在校门口等着金柱，兰英放学见是金梁以为金柱有话留下，迎上来说：“金柱没用你送，自己走的，真是长进了。”金梁听明白了，金柱是自己走了，问道：“他对你说上哪儿？”兰英不解地说：“不是你们家让他上省城读书吗？”金梁听了一下子蹦了起来说：“好小子，没良心，你去念书把我当累赘了。”下话没说，转身就跑，也没管兰英，到了大草垛一下子摔倒在草堆里，心里有气，午饭没吃，反正不饿，寻思自己该上哪儿去，他有地方读书，我就没地方去？去学手艺，当兵？对了，当兵，到时我一枪崩了你狗汉奸，心里恨恨的，愤愤地不知啥时听到妈妈喊叫着来了。金梁闭眼装睡，原来胡先生一大早起来就发现钱匣里少了两捆，准知是金柱干的，但还是想见到金柱问个明白，最好是偷偷拿回来，孩子偷钱没有用，没地方花，先生善意地认为他是偷着玩儿的，如果传出去，让东家责骂，对谁都是颜面无光，先生叫人找遍了全村，不见踪影。最后，一个长工说："早上出来撒尿，见这孩子天刚亮就悄悄出院了。"先生这才认准是拿钱跑了，感到很是震惊，不敢隐瞒，跟女东家一说，女东家忍不住失声痛哭起来，末了说："身上有钱，不至于冻饿露宿街头。"心里还宽慰些，好像意料之中，一点儿没见惊讶，倒把先生弄不明白了，以试探的口气说："金梁必知情。"女东家立时止住了哭声，她原以为哥俩跑了，听先生一说，出门奔草垛，见金梁躺在那睡大觉，上去一把抓住胳膊放声大哭，越哭越伤心，金梁害怕了，爬起来跪在妈妈面前说："金柱是去省城读书，你不用担心，你要不信问兰英。"女东家听了说："你不用编排糊弄我，这话我是一点儿也不信，在家里像老太爷似的供着，他要是想去大都市念书，那就是少爷公子出门，我都得搁人侍候着，还用得着偷钱、偷着跑吗？打小老太太就让胡先生严加管教，让他念大书有出息，当官，当大官，当县长，老太太说了光有钱不行，还得有势。"金梁听了心说，你们这不偏心眼吗，怪不得先生对金柱那么苛刻，功课差一点儿也不行，对自己从不过问，我还以为向着自己呢。忍不住问道："老奶奶让金柱念书长大当官，让我干啥呀？"女东家生气了说："你也该懂事了，眼看就要成家了，你没看这个家一天有多少事，你阿玛那身子还拼着命，说不上哪天就倒下了，你金叔叔为了这个家当了汉奸，还会有好下场吗？说不上哪天就回不来了，你二叔一家三口东西都收拾好了，就要回老家去了，你不得撑得起这个门户吗？难道你看不见，老太太早早就给你定了亲，来年娶进门，后年我要抱孙，到我老时，总得见百十个孙子，咱们金家才算是兴旺起来，这不都是给你们打江山吗？没你们俩，老太太会遭这个罪？全家差点儿让狼吃了！"女东家越说越激动，越哭越伤心，金梁起誓发愿说："我听你的就是了，守着这个大院，守着你到老还不行吗？你别哭了！"女东家哽咽着说："你给我上老太太坟上跪着去!”金梁见妈妈止住了哭声，忙说：“行，行，行!”二人这边没了哭声，却听见草垛后有抽泣声，娘儿俩过来一看是春常，不知啥时来的，三人一见面又大哭了起来。

欲知后事如何，且听下回分解。

第十八回

金警官恣意赏群芳　刘队长甘尝苦肉计

上回说金中玉憋了一肚子气回到城中，没处发泄，这晚便进了蕊香院，胖老鸨子笑着说："金警官一向洁身自好，这地方从不染指，今日可是想明白了，人生一世，青春几何，干吗跟自己过不去，我这新来个洋毛子，你先尝尝鲜，就算你家有个天仙，那也有腻歪的时候，这个大洋马，也只有你这副身子骨才消受得了。"说完大笑，拉着金中玉进了这洋毛子屋，对这洋女人交代几句，关上门出去，不大一会儿，金中玉就出来了，老鸨子说："怎么的，没对味？这洋女人不会伺候人?"金中玉也笑着说："我是猪八戒吃人参果。"老鸨子"嗨"了一声，笑着说："这好办，明晚我还给你留着，你细点嚼，慢慢咽，自会品出味道来。"金中玉掏出二张五十元的国元放在桌上，老鸨子说："这个你收起来，你今天迈进了我这门槛，就是瞧得起我。别说我这帮靠大腿吃饭的弱女子，就是城里的大买卖家，大门市头，也是仰仗你的大名在这儿镇着，才有他们的顺当买卖做，让他们挨家挨户数，哪家没被砸过？土匪、胡子比日本人还可恶，要是知道你有钱就绑票，要是你家有个漂亮女人就抢人，金银财宝值钱物，啥都不放过。自从你当了这个警察署长，方圆百里，土匪胡子，没有不怕你的，都说，要是遇上长短苗，金大警官，别想从他枪口下逃命，连日本人都敬你三分，打这以后你常来，看和哪位姑娘对上心思了，我就不让她接客了，你要是觉得我这门口没有站岗的，晚上睡觉不放心，我就叫她自己去找你。"老鸨子今天这话可是真心实意，从来没有的事。第二天晚上金中玉在大洋马屋里混了小半宿才出来。老鸨子在外间沏好了香茶，又预备了两碟送茶的糖果。老鸨子笑着说："这不也上套了，这跟拉大锯一样，两人顺手了，就出好活。"金中玉苦笑了一下小声说："这老毛子女人，咋这德行，像头发疯的狮子，吓人。"一句话，老鸨子笑得手捂胸口说心疼，上气不接下气地说："她今天这是没喝酒，要是喝了酒非把你吃了不可，你今天是品出点洋味来了。"金中玉说："啥洋味，膻的哄，羊粪味。"老鸨子又笑得流出了眼泪，金中玉接着说："这洋女人要是远远地看着是够白的，煞白煞白的，别上手，上手一摸粗粗拉拉，跟褪了毛的老母猪似的，没劲，不如咱们自家的小荷包猪，滑滑溜溜，细细发发，拿人。"老鸨子说："你是吃惯了熘肝尖，就吃不惯熘肥肠了，不过，这好答对，明天让你满意就是了，这女人落在我这也不容易，可是客人一次就够，没有回头客，我也没办法，把你那两张国元给她吧。"金中玉说："我给她了，顺便问她因何走到这一步，她说俄国消灭了有产阶级，家产被共了，他们一家逃到哈尔滨，父母心中不平，相继含恨死去，自己坐吃山空，就靠两条干吧大腿，年纪大了没人光顾了，只好上这小地方来，给那些没见过世面的乡巴佬开开洋荤。"这女人说话时很是动容，金中玉出屋时，看见了她眼里的泪花和期盼的目光，他心软了，想说明晚还来，可是终究没说出口。金中玉坐那儿喝了老鸨子一杯香茶，看表已是午夜，回到警察署倒头就睡。不知啥时被人叫醒，说是家里来人。金中玉知道是春常，穿衣出来问："家里有事？"春常说："金柱离家出走，她白天晚上哭，不知如何是好。"金中玉只好讲了小哥俩的故事，春常连气带吓，脸都青了，女东家本来是叫金中玉找金柱的，春常哪里还敢提。金中玉说："回去不能跟她说，她要是知道了，还不吓死。"又问："金柱有地方去吗？"春常说："可能在省城读书。"金中玉说："这就不用担心了，我托人打听准实了，就告诉你。"说完坐那儿半天不说话，春常本想说回家劝劝她吧，可看他脸子绷得紧紧的，话到嘴边又咽了回去，拿起鞭子迈出门坎，又想起了一件事说："金小、大丫要走了，她叫我回家时买布，给他们添几件衣裳。"金中玉说："日子定了，走时到这儿，我送送他们。"春常说："衣服做完就走。"金中玉想了想，打开抽匣拿出五百元钱给春常说："带给他们，我怕有公务。”春常试探着说：“这钱就不对她说了吧？”金中玉说：“你看怎么好就怎么办。”

送走春常一日无话，吃过晚饭，正闹心呢，去还是不去呢？忽报门外有一女子要见金警官，金中玉心说：女子晚上找我，这是老鸨子献殷勤，可这有伤体面，不知道的，会认为金警官逛窑子也不给钱，窑姐登门讨夜钱，就说：“让她快进来，站门口丢人现眼。”本意是想几句话打发了，让她回去说给老鸨子，不能随意往这打发人，可进来一看，并非窑姐。只见这女子身穿紫缎素旗袍，天青色披肩，秀发挽得很随意，轻施粉黛，高跟皮鞋，手臂上挂着一个黑色手拎包，往金中玉面前一站，亭亭玉立，态度雅娴，通身上下弥漫着高贵雍容的光彩，金中玉起身问道：“你是？”这女人忙接道：“我是翠花，昨天晚上我倚着门框标着你，直到你走了，你也没拿眼皮夹我一下。”金中玉高兴，心说：“老鸨子窝里还有金丝鸟呢。”可这位翠花等不及了说：“你倒是让我坐下呀，头一回穿高跟鞋，脚脖子都快折了，临出门练了一袋烟的工夫，腿还没伸直呢。”金中玉心中好笑，原来是个高粱花子，装得挺像。翠花姑娘见这警官光笑不说话，高跟鞋一甩，脚踩泥地，奔床去了，说：“这床两人挤巴点。”扑通，一屁股摔在床上，开始揉脚说：“大洋马天天穿怎么受了！”金中玉越发觉得好笑说：“念过书吗？”立时飞过一句，“念过，学会俩字，翠花。”金中玉凑她跟前笑着说：“你准知道我不会赶你走，看你的架势就要睡这了。”翠花斜着眼笑嘻嘻地说：“庄稼小㞞儿，你就当蒜缸子捣鼓吧。”话在她嘴里说得嘎嘣脆，炒豆一般，一点儿羞涩不见。金中玉笑着说：“白瞎你这张八哥嘴了，你要是不会说话，就值钱了。这身衣服是你的吗？”翠花说：“胖老妈的箱子底，你别说，她年轻时还真是个美人，现在得两件缝在一起穿了。”金中玉让她弄得是哭笑不得，这晚翠花是百般迎合，可是只换来一张五十元的钞票，第二天一大早，金警官就以不能妨碍公务为由催她早早回去，翠花是故意磨蹭等他说，今晚再来，等了半天连个屁都没放，哪管有一句知疼知热的话也行。看他那样是一点儿留恋的意思也没有，真是伤透了姑娘的心，气得她心里骂道：“没心肝，不是人，白瞎我一宿工夫，姑奶奶这么侍候过谁呀，下回你跪着求我都不来。”

不说这翠花姑娘愤愤离去，再说春常赶着车一路胆战心惊，思前想后也是万般无奈，只能怨自己残躯无能撑不起家门。孩子大了哪里看得下去，这前因后果又无法跟孩子说破。最后这一腔怒火便归到小日本头上了，要是没有日本人，不也睡热被窝了，老太太临终那一幕到这时想起来还让他激动不已。小鬼子你等着，我非杀一个解解恨不可！一路胡思乱想，到家推说金中玉执行公务没在城中，女东家更加悲戚。春常安慰她说："赶明儿送金小时我再去叫他。"女东家说："那我就找两个帮手，连夜做鞋，做衣服，早点送他俩上路。"春常听了心说："我就这么一说，她还当真了。"老天到这时只刮风不下雨，地种不上，还不够愁的，看她这些日子那憔悴样，春常心里很难过，卸了车，吃过晚饭，一个人躺在炕上烦心事一件件涌上心头。想来想去，只得狠下一条心，顶要紧的是把金中玉叫回家，孩子伤了他的心，赌气不回家，时间久了，他必在外边弄个女人，要是在城里偷偷安个家，那她就完了。看金梁那架势，早晚也是跑，把孩子绑在家里种一辈子地，那也是妄想。再说了，这大院将来姓啥呢，胡先生说了，将来是共产党坐天下。不如让兰英父带着，参加共产党八路军吧，这么大的事，可怎么对她说呢，知道了还不知闹成什么样。眼下这地种不上，已急得吃不下，睡不着了，嗓子哑了说不出话，再火上浇油，会出大事的。春常辗转反侧睡不着，朦胧中听见鸡叫才昏昏睡去。

第二天鬼子校长欲仓又来拜访，胡先生迎出来，欲仓深施一礼说："先生为本地大儒，欲仓有幸结识，前次聆听教诲，受益匪浅，今日不揣冒昧，再来求教，先生所许墨宝，晚生急于一见。"胡先生拱手还礼，让进自己的账房兼卧室，宾主坐定，欲仓说："日本无历史，学界都是汉文化学者，今所倡东亚共荣，亦多敬仰之意。"胡先生笑着说："你国日常起居即我大唐风俗，可惜你们只学了些皮毛，中华五千年独立于世之汉学，其于史《春秋》《左传》《史记》，历代史书记录详尽，其于文诗经、楚辞、汉赋、唐诗、宋词、元曲、明清小说，文体齐备，其于学儒释道，诸子百家，诸说并存。我们所依者'仁德'，你们靠的是'武运'，承天命泱泱大国历五胡乱华，辽金、元蒙、满清入侵，可充其量溪流入海耳。满清入关，不到百年，即被同化，以此推之，欲仓君即入我邦，他日必为我良朋，且好汉学，胡某自当以兄弟礼待之。”说着展纸研墨，提笔在手，气沉丹田，将一腔浩然正气运至笔端，一笔一画，工工整整，写了四个大字，“化武为仁”。欲仓极为高兴地说：“家父亦喜赵体，他虽从事水稻栽培，可平日在家，别无他好，唯终日作书，往来信笺，坚持用软笔，同学朋友争相收藏，先生挥毫，见字如见人，亦可知先生品行端庄，一身正气。”说着又施一礼，收了字幅。胡先生也很得意说：“此体自欧阳询、赵孟頫、董其昌直至官家定为馆阁体，学到手就是饭碗，可惜只用做了豆腐账，现时人已改用西式铁笔，不久恐无人问津了。你们父子懂书，老先生必是汉学家。”欲仓说：“家父主业水稻种植。”胡先生说：“日本官府设研究院，大学设水稻种植专科，殊不知这水稻乃徐福带去日本，现在我们反不知水稻为何物了。”欲仓说：“还有一些管理指导机构，无偿对农户进行指导。”胡先生感叹道：“难怪强盛了，再说水田不愁旱涝，我们还是靠天吃饭，立夏都过去十天了鹅毛也没住，还是漫天黄风，不知要刮到啥时，地里干土一锹深无法下种，女东家急得团团转，无计可施。”欲仓说：“水田也有天灾，插秧时须躲过台风。”胡先生说：“你们怎知台风要来?”欲仓说：“有气象预报，报纸登，广播讲。”胡先生说：“日本刮风下雨官府告诉?”欲仓说：“每天都有温度多少，几级风，大雨小雨，三、五日内的阴晴状况，很准的。”又想了想说：“先生你别急，没准我能帮帮你，我进城给我父亲打个电报，让他问问观象台，满洲松花江下游的天气和降雨情况。”胡先生一听忙喊：“快叫东家!”女东家进屋，两人寒暄几句，欲仓礼节性地问了金柱的情况，女东家只好说：“在省城念书，一切顺心，上次校长来访，招待不周。”欲仓的回答也很谦虚说：“可以和家里联系，也许能查到咱们这一带的天气情况。”胡先生把欲仓能从日本弄来晴雨表的事一说，女东家脸上立时开花，平常只有在牛下犊、马下驹时才有笑容，此时则乐呵呵地说：“今日晚了，明早我套车送校长进城。”欲仓听女东家这样说，只好告辞，二人送出老远，女东家说：“明早来我家吃饭。”欲仓一哈腰答应了，笑容满面走了。胡先生说：“吉人自有天相，连日本人都来相助，你还愁啥!”女东家说：“人家无所求，这事便不落底。”胡先生说：“且信之，无益亦无害。”女东家说：“金中玉说了，日本人没好人，都是色鬼，你看校长这人怎样？”胡先生说：“正人君子。”女东家忽又问道：“先生你说次仁老师是不是让鬼抓去了，怎么活不见人，死不见尸呢？”胡先生说：“日本人自己都说，他是钻进湖中淤泥里了，漂不上来的。”既而心有所动。这人要是不想活了，真还是一个不错的去处。

第二天一大早女东家叫起了春常吃饭套车，这时欲仓也来了，女东家让进自己屋，欲仓见桌上葱油饼卷鸡蛋，一碗米粉汤。欲仓客气两句，拿起汤勺喝了一口，哇啦哇啦叫了几声没人懂，又喝了两口问：“这汤怎么做的？”女东家说：“苞米糙子泡十天水磨磨了，用豆腐包过去渣子，渣子喂猪，剩下的米浆澄清晒干，吃时用水和成糊，调好汤用饭勺沿锅边浇，就成了粉皮，加点芥菜缨末，汤就成了。你想喝时就来。”欲仓说：“一定，一定。”欲仓吃饱了，车也套好了，二人上路进城发了电文，回村静候不提。只隔一天，太阳偏西时欲仓拿着电文来了，一字一句地念道：“北海道观象台，昭和三十一年五月十四日报道，五月中旬太平洋季风渐弱，北海道，满洲北部五月二十二日至二十三日小雨，二十四日大雨，二十五日转晴，五月下旬为晴朗天气。为防有误，电讯了满洲国交通部中央观象台（即新京观象台），他们观测的结果和北海道大体一致，此观象台只为军事行动提供气象情况预报，不对民间发布。”念完了电文，欲仓说：“父亲有一老朋友在长春任职，这结果不会有大误。”女东家是满心的欢喜，当晚极丰盛热情地款待了欲仓，这小鬼子还真没敢放肆，因他心里也没底，这份预报能准吗，匆匆吃完饭很不情愿地告辞出来，女东家千恩万谢地送走了客人。

第二天女东家顶着大风种地了，先不说村里人如何议论，单说在大风里种地就和平时大不一样，点籽筒须紧贴垄台，不然大风会把种粒刮飞，牛犁走得也很慢，所以费时费力。一天下来女东家一看，一天的活，需两天干，这要种到啥时，好在村里没人敢种，跟春常说：“咱们雇犁种地。”春常说：“行，这么多年你就这个事做得像个东家。”女东家也没理他继续说：“换工、现钱都行，欠咱们钱的正好让他们还债。”春常心说到啥时，你是不吃亏的，就这样金家大院的地种完了，有人可就说了，牛驾辕，马拉套，老娘儿们当家瞎胡闹。可是谁也没想到风停了，雨还来了，人们可都拍大腿了。其中一个说道："这娘儿们人长得标致，龙王爷见了都拉拉尿，刚种完就给她下雨，咱们不是眼气人家财大气粗，咱是生自己的气。自家的地不种给人家种地，全屯子人都帮人家种地，你看人家这老娘儿们岁数也不大，就有这胆，咱们这些老爷们都白长了一个鸡巴两卵子，割下来喂猫得了。你们看着吧，这雨还得给她下个透，你想种还进不去犁杖了，等人家的苗出来了，咱们才下种，我说这话你们不信，咱们打赌，我输了给你媳妇提鞋系裤腰带。"这小子逗了半天没一个人笑，因龙王爷这场雨下的不是水是火，每个人心里都窝了一团火，哪能笑得出来？很清楚，这场雨没赶上，错过了，可是要减产了。这时有一人说话了："你说的我信，她们家供的准是龙王，就说屯里谁家也挖不成菜窖，灶坑都出水，可人家那大菜窖一冬天都有菜吃，你们说邪不邪？"人们只看到了人家表面的运气，而内情就不为人知了，难免让人心生嫉妒。地种完了，雨也下了，女东家总算如愿以偿，金小、大丫也准备好了，等着上路，叫人上山告诉宋炮，只带回一包山货说，见不得啼哭场面，两下早已放心，再无牵挂。六婶心疼孩子已病了好几天了，没敢上路，这日好了，春常套车，女东家送出村口，可她不知道金梁已等在前面，爷俩商量好了，参加共产党，等人走了再告诉她。女东家也是有一些离别伤感，车走远了，看不见了才转身回村。春常见女东家回去了，问金小、大丫她给带多少钱，金小说："一千，嫂子说了，老家，那些种咱家地的，都会给钱的。"春常一听气得大声喊道："金喜鹊，你不是人，你等着，早晚让共产党给你共了。"说着拿出两个手帕包给金小、大丫说："这包五百元是金中玉给的，这包九百元是我的，你们带着，看啥时世道变了就回来，别看现在轰轰烈烈，长不了，将来共产党坐天下，共产公有，她挣命没好结果。你们自己在那多孤单，老太太是老糊涂了，她偏是拿老太太的话当圣旨，再说了六叔、六婶也受不了，你们俩离开这个破大院也许是好事。"大丫说："爷爷给我的钱，奶奶不让说，看来还是老太太想得周到，我们回家也起个大院，哥你放心吧。"三人都流下了眼泪，不多时见金梁等在前面，车到跟前，金梁一下蹦上车，兴奋极了，金小说："看你的架势是偷着跑出来的吧。"金梁乐呵呵地点点头说："阿玛答应的参加共产党。"金小、大丫愣了说："你妈妈会急死的。"金梁说："老奶奶和妈妈让我在家种地娶媳妇、生孩子。哼，等她儿子长大在家种地吧。"金小、大丫对视了一下，再不知说啥。春常说："你们再想不到他俩胆子有多大。"就把他俩和次仁、金中玉的事说了，大丫一把搂过金梁说："好小子，有出息！"说话间大车进了城，先把金梁交给了相传东，相传东拉着金梁说："又长高了，大小伙子了。"对春常说："放心吧，先在我这跑交通，然后送延安去学习。"父子俩自然也有一番叮嘱，末了金梁说："妈妈也是疼我们哥俩的，不该气她的。"春常说："知道就好，就算没白养你们一回。"心说这孩子，真是不能拴在身边，赶出家门就懂事，别过相传东，一行人来到码头，春常将三人送上船说："到家看情况，如不舒心就回来，老太太已死这么长时间了，怎么像把你们赶出家门似的。"三人又流下了眼泪。

送走金小、大丫，春常回到警察署，金中玉不在。要说这金中玉这一春天可是没闲着，蕊香院十多位姑娘每人在金中玉床上睡了三晚，翠花住了四晚，一个多月过去了，这晚老鸨子说："别去了，让人撵回来多没面子，这就够丢人的了，我调教了一辈子姑娘，顶数你们这茬姑娘不争气，一个能迷住人的也没有，皇上都缠得住，那才叫本事，金警官不但模样长得好，就这副身板就值得一靠，且为人忠厚，枪法天下第一，家里是大粮户，人间美事让他占全了，要是倒退三十年，别想跑出老娘手，给他做个二房，也不白活，可你们谁也没这本事，眼睁睁从怀里溜走，就是拿不住。我倒是希望你们都能遇上个好人，有个结果，你们谁有老相好的，在外边惦记着把你弄出去，一个都没有。小时候瞅你们都鬼精鬼灵的，都是大价钱买来的，长大了都不成材，一个个不知天多高地多厚。从今天开始都给我老老实实接客，要是耍滑使坏别想遇上好人，一辈子没人要，到了三十多岁，只好卖给人家当老妈子，喂猪、做饭、洗衣。看你们一个个白长个好模样，可都是绣花枕头，谁也没把老娘那看家本事学到手，除了蒜缸子，就是酱碟子，有能耐的好男人会看上你们吗？得把自己变成花瓶，才有人往回捧，才能被人供着，要不，一辈子下人一个！"老鸨子今天这气也是自羞人老珠黄，虽令潘安、宋玉在面前也只能做个掷果的徐娘了，拿这些姑娘出出气是了。金中玉公务完后，晚上回到警察署，执事人员说："你家小个管家来过。"金中玉听了，出门就要回家，可他又回来了，他是突然想到这样回家会起疑心的，一定是满身香水味，须洗澡换衣服，只好明天吧。

再说春常一路想着到家该怎样说才好，离村老远就看见她站在村外大路口等车呢，知道是因金梁不见了，二郎已跑到跟前，围车跑了三圈才安静下来。当女东家看车上就一人时，一屁股坐在地上。车到她跟前，春常把她架上车，仍闭着眼睛问金梁呢，春常说："死活不回家，就差给他下跪了。没办法留在相先生那儿了，玩儿够就回来了。"女东家到这时只有大哭的份儿了，嘴里唠叨着："当年我要是掐死回家，谁都不会跟他俩遭这份罪，可当时没容我空，等有了下手的时机了，又舍不得了，就因是两个，要是一个我也就狠下心来了，老太太是白疼他俩一回呀，这笔账就得跟你算了。"又大哭，半天才说："见到他了吗?"春常说："欠你的我还一辈子，到死为止，他没见着，可是知道上山打土匪去了，二十多天了，就这两天回家。"女东家再没话说，春常暗喜，心说任你怎么精，糊弄你，我还是手拿把掐。第二天晚上金中玉真的回家了，女东家一见哇的一声哭了，金中玉都脱相了，眼窝深陷，颧骨突出老高，心中难过含着泪说："多少土匪，就打了二十多天人瘦成这样。"金中玉说："打什么土匪，早打光了，还闹土匪，当什么警官。"女东家一听，立时不哭了，下地做饭，逗一会儿孩子，吹灯睡觉，两人都很渴望，美美地亲热了一番，女东家说："你一定有事瞒着我，怎么会瘦成这样。"金中玉谎称前几天被弟兄们拉到江边吃生鱼，吃坏了肚子，今天才好。因心里有一份歉疚，不敢和她多唠，怕走了嘴，紧紧地把她搂住装困。脸埋在秀发里嗅着发香，再加上肌肤散发出来的体香，他陶醉了，也觉得那种女人让人恶心，有了比较，金中玉明白了，这里是家，为她做的一切值。不知啥时女东家觉得头发里湿了，他睡哭了，女东家把他搂在怀里，金中玉这时宛如风浪里的小船，驶进了港湾，每根汗毛都十分妥帖，恍惚来到了蕊香院，那些女人见是金中玉，一齐上来撕扯，啃咬，金中玉大叫，挣扎不出来，既而这帮女人变成了一群白脸狼，吓得大声叫喊，耳边听得有声音叫着自己，金中玉朦胧中答应，把脸缩在松软的胸脯上甜甜地睡着了。第二天，金中玉日上三竿还在大睡，女东家怕他误事，只好叫起来，金中玉匆匆穿衣吃饭，外面春常给他备鞍饮马。老习惯，金中玉回家，春常接过缰绳卸鞍饮马，拴到槽头喂上。要是白天就牵出去吃青草，金家牲口夏天夜草是一半青草一半干草，牲口爱吃，个个膘肥体壮，金中玉这马跟春常已有感情，春常卸车备鞍，上身时这马前腿跪地。今天女东家还是头一回把金中玉送出大门，金中玉跨上马飞奔而去。

女东家回手揪住春常耳朵，使劲一拧，拽着进了春常屋，这是真生气了，也没管旁边有没有人。春常见这架势，不用说金中玉向他诉苦了，进屋女东家只说了一句，你们爷仨骗我，然后就开掐，也不管脸蛋子，脖梗子，肩膀子得哪掐哪。拧掐得手疼了，没劲了，春常说："要是还有气，就再掐一会儿。"女东家一听，原本这气也出了，这下又来气了，照肩头一口咬下去，这回是真疼了，春常叫着说："原是怕你上火，你不领情，也就不瞒你了。"就把两个孩子和次仁、金中玉的事和盘托出，金梁参加共产党的事没说，知道这事一时半会儿露不了，女东家听完了，只觉心如针扎，脸色惨白，不一会儿，又成了茄紫色，右边面颊抽搐了几下，倒在地上。春常连忙掐人中，掐合谷，女东家才慢慢睁开眼，真是个欲哭无泪，欲诉无语。春常扶她起来，让她上炕躺下，她摆手扶墙一步一步出屋，春常跟在身后，深悔自己沉不住气，看她那样，金中玉根本没提，是自己谎称金中玉打土匪出的岔。

不说女东家伤心绝望，也不说春常后悔不迭，单说金家屯有户人家，看大院顶大风种地，也把自家地种上了。这家男人姓朱，三十出头家传兽医，为人和善，谁家牲口有了毛病，有求必应，在家里却是头号懒虫。懒到什么地步？一双新鞋，第一次上脚时媳妇逼着提上穿一天，之后直到穿烂了，没提第二回，嫌费事。一年四季趿拉脚，棉鞋也不例外，大冬天，人家那脚也不怕冻，这也属本事。地里、家里任你什么活都是女人干，他那女人也认可，夫妻从不吵架，日子过得平静滋润，其原因外人就无从知晓了，人家自有人家的活法。在地里看大院女东家种地已三天了，晚上两人在被窝里正折腾呢，忽地女人说："行了行了，留点力气明天跟我种地。今年不比往年，你看女东家一百多垧地，岂是儿戏，在这么大风天里种地，定有种的道理，咱们星星跟着月亮走，一定不会吃亏。我这么多年留心看这女人，黑嘴巴了，有点儿道行。我怎么忘了老人们说的大风过后必有大雨，屯里岁数大的也有，论种地、管家，照人家差远了，她们那个家咱也是知根知底，就是一个干巴老太太领着她们这老的老小的小，连个像样的男人都没有，就那么一个三块豆腐高的武大郎支撑着门户，种一百多垧地，说给外人都不信。日本人来了媳妇让出来，找个靠山，还真有人愿意拉这帮套，这就叫能耐。我一辈子都服。"金家地种完了，懒虫也种完了，女东家雇的这些人耻笑懒虫。"今年风大水浅你也上来了，谁都知道你懒虫只干水田活，白天旱田活媳妇干，媳妇那一亩三分地从没荒过，一宿侍弄三遍。"说话的叫大崔，说完斜眼瞅高小姐，高小姐只当没听见，不知啥时转到大崔身后，抬腿脱下鞋，照着大崔脑瓜瓢啪啪两下子，打得大崔捂着脑袋蹲在地上，嘴里还不闲着："你这老娘儿们不识好人心，跟你说你家这地白种，大风再刮三天，你撒的那籽就跑俺家地里了，晚上你这块地还耽误了。"话没说完，脑袋上又挨了两鞋底子，高小姐说："刮风下雨天老天爷自有安排，没准今晚上就下了，三天三夜不住点，半个月进不去犁杖，让你老婆卖屁股吧。说人家女东家瞎闹，你今天晚上回家爬你妈肚子里，九个月后再爬出来你也当不了东家。"把大伙说得笑弯了腰，大崔站起来想说："你等我爹死的，让你们看看我能不能当东家。"可又咽了回去，这不胡话吗，就说："今年这地要是种不上，我就拜懒大哥为师，劁猪，师父不在家，替师父伺候师娘。"又是一阵大笑。

搁下金家屯种地事不提，再说松江镇治安总署井川大佐跳了冰窟窿，高岛接任。岳克己进城砸了银行，烧了军粮，影响了军事行动，上司记下了他这颗脑袋，从此就觉得这股人马时刻威胁着他，不知啥时又进城闹一场。这让他吃不好，睡不安，又无力进山征剿。雄野趁他受审之时进山打了一仗，结果惨败，只因林密难行，他们在暗处，自己在明处，连个人影没见着死了五十多人。这块毒瘤不除，早晚酿成大祸，只好步井川后尘。也是万般无奈想到了招降这条道。对岳克己其人的性格、为人及喜好进行了摸底，觉得这人是正规军队里的军官，且接受的是西方先进的军事思想，不是反复无常、嗜杀成性的土匪，在山上困了这许多年，谅他也是困难重重，要是亲自陈述利害，会有七成希望，就是达不成招降下山的目的，能通好也属胜利，多带点钱，怎么也能买几年相安无事。就是人身安全，自己给自己打不了保票，毕竟是只老虎，所以他迟迟下不了决心。今年各地反战活动高涨，要是和大股反战势力联合起来，于我更为不利。看看已进五月天气，柳丝刚刚吐绿，山上树木还没放叶。一年里这时上山为最佳之时，高岛终于下了最后决心，招来金警官、刘队长说了自己的决定，并请二位谈谈高见。殊不知二人最怕见岳克己，尤其刘队长，二人异口同声说："此人骄傲自大，目中无人，当年就没把我们团长放在眼里，东北军撤进关内，他是故意不走，自己占山为王，与皇军为敌。"金中玉说着突然觉得不对了，这要是他不去了，只叫自己和刘队长去更糟了，踢了一下刘队长，刘队长不吱声了。金中玉接着说："这回太君亲自去，就说关东军总司令决定彻底清剿满洲境内反战武装，大队人马不日就到，山下保安队和警察署都是你的部下，到时他们要打头阵的，你总不能看着二十三团的弟兄自己打自己吧，眼下是大势所趋，中国有句古话，识时务者为俊杰，你留过洋，寻求过真理，难道不知有奶便是娘！"这一番话先凉后热，高岛极其高兴说："二位陪我上松树岭，把你们那个参谋长招下山，我一人赏你们一个日本姑娘——你们二人是聪明人，能看清大势，岳的不行，为了共荣大业，我高岛不记旧仇。他原是团参谋长，你们的上司，下山后须给他个治安军总司令的头衔，你们两位跟我多年，功劳大大的，我的明白，咱们是想尽一切办法让他下山，你们懂我的意思？"二人连忙说："太君放心，一切听太君的，不敢有丝毫怨言。"高岛说："好，二位请回，我再和雄野少佐商议后再定日子。"二人出来，刘队长说："为啥又换个口气？"金中玉说："他要是不去，只叫咱俩去是何结果？"刘队长说："难逃一死。"金中玉说："你死了，了无牵挂，死就死呗，我死全家一个也活不了。"刘队长说："他要咱俩陪他去。"金中玉说："陪他死，他要是自己去或许岳克己能留他一条命，咱俩要到了松树岭，参谋长非是杀鸡给猴看不可。"刘队长说："难道就没活路了？"金中玉说："准备后事吧。"金中玉回到警察署把自己锁在屋里，一天不见人，想出个自救的办法，虽是下了狠心又狠心，但不到万不得已，还是不能走这条道，晚上拎了瓶酒来见雄野说："太君让我陪他上松树岭，我不能不去，我和岳克已有私怨，去了怕是回不来了，今晚和你喝个痛快，要是为天皇尽忠了，我的家还请您关照。"雄野说："高岛君为圣战不顾个人安危，舍生忘死，忠心可敬，可看家也很重要，为防不测，须不辞辛苦，日夜巡视，严防他们趁机偷袭。"金中玉明白了，二人尽欢而散，这么大的事，高岛和雄野把可能发生的事，都仔细商量过，雄野说："金中玉在东北军里只是一个排长，刘队长是副官，他去更合适，金中玉带兵打仗，不在你我之下，真要是扣留了太君做人质，我俩好带兵营救。"高岛很觉有理，二人最后商定，通知刘队长准备。晚上金中玉已睡下，刘队长拎了两包点心来了，金中玉让进屋说："你这是干啥呀?"刘队长也不说话，打开纸包，一包钱，一包京八件，刘队长说："这是三万元钱，我也没有家，要钱干啥，你拿回去买地吧，今天和你在一起吃块点心，明天吃饭的家什就没了。"金中玉笑着说："我知道你的意思，办法是有，是个苦肉计，就怕你吃不了那个苦。"刘队长说："到了这一步吃不了也得吃。"金中玉打开抽屉，拿出一支手枪说："这可是咱们东北军的家伙。"压上五发子弹，递给刘队长，二人密谈至鸡叫，刘队长起身，二人四只手紧紧地握在一起，好半天才松手。天亮了，刘队长出门离去。

隔一日，高岛、钱翻译官，头戴礼帽，身穿长袍，一副大买卖商人打扮，刘队长身穿日本军官制服。今日特许，两个弟兄也是新发的伪军服装，荷枪实弹，马上驮着两只皮箱共五十万满洲国元。高岛毫无惧色，信心十足，骑马进山。当走到一片树木茂密处，只好下马步行，刘队长环视一下，向两个弟兄使个眼色，二人走到高岛、钱翻译官身后，照后心一掌，二人一口鲜血喷出昏死在地，三人把马拴在树上，刘队长说："做得把握点。"二人把高岛、钱翻译官翻过来面朝天，伸手在喉头上一按，高岛身子挺了一下，钱翻译官伸了一下腿，刘队长一抹高岛的眼睛说："太君你对我不薄，但把我逼到死路上了，不得已，你闭眼吧。我是中国人，为了你领着弟兄没少干伤天害理的事，现在算是扯平了。"然后对两个弟兄说："扒下衣服换上，别弄脏了。"高岛有块金表，钱翻译官兜里有些零用钱，二人拿给队长，刘队长说："我啥也不能要，这两个箱子留给参谋长一个，这事还得靠参谋长成全，你们带一个奔江边，大枪扔江里，沿江走到佳木斯，坐火车到哈尔滨把钱存上，隐姓埋名，买两处房产，娶两个好姑娘生孩子、过日子。”二人说：“那队长你呢?”刘队长说：“给我买个窑姐，家里置办齐全等着我，我如有命活着，就去找你们。钱够咱们一辈子花的，可咱不能张扬，我排行老三，你就叫刘四。”一指其中一个会剃头的，“在自家门口支个剃头挑子，也不为挣钱，为的是掩人耳目。”然后一指另一个说：“你就叫刘五，没啥手艺，挂个香烟盘子沿街卖烟，哪儿热闹上哪儿，为的是消息灵通。”刘四说：“这都能办好，只是窑姐事多，也不知你啥时回来，我们俩长了不是，短了不是，怕是管不了她。不如多花钱，捡那标致的乡下姑娘买一个来家，这钱是你拿命换的，我们俩再浑也得把队长的事办好，然后才是我们的。”刘队长说：“我从小就不是好人，和好人也过不来，不如买个窑姐快活一天是一天，你们俩先给我伺候着。”两人扑通跪在地上说：“上有天，下有地，要是有半点儿对不起队长的地方，出门挨枪子。”刘队长说：“傻小子，我不是说着玩儿的，怎么说呢，跟你们说你们也不明白，这窑姐光有钱花也是不行的，凭你俩的功夫别人是不敢欺负的，说到这份上就行了。起来，还有件事，金警官是上门婿，有个孩子在省城念书，你们给他留两万块钱，要他写封家信寄给金警官。”说完解开衣扣在衬衣上扯下两块布条，拿出手枪递给刘四说：“这里五颗子弹，我们仨一人一颗，先把我腿掐断，距腿三尺。”说着伸直右腿，刘四有些怯手，递给刘五，刘五背手再不伸开，刘四没法，咬咬牙当的一枪，刘五拿起布条包上伤口。刘四对高岛、钱翻译官当当两枪，二人忙把队长扶上马，使劲在马屁股上打了一下，刘队长趴在马背上下山了。二人跪地磕个头，拎起皮箱拿起枪快步离开。

欲知后事如何，且听下回分解。

第十九回
种水稻欲仓归海岛　跃深潭龙马恋旧主

书接上回，松树岭哨兵听到三声枪响，忙向山上发出警报信号，然后奔向枪响处。不见人，只见四匹马拴在树上，地上两具尸体，一只皮箱，上面放着一支手枪，又向山上发了情况信号。不多时岳克己带着弟兄赶到，仔细看这两具尸体，虽只穿内衣，但还是可以看出其中一人是日本人。岳克己问赵连副："是日本人吗?"赵连副说："错不了。"岳克己拿出手枪，德国驳壳，东北军军官佩带手枪，尚有余温，退出子弹，也是毛瑟手枪弹，打开皮箱，满满一箱伪钞。岳克己对赵连副说："叫弟兄们再向四处搜查。"弟兄们散开去了，岳克己把手枪递给赵连副说："你看是谁的?"赵连副说："跑不了金中玉、歪嘴子。"岳克己说："你说说看，日本鬼子找我干啥?"赵连副说："带钱来的，收买咱们呗，他们俩不敢见你，杀了鬼子，回去说是咱们杀的，这把枪他也不敢带回去。"岳克己点头说："他们把钱留下了，就是让我替他们承担罪名，不承担也可封嘴，可他们哪里知道我的心，只要你们抗日杀鬼子，我就支持你，不留下这钱，我也得成全你们。"赵连副说："这么大的事，稍有疏忽就败露，他们俩未必顺利。"岳克己想了想说："今晚你带两个兄弟进城，把这俩脑袋扔回去，想不到这一层也就罢了，想到了就不能看着他们俩送命，回营房再写条标语。"

不说岳克己、赵连副准备进城，再说刘队长伏在马背上，不敢回去得太早，不紧不慢直到太阳偏西才赶到城门口，守城的伪军头目派两名士兵牵着马护送到宪兵队大院。金中玉心中有事，一天也没离开雄野，门岗报刘队长回来了，雄野一听，只刘队长一人受伤回来，大惊，几步冲到院中，金中玉、田夫等人也跟着跑出来，刘队长一见雄野放声大哭说："岳克己杀了太君、翻译官，把两名弟兄扒了衣服绑在大树上喂黑瞎子，说是用他们俩祭山，实际就是杀鸡让猴看。把我的腿掐断，让我回来告诉队长，他不日下山，攻取县城，日本人，还有认日本人做爹的汉奸一个不留！"说完又大哭。气急败坏的雄野在院中大步转圈，忽地拔出战刀，伸出左手小指，眼睛瞪着小指恶狠狠地说："姓岳的我不劈了你，就劈我自己！"唰地一刀削飞了小指，院里的人都吓傻了，金中玉忙喊医官，田夫上前掐住手指用日语说："事件还没弄清楚呢，你这是干什么！"这时医官来了，给雄野包上说："应去医院缝合。"雄野没理会，田夫说："我送刘队长上医院取子弹，接骨。"雄野冷静下来，也听明白了田夫的意思，看着自己唯一的贴心人，一点头，田夫跟在刘队长马后去了医院。金中玉到这时长出一口气，看着田夫的背影说："老鬼子我都没在乎，还怕你个小鬼崽子！"转身关切地对雄野说："去医院缝好，免留伤疤，现在千斤重担可落在你一个人身上了。"雄野说："哪还顾得上伤疤，你看该怎么向上面禀报才好?"说着二人进屋。再说田夫在医院里看了刘队长的手枪，没有发射的痕迹，查看裤子上的弹孔射距很远，不是自己所为，等医生将子弹取出，田夫看了也不是日本手枪子弹，德国毛瑟手枪子弹，田夫眼睛盯着这颗子弹好长时间，仔细包好，放在衣兜里，恶狠狠地说："支那人没一个好东西，干得真漂亮，没留下一点儿证据。但从你们的神态，眼睛中，我已看明白了，这事就是你们俩干的，高岛太君你死得可悲！"不由得眼睛湿润了。第二天发现高岛和翻译官的脑袋，穿耳系个麻绳挂在镇公署大墙上，两边有对联，上联"日本鬼子狗汉奸"，下联"可耻下场看今天"。横批"滚出中国"。落款东北军。金中玉、刘队长看见了，偷偷地流下了眼泪。

再说刘队长手下那两个弟兄，新得名刘四、刘五携带巨款，美滋滋，乐津津，来到哈尔滨，存上巨款，找家僻静小旅馆住下。大都市热闹非凡，手摸腰包满满的，且再无空日，从此花钱不用算计，无拘无束，天老爷以外，再没人管。这样的人，世上能有几人，那份美，真是无法诉说。但二人心地善良，这一切皆队长所赐，现在我二人享福，他一人受罪，倘若事情败露，二人不敢往下想了，现在能做的，只有把队长所嘱之事办好。第一件事找金柱，可偌大城市，上哪儿去找呢？刘四说：“捡大学堂挨家去呗。”刘五想了想也只能这样，看不远处就有座学堂，近前看，牌上写“东北商船学校”。叫开门，向看门摇铃老人施一礼，告之以实情说：“要找一个叫金柱的学生，受其家人所托，捎来学费，但只知在省城念书，并不知在哪所学堂。”老人说：“可在记事板上留言，约好时间、地点，他如在本校，见了你的留言，自会去找你们。”二人觉得这主意甚好，便求老人给做个启事，并说我俩在江边烟摊等他，老人推不过，拿起粉笔在记事板上写道：“金柱同学，老家有人给你带来学费，请于星期日上午到江边渡江码头处问一卖烟人便知。”二人谢过摇铃老人，两日里又走了七所大学堂，都做了如此留言。星期日，两人一大早在烟行买了三十盒香烟，问明了时价，来到江码头处，地上铺两张旧报纸，摆好了香烟。过往行人很多，无心兜售香烟，只是坐看这一江春水缓缓东流，曾几何时，还受那日本人窝囊气，做梦也不曾想到会有今日，由于心情舒畅看啥都高兴。只见远处走来一人，学生模样，走到近前看了二人一眼过去了，可是没走多远，又回来了，一副彬彬有礼的样子，近前说道：“学生金柱，赴卖烟人约，不知是不是二位先生？”刘四说：“我们找你三天了。”说着围金柱转了一圈接着说道：“金家大院二公子，嗯，不错，一表人才，你先说说金警官长什么样？”金柱笑了说：“金叔叔哇，高个魁梧，枪法绝伦。”刘四、刘五一听，报纸一掀，几把收了烟摊说：“此处不是说话之地。”三人沿江堤向西走去，游人渐无，三人捡个长椅坐下，刘四从烟兜里拿出一个黑布包说：“这是你金叔叔给的两万块钱，答应我一件事方能给你，你偷偷离家这许多日子，不给家里报个平安，于情于理实在说不过去，但念你年幼无知，不想多加苛责，但父母生我辛苦，子曰，大孝尊亲。”金柱笑了说：“不对，这是孟子语。”二人亦大笑说：“大兵在秀才面前班门弄斧，真是贻笑大方，好了，不说了，写封家信，报个平安，寄到镇警察署。”说完将布包递给金柱接着说道：“好好念书，大家子弟，当有大出息，这些钱够你念完大学堂的，到时考个状元回家，也不枉费了你金叔一片苦心。”金柱接下布包说：“不知二位叔叔回家路上是否宽裕，我当留下谢仪。”刘四说：“受人之托，忠人之事，顺利送到便感天谢地，说到感谢，这事拐了好几个弯，中间好几个人，早早收到你的回音，我们哥俩也好放心，要是有了难处就到这烟摊找我。”说罢三人互道珍重，拱手分别。二人看着金柱走远，消失在茫茫人流之中，忽然想起没留校址住地，这要是有事，还须这般麻烦，但也无可奈何，只得罢了。到后来这二人果真凭天地良心将队长那事办得很是圆满称心，偏是歪嘴子没有那福，为救张家振死了，留下一痴情女子终生为其守情，此亦后话。

再说大院女东家，今年春旱可春播反倒轻松顺利，六七天就完活了，只不过多花了点钱，可喜的是刚刚种完，小雨接着大雨哗哗哗就下了起来，女东家像吃了蜜一样甜美。自然要感激欲仓了，欲仓也就成了大院的常客，与女东家甚是投缘，很是谈得来，大有相见恨晚之意，春常看在眼里心里蛇厌死了。欲仓的用心堪称良苦，不厌其烦，不遗余力地宣扬日本的水稻，劝女东家试种水稻，比旱田收成高两成，女东家活心了。欲仓把握十足地说：“自己这几年已将这里的气候做了记录，无霜期 125 天至 135 天，这期间的气温 18 至 25 度，土壤酸性，很适合水稻生长。”女东家虽不懂，但听得很上心，欲仓接着说：“若水旱轮作，二年水田，一年旱田更为有利，春天抽湖水灌田，水深一拃，撒种，地表温度高，水温就高，种子很快就发芽。日本多数地区撒种时水中还是冻土，所以多为插秧。咱们试种两年，成功后建玻璃秧棚，若是插秧，还能缩短生长期，九月中旬放出田中水，十月中旬就可收割，比旱田早熟一个月。芦花湖很美，这一带的远景规划已做好，第一步我利用暑假回国筹集资金，回来时带稻种、抽水机、打稻机，遗憾的是没有电。”女东家说：“电是什么？”欲仓说：“电就是一种自来火，铁线接入，可点灯，可做饭，可烧水，拉磨再也不用骡子了，抽水、打稻也不用煤油了。”女东家说：“听说你们有一种电光影，跟真人似的。”欲仓笑着说：“那就是真人演的，等我从日本回来，给你带几盒小电影你看。还有一个多月就放假了，我得在暑假前把芦花湖规划图画出来，美术老师小林松平帮助我，现在跟你说你也想象不出是啥样，画完立刻拿来让你看。”说完很不情愿地告辞回校。

小鬼子松平见校长乐呵呵地回来了说：“我看了校长的规划，有气魄，有胆识，目标宏伟，真要是实现了，天皇都能接见你。”欲仓说：“回家把这个规划给老爸爸看看，说动他老人家把房产押出去向银行贷款，一半在松花江边建个砖厂，这想法我考虑很久了，江边不知去了多少次，利用江边沙泥烧砖，不用碾不用拌省了好几道工序，就地取材，白天挖出沙泥，晚上江水一冲又填平了，没有运输成本会很低，烧出砖，高价卖给这位女东家，或者与她合作，看她意愿，建高档日式民宅，卖给移民或政府出钱给移民买，房屋建好后带照片回国在报纸上做宣传，定受关注，到那时就可以向政府申请拨款了，再建二号新村，咱们自己的事，我有九分把握。另一半借给女东家，让她改水田，明年先试种二百亩水稻，成功后，女东家土地都改成水田，村里人看了都会效仿，我辛苦点，无偿指导，借给稻种，全村大部改成水田后奏请天皇视察，我自觉有十分把握。再向天皇建议，在松花江下游，开垦荒地，建设国家粮食生产基地，日本本土退化严重，应该休耕栽树，才是长远国策。政府大员搞了二十年移民尝试，均未成功，大东亚共荣圈，现在看来也是痴人说梦，圣战应把重心转到巩固现有战果上来，从大正二年人称“劝业都督”的福岛安正做的试点移民破产。农村次长石黑忠笃做的屯兵移民失败。广田弘毅内阁做的国策移民，到现在困难重重，你看吧，最后也是宣告失败。主要问题就是和当地支那人的冲突，要解决这个问题，只有利用当地的地主和有钱人出面，咱们在后面指挥，这和请溥仪当皇上一样，让一点儿利给她，支那人唯利是图，见利忘义，但是逼急了，也是不怕死的，只要不发生冲突，什么事都好办。到时还请松平君在家父面前多多美言。”小鬼子松平说：“怕不是只为了这些吧，我看出来了，你是迷上这位女东家了，不过这女人也真是够味，你这叫毁家就美，你想名、利、美人三丰收，没想到要是打了水漂……”欲仓打断他说：“那也值，中国有句古语叫一笑千金，这等美人要慢慢地泡，越久越有滋味。”松平小鬼子说：“你也用不着，她敢不从?”欲仓说：“你又不懂了，这样女人不会欠人太多，只要你付出，她就会自愿献上，那才叫美，成功后组织一个旅日参观团，将其骗到日本，不就是煮熟的鸭子了吗？实在不行还有迷药呢，我是狼还能让兔子从嘴里跑了？”小鬼子松平说：“到那时你就一步美到天上去了。”欲仓说：“我的同学有在外务省的，有在统督署的，只有我干这个校长，我都没脸回国见人，所以，务必成功，到那时松平君跟我到满洲总理衙门或拓务省干干。”小鬼子松平被打足了气，格外卖力，二十多个日夜一幅工笔水彩山水画出来了。

这日欲仓、松平乐颠颠来到金家大院，见了女东家说：“规划图画出来了，给你看看。”女东家叫来胡先生，欲仓拉开他那黑皮包，拿出个纸卷，打开是一幅画，五尺长，一尺宽，中间画的就是这一泓碧绿湖水，岸边芦花没有了，代替芦苇的是开着粉白色的花树，欲仓说：“这叫樱花，日本人见了就是到家了。”女东家见花树后是一条笔直的大路，大路后面一片东洋房，青砖青瓦，白色大玻璃窗，欲仓说：“这房子先建二十幢，每幢东西开门住八口之家两户，整幢地炕，烧稻壳取暖，干净省钱。”女东家问：“会有那么多稻壳吗？”欲仓说：“你这要是都变成了水田，是烧不完的，都没地方扔。”女东家看呆了，这太让她向往了。图画四周均为大块田字稻田，地里长着喜人的稻谷，因这大部分都是她家的土地。欲仓、松平对视一下笑了，欲仓说：“咱们围湖转一圈，实地给你说明就更明白了。”两个小鬼子收起图画，可二人的心思让胡先生看在眼里，心知断不可为，此为亡村亡家之事，但面上没露声色。四人出门，女东家叫春常套车，沿途欲仓指指点点如何修路、如何修渠，然后问道：“你家湖前这块地是多少？”女东家说：“六十垧。”欲仓说：“今年秋收后我借给你钱，修渠、修田埂，先改二十垧试种，要在上冻前做好，明年开春就放水、撒种，如失败颗粒没收，我按旱田赔偿，如成功，土地是你的，我只连本带利收回我的钱，你看这个方案行不行？”女东家说：“我是旱涝保收是吧？”欲仓说：“对。”女东家说：“那种一年看看。”欲仓说：“男人和女人共事，以不占女人便宜为大丈夫，这边你试种水稻，我在城里江边建个砖厂，烧出砖来按市场价给你，你在你的土地上盖房，盖好后我全收，卖给移民，自然我得赚点，可我主要是图名，我还年轻，总不能一辈子在这儿当个小校长吧！这二十幢叫一号新村，建成后，咱俩都有钱了，你可高价将周边土地全部买下，变成水田，屯东荒原你再开垦种旱田，湖边的荒地让移民开垦，修长渠引水种水田。”小鬼子松平说：“校长这个规划实现了，天皇怎么的也能封他个农村次长当当。”女东家说：“我这辈子，能住上这玻璃窗大瓦房我就知足了。”春常小声跟胡先生说：“胆够大的，敢和日本人合伙，这是引狼入室，日本人来了，金家屯就完了。”胡先生看两个日本人不在意，看着春常向车上那黑皮包使了个眼色，然后迎上前说：“这路怎么个修法?”欲仓说：“按理村中各户应该是有钱出钱，没钱出力，咱们就不能那么做了，新村修路、打井、建房占用土地等项，均打入建房费用，我回国找人画成施工图纸带回，先生就可以算出多少块砖，多少根木头，总计多少钱一幢，我按价收下，断无争执。”女东家极其上心，笑呵呵地说：“这可是你拿钱我花。”欲仓说：“两厢情愿。”三个人特别高兴，回来的路上谁也没上车，春常赶着车跟着他们，到了金家大门口，欲仓才想起皮包，问松平说：“是你带着的。”松平矢口否认，欲仓愣了一会儿，没魂似的奔了回去，松平也跟着跑回去。女东家本来给他们准备了酒菜，这会也顾不得了。女东家看两个鬼子跑回去找包，有些为难，觉得也应该随跟着回去找才对，可一看春常七手八脚卸车了，胡先生坐那儿也是走不动的样子，只好带两个长工追出门去。五个人围湖转了两遍没找着，气得两个小鬼子饭也不吃了，女东家安慰说：“你们俩别着急，等我多叫人去找，一定能找着。”欲仓说：“找到找不到，后天我们俩必须走，回到日本要办的事很多，是否顺利不得而知，学校开学前一定得赶回来，要不，一误就是一年。”松平说：“回国后我找同学帮你重画，误不了事。”说完二人悻悻而去，隔一天早上，两个小鬼子来道别，女东家叫春常套车送二人进城，车套上了，两个小鬼子上了车，女东家手里拎个小筐深情地说：“没什么好吃的，煮几个鸡蛋路上吃。”欲仓很感动地接了说：“办好就回来，不会误事的，放心等着我。”春常气得打马出了院，心说：“吃个鸡蛋，快滚蛋。”赶着车，一路小跑，送进城，磨车回家，欲仓、松平二人坐船到了佳木斯，准备乘火车到旅顺，然后乘船回国。晚上住在客店里，正准备安歇，进来一人将一个皮包递给他说：“女东家在船上等你。”喜得他连这是中国还是日本都忘了，跟着来人就到了江边，来人说：

“东家在船上。”用手一指跳板，这是条大船，因天黑外面没人，跳板还很长，欲仓才走了一半，只听哼了一声，手一扬皮包甩掉江里，晃了一晃栽进江里。小鬼子松平留在旅店等欲仓，不一会儿，那人又回来说：“欲仓打发来接。”松平开门见后面还有两人，其中一人拎个大皮箱，松平见那二人不是长工打扮，情知不妙，回身要取包里手枪，哪知头上先挨了一枪把，一下昏倒在地上，二人进来团巴团巴按在皮箱里，抬出来扔在马车上，到江边往水里一推说：“回家吧。”再看滔滔江水，无语东流，大地和大地上的人们正期待着黎明。

第二天近午，胡先生从大院出来，见远处飞来一马，到跟前，见是通宝，通宝翻身下马向先生施礼问安，胡先生接住缰绳说：“从哪来呀?”通宝爽快地说：“从省城来。”胡先生正色说：“不会说话。”通宝脸一红，舌一伸笑了，从马上解下一布包递给先生说：“这都是城里女人用的东西，先生收了吧。”胡先生笑着接着说：“去吧。”通宝转身飞进院，胡先生叫个长工饮马，拴在槽头喂上，回自己屋把布包递给杨桂香说：“都是女人用的东西，看看吧，只许用不许说。”这边女东家一见通宝号啕大哭，把通宝哭得不知如何好，看她越哭越伤心，通宝实在没法，就叫了一声妈妈，女东家愣了，通宝红着脸说：“金梁会回来的。”女东家一把抓住通宝的手说：“你们俩有事了?”通宝低头不语，女东家这下不哭了，擦了一把脸说：“这兔仔子真像他爹。”午饭后，通宝回山，搂着女东家的脖子说：“娘让我来看看你，怕你想不开。”女东家说：“她想我人不来，我生气。”嘴里是这么说，可看通宝跟自己那亲热劲，就想起了她们小的时候了，心里就像啃着甜香瓜，真没想到，孩子这么懂事，这哥俩真是能“作”，这要是把兰英也娶进门，两个媳妇都在身边该是怎样舒心，想着想着娘俩出了村，通宝上马飞奔而去。回来时，女东家到菜地摘那半青不红的洋柿子，用衣襟兜着，坐在大车副板上小的一口，大的两口，一兜柿子不大一会儿没了。六婶赶上了，远远地看她这吃相，就觉得不对，凑到跟前仔细地看这张鸭蛋脸，看着看着笑了说：“你怀上了。”女东家一惊，把才吃的柿子呕了出来，站起来定定神，看看自己这狼狈相哭丧着脸说：“金闳才四个月，刚刚会爬，那事也没来，怎么会有呢!”六婶说：“这叫暗孕，你以后个顶个，生完就怀上，累也累死你。”女东家想了想说：“更好，趁年轻，就生呗。”六婶生气地说：“不知死活，用不几年就腰也弓了，腿也弯了，牙齿掉没，头发雪白，你这是什么命呢？”女东家说：“生金闳落了个腿疼的毛病，春常正要去接会看病的道长，可巧通宝来了，明天猎人爷爷就会带那道长来家，六婶你也让他听听脉，吃几服药，金小走后，这股火没出去，今年春天又是天干风大，可不够你受的。”六婶说：“这些日子总是梦见老太太，她跟前没人，也是寂寞呀！”说完转身走了。女东家心里很觉难过，自己坐那儿流起了眼泪。

第二天宋炮带道人来了，女东家见道人腿上那段木头实在好笑，连忙忍住让进堂屋坐下问：“师父怎么称呼？”道人说：“贫道姓李，最喜称我李铁拐。”嘴上是这么说，可眼睛盯在女东家身上，心说：“平生所见之美妇人，没有胜过这位女东家的，今日见了便是缘法，是人就有生病的时候，只要你生病就会落入我手，这也是命中注定，没见着也便罢了，见着了，如何放得下，怕是再也无法入静修炼了，放出话去，专治疑难杂症。”正胡思乱想呢，女东家伸过手来，道人按住闭目端坐，片刻叫换手，依然闭目端坐，又片刻，道人开眼说道：“气血不亏，阴阳两旺，已有一个身孕。”然后叫头朝里趴在炕上，露出腿肚，道人在两腿肚上各扎一针，一袋烟工夫取下针笑着说：“这两针腿疼不除，便不是风寒潮湿，是骨痛，猪腿骨烘干碾成末，一天一汤勺，若一时寻不来，土豆皮也有微效，捡小个土豆烧熟连皮吃。”六婶也瞧了，道人给开了方子进城抓药，嘱咐说：“忧思伤脾，茶饭无心，对景不乐，为残年大忌，接小孙子在身边可立扫阴云。”一句话说中了要害，六婶苦笑了一下出屋去了。屋里挤满了人，大院男工女妇凡来求治者，道人是有问必答，听病耐心，问病和蔼，没有上大夫高傲气，且分文不受，尽心施治，很是感人，手里银针，也为奇绝，十有八九针到即除。女东家看看天色已晚，对众人说：“师父下山劳累，到这时一口水没喝，进门就看病，师父医术医德人人敬仰，师父不走，明日接着看。大家尽管放心，不会落下一人。”众人听了，放心散去，饭菜做好，叫人喊胡先生夫妇，不一会儿，先生自己来了，小声对女东家说：“不知为什么，今日不愿见客，推说身子不爽。”女东家说：“她是见过世面的，会说话，会待客，过来陪陪我多好，懒猪婆，故意拿捏，明早天不亮，我堵被窝胳肢她去。”实际杨桂香知是那淫杂毛，心说：“老不死的，敢上这院使坏，看我不送你上西天。”这边宾主坐定，宋炮见先生来了，指着道人说：“这位便是神针道长。”先生见这道人，五十上下，头顶挽个堆髻，须发半白，瘦精身材，二目深邃，靛青道袍，因坐在炕上，不知高矮。不是传言中鹤发童颜满面红光的仙态，更不是慈眉善目人见人喜的老人，而是身上带有瘟病，不可接近的那种人，嘴上只得说：“在下久闻大师父得道高人，今日幸会，正好讨教。”道人说：“真是惭愧，哪里有什么高人，急切时还是猎人兄台救下这条贱命，若是当年拼上这具臭皮囊，随那鬼司令去日本，给他们天皇烧炼丹药，趁机把他们的大臣，首相连同天皇老子像药耗子似的一个个都毒死了，便天下太平了。能救多少苦难苍生，真是天赐良机，可成就我一世英名，我铁拐李也得流芳千古，这事如做成了，也配称个高人，可我没看开，没敢去。就因道门惜身，故门中多疗疾高手，人之大患在于有身，这便永世不得脱离苦海。”胡先生说：“佛门似乎有解。”道人说：“佛门妻财子禄身皆抛，我门只抛妻财子禄，修身。”胡先生说：“如此佛门高道门一筹。”道人说：“此亦自欺耳，佛门修性不修命，实乃性在命中，无命性安在，书画养性，故佛门多丹青圣手，佛门要的是终点，道门要的是时间，世人也就是孔门要的是富贵。”胡先生听了大加赞赏说：“大师持此高论，断非等闲。”女东家听他们谈话也不知就里，对宋炮说：“猎人爷爷咱们只管吃饭，吃饱了睡觉去。这二人是酒逢知己了，看样子要做彻夜长谈了，咱们在这儿还碍眼。”说完四人都笑了，二人自去安歇，胡先生说：“我等世人如何脱却苦海?”道人说：“世人想钱而钱不来，他便昼思夜想，其苦无时无刻甚至犯下种种罪恶，若愁米而米不至，因何不愁，再若女东家这样人，其苦较贫家更甚，虽囊中万贯钱，仓中万石米，钱米不愁了，可是种子播下天不下雨，便会苦得她死去活来。总之，世人任你是谁烦恼不离身，功名富贵随身变幻，兴亡成败，转瞬间事。先生大才，当知远害全身之理，卷入他人是非恩怨之中，自毁清名不说，亦恐为其所累，故君子不取也。”先生默然良久说：“若依大师父言，胡某当远市嚣而就青山。”道人笑了说：“山居有八德，不责礼法，不见生客，不混酒肉，不竞田产，不闻鸡犬，不闹曲直，不谈时弊，不对差捕。清闲自在，山风抒怀，白云赠客，与春风共语，和秋月分光，心无纤尘，身无荣辱，这便是神仙的种子，先生可有意乎？看先生印堂不亮，眉宇间有股阴气，此为犯冲之象，虽是如此，当无大碍，不必放在心上。”胡先生说：“人生得一知己可以不恨，生逢乱世，苟全性命于蒿莱之中，匆匆五十年过去，假使年光倒流三十年，则投笔从戎，驰骋疆场，不说杀敌报国，只图快意人生，可惜只能当梦话说着玩儿了。”说完二人大笑，连饮三巨盅，不觉昏昏头重，顺势一倒，便不知此为何地，身是何人了。

第二天，二人还没醒，窗外已有人等候了，道人醒来说：“多年未沾酒了，不胜酒力。”胡先生叫人端来洗脸水及洗漱用物，道人洗漱完了，胡先生说：“一会儿，自会有人送来早饭，大师父请自用。”道人说：“先生请便。”胡先生便回到自己屋来，杨桂香服侍先生洗漱、吃饭，自己奔道人屋来，道人正吃饭，一见杨桂香，一口饭没咽利索，咳嗽起来，憋得脸红脖子粗，刚顺过气来要张嘴说话，只听杨桂香说道：“你什么也别说，什么也别问，院里这些人看完了，立马滚回你那鳖洞里去，胆敢对这里的女人使坏，我就送你宪兵队去喂狼狗，我家警官可是很久没立功了。”说完转身出去了。李铁拐可是怎么也没想到这个克星会在这里，见了她至今心有余悸。可偏在这时芦花湖将有件惊天的大事要发生，日本人重兵进山，松树岭、桦树岭英雄皆赴国难，独道人躲在大院里得以幸免，这也许是天意使然，暂且搁下道人不表。

再说三江省警备司令部吉田司令长官接到了雄野的报告说高岛身死匪巢，很是震惊，下定决心剿灭这股土匪。抽调几个得力人员组成一个调查组，由心腹爱将平岗太郎大佐带队，一行六人赴松江镇，要求平岗尽快将那一带土匪活动情况调查清楚，做个清剿方案，下一步带人马进山消灭他们；如土匪势力强大，咱们上报军部请求派兵。平岗领命，不敢怠慢，坐汽艇飞到小镇。正巧，关东军骑兵旅木秋山里大佐也在，他们是早一天到的。原来骑兵旅去年接到了雄野缴获天马的消息，没人相信，倒不是认为雄野说谎，认为他说的就是一般肥胖的大马，那地方怎么会有汗血天马。

可是后来木秋和雄野通了二次电话，觉得自己的部下说得很诚恳，他们三个匪徒骑着，不紧不慢，总保持着三八大盖的无效射程，马队追了一天，没追上最后被冻僵。木秋觉得这三匹马就算不是汗血天马，也非等闲之物，应该亲自去看看。一年过去了，终于得以脱身，只带了两个随从，便装偷偷赶到小镇。见了雄野，都没坐下喝口水，立刻进马厩离着老远一眼就认定是汗血天马，几步冲到马槽前，连喊了几声天皇万岁，乐得不知如何是好了，转身给心爱的部下鞠个躬。雄野一下眼泪就下来了，一时是百感交集，因自己刚愎自用，小看了支那人，葬送了马队，井川太君忠诚可敬，以死承担了罪责，让人无地自容，要不是为报仇，再无颜苟活于世。自己是军人，给学生出身的高岛当副手，哪里能顺心，没了马队，说话办事再挺不起腰来。没办法，只好依靠支那人，又怎能让人放心呢！在这匪巢边上过日子，不时地遭暗算、挨黑枪，说不上啥时他们就进城闹一通，终日提心吊胆，走到今日，真是九死一生，见了木秋，如孩子见了娘一般，跪在木秋脚下大哭起来，哭得伤心极了，木秋拉也拉不起来，田夫也跟着哭。木秋山里看雄野这样子，知他受了很多委屈，也很动容，当年自己选雄野带队，本意是让他历练历练，希望他有所建树，哪曾想落到这般地步，拍着二人的肩头很是感慨地说："还好，中国有句俗话说得好，留得青山在，不怕没柴烧，跟我回去吧，咱不在这儿受窝囊气了，再说还有三匹天马，总可以将功抵过，理直气壮地归队回家。"田夫泪流满面对木秋说："太君对我恩重如山，让队长回去吧，他撑不下去了，在这儿会窝囊死的，我年轻，不能走，马队死得太惨，亘古没有，我要留在这儿，一定亲手劈了那三个土匪，若不能就把自己的手剁下来以谢死去的马队兄弟。这里的事，我是看明白了，我要和他们斗到底，不然也会气死的。"木秋说："我没看错人，好，有难处直接找我，你的心愿了了，速速归队。"说完拉起二人问，天马是否专人喂养，雄野说："和宪兵队、警察署的马在一起，就剩九匹了，由两名老兵负责喂马，草料是一样的，我自己每天牵出来在院中遛马洗刷。"木秋说："不可让中国人进院，这股土匪能有三匹天马，看来是有些根基的，不可以轻视呀，也难怪你们连连失手，我敢断定他们时时刻刻都在寻找机会牵回天马，一直没动静，也是怕伤了这马，若是他们觉得无望了，必然下毒手，要是在马棚里放把火你怎么办？这马咱们弄来了，他们不会甘心的，对各种可能发生的情况要有准备，今日起加岗加哨，任何人不许靠近马厩，我现在就给司令回话。”关东军总司令本庄繁接了木秋电话大喜，又带怀疑的口气说：“真是汗血天马？”木秋说：“军人无戏言，请司令放心，这么大的事，木秋敢信口胡来？”本庄繁接着说：“我现在就向满铁请个专列，到时专家医生、卫队等人，随车前往，一切由你全权负责，先乘车到旅顺，然后上船回国，办好了升联队长，奖旭日勋章，出了差错，别回来见我。”本秋连连哈意。天马之事自然也瞒不过平岗太郎，这老鬼子很是气愤，借故将雄野、田夫等人先大骂了一顿，要求把高岛事件、进山失败原因、粮库被烧事件重新做详细的书面报告，不可推卸罪责。缴获的天马为何隐瞒不报，雄野一时答不上来，田夫见状只好说：“当时不知是汗血天马，不敢谎报。”平岗又问：“这股土匪有多少人？这么猖狂，连使者都杀。”雄野无言以对，田夫看雄野答不上来，怕又要挨骂，就谎说：“二百多人，都是原东北军军人，训练有素，战斗力很强，盘踞多年，修有工事，再加山高林密，队长带人进山想出其不意将他们消灭了，可是土匪在暗处，咱们在明处，没少挨黑枪，损失惨重，不敢贸然进山。”平岗又问：“为什么冬天不进山讨伐，眼睁睁看他们烧粮库、砸银行。”田夫说：“自从马队吃了大亏再不敢冬天进山。”平岗这回更气了：“夏天林密不能去，冬天雪大不能去，那你们什么时候去呀？”田夫说：“没办法，高岛太君不顾个人安危进山招降，虽未成功，可忠心可嘉。”平岗太郎说：“可嘉什么？丢尽了大日本皇军的脸面！”气得雄野、田夫眼蓝、手发抖。平岗接着宣布，高岛职务，暂由调查组行使，雄野、田夫作为高岛的左膀右臂为什么不阻止他，让他一意孤行，送了性命不说，影响极坏，你二人难辞其咎，解职思过，待调查清楚，请示司令再行任免。当时钱县长（习惯称呼，实是镇长）、金警官、刘队长、镇公署职员都在座，平岗太郎很诚恳地勉励了大家一番，无外乎精诚团结、共辱共荣之类，当晚平岗给吉田回话，吉田一听有三匹汗血天马，可是乐坏了，今年四月二十九日是天皇陛下四十岁生日，这要是献上天马，那该是何等光彩？顺便要求调回国谋个要职，乐得也从椅子上飘起来，又一想关东军插手了，便一屁股坐了下来。最后一拳砸在桌子上，狠狠地说，非得亲自去一趟不可了，这是我的地盘，岂能让你们从我的治下耀武扬威地牵走，打到天皇那儿也是我有理，就是你们关东军是天皇的宠儿，不可一世。内阁的几位反战大臣你们都敢暗杀，当时舆论哗然，天皇偏心袒护，你们恶习不改。到现在天皇都养你们十年了，战事这么吃紧，就是舍不得使用你们，使得你们更加有恃无恐。天皇陛下，你的这张王牌，哪里会无敌天下，最后必得让这只破鞋扎了脚，举国移居满洲，这可是一招险棋，弄不好要亡国的。大日本要是失败，也是败在关东军身上，本庄繁老匹夫，别人怕你，我不怕你，明天我就带人把那三匹马牵回来，你能奈我何？想着想着自己乐了。

第二天吉田带五百人的卫队，乘船顺水就下来了。平岗接到镇公署，雄野、田夫被解职不管事了，陪木秋钓鱼去了。吉田进院一见这马，立时来了兴致，吉田是军人，想骑着威风一下，卫队长正根行二说："我去布防。"正根行二出城，看见向北有条新修的公路，就将这五百人拉长十里，驱散行人、车辆。回来吉田、平岗太郎、正根行二，三人一人一匹天马优哉游哉出了城上了大路。吉田骑白马在先，伏下身拉紧缰绳，扣两下马镫。这马轻轻起步，慢慢地飞了起来，不蹿不颠，真是一匹好马。吉田很得意，这一生还骑过一回天马，真是想留下这匹，叹了口气，怕是办不到。正胡思乱想呢，忽地这马仰天嘶鸣，后边两匹也跟着叫了起来，这声音让人胆寒，三匹马发疯似的狂奔起来，奔过了防护线，向金家屯飞去。吉田勒也勒不住，可一看前方湖水，以为马要喝水，就松手了，到了湖边，三匹马齐鸣一声扭身跃入湖中，吉田哪里料得到，一口水就呛迷糊了；平岗太郎看前面白马扭身入湖，双脚连忙退出马镫，入水那一刹那，双手一按马鞍，身子没沉下去，哪知后面那马一口咬住他的脚脖子，随即沉入水底；正根行二根本没睁眼，早吓得没了魂，都不知道自己怎么死的。湖面上只冒了一阵水泡，归于平静。

欲知后事如何，且听下回分解。

第二十回
眠松岭英魂千古　护仙草侠情永芳

上回说鬼子司令长官吉田见了宝马，岂能放过，焉有不一试、美一番的道理。可是没想到，这三匹义畜，不忘旧情，投水殉主，三个日本鬼子，也是罪恶贯盈，天理不容，成了陪葬品。不过骑宝马飞身下地狱，亦属为爽，爽则爽矣，却不知有多少同僚，因此而倒霉，多少抗日英烈血染苍山。

且不说吉田积恶灭身，永沉湖底，再说雄野手下军兵，眼睁睁看着雄野视若亲爹、爱子的宝马被牵走了，唯恐长官责骂，飞也似的跑到江边报说："吉田司令带人抢走宝马。"雄野一听，立时傻了，木秋这时正有一条大鱼咬钩，眼看拽出水面，一听宝马被牵走，心一慌，手一松，那鱼拖着鱼竿远去了。木秋头也没回，匆匆赶回宪兵队，见马槽空空，那真是两眼冒火，七窍生烟，狠了狠心说："城中有多少可用士兵?"雄野说："宪兵队、保安队、警察署一共二百多人。"木秋说："调来埋伏在宪兵队大院，吉田一回来，就扣起来，解除他的卫队武装，关押起来，然后带兵押着吉田，速速赶到省城上火车，看他能奈我何，见了本庄繁司令长官，交了宝马，顶多骂我胆大包天，竟敢绑架警备司令，然后关我几天禁闭。"说完心里不那么绝望了，人马到齐了，雄野对金警官、刘队长说："保安队上东厢房，警察署上西厢房，听枪响站起助威，不到万不得已，不许开枪。"金中玉心说："这回是公开杀鬼子，鬼子和鬼子小火并，上哪儿找这好事，不开枪，我不白痴吗?"随即带人上了房，冲弟兄们伸三个指头，都明白，这是打三寸，一枪定命，然后就趴在房上抽烟，压子弹，各队人马是埋伏好了，可是就不见吉田回来。等得木秋、雄野心慌意乱，派摩托队去寻找，就说迎接，摩托车是快，不到一袋烟的工夫，回来报说："吉田三人骑马向金家屯方向奔去，我们赶到金家屯没有，吉田的卫队还守在路口。"木秋说："不回来也好，对不起，只好明着夺了，咱们带人去接，见着就绑了，塞进汽车，押到宪兵队看起来，让他的卫队在城外宿营，晚上咱们押着吉田偷偷走人。"说完上了汽车，金中玉心中好笑，看这架势，是要动武抢马，这叫狗咬狗一嘴毛，等着看好戏吧。汽车赶到金家屯，金中玉下车问一村民："见没见有人骑马经过?"村民说："三人三马向湖边飞跑，不知是咋回事。"金中玉对雄野说："在湖边。"汽车急驶到湖边，没有，金中玉又问一地里干活的长工，长工说："大东家，这事真是出奇，老远我就听见了，那马一路叫得瘆人，我是看准了，眼皮都没眨，就是老毛子那三匹马，驮着三个日本人，看样是官，到了湖边，腾地飞起来，就跳进水里，咕嘟嘟冒了半天气泡，没见日本鬼子上来，这时候也到了阎王殿了，这么大的事，准知你会回来。"说完很自得的样子，金中玉说："好，回去赏你二斗红高粱，日本人问话别怕，看见的直说，知道的不能说。"那长工说："知道的那也是瞎说，掉脑袋。"金中玉接着说："回去告诉女东家，这几天歇工，谁也别出院。"那长工一听歇工，乐坏了说："正好回家扒炕抹墙。"等这人绘声绘色地将那三匹马如何飞入湖中演说了一遍，雄野立时瘫倒在地上，木秋也成了木鸡。这时吉田的卫队也赶到了这里，一听司令死了，跪在水边大哭，要在这里宿营守灵。金中玉心说，你们在这里宿营，村民可遭殃了，就吓唬他们说："这一带反日势力猖獗，大股土匪很多，你们的安全保证不了。"这些鬼子害怕，就先回城向长官报告去了，金中玉主动要求留下说："警察署留下十人在这儿守护，我家在村里，理应为太君分忧。"这时雄野很冷静，对田夫说："留下四辆摩托等我，你扶木秋长官上车回城，我有事对金警官交代。"木秋依然呆若木鸡，一句话也没有。

汽车载着大队人马走了，雄野叫四辆摩托在村口大路上等候，和金中玉并肩在湖边步行回村。金中玉望着碧蓝的湖水，心说，真是想不到，这马还恋着旧主人，让吉田这三个生人赶上了，白白送了命。洪寄娘她们骑那么长时间，很听话，就是雄野骑着也不至于出事，看雄野那丧气的样子劝道："今天这事实属偶然，没你多大干系，大可不必过于自责。"雄野只摇头不说话，到了金家大门口，金中玉怎么让也不进屋，雄野说："不用你送，回屋叫你家春常出来，我有事求他。"金中玉大为不解，然也不好说什么，进屋把事情一说，春常眨巴眨巴小眼睛说："老太太曾说过，那马不是祥物，妨主，应送仇家，果然应了，我看那马眼里有凶光，它也是欺软怕硬，洪寄娘在跟前，它们就乖乖的。"金中玉说："话不能这么说，这马通人性，对主人的忠心，非同一般，可惜了。"春常说："我就看你那大青马好，它回来，我放它吃草，我走哪它跟哪，我想要骑它，就伸脖子让我从脖子上爬上去，你说能不让人心疼它吗?"金中玉说："我这马是走马，也是有名的，骑着走舒服，跑的不很快，团长的给我了，老毛子那马是跑马，飞的一样，平时看着没啥两样，细看走马和跑马迈的步子都是不一样的，你让它拉车它不会，庄稼院拉车的马使的都是牛劲，四蹄着地，前拉后倒都会，人也一样，我会使枪，不会使锄头。"说完都笑了，女东家担心地冲春常说："日本人怎么会找你呢，不会是好事。"春常怀着不安的心情出来见了雄野一点头，雄野说："上你家草垛说话。"到了大草垛，四顾无人，雄野一下跪在春常脚下，春常仰脸不睬，一句客气话都没有，雄野也不介意说："天亡日本，我们武运已尽，气数算是到头了，连畜生都对我们使坏，所有在中国的日本人都难逃罪责，最后以死谢罪，像我这样做恶多端的也就罢了，可我妹妹一个清纯善良的少女也要来送死，她才二十岁，长得很像女东家，名叫和春加代，这几日就到了。"说着说着哭了，流着眼泪说："父亲死得早，母亲含辛茹苦把我们四兄妹抚养成人，我和弟弟毕业就编进了军队，弟弟是飞行员，哪里还有什么指望，家里就两个妹妹，大妹师专毕业直接派来中国任教，因我在这里，妹妹、妹夫二人就申请到金家屯做教师，正好欲仓校长失踪，妹夫就接了欲仓的职务。本想兄妹在这里团聚的，谁知出了这事，在异国他乡，他们俩举目无亲，我就是放心不下。这些年，我是看准了小哥你胆大心细，心有韬略，金家也有能力，到那危难之时，求你搭救一把，九泉之下，不忘大恩。"说罢伏地大哭，务求春常答应。到这时春常也是感慨万分，曾几何时，你们不可一世，往日的恩怨，历历在目，哪里忘得了，但面对现在的雄野，又当如何，只好叹息一声，郑重答应。雄野挥泪起身，毅然离去，春常看着他，忽地明白了，哼了一声，向地上吐了一口，你也有今日！雄野当晚切腹。木秋、田夫大哭了一场，木秋含泪打电话向本庄繁哭诉了天马、吉田的事件，雄野尽忠，还没等木秋说完，只听啪的一声，对方扔了电话，再拨就没应了。这也在木秋意料之中，第二天省警备部队气势汹汹赶到，大有要屠了小城的架势，木秋、田夫也只能忍气吞声，等各种打捞方法用尽，吉田老鬼子如泥牛入海一般，再无消息，折腾了三天，只好悻悻而去。倒霉的却是近湖的庄稼地，汽车、摩托、人踩马踏也没当是要熟的庄稼，金家最多，金中玉看在眼里，也没敢吭声，女东家心疼得吐血。

气急败坏的吉田部下，就把木秋、田夫当罪魁祸首押回省城。此事震惊了日本军部、满洲总署，关东军认为这是反日势力的预谋，哪会有什么天马，真是丢尽了大日本的脸面。把这些年发生在那里的事件联系起来一看，这些鬼子大员们再也忍无可忍了，原定在冬季对满洲境内的抗日联军进行彻底清剿。出了这事，就不等一起清剿了，先把这股土匪歼灭，认为这股土匪有巢穴，并非流寇，重兵围住，使其无法逃窜，快速彻底消灭。对于木秋山里、田夫一郎，军部认为虽有蛊惑怂恿之嫌，应属少见无知，鉴于用人之际，实是眼下无合适人选，决定不再追究，木秋山里留在警备军部任参事官，负责这次剿匪行动，戴罪立功。木秋很感动，发誓不成功，则成仁。田夫将松树岭详情做了交代，木秋请示若匪徒投降是否接受，长官们一致认为，支那土匪无信义，无廉耻，这些年没少吃土匪诈降的亏，当他们陷于绝境的时候，就投降认爹，要钱，要枪；得到了好处，就掉转枪口，极其可恨，若其投降，就地诱杀，一个不留，以谢井川、高岛、雄野的在天之灵。田夫接了雄野职务，协助木秋进山剿匪，匪患清除了，小镇的治安也就无忧了，又勉励一番，田夫欣然就职。但田夫可是别有用心，他是想利用这次进山的机会，除掉金中玉、刘歪嘴，我让你们在前叫你们自己人打自己。可他也知道，太平洋一战，败给了美国人，日本的空军、海军葬身大海，败相已现，看来大东亚共荣也已梦断南洋。这次下决心清剿满洲境内反日势力，这是在考虑退路了，可是高高在上的大员们，你们哪会知道，支那人滑如油锅里的鸡蛋，硬起来如石头，软的时候就是板筋、哈拉皮且生死不惧，和这些人较量是何等的艰辛。田夫心里虽不甚乐观，但还是满怀信心地回来了，立刻召集保安队、警察署训话说："我们辖区治安败坏，反日势力猖獗，军部震怒要求我们倡导日满亲善，同享共荣，精诚团结指日肃清周边匪患，保安队、警察署要整肃纲纪，这期间队员不许请假，探亲未归的催请归队，枪支有毛病的马上更换!"田夫怒气冲冲地将这些支那人，训斥了一顿，这些人也默默地忍受了，因为是第一次训话，很成功，不免有些得意。散会出来，刘队长叫住金中玉，看左右没人说："是不是要打?"抬手往西边一指，金中玉点头说："这还用说吗，方圆百里这些绺子，不都叫咱俩打没了吗?"刘队长接着说："田夫小鬼子是想叫保安队在前面打头阵，替他们送死，可我刘歪嘴子是啥人，刚会爬的时候，就爬到祖宗板上坐祖宗，钻过地头蛇的裤裆叫亲爹，我他妈啥没干过，不光嘴歪，心也是歪的，到时候我就带弟兄上山，掉枪口打鬼子，参谋长再不会怪罪了。"金中玉说："别想得那么简单，你看田夫孩子脸、书生相，那是白脸狼，可比高岛、雄野难对付，这一层也会想到；记住到啥时脑后一定得长眼睛，警卫员不离身边，看来鬼子已经行动了，须马上通知参谋长，做好准备，是突围还是坚守，如何避免和咱们遭遇，咱们上山如何接应。"刘队长一拍大腿说："到时我听你的。"二人分手，刘队长当晚来到蕊香院，两个要好的姑娘一边一个伺候着，刘队长今天特别慷慨一人一大把钱，身上值钱的东西都掏出来扔到炕上说："要打仗了，能不能回来就不好说了。"三个人哭一回，疯一回，直折腾到鸡叫才睡去。

这边李福、李财对管家做了交代，带着金中玉的话，赶着两头骡子，驮着油盐酱醋茶等物，一大早就等在城门口。城门一开，兄弟俩就奔了松树岭，见了参谋长把金中玉的话和城里发生的事一一说明，岳克己沉思好一会儿说："你们哥俩也累了先休息，稍后我有大事相求。"哥俩刚张嘴想说参谋长的事我们豁出命，可岳克己转身喊大长腿，上桦树岭请洪大侠、猎人、通宝、银梭过岭议事。然后对赵连副说："杀猪，一个不留，客人来了要像个样，连夜做干粮，发新军装，配两个水壶，带弟兄检查工事，运送弹药，备够打三天三夜的，机枪口配两把机枪。”赵连副说：“坑道上长满了灌木丛，很隐蔽，只需清除挡视线的杂草，我带人逐个检查。”说完出去了。岳克己回屋，对刘彩凤说：“日本人攻山了，你收拾一下上桦树岭躲几天，你已有五个月的身孕，我就说嘛，上天不会断了岳家的血脉，你在身边，我还分心。”刘彩凤听了，真是感到突然，愣了半晌，也不好问什么，知道是大难来临了，早晚会有这一天，心里好难过。岳克己说：“带上咱们的钱，这些纸片子，沾火就着。”说着上炕把吊在房梁上的两个大口袋摘了下来，这些年橡树岭刘秃子交的，米行挣的，日本人送的都留给通宝吧，刘彩凤说：“还有一些金疙瘩，在窗下埋着呢。”岳克己说：“怕是没法带了，那东西不怕水泡，火烧，耗子啃，不动也罢，一会儿孩子来了，你告诉他就是了。”刘彩凤含泪点头。太阳落山的时候，洪寄娘一行赶到，满山的肉香扑鼻而来，宋炮问大长腿：“是不是参谋长夫人生孩子了，我们可是空手来的。”大长腿说：“刚鼓起来的肚子，还早呢，是日本鬼子来了。”这时山上跑下来一帮弟兄，簇拥着客人到了营房，通宝自去看婶娘，岳克己将客人让进议事厅，见桌上大碗酒，大块肉，宴席已摆好。岳克己向寄娘、宋炮引见李家兄弟说：“这兄弟俩大义守信之人，很是难得。”李福说：“城中传大侠为峨眉山飞刀女侠，年纪八十，面如十八，今天还真见着了，托参谋长的福。”寄娘、宋炮拱手还礼，岳克己上首桦树岭客人，下首李家兄弟，弟兄们频频向客人敬酒，宾主欢畅，酒足饭饱。岳克己起身说：“日本人要打松树岭，弟兄们已等好几年了，我还怕他不来呢，他们要是不来，弟兄们这几年的辛苦可就白费了，只要他们上了我这松树岭，就别想回去，这回他们是下决心要攻下松树岭。我也想过，带弟兄们弃山钻林子，和他们周旋，但这杀不了几个鬼子，他们会咬住你不放。说话间冬天就到了，共产党的联军堪称英雄，受的那苦非人所能想象，最后弹尽粮绝，与其冻饿而死，还不如我借助工事，杀他个痛快，大不了和他们同归于尽，也不辱没了祖上英名。我第一次进山，就相中了这山洞。”寄娘说：“和日本人这仇都算在你头上了，我们要是坐视，可是不仗义了。”岳克己说：“咱们是一家人，不说两家话，还有事呢，城里金中玉、刘歪嘴子那还有我们五十多个弟兄，日本人攻山必让他们在前面探虚实，这可就难了，我想叫通宝带着她的师弟进城，搅他个鸡犬不宁，拖住他们，没了自己人，光是鬼子，就好办了。”说完看着洪寄娘，寄娘说：“我带他们一起去吧。”岳克己说：“你放心，他们进城住在米行，行动听金中玉的，胡来可不行，金中玉也不会让他们冒险的。”然后对通宝说：“连夜下山行吗?”通宝、银梭听参谋长让他们自己进城打鬼子，早就按捺不住了，又听叫连夜下山，腾地站起来就要走，岳克己说：“好，我已为你们准备好了。”出门一看三匹马已备好，寄娘解下金甲塞进通宝手中，通宝还要推让，可一看娘那不容置疑的眼神只得收了。这边岳克己对银梭语重心长地说：“把你上次的誓言重复一遍。”银梭郑重地说了，岳克己指着马背上的东西说：“箱子是子弹，回去每人配两条子弹袋，口袋里是钱，你们的军饷，还有二十三团的大旗和你的委任状。如果我殉国了，这杆大旗你一定得给我举起来。”岳克己还要说什么，见寄娘、通宝过来了，岳克己双手按在通宝肩上说：“让我好好看看你。”好一会儿才说：“回到桦树岭换上便衣，二十个人七匹马，鸡叫前赶到金家屯，悄悄住下，天亮后你和银梭进城找你金叔，听明白了吗?”通宝点头，岳克己一挥手说声：“上马。”银梭满面泪水向岳克己举手敬礼，礼毕敛好驮东西那匹马，通宝在前，银梭在后，趁着月色，飞下松树岭。岳克己呆呆地望着人马飞去的方向，人影霎时消失在夜色林中。一时百感千忧齐涌于心，大战在即，必死之心早已抱定，但身后之事有无疏漏，是否稳妥，虽不乏大将襟度，但此时此刻亦难免儿女情长。赵连副见参谋长心事沉重，便招客人回屋住下，一宿无话。

东方见白，客人起身洗漱，饭罢岳克己吩咐小张，牵过李家兄弟的两头骡子，李福、李财忙上前接了，岳克己面对寄娘、宋炮、李家兄弟苦笑了一下说：“世事难料，大敌当前，个人身家性命只好置之度外，岳克己有事相求。”说着从怀中掏出一个本子递给李福说：“这里记着弟兄们的亲人姓名住址，还有我湖南老家母亲、姐姐的姓名住址，战事平息了，若能找到这些家人，送点钱给他们，也让他们知道自己的孩子是打日本人死的，他们应会感到骄傲。我的夫人生下孩子后，若能回到老家陪伴母亲度过风烛残年，也算尽了我的孝心。”这时勤务兵小张背着两个口袋，搭在骡子上，到这时李家兄弟俩才感到事情重大，二人对视一下，想说什么，也不知从何说起，只在心里默默下着决心。刘彩凤随后夹个小包，小姐四个扶着走过来，个个两眼红肿，不知哭了多长时间。岳克己示意小张将刘彩凤扶上骡子，然后向寄娘等拱手道：“拜托了，夫人上桦树岭暂避，战事结束由李家兄弟带下山。”寄娘说：“寄娘三寸气在，夫人在。”岳克己称谢，眼睛看着小张说：“你太小，还是个孩子，给你婶牵骡子去吧。”小张说：“什么？让我离开你躲到桦树岭去，我都没脸活，好歹我也是张家子孙。”岳克己惊呆了，他可真是没想到，气得他反复念道：“张家振哪张家振，真有你的，你还在我身边安个耳朵。”小张自豪地说：“我可一句坏话没说过。”又把岳克己气乐了说：“小张，不，张小，你配姓张。”乐呵呵地送一行人下山。转过一道山湾，岳克己对寄娘说：“大侠慢行，本不该说的，但今日一别，便为永诀，且还有一事相求，你再想不到我是何人，我乃长沙岳府二公子，寻通宝追你至此。”寄娘只觉大脑嗡的一声懵了，岳克己接着说：“你把通宝带走后，兄嫂双双自杀，父亲也因惊吓而死，但这么多年，你终身未嫁，把通宝抚养成人，授以武功，我又心生感激了，上天如此安排，你我奈之若何，克己所求，通宝婚事让她自己做主，不知当否？”寄娘连连点头，岳克己一拱手说道：“大侠保重。”回身大步而去，寄娘望他的背影，双腿好似站立不住，款款跪地，浑浑噩噩伏地多时，才起身追下岭去。由于刘彩凤带孕之身，一行人走得很慢，行至半山，隐约看见对面桦树岭上有人走动，李家兄弟牵着骡子连忙停下，几个人找一开阔处细看，院里满是日本兵，宋炮说：“日本人连桦树岭一起围了。”李福说：“那咱们下山进城吧。”宋炮说：“怕是出不了山了。”寄娘担心地说：“不知通宝他们出去没有。”宋炮说：“昨晚没听到枪声，定是出去了。”刘彩凤说：“咱们回营房吧。”说着哭了，宋炮见状叹了口气说：“日本人先占桦树岭，咱们返回营房，日本人也就到了，参谋长够英明的了，这要是稍一迟疑，就别想出来了，你们难舍难分，我们怎么会不知，把你平安送出山，方不负参谋长所托，也是我四人的心愿，现在只有上橡树岭才为稳妥。”刘彩凤一听要去橡树岭，就恶心难过，不愿记起这一幕硬是闯入心头，吴三、石贵、癞疤，真是罪过，还有被自己拉上松树岭的四姐妹，如今我一个人回来了，这叫人怎么过得去，今天早上姐四个还劝我呢，“我们一身轻，和鬼子拼呗，你带着参谋长的血肉，可不能轻生，你得对得起参谋长，把他的孩子拉扯大，我们不能跟你走，这时候怎么能分弟兄们的心呢？这辈子有这么多男人陪着乐，陪着死，值，姐你放心，我们一定亲手杀个鬼子，再说了，我们还得替你照顾参谋长呢，也不是替你，反正我们愿意，你放心就是了！”咳，刘彩凤叹口气，真都是好样的，刘彩凤心中有苦，可外人如何得知。

不说刘彩凤悲悲切切随众人奔橡树岭。现说小鬼子田夫接木秋命令，要他先把桦树岭小股土匪剿灭，好放心大胆地围攻松树岭。田夫领命，第二天一大早，只带宪兵队一百多个鬼子，每人发了干粮袋，悄悄上汽车奔桦树岭后坡，行动绝密，一路无阻，日上三竿就摸上了桦树岭。田夫很得意，心说：“城中传说那飞刀女贼都成神了，今天我把她脑袋砍下来，带回城示众，看谁还敢说我是个青瓜蛋子。”可冲进屋一看空空如也，四处查看，院中有马粪，屋里有换下来的军装，一数十九套。田夫沉思好一会儿，忽地一拍脑袋喊了一声，调虎离山，不对，是未调离山，支那狗，真是狡猾，我还真是小看了你们，这是换便装飞马进城抄我家去了。连忙下令原路回城，不能再吃雄野挨黑枪的亏，自思今天这行动可是没走漏风声，那是他们山下有岗哨，没等我进山，他们就看见了，从前坡下山或进城，十九个匪徒，也好，看我杀你个回马枪，以前还真是自己多心了，冤枉了金警官和刘队长。

不说小鬼子田夫匆匆回城，再说通宝、银梭一行连夜赶到金家屯，进了大院偷偷住下，一觉天亮，春常套车送二人进城，见了金中玉说了参谋长的意图，金中玉大喜，也知道寄娘、宋炮这时不在桦树岭，一块石头落了地，心说：“田夫我让你害人不成害自己。”春常自去买日用之物，金中玉叫春常办置完出城二里等候，春常赶车走了。金中玉见二人那高兴劲问道：“这回你娘怎么舍得撒手了呢。”通宝说：“我娘是要跟着的，参谋长说了我俩进城要听金叔叔您的，不会让我们胡来的，娘才没跟来。再说了，这都啥时候了，山上的人都决心和鬼子同归于尽了。”金中玉不免心头沉重起来，正色说道：“你俩听好了，不能见一个杀一个图痛快，沿城北鬼子的据点，从东到西每四个哨卡，一个炮楼，一共八个炮楼，你俩看好地势，选择从哪进，从哪出，端哪个炮楼。半夜进来，不可骑马，进城后一个时辰，能端几个端几个，不许贪多。炮楼上是日本人，哨卡里是中国人，日本人打死，中国人割下耳朵，然后上米行睡大觉，白天给米行干活做掩护。一会儿我去米行叫他们准备住处，今天也不能空手回去，点踩好了，在警察署对面街口等我。我给你拿两颗手榴弹，银梭拿着扔进宪兵队后院，前门四个鬼子站岗，听到爆炸声，通宝打两片飞刀就奔西城门，我在门口等你们。”说完一点头，两人携手大步离去，金中玉看着他们俩的背影，觉得有话该说，但不知怎样说，向谁说，站那半天没动，自言自语道，真是的，这都到了什么时候了，还顾得了这些。迈步向街心走去，在一个卖麻花、烧饼的老头儿跟前停下，看箱子里没几个了就说：“今天啥日子这么顺当?”老人很小心地说：“今天街上没日本兵。”金中玉笑着说：“回去取二十根大麻花，二十个烧饼，用筐装了，在警察署对面街门口等我。”随手掏出一张五十的国元，对老人说：“剩下的明天还吃。”老人客气几句乐颠颠地背箱走了，金中玉自回警察署。

再说通宝、银梭把炮楼、哨卡看得明白，有了路数，回来路过买卖街见春常已置办齐全，要赶车出城了，通宝说：“给我们买一捆细麻绳，我们有大用。”春常笑着说：“小手指粗行不?”通宝说：“正好。”春常说：“家有现成的，要多少有多少。”说着扬鞭打马走了。两人又回到警察署对面街口，半晌不见金中玉，心中有些不安，金中玉在屋里早就看见他们了，因卖麻花老人没到，就没出来。又一袋烟工夫，才见那老人挎筐来了，这时金中玉才拎个点心包慢慢出来，走到老人跟前一笑，接过筐，老人连连称谢走了。通宝、银梭才凑过来，接下麻花筐，见上面盖着苞米叶，还有一个点心包，银梭会意，金中玉说：“到了后门，看看没人就扔进去，挎筐急走不许跑，奔西城门。”银梭点头抬脚向北，通宝向南，金中玉回警察署，招呼几个弟兄坐摩托赶到西城门说：“今天太君不在家，你们可仔细了，出了事……”一句话没说完，紧接两声爆炸，众伪军立时端枪推子弹，金中玉叫摩托车奔爆炸处看明白了回来报告，到这时金中玉心说："田夫你个小青瓜蛋子、猴仔子，今天我就好好耍耍你。"心里是这样想，可眼睛却在大路上搜寻着，远远见两个孩子出现了，一颗心算放下了，等两个孩子到了跟前，故意背过身去。两个伪军上前拦住通宝、银梭喊了一句："出城干什么？"通宝说："姐姐生孩子，娘叫下奶去。"另一个早就闻到香味了，伸手拨开苞米叶，一看是麻花烧饼，随手抓出一根说："还热乎呢，我说咋这么香呢！"这下伪军都上来了，还真客气，一人只拿一根，也是因警官在跟前吧，通宝故意生气地说："当官的也不管哪？"金中玉背着脸没动，慢声慢语地说："聪明的放下东西走人。"通宝伸手抓了一根麻花，嘴一噘，筐扔在地上，怒冲冲走了，银梭连忙跟上，二人出了城，通宝扑哧一声笑了说："懒牤子装得真像个汉奸。"银梭睁大眼睛说："你敢叫他懒牤子！"通宝说："金梁、金柱叫的，我不叫，今天看他好笑，我一时走嘴，不过你是缺心眼吧，金叔叔在跟前你怕啥呀，饿肚子我不管。"银梭说："我笑你真能扯，还出城下奶。"通宝骄傲地一甩头笑了，二人说说笑笑，几口吃了麻花，飞跑追春常大车去了。这时金中玉派的摩托回来报告，宪兵队后院中了两颗手榴弹，窗户、门被炸碎，前门四个门岗死了，飞刀女侠进城了。金中玉说："拉警报全城戒严。"

再说田夫匆匆赶回城，见已戒严，但没枪声、烟火，知道没出大事，心里轻松了许多，门官上前报说："宪兵队门岗被杀，后院门窗炸坏。"田夫听了，嘭的一声关上车门，汽车一路狂叫着冲进宪兵队。见金中玉正领人收拾被炸坏的门窗和院中的弹坑，四具尸体停在墙边，一面膏药旗盖住四颗脑袋。田夫掀开膏药旗，见伤口都在太阳穴上，两个平口，两个立口，医官说："飞刀在颅内。"田夫叫取出一个看看，医官使大劲钳出一片，冲洗干净，阳光下金灿灿的一枚铜钱。看上去很平常，无人不知，哪家都有，磨成刀后，极其锋利。田夫拿在手中反复细看，心说，这东西用于暗杀，无声无息，比手枪来得方便，在手枪遍地的今天，还有人下这苦功，到底大国多能人。想着自己家族，二百年前那也是赫赫有名的忍者，现在想起来仍然让人骄傲。金中玉见他发呆上前说："我和刘队长带人挨家挨户搜吧。"田夫摆手说："我上山抄她的家，她进城抄我的家，这在兵法上叫什么？"金中玉心中好笑，但面上只好忍着，冷冷地说："我们叫作以其人之道还治其人之身。”田夫自然不会知道兵法无此一说，田夫说：“那今天晚上要提防他们偷营劫寨。”金中玉听了心说：“小鬼子好厉害，出了这么大事，一点儿没发火。非常冷静，通宝他们今晚的行动要麻烦了。”要取消已来不及，正不知如何是好呢，田夫吩咐保安队封锁江面，大小船只一律不许下水，防止匪徒从水上进出，警察署今夜要在镇公署、银行、发电厂、大的商号门前设岗，宪兵队全部编进巡逻队，你们回去准备吧。金中玉出了宪兵队心说：“还好，要是哨卡加岗，那可就大麻烦了。”再说通宝等人，个个都摩拳擦掌，好不容易盼到天黑，饱餐一顿，兴冲冲上路，女东家、春常、胡先生看着心里都捏着一把汗。胡先生说：“这些毛头小子，没打过仗，不知深浅，我看此去凶多吉少，弄不好会把日本人引来，这几匹马就是通匪罪证，这可大意不得，牵出去，拴在树林里，日本人来了，咱们假装不知任其牵走。”二人听了，更加不安，春常叫了两个长工趁天黑，神不知鬼不觉，牵到林中，拴在树上，割蒿草扎成草把，搭在马背上，蚊子不咬，马很安静，然后回家关门睡大觉。再说通宝一行三十里夜路，赶到西城门已近午夜，小城西门一条大道西去鹤立岗，向北新修乡村公路通金家屯以北，围城三面炮楼，哨卡铁丝网外一条环城公路，两头是大江，很是规整。夜间有鬼子巡逻摩托队，众人沿环城公路奔向北门，小城就是东西两门繁忙，北门平日很少行人，故只有四个伪军看守。通宝、银梭带两个师弟，爬到铁丝网边上，探照灯闪过，四人一跃跳过一人高的铁丝网，摸到岗楼前，屋里亮着灯，四个伪军怀中抱枪呼呼大睡，银梭猛一拉门冲进屋，一个机灵的伪军噌地站起，银梭一抬手抹了脖子，另外三个跪地求饶，银梭问：“炮楼上几个鬼子?”回答：“四五个不等，白天飞刀女侠进城，所有炮楼、哨卡、巡逻队都加人。”银梭和另外两个师弟迅速将三人绑了，堵上嘴，出来搬倒顶门杠，放进师弟们，白天通宝、银梭商定进了城分两伙，通宝带一伙向东，银梭带一伙向西，二人狂妄地想一夜将城中炮楼、哨卡全拔掉，现在看来已不可能。通宝说：“先打一个看看。”众人爬向炮楼，银梭捡块石头扔过去，一个鬼子端枪冲出屋，靠护栏伸头向下看，通宝一抬手，鬼子一头栽下来，又一个鬼子冲出来也伸头向下看，又栽下炮楼，屋里的鬼子眼见两人栽下去，虽无枪声，知道有情况，开门对外咣咣两枪，接着拉响了警报，顿时城中警报四起，通宝正不知如何是好呢，这时街口处有个黑影一闪，随即听到："跟我来。"通宝等人跟着黑影左拐右拐消失在黑夜里。田夫小鬼子折腾一夜人影没见，认定夺门而逃，可炮楼上的鬼子说："匪徒没出城，看见十多个人影逃向城中。"田夫对金中玉、刘队长说："现在已是开城门的时候了，解除戒严，凡出城的可疑之人一律抓起来，仔细搜查旅店、码头、饭店、商铺。"当搜到米行时，金中玉问通宝，你们的马在院子里拴着呢，通宝点头，金中玉立时紧张起来，这时田夫也赶来了，和通宝打个照面，只见通宝村姑打扮，拎桶猪食要去喂猪，田夫还看了她几眼，米行正倒囤，二十多人忙得热火朝天，米行管家，就是原来那俩库兵，忙迎上来，田夫问："掌柜呢？"二人说："下乡收粮。"田夫说："胡说，庄稼还在地里长着呢。"二人说："今年上边派的多，掌柜怕到时收不上来，先下乡定下，交了定钱就准了，家里趁天好，把陈粮倒成大囤。"可就在这时大地抖了一下，随后天边传来一声巨响，鬼子、汉奸们冲到街上，远远看见一团黑烟直上云霄，田夫心里紧锁了。

再说木秋山里受命剿匪，带领一千多鬼子兵将松树岭包围了，这次日本人是不惜血本，重兵围剿务必干净彻底歼灭，不许一人逃掉。木秋大队人马一路很是顺利，进山后只听到两声枪响。队伍行至半山，木秋见松林被伐，一排木屋进入眼帘，屋前平地，看样是操场，这应是驻军，不是土匪作为。屋后开阔山坡，长满低矮灌木丛，山坡上一山洞，洞顶怪石林立。木秋传令停止前进，拿望远镜仔细查看后，命架起三只掷弹筒，木秋一指木屋，咚咚咚，硝烟散后，木屋很结实，虽满身弹痕，依然屹立，非土堆石垒可比。木秋看着笑了，心说，大军压境，哪里还会有人，真是用不着，向身旁的鬼子一挥手，冲上去一队鬼子，木秋怀着胜利者的喜悦心情进了木屋，迎面一幅中国古代武士像，两边对联是，"武穆英魂在，河山自清平"。木秋懂这意思，心里很不舒服，桌上有纸，拿起抖去尘土，上写六个大字，倭奴葬身于此。木秋气得两把撕得粉碎，出屋，站在操场上，吼了一通，伸出手臂向前方山坡划了一下，十多个掷弹筒齐发。满山硝烟过后，仍不见动静，又拿望远镜搜寻半晌，认定匪徒躲在山洞里，抑或听到风声弃山逃走，要是这样无功而返，岂不让人笑话？又一想逃走更好，只要将这山洞炸平，就报彻底消灭，我毫发未损，想到这儿心情激动，传令准备战斗，多带炸药，炸平山洞，不许放出一个匪徒。只见鬼子兵蝗虫一般，铺天盖地，冲向山顶，腿快的已冲到山洞，这时遍山响起枪声，鬼子没处躲，没处藏，木秋在下面看得清楚，队伍一面面倒下，只听枪声不见人，不一会儿，黄乎乎将山坡改变了颜色。木秋眼睁睁看得清楚，气得他一拳砸在秃头上，我怎么不试探一下火力就冲锋呢，田夫说过，匪徒修有工事，匪首很有头脑，是受过高等教育的军事人员，在山里种大烟筹集军饷，种菜养猪，还有随军妓女，准备长期负隅顽抗，怎么能当土匪打呢？自己在日本军界也是知名人士，厮杀半生，今天这么不冷静，本来就是拿牛刀杀个小鸡，没曾想，犯下了如此轻敌大错，刚接火就葬送了三分之一的血本，虽死不足洗此大辱，这仗还打不打。木秋此时虽懊恼不已，但他毕竟是久经沙场的老将，已看清了火力分布点，听枪声的密集程度，断定匪徒没有二百人，应不到一百人，心里也算有数了。下令部队原地宿营，加强警戒，防止匪徒逃窜，叫来了二十个少佐、伍长，将山坡上的火力分布情况对他们描述了一番，又让他们在望远镜下仔细查看，果然见射击口对称分布，暗道呈弧形，没有死角。木秋很欣赏这个工事，要他们趁天黑各带自己一班人，找到射击口，在前面堆起尸体，挡住枪口，晚上虽看不清，但一定有焦煳味，不难找到。晚上鬼子行动了，很简单，里面的人也听到了外面的动静，只是外面漆黑一片，什么也看不见。岳克己也想到了鬼子在干什么，开始时还向外扫射了一通，也碰巧打死了几个鬼子，但反倒暴露了目标，岳克己心中明白，碰上对手了，下令撤离坑道。

岳克己、木秋山里二人都艰难地熬了一夜，洞里的人终于盼来了黎明，洞口只堵了一半。早上第一缕阳光照了进来，都看清了对方的脸面，大家都不说话。这一夜有如一年，外面的七彩世界，期盼得越久，越觉美丽，可是就要消失了。只听参谋长叫赵连副、张小把分散的枪弹、火药用导火索串联起来，赵连副、张小提着马灯去了，大家知道最后的时刻到了。这时磕巴强拉着梁果，咚咚给岳克己磕两个响头，求参谋长让她们俩先走，要在那边结为夫妻，说着从腰间拔出匕首，岳克己吼了一声：“浑蛋！你能忍心亲手杀了她，我们还不忍心看呢，我们六十个人虽不是同生，但能共死，这是何等的欣慰，如果你看见外边死了多少日本鬼子，你就会感到自豪了。”三姐妹连忙拉过梁果，狠狠地瞪了磕巴一眼，四姐妹奔洞口向外一看，喊了起来：“日本鬼子在死鬼子身上爬呢，快到洞口了，我们也打一个过过瘾吧。”岳克己说：“不行，让他们都上来，离咱们越近越好。”外面的木秋也是眼巴巴盼到亮天，这回不冲锋了，分小队向山上爬，一路没受到阻击，鬼子的大队人马才放心大胆地拥着木秋到了洞口。木秋传令，后山部队向山上靠拢，命翻译官向洞内喊话。翻译官大声喊道：“大日本皇军优待俘虏，只要你们投降，皇军大大有赏，愿意留在皇协军的一律升官。”岳克己叫扒开洞口，把枪扔出去，木秋高兴一挥手，一队鬼子冲进了山洞，将岳克己和弟兄们团团围住，木秋随后进洞，只见一名军官坦然站在山洞中央，身后战士军装整洁，态度庄严肃穆，细看还有四个女兵。木秋发话了：“我木秋山里，关东军少将参事，你岳长官我早有耳闻，你修的工事，我很欣赏，将才大大的。”随即用英语问候岳克己，岳克己也用英语做了回答，不一会儿，二人哈哈大笑。笑完，木秋说：“你能认清形势，前途无可限量。”然后拍手示意众鬼子也拍手欢迎岳克己归降皇军，并欠身很恭敬地示意岳克己带队出洞。岳克己笑着说：“木秋先生，你进来了，就出不去了。”木秋一愣，这时眼睛也适应了洞里的光线，向山洞深处一看，满是弹药，明白了，一个箭步冲到洞口，又转身回来了，四个女兵笑弯了腰。岳克己说：“太君有失大将风度。”木秋脸红了，很沮丧地说：“冲出去也得切腹，还落个畏罪自杀的骂名，若死在洞里就属为国捐躯，家属还能得到抚恤。”随即叹了口气：“让这几个小妹见笑了。”岳克己说：“能死得明白，就属智者，可我告诉你，外面的人也未必都能回去，张小，咱们上路吧。”木秋一听，扑通向北跪在地上大哭说：“天皇陛下，木秋有罪！”这时后面传来哧哧哧、啪啪啪的响声，四个女人发疯一样将岳克己扑倒在地，紧紧抱住，随即一声惊天动地的巨响，日本人把松树岭惹怒了，就翻了个身。不知过了多久，硝烟过后一切归于寂静，旭日又冉冉东升，祥云片片，一阵香风过后，似有仙乐飘来：“风萧萧兮秋雨寒，秋雨寒兮草木悲，草木悲兮松岭怒，松岭怒兮葬敌酋，葬敌酋兮我心慰，我心慰兮乐长眠。”多年以后传言松树岭有金光护山，有缘人或可见之。

再说洪寄娘、宋炮护着刘彩凤，李家兄弟牵着两头骡子，转到橡树岭，刘秃子将一行人接进屋。刘彩凤是百感交集，曾几何时，五姐妹的欢声笑语，历历在目，现在只身归来。如果不是自己把她们弄到这儿来，凭她们的品貌总会遇上个可心人，过着百姓日子，这下可好，眼见得生还无望，是自己害了她们，这一生再不能心安，哭着对寄娘诉说了心中的悲苦。寄娘说：“通宝的事，参谋长临别对我说了，我这心里比你还难过。”二人对泣了半宿，昏昏睡下。第二天又是炮声，又是枪声响了一天，众人的心都提到嗓子眼了，就这样熬了一天。第三天早饭刚过，房子都要震塌似的一声巨响。刘彩凤一下傻了，她怕的就是这个结局，虽早有心理准备，但总觉得还有一线希望，这一声巨响震飞了她那一线希望。众人冲出屋，只见松树岭被浓烟罩住，硝烟散后，刘秃子说：“我爬山顶上看看，怎么回事。”寄娘听了，一拧身子上了树梢，下来伏地大哭说：“松树岭没了。”李家弟兄还不知就里说：“那弟兄们呢？”寄娘直撞头，宋炮说：“那日本人呢？”寄娘又摇头，到这时众人都明白了，都流下了眼泪，寄娘回头不见刘彩凤，连忙跑进屋，刘秃子的人问：“这女人是谁？”李福说：“真不知道？白在山里住一回邻居，那不飞刀大侠吗？”众人舌头伸出老长，刘秃子心说，你们哪里知道她的厉害，这女人除了上天，没有她不能的，这么多年她可是一点儿都没有变样，我秃子是老了，她也认不得了，也就不提那丢人的刘家庄了。这时只见刘彩凤挺着大肚子，寄娘夹着她那小包出来了，刘彩凤对李家兄弟说：“二位哥哥，咱们回家吧。”哥俩立时收拾行囊，寄娘扶刘彩凤上了骡子，一行人告别了刘秃子，转过山坡，就看见了松树岭，已变成了圆圆的一座乱石山。刘彩凤再也忍不住放声大哭，众人无不落泪，忍痛含悲。一路走来，忽地宋炮一摆手，寄娘也听到了声响，连忙把刘彩凤抱下骡子，刚转过身，一声枪响，寄娘后背中弹。这时宋炮已看清了是日本鬼子，顺过猎枪，打了一个沙炮，打出去的铅豆如天女散花一般，五个鬼子落个满脸花，再也看不到天日，在地上乱蹦乱叫，宋炮上去一人一枪把打倒在地，可枪把也折了，气得宋炮猎枪也扔了。回身看寄娘，只见寄娘脸色惨白，坐在地上，刘彩凤扶着她，寄娘见了宋炮说："没事，我能封住伤口，我一定得看着把夫人送下山。"刘彩凤说："你救了我，你要是有个好歹我怎么活！"寄娘说："参谋长说的对，上天这样安排，我是真心感谢。"刘彩凤不容分说解开寄娘衣服，包上了伤口，寄娘看她很懂行，脸上现出赞许的神色，刘彩凤说："来到松树岭参谋长就教这个，难道这也是命，不知能不能……"说着哭了，宋炮看着寄娘的伤口心说，这要是常人，早就倒下了。

原来这五个鬼子是木秋的火头军，没跟大队上山，山下有溪水，给木秋和两个大官做好了早餐，四个人拎着饭盒，一个当官的跟在后面。没走多远，一声巨响，满天下起了大石头，他们扔了饭盒，每人抱着一棵大树，还算命大，没砸死，不过满身是伤。等看清了山上的一切，吓得大哭大叫，真是叫天天不应，叫地地不灵，他们恐怖极了，五个鬼子抱在一起大哭了一场，互相搀扶着，想走出大山，可哪里识得来时路？唯一仗胆的是那当官的屁股上的手枪没丢掉，他提着手枪，五个人跌跌撞撞转上了橡树岭，本没看见寄娘这一行人，只听见骡子打鼻声以为是野兽，朝声音打一枪，想吓唬跑就得了，谁料想，就这么一拃长个小手枪，还没有豆角粒大的一粒子弹就结束了一代女侠的性命。看来这也是在劫难逃，宋炮因寄娘受伤，有些气急败坏，围着鬼子转了好几圈，觉得这地方眼熟，再一看，这不怪兽出没的地方吗？真是新愁未平又勾起了旧愁，走到埋儿子的地方，荒冢依旧，此时的宋炮肝肠寸断，站在儿子坟前，默默地念叨："孩子我就要去看你了，松树岭的弟兄都和鬼子同归于尽了，洪寄娘也就要走了。"说着老泪横流，凡此种种，宋炮的心也死了，他不愿一个人活下去了，转身过来招呼李家兄弟，拽上还带气的鬼子，三人扯衣服解腰带，将五个鬼子绑在树上。宋炮说："用这几个鬼子祭山，跟老太太学的，只是没有先生念颂词。"除了寄娘别人不知道他念叨啥。宋炮又挨个看了看苏醒的鬼子，然后扶刘彩凤上了骡子，哈腰背走寄娘。一路无话，到了江边，已是红日西坠，渔船归航之时。李福喊过来一条儿时伙伴的高桅帆船，抛锚靠岸，顺水船，也不是一下就停得住的，岸上人，船上人又顺水走了半里多才停下，船老大上岸，见李家哥俩说："这是从哪来的呀？"李福说："橡树岭。"船老大说："我说呢，你这财是怎么发的，原来是卖大烟哪。"李福说："别瞎扯，叫哥们都下来，把骡子推倒抬上船。"船老大应了，一摸骡子上的口袋，惊讶地说："我的妈，不是卖大烟，你们哥俩砸银行了。"李福一把拉过船老大说："今天让你开开眼，"指着寄娘、宋炮二人说，"这位便是飞刀大侠，这位便是貔貅猎人。"二人一抱拳，洪寄娘说："也是缘分。"撩起衣襟，露出紧身衣从腰间摸出六枚飞刀递在每人手上说："与六兄弟做个念想，晚上走夜路遇上道爷好使。"几个人如获至宝，小心翼翼地接了，寄娘又对李福说："打开口袋，每人一千块。"李福照做了，递到每人手上一打说："你们要是坏了大侠的事，现在就摸摸脑袋。"船老大接下说："下船咱们买双皮鞋穿上尝尝是什么滋味，再不用长年走光脚片了，今年冬天你们的老婆孩子也能穿上里面三新的棉裤了，是吧？谁的良心要是让狗吃了，我就把他扔江里喂王八。"众人忙说："妈妈呀，借十个胆也不敢坏大侠的事。"说完船老大等人，将骡子搬倒，四蹄朝天捆了，抬上船，李财扶刘彩凤上了船。李福对寄娘、宋炮说："务请大侠、大哥上船，大侠受伤，要尽早医治，我过江请最好的先生，乡下虽粗陋，前年盖了新房，来个十个八个人，不至于拥挤。"寄娘说："我命非医家可救，李家兄弟大义之人，守护夫人，不为不重。"李福说："前日在松树岭下山时，我就打算好了，回家给我那十三岁的小儿子，说个十七八的媳妇，侍候夫人，夫人生下孩子，一年后我父子三人送夫人回湖南参谋长老家，我父子愿世代为奴，以报参谋长大恩，参谋长留有六十多位弟兄、亲人的姓名、地址，由二弟不管天涯海角，也要找到他们的亲人，送去参谋长的心意。"寄娘感动得流下热泪说："如此我当在九泉下保护你，我无论如何也不能死在你家，快请上船吧，我挺不住了。"李福转身甩掉眼泪快步上船，从船舱中抓出两条鱼扔到岸上说："就在这儿点火休息吧。"说完只见这船挂帆乘风而去，宋炮抱着寄娘，呆呆地立在江边，直到那船变成了一个白点。

宋炮扶寄娘靠树坐下，寻来干树枝点起火，在水里把两条鱼收拾了，插根柞枝，架在火上烤熟，撕下一块放在寄娘嘴里。寄娘不吃，宋炮只有叹气，自己吃了一条，摘下一片马蹄莲，卷个水杯，喝足了江水，盛一杯给寄娘，寄娘喝了两口，宋炮扔了水杯，靠寄娘坐下。夜晚很凉，江风吹来，寄娘缩了缩身子，宋炮见她冷，就抱在怀里，寄娘温柔地把脸贴在宋炮胸上，眼里流下泪来，嘴上却现出幸福的微笑，宋炮低头接了这微笑。飞刀女侠，貔貅猎人，一对千古奇人，在生命的尽头，得到了一个恋人的夜晚，天上的繁星为她们祝福，滔滔江水为她们歌唱，跳动的火苗为她们起舞，火苗渐息，东方渐白。宋炮又吃了鱼，喝了江水，拿给寄娘，寄娘不喝，只好滴几滴润湿了她那干裂的嘴唇，眼里含泪对她说："你一定得亲眼看看咱们的家。"寄娘用眼神回答了他，宋炮又背起一息尚在的寄娘。也是红日西坠，一抹残阳，二人回到了桦树岭，来到了山顶那棵倒树旁边，把寄娘放入树洞，搬石头堵上一头，再看那棵千年人参，一朵干枯的小花，还没掉下来，迎风摆动着，宋炮对它说："从此你不再寂寞，明年应开得鲜艳些。"说完褪入树洞。拿刀割了手腕，伸到老参根下，另一手搂着寄娘说："睡吧。"

欲知后事如何，且听下回分解。

第二十一回

孝子汉奸饮鸩全孝道　学子从戎投笔赴国难

上回书因感众英雄的悲壮豪情，笔者的思绪也是久久难平，就将宋炮绑在树上那五个鬼子给忘了，只好追记在此。原来宋炮一行走后，鬼子不久就苏醒了，眼睛被猎枪打瞎，自知没有生望，可是被绑在树上，求生不能，求死不得，只能冲天干号。不知啥时，有只两岁的黑小听到了叫声，闻到了腥味，顺着声音走来。老远就看见五个人靠树站着，很觉奇怪，趴在树丛中看了许久，怕是猎人的圈套，不敢贸然行动，就冲鬼子吼了几声。只见他们害怕，不跑也不动，明白了，这是被绑树上了，就大摇大摆地凑上来，站起身，挨个摸摸脸，闻闻味，不知吃哪个好。鬼子们吓得屎尿直流，最后这个当官的脸上擦有香脂，这味道很刺激，它没闻到过，便在脸上亲个遍，这小鬼子也不含糊，张嘴一口咬在小黑瞎子鼻尖上，小黑瞎子大叫了一声，张大嘴一口就把小鬼子下巴咬下来了，欻欻几口就把小鬼子脑袋啃了。然后呼呼向山上跑，回家召唤爸爸、妈妈去了，最后它们一家摆了三天家宴，五个鬼子一点儿没剩，啃得干干净净，这肉是真香。

再说田夫小鬼子，在米行搜查，忽听一声巨响，快步出了米行，金中玉趁机向通宝、米行管家将晚上行动交代清楚，随后跟了出来，顺大街向西看，只见天边一团浓烟直上云霄。金中玉知道参谋长和弟兄们多半是没冲出包围，选择了这条绝路，心里一阵难过，怕田夫派他进山就说：“老婆临产，不知生了没有，想回家看看，明日回来。”田夫答应得很爽快说：“先祝贺你喜得贵子。”因田夫此时的心情和金中玉大相径庭，他以为这一声巨响，是皇军攻占了松树岭炸了匪巢，除了心腹大患，因此心情甚佳，只等木秋喜讯了，金中玉要回家，一点儿没迟疑，叫来钱有方说：“明日一千皇军胜利归来，该怎样慰劳?”钱有方说：“这么多人应在城外驻扎，进城必然生事，太君你一个小小的少佐，如何处理得了，我指派各家商号预备猪羊好酒到时出城慰问皇军胜利就是，如此皆大欢喜。”田夫觉得虽然在理，但听着不顺耳，心生不悦，因高岛在时，对钱有方很是依重，钱有方自然没把田夫放在眼里，现在靠山倒了，钱有方也自知以后没有好果子吃了。田夫正色说道：“五十头猪，五十头羊，少一只也不行。”钱有方面呈难色，有话要说。这时金中玉的侍卫牵马来了，田夫不再搭理钱有方，他只好悻悻而去。金中玉和田夫打声招呼飞马出城。田夫望着远去的背影，忽地觉得不对，你从来没提过老婆要生孩子，这城里就是有个作怪的人，我最怀疑的就是你金中玉，这些年你打胡子有功，远近闻名，上边也知道你的名号，可我看你就是一个吃里扒外阴险狡诈的家伙。转身叫侍卫说：“上街买两包红糖、大枣。”不一会儿，一行八人乘四辆摩托奔金家屯追去。

金中玉马不停蹄一路飞奔到家，进院见槽上没马放心了。进屋甩了衣服，放下雄野留给春常的小包，一头扎在炕上，女东家给他脱了靴子，金中玉问她说：“通宝她们的马呢?”女东家说：“胡先生说拴在家里，让日本人知道了，会惹祸的，春常牵出去拴树林里了。”话音刚落，外面人说日本人来了，金中玉不慌不忙穿上靴子，在女东家耳边说了一句。女东家双手捧着肚子，金中玉搀着她出来，田夫已进院，女东家艰难地走了几步，田夫忙迎上来说：“我就是给你道喜的。”后面那鬼子递上两个纸包，女东家连忙称谢说：“听老辈人说女人临产，贵人进门，将来这孩子就如贵人一样尊贵，太君这时来，真是我家的大喜事!”话说得很受听，田夫高兴，迈步进屋。迎面一堂桌，两边各一把老式宽椅，堂桌上一座西洋座钟，两边配一对青花帽筒，金中玉的警帽一如前清红顶帽一样扣在帽筒上。墙上一副对联，上联为“和为贵忍为高勤劳奉仕”，下联为“德为基善为本诗礼传家”。对联很对田夫口味，大加赞赏一番，这时有人端茶进屋，女东家接下，用日本人的方式，敬给田夫，田夫端详着女东家对金中玉说："嫂夫人要是穿上和服，那才叫美。"伸手接过女东家的茶，一点儿没迟疑喝了一大口，女东家说："庄稼院没啥好喝的，就是高粱米炒煳沏水，老太太在时喝茶，我们都不喝，一股苣荬菜味。"田夫又喝了一口说："糊香，放糖更佳。"女东家说："能不能吃顿饭再走，我给你做米粉汤，欲仓校长吃着说好，可到这时还不回来，说得好好的，明年种水稻。"说完有些不自在，田夫说："改日吧，这儿的土匪很猖狂，你们也要多加小心。"说着拿眼睛看金中玉，金中玉就穿衣戴帽说："孩子没生，我也放心了。"说完两人出院，金中玉回身对女东家说："给先生炒俩菜打壶酒。"然后飞身上马，田夫上车，二人一路无话。

进了城金中玉回警察署，田夫回宪兵队，坐等木秋消息。至深夜，田夫便坐立不安了，一个人出了宪兵队奔警察署，金中玉见田夫来了，心说，木秋让你打桦树岭，算你小鬼子命大，又让你躲过一劫。田夫见金中玉没睡就说："夫人生孩子放心不下是吧，她这个年龄的人生孩子不会有事的，要不明天让咱们的医生过去看看？"金中玉说："多谢太君关心。"田夫接着说："到这时山里没信，岂不急死人，就是大获全胜，急着回省城请功，也应给我报个喜呀！"金中玉说："天明咱们进山去看看吧。"田夫这时是心急如焚，正不知如何是好呢，外面传来爆炸声，从窗户向外看是宪兵队大院，田夫拔枪要冲出去，金中玉拦住说："外面情况不明。"连忙集合值班警察，田夫这时像一头关在笼子里的野兽，在屋里乱转，不多时由十多个警察，金中玉在前保护着田夫，奔宪兵队一看，院内被炸得稀巴烂，手榴弹无目的地从墙外扔进来，有一颗在房顶上爆炸，屋里十多个鬼子被炸飞的瓦片打伤，但鬼子毕竟训练有素，全体集合整齐待命。这时巡逻队报告："北门岗楼，炮楼被端，匪徒逃走。"田夫气急败坏地将巡逻队臭骂了一顿，金中玉昨天在米行，嘱通宝打出北门，银梭再闹一通宪兵队，连夜回山，对管家说米行也暴露了，不能用了，马上撤离。金中玉也怕这些毛头小子没深浅，不能让他们和鬼子正面接触，真要是出点事，如何见洪寄娘？听巡逻的鬼子说匪徒已从北门逃出，悬着的心也就放下了，心说，田夫小鬼子有你哭都哭不上溜的时候。

搁下小鬼子田夫不说，再说通宝一行，回到金家大院，女东家一见通宝说就："你们可来了，这两天不知怎么的心惊肉跳，总做噩梦，急死了，回去叫你娘来陪陪我。"通宝笑呵呵骄傲地说："其实这打鬼子比打狼容易，可是金叔叔就是不让我们在城里待了，让我们连夜回山。"女东家一听，说："那我给你们做饭去，吃饱了再回山。"女东家叫醒了做饭的女人，不一会儿，饭好，众人吃完，带上干粮悄悄出村，到树林里牵出马，乘着月色也算是凯旋。由于人多马少，只能慢走，天光大亮，远远只见松树岭已变成一座秃山，众人的心立时紧张起来，又走了一会儿，通宝焦急地说："不行，这么走急也急死了，我得先去看看。"银梭本是和通宝一匹马，听通宝这样说翻身下马，喊了五个人的名字，余者下马，对他们说："你们徒步直接回桦树岭，我们几个保护师姐先到松树岭。"这时通宝已急不可耐地放马飞奔了，银梭见了飞身上马，率领五个小师弟，紧追通宝。待众人到了山脚下，见满地是从山上滚落下来的大石头，只得马拴树上，留一个师弟看守，躲着大石头向上爬，到了半山就一棵树也没有了，圆圆的一座乱石山。每个人都知道参谋长他们和鬼子同归于尽了，六个人不约而同地大喊："参谋长！"大山是做了回应，可哪里还有人影。通宝此时心如刀绞，满脸泪水，可她最想知道的，还是娘在哪里，一抬胳膊抹去脸上的泪水，转身下山。银梭和几个师弟忙跪地大喊："参谋长，我们一定给你报仇！"然后起身追通宝。通宝不顾一切奔下山，飞身上马，伏在马背上冲上桦树岭，脸让树枝刮破了，全然不觉。到了木屋自己的家，可哪里有娘和猎人，认定也葬身松树岭了。一屁股坐在地上号啕大哭，几个小师弟也痛哭流涕，不知啥时，银梭突然说："不对，师父、宋大伯、米行大伯护送婶娘的，或许他们进城了，我明天进城去米行一问就知道了。"通宝听了止住了悲声说："如此不用你去，我自己明日下山找金叔叔就是了。"众人这才放下心来里里外外收拾干净，打水做饭，铡草喂马，收拾妥当，太阳下山时，后面的众师弟也到了。晚饭时，兴高采烈地畅谈这两日打鬼子的乐趣。

搁下桦树岭这伙后生不表，再说小鬼子田夫因宪兵队被炸，本打算进山的又耽误了，可是军部来电说与木秋失去联系，要田夫尽快查明情况。田夫不敢怠慢，第二天一大早带四个鬼子，金中玉、刘队长各带侍卫一人，共九人飞马奔松树岭。到了山脚下，也见乱石难行，留一个鬼子看马，八个人爬上了山顶，小鬼子们一见伏在地上大哭，不知啥时回头一看金中玉、刘队长也跪在地上痛哭。三个人是各人哭各自的心事，田夫心里清楚得很，他感到这是莫大的耻辱，可又无可奈何，忽地起身下山，一路无语。田夫回到宪兵队哭着向上司报告说："木秋君将匪徒逼进山洞，本想一网打尽，没想到匪徒炸山，皇军全部尽忠。"上司不信，将田夫狠狠地训斥了一顿说："择日派人来调查。"没来由挨了一顿训斥，小鬼子田夫又生气，又窝火，惶惶不可终日。心想，支那匪徒如此狠绝，一千多皇军连尸首都没剩一个，有谁能想到他们有大量炸药，能将一座山炸平，还有那来无影去无踪的飞贼，这几日让她闹得鸡犬不宁，支那人不可征服。小鬼子田夫绝望了，忽地一个场景在脑海里一闪，"米行。"那些人十分可疑，这又让他觉得有了头绪。第二天天刚亮，田夫带人悄悄地包围了米行，翻墙跳进一个鬼子开了大门，鬼子们冲进各屋，只揪出两个吓得发抖的看门老头儿说："管家给了一年的看院工钱，掌柜管家先生不知去了哪里。"气得田夫小鬼子要把房子点了，可一看院里十多个粮囤，只好对两个看门人说："这是皇军的军粮，要是出了事……"然后用手在自己脖子上一划，两人忙说："明白、明白。"田夫转身进屋，当搜到掌柜抽屉时，见往来账目，字据中有一张纸上写："钱县长家来人，叫准备十袋细箩面，天黑送到江边。"田夫拿在手上反复看了半天，突然一下攥成一团恨恨地说："原来老东西和米行是一路，难怪总觉得有双眼睛盯着我，啥事都晚一步，接手以来，没办过一件漂亮事，我是看明白了，投靠过来的支那人，都是伪君子、卑鄙无耻的小人，好人不会出卖自己的国家和民族的，多年以前就传闻你通匪，高岛太君温良谦善，处处护着你，那些走死逃亡没主的田产给你多少？你还不知足，把高岛、雄野当猴耍，明一套，暗一套，吃两家饭，办两家事，这种人是世上最可恨的人！"田夫越想越生气，带人就到钱有方家来了。

原来钱家本是江南钱姓旺族，不知哪辈获罪发配黑龙江来了。钱有方父亲钱寿昌有颗江南人灵活精明的脑袋，夏天种地，冬天做皮货生意，发家后供儿子念书，长大了娶一官宦人家的女儿，靠娘家的势力在富克锦县政府给钱有方谋个差事。钱有方年岁不大，可为人老成持重，处事圆滑，又能说会道，所以很得上司赏识，没几年就当上了富克锦的县太爷，为这一方的大人物了。日本人来了，回家侍奉高堂父母，日本人多次请他，最后答应在家跟前，帮点小忙，守着老父，吃碗消停饭。日本人只好答应了，就当上了小镇的镇长。井川死后和高岛秉性气味相投，行事很对撇，一步步就成了死心塌地的汉奸了。钱有方的儿子也是高岛送哈尔滨念书的，回来后留在身边调教历练，这让钱家很是感动，可钱有方万没想到，高岛和儿子进山，双双惨死，且身首异处，脑袋作为汉奸当街示众，使钱家备受羞辱。待田夫接了雄野，钱有方自知不会有好果子，就把寡居的儿媳、小孙子打发娘家去了，任其改嫁，但孙子是钱家人，给带了二十垧地，不许改姓。女儿钱雨如，正当十八，因生时大雨倾盆，钱有方说，这孩子冒雨而来，必有缘故，就叫钱雨，又觉俗气，改为雨如，有钱如雨之意，又有如期而至之意。大难来临，嫁人吧，一时也找不到合适人家，就让其躲到乡下亲戚家去了。女儿懂事，临别给父母磕个头，钱有方说："若父母遭了不测，就隐姓埋名，找个庄户人家，不可进城，我儿生得亭亭玉立，眉清目秀，难逃日本人魔掌，可是我钱家这笔血债竟不知哪里去讨。"说罢大哭，从此钱有方守着风烛残年的二老，每天过着战战兢兢的日子，可就这种日子，也没过多久，田夫上门问罪了。这日早饭后刚要出门，老仆跑进来说："家被日本人包围了。"钱有方没惊慌，放下手拎包给二老跪下说："儿子不孝，怕是得走了，二老保重吧!"钱老太爷说："我儿不是不孝，是不忠，你虽全了孝道，但卖国求荣，失了忠义，最后难免家破人亡，且落下千古骂名，糊涂!"钱有方说："生逢乱世，上哪里去尽忠？日本人来了，赵镇长携小妾跑了，家人死的死，亡的亡，老父死在炕上都生蛆了没人知道，最后还是我给弄了四块板埋了。当汉奸也是有当汉奸的道理，换来你二老这十年舒心日子，也值，若以忠孝不能两全而论，儿子也算尽了孝道。相比之下，那赵镇长是属不忠不孝，儿子虽获骂名，当不属糊涂，走到今天这一步也因高岛太君和这些畜生不一样，因有恩于钱家，不容我欺心，若是做那明里烧香暗里拆庙之人，今日便也无恨了，如此说来，亦属糊涂。"钱老太爷叹口气说："天亡钱家，雨如娘送你婆婆上路吧。”钱夫人心如刀绞，挽着八十岁的婆婆进了里屋，二人上炕，把早已准备好的白绫搭在幔杆上，钱夫人两手发抖，系好绫套，老太太一言不发，只是两只老眼哗哗淌泪，两脚往地上一迈，哏喽一声，舌头就出来了，钱夫人跪在地上大哭。这时儿子、女儿、小孙子，一齐映入眼帘，她真是难以撒手，白绫系好站在炕沿边上，就是不想迈这一步，不知啥时，前屋老太爷喊了一声：“咳，你怎么也得问个明白呀！”钱夫人知道是丈夫走了，心一横一步迈出，婆媳两人相对吊死，这场景亦属人间绝版了。前屋父子俩，一张八仙桌对面而坐，桌上一把小酒壶，面前酒盅已斟满，这时小鬼子田夫就进来了，钱有方不愿和他说话，端起酒杯一饮而尽，随即向后一靠，七窍流出血来，大眼睛瞪着田夫，田夫见了，心说：“你就这一点像日本人。”这时门外两个鬼子押着一个光彩夺目的女子进来，年纪三十左右，妩媚动人，娇声娇气地说：“小女子也为钱家人，钱有方得罪了太君，现在人也死了，求太君放过他的家人，小女子愿意留在太君的身边，侍奉太君。”说着笑妍含嗔，以目传情，田夫看着她，知她是钱有方的外室，嘴一撇说：“我堂堂大日本皇军岂能和你这样的下贱女人苟且。”说着转到这女人身后，上下打量着，见她杨柳蛮腰迎风玉立，香气袭人，可小鬼子一点儿怜香惜玉之心也没有，正思该怎样打发她呢，只见这女人面色由白变赤，瞋目转怒，回身一头向田夫撞去，田夫一闪身，这女人一下抢在地上随即中了数枪，鬼子们近前看时，这女人手里攥着一把剪刀，钱老太爷见了，双手拄着拐棍，站了起来喊了一声：“好，我儿没看错人!”田夫正气着呢，一听这话，伸手抽刀，日本人喜欢用刀来杀人，他是想劈了这老头子出出气。这时有个鬼子在他耳边说了一句，田夫转身进了里屋，见吊着两个老太太，田夫知道是钱有方的老母和夫人。钱夫人刚刚吊上，夫人出身富贵，虽年近半百，可风韵犹存，田夫一见便觉动心，伸手抱住双腿，一刀割断白绫，向身后一摆手，那鬼子便关上门退了出去。田夫将这老女人抱在怀里，伸手把舌头揉了进去，仔细端详，无一处不动人，解开衣服，洁白丰腴。心说，这样女人实难再遇，若能得其抚慰一宿，虽死无憾，可惜田夫无福，随即狮子吃人似的发了一通疯。要说小鬼子田夫因何对老女人情有独钟，这是日本男人的通病，风行至今，只是中国人不解罢了，亦如中国封建士大夫好男色一般。小鬼子田夫周身舒畅，美滋滋地来到了钱老太爷身边，刚要张嘴说话，钱老太爷抬手照田夫肚子就是一拐棍，田夫大叫一声倒地，钱老太爷也被打成了筛子底。原来老太爷的拐杖是个防身武器，一按崩簧能弹出一把半尺长的尖刀，小鬼子田夫吃了这一刀，钱老太爷也就含笑九泉了。鬼子们呼啦一声抬着田夫去了。钱家佣人是一对老夫妻，在钱家几十年了，今天一直躲在柴草堆里，听没了动静才爬出来，见了堂屋的惨状，忙奔里屋，老太太吊着，夫人赤裸裸躺在炕上，卸下老太太，忙给夫人穿衣服，嘴里念叨："都说日本人是畜生，今日是亲眼见了，连死人都不放过。"夫人身体尚温，鼻子有进气，二人忙抚前胸捶后背喊叫多时，总算有了回应说："那畜生作践我时，就有了知觉，可就是不会动，快扶我看看老太爷。"到这时二人才有大哭的份儿，抽泣着说道："不看也罢，夫人你保重，有你在，叫回少奶奶、小姐，钱家还有望。"夫人只是摇头挣扎着起身，二人只好扶着出了里屋，钱夫人一眼就看见血泊里卧着的女人说："又让她赶在前面了。"钱夫人看了一眼老太爷，伸手在钱有方脸上摸一把，人早已僵了，哪里还闭得上眼睛，站那定了定神，从腰间解下钥匙对二人说："叫你们乡下的两个孩子来，一起过吧，只求你们为我做一件事，就是那女人，我受她一辈子气，一定得扔江里喂鱼。"停了一会儿叹了口气说："她还有一个崽子，你们打听着，真要是过不下去了，能帮就拉一把。"一句话没说完，拿起桌上酒壶咕嘟嘟两口，二人一把没夺下来，可惜钱夫人又一命呜呼。

再说小鬼子田夫吃了钱老太爷一刀，手下连忙用汽艇送县城抢救，还好只把肠子扎了俩眼。割开肚皮，拽出肠子，如缝衣服一样缝上伤口，将腹腔冲洗干净，再缝上肚皮，并无大碍，只须将息些时日。田夫有话，暂由金中玉代行田夫职责，金中玉不敢推托，只得辛苦办差，不令出错，几日下来觉得诸事稳妥，这日带两个随从，骑马寻李家兄弟。因三日前春常进城给六婶抓药说："六婶不好，怕是没多少时日了，通宝下山哭诉寄娘、猎人生死不明，只知他们一同护送岳克己夫人下山的，或许在李家。"金中玉笑了说："那就是在李家，那哥俩热心肠，难道你还怀疑寄娘的身手?"春常无话可说，赶车回家了。又过了两天，金中玉忽地一拍大腿：

“是出事了，那洪寄娘视通宝肝尖心头肉，这帮孩子进城找日本人麻烦，日本鬼子饿狼一样，她岂能放心待在李家?”忙带人出东门沿江边跑了半个时辰，看见一座新宅大院，虽不及金家大院，也算有模有样，上前一问果然姓李。这时李福也迎了出来，将三人让进屋，客气几句，喊人看茶，只拉金中玉进后院一小屋。迎面墙下一厨桌，桌上两块供牌，一个女人在点香，金中玉一眼就看见上写洪寄娘之位，另一块写先夫岳克己之位，金中玉上前一手一块拿到眼前，可就泪如泉涌了。三人都无话，刘彩凤忍不住失声痛哭，金中玉、刘彩凤二人从未谋面，此时此刻也知对方是谁，忽地金中玉像想起了什么问道：“猎人在哪儿?”李福反问道：“没回桦树岭?”金中玉说：“孩子们寻遍山中，不见二人。”李福捶胸顿足说：“一定随寄娘去了，那日与二人江边分手，寄娘已奄奄一息，不愿死在我家，定是趁猎人不注意，投江而去，宋大哥不忍，也追随而去，我真是糊涂，要是我不容分说，将二人架上船，便不会有此事。”便将如何转到橡树岭，寄娘如何中弹细说了一遍，刘彩凤说：“时至今日，也不应瞒二位了。”便将寄娘与岳克己的恩怨哭诉了一番，二人听了不由得更添敬意。金中玉沉痛地说：“洪寄娘这样的人是不应该死在人前的，这一带百姓心中怎么能没有飞刀女侠呢，夫人，把她的灵牌烧了吧，女侠不死，金家大院、李家大院就可以放心睡觉。你二人可懂我的意思?”李福说：“改日定去江边烧点纸，磕个头，才得心安。”刘彩凤连连点头，可是他们哪里想得到，这番谈话，让一个端茶送水的女孩听了，虽说听得断断续续，可她很是留心。这小女子便是钱有方之女钱雨如，钱姓隐去，只说叫雨如，李家高价买来做儿媳，由于男方太小，说好三年后圆房，谁知这以后会生出怎样的事端来，上天不让这故事结束，如之奈何。

金中玉含悲回城，迟迟不愿回家，怕女东家伤心，这日忽地收到来信一封，上写金中玉叔父大人收，知道是金柱，心说，小兔仔子长进了！一高兴飞马回家，把信举在女东家眼前说：“快看金柱来信了！”哪知女东家不佯不睬地说：“他哪还有这个家！快说寄娘在哪儿?”金中玉只得说了，通宝得知金中玉回家，也急忙跑来，女东家一把拉通宝在怀里，放声大哭，通宝立时明白了，搂着女东家更是号啕大哭。哪知这下破了羊水，当晚金堂降生，要说上天有时真是成全人，女东家要啥来啥。可毕竟喜少悲多，六婶离去，只隔三天六叔追随而去，二人葬在老太太身后，又将寄娘用过的衣物包了，在六婶身旁堆个土包。宋炮有一双大靰鞡在院里，就埋在老太太身旁，就算是二人的安身之地了。自此通宝无心回山，每日陪着女东家，喂鸡捡蛋，逗逗孩子，不时地上娘的土包前哭一回，自然也包括思念金梁。城里的田夫小鬼子养好了伤，金中玉趁机请假回家伺候月子，见通宝仍在悲伤之中，想出了一个排遣的办法，说是寄娘教的功夫生疏了，让通宝再从头教习，也自知学不来的，权当舒展一下拳脚。通宝愿意，说好明早去树林。第二天金中玉起来喊通宝没人，知道已去了树林，便出院奔树林，见通宝靠在树上暗自流泪，心中甚是不忍。想当年桦树岭众英雄亲如一家，每人的音容笑貌、气概胆识宛然如在眼前，而今都已作古，不觉鼻子一酸流下泪来。通宝听见有人来，回头见是金中玉，不由得哽咽起来，金中玉强做笑语说："你娘说话不算数，说好的，教我立地金刚的功夫，不管我了。"通宝听了瞪他一眼说："我娘说了，你只能学个金刚腿。"然后以命令的口气说："马步站好，脚趾抓地，气沉丹田，排除杂念。"然后指指点点围着金中玉滔滔不绝讲解起来，不知不觉大师姐的架门又拿起来了，金中玉心中好笑，但认真习练，如此爷俩每日便在树林里，一个学得认真，一个教得高兴，女东家见了也觉得宽慰。

这日两人正练得起劲，春常领一中年男人来到树林，只见这人四十多岁，买卖人打扮，举止不凡，气宇轩昂，金中玉心下已知这人是谁了，未等春常介绍，这人便向金中玉伸出手来说："金家兄弟，我叫相传东。"二人握手，金中玉忙说："怎么称呼？"相传东说："人前叫大哥，背后叫同志。"金中玉答应一声："啊，相兄。"觉得不对，又叫相同志，也觉不对，又叫传东同志，亦不习惯，相传东大笑，春常、金中玉也笑了。相传东对金中玉说："你的想法，老哥跟我说了，你能认清形势，这很好，你的情况我们也掌握，属于团结的对象。我党的政策是团结一切可以团结的力量共同抗日，只要你抗日，我们就欢迎，现在国际反法西斯斗争已进入战略反攻阶段，中国人民的抗日战争也看到了胜利的曙光。我党有一批干部要到苏联培训学习，原计划冬天去的，现在战争形势发展很快，对我们十分有利，虽然这时过境困难危险，也不能等冬天封江了，所以想请你神枪金警官帮忙，我们已侦察过了，选定了一个旁边有树林掩护的炮楼，江边有日本人扣的渔船，我们可用以渡江，炮楼上的情况是，十来个鬼子，两条狼狗，时间定在明日傍晚，一般情况下不会遇上巡逻艇，如能请来桦树岭的飞刀女侠就更好了。”金中玉说：“这你放心，我也是军人，炮楼上的鬼子由我们打，你只管带人渡江。”相传东见金中玉表现很好，很爽快，没提任何条件就说：“事成给你记一大功，今日始你就是我党安插在敌伪的特工人员，我从苏联回来就给你补办个档案。记住，你一个人做了好事，人民是不会忘记你的；你做了坏事，人民也是给你记到账上的。要站稳立场，你还是很有前途的，能够为党为人民做出贡献的。”金中玉连连点头。二人又把各环节和可能发生的意外及行动路线、时间、联络信号等，做了周密的安排，二人分手，春常送相传东回城。通宝原来远远地躲在一边，见来人走了，就跑了过来，金中玉说：“听说你双手使家伙了？”通宝骄傲地扬起头说：“哪天上山，请你指教。”金中玉笑了说：“家伙在家吗？”通宝说：“带着呢，枪马不离身嘛，我也是军人了。”金中玉说：“好，明天跟我去，找几个日本人试试你的枪法。”通宝脸上立时开了花说：“咱俩比打眼珠。”金中玉说：“走，回去擦枪、磨刀片，让你妈妈煮鸡蛋，做火烧，明天起早赶路。”通宝想问问上哪儿，可人已大步走了，通宝只得带着疑虑回到大院。

金中玉进院直奔米仓，爬上仓顶木屋，见这木屋许久没人上来过，四壁挂满蛛网，灰尘鞋底般厚，自己的枪袋依然挂在那里。金中玉也无暇多想，摘下枪袋下仓回屋，打开一看，这条心爱的七九依然崭新如故，不由得想起了猫眼师父，从一百多条枪里挑选出来的，把每个部件拿在手里欣赏，反复擦拭多遍。女东家看他如得了宝贝的样子，打趣他说：“听说土匪有拿媳妇换枪的，看你的架势，这枪要是没了，没准拿我去换呢。”金中玉笑着说：“这几年打土匪我都没舍得拿出来，用的是日本人的三八大盖，远不如我这七九，射程远不说，子弹出去是转的，打到人身上能旋个大窟窿，杀伤力极大，日本人的三八要是打不中要害，就打不死人。”女东家叹口气说：“春常跟我说了，我这心里也觉宽慰，可这事你可别办砸了，还有通宝那孩子，不知天高地厚，总显摆自己的能耐，你带着她可不许出事，我的心里像猫抓似的。”金中玉说：“你们女人真是的，放心吧。”女东家瞥了他一眼转身出屋，金中玉叫住了她说：“接两泡二郎的尿，用洋棒子装了我带着。”女东家说：“你想让日本人喝狗尿哇。”女东家乐呵呵地出去了。

第二天一大早，金中玉、通宝披挂整齐，春常将人吃马喂的绑在鞍桥上。胡先生、杨桂香也送出门来，杨桂香挽着女东家，看着两人上了马，胡先生上前对金中玉说：“此事乃金家最为要紧之事，成则金家立于不败之地，败则你自己后患无穷，务必奏凯归来。”金中玉一点头，一拱手，两脚一磕马肚。这马长嘶一声，许是回答主人，也许招呼同伴，两匹马飞驰而去。看看太阳过午，前方有一小水潭，金中玉勒住缰绳问通宝饿不饿。通宝说：“还没饿呢。”金中玉说：“饮马。”二人翻身下马，金中玉解下帆布水桶，随手将水壶递给通宝，通宝说：“我在马上喝了。”说着一拍自己的空壶，金中玉笑了，打水饮马，二人又上路。远远已看见了前方炮楼，二人便钻进了树林，时骑，时牵，太阳挂树梢，到了黑龙江边。炮楼就在树林外的江堤上，金中玉把两匹马拴在树上，打开草料袋让马吃草，二人也坐下来吃饭。解下饭包看时，十个鸡蛋，四个咸鸭蛋，十个黏火烧，二人匆匆吃完，剩下的也没捡，金中玉抬头看着树梢上的电话线说：“看看你的本事。”通宝看这铁线是悬在空中而且松动，有些为难，金中玉说：“在瓷瓶根处试试。”通宝这回真的是使大劲甩出一枚飞刀，只听唰的一声铁线落地，二人哈腰在齐腰深的草丛里向炮楼靠近。看看已够射程，便趴地不动，这时太阳已落下山去，可天空还是大亮的，忽地炮楼后方草丛里飞出几只鸽子，金中玉说：“他们准备好了，咱们动手吧。”说着捡一土块，向炮楼扔去，上面听见声音，两个鬼子牵着狼狗下了炮楼，金中玉把带来这瓶狗尿顺风一撒，那两只狼狗猛地挣脱了链绳，向这边扑来。通宝见了忍不住笑，金中玉说：“笑啥，照脑门，准成点。”只见通宝晃了两下胳膊，两只狼狗扑扑翻在地上，两个鬼子冲过来低头一看，一声没哼就势趴在狗身上，炮楼上立时冲下一队鬼子，金中玉说：“前面四个归你，后面两个归我。”通宝点头，二人忽地站起身，枪响处，六个鬼子倒地，随即两人又蹲在草丛中，盯着炮楼上的动静，这时一个鬼子脑袋探出窗外，金中玉顺过长枪，只见那鬼子应声一伏掉下来，趴在窗台上。金中玉向空中连发三长两短五响。只见一队人冲向江边，通宝看见其中一个很像金梁，不由得起身喊了一声，金中玉连忙拽她蹲下，只见那人真还回身向这边望了望，通宝真是高兴极了，说："真是金梁！"金中玉接了一句说："真还出息了。"这时天色已暗了下来，隐约见七八只小船向对岸划去，渐渐进入了暮色，金中玉说声："扯乎。"二人跑回了树林，解下缰绳上马，眼睛盯着对岸，不一会儿，只见大江上，闪了几下亮光，二人打马出了树林，顺来时路，飞进了茫茫夜色。

二人鸡叫时才到家，女东家、春常是一宿没合眼，见两人那疲惫样，也没多问，一颗心总算是放了下来。通宝直睡到第二天日上三竿才起来，不及梳洗，迫不及待地说看见金梁了，然后把一天的经过演说了一遍。春常听了不以为然，可一家人听说金梁上苏联学习去了，回来就能当共产党的官，都说咱们女东家那是真有福气，金梁让女东家高兴了，她自然得生金柱的气，你要是不来个信也罢。你看他那信上写道：

金叔叔：安好！

所赠收到，永存感念，哈城读书，没有出路，择日下重庆谋求出国深造，转告家中，不必挂念，金柱顿首。

康德十二年六月八日

父母、先生他是只字未提，女东家想起来就流泪，胡先生劝慰说："这孩子在外须是吃尽大亏，栽过大跟头，经历了各种磨难之后，方知世事之艰辛，父母养育之恩为天高地厚，金柱这孩子天资聪敏，慧根纯正，将来错不了。"女东家说："现在翅膀还没硬呢，就都跑出去了，将来哪里还指望得上，白瞎老太太的一片苦心！"说着又流下泪来，半晌，自言自语道："这时也不知到哪儿了？"

搁下女东家对两个儿子的牵挂不表，再说这少不更事的金柱。那日离家，径直来到哈尔滨，便入了中国人办的商船学校。学校教的是西方科技，商务金融，金柱没兴趣，又投考了国立哈尔滨师道学校，国文专业。金柱基础好，成绩优秀，性格温文尔雅，所以老师喜欢，同学爱戴，一时便安下心来，唯有相兰英挥不去，忘不掉，不时地啃啮着他这颗年少脆弱的心。同学们怎知他少言寡语，喜欢独处的因由，认定他性格孤僻不合群。这天周日，天下大雨，外地同学无处可去，金柱早饭后没回宿舍，一个人在教室里温习功课想心事。不一会儿，又陆续来了十多个同学，这便开始了神聊海吹，天也吹得破，山也吹得倒。年轻男同学的话题，无外乎人生、抱负、爱情、女孩。金柱在这种场合，总是远远地坐在一边默听，一副局外人的神态，眼看天花板，旁若无人。一同学见他半天不说话，就挑逗他说：“大才子，想什么呢？城府太深则为病。”金柱只得开口说道：“两篇好文章，甚是感人，至今沉浸其中，诸君若不知这二文，白在师道坐三年板凳，我读来尔听，若诸君无所动容，自罚扫地三天。”那同学说：“得得，又是你那子曰诗云。”金柱说：“不是云，是《流星》。”

一夕，人静矣，纽约某小屋中，乃有一老者，倚窗外眺。举其沉默悲惨之眼，仰视蔚蓝之天，见满天星斗，色泽皎洁，自东徂西，任行无阻，有如碧波缥缈之湖中，缀以白色之水百合花。老者复俯视大地，地故僻野，荒冢累累，因思：彼冢中朽骨，悉为过去之人，当其未过去时，为善为恶，各自不同，今则不问善恶，悉闭固于此天然界之土狱中。我命殊蹇，独立无援，然以吾视彼，彼殊不如我，盖吾虽无援，犹不若彼之甚也。特恐数年而后，吾亦不免步彼后尘，或且反不如彼耳！思之慨然。老者年事可六十，此六十年中所言，所事，不问巨细，可以“罪恶”二字括之。今年老矣，心身交困，静思往事，不堪回首，叹息而外无声音，饮泣而外无动作，人谓老而贫病交迫，乃一生之不幸，不知贫病仅肉体之痛苦耳，使有精神上之痛苦在，其不幸且万倍。老者当成童之际，其父曾紧握其手，以最诚至挚之声告之曰：“儿乎，世事浩如烟海，然简言之，两途而已，循其一以行，可抵乐土，土美，泉甘，风和，日暖，稻花香中杂以鸟语嘤嘤，如天使之清歌。其一则为深杳不测之幽洞，草木不生，流毒汁以为水，藏毒蛇以噬人，兹二途者孰吉孰凶，何去何从，吾儿善自择之可耳。”至是，老者仰天长叹曰：“噫！少年之时光乎，再来，再来，噫！父乎，父乎！当父以两途之说语我也，我实处于两途之歧点。今则深坠于幽洞之极底，虽欲返至歧点，而另入善途，不可得矣，呜呼！此歧点者，入世之总门也，以吾父在天之灵其能挈我出此不测之幽洞，而复导我至门畔耶？噫，噫，少年，噫，噫，吾父！”时万籁都寂，时乎不来，阿父亦渺，老者复仰视天空，见一轮皓月运行如矢，喟然叹曰：“一生几见月当头，此运行如矢之皓月，即余少年时代所毁灭之光阴也。”旋见一流星，光芒夺目，乃不刹那已窜入碧空深处，不可复睹，则曰：“嗟夫！此流星者，其为余一生之写照耶？忆年少之时，伴侣至多，彼等咸能以道德自范，以勤劳自励，迄今同一纽约也，彼等安然处之；同一风烛残年也，彼等怡然度之；将来同一脱离人界也，彼等欢笑赴之；我则何如？”已而礼拜寺之洪钟锵然高鸣，声声入耳，老者曰：“此钟声者，殆所以唤醒余一生已死之灵魂，而促余回思往事者耶？呜呼，往事茫茫，不堪回首！忆及儿时父母爱我，以我为可儿也，呜呼，可儿安在哉？呜呼，苍苍者天也，我父之灵魂实处其上，今我自问，自顶至踵，几无分寸之肌肤不有罪恶包裹之，我又何敢以罪恶之眼仰视彼苍，以撄吾父之怒，而贻吾父以大戚耶！”时月光黯淡，老者泪簌簌沿颊下，止于灰色之须端，荧然若枯草中之露珠。“时乎，时乎，少年之时光乎，再来，再来！”此老者唯一之叹声也，乃未几而少年之时光果再来矣，盖前文所述，都非事实，乃一梦耳。此梦中老者，春秋正富，是日，其父以两途之说见勖，及夜，遂有此悲惨之噩梦，然亦幸而有此，否则少年之时光一去不来，徒呼负负无益也。

［美］利其德著　刘复译

金柱刚读完就被同学抢去传抄，金柱又拿起一篇说：“这篇更感人，赵恒惕的致吴子玉书。”

子玉仁兄足下：

旧都一别忽忽五年，北望燕云，怀想无已，前年仲冬，西安变啟，元戎有虎穴之危，举国懔侨压之惧。比由沪驰电，请力营救，还答同意，至佩德言，嗣绝雁鱼，倍增契阔。泸沟衅起，平津沦陷，以神明之禹域，任寇盗之蹂躏，远托异国，犹昔所悲，况本食践之地，翻成异类之乡，风景不殊，山河已改，以公爱国之忠，攘夷之诚，能不抚铜驼而流涕，听胡马而凄心乎。然犹不止此也，国有贤者，敌之不用利，日人诡计，不容我有明德，凡行谊崇高，声威素著，而负当世物望者，皆彼所忌，必阴谋以毁之，反间以陷之，其唯一鬼蜮之技，即奉为傀儡驱作爪牙，以华制夏，藉矛陷盾，明掩侵略之名，实肆灭亡之毒，朝鲜满洲殷鉴不远，段公芝泉，亦几被颠覆矣。报章所载，又污及公，迫任傀儡，言公状者或云拒见日人，或云佯狂自废，或云榜门待死，自全之道至矣尽矣，北平有公可不亡矣，情同骨肉者，能勿忻然慨叹！疾风知劲草，寒岁见松心乎。而本月二日，汉口大公报忽载津讯，云公态度犹豫，左右全力怂恿，嗟乎玉公，此何事耶，宁有犹豫之余地乎？以公之明，讵至此乎？然道路之流言可畏，谄佞之构会无方，是似之言，莫不动听，变象之说，易为改观，一朝失察，终身含恨。敢不竭其愚虑，附义忠告，为公具陈之。夫国于天地，必有与立，公为人望，不当笃守道德，提倡礼义廉耻之四维，图救国危亡乎？气节者四维之本也，一夫成仁，万流赴义，故闻伯夷之风者，顽夫廉，懦夫立志，亡清大吏，殉国者稀。民国以来，此风且扫地尽矣，幸有一二忠贞之士，守死善道，如公者岿然独立于狂澜颓波中，真天地之正气，山川之英灵，人类之至宝，国家之命脉，三仁存而殷不亡，一士奋而秦不帝。易曰，其亡其亡，系于苞桑，此之谓矣，公其能勿思之乎。人生不过数十寒暑耳，有如白驹之过隙，公今年已六十六矣，纵使摄生得宜，壮心不已，而行阴难逆，密谢弗住，想已发白面皱，视依稀而行滞迟，行将七十之老翁，尚何所求乎。以言富贵，非公所志，以言事功，非敌所许，出清流而投污泥，去衽苇而蹈炉火，其义又何所取乎，文子曰："左手据天下之图，右手刎其喉，愚者不为。"身贵天下也，敌之用公，毋乃据图而刎公之喉乎？舜以天下让其友北人无择，无择谓其欲辱行谩，我因羞见之，自投清流之渊，敌之用公非友而仇，其辱谩又何如乎？又岂真让天下乎？郑孝胥皓首诗翁，靦颜从贼，识者比之败叶投火，段芝泉皤然国老，见机而作，世人誉为残菊傲霜，公年事差近，假令违段效郑，降志辱身，仰仇敌之鼻息以偷生，将见数十年，之盖世英名，隳于一旦，上贻父母无穷之羞，下使孝子慈孙百世不能改，天下可痛之事，孰有甚于斯者耶？嗟乎玉公，棘林虽茂，蝥不可入，桑榆虽好，为景无多，晚节可珍，毋遗盛名之累，复揣赞公出者之意。大约不外两意，或曰暂维治安，徐图恢复，若李陵之屈以求伸，功成事立，此昧于敌情之说也，朝鲜假局，满洲伪国，果有此机会乎？彼于傀儡，防如盗贼，视同囚虏监及影衾，午夜任啟其帏，践胡可批其颊，唾面自干，未足为忍，效嫠而吠，犹难承欢，性命无旦夕之可安，喜怒若雷霆而莫测，一被牵引倨促辕下，协于淫威，日求苟全之不暇，尚何能有所图乎？且人不能无羞恶之心也，汉朱浮诘彭寵曰："與吏民语，何以为颜，行步拜起，何以为容？坐卧念之，何以为心？引镜窥影，何以施眉目？举措建功，何以为人！"凡此所称，于今犹甚，皆良心之酷责，魂梦之严罚，万倍于有形之桎梏。传闻满洲伪官，偶见亲故，每吞声饮泣，神色惨败，不能作一语，以诉烦冤，可谓极人世之遇矣，公试自揣，能受之乎？或又曰："物有兴废，国有强弱，敌胜我败，形见势绌，顺时者智，逆运者愚。"吴三桂之乘机外附，未始不可成非常之业，此又昧于时势之说也。夫仁者必成，暴者必倾，兵哀则胜，将骄自亡，我被毒涂，哀已甚矣，敌肆暴虐，骄已甚矣，胜算谁属，不待智者而知也，况我元戎蒋公，神武英挺，略不出世，坚忍卓绝，百折不挠，抱长期抵抗之心，其最后胜利之念，励勾践沼吴之志，蓄田单复齐之谋，临事制变，困而能通，加以众志成城，亿万一心，有我无敌，誓不两立，自顷整治器械，变更战法，河北江南，屡挫敌锋，奠江淮，复上海，收燕晋，出长城，痛饮黄龙，期当不远。反观敌国，将骄兵蹇，民困财尽，征卒至七八次，筹款至五十亿，党争激烈，群情鼎沸，论政而拔剑斫地，出师而哭声干霄，寇骑所至，闾阎为墟，飞机肆虐，鱼鸟同尽，粉碎虚空，焦烂草木，残杀屠戮，奸淫虏掠，兽行无遗老幼，兵过不留壮强，惨绝尘寰，人天共愤。国际舆论，一致声讨，謚为野蛮，鄙为盗匪，士不齿其学，农不食其产，商不贩其货，工不任其使，失人者踣，逆天者亡，土崩鱼烂，其能免乎？传曰：“不义而强，其毙自速。”理固然也。循斯以谈，或者之说皆无当，不可听，嗟乎玉公！流芳遗臭，定于寸衷，泰山鸿毛，争于一瞬，漂橹之威，未可降西山之节，吞纵之强，岂能反蹈海之志，苏武励冰雪之操，而貊蛮独嘉，李陵受毡裘之官，而神魂亦苦，公之生平，不当以关岳自命乎？壮缪芳躅，坚谢魏封，武穆悲吟，思餐胡虏，高风亮节，千古凛然，汉宋虽亡，而二公不泯，伏望循兹良楷，争光烈，昔之三不誓言，中外传为美谈，愿崇笃斯义，扩而宏之，成三不朽，为天下后世范也，人遐室远，晤语无由，覼缕宣怀，不尽区区。

民国二十七年三月五日

弟赵恒惕谨白

金柱慷慨激昂读完了这篇致吴子玉书，一同学说：“吴大帅秀才出身，拥兵雄霸一方，下野后不为日人利诱，晚节铮铮，可敬可佩，可我等穷学生且已沦为亡国奴，阶下囚，除了叹息生不逢时又能何为?”一个叫张升的同学说：“你是悲观主义者，国家民族处危亡之际，正是有志男儿杀敌报国建功立业之时也，非生不逢时，而正逢其时也，有谁知数年之后，在座同学没有将军、外长、大学教授乎，正所谓乱世出英雄也。”一个叫李君的同学笑着说：“书生又发高烧了，纵观世界列强，多为小国，而能到处侵略，无他途，科技二字耳。”张升说：“你是科技救国论者，时下很流行，可你自己有言，是去美国学习桥梁架设，回来要在长江上架个大桥，不敢恭维，一座大桥能使中国富强起来?”李君一撇嘴说：“燕雀焉知鸿鹄之志!”张升也不生气笑着说：“该不是想做你那始祖李世民再开一大唐盛世吧。”李君说：“尔连李世民是胡人都不知道吗，李冰才是我的始祖。”一句话，惹来一片笑声，同学们都来了兴致说：“难道你还能再修一个都江堰?”李君手臂一挥说：“不足道也，我志是去美国麻省学工程，回来在长江入海口修一条直径一百米的隧道，穿秦岭跨太行，直至塔里木。众所周知，塔里木低于海平面一百五十米，抽空隧道空气，长江水就会自己翻山越岭流入塔里木，二十年后，塔里木恢复大海原貌，西北沙漠很快会消失，再沿长城外，挖条运河经北平、天津入海，运河两岸必现绿洲，挡住南下风沙，如其不然，北来风沙早晚有一天会吹到长江边上，到那时中原大地，将重演楼兰悲剧。”说着在黑板上画出华夏版图，李君接着说：“如此可造福万世子孙，小小的都江堰何足道哉，密斯特金，此举如何?”金柱拍手说道：“美则美矣，壮则壮哉，功业不啻大禹治水，以此说来，我等同学的责任，是先救黎民于水火，为君开一清平世界，再请李君效其始祖，行此旷世壮举，如此我送你一个字。”说着在黑板上写个“凼”字。接着说道：“这个字念‘当’，千古无人用过，好像仓颉独为君所造，极含君之鸿愿，汉字可借用替换，倒着写亦可。”李君说：“到底大才子，国学功底深厚，多谢了，从此就更名叫李凼。”众同学齐声喝彩，独一姓贾名士文的同学无动于衷，小白脸一副不屑一顾的神态。一同学说：“贾斯文，贾宝玉，看你的样子是另有高论了?”贾士文说：“青山不管兴亡事，我们大汉民族，人类文明的先行者，怕什么外族入侵，最后都是有来无回，我们就好比大海，外族只不过溪流而已，满族怎样，入关就消失了，都改了汉姓，祖宗都不要了。小日本要举国来东北，他那海岛子不要了，你让他来好了，最后自会认祖归宗，他那天皇老子也会以称徐裕仁为荣。”说完没人搭腔，便很为自己的高论自得，这时一同学说：“你这属曲线救国。”金柱说：“他这是曲线卖国，日本人来中国杀我同胞，掠我疆土，最后灭我民族，子孙永世为他们的奴隶，让我们学他那脱胎于汉语的怪语言，岂非我等的莫大耻辱！”金柱这一开头，贾士文便成了众矢之的，一同学更干脆说：“我等当唾其面，活脱一个汉奸二鬼子！”

这贾君被同学着实奚落了一番，自觉颜面扫地，便对金柱怀恨在心，将致吴子玉书抄了一份，报给了训导长。这鬼子一看勃然大怒，有人竟敢在校内宣扬反日思潮，这东西哪来的，校外定有同党，表扬了贾士文要他监视金柱一伙同学，摸清校外同党，再行处理。从此贾士文便鬼鬼祟祟尾随着金柱，校纪也突然严厉起来。周日教室上锁，校内不许聚众议论国事，同学见贾斯文反常，知道被他出卖了，便商定逃出魔掌，不能任日本人宰割，这日金柱来到江边见了卖烟叔叔，问好说：“日本人要抓我，只好去内地读书，有只狗监视，只好请五叔帮忙。”刘五说：“狗腿子小事，你的钱怎么带？”金柱说：“我们十多个同学每人帮我带点。”刘五说：“日本人那国元到内地国统区不好使，应兑成黄金。”金柱高兴地说：“对呀，往书包里一放，这可方便了。”刘五说：“放书包那也是给人家预备的，好吧，我跟你去银行。”二人来到银行兑成四条小金鱼，在鞋店买了双大号皮鞋，在内帮上割四个小口，插入小黄鱼，又缝了两针，让金柱穿上试试，金柱走了几步，没有异样感觉。刘五笑着说：“这是当兵的绝活，明天你把那二鬼子引到我这，你就不用管了。”金柱穿上新皮鞋高高兴兴回校，第二天亦为周日，先有三名同学出校门转到校后墙根儿吹口哨，里面听了，就大包小包往外飞，随后金柱优哉游哉出校门奔江边，果然贾士文学金柱的样子，双手插兜盯着金柱追去。同学们见了，便陆续出校门转到后街背起书包行囊奔了车站。金柱到了江边蹲在烟摊前说：“五叔，就是后面那小个子。”刘五点头，金柱起身继续前行，突然回身站那不动，贾士文只好蹲下装作买烟，当时周围行人很多，刘五一时不知如何下手，想了想，突然大喊一声：“你小子又来偷烟了！”抬手照贾士文天灵盖一掌，只见他两眼发直，只张嘴没有声，刘五说：“坐到椅子上去。”贾士文便乖乖坐在椅子上，不说也不动，从此贾士文给吃就吃，叫睡就睡，自己是谁茫然不知，日本人给弄到医院去检查诊为失忆症，学校通知家人接走，此后便不知其所终。刘五起身朝金柱一摆手，金柱拱手转身，早有两个同学来接，三人奔火车站，众同学上了火车。

不一日到了北平，登上长城古北口，远望东方莽莽群山如一条长龙蜿蜒接天，北望广袤之荒漠，万里无边。风云起处，忽觉李凼那长河从天而降，奔腾入海，众同学激情满怀，兴奋不已。张升对金柱、李凼说：“我们十四名同学决心赴延安投身革命，跨马纵缰，痛快杀敌。”说着把书包一翻，将纸笔抛向天空，眼见着随风飘去，接着说：“你二人西天取经亦必磨难重重。”金柱说：“我以四条小黄鱼助其学成归来。”张升说：“那你就是当世之恩格斯，殊为难得，今日各赴前途，日寇驱除之日，便是我等痛饮黄龙之时。”众同学一一握手拥抱，互道珍重，洒泪高歌：“青山葱葱，绿水泱泱，今日分别，云何忧伤。重洋万里，异国他乡，斯望珍重，莫负华芳。”十四名同学唱着歌，奋然大步下长城，直奔北方，金柱、李凼奔上长城最高处，看着众同学消失在金色的光辉里。二人默然良久，怀着沉重的心情一路到了重庆，考入上海迁到小龙坎的国立交通大学，入学即军训，每日诵读非常时期的抗日军训：

国家兴亡，匹夫有责，所谓执干戈以卫社稷者，岂独匹夫而已哉！是故吾人为生存，必求国存。国亡则无家在，覆巢之下焉有完卵，此诚至理名言也。日本帝国主义侵我疆土，屠我人民，是可忍，孰不可忍！视抗战之局势，已到最后关头，全国民们，犹应全体动员，以达抗战之必胜，建国必成之目的，故军训之重要，不待言矣，吾辈青年，身为学子，素怀爱国爱民之心，岂可临危落后，是以非有军事之训练，不足以达抗日之抱负，苟非凉血之徒，必能认清非常时期，吾人之责任，军训之意义，而鼓舞学习，必求抗战克日成功，行我复兴民族之使命，岂独诸君本身前途之幸，是亦国家民族之大幸也。

二人一年后编入了正规军。便身不由己了。

欲知后事如何，且听下回分解。

第二十二回

泥瓦匠得宝学种田　不肖子气死亲娘舅

话说金家屯男女老少四五百口，这其中为善为恶各色人等，不一而足；家长里短，桃色花边，也是此起彼伏，但均属偷鸡摸狗之列，无奇无趣。若道来也是千人一面，老生常谈，白浪费了笔墨，也误了读者的工夫。却有崔姓、柴姓两户人家，所行之事，堪称古今绝伦，本应避之而犹恐不及，正当抗战紧要关头，敌寇未除，哪有闲工夫叙及这等不耻之事，但因与主人公女东家有些瓜葛，只得将其始末道来，也许令诸君捧腹喷饭、扼腕切齿也未可知。

且说崔家老爷子，不知称谓，只知外号大瓦刀，奉天人，泥瓦匠好手艺，娶妻柴氏名清。生二女没站住，紧接一顺水来五个儿子，个个虎羔子似的，取名崔山，崔海，崔江，崔河，崔光，夫妻俩虽心中欢喜，可靠打短工抚养五个孩子，也是备受艰辛。丈夫每日背着瓦匠家什，手里拎着大瓦刀，早出晚归，尽管如此也只能把五张嘴巴填饱，至于念书就不敢想了。很可惜，哥五个一生便大字不识了，还不如老瓦匠，能识个图纸样式。有钱人家的孩子到了八九岁正是上学念书的时候，可这哥几个就得跟着父亲出去干活了，搬砖头，抳泥巴，干那力所能及的活，一如农家孩子，到了八九岁就得放猪、放羊一样。可常言说得好，五个指头伸出来还不一边齐呢，到了老四、老五能干活的时候，崔家祖坟就冒了青烟，大瓦刀时来运转了。一天，爷四个给一家多年没住人的空闲老宅修补刷新，发现了一堵夹墙，用瓦刀拨下几块砖，一个小木箱就露出来了，取出木箱，打开一看，老天爷，一箱金元宝。上有大明官银字样，一数十八块。大瓦刀连忙倒在家什兜里，往墙洞里一看，还有几个纸卷，没稀得拿，放回木箱，砌好墙洞，抹上灰浆。监工管事的是一个上了年纪的老人，也没察觉到大瓦刀那忐忑不安的样子，天黑收工回家，交给女人藏好。第二天大瓦刀找来十多个帮手，一天完工，管事满意，算账时，还有赏钱，大瓦刀付了帮手工钱，慷慨地将赏钱平分了，落得个皆大欢喜。回家路上，买酒买肉，买孩子的吃食，芝麻糖、酥油饼之类。吃完饭，吹灯上炕，大瓦刀可就睡不着了，两口子在被窝里犯了嘀咕。男人说："那一家人就要回来了，多大的官咱们也不知道，一看夹墙新抹的，准知瓦匠动了，我也是真虎，那小箱子怎么能放回去呢，这不告诉人家，里面的东西瓦匠拿走了么，要找我也容易，这条街上的老博带（俄语，苦力），卖秫秆的，没有不认识我大瓦刀的。再说了，你下的这窝小犊子，一个个贼头贼脑，哪个也不是省油的灯，你看着吧，将来坏事就坏在他们身上。"女人不服气地说道："我从娘家带来嗲？你那瘪茄子仔，不结歪把葫芦瓢才怪，根儿就不正，你年轻时也不是个好饼。"男人笑了说："可不是吗，我就担心他们不学好，没钱也就不用怕了，有了钱，他们早晚给你抖落出去。到那时，人财两空不说，老命未必能保住。黑道上知道了，想走就晚了，这箱金子，就过咱这小日子，八辈子都花不完，就看你能不能守得住。"女人说："只要有我一口气在，就有这个家在，他们就别想打那东西的主意!"男人说："话是这么说，你也有这能耐，可在这大都市里不行，有钱就出大烟鬼、耍钱鬼、吃喝嫖赌败家子，气也气死你，咱们远走，不往高处飞，远离这花花世界，上那大山里，小屯子，没有多少人家的地方，都是地地道道的庄稼人，他们说出去也没人信，你看上他老舅那行不行？"女人说："他老舅没啥说的，面瓜，他舅妈可是个打八街的主，外号叫"惹不起"，凑合她跟前去，那不添堵吗？"男人说："咱们也不是过不下去了投靠他们，咱们就是想在乡下买几垧地，盖几间房，悄没声地过庄稼院的日子，从此天底下再没有大瓦刀这个人了，哪家把神仙请来也找不着我，咱们才能过上舒心的日子。她舅妈惹不起，咱也不惹她，我是觉得总比上那人生地不熟的地方强。"二人心中有了谱，也就睡了一宿好觉。

第二天早早起来，收拾行李，锁上门对左右邻居说：“大师兄在千金寨包了个大活，要我过去，上冻收工时回来，烦劳诸位照看家门。”邻居们热情答应。大瓦刀在当铺里当了两块金元宝，买好了礼物，一家人上了火车，两站地下车，女人说：“还有四十里地，遇不上捎脚车就得住这。”一家人就在大路边上候着，过往的车辆不少，但都是满载，就没招呼。这时远远过来一队拉粮车，大瓦刀截住了说：“行个方便吧！”车老板说：“掌包在后，这规矩不懂吗？”大瓦刀连忙跑到尾车说：“大人、孩子共七口捎到小柴家堡子，一块大洋。”掌包的见这人爽快，接了大洋说：“五挂车随便上。”大哥仨便跑到头车上去了，剩下大瓦刀爷四个上了掌包的车上，为的是路上有个说话的，省得寂寞。大瓦刀问：“路上太平不？”掌包的说：“盗马贼哪年都牵我几匹马去，今年我换了骡子，你看一挂车三匹骡子，一匹驾辕老马，再也不上眼了。”说完很得意，接着说道：“现如今只一样好，就是日本人修的这官道，真好，比咱家炕头还平乎，下多大雨都不耽误道。”大瓦刀又问：“粮食送哪儿呀？”掌包的说：“我是上千金寨拉煤，顺便装点粮食，也不挣钱，只够人吃马喂的，比放空车强就是了。”大瓦刀点头，一家人坐在大麻袋上满心欢喜，太阳还老高呢，就到了小柴家堡子。柴清、柴兴姐弟相见了，自然是一番欢喜。柴兴见姐姐一家带着行李，逃荒似的，心说姐家摊事了，但也不好刚见面就问，“惹不起”只看重礼物，见吃的穿的都有，很丰盛，便热情客气了，忙点火做饭。柴清见儿时的老房子更加破旧不堪，屋里一件值钱的东西也没有，柴家几代单传，柴兴今年四十出头了，只有一个十岁的儿子柴永，日子那是马尾穿豆腐提不起来了。柴清说：“你种地也是一把好手，一家才三口，怎么这日子过得就是不见抬头呢？”柴兴见“惹不起”去了菜地就说：“柴永他妈你是知道的，这堡子大人孩子没有不骂她的，这个家让人骂也骂倒霉了，没好。乡下不比你们城里，关上门自己过自己的日子，种地不是一个人干的活，小家小户种地需几家插伙，你家出个牛，他家出个马，种完你家种他家，‘惹不起’这样的人，就像掉毛坑里，爬出来满身是屎，人见着躲得远远的。柴永三个月时候，她有一次闹肚子急着上茅房，一帮女人坐在街上唠嗑，她求人给抱抱，没一个人搭理她。只好把孩子放在地上，回来大哭了一场，过后还那样，没脸，我寻思柴永大了别想找媳妇。”说完只是叹气，沉默了一会儿，说：“姐、姐夫你们是摊事了？可看你们的神色不像。”柴清说：“你姐夫不想在城里混了，想在这堡子买几垧地，盖几间房过乡下人的日子，也是怕孩子在城里学坏。”柴兴说：“那你们是发财了，还是捡了狗头金，有这心思，在这堡子可不行，这里守着官道，人来人往的，堡子里啥人都有，耍钱鬼输得只剩条裤子；逛窑子逛上了杨梅大疮升天了，脑袋烂得像三盆那么大，烂窝瓜似的，死了都没人敢靠前；跑车板的让人抓住了，拿铁丝钳子把手指头掐了；抽大烟让媳妇上奉天卖屁股，结果跟人家跑了，不回来了，花花事多了。再说了这黄土岗子地也不打粮，堡子里有两家老户，张罗去下江、边外种地。那地方，荒草大甸子，放把火一烧，黑土地流油，要多少有多少。没有官府，不交租不收税，半里地一户人家，你那帮孩子想淘气打架都找不着人。太阳出来干活，太阳落下睡觉，有钱没处花，你说省心不省心？要是嘴馋了，棒打狍子瓢舀鱼，野鸡飞到饭锅里。”柴兴滔滔不绝，听者句句动心，就这一席话，大瓦刀茅塞顿开，这才是我要找的地方，自己不是庄稼人，拉上柴兴一起走，才为稳妥，要说柴兴也不是故意使坏，他们在这堡子实在是混不下去了。今天也是看明白了，姐家是发了大财，要是错过了这个机会，永世不得翻身，二人的心思只差没说破，你说这事焉有不成之理！于是两家一齐高高兴兴上路了，几经周折到了金家屯。

金家下院一林姓人家，来时是傍金家水井落脚，盖了五间大房。老夫妻俩三个儿子，大儿子已娶妻，一家六口勤劳俭朴，没少开荒。可关东气候苦寒，女人命短，这年冬天，奇冷多雪，林家便交了厄运。先是圈里大小五口猪冻死，鸡鸭被黄鼠狼尽皆咬死，婆媳二人病倒，转过年相继离世。一家人正憧憬着未来的好日子，突然没了女人，便不知如何是好了，认定新盖的房子犯毛病。请来风水先生，先生屋里屋外转了好几圈，问什么时辰动的土，什么时候上的梁，都无大错，先生没找到毛病，最后问那大院姓什么，答姓金。先生一挥手说：“不用说了，犯克！隔壁大院为金，林家属木，应作速离开。”林家信了，房子地、牲口存粮等一应用物大瓦刀便宜买下。林家四条光棍忿忿然去了延寿，进大山里种大烟，后来一家人被土匪所害，闯关东的落得这般下场的不在少数。大瓦刀高兴，没想到这么顺利如意，给柴兴买五垧地，盖了三间房算是感谢，可是大瓦刀有言在先：“你是庄稼把式，两家的地归你管，一起种一起收，该添置的牲口、农具我都置办齐全，咱就在这儿扎根了，这是天意。这几个孩子归你管由你带，不说成个行家里手，能赶上你一半我就知足，老大需多操点心，这个家早晚得交给他是吧？”柴兴满口答应说：“姐夫，这你放心，你这几个孩子除了老疙瘩体弱多病让你操心，大哥四个，个顶个结实健壮，这就是你最大的家底，这叫金不换，没这个你有多少钱都是人家的，咱们早晚把上院那块金子给‘吹’（崔）化了，大院咱们接过来，咱就不信了，还不如个干巴老太太！”说完二人大笑。可是不久日本人来了，杀人放火，中国人做了亡国奴，每天战战兢兢地过日子，可人家金家大院出出进进都是什么人物！就再不敢小瞧人家了。崔家哥几个只得老老实实跟着舅舅干那极不情愿的庄稼活，要说也真是难为大瓦刀了，有钱就应该过富贵人家的日子，可偏让孩子吃苦种地，他们是生在大都市的孩子，见过世面的，不是这里土生土长的，他们压根儿就没想在这种一辈子地，夏天蚊子咬，日头晒，冬天大雪封门出不了屋，哥几个是一肚子怨气，只是现在不敢发作罢了。归根结底还是那金元宝在作怪，要是压根儿什么也没有，他们只好死心塌地做庄稼汉了。

说话间大崔就到了该娶亲的年纪了，可那时金家屯还没有多少人家，缺少的就是大姑娘，邻村有人给提个姑娘，大瓦刀立时领大崔去了姑娘家，大瓦刀一见满心欢喜，姑娘长得粗大结实，是个干活的坯子，不是花瓶、挂画，脾气秉性也是一见便知的，作为崔家的长嫂再合适不过了。可大崔生得百精百灵的英俊后生，别说在这穷乡僻壤，就是在奉天那也说得出，今天一见这乡下丫头，是满心的委屈，一句话也不说，大瓦刀见他不吱声就说：“这门亲事就定了。”两家商定了各项事宜，大瓦刀留下十块大洋的彩礼，姑娘家是喜出望外，可姑娘心里明白，自己高攀了，今天是亏了公爹做主，可将来真不知是福是祸。回家的路上，大瓦刀看见儿子噘着嘴，气囔囔的样子就说：“你憋屈啥？还没相中，你要娶朵花呀，这姑娘身上一点儿娇气都没有，是个疼汉子、疼孩子的好女人，你有了这媳妇，省心一辈子。”可大崔怎会理解当爹的那份为家为儿子的苦衷，自从姑娘进了崔家门，大崔就没露过笑脸。转过年添了一个闺女，满心委屈的大崔才算有了点笑模样，姑娘到这时一颗心才落了地。接下来崔家的四个媳妇是山东、河北、安徽逃荒过来的，天南海北落在崔家，也属缘分，可这四个女人，一个赛一个刁蛮不讲理，又馋又懒扯闲话。大瓦刀夫妇的心可是凉透了，但也只得认命，这地方哪有知根知底的好人家的儿女，花钱多少，或是出自人贩子手，这些都得认，孩子没打光棍，没让放鹰的骗了，就知足吧。柴兴不时地劝慰着不顺心的姐姐、姐夫。

要说这种地也不光劳力，还操心，种子一下地，你就得天天瞧着它，几天出来齐不齐，壮不壮。今年春雨及时，苗壮可草也壮，夏锄之时，是农家最忙之日，铲地人鸡叫起身，披着棉袄，天亮到地头开铲，直到家里妇女送来早饭。早饭后片刻不停，为的是趁天气凉快，约两个时辰，也就是现在的上午九时许，女人们又送饭来，大多为牛舌饼、黏火烧之类，每人三五个叫打尖，几口吃完，喝口水接着铲。午饭也是送到地头，匆匆吃完，棉袄往地上一铺，便一头倒下，头枕锄头，草帽盖脸，任凭风吹日晒，死人一样睡着，直到太阳偏西，也就是现在的十四时许，醒来一气铲到天黑日头落，看不见庄稼苗。崔家五兄弟几日下来，便筋疲力尽如患病一般，可舅舅像催命鬼似的，不管人死活，大崔早就忍无可忍了，怎奈大瓦刀在跟前。这日送饭的媳妇对大瓦刀说：“婆婆心口疼，上不来气憋得脸红，把我们吓坏了，你快回去看看吧！”大瓦刀说：“你婆婆只要是着急上火不顺心就犯病，我晚上开导开导就好了，没事。”大瓦刀嘴上是这么说，可心里也是着急，说完还是急匆匆回家了，老猫不在家，耗子上房笆。哥几个吃完饭便大睡起来，任太阳下山日头落，柴兴怎么叫就是装死不动弹，气得柴兴扛起锄头说：“你们都装死吧，我回去找你爹去。”大崔一轱辘爬起来，拽住柴兴嬉皮笑脸地说：“你老别生气，坐下再抽袋烟。”说着从柴兴腰间解下烟袋，装上烟点上火说：“常言说得好，娘亲舅舅大，你老是骂也骂得，打也打得，千万别告状，昨晚和我妈生气了，我也没说啥，就说铲地这么累，你做点好吃的，成天高粱米炖豆腐，你看人家大院，铲地杀猪，咱们杀个鸡行不？小鸡下蛋你舍不得，人家大院卖肉，咱们也不是买不起，你那金元宝放柜子里还能下崽呀，现在有钱不花，等我们到了你那么大岁数时吃啥也不香了。就这么一句话，老太太生气了，拿起烧火棍就打，我跑得快，没打着，这口气没出来，这不是吗，犯病了。”柴兴说：“我觉得就是你作的，你们几个小兔崽子给我听着，天老爷就给这么几天工夫，要是铲不下来，这地就算白种，咬咬牙，再有三天你们家的地就铲完了，我自己的地不用你们，才不跟你们惹气呢。”大崔往柴兴跟前凑了凑说：“老舅，你也用不着这样自己拼死拼活地干，咱们爷几个到地的时候，哪家的地都没人，我就不明白了，你老图个啥，你就跟我爹说，孩子不是庄稼院出来的，不会干活，耽误事，天就要下雨了，雇几个榜青的，你老也就照个管，这有多好，老少爷们都欢喜。”柴兴早就憋了一肚子气，听了大崔这话，忍不住骂道：“你们他妈五个小兔崽子，没一个好东西，好吃懒做不学好，你爹让我领你们种地，指望你们出息个庄稼好手，崔家要在这儿发起来，下死心要赶过金家，可你们没一个上心的，压根儿就没想种庄稼吃饭，光想着天上掉下来那张馅饼。知子莫如父，你爹打小就看你们不往正道上走，这要是在奉天，你们几个就得把那东西偷出去吃、喝、嫖、赌、抽大烟，最后落得个王三公子蹲庙台，可我告诉你们，别把你爹惹急眼了，他要是伤透了心，就把那东西埋地里，死了都不告诉你们!”就这句话，大崔可真往心里去了，狠了狠心说：“老舅哇老舅，不是我们哥几个埋怨你，你说我们在这儿受苦受累，是不是老舅你害的，天下这么大，你窜拢我爹上这兔子不拉屎的地方来，出门是庄稼地，上炕是枕头，天天吃高粱米籽，往下咽也费劲，往出拉更费劲，你这不是把我们推火坑里了吗？你咋不窜拢我爹上北京呢？说实在的，天天吃洋白面，都吃得起，再说了，我爹在奉天是有名的大瓦刀，皇宫都去过，退一步说，不上北京，上天津卫行不，上千金寨行不？我们哥几个也都出师了，一天下来，十天花不完，想吃猪爪、猪头肉白给都不吃。现在跟你老种地，吃多大苦且不说，要是天老爷不顺心眼子还白忙活。看你老这辈子，就看见了种地人的下场，是吃没吃着，穿没穿上，辛苦一生，积德行善，可老天偏偏给了你一个傻儿子，一个母老虎媳妇，受一辈子窝囊气。你说这是天老爷不公呢，还是你心眼不正，上这地方种地，我爹不会，是必请你老给我们当家，常言说无利不起早，你老是不是也惦心上了我家的金元宝!”大崔说完很得意，斜眼瞅柴兴，只见柴兴脸上一阵红、一阵白，最后变成铁青色，大崔眼瞅着柴兴眼斜嘴歪淌出了哈喇子，身体晃了两晃，倒地不省人事。大崔一见，眼泪都吓出来了，小哥几个也傻了，大崔叫二崔快回家叫爹，二崔飞也似的跑了。哥几个摇胳膊、拽腿、掐人中，可是任你千呼万唤再也没应了。哥几个正不知如何是好呢，大瓦刀和二崔赶到，大崔在心里盘算该如何应对，还好大瓦刀一见柴兴人事不省，顾不上多问，什么也没说，叫大崔背着回家。大崔连忙蹲下，哥几个把柴兴放在大崔背上，两边架着急走回家。大瓦刀站地头看了看，见下午是一锄未动，心里已明白了大概，嘴里骂了一句，一窝畜生！这时太阳只剩下一尺高，正是农家牛进栏、鸡上架的时候，大崔背着柴兴累得满头大汗，也不敢叫苦，到了舅舅家，“惹不起”问：“怎么了?”大崔说：“晕倒在地里了。”“惹不起”见柴兴不睁眼，不说话，立时号了起来：“天杀的，你可不能撇下我们娘俩不管呀!”大瓦刀止住了她说：“这时进城也请不来先生，跳大神的何老太太不是会放血吗，我去请她来看看，明天起早进城请先生。”到这时“惹不起”平时那能耐一点儿也没了，只有点头的份儿，大瓦刀出去不一会儿，和大仙回来了，只见大仙装模作样地闭眼叨念，不一会儿说：“真魂被小鬼抓走，凡鬼都怕血，见血就躲，方圆几十里你们打听打听，我放血救治了多少人!”说着打开针包，在灯火上过了两下，翻柴兴侧身面朝里，大仙嘴里念念有词，在天灵盖上扎两根银针，后脑耳畔处扎两根，果然流出血来。何大仙叫捉大公鸡门外等候，小鬼从病人身上引出后，将鸡血洒在院子里，小鬼便不敢再回来。停片刻大仙取下银针，自带黄纸烧酒，黄纸卷成卷点着，大仙举着纸火把在病人身上划三圈，口含烧酒一口喷在病人身上，口中振振有词，举火把出屋喊杀鸡。大仙在前，大崔紧随其后，一路洒鸡血至大门口，纸卷着完，大崔手中大公鸡也不再扑棱了。大仙接过公鸡，对送出门的大瓦刀说：“子时不见回头，便是过了奈何桥到了阎王殿，神仙也拉不回来了，预备后事吧。”这时柴永凑在身边，大仙看这孩子长得出奇，四楞脑袋，跟庙里的金刚似的，心中好笑就多看了两眼，还伸手摸了摸，笑呵呵回家炖鸡去了。原来柴永看大仙要把公鸡拎走，就凑过来想夺回来，又不敢，眼瞅着何大仙把鸡拎走了，心中有气，骂了一句老妖婆才回屋。大瓦刀见柴兴出气均匀了些，对“惹不起”说：“他舅妈，让孩子们回家吃饭，吃完再过来，我去借大院的马车，明天起早进城接医生。”“惹不起”感激得流下眼泪来。

大瓦刀父子出了柴家，大瓦刀铁青着脸对大崔哥几个说：“跟你们的女人说，把结婚时剩下的白布料、棉花都拿出来，连夜给你舅舅做装老衣服。”哥几个哪敢吭声眯儿眯儿地回屋了。大瓦刀来到金家大门口，铲地的长工也刚刚回来，都在井台上洗脸，三伏天凉水也是好东西，冲走了人们一天的辛苦，脸上现出了舒适的笑容。一个屯住着，相互也都认识，大瓦刀上前冲一个叫荣生的人说：“荣生大哥，我有急事找女东家，院里人多，劳你说一声。”那人应了，众人洗完脸进院吃饭去了，不一会儿，女东家出来了，面带笑容说：“崔家大哥呀，有事?”大瓦刀很难为情地说：“邻居多年从未走动，今天有了急难，舍脸相求，真是惭愧，孩子的舅舅日间中风了，人事不省，想请先生，可城里的医生我们哪里请得来，思来想去，只有求你，以金家名义，用金家马车方能接来先生。”说着掏出两张五十元的国元，接着说：“请女东家收下，用以招待先生，城里的先生岂能在我们这样的人家吃饭，看病先生我另备谢礼，若女东家不方便，那可真的是没活路了。”女东家想了想说：“崔家大哥客气了，门挨门住着，岂能看笑话?再说了，这是人命关天的大事，坐视不问，岂不有损阴德?明日鸡叫头遍，我就叫人套车，套两匹马，快去快回，城里仁和大药房的中方大掌柜那中易和我们老太太同姓，那掌柜就认了本家，他实在脱不开身也会打发徒弟来的，你不用着急。”说着接了大瓦刀递过来的国元，大瓦刀感动了说：“当年老太太在时逢年过节，我就该过来磕个头，不至今日这般难为情，真是不好意思张嘴。”女东家笑了说：“来日方长，放心请回吧，明日鸡叫准时上路。”说罢，二人各自回家。

要说大瓦刀虽为苦力，但毕竟从大都市出来的人，说话办事非一般乡下人可比，待人接物过日子亦非目光短浅，只可惜五个儿子没一个是成家拿事的，上天赐给了他财富，同时也打发来一帮败家子，思之，让人扼腕叹息。大瓦刀刚进院就听见屋里吵翻了天，气得他使劲在门上踢了一脚，屋里立时鸦雀无声。撩门帘进里屋，柴清听见大瓦刀回来了，有气无力地说："点灯。"原来柴兴的事，她还不知道呢，孩子们回来吵起来才知道，病中的她哪里受得了，孩子又没有一个懂事的，也不管老太太病没病着，几个女人一个比一个声高，"死不死人我不管，休想用我的东西!"柴清一时气不过，只觉胸内有如火烧，继而翻江倒海一般，实在憋不住一口喷了出来，喊了两声也没人应，不知啥时大瓦刀回来了，等大瓦刀点上灯一看，见枕头上炕沿上有血，地上一大摊，柴清看了一眼又闭上了，心里是万念俱灰，这时大崔媳妇过来给收拾了说："做碗面汤你喝吧。"柴清摇摇头，大崔媳妇出去了，柴清拽着大瓦刀的手说："扶我去看一眼吧。"大瓦刀说："明日吧，你一动又要咳血，你要是有个好歹，这个家真就完了。"柴清说："我怕明天见不着了。"说着哽咽起来，大瓦刀说："不打紧，他心里明白，只是不能说。"柴清说："那你还是过去吧。"大瓦刀点头出屋，来到柴兴身边，将柴兴扶起来靠在自己身上，对"惹不起"说："给他点水。""惹不起"舀了一勺，放在他嘴边，柴兴不会喝水，都淌了。大瓦刀放下柴兴，端来洗脸水，给柴兴洗了手脸，擦了身子说："明天城里先生就来了，咱们准备着。"柴兴眼角流出了眼泪，这时大崔媳妇拎个大包来了说："给舅舅做衣服冲冲喜，自己不会绞，舅妈衣服绞得好，就带过来了，这都是结婚时公婆给买的，我们孩子小，还早呢，先给舅舅做了。"感动得"惹不起"流下眼泪，忙将灯拧得亮亮的，二人便在灯下飞针走线，大瓦刀依墙坐在柴兴身边，不知啥时睡去。

听到鸡叫起身穿鞋出屋，见金家马车正出院，大瓦刀紧走两步，一蹿上了车。这时女东家将一个当兵背的水壶和一个小筐放在车上，春常打马出村，上了官道。这时天已大亮，春常把小筐放在大瓦刀怀里说："病没在你身上，你着急上火就没用，吃饭。"大瓦刀看筐里四个咸鸭蛋，十个黏火烧，还烫手呢，没见着也就罢了，见了还真饿了。想起来了，昨晚没吃饭，也顾不得体面了，就吃了一个咸鸭蛋，四个黏火烧，拿起水壶喝了几口，心说，到底大家做派，虽为女流，我等自愧不如。一路忧心忡忡，不觉进了城到了仁和大药房，伙计正卸栅板，准备开门，春常上前问掌柜到没，春常总来抓药和伙计混熟了，伙计笑着说："掌柜昨晚又去会相好的了，今天早早就来了，要不你得等到晌午。”春常塞给他两个咸鸭蛋，伙计进屋喊：“金警官家来人了。”掌柜那中易迎了出来，春常说：“家里有人中风了，人事不省。”那掌柜问：“是男是女，多大岁数?”春常说：“爷们，五十来岁。”那掌柜回身从药匣里拿出几样药，放在手提药箱里，停了一下问：“府上什么人?”春常也迟疑了一下说：“我们是种田吃饭，你是行医吃饭，虽说那掌柜拿忠孝仁义立身处事，但卖药挣钱是你的本分，这人算是借光亲家。”这种人家沾上了没好，不过最后这句没说出口，那掌柜点点头，然后二人出门上车。大瓦刀见这先生留着仁丹胡，一打眼像是日本人，但在这一带名气很大，请来这先生，也算是我家的造化了，心里宽慰了许多，可是能否起死回生，让柴兴起身下地，他的心又紧缩了。马车到了柴家门口，那掌柜叫春常不要卸车，就在门口等候，大瓦刀将先生让进屋，那掌柜说：“事前是否与人口角，是否好酒，是尊兄何人?”大瓦刀说：“是我妻弟，夏锄忙累，晚上是必喝二盅解乏，夫妻不曾吵架，或许孩子顶撞心中有气。”那掌柜说：“必有起因。”二人说着进屋，屋里人见先生来了，忙退出，只见这先生一手翻眼皮，一手摸脉自语道：“六脉时而浮迟，时而气奔，浮迟为吉，气疾则凶。”以手触双脚心无知觉，看手则双拳紧握，须使大力方掰得开，牙关紧咬，先生说：“此为全瘫，水米不进，不会吞咽，只一息尚存，四五日净饿而死。”继而摇头叹气说：“也罢。”打开药箱，拿出一鹿皮袋，打开皮袋将一巴掌大药袋，放在柴兴口鼻上，室内人顿觉药香满室，精神为之一振，倦意全消，先生说：“此药用上，十有八九能言，可交代后事。”果然见柴兴慢慢睁眼，在每个人脸上停一下，又在找，大瓦刀明白，连忙把柴永拉到跟前说：“他舅，你放心，我一定给孩子提一门好亲事，风风光光娶进门，成个家，我家那哥几个花多少，柴永花多少，我看出来了，这孩子是个庄稼好手，我再给他五垧地，我死之后，他们母子吃穿不愁。”柴兴始终没能说出话来，只有眼泪流出，然后慢慢闭上，先生取下药袋说：“此类中风亦多种多样，若水来能喝，饭来即食，虽无意无识，活三五年者亦常见，更有奇者，卧床期间，白发转黑，齿落复生，面色返老还童，忽一日起身下地，宿疾全消，家人无不惊骇，自言一觉醒来，卧床数年，全然不知，此人得百岁得终，乃恩师亲历。师言曾为其把脉，城中大车铺铁匠，无学常人，师父过世，此人还在。”说着那掌柜提起药箱要走，大瓦刀连忙拿出两张五十元的国元说：“先生收下。”那掌柜说：“是金家小哥接我来的，我只冲他说话。”大瓦刀说：“内人昨晚大口吐血，想请先生诊视，请来先生实属不易。”那掌柜笑了说：“何不早说？”很客气收了钱，大瓦刀忙扶柴清坐下，先生把完右手，把左手，然后打开药箱拿出一个洋听音器，一大一小两木盅，中间连着软管。先生叫掀起上衣露出脊背，先生听了四五处说：“已归痨，此症非一朝一夕，其来久矣，皆因七情劳役太过，气血亏损，肺受邪火所克，嗽痰吐血，四肢倦怠，五心烦热，不思饮食，久则阳命不保。然经我那某看来过，则别有一说，你们可听仔细了，头生胞衣一具，男用男胎，女用女胎，瓷钵盛了，文武火蒸一日，至极烂，入臼捣如泥备用。”说完展纸笔，写一方：“人参、黄芪、当规、地黄、麦冬、川贝、黄精、茯岑、鹿角胶各三两，蛤蚧一对，上药抓回研末，入臼再捣千下和蜜为丸，如玻璃球状，早晚各一丸入冬即服，至清明止，服药期间，十日一只母鸡，炖至极烂喝汤为主，夏天避暑气，冬天居暖室，勿感风寒，万事入耳不入心，如此服药三年，我保你尽天年而终，切记，若一事不济，前功尽弃，我看你们家境尚可，成事有望，若家境不许，我也不作此说了。”先生说完将药方递给大瓦刀说：“此仁和秘方，有同病者可索百元。”先生起身上了春常马车，大瓦刀跟车送出村外，眼见马车走远，站那默然良久。大崔自知闯下大祸，是又害怕，又懊悔，但为时已晚，现在“惹不起”是不知道被我气的，要是知道了，还不知闹成啥样呢，老头子早晚会知道的，到时也饶不了我，打小就看我不顺眼，张嘴就骂，抬手就打，就是他的出气筒，啥时能熬出头呢？大崔心里这样想着，就迎出村来小心翼翼地跟大瓦刀说：“午后我们去铲地吧。”大瓦刀一见大崔，这气就不打一处来，恨恨地说：“你舅舅死了，你也明白了，不用你铲了，明天包给耪青的，你们不是偷懒怕累吗，好好养着吧，早晚有你们好看难受的时候，这个家迟早败在你手里！”说完竟自走了，嘴里叨念着，祖上无德，家门不幸，下面的话没听清。可怜大瓦刀和柴兴雄心勃勃想给孩子打下一片江山，可他们这些孩子没这个福气。

柴兴躺了五天，气绝身亡，大瓦刀在城里给定了一口上好棺材，丧事办得很体面，也埋在了小树林里。烧完最后一张纸，大瓦刀小声对跪在身边的大崔说："不许你起来，跪着。"等人们走远了，大瓦刀泪流满面，拿起鞭杆子二话没说，照大崔没头没脸地就打，怒气冲冲地说："我不教训教训你怎么对得起你刚刚入土的舅舅!"大崔双手抱头叫着说："别打了，你叫我给舅舅偿命，我跳水里得了，还省事。"大瓦刀就当没听见，越打越气，越气越狠，鞭杆打折了才停下说："向你舅舅的阴魂道歉，要不他能放心走吗?"大崔听了，有些害怕，也顾不得疼，就把那日耍懒不干活，昧着良心惹舅舅生气铸成大错之事述说一遍，并诉道："求你老不看僧面看佛面，看在母亲伤心吐血的分上，原谅外甥一时糊涂，以后逢年过节不忘给您老烧纸磕头，把舅妈当亲妈，表弟做亲弟，请舅舅放心早日投生去吧!"然后起誓发愿地说："舅舅不在了，从此以后领弟弟一心种地，当好长兄，不让老爹操心，再不惦记那金疙瘩，没有那东西，我们哥几个勤劳种地，也能发家。"大瓦刀说："好，我可告诉你，谁也别指望那东西，哪天有空，我就扔这水泡子里，以绝后患，那东西放家里，将来还不知出啥事呢，你回去吧。"大崔擦着眼泪走了，这顿暴打，大崔认定是老二使的坏，好你个崔老二走着瞧，大崔把这一腔怒火可就算在老二身上了。到后来，大崔和二媳妇勾搭成奸，气是出了，可是换来崔老二怂恿"惹不起"除夕夜大闹，从此便走上了家败人亡的绝路。这是后话。树林里只剩下大瓦刀，一个人坐在坟头上絮絮叨叨，是无限的悲切，太阳下山了，才拖着沉重的脚步回家。

一连多日不问家事，终日闲逛。这日踱到何大仙家，何大仙男人姓陶，乡村郎中，自己的刀削不了自己的把，没治好自己的病，扔下妻子女儿走了。何大仙只好装神弄鬼骗人钱财过活，女儿小核桃命苦，从小没拿当孩子养，可属小猫小狗的命大，活过来了。但十八九了，像十三四岁似的没长开，屯里老户都知道何大仙三辈寡，没人提亲，何大仙也犯愁。自从来了日本人，她的日子更不好过了，日本人倒没干涉她跳大神，只因这洋医洋药甚是好使，用上立马见效，有钱人家都不买她的账了。不过小病小灾的，何大仙的这些古法土方，也是有些实效的，再包上鬼神的外衣，也是能骗人的，没有能力吃洋药的，还是得找何大仙。只是大仙请一回神，给十块钱的都没有，只给个两三块钱，何大仙也只得受了，好多年没遇到大瓦刀这样阔绰的人了，出手就是五十块，今日大瓦刀登门，何大仙极其热情。大瓦刀开门见山说明了来意，何大仙听了是来提亲，喜出望外，姑娘大了，能不着急吗？在心里盘算着这门亲事，柴家那孩子长得奇丑，还愣头愣脑，身子骨倒结实健壮，看样子干活是把好手，别指望将来有多大出息，倒是能养活老婆孩，没有兄弟姐妹，独根一苗，没有分家产的，也不像那大姑子、小姑子一大群的人家，媳妇难当。虽说老爷子死了，可有房子有地还有个帮手大瓦刀，这门亲事还真做得，可你自己上门来了，你怎么也得出点血，就说："两个寡妇做亲家，没有男人，孩子小能挺门过日子吗？"大瓦刀说："柴家母子，何家母女，两家亲事做成了，你随姑娘出嫁，两家成一家，你老终身有靠，柴永这孩子憨厚朴实，没有花花心眼，不会惹你们两个老太太生气，要是像我们家那些猴崽子，我也不敢说这话，一个个不知天高地厚，离开你的眼睛就给你惹事。在女人堆里可是没有比你老再明白的人了，这门亲家你要是错过了，你必后悔，不信走着瞧。"何大仙说："亲家翁你的话说得美，随姑娘出嫁，那毕竟不是自己家，哪比得上你五个儿子，就算有两个不孝顺的，那心里也踏实，哪像我这绝后人家，姑娘给人家了，是好是歹凭命闯，指上指不上那也难说，我这无依无靠之人，心里没底。你给我出个棺材本，死了也不担心臭在屋里。"大瓦刀笑着说："那自然，这有规矩，咱不坏规矩，你家啥事不用商量，就你一个人，姑娘自己生的自己说了算，你就说个数，我回去准备就是了。"何大仙伸手指作个八字，大瓦刀心说："你黑我也认，只为柴永这孩子光长身体，不长心眼，小时候没看出来，现在看出来了，有点儿缺心眼，这要是传出去，别想找媳妇。"就故作为难地说："你这是城里姑娘的价码。"想了一会儿，接着说："你我也不是做买卖，怎好讨价还价，就依你这个数，今天是个好日子，我这就回去请媒人，咱们过礼，定亲。"说着起身出屋，何大仙心中欢喜送客人出门，大瓦刀回头说："一会儿，我打发孩子来接你。"说完快步回家，进猪圈抓个猪崽抱着来到金家大院，见了女东家说明来意，女东家一看这猪崽两头黑中间白，二尺来长，肉乎乎很是喜人，就满口答应，伸手来接，哪知道这猪崽使劲一蹬，女东家没抱住，一下蹦在地上，见这院人多就慌了，在院中乱跑，可是不往自己家跑，跑进了金家的猪圈，大瓦刀打趣地说："看见没，它真还不认生。"一句话，把人都说笑了，可心里一凉，这小畜生崽仔如此势利。大瓦刀转身向胡先生作个揖说："如果两个孩子命相不合，还请先生周全。"胡先生说："两家喜结良缘，何必在意那些无稽之谈，我这证人自会成人之美。"说着三人来到柴家，"惹不起"忙将客人让到炕里，放上饭桌，端来一盆刚煮的鸡蛋，此地风俗，凡议婚事，就以鸡蛋待客，认为吃了鸡蛋，便会圆满成功，"惹不起"高兴得推着柴永给女东家磕个头说："不知哪辈修来的福，有这么大福大贵的人给做媒。"女东家连忙起身，见这孩子长得很是出奇，平日也没细看，正不知说啥好呢，大瓦刀说："这可是一把好手，铲地打头的都落在后边，才十六岁。"女东家一听，和金柱、金梁同岁，不由得鼻子一酸，流下泪来，大瓦刀知她想儿子了就说："金梁、金柱在外面念大书，将来是要为官做大事的，哪像我家这帮没教养的东西。"女东家说："崔家大哥，你记住我一句话，任你在外做多大的事业，到头来都是一场空，只有种地，千古不变为长久之道，这事老太太经历得多了，没事就给我讲。"大瓦刀也最服此理，笑着说："傻子过年看界壁儿，大树底下有阴凉，我们崔家……"正说着何大仙到，进屋一看，炕上坐着大院女东家、胡先生，就笑着冲大瓦刀说："亲家翁，你请的才是神仙、活菩萨，我请的除了黄皮子，就是豆杵子，我服了！"何大仙一句话把大伙说笑了。何大仙拿出了姑娘的生辰帖递给胡先生，胡先生接过，见上写陶桃，辛酉年，巳月二十一，鸡叫卯时生，胡先生暗自算来今年十九岁了，属猴，石榴木命。"惹不起"见了忙将柴永的生辰帖递过来，胡先生见上写柴永，甲子年，丑月二十三，正晌午时生，算来今年十六岁，属鼠，海中金命，二人命相真还犯克。何大仙忍不住问道："先生，二人八字是否相合？"胡先生说："我乃教书先生，不谙此道，但令爱这名字确大有讲究，此名出自诗经，桃之夭夭，灼灼其华，之子于归，宜其室家。是说姑娘长得貌如桃花一样美艳，两眼闪着动人的光彩，一笑如阳光一样灿烂，娶进家来，有如仙女临凡。"胡先生说完见没人提八字如何，大瓦刀把一打钱放在桌上说："这是好钱一千元，以八百元给何老太太养老送终，二百元做迎娶补偿，因两家均为孤儿寡母，更少亲朋，想风风光光接进家门，很是难为，只好一切从简，今日写进婚书免得日后反悔，这也是万不得已，望亲家母见谅。"何大仙觉得人家做得到份儿了，再提要求，必自取辱，就说："看你说的，我是那种不知好歹的人吗，今日当着大媒的面，收了你们的钱，便是认了命，啥时你们定下日子，我们孩子自己夹包来就是了。"一句话，惹来一阵大笑，女东家说："你们两家的亲事做得这样和气，真还不多见，我这个媒人白捡个好人当，先生该你了。"胡先生提笔写下：

婚　书

天地氤氲，咸恒庆会，金玉满堂，长命富贵。

柴永 柴家少东家，甲子丑月二十三，正晌午时生

陶桃 陶家千金，辛酉巳月二十一，鸡叫卯时生

两家喜结良缘，柴家付陶家财礼一千元，日后择日完婚，一切从简，恐后无凭，立此为证。

柴母：李氏

陶母：何氏

媒人：金府女东家

证人：金府胡先生

五人按了手印，柴、陶两家各执一份，亲事定下，难得皆大欢喜，只是一盆鸡蛋没得工夫吃，"惹不起"给每人兜了十来个才放众人出屋，大瓦刀送走客人，才觉心内稍安，总算对死去的人有个交代。

欲知后事如何，且听下回分解。

第二十三回

行乞女卖身遇恩人　尴尬人娶亲生尴尬

上回说大瓦刀匆匆忙忙给柴永订下亲事，且请来屯里头面人物做媒，怕的是日后反悔，难免口舌是非，可谓用心良苦。上可告慰柴兴在天之灵，下可使良心得以稍安，大瓦刀的心情似也轻松些许。只是柴清的病情不见好转，加上柴兴撒手西天，田里的事不得不事事操心了，转眼地里的庄稼由青变黄，收了庄稼，单等上冻打场，待打完场已是严冬天气，大雪封门了。这日大瓦刀进城卖粮，卸了车，天已过午，大崔早就饿了，不敢吱声，大瓦刀坐在车上慢悠悠地行至闹市，也是想找家饭馆吃饭，却见当街跪一姑娘，旁边一死倒，地上有字，“卖身葬母”。行人至跟前，略一驻足，即刻离开，像躲瘟疫一般。大瓦刀近前见这姑娘十八九岁，虽满脸尘垢，哀容泪眼，仍掩饰不住那天生的端庄清丽，为人见之则生怜悯的那种女孩。大瓦刀问：“家中还有什么人吗?”姑娘说：“有个哥哥多年没信，不知死活。”大瓦刀又问：“你叫什么？多大了?”姑娘说：“叫白燕，十七了。”大瓦刀点头说道：“我姓崔，家住金家屯，我有五个儿子，一个姑娘没有，你婶盼了一辈子也没盼来，今天我给她领一个回家，你要愿意就跟我走，先把你妈抬车上，到棺材铺，给她买口棺材，拉我家地里埋了，你看中不?”姑娘说：“我妈死四天了，实在没法只好卖自己，今天早上给邻居磕个头，帮忙把我妈抬到这儿，从早上跪到这时一个搭话的没有，现在遇上恩人了，就听你老的。”大瓦刀喊大崔赶车过来说：“这是你大哥。”姑娘叫了一声大哥，死倒抬上车，赶到吴来棺材铺，掌柜很有见地，故意将招牌写两个白字，还有一副对联，上联："近日生意甚好"，下联"劝君千万勿来"。大瓦刀一进门吴掌柜就认出来了，肯出大价的那主，忙上前施礼说："崔爷崔掌包要是还寻那等好材，可是寻不到了。"大瓦刀说："今日不劳费心。"回头叫白燕挑一口，白燕不敢，吴掌柜一看，这不跪在当街那小叫花子吗，吴掌柜感动了说："崔爷，你能活一百岁，今天我降价一等，今后你崔爷啥时来都降价一等。"说完觉得这话犯了忌，啪地打了自己一个嘴巴，想解释，一时还找不到话语，这话还真不能解释，憋在那闹个关公大红脸。大瓦刀说："全城老头儿、老太太一个都跑不了，你都得给装出去，来早与来迟的事，棺材铺买卖没有回头客。"二人大笑，大瓦刀叫大崔去买白布、纸钱，大崔噘着嘴说："这都啥时候了，先吃饭吧。"吴掌柜听了忙说："哎呀，你们还没吃饭呢，这是我的错，真是对不住，到咱家了，岂能让孩子挨饿，我和伙计刚吃完，高粱米干饭，还热乎呢，若不嫌弃，就请将就一顿，算你瞧得起我。"大瓦刀说："吴掌柜真心管饭，客气不得了。"吴掌柜立时向后屋喊了一嗓子："熘豆腐，摊鸡蛋。"说完回头对大瓦刀说："崔爷，再没有比这俩菜快的，你盛上饭，菜马上就来。"大瓦刀说："你就扒几棵大葱，来碟大酱对庄。"吴掌柜笑了说："现成。"说话间饭菜来了，吴掌柜看这仨人的吃相心说："真是饿了。"大瓦刀抬头见掌柜斜眼笑，就说："今天捡个姑娘高兴，你吴掌柜的饭也香。"吴掌柜打量了白燕一番说："磕头吧孩子，全城就这么一个好人，今天让你遇上了。"白燕多聪明，也是真心感激，立时跪地磕头，口称："爹爹，女儿今日回家了。"大瓦刀忙拉起说："来家就好，来家就好。"吴掌柜见了很是感慨说道："这个头一磕，我可看明白了，你们爷俩都成了有福之人，我说这话，先放着，不信，走着瞧。"接着喊："伙计们，放下手里的活，装材。"棍棒绳索现成，七手八脚就抬出一口棺材，不用说，必是一等好材，大瓦刀也没多问，收多少给多少，至于降没降价，只有掌柜心里明白，没多收就万幸了。大崔气得鼓鼓的，也不敢多问，还得跑去买白布、纸钱，大瓦刀拿出二十块钱，递给吴掌柜说："一会儿还请伙计们，帮忙入殓装车，这活没有白干的，这是规矩，给伙计们打酒买肉。"吴掌柜接了，递给班头，这时大崔抱着二十尺的白布、三大捆黄纸回来了，吴掌柜接下白布扯三块，一块披在白燕身上为孝服，让她跪在棺材前，叫伙计在棺材里垫一层黄纸，铺上一块白布，装入老太太，再用白布蒙身，盖上大盖，当当当，四个大钉一钉，喊起了号子，呼嗨几声，抬上了牛车，麻绳绑紧，完活。大瓦刀拉吴掌柜到一旁说："孩子身上那点儿衣服坐车到家就冻坏了，借件老羊皮袄吧，下次进城捎来。"吴掌柜说："还真不能说没有，良心不许。"然后小声说："我们一个伙计让日本人抓了，好几个月了，怕是没指望了，我就把他的大棉袍送给你吧。"不多时，这件土蓝布、八成新的大棉袍就穿在了白燕身上，这下不冷了。谢过吴掌柜，大牛车拉着棺材来到同记商行，大瓦刀领白燕进商行给买了一双俄式小毡靴说："破棉鞋脱扔了吧，穿新的。"当看到白燕脚冻得发白没有血色心疼地说："穿那双鞋坐车到家，脚就冻掉了。"伸手在白燕孝布上扯下一尺见方的两块布，叫白燕包脚，亲手给穿上了小毡靴，站起来，再看姑娘立时挺拔俊俏了许多，大瓦刀心里美滋滋地说："好看，回家再上个狗皮底，可穿两冬。"又给姑娘买了棉袄、棉裤、花布衫的料子说："家有棉花，叫你娘给你做，咱这也是里面三新。"接着又买了花手帕、洋胰子，也没忘了给小孙女买糖球。二人出商行，刺骨的北风唰地吹在脸上刀割一样，大瓦刀转身拉白燕回柜台，又买了一顶白兔皮红趟绒棉帽，给姑娘戴在头上，系好帽带一看只露鼻子眼睛，大瓦刀这回放心了，感动得白燕哭了起来，大瓦刀忙说："别哭，外面风大出门冻了脸，你娘见了骂我。"说完二人出门上了车。

大崔心中有气，一路拿老牛撒气，老牛被打急了，反倒放慢了脚步，大瓦刀看在眼里，因心中有喜，也没作理会。天尚大亮，就到了崔家地头，崔家和金家是房子挨着房子，地挨地，大崔把老牛肚带一松，车辕一蹶，白老太太就下去了，棺材正好落在两家的地界上。大瓦刀的意思是让这老太太在这儿守着，做个永久的标记，免得日久被侵，大瓦刀心中得意，叫白燕跪在地上烧纸。大崔在一旁看着心说，这叫什么事，天底下捡啥的都有，就是没有往家捡死倒的。气得转过脸看天，只听大瓦刀口中念道："白老太太你一路走好，姑娘到我家定是作亲女儿看待，你老放心，早寻福地有钱大户人家投生，现在天寒地冻，你老将就一冬，明年春暖花开将你老人土为安。”说完叫白燕起身上车，这时天色已黑了下来，但依稀可见崔家屋舍，大瓦刀指着远处大墙外的一户人家，乐不可支地对白燕说：“咱家。”辽东人说话不离咱，这个字眼白燕听了很是感动。回头看看雪地里的大花棺材，昨天晚上，还守着娘哭呢，那真是叫天天不应，叫地地不灵。今天遇上这人，比亲爹还亲，不由得又流下了眼泪，心中暗暗感念，这样大恩，白燕将来以死报答。一路泪眼模糊，百感交集，不觉牛车进了崔家大门。只听大瓦刀一声喊：“看家老狗，你快出来。”白燕一走神，下车闹个大趔趄，大瓦刀一把拉住说：“那木乖了。”这句大侉话把白燕说乐了，领着白燕进东屋见柴清说：“你的病这回该好了，天王爷可怜你，送你一个闺女。”白燕立时跪地磕头叫娘，外间哥几个和媳妇们见老爷子领个姑娘回来，齐聚西屋，大崔把前事一说，二崔媳妇说：“这回可好了，来个烀猪食、端尿盆的使唤丫头，咱们再不用喂猪，只做饭了，我一闻猪食味就想吐。”大崔说：“浪的你，来个喂猪的丫头，跟你说吧，这是来个姑奶奶，你可没见着老爷子乐成啥样，都找不着北了，又买鞋，又买帽，买花手巾，买洋胰子，就说那死倒吧，买四块板装了就行了呗，花大价钱买口大花棺材，他可真是舍得，将来自己能不能捞一个。”忽地觉得走嘴不说了，正这时，大瓦刀撩门帘进来，吓得大崔舌头伸多长，好险没让老爷子听见，大瓦刀紧绷着脸说：“你们听好了，今天认个姑娘，不许欺生，谁敢使坏，我要他的嘎喇哈。”说完瞪眼挨个扫了一眼，大崔媳妇说：“爹你放心，咱们家也不缺她一口吃的，我们没事惹你二老生气干啥?”大瓦刀说：“要是都像你这么懂事，你妈的病早好了。”说完转身出去了，二崔媳妇可是个不让人的，一听这话就生气了说：“老爷子这话可是说得不着调，谁惹老太太生气了，是她看咱们不顺眼，全家就大嫂一个好人哪，我哪样不好，就是长个斗鸡眼，没给他生孙子呗，这也不能怪我呀，我得和他说道说道!”大崔吼了一声：“消停一会儿吧，他是爹，你还能和他争出理儿来呀，一会儿吃饭时，你们装得像个嫂子样和她近乎点，她叫白燕，你们咋不想想，啥时老太太落炕了，让你们伺候吧，你们的脸子也是够难看的，我们还受夹板气，这回让她伺候吧，你们乐去吧，老太太一辈子没享着福，有福也不会享，不享拉倒，那就都留给儿孙。”大崔说完这话，心里很是难受，毕竟已是做了父亲，有了孩的人，晚上吃饭时，对白燕都表现得十分同情，这让大瓦刀、柴清很觉放心。五个嫂子都伸手，两天就给白燕做好了里面三新的棉袄、棉裤，花布衫最后一针扯断，老太太就给白燕穿上了，往二老跟前一站，再看姑娘那可不是来时模样了。黑黝黝的鸭蛋脸，薄皮小嘴，明眉皓齿，秋波含情，柳叶弯眉，昨天还是紧锁着的，有句话叫喜上眉梢，这人要是心中有喜，无论哪里都看得出来。正中鼻子最是至关重要，也没人道得准，往往是越描越乱，总是不得要领，实则就一个逗字，最能引领读者遐思，而神韵立现。粗大齐腰的两条大辫，让几个嫂子羡慕极了，且身材匀称，不似那几个媳妇上身长，下身短，压塌坑的大屁股，走路哈巴拐，可都以福相自居。像白燕这样的黑美人，方圆百里也找不出第二个，想那白姓人家，多为阿拉伯血统，白燕身上还顽强地保留其先祖的基因。只是眼窝深陷，柳肩细腰，柴清抓住白燕手脖撸袖子一看，皮包骨，心疼地说：“这孩子没吃饱饭，等哪天下大雪，咱就杀猪。”

白燕年岁不大，却饱经酸辛，阅尽人生百态，到了崔家，怎会不知自己所处境地，是活就抢着干，喂猪、搓苞米、推碾子、拉磨。那个年代，男人把种子种在地里长出庄稼，弄到家里变成粮食，男人完活，再把带皮的粮食变弄成饭端到桌上，可不那么轻松愉快，还有一段很繁重的活要女人干，今天的女人断然想象不到。大瓦刀夜里要出去给牲口添草，白燕跟了两回，就会干了，再不让大瓦刀出去，每天早早起来倒尿盆、烀猪食，柴清的褥子时不时地就伸手摸摸，要是凉了，就抱点豆秆点着炕灶子。兄弟多的人家，妯娌轮班做饭，崔家五个媳妇谁多干点少干点，终日争吵不休，柴清这婆婆当的，就没个清静舒心的时候。白燕来了，她们不愿干的，白燕都干，她们也自觉有亏，家里没了争吵声，柴清心情好，病也去了一大半。自从白燕进了门，大瓦刀也像换了个人似的脸上总是笑眯眯的，嘴里还不由自主地哼段小曲，这可是从来没有的事。老两口早就打算好了，今年过年可是得好好热闹热闹，刚进腊月没几天，大瓦刀就进城把年货办回来了，又多又齐全。白燕说：“城里人过年都糊棚、糊墙，咱家没棚，糊糊墙也好哇。”大瓦刀就买了对花墙纸。崔家五间大房，东屋两间，南北通长大炕，南炕上有两道隔墙，高粱为骨架，两边抹泥如屏风一般，隔成了三个小间。大崔在最里间，接着二崔、三崔，小间可睡俩大人，俩小孩儿，睡时幔帐一放，北炕上半尺厚的苞米，东北冬天粮食不干，无法上磨，用火炕烘干，家家如此。西屋两间原林家式样没动，分里外间，中间有门，挂着门帘，那时东北百姓人家都有门帘，有钱大人家亦然。只进出屋一个木门叫房门，不管多少房间都是挂门帘，冬天是棉的如褥子一般。大瓦刀、柴清在里间，南北炕，白燕来了正好睡小北炕。外间大炕也是一道隔墙，为崔四、崔五哥俩，小老五去年才娶亲，还有亲婚的喜庆年画，没有北炕，整个屋地是土豆窖，上铺木板，里面可放十麻袋土豆。墙上满是木橛，挂着农家生活物件，什么煤油瓶、皮鞭、牲口套、镰刀、麻绳，一串串、一瓶瓶。白燕叫尽皆去掉，用黄烟叶加花椒泡水搅糨糊，说是不招臭虫。从西屋起，只见白燕嘴叼扫炕小笤帚，大瓦刀刷糨糊，柴清递纸，不一会儿糊完一间，再看小屋立时明亮喜庆，墙纸的格纹横平竖直，很是整齐，姑娘这活干得干净利落，一看便知为行家里手。白燕说：“要是先糊一层报纸更好，这样明年再糊就平整多了。”四媳妇、五媳妇见了觉得这活有啥，谁都能干，从白燕手中接下笤帚，可拿在手中就不是那么回事了，贴了两张不是错格就是重缝，忙递给白燕，接过刷子，糨糊刷得没里带外，递纸的掐边掉角，打折粘一起。白燕喊妈：“还是你们来吧。”因何年轻的反不如老的，殊不知大瓦刀在城里，这活都是自己干的，虽不如专业的白燕，但打个下手还是绰绰有余。几个媳妇是心服口服，“惹不起”过来见了，嘴上夸奖，可心里甚是凄苦，看人家日子红火，人丁兴望，如今又来了个宝贝女儿，一时羡慕、嫉妒齐涌于心，不免想起了亡夫，年关到了，家里是冷冷清清，回去一个人大哭了一场。崔家糊完墙就蒸豆包、炸年糕、做豆腐、做米粉，自然也没忘了柴家母子，样样都有她们的份儿，做好就送过去。不过也不尽属白吃，柴永虽不甚机灵，可勤快肯干，跟白燕一样，有活就干，啥说没有，什么铡草刨粪，大麻袋扛起就走，就是一个人吃三个人的饭，可崔家没人生怨，也就多淘碗米，多添瓢水。年夜饭是每年都在一起吃的，今年大瓦刀有话，在一起过完正月十五，柴家的油盐酱醋灶王爷等年货也是一并办回来的，大瓦刀做的可以说尽善尽美了。

两家欢天喜地地盼来了大年三十，晚饭后天也黑了，各屋除了煤油灯，又加点了大红蜡烛，五间大房一派红火新气象。玩儿了一会儿纸牌，女人们就和面的和面，剁馅的剁馅，两家十六口人，这饺子可不是一时半会儿就包完的，女人没有闲手的。南北炕两伙，今年过年多了一份欢喜也不觉得累。快包完了，已听到村里有放炮煮饺子的了。“惹不起”下地穿鞋说：“回去给柴兴添香。”这时大崔进屋扫了一眼，没说话出去了，随即斗鸡眼说：“腿麻了。”下地转了一圈出屋，自然没人理会这些，二崔从外边回来进院正好看见斗鸡眼进牛棚，心中生疑。因东北寒冷，一大家子挤在一起，因为条件所限，虽夫妻亦多在外野合，什么高粱地、麦秆垛、牛马棚，两口子晚上消停睡觉，免得小叔子、小姑子笑话瞧不起，这也属无奈，东北人对此心照不宣。所以二崔一见斗鸡眼进牛棚准知没好事，转身出院，绕到牛棚后面，从除粪口向里一看，只见斗鸡眼肩扛棚柱，屁股撅得老高，正和大崔弄哪。想跳进去捉奸，可打起来不是他二人对手，再说了这等事提上裤子就不会认账，白白气死人，且抓破了脸皮，还是自己丢人，我可怎么才能出了这口恶气呢，日后拿大嫂顶账，那蠢样也不值。这时斗鸡眼浪声浪气地说：“我说你大哥呀，大三十还起蛾子，你也不怕冲撞了哪路神仙，明天肚子疼。”大崔说：“就是这大年三十才不能落过，今晚舒服一回，明年美一年。”气得二崔扯脖子“阿哈”一声鬼叫，以为能把二人吓个半死，哪知二人不慌不忙整理好衣服心满意足地走了，根本没把他当根葱，倒把自己气个半死。可是也想到了一个人，可以替自己出这口恶气，二崔这时只想出气解恨，没想到惹下一场塌天大祸。只见他一脚把高粱秆篱笆踢个口子，直奔柴家房门，进屋见“惹不起”一个人在柴兴灵牌前垂泪，二崔扑通跪在地上哭着说：“老舅你死得冤哪，你老有灵回来把大崔收了吧，他不死两家谁都别想得好。”二崔说这话虽是气话，也属实情，接着就把大崔如何气死老舅一五一十地说了一遍，自然得添点油加点醋，末了说：“谁都知道，就瞒着舅妈你一人，今天过年，老舅回家了，舅妈平时对我好，我不说出来对不起你老。”没等二崔说完，“惹不起”就冲出去了，二崔可不敢回家看这热闹，往炕上一躺，心里很是得意。“惹不起”进了崔家大门，就大骂：“大瓦刀，你个挨千刀的，你们害死了人，不吱声这就是欺负人，丧天良，要遭报应的，断子绝孙。你偷了人家的金元宝，拉我家柴兴逃这地方给你家种地，还把人活活气死，天老爷，快看看吧，不能活了！”柴清听“惹不起”闹起来，就下地迎出来，正好“惹不起”也冲进来，“惹不起”说：“柴兴回家过年来了，我什么都知道了，大瓦刀你出来给我家柴兴偿命，我跟你拼了！”柴清挡着她，不让她进屋，怕她动手抓破丈夫的脸，自己丈夫也不能对她伸手，干吃亏。“惹不起”急了，哈腰一头撞在柴清胸上，白燕和在旁的大崔媳妇连忙扶住，只见柴清气得两手发抖，干嘎巴嘴说不出话来，几个媳妇抚胸捶背妈长妈短地喊叫。“惹不起”见没人理她，更加来劲，见锅台放一盖帘饺子，端起来一脚踢开房门，使劲向外一撒，回身上灶台一把扯下灶王爷，撕得粉碎说：“我们家死人，你们家过好日子，休想，大瓦刀，今天你不给我说个明白，我就往你们家锅里拉屎！”柴清看在眼里只觉胸口翻江倒海一般，实在忍不住，一口鲜血喷出，再也止不住，眼瞅着只有向外冒的血泡，没有了进气，众人连忙抬到炕上，柴清看了一眼众人，撒手而去。“惹不起”没想到会出了人命，吓得也不闹了，大瓦刀那真的是拿得稳，心平气和地对“惹不起”说：“这回扯平了，从此两家不认识。”伸手合上了柴清的眼睛说：“一句话也没留下就走了？”说完眼泪哗哗淌，突然如怒狮般地吼了一声：“滚！”这时白燕扑在柴清身上大哭，崔家一时哭声一片。

“惹不起”自从被撵出来，一连几天没出屋，崔家大过年发丧，怎么也得过去磕个头，叨咕叨咕，他姑你走好，大过年上阎王殿，阎王爷醉了，不问你罪过。别怨我，看在我们孤儿寡母的分上，别找我们麻烦，可是想好了不敢去，先打发柴永看看崔家人的态度。柴永进院正碰上崔家小五，这崔老疙瘩就把一腔怒火泼在他身上了，张嘴骂道：“你妈那老帮子咋不来，没她事似的，你告诉她仔细点，哪天我们哥几个孝心眼上来，就把你家平了！”说着上去就是一脚，柴永没当回事，就像平时闹着玩儿踢个腚瓜，自然是没踢疼。这崔小五生来就是个病秧子，一张死人脸，麻竿胳膊刀楞腿。可是眼睛有神，嘴也应人，从小就围着柴清转，不出屋，像这样嘴不让人的瘦猴孩子谁见了谁欺负，买猪仔都不买拉末渣，柴清偏心疼爱也在情理之中。天下的小儿子，都多得了一份爱，也多不成才，可是对母亲的感情非大哥几个可比，“惹不起”气死母亲，小老疙瘩最是悲痛。大哥、二哥赶车进城了，回身向三哥、四哥一招手，哥俩过来二话没说，伸手就打，柴永毫不惧色，打在脑袋上、身上不疼不痒，不躲也不挡，任踢任打。腾出双手对胖崔四使劲一推，只见小胖子倒退好几步扑通仰面朝天倒在地上，龇牙咧嘴，揉屁股，再不起来参战。随即柴永照小老五肚子就是一拳，崔小五弓腰一捂肚子蹲在地上，随即呕出饭来。柴永对付崔四崔五的时候崔三可是没少占便宜，这会只剩他自己了，柴永一把抓住崔三的衣领，胳膊一伸，崔三胳膊短，干抓挠打不着人，双手抓住柴永一只胳膊想拧开，可哪里拧得动。柴永抬手一脖拐，没等崔三闪过神，又是一个大嘴巴，这两下打得真够实惠的，崔三只觉得脑袋嗡的一声天旋地转，柴永抓着他，总算没倒。被打麻的脸一时无知觉，血流了出来不知道，只觉嘴里苦咸，柴永见了，第三下就没打，抬起的手半路就停下了，抓衣领的手使劲一拧，崔三就喘不上气来，脸憋得通红，到这份上，崔三双手一撒，任凭宰割了。柴永一撇嘴说：“我要打的是你家大鳖头，不把他王八屎打拉裤兜里，跪地求饶，就对不起我爹，也对不起我一个人吃三个人的饭。”说完撒手回家，崔三自己打了自己一个嘴巴说：“真丢人，哥仨没打过一个二傻子。”崔四可是肉厚不怕打，小老五可是落下毛病了，从此手捂肚子挺不起腰来。柴永回家跟“惹不起”一说，“惹不起”高兴说：“好儿子，娘不用担心你挺不起门户过不了日子，定个日子把媳妇接来，你家办丧事，我家办喜事，看谁难过。”“惹不起”四十过五大半辈子也没件称心如意的事，只有儿子胳膊粗力气大人人羡慕，令“惹不起”有一丝得意，多少也掩盖些缺心眼的毛病。由于心里高兴，叫柴永抓只母鸡带着，还有年前托大瓦刀给买的一块花布，娘俩就上何大仙家来了，算是女婿给丈母娘拜年。亲家母见面很是热情，“惹不起”说明来意，何大仙说：“大正月也不好动钱那，这老礼不讲也行，可怎么也得把这块布做上是不，穿旧衣服上门也丢你的脸，亲家母的面子也得给，就二月二龙抬头吉利。”“惹不起”说：“大瓦刀死了女人，也不能再求人家了，到时就让孩子自己来接吧。”说着流下泪来，何大仙见了也流下泪来说：“大妹子，怎么咱俩是一样的命，孩子出门连个送亲的都没有，还是人家大瓦刀厉害，怎么就好像早就知道会是这样，咱也答应他啦，还能说啥。”两个老女人同病相怜，今天唠起来，脾气秉性还真对味，一个是骂四邻打八街的泼妇，一个是装神糊弄鬼骗人的妖婆。月老还把她俩牵成了亲家，哎哟，这要不生出点新鲜事来，也对不起热心的读者。

搁下这一对相见恨晚的王婆，再说崔家大年三十死人，别提多丧气了，柴兴死时的孝帽子还在，拿出来装扮上，哥几个算不上孝子，亲妈死那份悲痛还是真诚的。要说柴清真是个苦命人，走时连件新衣服也没穿着，就是平时的棉袄棉裤，要是没那兜金元宝这也不算寒碜。到这时大瓦刀忽地觉得许是自己错了，上天赐给他财富是让他在城里过大宅门的日子，人们不再叫他大瓦刀，叫崔大老爷，有丫鬟、下人伺候着，孩子们都娶了有钱大户人家的小姐，哥几个公子哥一样的快乐，柴清也不会患上肺痨。上边外来种地吃苦遭罪、备受埋怨不说，柴清姐弟俩走时那不情愿的眼神，像把尖刀一样时刻在剜他的心，这一切的一切都归罪于他这个当家人。守在老妻身旁，思前想后，暗自垂泪。不知啥时，听到鸡叫，白燕硬是扶到炕上睡下，一觉醒来只觉眼前有道水帘，擦也擦不下去。几天后大年初五，睁眼闭眼都是一片漆黑，瞎了。可是很冷静，还显示着一家之主所具有的特质，面带笑容叫来大崔二崔把钱褡子递给大崔说：“套车进城买口棺材出了吧。”大崔见老爷子眼珠不动，伸手在眼前晃了两下依然不动，一下扑在老父怀里大哭起来。二崔也看明白了，也扑上去大哭，大瓦刀抚摸着哥俩的脑袋，充满着慈爱，这情景大瓦刀还是第一次。好一会儿，如卸重负般地说：“以后凡事你们哥俩商量着吧。”然后轻轻推了一下，二人起身擦把眼泪套车去了。到这时，大崔良心才怦然发现，那份自责、羞愧如绳索勒在脖子上一样喘不过气来，他无法面对老父的瞎眼，和那份无奈的交鞭。一把鼻涕一把泪地从牛棚牵出大黄牛，二崔忙上前举起牛鞅子，二人互相对视了一眼，哥俩是心照不宣，大崔心说，崔老二呀崔老二，我和斗鸡眼那事你发现了，就挑唆‘惹不起’来作我，可‘惹不起’没朝我来，不该我丢人现眼，也是觉得作我不解气，这下好，作死了老太太，作瞎了老爷子的双眼，遭雷劈的应该是你，想到这儿心里平静了。崔老二看着大崔那幸灾乐祸的样子，心里愤怒极了，本想出口气，可弄巧成拙，他是祸根，罪过却落在我头上了，这回把家虎死了，老爷子也瞎了，该他当家了，看吧，他不把这家弄得房无一间、地无一垅不算完。二人一路无语进城到了吴来棺材铺，敲了多时，吴掌柜才开门出来，一看是崔家大车，再看哥俩戴着孝，儿子来了，爹没来，大惊。指着孝服说："老爷子归天了?"大崔说："我家走了背字，老娘一生积德没得好死，老爹一股火蹿到眼睛上瞎了。"吴掌柜一听大叫："积德行善双眼瞎，天理不公，天理不公啊!"暗自思道我这嘴巴也够损的，怎么就让我说准了呢，接着对大崔说："孩子今天这口材，我只收木头板钱，回去给老爷子代好。"

葬了柴清，崔家暂无事，说话间就到了二月二，"惹不起"一大早就给柴永换上了新衣服，千叮咛万嘱咐地教做了新郎的儿子，见了丈母娘怎么磕头说什么，出屋告别说什么，柴永都一一记下了，高高兴兴地去了。当娘的还是不放心，倚在大门上，向何大仙家张望，不多时见儿子出来了，那姑娘夹个包跟在后面。"惹不起"连忙迎上去，接下姑娘的包，冲儿子说："让你来接媳妇，你怎么能让媳妇自己拿着。"柴永说："你也没说拿包的事呀，给你接来家就行呗。""惹不起"只好笑了笑领着小核桃进屋，东西屋南北炕，墙是年前白燕给糊的，新鲜明亮，被褥也是新做的，红缎面镶被腰，在这地方便为上品。桌上有一碟糖球，是年前办的年货，没让柴永吃，看上去很有新婚气象，只是没有人，家里家外就娘仨，但小核桃高兴满意。这时大瓦刀打发大崔媳妇来道喜，礼物是柴清平时戴的那副银手镯，崔家人都反对，大瓦刀说："咱们欠人在先，再说了还得看两个走了的人，怎么也不能和"惹不起"一般见识，说不上啥时我就撵她们姐弟俩去了，见了面省得说我人死就不认亲了。"说完自己也觉凄然，"惹不起"心知这副大手镯为柴清心爱之物，自己没带走，给我儿媳妇送来了，心里很是惭愧。大崔媳妇给小核桃戴在手上说："这是公爹送的。"说着从怀里拿出一条洋花手帕，一块洋胰子，接着说："这是我的，实在拿不出手。"小核桃接了说："长这么大没用过洋胰子，真香。"这乡村姑娘喜欢得不得了，“惹不起”感动了说：“崔家就大媳妇一个好人。”然后又问起大瓦刀失明后谁照顾，大崔媳妇说：“白燕寸步不离，吃饭碗筷递在手里，好天扶着在院里晒太阳，亲闺女都做不到。”“惹不起”叹口气说：“这闺女捡得值。”大崔媳妇起身出屋说：“舅妈没事过去坐坐，婆婆走了，公爹心里不好受，你们长辈人在一起唠唠家常，公爹这人很是开通。”一句话，“惹不起”唰地掉下泪来，拉着外甥媳妇的手不让走，大崔媳妇说：“回去做饭。”“惹不起”才放手，送走客人，就抱柴火，给刚进门的儿媳妇做饭。儿子缺心眼，何家娘俩没看出来，虽然媳妇接家来了，可还是捏着一把汗。“惹不起”从没怕过谁，但对何大仙还是心存忌惮，村里没人不怕这位半人半鬼的老妖婆，谁要是冲撞了她，骂你三天三夜不重词，这叫能耐，“惹不起”可不是对手。心里盘算着熬过了今天，生米煮成了熟饭，任你有多大的神，我也不怕，你跳你的老虎神，我要我的故动鬼。你姑娘落在我手里，就是掉老虎嘴里了，我可不是那好伺候的主，多年的媳妇熬成婆，你就乖乖地熬吧。

头一天小两口高高兴兴地过去了，第二天早晨起来就见小核桃嘴噘得老高，“惹不起”也没多想，孩子小不得要领，儿子也粗鲁，这几天你就是妈，我小心伺候就是了。到了夜里，这柴永亦如昨晚，还是呼呼大睡，没办法，小核桃鼓足了勇气推醒了柴永说：“我摸摸你那，好给你生儿子。”柴永愣了说：“我没那，我爹说了，女人生孩子，男人种地，你放心，我不让你下地干活，你就送饭就行。”说完齁声响起，小核桃坐那儿哭了半宿，早上起来一句话没说，出门回家，“惹不起”撵着喊了两声，小核桃也没理她。“惹不起”忽地火起，小老婆，头一天就和我耍倔脾气，没把我当人，行，算你有尿，接着又转怒为喜，心说：“三天回门，没哼声你自己走了，我正好借茬不去了，老寡妇你在家慢慢等着吧，这可是你闺女自己闹的，怨不得我了，省了我一只大芦花，小丫头片子，回来叫你认识认识我。”朝何大仙家的方向吐了一口，自己喂猪做饭。小核桃满脸泪水见了娘说：“男人没那。”说完伤心地哭了起来，何大仙一听，火冒三丈，拉着小核桃就奔柴家来了，她可是有日子没吵架骂人了，早就心里痒痒，嗓子刺挠。进院扯脖子就是一嗓子：“柴大寡妇，你个八辈子没人脔的老帮子瞎马眼，瘟大灾下汤锅的烂货，卖大炕种下个崽子没长把，要是连屁眼也没有多好，那不就更省事了，啊！你说，你得做多大损才能落到这一步，他舅舅揍的吧，要不你就是上庙里和老和尚跑骚了，泥像投胎，瞧你儿子长的这个出奇，四楞脑袋，牤牛眼，朝天鼻子，癞蛤蟆嘴，就这德行，咱也没挑你长相，可你家祖上没积德，家把式没长全，要不就是下生时让瞎老牛婆当脐带铰去了，没有了你就消停当太监呗，可是还想娶媳妇，骗到我头上来了，你也不怕我请个黄皮子作你，叫你不穿裤子满街跑，全屯子人都看西洋景!"“惹不起”被骂个狗血喷头，愣是装熊没还嘴，心里苦哇，“傻儿子，你可给妈出个难题，你那死脑瓜骨啥时能开窍哇!”可何大仙不依不饶，没完没了，越骂越难听，调门越来越高，半屯子人都听得见，扬言姑娘领走了，爱上哪儿告上哪儿告。“惹不起”再也不能坐视了，冲上前二话没说一手一个拽着何大仙母女进了屋，操起扫地笤帚，怒不可遏地冲柴永吼了一声：“脱裤子!”柴永愣是不知道这俩老太太骂了半天是为了啥，见母亲跟自己急眼了，蒙了说：“一大早晨不做饭，这是干什么呀，当人面脱裤子，我都多大了!”啪，照柴永大腿就是一笤帚疙瘩，柴永只好照做了。何大仙一见撩门帘跑出去了，“惹不起”哈哈大笑：“亲家母你好好看看，这家把式够不够个头。”说完一把将小核桃推倒在炕上，随手扯下裤子，就着炕沿说：“儿子，妈给你把着，你给妈肏。”小核桃大叫：“妈呀，不敢了!”何大仙听了，在窗外直转磨磨，想冲进屋去，觉得真是难为情，她“惹不起”能干出这事来，也真够个人，可又一想，孩子一时疼痛也无大碍，自己也是过分了，抬手打了自己一个嘴巴念道：“现世现报，小娼妇，你自作自受!”抬腿回家又觉得亏，左右瞧瞧见鸡窝里趴着大芦花正下蛋，过去一把抱起，里面还有五六个鸡蛋一并兜了快步回家。柴永美了，在屋里出来一蹦八个高，嘴里叫着：“我知（ji）道了，我知（ji）道了。”傻小子乐坏了，屋里“惹不起”忙给小核桃整理衣服，铺上被褥，伺候躺下了说：“好孩子，没办法，把妈逼到这步了，真是万不得已，我给你擀面条，打荷包蛋去，没事的，过两天就好了，女人都得走这一步。”小核桃像看仇人似的瞪着她，“惹不起”出屋一屁股坐在锅台上，心说，这叫什么事呀，痛快是痛快了，可人家毕竟是黄花姑娘，孩子小可当老的怎么能这么办呢，这下撕破了脸皮，婆媳间没了遮盖布，这婆婆可怎么当，这以后还能有好日子过吗，今天要是怀上了孩子，也是个苦命的种。"惹不起"坐那儿发了半天呆，小核桃见"惹不起"出去了，抬头把枕头盖在脸上偷偷地笑了。

要说这小核桃也不是个省油的灯，许是承家传，自那日被柴永娘俩强行之后，存心要和"惹不起"见个高低。新婚媳妇三天不下地，这是老规矩，可这都半个月了，小核桃就说肚子疼不干活，等婆婆伺候。"惹不起"是忍了又忍也看明白了，这小骚婢子，是故意和我过不去，这可不能惯着她，让她拿住了，我就成了小媳妇，她成妈了。这天早上故意没出屋，外面是鸡鸣狗叫猪拱圈，小两口没听见似的，"惹不起"出屋又扔笤帚，又摔耙子，踢狗食盆子，东屋就是没动静，"惹不起"站院里喊道："小祖宗，这都快晌午了，没听见猪饿得嗷嗷叫吗?"小核桃在屋回道："一大早穷喊啥，有这工夫你老猪也喂了，饭也做好了，再叫我们也不迟。"这两句小话，差点儿没把"惹不起"气个倒仰。一掀门帘进了东屋，二人还在被窝搂着呢，小核桃白了她一眼又闭上了，柴永要起来，小核桃搂着不撒手。"惹不起"本想借题发泄一通的，给她来个下马威，让她知道知道我的厉害，见小核桃竟敢和她公然对抗，和那不屑一顾的眼神，顿时升起一种不祥的预感。不由得降了一个调门说："你也该知足了，还想当妈呀，你年纪轻轻，积点德吧!"小核桃抢白她说："你老倒是没少积德，怎么也死了男人成了寡妇?""惹不起"最忌人说她寡妇，气急败坏地说："你妈也是寡妇，你也看寡妇好哇。"话说了一半觉得冒虎气了，这不是儿子缺心眼，妈也二唬吧唧，一时没脸上去照柴永就是一巴掌说："你媳妇快把妈气死了，你今天不教训教训她，妈就不依。"小核桃呼地掀起了被子，赤条条地面对"惹不起"毫无羞色地说："你老不是愿意把着吗，上炕来把着吧，让你儿子打!""惹不起"再没想到这小狐狸精还是个滚刀肉，转身出屋，心说："有其母必有其女，遇上茬了，这是老天爷故意派来和我作对的，儿子儿子，娘可都是为了你呀。"随即掉下泪来，良久擦把脸，喂猪做饭。饭做好了，小核桃夹个包出来看也没看她一眼，出门回家，再不回来，一住一个月，任柴永三番五次去接，小核桃放出话来，叫你妈来赔礼道歉，给我妈磕仨头，打自己三个嘴巴我就回去，要不休想。柴永回来和娘一说，“惹不起”说：“要娘要媳妇。”柴永说：“要媳妇。”说完怕老娘生气，忙又说：“娘也要。”急得哭了，“惹不起”叹口气说：“娶了媳妇忘了娘这话不假。”说完起身上金家大院，见了女东家说：“找点活干，推碾子、拉磨、做豆腐，有地方睡觉，有饭吃就行。”女东家说：“老规矩，来人先喂猪，再来人替下你，可去做饭，也许三年不来人，也许三天就来人，这就看你自己的造化了，一年五根垅，黄豆、苞米任选，你看合适你就干。”

欲知后事如何，且听下回分解。

第二十四回

大换班五兄弟分金断臂　逢大旱女东家舍命求雨

上回说小核桃这小媳妇将那没人敢惹的婆婆制服。也为一物降一物，卤水点豆腐，"惹不起"一气之下，去大院喂猪，这可不是小核桃的本意。小核桃自那日被强行之后，才发现嫁个男人憨傻缺心眼，婆婆是个母老虎，这不一步掉火坑里了吗，只有死路一条，再无出头之日，背后没少流泪。自思，现木已成舟，如借故回家，就成了坐家女，终老一生，思前想后，只有和母老虎一决高下，拿住她，一家自有安稳日子过，拿不住，遭罪受气，只好认命。没想到，一个回合，"惹不起"就认输躲了，小核桃心中欢喜，可柴永见妈走了，不管他了，哭得大鼻涕老长，小核桃哄他说："让你妈尝尝给人家喂猪，有多苦多累，就会想到将来在家哄哄孙子，伺候伺候菜园子有多好，回家后再不会给我气受，要不我还回家，你和你妈过吧。"柴永哭着说："我咋就不明白了，咱俩定亲以后，我妈是日夜担心，就怕你们家变卦，把你娶来家了，她就变了一个人，看谁都不顺眼，一干活就生气。"小核桃说："你妈啥人你不知道，气死了你姑姑，还想气死我，再给你娶一个膀大腰圆能挑水、铲地，能和你一起下地干活的。像我长得这么小，不能挑水，连猪食桶都拎不动，所以你妈看着生气，可我长的小有小的好处，做衣服还省布呢，吃的也少和小猫一般多，省下来给你吃得饱饱的，好干活是吧。"柴永说："那我不想她了。"小核桃说："等你妈有病、有灾不能干活的时候，就接家来，毕竟她生了你是吧。"柴永含泪点头。

搁下柴家，再说崔家。这日大崔在外与人闲聊，一人说：“咱们这屯子，是星星沾了月亮光，金警官在这儿镇着，大土匪小土匪都不敢沾边，听说二道岗郑家屯那闹土匪，没钱就抢姑娘卖窑子里，比日本人还狠。小日本现在消停多了，土匪猖狂起来了，小门小户的真是没法活呀，小日本在松树岭吃了大亏，一个团一个没剩，他们这也是秋后的蚂蚱蹦跶不几天了，松树岭上的东北军和鬼子同归于尽了。小白龙觉得是时候了，不知从哪又回来了，在牛鞅子沟又聚起了一帮人，这回是冲着……”说着一指大院，“他来的，虽说这小白龙野鸡没鸣，草鞋没号，土匪里的孙子，可是命大，从金警官枪口下捡条命，虽说没中要害，想来也是九死一生，这些年养好了伤，憋足了劲，常言说得好，打蛇不死，终被蛇咬。”这时有一娘娘腔的人说：“小白龙就是个混混，借他十个胆也不敢露面。”那人接着说：“这话也是，不过俗话说得好，不怕贼偷就怕贼惦记，现在日本人都不轻易出城，他金警官在城里，小白龙不傻不苶，不敢对着干，抽冷子端了他的家行不？跟你们说，有事没事离大院远点，晚上睡觉门插严实了。”这番话说者无心，可是听者有意，大崔不觉出了一身冷汗，心里叫了一声亲爹大瓦刀哇，你可积了大德了，领家来个狼崽子，怪不得老天爷把你眼睛收了去，没有家贼引不来外鬼，这个家这是要败了，可不能这么个败法。一个大胆的想法，使他很兴奋，快步回家，叫出二弟、三弟、四弟，没叫老五，这哥几个从没把小老弟当回事，一是年龄差距大，二是生得体弱窝囊，干啥啥不行，日久就给当孩子辈了，上谁跟前谁呵斥，成了大哥几个的出气筒，他自己也是遇事躲远点，免得受气。哥四个来到大院麦秆垛，大崔看了一眼三个兄弟，未曾开言，眼泪下来了说：“咱们家大难来临，小白龙没死，不日就到。”就把刚才听到的说了一遍。停了一会儿说：“你们看该咋办？”二崔气呼呼地说：“砸了大柜把那东西拿出来分了吧，钥匙都交给白燕了，就这么眼睁睁拱手送人了，咱们哥几个还有脸活呀，死了得了，老爷子不拿咱们当儿子，也怨不得咱们了，斗鸡眼这个瘟大灾的天天磨叽回家，挑唆这几个女人分家逃命，跟她们说，全村人都知道这房子死女人，下一个就是你大嫂，吓得大嫂开始往娘家倒腾东西。老爷子瞎眼看不见，大哥你是不知道，别人见了也不敢说，这个家才消停几天，怎么也不能看你们两口子又开打，今天早上你走她就走了，挎个筐说是孩子他姥爷病了，我们也没敢多问。”大崔说：“好，这门亲事我是没办法，老爷子做主订的，就让她替咱们尽孝养老送终吧。咱们拿她当妈，二嫂升大嫂，三嫂升二嫂，白燕给老五，你们同意，我就把大柜砸开，分了各奔前程，这屯子不能待了，咱不能让人家笑掉大牙是吧。”二崔巴不得把斗鸡眼推出去，紧接着就说：“我同意，谁要是不同意，金元宝没他份儿，在家守着老爷子，一指老三、老四，你们俩都不同意，我领白燕和大哥走了，这地我是种够了。”大崔又认真地问了三崔、四崔的口供说：“这可不是儿戏，一辈子的事。”老三夫妻恩爱有些不舍，迟疑了一会儿也同意了，大崔说：“当年那是十八块金元宝不知剩多少了，回家!”

进院见老爷子和白燕在院中晒太阳，大崔向白燕一招手，白燕起身和几个人一同进屋，大崔说：“钥匙给我!”白燕一下跪下了说：“我不敢，你还是从爹手接吧，我这就还给爹。”大崔说：“不用了，不叫你别进来。”伸手从菜板上操起大菜刀接着说：“叫你们的女人过来。”说着进里屋把菜刀插在大柜铜鼻后面一撬，没费劲柜鼻就下来了，大柜可是有年头了，木板都不拿钉了，打开一看，还是当年大瓦刀背的那个破皮兜，别的什么也没有，大崔拿出来往炕上一倒，金灿灿十六块金元宝，真是喜人，四个女人凑上前眼珠都不会动了，大崔说：“你们一人四个，”然后对三个兄弟说，“把那话告诉她们。”太突然了，半天没人搭腔，二崔拿起四个金元宝递给斗鸡眼说：“上大哥屋去吧。”斗鸡眼笑着接了说：“你大哥也真会，咋不往下串呢，我上老三屋行不?”二崔瞪她一眼说：“别卖乖了，没你还不定走这步呢!”斗鸡眼一拧腚，去了大崔屋，三媳妇什么也没说，拿起金元宝，照三崔脸上就是一口唾沫，三崔眼一闭，下来两行眼泪，看来还是金元宝吸引人哪。老五媳妇心里高兴，整日守着个病秧子，说不上啥时就蹬腿把你撇了，上前兜了金元宝，笑呵呵地上四哥屋去了。不大一会儿，这哥仨放下了幔帐，大崔可是顾不上这些，叫进来白燕、老五说：“好兄弟，我们走了，这个家都留给你们俩，你媳妇对你也不好，让她跟老四走吧，你们俩给灶王爷磕个头，就算成婚了。”二人心中欢喜，照做了，大崔对白燕说：“你哥没死，告诉你就是让你放心，啥时见了面，不要在人前相认，你要认了，他的仇人会拿你报仇的，记住了！”白燕点头，这时哥仨夹包拥着新媳妇出来了，大崔说：“你们记住了，这个家没你们份了，发财要饭自己去闯。”斗鸡眼说：“没死在这屋就是命大，回来找死呀。我在村口等你，你可快着点。”这一行人，怀揣着金元宝，头也没回，出院走了。大崔见了，泪流满面，到这时他突然明白了，没有那东西这个家什么事都没有，后悔不该把家拆了，想把几个兄弟喊回来，也是万万不能了，深感自己罪孽深重，一下跪在白燕面前。白燕也是满面泪水，连忙跪在地不知所措，大崔说：“你是个好姑娘，爹交给你了，这个家也靠你支撑。”白燕说：“只求大哥一件事，你一定要回来看看爹，他老了，受不了。”大崔点头说：“好，我答应你，我再嘱咐老五几句。”白燕起身出屋，大崔对老五说：“别怨大哥心狠，你是不知道大哥的心思，怎么一个也没给你留，要知道有了钱，她就跑了，这个家都留给你，也够过，你得要点志气，过个样给人看看，还有你那小侄女，她们有了难处，你拉把手。”老五哭着说：“那孩子是崔家人，大哥你就放心吧，不过凡事你多长个心眼，那女人可没好心肠。”大崔说：“兄弟这句话，大哥时刻不能忘，屯里人问你家哥几个干啥去了，你就说上奉天修皇宫去了。”说完出门走到大瓦刀跟前，跪地磕个头，白燕再也忍不住哇地一声哭了，大崔起身快步出门。大瓦刀张开手臂喊，燕儿怎么了，白燕扑过去哭述一遍，半晌，大瓦刀说：“给你五哥做媳妇委不委屈？”白燕摇头，摇了半天才明白，老人看不见，凑到耳边甜甜地叫了一声：“爹，人家愿意。”大瓦刀说：“那爹也求你一件事，你无论如何要给崔家留个后，你答应了，爹这瞎眼就闭上了。”白燕含泪答应。

傍晚大崔媳妇回来了，进门冷冷清清，白燕喂猪呢，问老五，崔五一指大柜，大崔媳妇一见，柜鼻子掉在地上，嗷的一声哭了，嘴里骂道：“你大哥不是人，啥事我都知道，爹都这样了，我是强忍着。”说完立马又不哭了，来到大瓦刀跟前说：“爹你别上火，我到啥时都守着你，大院那女人能种地，我也能种，让他们跑吧，那几个女人我是看透了，都不是好人家的儿女，他们混不了多长时间。”大瓦刀感动了，嘴唇颤抖着说：“好孩子，爹没看错你，你能看到这一步，咱们崔家败不了，让他们尝尝要大饭打光棍的滋味，回来就安心过日子了，那几块金疙瘩我早就想扔进水泡子里，那东西不是什么好东西。”说完唉声叹气，接着说：“那东西带在身上命都能弄没。”大崔媳妇说：“爹这事你不用担心，哥几个这点儿精神头还有。”大瓦刀又问：“你爹的病可好些？”大崔媳妇说：“齁巴一到冬天就犯，不能出屋，躺下上不来气，晚上抱个枕头坐着睡觉，天暖和了就好多了，今早上我偷着捡二十个鸡蛋没告诉你老，怕他们说你偏心。”大瓦刀说：“别提那几个畜生，你妈不在了，不靠你靠谁，一个齁巴爹，一个瞎眼爹，够你苦的。”大崔媳妇说：“我爹夏天还能干活呢，种地扶犁赶车都行，你不用惦记他，倒是你老眼睛看不见心里着急，看你老天天呆呆地看天，我们也不知怎么能让你老欢心。”大瓦刀说：“眼不见心不烦，这不更好吗，他们走了，我倒清静了。”可是话没说完哭着说道：“我怎么生了这么一帮畜生！”大崔媳妇一时不知所措，见白燕喂完了猪就说：“咱们得给燕儿圆房，也没准备，杀个鸡行不？”大瓦刀说：“刚下蛋杀了可惜。”大崔媳妇说：“那就擀面条打荷包蛋，你老也进屋吧，太阳落下了。”饭后新婚小两口入洞房，虽然什么也没有，但二人都十分满意。崔小五没想到又做了一回新郎，想到那女人看都没看他一眼乐颠颠走了，心说你们拿金子跑吧，明天就让土匪抢、日本人抓，后天就要大饭才解恨。对白燕来说这时的崔家依然算是大户人家，婚后就当家做主，这个破大家前路有多艰难，她可是一点儿没想，这千斤重担，忽地落在肩上，她是毫无惧色，且雄心勃勃，只觉这是上天令我报恩，现在是名正言顺的崔家人了，因是白燕的新婚，满心欢喜。里屋翁媳二人唠了半宿，大瓦刀说：“要不是我这小孙女，我不会让你等，大鳖犊子回来了，你们俩就有好日子过吗，也未必。可孩子都十岁了，不能带到后爹家去，要是个儿子就好了，看来要委屈你一辈子，是爹害了你。”大崔媳妇流下泪来说：“爹你说对了，没有那金疙瘩咱们家啥事没有，嫁到崔家我知足，孩子是我生的，再委屈我也认，我要让她念书，出去做事，不在家喂猪做饭让男人瞧不起。”大瓦刀说：“好哇，回去尽份孝心，我这边你放心，地不种了，租给大院，够吃就得，歇着吧。”

第二天白燕起来一看，屋里屋外收拾得干干净净，先自红了脸，大崔媳妇说："你比我的命苦，连三天不下地都得不到。"吃完饭，大瓦刀叫老五套车，装四麻袋粮食，送大嫂回家，两头牛都套上，小牛犊也带上，家里没人铡草了，有空把老母猪也赶去，每年抱回两个猪崽就行了。大车赶走了，院里清静了，白燕的心可是凉了，说道："快种地了！"大瓦刀笑了说："你看咱爷仨能种地吗？咱不种了，租给大院，咱们吃现成的，你说好不好，你就多喂点鸡鸭，我就等着哄孙子喽。"看上去大瓦刀满心欢喜，白燕可是老大的不愿意，还好，大瓦刀看不见她的脸色。天气一天比一天暖和了，这日，大瓦刀对白燕说："领我去见女东家。"在大院门口见了胡先生，大瓦刀说明来意，胡先生说："女东家定会同意，因三十垧地紧紧手就侍弄了，不用加雇长工。"等见了女东家，女东家笑了说："我家地够种，不用外租，但咱俩家是地邻，你要卖，我一定是要买的，听说你家孩子上奉天耍手艺去了，老哥你早晚也是去大都市享福，还操这心干啥，我不压价，时价一次付清，你回去再合计合计。"大瓦刀扶着白燕一步一步往回挪自言自语说："这女人白脸狼，她是看咱家今年地种不上了，就动了狠心。"白燕回头见女东家仍在门口等人说话，咬牙切齿瞪了她好一会儿，才扶大瓦刀进院。女东家对胡先生说："他这块地我惦记多年了，终于到手了，你说崔家大哥也算是个能人，怎么就管不好家呢？"胡先生说："但凡败家都败在儿子手。"一句话说到女东家疼处，是呀，还笑话人家呢，这金梁、金柱，翅膀还没硬呢，就管不了了，那么点就敢对他下手，这个家将来真不知会是啥样，我可是图个啥，也迈着沉重的脚步回屋了。大瓦刀终于下决心把地卖了，说好几年后原价买回，女东家同意，大瓦刀把这四千五百块钱交给白燕说："省着点花，等你哥回来。"白燕记下。

大瓦刀自从卖了地，心情郁闷整天不出屋，不说话，白燕看着心里着急，又不知如何是好。这日天气好，拉起大瓦刀的胳膊，白燕现在是儿媳了，依如小女儿般亲昵，说外面可暖和了，吹到脸上很是舒服，不容分说，拉出屋来。院里大车没了，白燕抱来麦秆放在窗下，爷俩坐在麦秆上，太阳照在身上暖洋洋的。听大院那边男工女妇人声嘈杂，大瓦刀说："大院种地了。"白燕说："种好几天了，爹是黑天白天不分，多少天不知道了。"大瓦刀眼里流下两行泪水，白燕忙伸手来擦，说："看这眼睛也没啥毛病，怎么会看不见呢?”说着说着，只见嘴角鼻眼使劲往一边歪了一下又好了，白燕给大瓦刀擦眼泪的手，还在脸上揉着说：“爹，你怎么了?”大瓦刀说：“我觉得脚后跟大筋断了。”说完身体往白燕怀里一歪，再也没应了，白燕号啕大哭，紧紧抱在怀里不撒手，崔五听哭声跑出来，见老爹已死。大瓦刀五个儿子跑了四个，愣是没往心里去，没事似的。地没了，才彻底崩溃，带着太多的遗憾离开了人世。第二天一大早，白燕就跪在金家大院门口，不知啥时女东家才知道，出来一见，白燕身着孝服，忙说：“是崔家大哥?”白燕哭着说：“求女东家帮忙把地里的，不对，现在是你家地了，棺材拉回来把我爹葬了。”女东家一时觉得是乘人之危，夺人之爱了，心里也很难过，又觉得那棺材放在地中间不吉利，看着蛇厌，她不来求我，我还得求她去，就说：“你起来，忙可以帮，但这种事不能白帮。”白燕说：“我没钱，你就行行好，日后一定报答，你答应了我就起来。”女东家说：“怎么会没钱，卖地的钱呢?”白燕说：“那是你的钱，我一文不动，等我哥回来，你的钱还给你，我家的地还给我，要不卖地我爹能死吗?”女东家说：“看不出小姑娘，还真有骨气，我佩服这样的人，就送你一个人情，你回家等着吧。”白燕起身回家，一个时辰过去，大棺材拉到门口，白燕对打头的说：“撬开盖，把我妈抬出来装我爹。”打头的说：“那你妈放哪儿?”白燕说：“把牛槽抬上车，放牛槽里。”众人不知就里说：“这是亲爹后妈。”白燕听了，只当没听见，棺盖打开，凉气袭人，这老太太瘦骨嶙峋如木乃伊，依然冻得硬邦邦，刚好放进牛槽。白燕抱来两捆高粱秆，放在车上，众人将大瓦刀装进棺材盖好了，大车奔树林在柴清身旁挖两个坑，放入棺材、牛槽。上压两捆高粱秆。这时大崔媳妇和崔五正好赶到，一见牛槽上压两捆高粱秆，三人抱在一起，哭作一团。

可怜白燕生得美貌端庄，心地善良，却是这般的命苦，葬了二位老人每日倚门而望，希望能看到哪位哥哥的身影，两年过去了，杳无音信。病秧子崔五的大肚子病一日重似一日，卖地的钱，也是坐吃山空，白燕心中甚是悲苦，大嫂不时过来劝慰几句，但也无计可施。崔家到了这一步，“惹不起”幸灾乐祸地说：“大瓦刀哇，你五个好儿子，不如我一个傻儿子，这家败得真叫利索，地无一垅，苗无一棵，老的死小的逃，就剩一个病秧子，啥时这口气咽了，这房子得归我，你们家欠我一条命!”要说“惹不起”现在也是有吹的，小日子过得很滋润，小核桃生了个女孩，坐月子时“惹不起”悉心伺候，婆媳俩言归于好。柴永在大院打短工，女东家种地时把柴家的地带上，两家换工都不吃亏，柴永干活一个顶俩，全村没一个不服气的，铲地时女东家给双劳金，打头，这让“惹不起”很觉骄傲，只是柴永又有了美称：“蚕蛹。”村中恶少们传柴永小茎，平时看不见，用时如“蚕蛹”。想是从何大仙、“惹不起”骂架而来，也就怨不得别人了。好在柴永不知“蚕蛹”为何物，别人叫他傻笑答应，村里人没有不逗他玩儿的。他也不知吃亏占便宜，从未与人翻脸急眼，且乐于助人，随叫随到。谁要说我家有一“大个”谁也搬不动，他必是要试巴试巴，不让他弄还不愿意呢，村里男女老少都喜欢他，女东家更是不撒手。说话间夏锄又至，今年天干少雨骄阳似火，女东家心情沉重，每日随送饭的女人去田间看苗情。送饭的四个女人带着两大元宝筐黏高粱米面的火烧，由一人挑着，两木桶角瓜片豆腐汤，一人挑着，角瓜片是干菜。这时地里的角瓜才开花，两桶井拔凉水，一人担着，另有碗筷咸菜条在一筐里，由一人挎着，女东家戴个草帽跟在后面。铲地的人远远就看见送饭的来了，加把劲赶到地头，柴永早到了，每回都是接最慢的那一个。二十几个人到地头，擦把汗，先灌一瓢凉水，然后抓起黏火烧，女人给盛碗豆腐汤，送到手里，几口喝光，风卷残云一般吃饱了。棉袄一铺，就地腿一伸，头枕锄杠草帽盖脸，便进了梦乡。柴永从不睡觉，饭摆在那一点儿不着急，先用筷子串火烧，他不识数，不知道吃多少，只知能吃两筷子，两根筷子能串二十个火烧，大肚汉子也只能吃六七个，柴永一人就吃二十个，女东家也舍得，这四个女人陪柴永一个人，心里就不耐烦，大晌午头在这大地里，连个树荫都没有，你看他，紧一口慢一口的嘴里还不住地念闲嗑：“一个油锅底也没有，都让你们做饭的吃了。”这油锅底就是烙火烧时中间那一个，尖锅底，中间那个油大，好吃，端起碗喝口汤，吧嗒吧嗒嘴说：“这汤啥味没有，东家也不缺盐，放点胡椒面、辣椒面行不?”把这四个女人气乐了。便来了主意，一人小声说：“看看有没有我那十岁的儿子大。”一使眼色，四个女人忽地把柴永扳倒，一胖大屁股女人一下坐在柴永脸上，双手抱住一条胳膊，另一女人按住一条胳膊，那两个女人一人骑住一条腿，一把就扒下柴永裤子，四个女人立时瞪大眼珠不会动。只听柴永喊：“你放屁了，尿裤子了！”他们连喊带扑腾把睡觉的长工喊醒了，一看乐了，一人说：“母狗起群了，你们家没有哇，稀罕人家的。”另一个长工说：“男人喜寻野花，女人爱吃野食，这话不假，光天化日之下，四个老娘儿们把人家小伙强奸了。”大地里响起一阵轰天的笑声，四个女人把剩下的多半桶豆腐汤倒在咸菜盒里说：“这回够口，你慢慢喝吧。”挑起水桶没走多远，四个女人再也忍不住，全笑倒在地，扒裤子那女人说：“多能作践人，还‘蚕蛹’呢，你攥一把，我攥一把，上面还露个大疙瘩榔。”一指大屁股女人说：“你也真够劲，都拉拉尿了。”这时女东家听到笑声赶到跟前说：“啥事笑成这样？”那女人比画着说：“鸭蛋那么粗，筷子那么长。”四人笑着快步走开，只听女东家在后面说：“你们喝傻老婆尿了。”那女人说：“傻小子喝了，这回识数了。”说完又笑倒在地，四个女人说说笑笑到了大门口，却见小核桃抱着孩子走来，四个女人把空桶放在大门口，向小核桃迎来，在柴家大门口相遇。一女人说：“孩子这么大了，真快。”说着四个女人围着小核桃上上下下前后左右，这个瞧哇，另一女人说：“我们送饭才回来，柴永自己喝了一桶豆腐汤，嫁这样男人够你操心的。”小核桃说：“我家柴永干活没有不夸的，还知道疼媳妇，一点儿不用操心。”那女人笑着说：“你们瞧这小人，晚上睡觉可怎么受哇！”然后四个女人向小核桃伸出大拇哥说：“你真行，我们服！”大笑着走了，小核桃愣了半天，忽地脸红了，向地上呸呸呸吐了三口转身回家，至门口回头冲这几个女人说：“馋死你，馋死你。”很自豪地进屋了。

女东家的地铲完了，长工不用起早贪黑了，大院里的人都松了一口气，只有女东家心急如焚。因老天不下雨，看看天上万里无云，连点风丝都没有，再也不能等了，女东家决心求雨，就是拼上性命也不能眼看着小苗旱死。这日一大早，梳洗穿戴整齐，备了几样供果和黄纸、香炉、高香，也没忘了带上奶奶的坐垫，招呼春常陪她去湖边求雨。春常听了心中有气，就说：“昨晚多喝了凉水，这时肚子拧劲疼，要不明天去吧。”女东家知道他要赖皮，这是春常惯用的伎俩，早已不好使了，女东家说：“明天要下雨了，我就把你那酒葫芦灌上马尿。”春常说：“行，咱俩打赌，明天你把雨求来了，从此我就喝马尿。”女东家说：“你在家好好躺着，我谁也不用。”说完招呼一个做饭的女人，挎筐来到树林，先给老太太烧纸磕头念道：“奶奶地下有知，鹊儿遇上大难了，今年自从进了五月，一滴雨没下，现在五月快过去了，这一带方圆百里的庄稼眼看枯死，请奶奶求湖神快点下雨，大院所有人丁谨遵奶奶教诲，从未冲撞得罪湖神，大人孩子谁也没吃过湖里的泥鳅蛤蟆，只是这么多年，从未孝敬湖神，鹊儿知罪，今日发下愿心，若湖神施雨，救活这一带庄稼，愿杀猪三口，孝敬湖神大人，平日早上一炷香，晚上磕三头，请老天做证，鹊儿不吃不喝跪在湖边请罪，直到下雨。”念叨完了，来到湖边一树下，摆上供品，铺上坐垫，烧了纸钱，打发了那女人，便长跪在湖边。那女人快步回大院对春常说：“女东家发下愿心不吃不喝直到下雨，她一个人跪在湖边，不让我们跟着。”春常笑了说：“她不知道人饿了是啥滋味，你煮十个鸡蛋，开水晾凉了，装军用水壶里，我就看她能撑到啥时。”午饭后，大院的人都知道女东家求雨呢，胡先生说：“求雨是热闹事，敲锣打鼓唱大戏，她一个人不吃不喝舍命求雨，这不是作践自己吗，佛经里有这骗人的故事，可是得想个法。”说完晃着脑袋回屋了。春常来到树林，女东家瞪他一眼没理他，春常只好远远地坐在她后面看着她。通宝和几个女人来到河边，女东家说：“回去告诉他们谁也不许来，人多会惊扰了湖神。”通宝跑到春常身边说：“这咋办那！”春常说：“没事的，比屋里还凉快，你回去吧，晚饭后来换我。”晚饭后通宝早早就跑来了，春常回去匆匆吃完饭叫两个长工抱着麦秆带着二郎来到树林。女东家跪了一天，到这时已是趴在地上，春常见了又气又心疼，麦秆放在她跟前，她看了一眼没说话，春常拉起来，然后铺好了麦秆，放上垫子，换了高香，女东家就跪趴在上面，闭眼不说话，二郎便偎在她身边。春常将另一抱麦秆自己铺好坐在上边，对通宝和两个长工说：“回去吧，我在这儿守着。”胡先生在屋闷闷不乐，对杨桂香说：“女东家一意孤行，我可是该说话了，这会出大事的。”天黑了下来，二人越发觉得不安，便来到湖边，胡先生这一路也没想好怎么能劝女东家回头，没到女东家眼前就站住了。女东家看他二人一眼说：“先生，是金家的气数尽了吗?”胡先生半晌没说话，忽地跪地说：“天不下雨，我当陪你，以尽管家之责!”再没了下文。杨桂香捅他一下，先生只是摇头，杨桂香说：“看我的，”便凑到女东家耳边说，“天黑了，我在这儿替你上香，你悄悄回家吃饭睡一觉回来，咱俩替换着，鬼都不知道。”女东家说：“神灵岂可欺骗，你俩回去吧，不要坏了我的大事。”杨桂香气得不知说啥好，嘟囔了一句：“死脑瓜骨，够你受的。”春常叫过二人，把水壶举到二人面前一晃，又拿起一个手巾包让杨桂香摸，杨桂香一摸是鸡蛋，三人对视了一下，笑了，二人点头说：“这就放心了。”春常向大院方向一努嘴，二人拥着回去了。春常在树林里寻来干树枝，在水边点起一堆小火，撅根蒿秆穿上鸡蛋在火上烤，鸡蛋的煳香味顺风向女东家扑去。女东家一天是水米未进，是又饥又渴挣扎着来到火堆旁，看着春常。春常把手里的蒿秆递给她，女东家接了在鼻子上闻了闻，又向春常伸手。春常高兴，把手帕包递给她说：“十个，你坐这慢慢吃吧，壶里有水。”女东家拿在手中眼一闭，牙一咬，咚，扔进水里了。转身回去趴下了，气得春常流下泪来说：“你这是作死!”女东家也流下泪来迷迷糊糊进入了梦乡，等她一觉醒来，天已大亮，发现这哪是在求雨，是舒舒服服睡了一宿。春常的小夹袄还在身上，回想一下似乎夜里起了风，天已不那么闷热了，有了下雨的征兆，于是更坚定了信心。

第二天，女东家求雨的事村里人都知道了，不少人来湖边看了很受感动，女东家又等于受到了鼓舞，一种莫名的沉重感涌上心头，我值。昨晚鸡蛋的事大院里都知道了，都捏了一把汗，就这样提着心过了第一天，平静地又过了第二天。第三天一大早春常醒了，见女东家还睡呢，也没理她快步回家，他是要进城告诉金中玉。进院胡先生也是此意，说快去快回，会出大事的。春常点头套车，杨桂香递过一个小筐，春常接了，打马进城直奔警察署，金中玉不在，一问说：“过江开会去了。”春常只能耐心等候，太阳都偏西了，金中玉才优哉游哉地回来了，春常上前说：“她求雨，谁劝也不听。”金中玉笑了说：“让她求吧，别理她，我晚上还要开会，明天再说吧。”春常急了都要哭了说：“不吃不喝都三天了，眼看撑不住了!”金中玉这才着急，对警卫说：“有人问，就说我家里有急事晚上回来。”转身对春常说："我先走。"警卫牵过马来，金中玉飞马回金家屯，直奔树林，见女东家正趴在湖边，这气就不打一处来，上前一脚把供果踢水里，抱起女东家搭在肩上，半扛半抱快步回家，女东家心里还明白，只是一点儿反抗的力量都没有，在金中玉的耳边说："你要了我的命，前功尽弃了。"金中玉只作没听见，进屋往炕上一放，女东家一气之下就昏过去了。呼唤不醒，只有微弱一息，这时太阳已下山，春常赶车也进院了，女东家人事不省。人们急得不知如何是好，胡先生急中生智，叫屋外的人大声喊"下雨了。"不一会儿，女东家慢慢睁开眼，喘着那微弱的一息问："下啦?"众人连连点头，女东家脸上现出了笑容说："开窗让我看看。"众人又面面相觑了，春常出去叫个高个长工，拿铜盆向房上泼水，屋里打开窗户见屋檐果有水滴流下，女东家长出一口气，有些自豪地说："我就说嘛，奶奶不会不管我。"金中玉见没事了出屋，对春常、胡先生说："我还有事要回城。"胡先生说："让她喝碗米汤，一个时辰后喝碗红糖水，再过一个时辰可吃碗鸡蛋糕，我们这些人是拿她一点儿办法都没有，就得你回来，现在没事了，你就放心走吧。"金中玉转身进屋看了一眼女东家说："你跳水里给癞蛤蟆当媳妇更好使。"说完笑了，转身上马走了。女东家想回他一句，屋里人多只是忍了，不一会儿，小米粥好了，杨桂香扶她靠在自己怀里，春常端着粥碗说："喝点儿吧，天都要塌了。"女东家看看众人说："这不是做梦吧?"杨桂香一歪头在她脸上使劲亲了两口说："疼不疼?"然后对着耳朵说："我替他亲的。"女东家唰地红了脸，在春常手里把一碗小米粥喝个干干净净说："就是渴呀!"杨桂香放下她说："先生说了不能急着吃东西。"女东家只得罢了，这时觉得肚子里咕咕作响，有个东西压在肚子上，一摸是春常的酒葫芦很是热乎，就说："你把奶奶的话忘了!"春常说："晚上要不喝两口，也睡不着。"女东家听了，闭上了眼睛，搂着酒葫芦像是睡着了，不知啥时，枕上湿了一片。夜半响起了雷声，真的下雨了，越下越大，众人都跑出屋站在雨地里，春常脸上泪水和着雨水哗哗淌，有谁知他心里有多少苦水。大雨直下到第二天过午，傍晚，天空出现了三道彩虹，多年未有的奇观，全村男女老少挤满了大院。人们认定这雨就是女东家舍命求来的，都争着要看一眼女东家怎样了，说句感激的话也心安。面对全村父老，女东家很是动容，这可是她没有想到的，止不住流下了热泪说："都请回吧，等我能下地了，在湖边杀猪还愿，以后我每年早早杀三口猪敬湖神，求得风调雨顺。"村人们说："还愿猪算是全村的才合情合理。"女东家说："愿是我许的，须我自己还才好使，到时还请众乡邻捧场。"村民们怀着万分感激的心情离开了大院。

欲知后事如何，且听下回分解。

第二十五回

黑牡丹引狼救夫君　四姑娘听书明大义

上回说女东家求雨，可巧，雨就来了，天如人愿，这给女东家带来无限的欣慰，杀了猪，还了愿。大院像过年一样热闹，可就是女东家落下个眩晕的毛病，不知啥时就突然倒地，人事不懂，很是吓人。病根是从金富降生后落下的，可紧接着又添了金贵，金贵才六个月，刚会坐，又求雨，使得原本虚弱的病身又雪上加霜。盼着伏天过去病会好转，可又是一年一度秋风起，天气转凉，仍不见好转，便想到了道人那银针。春常说："啥时金中玉回来我骑他的马去接那道人。"等金中玉回来了，春常说接道人师父，金中玉说："不用你去，桦树岭有人在城里，我叫银梭送来就是。"原来自从米行事败，银梭又安排了眼线，为的是和金中玉保持联系，并负责山里的供给。书中交代，岳克己很看重银梭，要银梭继他遗愿，任二十三团参谋长，通宝任团长，二人同心协力，将二十三团的大旗举起来，发展壮大自己的队伍。现在桦树岭已八十多人，又建了营房，平了操场，一切学松树岭。岳克己给他留下了充足的经费和武器弹药，要他不可轻举妄动，等东北军打回来。到时，对留在东北坚持抗战的队伍，一定会给予嘉奖的，对有用人才会破格提拔，未来的前途无限光明。你们成熟了就结婚，通宝是岳府千金，岂能嫁个种田郎，误了通宝一生，通宝要是难舍，就让那人消失。银梭发誓通宝就是我的命，通宝在我命在。可通宝无意打打杀杀，只想做女人，自从洪寄娘死后，再没回山，女东家也不让她走。这让银梭很是沮丧，想对金梁下毒手，所幸金梁参加了革命，不在家，他也只能等待时机，金中玉让他把道人送下山，终于有了个和通宝见面的机会。高高兴兴地把道人带进了大院，见到了朝思暮想的心上人，通宝对他很热情，银梭便把受命以来山上的变化，描绘一番，末了说："你是一团之长，总得归队的，师弟们都盼着你这个大师姐呢！"通宝说："当团长打仗，不如当东家种地，我娘那么高的武功，一个豆角粒大的铁蛋就要了她的命，这功夫还练个什么劲？二叔留洋学打仗，最后自己把自己炸死在山洞里，大旗是你接的，你自己扛吧。"银梭没想到通宝会这样无情，饭也没吃就走了，这边道人给女东家摸了脉，问了病情，说："此为中宫缺血症，人脑缺血便眩晕，血盛亦晕。治此症以养血为主，养血以食补为主，安睡为辅，寻一棵百年老参，切三五片，先沏红糖水，水喝了，铁锅炖人参老母鸡，母鸡去头去爪，喝汤吃肉，再宽心安睡则此症不治自愈，药石针刺无益。"晚上金中玉回家，春常先将道人的话学了，然后说猎人爷爷给奶奶寻了一颗千年老参，她收着呢，啥时遇到买主，还要置一百垧地，金中玉说："这都快把命搭上了。"二人嘀咕几句，金中玉回屋，不一会儿，女东家拿本账目回来，打开大柜，这时春常在外喊她，女东家出屋，春常说："金梁来信说，在俄国学习进步很大，让二老不必挂念。"女东家说："翅膀硬了，一个说是去了美国，这个上老毛子家去了，啥时老毛子翻了脸，老太太那事露了馅，还回得来呀，人家就不知道报仇哇！"春常说："没办法，女人就是女人，跟你说是让你放心，还不如不告诉你了。"二人进屋，女东家见金中玉已将那老参掰成两段，递给春常一截，春常接过上菜板，当当当切成土豆片，女东家一屁股坐在炕上，伤心地说："这个家就没有和我一条心的，我可怎么好，大人孩子都败家，我可图个啥，一百块钱买一筐，你非祸害这一颗干啥。"金中玉说："一车也不如这一颗，谁吃谁得，就算你得了一百垧地，下辈子的地都有了，上那边还种地？"又把女东家气乐了，村里人很快就知道了，大院女东家又把会扎针的道人师父请下山了，便来求女东家留师父多住些时日。女东家说："师父乃大德至纯至圣之人，有愿心，度人间一切苦厄，你们只管来求治，啥时师父说累了、乏了要回山，我也不便强留。"有女东家的话，在顽疾中忍受痛苦的人又齐集大院，白燕和崔五也在其中，不知啥时二人挨到了道人跟前，道人一见白燕，便生淫邪之心，心说："要使女东家就范，尚需时日，这小女子可是有些姿色，他男人这大肚子病，只要放出腹中积水便好，小林医生曾详细说过治疗过程。真是该着在他身上露脸。"便仔细问了病情和家庭现状，白燕一一作答，末了道人说："这病可不是小道这根针能医得，这须上日本人的大医院。"白燕一下跪地上哭求道人救丈夫一命，道人故作沉思良久说道："看你二人实在可怜，我就勉强一试，你起来吧，明日巳时，将病人手脚绑在院外大树上，防其乱动，我念动真言，请来上仙，割开肚皮放出积水，仍需每日早晚行针一次，截住腹水，勿令再生，一月后方为痊愈。此事还要看能否请下上仙，若请不来，断不敢割人肚皮，小道不为财，不为利，只为了却愿心，度人出苦海，信得过小道便一试，信不过早早去省城，也许能保住性命，迟则不保。"白燕忙说："信得过，信得过。"第二天看热闹的村民，早早就到了大院门口，都要看看这道人怎样给人开膛破肚放水。道人让白燕拿来洗脸的铜盆，放在崔五脚下，村民后退三十步远远观看，近了有碍上仙降临。崔五脱了布衫光着膀子，双手背在树后让人绑了，双腿也绑好，这时的崔五是一动不能动，光天化日之下让人围观，就好像是犯了死罪，上了刑场，单等午时三刻，开刀杀头一样。他害怕了，被绑住的双腿在颤抖，道人披散着头发，一步一步向崔五走来，口中还念念有词，走到崔五跟前，两眼射出凶光，恶狠狠地说："我乃李铁拐下界，白燕是我的道友白牡丹，被你霸占为妻，作速还我，敢说一个不字，叫你生不如死！"左手在崔五肚皮上拂弄几下，右手不知从哪里抽出一把牛耳刀，对着自己的左手一刀刺入。然后慢慢抽出左手，刀把后有水溜淌出，流入铜盆，水溜不大如小儿撒尿，崔五早已吓得昏死过去。道人也不理他，不知啥时，崔五抬起头来，在人群中寻找白燕，当四目相对时，崔五眼里流下泪来，心说："白燕呀，我已死了一回。"白燕远远看见崔五抬起头来，一颗心才放下了，足足两袋烟工夫水溜没了，道人忽地拔出刀来，在崔五裤子上蹭了两下，放入怀中，伸手在铜盆中搅，盆内腹水立时变成血水。这时人们才涌上前，白燕第一个冲到崔五跟前，见肚皮上只有高粱米粒大的一个红点，伸手揉了揉问："疼不?"崔五这时肚子里的积水没了，呼吸顺畅了，说话就有劲了说："我一见那刀就昏过去了，没觉疼。”白燕见那满满一盆血水，问道人说：“水从肚子里流出时是白色，这时怎么是血了呢。”道人说：“血水在肚子里是白色，一旦见了阳光就变成红色。”村民们说：“这可真是长了见识。”白燕又问：“松绳行了吧？”道人点头，这时有两个上了年纪的老人很吃力地走到道人面前，跪下磕头说：“活了七十多岁，今天是见了活神仙。”道人忙搀起来说：“还好，今日总算顺利，明日我给二老把脉。”然后向众村民一抱拳说：“谢谢乡亲们捧场。”自此，金家屯的村民便把这道人视作活神仙一样顶礼膜拜。这时白燕和崔五过来给道人磕头谢过救命之恩。道人说：“只放出了腹水，哪里就是好了，还早呢，先别言谢。”白燕急得哭了说：“我家没有好酒好饭不敢请师父家里住。”道人说：“贫道自出家以来，便素食，从未破戒，豆腐便是出家人的美食。”白燕说：“那请师父家里住吧，早晚行针方便。”道人说：“也好。”便向女东家告辞，女东家和杨桂香站在大门槛上看这道人作弄崔五。女东家说：“这道人也许是有点儿仙法，怎么刀扎进肚子会没伤呢？”杨桂香笑了说：“这等把戏算不上高明，他那刀把是活的，装上一个洋针，大班跳神的师父请来神了，叫徒弟上刀山，脚踩烧红的铁板，皮肉眼瞧着割开了，用手一摸就长上，只留一条红印，这个杂毛老道也只能在这小屯子里骗骗没见过世面的村民。”女东家似乎也明白了说：“我也见这道人给女人看病时甚是用心，一副不怀好意的样子。”杨桂香说：“你加小心就是了，他可是个狼，不是人，更不是神。”这道人来到女东家面前说：“因这崔五早晚行针，须住到崔家。”女东家说：“但凭师父方便，所需之物，师父随时张口，我叫人送去就是。”道人谢过，转身走开，看也没敢看杨桂香一眼，杨桂香大叫：“完了，完了，小丫头喂狼了！”

道人随白燕到了崔家，进屋一看，宽敞明亮，干净且无闲人，越发高兴，白燕忙着给师父收拾住处。东屋大北炕空空无一物，只是炕席黑旧，白燕将一崭新炕单铺在炕头上，看看还不到大炕的三分之一，也只得罢了，又抱来干净被褥，崔家这东西甚是拿得出手，道人一见上好缎面，心说，这也算是个中等有钱人家，因何只有小夫妻二人？就说：“家中还有何人？”白燕说：“父母过世，兄嫂八人分家，远走高飞了。”道人说：“父母不在，长兄之过。”白燕忙给道人做饭，面条荷包蛋，鸡蛋道人不吃，只吃一小碗面，晚饭高粱米粥溜豆腐，道人吃得很香。白燕早早就把大炕烧热了，这炕可是几年没烧火了，天黑掌灯时，道人让崔五脱衣躺下，在肚子上扎了五根针，嘱其不可乱动，一个时辰起针。道人自己回屋，寻思用何手段，可使这小美人就范。白燕收拾了碗筷，洗了脸，进道人屋脱鞋上炕，眼睛一闭，迅速脱光说：“白燕曾卖身葬母，今日献身救夫，师父乃大德至圣之人，自然不沾女人，白燕除了女人身，别无他物，让师父看了，我的脸就没了，就算还了这笔人情，白燕自死不忘师父大德。”这时白燕依然闭着眼睛说话，坐在炕上如出水芙蓉一般，道人是万万没想到，这白燕姑娘还是位刚烈重义的奇女人，似有千言万语涌上心头，又不知说啥好，面对女神早以按捺不住，忙说：“怎好辜负姑娘的美意。”便把这尊黑牡丹给作践了，道人了事心满意足，白燕起身一时百感交集，泪流满面给道人哭诉了自己二十一年的苦难历程。道人虽非正人君子，但亦非狼心恶人，为白燕动了恻隐之心，问白燕：“还有何求?”白燕说了：“结婚三年了，不怀孕，我一定给崔家留个后，要我的命也行。”道人说：“你要想怀孕容易，立马就能怀孕，若定要给崔家留个后，看崔五那身子，须一年以后崔五强健起来，也罢，我送你两丸药，红丸男服，黑丸女服，一年后在一月圆夫妻情浓之夜，服下此药，保你有后，且多半为男丁。”又翻箱拿出一洋药瓶，抖出十四片洋药片说：“令崔五日服二片，七日后肚子不涨，腹水没发，则终身无忧矣。”白燕记下。第二天有顽疾的村民便齐聚崔家，崔家东屋甚是宽敞，大北炕上顺炕放一饭桌，道人在桌后端坐，向众人一抱拳说：“道人昨日为崔五放了腹水，救人嘛，须救到底，道人还没修到不食人间烟火之境地，尚需五谷活命，崔家不比大院，小道意欲向乡亲求点果腹之物，道人在崔家住下，才觉安心。”众人忙说：“这个应该，师父能在金家屯住下，便是我等的造化。”自此来看病的村民不再空手，有挎筐鸡蛋的，有背半袋小米的，有抱只母鸡的，有位种瓜的瓜农，拎筐香瓜说：“师父尝鲜，吃完了还有。”不多几日，崔家便应有尽有了，从黄瓜、白菜、咸鸭蛋，到米面粮油，样样俱全，道人至此再不提回山。

这日一大早，崔家还没吃饭，一妇人领个十七八的大姑娘，求道人看视说："一觉醒来就说不出话来。"道人令张嘴，只一眼便喊无量佛，我的天爷，白喉，忙说："快快进城，一个时辰内找到日本医生才有救，我需先给你截一下。"道人在姑娘两手、两耳后各扎一针，这妇人吓得两腿瘫软颤抖着对姑娘说："求你干妈，死也死在她家。"道人起了针，那妇人跌跌撞撞来到大院，门槛也高，前腿没抬利索，妇人一下跪在门口，再不起来，哭喊："她干妈，你快来看看，就要没命了。"女东家听见哭喊，跑出来问："出什么事了?"那妇人一指姑娘说："白喉，就剩一个时辰了，道人让进城找日本大夫。"姑娘满脸通红说不出话来，看见女东家一点儿也没害怕，很坚强，这时春常也过来了，女东家对他说："快套车进城找那掌柜。"然后对这母女二人说："不怕，这病来得快，好得也快。我在账房给你拿六十块钱。"说完大步出院找胡先生，不一会儿，急匆匆回来，让这妇人在字据上按了手印，女东家念叨给她听：大姑娘得白喉进城看病，车马药费今借国元六十块。说着递给一张五十元的国元说："今年的利息我收了。"那妇人也顾不上说啥，接了钱就上了车，春常马也没饮，出院打马奔官道，一路小跑，到了仁和大药房，马累得通身大汗。三人下车，那妇人背起姑娘进了药房，还好，那掌柜正在给人诊病，一见春常三人这情景，忙问："孩子怎么了?"春常说："我姑娘得了白喉。"那掌柜立时起身向那病人一点头，去柜台里面打开药箱，拿出一个秤钩样的竹棍，筷子粗细，用嘴一吹透气，是个竹管，在药水里净过，来到姑娘面前，这时这姑娘气息全无，脸色黑紫。那妇人鼻涕一把泪一把地叫着，只见那掌柜将小弯管从姑娘鼻孔插入，过了喉头，忽地竹管冲出气来。那掌柜高兴地说："这姑娘命大。"眼瞅着姑娘脸色渐渐好转，眼睛睁开，那掌柜说："姑娘张嘴。"姑娘动了两下嘴唇，张开嘴，那掌柜又用一小直管将一撮药面吹入姑娘嗓子里，很神奇，不大一会儿，姑娘呼吸顺畅。那掌柜又吹一撮药面，取下鼻管说："记住啥事不能着急上火，这股火蹿到嗓子上，好悬啦。"那妇人掏出那张国元说："谢先生救命之恩。"那掌柜摆手说："救命一说，当不属给人看病的医者，能跳大江里拉出一个人来，这叫救命，比如今日这只小竹管插嗓子里，姑娘这口气上不来，我也是眼睁睁束手无策，大院小哥送来的，我那两撮药面哪好意思接这五十元钱，跟你说，我五百都收过，你收着吧。”转身对春常说：“方才进屋说是你家姑娘。”又瞅瞅那妇人，春常知他误会了，心说：“拿我当你呢，你外面野老婆，野孩子一大群。”就说：“你别想歪了，金梁他妈只能生儿子，生不出女儿来，就稀罕人家的女儿，认了四个干女儿，她是老大。”那掌柜说：“好事，好事，钱我不收，东西是得要，你们家那黏高粱米面，今年我要双份。”春常说：“行，明年三份。”说完笑了。

到这时须将姑娘交代几句，她这病来得也蹊跷，姑娘姓孟，叫孟繁星，长得算不上美人，确也白白净净，挺耐人看，都十七八了，还没嫁人。姑娘生来心气高，等闲之辈不入姑娘眼。看人家大院过的是啥日子，便有事没事往大院跑，幻想有一天成为大院的一员，来了就抢女东家手里的活，不是鞋帮就是鞋底，姑娘聪明伶俐，手一份，嘴一份，女东家称赞了几句，便亲亲热热地认了干妈。女东家也高兴，心说，出嫁时陪你一副嫁妆，也就是了，一套衣服，两床被。这一开头女东家身边的女孩子就多了起来，又有三个女孩被女东家相中，孟繁星的父母可是懂得女儿的心思，这孩子鬼迷心窍了，咱们是啥人家，做二房都轮不到你，快死了这条心吧。这不昨天媒人又领人来相亲，男家真还相中了，立等姑娘回话，可孟繁星觉得上这样人家去喂猪做饭生孩子委屈，白活，一咬牙，打发了男家和媒人。晚上哭半宿，第二天嗓子封喉了，姑娘一点儿没害怕，死了更好，吓得二老再不提她的婚事，当坐家女养了。

再说女东家虽求得一场春雨，可心里一点儿没轻松，还有水涝蝗虫，各色天灾，也知今年要大量减产。金风送爽，八月中秋，地里的庄稼长势尚可，一颗心才落地。决定杀猪过节，门口两树间拉一麻绳，挂上大肉条，惹得村里的馋老爷们迈不动步，孩子们也眼巴巴地看着大人的脸，希望买一块回家。这时女东家看见懒虫，就招呼过来说：“大兄弟，我送你两个肘子，上回我大姑娘得白喉，进城看病车赶急了，这老马也是有点儿过口了，回来就得了结症，大兄弟灌药不好使，下手掏粪不容易，再说了，这些年家里的牲口这事那事的没少麻烦大兄弟，拿着，拿着。”懒虫客气几句接了，高高兴兴回家，准备烀肘子吃肉，到家麻子媳妇一看火了，问明白后说：“送的也不行，我可告诉你，少沾大院的边，你给我送回去，你不送就喂狗。”懒虫也火了说：“喂狗就喂狗。”这下麻天没办法，自己拎着来到大院门口，女东家没在，啪地扔在春常面前说：“我们不上套，你那东家啥时干过亏本的买卖，就说你家这豆腐房，说实在的，你家这猪，就是全屯子拿黄豆喂的，喂肥了杀了，一个工一斤肉，还让这些馋鬼吃，吃完了再给你家干活，你说你那东家黑不黑!”春常说：“你怕啥呀，你家懒虫也不干活，肘子也不上账。”麻天说：“他今天吃个肘子，下回就敢吃个猪头，我压根儿就不给他开这个头。”春常说：“不就两个肘子吗，我还能让你还大腿呀。”麻天一听说：“好你个武大郎，我给你大腿你敢要哇，你等着，一会儿女东家出来，我就说你手伸我裤兜里摸我大腿了。”春常说：“这女人要是不要脸了，就所向无敌了。天老爷都没办法，男人立马投降。”麻天说：“我今天就豁出脸不要了，就要看一出后妈打孩子。”说完二人大笑，春常拿起两个肘子递给她说：“我服了，热闹你哪天再看，回家给懒虫炖上，说不定哪天我家牲口又不吃草了，你这是不让我蹬门咋的!”麻天只好接了，这时杨桂香从院里出来，看见崔五在人堆里，笑着说：“哟，大兄弟，买肉哇，看你满面红光的，可是大好了，家里住着神仙要啥来啥，有吃有喝有酒有肉，可你媳妇的屁股可遭罪了。”一句话得罪了崔五，便怀恨在心，金家屯村民过节吃上了肉，女东家也了了心愿。

可这月明风清，秋高气爽的日子，也没几天就过去了，接着下了霜，收了庄稼，大地上冻，冬天来到。农家三春不如一秋忙。怕的是天降大雪，打场不分黑天白天一宿到天亮。金家长工大多扛地活，一块地的庄稼拉到场院，堆成一大垛，东家的长工的都堆在一起，等打完了，装进了麻袋，便知这块地打多少担粮食，每根垄是多少。长工自己的就收了，剩下的就是东家的，你多装了一斗半斗的东家也不在意，秸秆长工们要多少，女东家就给多少，一年到头不容易。锅里头的有了，锅底下的也有了，可是人还得穿衣，还得买油盐酱醋、火柴、煤油，还是得要钱的。女东家倒是爽快，到账房去拿，长工们跟胡先生念叨：“我们这些扛地活的，一年到头还是欠东家的，一背上了债，这心里就像压座山一样。”胡先生说：“这是东家想留下你们，多给你们两根垄就觉很合适，让你们看着自己的小苗一点点长成庄稼，干活就像自己家一样，别人想扛地活东家还不干呢。”长工说：“这一年到头，跟东家一样担惊受怕别提多苦了。”胡先生接着说：“你们放心，哪家有个天灾病业的，东家看着不会不管，这些年我还没见有谁来求东家，东家让他空手走了。你们的粮食拉家去先干着，明年往城里送粮时，给你们带出去。”长工们这才转忧为喜，末了胡先生自言自语说：“放出去的钱怕也是有去无回。”打完场，便是寒冬腊月，大雪封门了，户外的一切劳动只好停止，东北人进入了猫冬时期。金家大院是东西各十间厢房，西厢房靠正房，这头春常住着一间，剩下九间为牛马棚，东厢房十间靠正房这头两间厨房，一间住着做饭的女人，剩下七间为长工土炕。进屋两条通长大炕，地中间一个双眼大炉子，前眼上坐个大水壶，咕嘟咕嘟总是开着，后眼扣口破锅，被苞米核子烧得通红，如大车店一般。冬天为金家屯最暖和最热闹的地方。满屋全是苞米，炕上三四个大箩筐，高粱米炒煳，渴了就喝糊米水，大炕烧得烫屁股，进屋一袋烟没抽完保你出汗。大炕有一块属于姑娘们的领地，常有七八个女孩在那玩儿，女东家的四个干姑娘为主，她们玩儿够了，也有属于她们的活计，扒麻秆、打麻绳、纳鞋底。金家大炕与众不同，有两大特点：一、炕沿宽，八寸宽的大木板，夏天坐多久都不坐病；二、炕墙高，大人坐上去，脚离地一尺，六七岁的孩子自己爬不上去。一到大雪封门，大炕上总是满满的村民，胡先生没说书以前，村民们在一起唻大彪、扯大栏，拿自身解嘲博众人一笑，打发这漫长的冬日。让胡先生说书是女东家的聪慧之处，长工们为了听书，早早就把外边的活干完，扫雪、除粪、铡草、挑水，屋里搓好的苞米扛出去，苞米棒子捡屋来，然后稳坐炕头搓苞米听书，搓苞米的活在炕上摆着，来的人无论是谁，都不会闲着手听书。

这日先生开书了，外面北风呼啸，屋里温暖如春。先生没有书案，手中也没有折扇，只靠门一把带垫的木椅，为的是门口人进出时有股凉风，可以冲淡屋内的烟气，这屋里大烟袋、小烟袋一起冒烟，关东烟那个冲劲和高粱烧一样，让人喘不上气来，先生没办法，只好在这凉快地方搬把椅子。先生今天精神头很高，清了清嗓子念道：“天在云中看世乱，人在世上做人难，玉皇若问人间事，乱世文章不值钱。”然后向大家一抱拳说：

“胡某开书以来，今年是第六个年头了，第一部书讲的是七侠五义，第二年讲的是大红袍、小红袍，第三年是五小下山东施公案，第四年是三十六侠寇公案，去年说的是呼杨合兵，这是个西河大鼓唱本，我头一天晚上背书，第二天变成白话讲给你们听，现买现卖笨笨磕磕糊弄一年。今年我从夏天就开始捋书道子，讲的是大清雍正皇帝，登基以后将助他登上宝座的英雄好汉尽皆杀害。中有一奇女子姓吕，名四娘，平时称四姑娘，武艺高强，江湖人称金梭吕四娘。全家被雍正灭了九族，四姑娘幸亏十四王爷搭救，得以活命，姑娘誓雪家仇，隐姓埋名和十四王爷定计，混进宫中做了宫女，伺机报仇。可这雍正皇帝对兄弟朋友毫无人性，却勤政爱民，做了不少利国利民的好事，姑娘生在宰相之家，从小饱读经书，深明大义，自思此时杀了雍正，必然导致天下大乱，百姓又要受战乱之苦，姑娘只好把家仇压在心底。十年后，雍正积劳成疾，溘然驾崩，四姑娘趁夜深人静，撬开棺盖，割下人头，原样盖好，飞身出宫，向十四爷复命。世人至今不知雍正帝陵里埋着一具无头尸。单说这四姑娘既全了大义，又报了大恩，也报了家仇，可谓聪明至极。”胡先生对这四姑娘倍加赞赏，女东家的四姑娘听得最为认真，从此小姑娘心里就有个人影，先生感慨之余说道：“明年先生我可是告饶了，江郎才尽了，就是科班出身的说书艺人，一生也就三四部书走乡串村，一部书最长三个月，也就是正、二月，到了三月中，就送粪收拾地了。多数村屯由宽敞大户人家带头，村民出钱为的是冬闲时有个念想，省得无知村民聚赌耍钱，惹是生非，咱们女东家一开始也是想请说书艺人的，我说让胡某试试，看有没有人听，没想到众乡邻居真还捧场，这一晃五年过去了。每到冬天打完场，就有人问今年讲谁呀，老早就盼着这一天，胡某也深感荣幸。还有一宗就是，诸位进了这个大门，就是进了保险柜，任你在外干了啥，你就放宽心听书就是。姑娘媳妇怎么好看怎么打扮，不用担心让日本人看上，先生我也敢说，他小日本兔子尾巴长不了，咱们闲言少叙，书归正传。话说震八方紫面昆仑侠童林童海川，一双金丝绵沙掌天下无双……”先生的书说得是一年比一年精到，加之今年准备得也充分，听书的人多于往年，炕上坐不下，就坐在地上的苞米棒子上。

这日说到“采花贼伺机入绣房”，屋内鸦雀无声，只有崔五在地上晃来晃去，一会儿喝点儿水，一会儿出去尿点尿，惹得众人很是烦心。胡先生说：“你是心中有事儿。”先生是无心的，可是炕上有位老兄给接了一句：“能没事吗，大行李进家。”这使得崔五极其难堪，大行李一词，在东北农村，专指谁家媳妇招个野男人来家，多数为男人丧失劳动能力，为生活所迫，没办法，心甘情愿，让外乡男人进家。这人便扛着大行李往炕上放，就成了这个家的一员了，对外称孩子叔叔、舅舅、远亲，混叫就是了。脸大的男人自己就说：“别叫我大号，叫王八。”女人在一起的时候也不忌讳：“大妹子靠个人吧，你们这日子也没法过了。”那女人也坦诚说：“去年来个货郎，住一宿就走了，一去无回，天杀的，说好一个月就回来的，二嫂子，上哪儿找合适的去，谁愿意拉这帮套呢！”可怜白燕到这时也只能委身道人，道人住在崔家，哪里瞒得过众人的眼睛。崔五这时是走也不是，留也不是，便靠墙蹲在先生背后，再不敢抬头。可巧有人来喊先生，说城里来人结账。胡先生起身对众人说：“稍候，一袋烟工夫。”起身出屋，崔五来了精神了，一屁股坐在先生的椅子上说：“我给诸位讲个笑话听听，一天阎王无事问小鬼，世上什么人最可恶，小鬼想了想说，世上两种人最可恶，一是先生，口若悬河，舌如利剑，著书立说，搅得天下战乱纷争，永无宁日。二是妓女，张其罗，遂其穴，缠陷男人，任你家财万贯，到头来也是片瓦无存。气得阎王说，速去拘了来！四个小鬼领命来到东方大都市，将一姓胡的先生和一姓杨的红头大牌姑娘拘到阎王殿。阎王一见便骂道，你这老鸡巴登，在那番邦敌国喝了几年洋墨水就认洋人做爹，要学那外国的法度，兴洋抵汉，那西夷之人，无父无君，不忠不孝，金钱做爹，而我天朝子民，仁德为基，孔圣之道为修身大本，亘古常新，巍可与天齐，国纪民彝，传万世而不朽。尔等欺师灭祖，把好端端的一个礼义仁信之邦弄得不伦不类，将尔打入十八层地狱也难消我心头之恨，来人，将其鼓惑人心之口和那妇人的阴户割下！一霎时小鬼将血淋淋两块秽物以铜盘盛了跪呈阎王，未等阎王发落，玉帝圣旨下，众小鬼拥阎王殿外接旨，那铜盘就在案上，这杨姑娘乃尖酸刻薄之人，亦颇有些胆量说，我二人这时不跑，更待何时？于是二人冲到案前一把抓起那物转身就跑，等先生醒来，只觉骚气熏天，往脸上一摸一嘴圈毛，想起来了，阎王殿上慌乱之中拿错了，从此世上的先生，便乐津津的自称骚人了。”这笑话还真不算十分低俗，只不过不太对村民的口味，故没人发笑，早有进进出出的人说给了先生，胡先生一笑说：“这个我也有。”等先生送走了客人回来说：“先讲个笑话逗个闷儿，先前有一先生和一瓦匠住对门，先生家的孩子长大了，出去一个是先生，出去一个是先生。瓦匠家的孩子出去一个是瓦匠，出去一个是瓦匠。老瓦匠甚觉悲苦，但不知何故，他女人生气地说，不是那个种，种谷子能出高粱吗？瓦匠心服，那怎么办，借个种吧，一天瓦匠把先生请来灌个半醉，瓦匠躲在窗下偷听，屋里这女人便把先生嬲了。种点完了，这女人很是珍惜，叫先生把淌出来的尽皆抹里。先生左一抹右一抹，老瓦匠在外听了，大失所望，老瓦匠抹了一辈子泥，最是忌抹，气得大声喊道，别抹了，又是一个瓦匠！”先生讲时自己不笑，极是认真，惹得众人哄堂大笑，房盖没掀起来，自此给怀了孩子的大肚女人留个笑柄，人见之则问是先生吗？

金家屯的村民以苦作乐又熬过了一年。这时已是春风拂面，三月天气，胡先生的《童林传》也讲完，村民们都忙着修整农具，选种送粪准备春耕了。女东家的苞米棒子也搓完入了粮仓，今年大旱，女东家以为会大量减产，可打完场苞米也入了仓，一看所欠不多，这令女东家很是欢欣。眩晕的毛病也不知不觉中好了，再没犯过，总之诸事顺心，只是金中玉回家的次数越来越少。去年十二月《开罗宣言》发表，敲响了日本鬼子的丧钟。田夫小鬼子惶惶不可终日，很怕出事，城中加岗加哨，轻易不放金中玉回家，这给女东家添了一份牵挂。这日金中玉回家吃过晚饭，夫妻二人早早安歇了。女东家今日有些反常，身子紧紧地缩在金中玉怀里脸上泛起红晕，似有些动情，金中玉使劲搂了她一下说：“你也真能，一碰一个。”女东家说：“是老太太有灵，我答应她生十个孙子。”金中玉说：“胡扯，什么老太太灵，是我灵。”说着翻在女东家身上，迎着她那热辣辣的眼神，他还从来没认真地好好欣赏一下自己的女人，他欠起身让视线有些距离，尖尖的下颌，山梁鼻子，两乳像个豆包粘个豆粒，竖在那，跟个没长开的孩子似的，说没有男人碰过都相信。都给我生四个孩子了，我怎么才发现还真受看，对了，是自己年轻，年轻真是误人，这时她舒展一下身子说，今晚任你狂，明年让你抱，忽地想起他说一碰一个，脸唰地红了，抬手把金中玉脖子搂住，在耳边说："这颗人参真不是好东西，自从吃了它，天天晚上想你。"金中玉听了，很觉羞愧，她支撑这么大一个家，有多累，多么需要安慰，不由得也想起了猎人、洪寄娘，便坐起身来抱她在怀里，二人心潮久久平静不下来，他们想起了很多往事，只听她说："要是她们都在该多好!"他没有说话，她第一次看见他流泪，他们陷入了痛苦的回忆之中，他抱着她不知夜深几时，也不知流了多少眼泪。可是有谁能想到这便是他们最后的男欢女爱，命运就是这样残酷，可怜女东家就像个动物，男人回来一次，发情一次，怀上孩子，然后生孩子、种地，这便是女东家一生的心愿，或许这正是人类得以延续的根源。

欲知后事如何，且听下回分解。

第二十六回
张家振松岭断归路　王孝芝千里祭刘郎

金家屯的故事没完没了，絮絮叨叨，说了这许多时日，却把那真正大事给耽误了。这时抗日战争已进入反攻阶段，小日本的末日就要来到，蒋介石早早地向东北派出了地下先遣军，一大批国民党军政人员、特务、接收大员来到东北，组织反共势力，准备夺取胜利果实。这日小鬼子田夫接到上司命令，边境押送过来两个要犯，要田夫接下，转送鹤立岗治安总署，务要安全送到，这差事让田夫很觉不安，这些年经验告诉他，他一出城，不是让人端了老窝，就是半路挨打。木秋、高岛的下场，时不时在眼前晃动，如此狠毒的支那人，让他不寒而栗，他派人一直监视桦树岭的动静。山上一百多人，进行正规军训练，可不是乌合之众的土匪，让田夫觉得这股力量，足以和他抗衡，这令小鬼子日夜悬心。人犯到了，连忙关起来，封锁消息，第二天一大早，传令保安队、警察署集合，金中玉一看开出来四辆带篷大卡车，里面正副鬼子司机，知道有紧急任务，小鬼子田夫说："刘队长带保安队上头一辆，金警官带四名警卫押人犯上第二辆，其余警员负责城内治安，出了问题军法处置！"田夫带宪兵队，一百多个鬼子上了后面两辆卡车，田夫在最后一辆上压阵。犯人带出来了，金中玉一眼就看出是张家振和相传东，心里一惊，没有多想的余地，连忙走到刘队长跟前，只说了一句："是团长，五峰山动手。"刘队长回头一看，真是团长，向金中玉一点头，招呼五十三个弟兄上了头一辆汽车，金中玉的四个警卫，把张家振和相传东拽上了第二辆汽车，因这时还五花大绑呢。第二辆车里共七个人，金中玉上车看也没看这两人一眼，便坐那儿闭目养神，四个卫兵两人长枪，两人短枪，子弹上膛眼睛盯着犯人。保安队都挤在头一辆车上，汽车一出城，刘队长说：“你们知道咱们押的是谁吗？是团长。”每个人都惊讶地说：“队长，怎么办？”刘队长说：“怎么办，咱们还能把团长交出去呀，听我的，分左右两队，靠座楼的弟兄先挑开车篷，打死鬼子司机，从左侧下车夹击鬼子后车，掩护金中玉、团长，右队先把后车鬼子司机点了，从右侧下车夹击后车，车队进山后动手，动作要快。”弟兄们开始整理枪支、子弹袋，紧了紧腰带。车队出城两个多时辰，看看前面就要进山林，这时小鬼子田夫快车赶上来叫停止前进，下车逐一检查一遍说：“车队进山多加小心，各队做战斗准备。”车队继续前行，金中玉忽地起身，将二人解了绑绳，对自己的四个警卫说：“这位是我的团长张家振，这位是共产党长官相传东。”这二人的名字他们是知道的，四人立时收了枪说：“那咱们怎么办哪，刘队长知道吗？”金中玉说：“知道。”然后把两支短枪要过来，递给张家振、相传东，对两个长枪警卫说：“听枪响打死后车司机。”对两个空手警卫说：“一人两颗手榴弹，咱们趁烟雾钻山。”正说间听枪响，汽车一颠戛然站住，将七个人掀倒在车上，两个长枪警卫掉枪，趴着，当当当，后车也戛然停下，这时手榴弹也甩出。金中玉等人跳下车，张家振已不能跑了，金中玉只好哈腰背起，七个人顺利钻进了树林。刘队长他们分两队和第一车鬼子接上了火，跳车的鬼子没等落地，就被打死，剩下的鬼子趴在车里抵抗。等小鬼子田夫弄明白了是保安队反水，忙令倒车退了一箭地，令鬼子下车也分两队，从后面向保安队包围起来，和车里的鬼子两面夹击，可怜五十三名弟兄一个人没剩。这时刘队长还有气，身上多处中弹，小鬼子田夫叫了两个鬼子把他拽起来，二人四目相对，田夫说：“你说实话我就饶你这疤脸一命。”刘队长说：“不用你饶。”疤脸说了痛快，“我知道你想问啥，这两个人有一个是我们团长，张家振，你让我们护送，你这不是狗脑袋让驴踢了吗？”小鬼子田夫只觉得脑袋嗡的一下，真像让人踢了一脚似的，又问：“高岛太君是不是你杀的？”疤脸笑了：“这不明摆着的事吗，我现在想起来，还觉得好笑，当时我装得还挺像是吧，你心里好像明白，但你没找到证据，咋没气死你呢？”

只见田夫的脸一阵青，一阵红，连说："好，好，算你能。我再问你个事，马队的事有没有金中玉？"疤脸更加得意说："还能少了他，你个小鸡巴日本羔子，你哪是他的对手，连井川、雄野都让他当猴耍，他现在也该到桦树岭了，要不你带人上桦树岭试巴试巴，人犯也让你丢了，你自己捅肚子吧，井川、雄野就是你的榜样，向天皇尽忠吧。"田夫说："我早就怀疑你们俩，支那人狗的不如，可叹井川、雄野、高岛把你们当亲兄弟一样，我恨不得吃了你的肉。"疤脸张嘴大笑，可是没声，他连笑的力气都没有了，用尽最后的力气说："我们是中国人，能和你穿一条裤子吗？我们大总统说了，这叫曲线救国，今天我们也值了，一车中国人换一车日本人，多少还赚几个。"气得田夫把一梭子弹都打在疤脸身上。

再说金中玉背着张家振顺利钻进了树林，向桦树岭方向奔去，渐渐地枪声也息了，张家振在金中玉耳边说："臭小子，还和共产党勾搭上了。"金中玉说："总得给自己留条后路是吧。"张家振说："日本人就要完蛋了，老头子看得很清楚，国军随后就到，人家共产党也清楚，这些年共产党闹腾起来了，也得人心，可一时半会儿还成不了气候，这条道不能走。"金中玉说："日本人倒台子了，国民党、共产党都除汉奸，我虽在汉奸堆里，但小鬼子可没少吃我的亏，他们也受忽悠，城里的共产党看得很清楚，我再给共产党干点活，就挂上了号，心里踏实。"张家振听了心里别扭，但也不好说什么，他们又走了一会儿，就到了松树岭，金中玉说："参谋长的事你听说了吧？"张家振说："这几天和老相关在一起，他把你们的事都说了。"金中玉说："就是这里。"张家振说："我得看看。"金中玉放下他，这时相传东和四个警卫也跟了上来，金中玉对这四人说："连累你们不能回城了，桦树岭还会有战斗，你们自己躲起来为好，小日本就要垮台了，咱们当汉奸的以后会很麻烦的，最好是远走高飞，隐姓埋名。你们自己不说，我不说，就会认为咱们都在这次战斗中死了，这段历史就没了，以后就可以安稳过日子。"四人说："要是这样的结局，可是我们的福分，我们先躲到乡下亲戚家去，你怎么办哪？"金中玉说："我也不能回家，田夫会派人守在我家门口，他一定会找我寻仇，没找着我之前，不会对我的家人下手，将来也不能回家，不能给家人添麻烦。"四人恭恭敬敬地给金中玉敬个礼，洒泪下山。张家振站那活动活动胳膊腿，只见眼前一片乱石山，太阳照着满山泛有白光，一棵草都没有。金中玉说："鬼子整整一个团埋在这儿了。"张家振老泪纵横大声喊道："参谋长，老弟你死得值，当年我他妈的没看到这一步，老弟呀，你可不知道弟兄们进关后有多窝囊，想家，憋气，早知如此和你死在这儿多好，少帅也是糊涂哇！"相传东接着说："你知道东北的乡亲们怎样说你的少帅吗，说他连大帅的一个脚趾头都不如，东北一百万平方公里黑土地，三千万父老，东北军三十万子弟兵，有飞机，有大炮，蒋介石都没有，你们一枪没放跑了，把东北拱手让给日本人了，大帅怎么死的他都忘了！"张家振说："少帅也后悔上了蒋介石的当，他不是胆小，是年轻太嫩。"说完连声叹气接着说："还说少帅呢，我的肠子都悔青了，鸡巴总统，那天让我们堵在山洞里了，我一枪走他娘的火，不就天下太平了，少帅要怪罪我就自己往脑袋上打一枪也值，不知可免多少苍生死于非命，这时少帅早当上大总统了，他是愿意跟你们共产党走，咱们俩也不用争了，不过蒋介石还留着他，就是还想用他，东北这泼稀屎，还得少帅回来收拾，你信不，黑龙旗一挂，大帅的魂又回来了。"相传东说："现在日本人要完蛋了，你们大摇大摆地回来了，你们也真好意思，我都替你脸红，你亲手杀死一个鬼子没？"张传振说："你骂得痛快，我认，不过在蒋介石心里，共产党是头号敌人，他就是怕你们共产党，不怕日本人，你说怪不怪，少帅还在他手里攥着，他要我们回来召集旧部，抢在你们共产党前面接管东北，我怎么办，只好先下手了。"说着照相传东就是一枪，说："啥共产主义他妈枪杆主义，你们领袖也是这么说的。"相传东随即倒地，金中玉怒不可遏地吼了一声："张家振干什么？"金中玉还是第一次直呼其名，抱起相传东一看打在左胸上，已经没救了，相传东说："把他交给中共松江办事处。"剩下的话就听不清了，张家振见了，先是惊疑，一时万语千言涌上心头，后来绝望了，一咬牙对自己打了一枪，金中玉猛抬头，见张家振也倒下了，扑上去说："你这是干什么！"张家振说："孩子，共产党这条道我给你堵上了。参谋长他们都在这儿，我也不走了。"说完面带笑容，金中玉哭着说："刘队长他们五十多个弟兄，就换来你这句话。"张家振停了一会儿说："要是见着那女人告诉她，她父母在西安，我给买了房子留了钱。”说完闭眼咽气，金中玉一下把他扔在地上，只觉得天塌下来一样。

再说小鬼子田夫不敢追金中玉，也不敢在外久留，带着剩下的一车鬼子慌忙回城，人犯丢了，又赔了人马，知道罪责难逃，只得将保安队反水劫走人犯，宪兵队损失惨重，如实呈报。上司震怒，要田夫到总署接受惩处，田夫不敢，怕有去无回，现在整个帝国做拼死一搏，所有人都失去了理智，还是躲着为好，就谎称受伤不能行动，上司呵斥一顿，只得作罢。田夫终日龟缩城中听天由命。这么大的一件事，各大报纸都有刊载，哈尔滨“大北新报”载，松江镇治安军反水真相：“据当事宪兵队队长田夫一男称，二犯一是共产党下江地区要人，二是东北军二十三团团长张家振，保安队全是其下属，押解途中，保安队反水，人犯逃走，保安队全部被击毙，皇军亦伤亡惨重云云。”消息被刘五看见，霎时如五雷轰顶一般，连忙回家。

要说这刘四、刘五，还须从那年来到哈尔滨说起。二人因感念大哥，认为只有将大哥事定下，有了女人，视其意愿，置一豪宅，令其高兴，然后我二人才能于其附近，买房安家。这二人便混迹于裤裆街、桃花巷，并未遇上可意之人。这日来到迎春院，见门上一副对：上联，春从天上至，下联，恩向日边来。看门牌就知是家大妓院，进门正中供着祖师爷管仲。大茶壶见有客来，忙将二人迎进堂屋。刘四、刘五一见果然上等大妓院，老鸨子见了喊道：“姑娘们接客，一走一过，没有屋子了。”二人打量众窑姐，见有一姑娘仪容安详，不带妓女的轻佻淫浪相，穿着也素淡，且年龄较大，为老窑姐了，认为此人必出自良家，就点了这人，交了茶围钱，又压了碟底钱，便步入香阁。老姑娘忙让座，三人围着小桌坐下，姑娘笑着说道：“二位爷，眼神不好使，怎能看上了我，我可是三十岁的老茄包子了。”刘四说：“我们是四十岁的老豆角子，干弦子了。”说完三人大笑，这时大茶壶送来果品瓜子，说了一声：“爷，你请。”出去了。刘四说：“我们俩不光是找乐，还要找有缘人。”姑娘说：“那你先说说你是干啥的?”刘四说：“我叫刘四，兄弟刘五，要刀片剃头的。”这女人嘴里和二人逗着，慢慢转到刘四背后，忽地掀起刘四小夹袄露出腰身，刘四笑了说："我身上光溜溜的没挨过枪子。"这女人笑着说："这句话就是不打自招，没挨过枪子，那你是大命人，要刀片剃头的可不像，我看是要刀片干这个的。"说着伸手做个八字往刘四脑袋上一顶："杀人的。"刘四笑着说："小娘子眼睛好毒哇，你说说我哪句话说不对了，我头上也没贴贴，从我身上什么地方能看出来是干这个的?"这女人说："你身上的大皮带印子，就是从小当兵的证据，你们俩上楼我就看出是军人出身。挑挑担担的拉洋车出大力的走路啥样，缩着脖，弓着腰，走路像猫似的，军人走路啥样，军人的风度你是掩饰不住的，扛枪的和扛锄头的一眼就看出来。"刘四说："厉害，什么样的男人到了你跟前精光不剩，佩服，请教一声小娘子尊姓大名，也好方便称呼。"这女人说："姓王，叫王孝芝。"刘四说："如此，就叫你孝芝贤妹，因何沦落烟花?"王孝芝说："让日本人看上了，我还算幸运的，还有条命在，通常落到日本人手，必死无疑，不知老天爷留我这条命干啥!"刘四说："我知道，天老爷是让你等我们俩呢。"三人说说笑笑，时辰已到，二人告别。自此二人是两天不来，三天早早就到，日久混熟了就说出了自己的遭遇。

十年前，十八岁的孝芝姑娘，是康德毛织厂的一名女工，康德毛织厂原为裕庆德毛织厂，日本人来了便占为己有，厂主的弟弟牛岛隆三在二百名女工中看上了孝芝姑娘。姑娘便成了狼嘴里的肉，厂主牛岛隆一知道弟弟的德行便警告他说："不许在厂内为非作歹，我们来中国是夺取财富来了，不是来玩儿姑娘的，日本姑娘未嫁时是随便的、自由的，不知贞操为何物。全世界的男人都夸日本女人，可日本男人都是你这德行，全世界人都在骂。中国的姑娘把贞操看得比生命都重要，你强占了其中一人，就会惹怒全厂女工，她们就会罢工抗议，暗中会抽丝、断线、卸螺丝，甚至放火。这厂子我费了多少心机，害了多少人才弄到手，你要惹怒了她们，我就把你当众乱棍打死。"牛岛隆三只得起誓发愿下保证，可背地里和工头孙大下巴说："就这王姑娘，不知怎么回事，我一到她跟前就起兴，弄得我昼思夜想，在厂里又不敢下手，要对付中国人嘛，还是你们中国人有办法，你得给我想个好方法。"孙大下巴在他耳边嘀咕了一番，牛岛隆三连连点头，工厂作业两班倒，女工轮休，休班日晚上回家，第二天晚上须赶回宿舍，这日是王姑娘休息日，因工厂在江北，下班后坐轮渡回家，姑娘父亲死得早，母女二人相依为命。父亲在世时，在码头行帮里抬大木，在卖苦力的人群中没比这行挣钱多的，要不怎么会有这么好的房子呢？可是吃杠子饭那需生来胳膊粗，力气大，能吃得了露着骨头，带着血咬牙挺三年的苦，后脖梗子上才能长出一个馒头大的行内叫血蘑菇的肉垫，就这血蘑菇，人死多年只剩骨头了，血蘑菇还在。父亲最后那日装船只剩最后一根粗大木头了，八个人抽足了烟，哈腰挂起眼瞅着没几步就到地方摘钩了，和父亲一杠那人一口血喷出。身子一拧一头扎进江中，随后七个人跌倒，后面四个人抱住了跳板，前面四人落水被江流冲走。父亲死后，母亲只得给人洗衣服。父亲在日，姑娘还在教会办的崇德小学念了三年书，大了能做工了，就去毛织厂当了女工。娘俩盼着遇上个合适的就招个养老女婿，这晚娘俩亲亲热热地唠了半宿。第二天又给母亲洗了一天衣服，晚饭后姑娘回厂上班，出门没走多远，后面上来二人，一人拿手帕忽地捂在姑娘嘴上，姑娘立时失去知觉，随后一辆汽车驶来，下来二人将姑娘拖上汽车。等姑娘醒来已是夜半时分，睁眼看是一个陌生的屋子，眼前一个胖女人，五六个男人，姑娘开始回忆，知道自己被绑架了，这时胖女人说话了：“姑娘算你幸运落在我手，好钱花了一万块把你留下了，这要是把你卖到土窑子里，那你就前世造孽了，我这迎春院在哈尔滨数不上第一，也不出头三家。”姑娘一听哇的一声哭了，这是被卖窑子里了，这女人必是老鸨子，但心里明白，暗暗打主意，我得活着，就说：“妈妈，你行行好，放我回家，我卖房子还你钱。”老鸨子说：“这是后话。”这时一个十五六岁的小姑娘抓小鸡似的被拽进了屋，老鸨子说：“看见没，这小婢子我花了三千块大洋买的乡下丫头，一点儿事不懂，客人进了她屋，跟客人装倔，好几个月了，没接几个人，明天就卖到土窑子里去。”这时有人端来一碗药，老鸨子说：“这是断根汤，喝了吧，少遭罪。”姑娘明白了，再不能生孩子了，少遭罪也是真的，万般无奈接了碗眼一闭喝了。老鸨子冲大茶壶说：“城里的孩子和乡下的就是不一样，这孩子懂事，开开脸就得了。”说完出去了，这几个男人饿狼捕食一样，将那小丫头蹂躏得奄奄一息，姑娘眼睁睁地看了这一切，大茶壶坐那儿一直没动，这时站起说话了："姑娘看见了，这是给你开脸，从此再无羞耻心，爹妈生我们时也是这么干的，你妈把你交给我是你的造化。"说着伸手除姑娘的衣服，姑娘泪如泉涌，咬牙忍了这份耻辱，暗暗发誓，大茶壶你等着。第二天晚上牛岛隆三来了，发现了王孝芝，很是惊讶问："你怎么会在这里?"姑娘说："被歹人绑架卖到这里，"说着哭了起来，有如受了委屈见了亲人一样，牛岛连忙安慰，表现得格外同情，就这样姑娘接了第一个客人，牛岛大喜，许愿条件成熟就赎姑娘出去，回厂上班，姑娘信以为真，便一心扑在这小鬼子身上。再说王姑娘又到了休息日没回家，王老太太以为大姑娘病了，寻到厂里得知姑娘一周没上班，便慌了手脚，牛岛隆一很客气地安慰几句，并将姑娘的半月工资发给了老人家，要她先回家，不要着急，一有消息就会告诉她，老太太只好哭哭啼啼回家。过了两日，孙大下巴来到王家说："姑娘有信了，在长春被人卖到了妓院。"并给老太太一个地址，老太太就去了长春，这一走便没了消息。小院就归了孙大下巴，也弄个小娘子住在里面，姑娘求牛岛给母亲送个平安信，这小鬼子第二天说："房门上锁，老太太不知去了哪里。"姑娘又是一阵大哭。再说牛岛小鬼子乃色狼一号，不久又有了新的猎物，来的次数越来越少，不到三月再无踪影，玩儿够了，姑娘只好在这里熬着，日久天长从老鸨子的话言话语里，听出来了，就是牛岛和孙大下巴干的，姑娘如梦初醒，血海深仇铭刻在心，一定要混出去，买枪和鬼子拼命。

刘四、刘五哥俩听了姑娘的遭遇，觉得人找到了，就将因何来到哈尔滨亮了出来，姑娘说："你二人要是给我报了仇，今生不嫁人，给你们家当老妈子，一日三餐洗衣做饭，伺候你们老婆孩子。"刘四说："当老妈子不用你，自从见了你，别人就不入眼了，把你赎出去，咱们就一女二夫先过着，大哥回来了，你是大嫂，我们俩再各自成家，大哥刘三哪样都好，就是脸上有个疤瘌，今天也须对你交代明白。"姑娘明白，这个机会错过了，今生永无出头之日，便点头答应，刘四说："你还得耐心在这儿等几日，不能打草惊蛇，我们把牛岛小鬼子，和他那狗腿子收拾了，再来接你。"姑娘眼里流下泪来说："可须小心。"刘五说："你等消息就是。"二人只用了三天，就把色鬼牛岛和孙大下巴的住处，每日出门的时间、去处，摸得清清楚楚。道里三道街，一家白俄妓院，最近新增男女裸体野战表演，色鬼牛岛就迷上了，每天下午洗漱后就奔三道街，妓院酒店客房齐全。小鬼子吃完饭就看表演，直到深夜回托尔伐亚大街，日本料理吃饭找女人，他也认为白俄女人好看不好吃，尺码也不对，索然无味，一次就够。这时天色将晚，刘四、刘五换上了长衫礼帽，一副先生模样，进了这家白俄妓院，在二楼开了一间客房，说是看表演方便，由中国杂役领二人进了二道门上了二楼。向下看大厅里，两对白俄男女，一对在沙发上，一对在床上，极尽缠绵，看客们那目光就像狼见了肉一样。刘四、刘五可是大开了眼界，杂役打开了二楼十号房的屋门，交代了住宿须知，刘四拿出十块钱，给杂役说是小费，请用话筒喊牛岛隆三先生，并请上楼来。刘五又重复了一遍说："日本人牛岛隆三先生。"杂役欣然去了，不一会儿，领进来一个小个鬼子，窝头脑袋，猥琐可鄙，看这长相就让人生气。刘四一哈腰说："阁下是牛岛君，毛织厂大大的干活。"小鬼子很是诧异地点点头，刘四伸手让坐，小鬼子也不客气，往沙发上一坐，刘四略一抬手，就掐住了他的喉头，就势按在沙发上，刘五低头在他耳边说："让你死个明白，王孝芝是我妹妹。"小鬼子使劲踢蹬腿好像明白了，眼见小鬼子的脸由白变红，由红变紫，眼珠也鼓了出来，刘四才撒手，刘五还不放心，两手抱着脑袋一拧，只听嘎巴一声就成了脸朝后，二人迅速将其扒个精光，扯下一块窗纱，将小鬼子衣物包个小包，刘四系在身上，刘五出屋走到走廊尽头，将临街窗户打开，回屋二人扯胳膊拽腿，一二三悠了三下一撒手，小鬼子便向大厅中央飞去。刘四、刘五奔到窗前纵身一跳，只见两个人影一晃，就消失在夜色里。大厅的看客见一裸人自空而降立时叫了起来，头半句是喝彩声，以为是一节目，等落地一看，七窍流血才知出了大事，就变成了号叫。刘四、刘五急走至孙大下巴家，刘四翻墙进院解下腰间小包，拿出小鬼子的衣服放在墙脚下，上盖杂物，拿起那块窗纱，翻墙出院向江边走去。在一临街小铺买瓶高粱烧，到江边脱下长衫礼帽，用那窗纱包了投入江中，打开酒瓶口含高粱烧相互喷洒，来到水边再次洗了手脸，二人坐在长椅上平静了一下激动的心情，长出一口气。还好，总算顺利，不知啥时，俩人拎着半瓶高粱烧向一家酒馆走去。

再说孙大下巴家门天刚亮就让日本人给砸开了，狼狗进院就把牛岛小鬼的衣服叼出来了，大下巴一听这衣服是牛岛的，心知人一定是没了，立时尿了裤子。大下巴被带到警察厅，日本人也明白这是栽赃。但是以为他一定能提供凶手的线索，可这小子什么也不知道，没少吃苦头，可就是问不出结果来，日本人恼火了，只好拿他出气，就赏给了狼狗，成全了狗腿子的下场。刘四、刘五乘兴第二天坐轮渡过江，围毛织厂转了大半天，踩好了点，在街上买了一兜鞭炮，一卷胶布带。找家小店住下，插上门，扒开鞭炮倒出火药，自制了一个火药包。趁夜深人静，开窗悄悄溜出旅店，转到毛织厂后大墙，刘五蹲下，刘四站在刘五肩上，刘五站起，刘四扳墙头一纵上了墙，伸手拉刘五上来，二人跳进院内直奔仓库。库房的门窗又高又小，刘五又蹲地，刘四站在刘五肩上，刘五扶墙站起，刘四掏出胶带，在玻璃上贴个米字，一拳砸下玻璃碎了，可是胶布带粘着，且无声。刘四接下放在窗台上，取出火药包、火柴，双手伸进库房点着，扔到羊毛包上，窗子小身体遮着外面不见光亮，很可人意。刘四看看稳妥跳在地上，二人奔回墙边，一如来时模样，翻出墙，回旅店，悄悄躺下，静听外面声音，两刻钟后，外面有人喊，毛织厂着火，店里人都出来看这大火，刘四、刘五出来时，还和店主打声招呼，趁乱二人溜出小街。怕的是天亮戒严盘查可疑人员，也不敢去码头渡口，顺江下行至天亮，远远看见呼兰渡口。等二人回到下处，天已过午，上床倒头就睡，一觉醒来，窗外华灯初上。二人出门进了一家酒馆，要了好酒好菜，心情舒畅饮至夜深，出了酒馆来到迎春院，远远地看着进进出出和各色人等。不知啥时大茶壶出来了，手里拿着一张大票国元，脸上现着笑容，二人迎上去大茶壶一见忙说："刘爷几日不见，上哪儿发财去了？"刘四说："借一步说话。"转身哈腰，不容分说扯胳膊背起，刘五伸个指头在他腋下一戳说："别出声。"另一只手抢下那张大票，穿过两条街来到大马路，刘四放慢脚步，刘五在后抱着大茶壶这冬瓜脑袋一拧，只听嘎巴一声，脸转后面看着刘五，刘五冲他说："这回咱俩说话方便是吧？"大茶壶这时才明白，在刘四身上挺了几下不动了，刘四在前，刘五在后，看看左右没人，向一马葫芦走去，近前一脚踢开井盖，二人脚步没停，径直走去，也真叫干净利落，前后行人眼睁睁没看见，三个人剩俩了。二人又转到花园街王孝芝家，用刀尖拨开门闩，在地上抓把土向窗户扬去，隔了一会儿，又扬了一把，只听屋里一女人骂道："大下巴，我早就劝你少作孽，你就是不听，这回遭了报应，你是罪有应得，骨头是找不着了，明天我上江边给你烧点纸，再别回来作我们母子，你儿子还小呢，这以后的日子还不知怎么过呢！"刘五又扬了一把，屋里人又说话了："你要是这屋里的冤鬼，咱们是冤有头债有主，你该找谁就找谁，我们明天就回乡下去，多给你烧纸钱。"二人心中好笑，就回去安歇了。第二天过午，二人又来到门口，一看已上锁，二人对视了一眼笑了，伸手拧下锁鼻进院，昨晚没看清楚，今日一见小院很可人意，进屋一看甚是破旧，刘四说："你看家，我去找人。"刘五腿快，不一会儿，领来两个油漆匠。仔细看了，一大俩小三屋谈好价钱、工时，刘四说："屋内除小屋原是姑娘的用物不动，余者全都归你，工时再提前两天，五天活三天完。"两漆工高兴说："明白了，这是给孩子娶亲着急，我多找人贪黑起早保你满意就是。"要手艺吃饭，说到做到，三天完工，并将屋里屋外，收拾干净，废弃旧物一并雇个人力车装了接了工钱乐呵呵走人。二人这时再看小屋，也觉欢欣，上街将那过日子的用物置办齐全，花钱不用计算，只要想得到，用得着，便拣好的贵的买下，看看心满意足，这才来到迎春院。王孝芝一见"呜"的一声哭了说："这十天有如十年。"刘四说："也知道你会着急，可是不能留下尾巴，咱们走吧。"说着递给她一个布包，王孝芝接下布包又掉泪了说："姐妹们都能从客人身上弄下点钱，这些年连自己的买身钱都没弄到。"刘四说："这是一万块钱，老鸨子要是太黑心，我就砸了她这王八窝，我还是跟你去见她。"老鸨子见了先说话了："刘爷这许多日子不见又有新人了吧，把老相好给忘了。"刘四说："哪会，哪会，筹点钱，我这是来领人的。"老鸨子说："好哇，男人就该是这样有情有义，你先回屋喝茶，要走了，我们娘俩说说体己话。"刘四只好回屋，要说这老鸨子，做着这害人的买卖，大半辈子毛都白了。有着极深的阅历，刘四、刘五，她早就看出非兵即匪，这几天报上登的事，她特别关心，终于让这老鸨子捋出个头绪，我的妈呀，敢情是冲她来的，小婊子来头不小哇。大茶壶没了，老鸨子怀里就像揣个兔子，她想给王孝芝跪下磕头挑明了，又一想，不对，还是装傻好。等王孝芝把一万块钱举到她面前，视钱如命的她，这回装人了，只听王孝芝说："我就这些钱，你行行好，让我走吧。"老鸨子说："是妈不好，妈对不起你，当年就花三千块钱，是妈昧着良心瞎说，妈也把你害了，喝了那黑汤子，再不能生育，没个孩子终究凄凉，你叫了一声妈，这就是缘分，今天你嫁人了，这点儿钱就算妈给女儿的嫁妆。"说着还挤出两滴眼泪，擦了把脸接着说："不知你家还有什么人？"王孝芝这时也看明白了，老鸨子这是害怕了，就吓唬她说："我还有个哥哥，给大帅当团长，在关里，回家探亲的人带信说他们就要打回来了。"老鸨子一听，信了，我说呢，日本人敢杀，日本人的大工厂也敢点，你这大灾星快点走吧。把那钱包拿在手中亲自送回屋，刘四、刘五早把王孝芝的衣物包好，老鸨子见了说："行李也带上吧。"说着，把钱包递在刘四手中，刘四接着说："行李就不带了，妈妈不收这钱可是大恩。"那老鸨子说："以后常来玩儿。"说完连忙打了自己一巴掌笑了说："再不许来了，回去好好过日子，不许欺负我女儿。"一直送出大门，这王孝芝如离笼的小鸟一样，喜悦之情，不待言表。刘四、刘五看其欢喜也为之高兴，王孝芝这时还不知自家屋子已物归原主，修缮一新，等走到花园街口问："咱们这是上哪儿呀？"刘四说："难道你不想回家看看你的老房子？"王孝芝说："想是想，但不知现在什么人住着。"刘四说："看看就知道了。"就拥着她到了门口，刘五掏钥匙开门，王孝芝迟疑地说："你有钥匙？"刘五说："进去看看吧。"王孝芝拽着刘五胳膊，很胆怯地进屋，一眼就见地板涂了漆，抬头地板和天花板一色，大红油漆泛着亮光，四墙新刷的白灰，杏黄色的门窗，散着油漆的香味。王孝芝一步奔至床边摸摸崭新的被褥，全新的桌椅板凳，真是个窗明几净，如新房一般，充满了喜庆。进自己小屋，一看地板、天花板漆了，新刷了四墙，被褥小皮箱，还是自己住时模样，激动得回身扑在刘五怀里，擦把眼泪又扑到刘四怀里，刘四摸着她的头说："今日歇了，明日出去逛街，买女人用的东西，从此你就是我们俩的女主人。"女主人说："那好，你们俩分单双日伺候我，从洗脚到抓头上的虱子。"二人忽地一个立正行个军礼答应："是。"女主人笑倒在床上，三个人的好日子从这时就开始了，半年后刘四在孤儿院抱个二岁的女孩来家，女主人喜欢，起名叫刘双，今年已四岁了。可好日子终难长久，这日刘五拿着那张报纸，从外边回来，进屋就喊：“四哥，三哥没了，弟兄们一个没剩。”刘四正磨剃刀，接过报纸看了好几遍，把磨好的剃刀一下砍在磨石上说：“找小鬼子算账去。”两人来到银行，将存钱换成二十条小黄鱼，又在街上买了两坛酱菜回来，倒出咸菜，把小黄鱼用油纸包了，装在两个小罐里，大屋撬开地板埋了一罐，小屋如是埋下一罐。王孝芝呆呆地看着他俩自言自语说道：“我早就知道这日子不会长久，有谁享过这样的福，想吃啥就有啥，想要啥就来啥，两个男人有情有义，老娘一样地伺候着，我天天都美到云彩眼里了，早晚有一天会掉下来摔死。”刘四、刘五也不理她，任她念叨，只迅速地做着出门的准备，王孝芝念叨念叨哭了说：“日本鬼子眼看就要倒台了，你不找他，他也活不了，干吗去拼命?”刘四说：“你记住这钱是三哥给你留下的，他拿命换来的。”王孝芝说：“我要人，不要钱。”刘四说：“我们这时不走，睡一觉就让你缠住了，你有这能耐，能不能回来，就看你有多大福了。”二人把身上的钱全都掏了出来，一看二万多，包起一万说：“足够了，好好待孩子。”王孝芝这时不哭了，刘四、刘五倒满脸泪水，转身大步出门，王孝芝一句话没说，站在大门口看着他俩远去的方向。

再说刘四、刘五乘火车，坐轮船，这日下了船，登上大坝。夕阳里的小城依旧，举目江上数点白帆，收网的渔船匆匆归岸。二人不由得百感交集，想当年弟兄们水中畅游，杀鱼饮酒，何等的快活；恍惚间三年过去，今日回来已物是人非，弟兄们都已作古。队长三哥的音容浮在眼前，想其在日为人刚直亲善，轻财仗义，嬉戏诙谐，赌技一人力败全队，虽好色而不贪色。常言道好色不关人品，连孔子都说，食色性也，贪吃好色天生的。三哥在天之灵有知，今日我二人回来定取田夫小鬼子狗命，为三哥和弟兄们报仇。二人不敢往熟人多的地方去，在江边一家小店住下，剃光了头发，换上一身摆船拉纤人的衣服，在街上闲逛。发现小镇上的人，可精神多了，敢大声说话，酒馆里可不是三年前的样子，只低头吃饭，不多说话。现在吆五喝六三杯下肚，就大谈金警官、疤脸队长救团长，说得绘声绘色，亲眼见一般。小鬼子自知战事吃紧，行动收敛多了。一连七八天不见鬼子行动，只好用老办法，放火引鬼子出洞。便选中了鬼子银行，几年前参谋长烧了一回，现在又按日本式样盖了新房。没有武器，到时就抢鬼子的，二人在街上买了两把剔骨尖刀，又如前法做了个火药包，趁夜深人静先到对面绸缎庄，拧下门鼻进屋，掌柜许是又逛窑子去了。屋里没人，拎起板凳转到银行后墙，刘四站在刘五肩上，刘五扶墙站在板凳上，才够着屋檐，刘四掀起两块瓦，点着火药包扔进灰棚里。二人奔回绸缎庄，从窗户静观对面屋顶，不一会儿，屋顶冒起了浓烟。屋里的鬼子还不知道屋顶着火，直到大火把屋瓦烧得噼啪响才知着火，忙打电话报警，待大火冲天，街上警笛四起，警察、日本宪兵才赶到，拉开队伍，十多步一个鬼子围住火场，二人蹲在窗下，外面火光冲天，火场看得很清楚。田夫所在位置较远，还不能下手，不一会儿，田夫转到有利位置，二人手握尖刀冲出屋，刘四先放倒一个，刘五冲到一鬼子背后时，那鬼子已听到动静，且觉肋下一凉，这是个有经验的老鬼子，来不及回头，回手一刺刀，刘五和鬼子同时倒下。刘四这时拿起鬼子枪，照田夫就是一枪，田夫面对大火，急切中这一枪打在田夫屁股上，同时刘四头上、身上连中数枪，田夫小鬼子也算命大，惊恐中回过神来，听说凶手已被击毙，气得吼了一声拖过来。几个鬼子把刘四、刘五拖了来，田夫一看是疤脸队长的警卫，不禁长叹一声：“支那人不可征服。”对新接任的警察署长说：“天亮拉城外埋了吧，以你们中国人的观点也属忠义之士。”小鬼子田夫今日说话很和气，平时的威风不知哪儿去了，他似乎感到警察署的这些人有朝一日，也会像保安队一样掉枪口打他。金中玉没死，这是他最大一个心病，他也会来找他的。田夫想到这儿，心里害怕，扔下火场，叫鬼子抬他回宪兵队。医生给他取出了子弹，这又是一颗仇恨的子弹，已经是第三颗了，每一颗都让他刻骨铭心。银行烧了，等待他的只有死路一条。再说警察署的人守着刘四、刘五直到天亮开城门，有一辆进城大车让警察截住了，还有一辆进城卖席的驴车，警察一见上去两人，也不说话，伸手拽下两领，那卖席人也没敢吱声，众人将刘四、刘五用炕席卷了抬上大车，拉城外树林里埋了。

再说王孝芝自从刘四、刘五走后，每日心惊肉跳，坐卧不安，实在受不了，就把孩子送幼稚园长托了。只身来找刘四、刘五，到了小镇住下，满城都在谈论火烧银行的事，王孝芝就转到那银行，站在人死之地，只见烧黑的废墟，没人收拾，不由得骤起情思。我来了，不知郎君魂归何处，忍不住泪眼模糊，街上行人匆匆，也不便打听，就进了对面绸缎庄，冯掌柜连忙让座，王孝芝说："我是打听当日火烧银行凶手的下落，我是他们的妹妹，家住外地，特来收尸，请掌柜指点，事后必有重谢。"冯掌柜上下打量这位高个女人，穿着入时，大眼睛里含着悲哀，举止雅娴，只是说话略带轻谩，冯掌柜心下已明白了就说："今日姑娘进了小店就是缘分，我做了三十年的衣服，还没见过这样标致的身材，要不给你做件衣服，我就白活。"说着，就拿出皮尺来量，王孝芝明白这掌柜不够本是不会开口的，心说：做就做吧，说道："如果你有上好月白料子我就做身旗袍。"还真没难倒冯掌柜，且正合其心意，十年前，进了一匹月白绸在箱底压着，今天可下遇上主顾了，也明白她要这月白色的用意，就乐呵呵地说："我就说嘛，贵人行事，就是与众不同，我再给你配上天蓝色的边扣，极是清淡素雅，且平添你三分人才，做人必得男有义女有情，方可立天地间。上次保安队和日本人火并一个人没剩，疤脸队长在蕊香院有两个相好，听说了大哭一场，出钱雇人，就是因这疤脸才找到了尸首入土为安了。剩下的就喂了恶狼大老黑，尸骨叨得满山皆是，成了孤魂野鬼，无处安身，可怜哪。你找这哥俩大英雄，城里人无不竖大拇哥，你赶来给收尸，亦乃重情之人，冯某佩服，工钱我就奉送了，只收八十块料子钱，要不怎么叫缘分呢。"冯掌柜量完尺码收了钱又说道："城里人敬重这二位，哪能让其暴尸荒郊呢，已埋在城外小树林里了，你呢，上棺材铺订块木碑，放心歇息三日，我做好了衣服，姑娘穿上再领姑娘去祭奠英雄如何?"王孝芝说："木碑不如石碑。"冯掌柜说："此地无石，只能做个木碑。"王孝芝含泪答应。

欲知后事如何，且听下回分解。

第二十七回

大炮响金梁逢金柱　斗地主东北亮了天

这一天是1945年8月15日，金家屯的上空不停地过着飞机，有见过世面的说，这是老毛子飞机。人们不再害怕了，这时一架飞得很低的飞机撒下了传单，恰似杨花漫天飞舞，孩子们张着手臂叫着跑着，第一个捡起传单的孩子大喊起来，日本鬼子投降了，日本鬼子投降了！是的，中国人民终于赢得抗日战争的伟大胜利，做了十四年亡国奴的东北人怎能不跳跃欢呼，女东家更是如释重负。自金中玉出事，大院里的人每日都是提着心过日子，怕日本鬼子来行凶，通宝每日学她娘的样子，披挂整齐外罩长裙，一副守护神的样子。日本鬼子投降了，女东家高兴，再也不用怕他小日本了，想着金中玉很快就会回家，以后就过清闲自在的日子，再不用打土匪给日本人当差了。汉奸这名称真是难听，可她不知道此时的金中玉心乱如麻，茫然无措，前路一点儿光亮没有，死神降临一般。在桦树岭上和这帮孩子在一起只待了三天，因触景生情回想往事，心中更加难过，对银梭说："想下山住道人师父那洞里，清静清静。"银梭本想请金中玉教打枪的，说不定能出几个神枪手，这可是难得的机会，可一看金中玉那心烦意乱的样子，就没敢说。派两个人带着军用被褥、换洗衣服，和金中玉一起下山，将那土室打扫干净，每天派人下山送饭。这日来人说："日本人投降了。"金中玉先是一喜，可不一会儿又是一脸愁苦相，来人又说："参谋长（现在银梭自称参谋长），让问问金叔叔下山进城行不行，现在正是三不管的时候，日本兵一个也没有，只剩一些教师、商人和家属。"金中玉说："不行，进城去杀这些人，必为人所不齿，再说了，用不了几天大军就到，无论是共产党的解放军，还是国军都会把咱们当敌人消灭，咱们就在这儿占山为王，谁也不敢小视咱们，定会主动来找咱们，咱们是可以讲条件的，这叫招安，每个人都会有个好结果，回去告诉他不许动。"来人又说："城里线人说共产党、国民党的人都在找你。"金中玉叹口气很是沮丧地说："日本人没死绝，田夫小鬼子一定会找我拼命的，还有土匪余孽，打死一个土匪，就会有三四个仇人，脱了这身狗皮，仇人都会找上门的，这辈子家是不能回了。"说完眼泪差点儿掉下来。

金中玉的担心是一点儿不过分，田夫那日接到上司命令，要他立即处理善后，销毁全部文件，凡对日本不利的可以作为侵略罪证的东西统统销毁，武器弹药装上卡车，带领军职人员到鹤立岗缴械投降，其他日本人员原地待命。士兵们一听不打仗了，拿起枪往车上一扔心说也许能活着回国呢，都很高兴上了卡车，田夫留下两名警卫，把一辆武器弹药车，一辆士兵车打发走后，和警卫换上了中国百姓衣服准备去金家屯。他认定金中玉躲在家中，武器不能用，只有三把战刀卷在行李中，三个人在宪兵队大院坐等天黑。可是鬼子兵一撤，城里就乱套了，愤怒的中国人终于盼到了能够出口恶气的时候了，所有日本人的商行买卖不到半日，都被砸烂抢光。电厂、粮库、码头等要害地方，共产党组织工人守护，其中日本人就地看管留用。城内其他的日本人就如过街老鼠一般，随时都可能被满怀仇恨的中国人打死。他们也自知罪孽深重，怕是没了归路，在家里把四五岁以下的孩子全部掐死，有的先杀死了孩子然后自杀。这些孩子中也有命大的，过后活过来被中国人收养，这些孩子懂事后不再说自己是日本人，再一次证明了战争的法则是被报复的一方更加悲惨。他们最后约一百来人集聚在宪兵队大院里。仁和大药房的那掌柜和石喜淳太郎医生，也就是日方掌柜，感情甚笃，想保护他们一家五口。他们夫妇的三个孩子都出生在中国，小女儿才三岁，已预感到会有这一天，早早就把女儿给了那家，那掌柜这晚来到宪兵队大院，将石喜夫妇叫到一边说，我想把你们送到乡下去。就将金家大院的情况简单说了，石喜夫妇还能说什么，到了这一步还有人挺身相助，只有不住地称谢。几个人偷偷地溜出宪兵队大院，趁夜深人静跌跌撞撞摸向金家屯，东方渐白，那掌柜偶然回头，天那，跟来二十多人。这些人忙向那掌柜、石喜淳太郎致歉，可有谁知灾星就在他们这些人中间，他们是上了田夫的当，走上了这条不归路。那掌柜可是为难了，不能再去金家了，就带进了村里的小学校，这时学校就剩下四个日本人，校长渡边正原，妻子和春加代，也就是雄野的妹妹，还有两个日本训导长，教师全是中国人。金家屯周边五六个村子，不到三百名孩子都在金家屯上学，那天上完第一节课天空降下了喜讯，学生嗷的一声散了。中国教师也都不见了踪影，只剩下四个日本人如坐针毡，一下逃过来了二十多个同胞，就安慰他们说，村民善良厚道，不会难为咱们，你们只管放心。已魂不附体的难友，见同胞这样镇静从容，那不知飞哪儿去的魂又找了回来。好心的村民见他们拖儿带女，孩子饿得哇哇哭，真是可怜，就拿来粮米蔬菜送给他们。到这时他们才真正感到自己是罪人，感动得痛哭流涕，他们那种谦卑相让这些没见过世面的村民产生了强烈的同情心，谁也没去想他们的另一面出现时，比恶狼还凶狠，且永世不变，这是本性决定的，中国人是领教过了。那掌柜找春常想办法，春常说："你放心回去，过两天我就说家里人病了，请他来看病，就把他们家接出来，让他在磨坊做豆腐没人知道。"那掌柜称谢说："石喜医生是没罪的，一定能回国，有了消息我就来接。"那掌柜又对石喜淳太郎说了，石喜医生说，金家小哥认识，金家我也去过。那掌柜说："这就好了。"那掌柜放心走了，小鬼子田夫的行动计划也想好了，一大早他的两个警卫将战刀卷在布口袋里，装作行路人的样子，坐在金家井台上。见女东家出院，二人上去，一人从后面抱住女东家，一人打开布袋从女东家头上一套，就把女东家装在布袋里了，扛起就跑，来到湖边，将女东家绑在树上。一人飞跑向田夫报告，田夫大喜，二人一使眼色，抽出战刀指着他们的同胞说，我是田夫一男，你们把大日本帝国的脸面丢尽了，向支那人卑躬屈膝乞求怜悯，你们不配做天皇的子民。然后把战刀点在石喜淳太郎的脑门上说，你想叛国投敌吗？我本当把你杀了，向天皇谢罪，可我今天要找人复仇，要你们做个见证，我是怎么献身帝国，效忠天皇的，上湖边去，快走！这时人们才知道他的身份，只得乖乖地听他的，路过金家大院时，田夫冲大门喊，金中玉你出来，你媳妇在我手里，我要替马队报仇，替高岛、木秋报仇！这时金家屯沸腾了，女东家被日本人绑架了，一传十，十传百，众村民拿着粪叉、菜刀、铁锹、木棒奔向湖边。大院里通宝迅速整理自己的行装，满不在乎地对胡先生、春常说："不用怕，他们不禁打。"春常将咸盐在蒜缸里捣成粉末，端着来到通宝身边抓一把放在通宝衣兜里，急的眼里含着泪说："别跟他硬拼，救你妈妈要紧。"大院里的人也都操起家伙簇拥着通宝奔树林。众村民见胡先生、春常领个女侠模样的女子，很是好奇，往两边一闪，三人进来见女东家被绑在树上，一边一个拿刀的鬼子，旁边一堆日本人，田夫双手拄着战刀，远远地站在前面，一副比武拼命的架势，通宝上前，田夫见来个小丫头片子，把战刀收了说："你是何人？打扮得倒是挺好看。"通宝说："飞刀女侠，我先会会你，金中玉一会儿就到。"田夫笑了说："吓唬人，你们支那人惯用的伎俩，你怎么能让我相信呢？"通宝说："你伸出个手指头。"田夫觉得好笑，就竖起小指，刚举过头顶，只觉手指一凉，缩回一看没了半截，白骨头露在外面不觉疼，再定睛一看，才呼呼冒血，连忙在衣服上扯下个布条勒住手指，冲到通宝前面。二人你一拳他一脚打在一起，小鬼子田夫气急败坏越战越勇，通宝觉得不能跟他耗下去，得速战速决，就想起二叔的招式。故意留个空，小鬼子一拳冲进来，通宝接住往上一举，再往外使劲一掰，田夫立时蹲下。通宝飞起一脚踢在下巴上，小鬼子被踢出老远，一摸下颌骨碎了，再不能说话吃饭了，这一下小鬼子疯了。一骨碌爬起来，抽出战刀，就扑上来，通宝抓起一把盐面，迎面撒过去，小鬼子只见一条白线，眼睛一下就封上了。气得他左一刀、右一刀自己舞了一会儿，跪在地上，心里骂道，田夫哇田夫，你满腔热血来到支那，要为帝国建功立业，可是屡战屡败，给圣战造成莫大损失，有勇无谋，不配做天皇陛下的军人，更无颜活在世上，拿刀就捅了肚子。通宝一见回手两枚飞刀，将那两只狼打死，这时愤怒的村民再也没了同情心，嗷的一声冲向湖边，只听扑通扑通的落水声。内中有一个大肚子女人，春常冲上去一把抓住说："为了孩子，你不能死，雄野有话留下，你跟我走。"麻天听了说："你敢把她领家去，我陪你睡三天。"春常笑了说："得了吧，就我这两下子再托生托生也伺候不了你，这话你记着就行。"湖面上冒起一片气泡，村民们的余恨仍然未消，恶狠狠地瞪着唯一的一个日本人，和春加代只有痛哭听天由命的份。通宝甩出两枚飞刀后，冲向女东家解开绑绳，女东家已有七个月的身孕，哪里经得住这么折腾，身子瘫软站立不住一下坐在地上。春常见了就把这日本女人交给胡先生看住，自己招呼两个长工回家搬把椅子来，女东家走不了了。村民们围着通宝问这问那，到这时才真是见了庐山真面目。这不是女东家那抱孩子的使唤丫头吗，这么多年，飞刀女侠就在身边，而没人知道。这就是古之大侠作为，男的常常混迹于乞丐之中，女的往往为奴为婢，几十年后金家屯的村民，和这一带的百姓，依然认为飞刀女侠还在，只是不露面而已。两个长工把女东家屋里椅子扛来了，通宝扶女东家靠椅子坐下，四个人围上抬起，女东家回头嘱咐通宝说："把加代老师带回家，女人到了这个时候就不知这命是自己的还是孩子的。"通宝点头，同为带孩子的女人，怎能不惺惺相惜，当晚女东家就觉病，怕是要早产，女东家一下心凉了，眼泪下来了。几个婆子忙着准备接生，嘴里劝慰着说，七活八不活，放心吧，不碍事。春常把雄野留下的一张全家福照片和一封信给了和春加代，信是日文，大意是让妹妹忍辱活下来，日后回国照顾母亲，金家小哥是唯一可信赖之人。和春加代又是一场大哭，因她们那风烛残年孤苦无依的母亲，终日思念儿女也已过世。女东家劝慰一番，自己就开始折腾。幸亏和春加代懂得接生，且有镇痛药、催生药，但和春加代要求春常和婆子们在身边，这回女东家不再充能了。孩子下来是个死胎，和春加代各种方法都用了无效，女东家心疼极了，可孩子生出来了女东家依然折腾。和春加代一摸，大叫还有一个，这个孩子下来也是死胎，和春加代两手忙活着，嘴里不住叨念，自然谁也不明白，还好总算把这个弄活了。和春加代擦了把汗，脸上露出了笑容，可看这孩子还没小猫大，皮肤发青，指甲头发都没长，真不知能活多久，脸上的笑容又变成了愁容，胡先生对春常说："富贵无永，这是天意，这个孩子应叫金祥。"春常叹了口气没说什么。第二天和春加代就生了，也是个男孩，春常抱在怀里喜欢得不得了。一会儿亲亲小手，一会儿亲亲小脸蛋，自言自语地说："你就是昨天的金永对不对?"然后又对和春加代说："这孩子生在金家，我给起个名叫金永吧。"和春加代点头，不禁想起了哥哥的话，这人真是可信赖可托终身的。

说话间一个月过去了，两个孩子满月了，天气转凉，真是秋风又来管闲事，黄了大地白人头。这日是六婶三周年忌日，女东家要上坟烧纸，杨桂香没事，就说：“我跟你去吧。”二人到坟前刚点着纸，从树后蹿出两人，一人一个扛起就往高粱地里跑，女东家扯破嗓子喊了一声，二郎。然后拔出头上簪子在这人腰上，屁股上乱戳，这人没跑多远一下戗在地上不动了，再看死了。再说金家二郎，正在麻天家和她家发情的母狗调情呢，这么远它居然听到了女东家那绝望的叫声，就发疯似的向湖边树林奔，同时发出了求助的嚎叫，它的情妇们听到了积极响应一同追出来。一共六七条狗向女东家奔来，与此同时刘秃子扛着杨桂香进了高粱地往地上一放，仔细一看，连忙跪地赔罪说：“不知是夫人。”杨桂香一看哈哈大笑：“我说秃哇，快憋死了吧。”没笑完突然想起了女东家，忙奔出高粱地，见女东家坐在地上，那人背朝天趴着，女东家见二人如熟人一般很是纳闷，杨桂香指着刘秃子说：“团里的刘连长。”刘秃子连忙赔礼，女东家一指小白龙说：“他死了。”刘秃子很是奇怪，翻过来喊：“小白龙。”拍拍脸蛋真的死了，杨桂香一听说是小白龙，上去踢了好几脚算是出了口气。这时二郎和它的情妇们就到了，刘秃子一看这帮狗疯了一样吓得扭头就跑。他要不跑还没事，他这一跑就认定他是敌人，就追了上去，刘秃子屁股上、大腿上让狗掏了好几口，鲜血直流。边跑边掏枪，当当当向身后打了五六枪，没命似的狂奔，不知跑了多远，回头看这帮狗没追上来，才站住喘口气。

到这时须将刘秃子和小白龙因何来到这里交代明白，只因前年小白龙实在混不下去了，想到了橡树岭上还有几个弟兄，也许会看在昔日的情分上留他安身，就投奔橡树岭来了。刘秃子知道小白龙的底细，也觉为难，留下吧，恐生祸患，踢出去或收拾了，又怕失了人心，也不仗义，只能留下多加提防。小白龙感激涕零，磕头认刘秃子做大哥。可是原来这几个人也都是明白人，认为他小白龙可是个灾星，橡树岭的好日子没了，常言说一山容不下二虎。咱们哥几个在中间不好做人，秋后收了烟，哥几个对刘秃子说，下山痛快痛快，刘秃子怎好不答应，从此一去无踪影。过后刘秃子也想明白了，一次哥俩酒后都吐了真情，事到如今，在这大山里二人也只能相依为命了。日本投降了，小白龙说过境如走平道了，咱俩带货过去，换白俄的黄白货，日本人那钱只能当揩腚纸了。还真顺利，二人回来时路过金家屯见路旁有井就奔来喝水，见两个女人向村外走去，小白龙说，哥呀，多少年没走水路了，都不知什么味了吧。二人对视了一眼笑了，就尾随二人来到树林，哪知天理昭然，小白龙把命留在了这里。他真要是该死就死在山里或别处也就罢了，偏偏死在了这里，惹下了后来的祸患。

金家屯又一次沸腾了，小白龙下山了，劫了女东家就要强奸，哪知二郎神显灵，拿手一指，小白龙立时现了原形，原来是条泥鳅。杨桂香亲眼见，这话是杨桂香说的，没有办法，女东家面对满腹疑惑的村民无言以对，杨桂香只好信口瞎编。再说麻天家那母狗名叫四眼，今日倒霉中了刘秃子一枪死了，二郎死了爱妻极其悲痛，守在爱妻身旁就是不走。女东家没办法叫人把四眼埋了，可二郎还是趴在上边不走，麻天见了说："别看你家二郎霸道，真还有情有义，我家四眼没白死，全屯子母狗都是你家二郎媳妇，你们家有钱有势狗也霸道，狗仗人势这话不假。"说完大笑，抬腿回家，走了几步又回来了，女东家说："杀猪给你一角，算是两清。"麻天说："谁稀罕，我是说别看你福大命大，也有交噩运的时候，你这是怎么了，一出一出的是不是大难临头了，找个先生算算，看你得罪了哪路神仙。"说完走了，女东家坐那儿呆傻了半天。

再说刘秃子慌乱中不知跑了啥时，实在跑不动了，站那喘了半晌，摸摸让狗咬的伤口，这时才觉疼。向四下看看刚才是让狗撵懵了，再一摸身上空空如也，哪还有什么黄白之物了。也只得罢了，看见大路不远，就上了大路准备打听个道，远见过来一辆小马车，刘秃子迎上去问路，赶车人叫住马下了车，一指前方说："进城二十里，后走金家屯十里。"二人相见都觉眼熟，刘秃子一听后面是金家屯，再看眼前这小人，一下对上号了，刚才冒犯了金警官夫人，这不是死路一条吗，扑通跪在地上就把刚才惹的祸一五一十地说了，春常一听他是橡树岭的刘秃子，春常知道这人，橡树岭的事他也一清二楚，忽地有了主意，就说："你说的要是真话，你就上车跟我回家，见了她们，把话说开，从今以后朋友相处。"刘秃子飞身上车，春常把马打得飞快，大车进院，春常把鞭子交给长工，长工卸车饮马，春常领刘秃子进了自己屋，先让他歇着，转身来见女东家前事一说后事一说，女东家听了觉得可行。叫出和春加代，春常说："真是对不住，现在形势很紧，我家是汉奸，怕是保护不了你，只好把你藏到山里去，这人来了。"和春加代哪会不知自己的处境，含泪点头答应，春常说给了刘秃子，感激得他又要下跪，就在春常小屋里三杯下肚，说出了多年前的秘密，二人直唠到月上东山。末了，刘秃子说："小哥你要多加小心，金警官结下的仇人太多，小白龙从金警官枪口下捡条命，这些仇人不敢和金警官对着干，必是要拿她老婆孩子出气的，常言说不怕贼偷，就怕贼惦记。"春常谢过，女东家与和春加代也是依依不舍，相拥送出大门。春常和刘秃子正等着她们，刘秃子一见这日本女人恰如女东家一个模子脱胎出来，扑通跪在井台旁对天发誓说："我不管她是日本人还是中国人，只知她是女人，有秃子命在，她们母子就在，起身将和春加代和孩子抱上牛背，牛背上还搭着两个大包，里面是粮食、种子、菜籽、食盐、火柴等等过日子的必需品，大包旁还有一个小筐一公一母两只鸡，一个小白狗仔。刘秃子哈腰扛起地上的弯钩犁杖，牵着老牛，踏上了他们的路程，女东家、春常站那呆呆地看着她们消失在月光里。

白燕听说了小白龙的事，自然知道哥哥为什么来劫这女人，一定是报仇，哥哥被她男人逼得走投无路，九死一生，到最后还惨死在她手里。做妹妹的还不敢相认，不敢收尸，就暴尸在光天化日之下任人唾骂，想到这儿恨得她全身发抖不能自持。头两天白燕没敢去湖边，怕人多引起怀疑，第三天扶着崔五出了门。白燕已有五个月的身孕了，在村口几个女人见了说："白姑娘看出来了，几个月了？"白燕说："五个月了。"这几个女人笑着说："是先生是瓦匠？"白燕不知这里有故事，脱口说："是先生，长大一定要当先生。"几个女人大笑对崔五说："好好伺候着，别委屈了小先生。"几个女人嬉笑着走了，把崔五气得肚子又疼了，没好气地对白燕说："你回家吧，你看湖边人来人往的，我自己去趁没人把你哥埋了，也算是我的一份情义。"白燕向湖边一看，真的是有人就回去了，崔五来到小白龙身边，抓起他的一只脚，拐到湖边，一脚踹到湖里骂道："没人性的畜生，你要不死，我一辈子放心不下，这回好了，你们家都死绝了，我回去吃个喜。”说完觉得犯了忌，心里很不是滋味，自己打了一个嘴巴回家。白燕回家做个布人，就当作女东家拿针乱扎了一气，犹难解心头之恨，悲悲切切难过了一天。让人想不到的是大崔傍晚时回家了，风尘仆仆，满身尘垢，看上去老了十岁，进屋第一句就问那哥仨回来没。听说没有，只见大崔连连点头，不知心里想啥，当看到屋里有个老道，人不人鬼不鬼的，就问：“是怎么回事？”崔五忙拉大崔进里屋说：“道人医术高明，已经把我治好了，白燕也怀孕了。”大崔果然见崔五身体健壮多了，再不是个病秧子。

再说那年斗鸡眼把大崔领回家，哪知父母已过世，兄嫂见这二人的穷酸相也不甚待见，很是冷淡，斗鸡眼也不在意，心说早晚让你们认识我。这日见兄嫂下地干活去了，斗鸡眼出去串门，大崔一人在家就睡着了，朦胧中斗鸡眼领个男人进屋，一指大崔，那人上前仔细看了看，大崔便装熟睡。只见斗鸡眼把衣箱打开，让那男人看了一眼，那男人甚是欢喜，二人出屋，关上门在屋檐下小声细语，大崔起身蹲在门里偷听，女人说：“把你家兄弟带来勒死他。”那男人说：“做这样事，亲兄弟也不行，我一镢头刨死完事，永无后患，埋在你家菜地里，人不知鬼不觉，他一个外乡人，没人问没人找。”女人说：“菜地在家门口犯蛇厌，埋远点。”男人说：“不行，让野狗扒出来麻烦。”大崔听了，一股凉气从头顶凉到脚跟，蹑手蹑脚把箱子打开一看金元宝还在，拿出揣在怀里，打开后窗出村上了山坡，没命地跑。直到天黑日头落，才想起金元宝，一摸空空如也，一屁股坐在地上大哭，没处可去又回到了奉天他熟悉的地方，操起了旧行当。日本投降了，顾主也跑了，工钱也没处讨了，万般无奈只好硬着头皮回家。白燕给他做了一桌好吃的，吃饭时白燕哭诉，地没了爹一股火死了，亲哥哥也让女东家害死。大崔听说小白龙死了，一块心病没了，心里高兴，干了一杯说：“这几年在外，那真是长见识，共产党的军队很快就会开过来，他金家大院大地主、大汉奸，那是要杀头的，你报仇的日子快到了，现在咱家地无一垄，贫农，这是好事，咱家的地还能分回来，哥要是不走，咱家不够个地主，也是个富农，共产党来了还得挨斗，我回来时老蒋和共产党在四平打个四进四出，我看老蒋要完。”

这形势连大崔都看出来了，可悲的是金梁、金柱也在其中，天老爷要捉弄人，什么事都是可能的。金梁从苏联学习回来，任东北民主联军二纵队营教导员。金柱军训结束后和他的同学编入国民党八十一军机械化师当个普通大兵。蒋介石一直没把土八路放在眼里，哪知连个小小的四平都守不住，鼻子都气歪了，便把他的嫡系八十一军派来了，没想到一样不禁打，连军长都被活捉了。金柱所在兵团，被一阵大炮打得落花流水，金柱被震晕了，不知啥时醒来，当确认自己还活着，只是被泥土埋住了，晃晃脑袋抖落头上的泥土，见天边还剩有一抹残阳，战场上，胜利者在打扫战场，身边的同学和战友，就成了老蒋的炮灰了。金柱绝望了。这时一个小军官模样的人发现了他，向他走来，愤怒的金柱掉过枪就是一枪，那小军官看他举枪身子一侧，一枪打在他胳膊上，那小军官上前两步，一脚将金柱踢得老远。这时几个战士一齐上前将金柱按住。一个战士就要开枪，小军官忙喊：“不许违犯纪律。”那小战士乃愤愤地说：“这么顽固的小蒋匪，打发老家去得了!”几个人把金柱带到小军官面前，金柱见那小军官坐在地上，另一名战士给他包扎伤口，小军官还算和蔼地说：“你不用怕，我们优待俘虏。”金柱满身满脸泥土，看不清本来面目，可是金柱认出来了金梁，叫了一声：“哥，我是金柱。”就大哭起来。金梁再一看叫了声：“金柱!”眼泪也就下来了，可随即又心生欢喜，擦把脸说：“还好，没铸成大错，回营部。”几个战士拥着金梁，金柱跟在后面。到了营部，金柱洗了手脸，金梁让勤务兵带金柱去师部做俘虏登记，然后带回来等我，我去战地医院取子弹。金梁看金柱走远，才露出疼痛难忍的样子。来到医院，医生诊为左臂骨折，取出子弹后打了石膏，医生说：“须转到后方医院治疗。”金梁回到营部，金柱早就回来了，见金梁打了石膏很是难过，金梁叫勤务兵打来晚饭，哥俩边吃边聊，金柱说：“我都不知怎么败的。”金梁说：“就以你来说吧，一个拿笔的学生怎么能打过拿锄头的农民呢，你虽然经过正规军事训练，可你们的教官是美国人，我们的教官是苏联人，苏联人是世界上最勇敢最能打仗的人，从拿破仑到希特勒再到日本关东军，没人能打过苏联人，我在苏联学习时，参加过莫斯科保卫战，亲手打死过德国鬼子，你们那军训也就立正稍息而已，上了战场，大炮一响，就把你们吓晕了，蒋介石的五百万学生兵会跟你一样，只能给他当炮灰。”金柱长叹一声，点头说：“是呀，对社会可是一大损失呀。”金梁说：“你知道我们管蒋介石叫啥吗？叫运输大队长，你们的美式装备不是给我们送来了吗？你们的大部分人也都留在了部队穿上了我们的军装，你呢也没有别的选择，参加解放军，部队是个大学校，你基础好很快就会成长起来。”金柱说：“要是回乡我能干点啥？”金梁说：“东北就要解放了，马上实行土地改革，咱们家的地要分给穷人，你回乡永远也摘不掉国民党兵的帽子，你只能在小学校里教书，如果需要也许会进城教中学，干一辈子也就是个校长。”金柱沉默了好一会儿说：“将来父母怎么办？”金梁说：“部队团级以上就可以带家属，到时我接部队来，离开了土地，她就不想发家了。”金柱又问：“金叔叔怎么办？”金梁说：“伪满警察，汉奸，是镇压的对象。”金柱默然，不禁想起金中玉很多好处来，好久没有说话，不知啥时二人又聊起了很多儿时趣事，金梁说：“当时你为什么偷偷一个人走？”金柱说：“你们婚期都订了，我怎么能耽误你的终身大事呢，按我的想法你现在都好几个孩了。”金梁说：“要是那样妈妈可高兴了，我现在就是个小地主。”二人都笑了，兄弟俩亲亲热热不觉太阳升起，金梁叫金柱回师部去报名参加解放军，金柱来到俘虏驻地，文书说：“愿意参军发军装，愿意回乡发路费。”金柱说：“回乡。”接了路费从此再无消息。

再说黑龙江，日本投降后就为空白区，解放军在苏联帮助下迅速开进来了，松江小镇驻扎一个团，主要任务是组织武装工作队，到各村清剿反动恶势力，成立农会，口号是一切权力归农会，让农民自己当家做主。反封建反迷信提倡婚姻自由，反对父母包办，五六个村为一个区，设区政府。后来叫乡，再后来叫人民公社。动员青年参军、做军鞋等等支前工作。杨桂香敢说敢抛头露面，还识字，被选作妇救会主任，工作热情很高，白天工作，晚上开会到深夜。大崔见过世面，表现很积极，选作农会委员。金家小马车工作队用两回很方便，春常就每天给他们出车，春常是聪明人，日久混熟了就认清了形势，吃透了精神。这日送工作队战士进城，在团部见了团长，二人便攀谈起来。团长姓初，海城人，春常凤城人，算是老乡，说话有亲切感。春常谈了儿子金梁的情况，想请首长打听一下儿子的近况，初团长满口答应，让春常在家听信，三天后送到你家。春常很高兴，接着说："我家有磨坊，十天内能赶出一万斤米支援部队，我自己赶车送到前线。"团长大喜，上前抓住春常的手把春常拽了起来说："你小哥可带了个好头，我正为这事发愁呢，主席说得好，群众是真正的英雄，这不，办法就有了，组织支前运输队，你不愧是解放军的家属，模范军属，全县人民都要向你学习，部队不拿群众一针一线，粮食、运输费由政府出具，战后按价付给。"二人又详细谈了运输过程中可能发生的问题，春常都一一答出了解决方法，工作队战士公务完成，过来和团长告别，春常回家和女东家一说，没想到女东家赞成，说和官府做买卖放心，只是要耽误秋收，春常说："我早去早回，误不了秋收。"女东家让春常在路上留意买胶皮大车的事，春常说："这个时候不能再置家产，共产党来了要搞共产的。"女东家说："我不管，不就像小马车似的，共产党工作队用咱就出车，屯里人用换工。"春常拿她没办法，说道："前面郑家屯，郑万能五十垧地眼看要收割了，扔了，全家进城做了无产者。"女东家听了暂时放下买地、买胶皮大车的念头。果然第三天工作队战士把金梁的消息带来了："金梁同志在苏联学习期间加入了中国共产党，参加过卫国战争，回国后任营教导员，表现突出很有发展。"全家听了都为女东家高兴，胡先生说："偏心儿女不得济，我现在觉得对不住金梁这孩子。"女东家说："干啥都不如种地，我就信老太太的话，兵荒马乱的天天打仗，真还不知什么结果呢。"一句话把众人的笑容说没了，连日来春常忙着上路，自己家三辆大车，又借了两辆，家里的马就留一匹拉小车，其余的早就换了耕牛，只好牛驾辕，骡子拉套。通宝求女东家说："阿玛送粮上前线我跟去找金梁。"女东家也觉得这孩子怪可怜的就答应了，说："你阿玛岁数也大了，也需要有个人照顾，再说了有人跟着我就放心了，我怎么觉得有点儿像当年你娘。"一句话没说完流下两行眼泪。这日最后一辆大车装好，选了六个年轻力壮的车老板，一行八人五辆大车赶出了金家大院。春常嘱咐女东家小马车配个老板，不要耽误工作队的事情，女东家点头。大车进了城直奔团部，初团长迎出来握住春常的手说："乡亲们辛苦啦！"春常说：

“两车高粱米，三车小米，一百八十斤的大麻袋每车十二袋两千斤只多不少，粮袋上面是草袋，铡好的谷草预备了一个月的牲口料。”初团长对每辆车都做个检查，见绑得结结实实，每件事考虑都很周全，很感动说：“你们准备工作做得很好，能够送上前线，我代表全县人民向你致敬。”啪，向春常行了军礼，然后一招手，只见全体战士、工作人员抬着锣鼓，排成长长的两列，初团长在身后的一个战士手里，接过了一张盖有团部大印和镇政府大印的字条递给春常，春常见上写欠支前军粮一万斤。初团长转身在另一个战士手里接过一面红旗，上写支前运输第一小分队，双手举着递给春常说：“出发。”春常上车把红旗插在麻袋缝里，在一片掌声、锣鼓声中出城上路。女东家的担心是多余的，这一路早已不是当年的情形，风霜之苦是要受的，但地方政府提供各种方便，所到之处有接有送，很是感人。算来大车已离家半个多月，这日到了吉林和黑龙江交界的双城堡，街上一队队、一排排不停地过着军队。春常知道有大部队驻扎，也真是天遂人愿，战地后方医院就在这里。春常、金梁、通宝父子三人见面了，那真是悲喜交加，当得知这一枪是金柱打的，春常这心里真是不知什么味道，可是不管怎么说，这兄弟俩总算到了一起，金柱这时该是到家了。通宝见了金梁就是痛哭，那是要把心中的苦水都哭出来才罢，娘死了，一个人落在金家，未婚夫君不在身边，兵荒马乱的怎不叫人日夜悬心，朝思暮想的人突然出现在眼前，自然喜泪横流。春常知道两个孩子见面有多少心事要诉说，怎忍心将二人分开，就留下通宝照顾金梁。金梁说：“伤口愈合后我就回家养伤，让妈妈放心。”春常高兴，自己带车上路奔前线司令部。

再说金家屯，春常大车走后不久土地改革大纲发了，没收地主、富农的土地，财产分给没有土地的农民，发动群众揭发检举伪满汉奸、警察特务、地富反坏分子、国民党余孽、反动会道门头子的罪行，将他们打倒斗臭，让农民彻底翻身解放。大地主金喜鹊、伪满警察金中玉是全区的典型，工作队考虑到金家情况特殊，首先对全村八十几户人家进行划分，金家大院定为地主，另外七八户富裕人家定为富农。没收了这些人家的财产，全村土地进行了丈量汇总，村民每人可分土地八亩。为确保批斗大会的成功，对大会的进程做个周密的部署，做了好多人的思想工作。会场设在小学校的广场上，金家大院抄出的东西不少，两大堆，大多为穿的、盖的还有两大包豆腐账，拿起一看不是张家欠一斗高粱，就是李家欠二斗谷子，赵家使用骡子三天，刘家借钱××元。金喜鹊头戴大高帽，胸前大牌子上写大地主金喜鹊，两边六个邻村的地主也挂着牌子戴着高帽，后一排是金家屯的富农陪绑，挂牌，没戴高帽。首先烧了借据，村民一阵高呼共产党万岁，毛主席万岁，孟繁星第一个发言。自从工作队进驻金家屯，孟繁星就表现得很积极，思想要求进步，工作热情很高，她的目的很简单，就是想参军当个女兵，当不上女兵能参加工作也好。她上台列举了女东家开磨坊以物换工、放高利贷等等剥削手段，聚众听书，全村人给她家搓苞米，也算一大罪状。最后带领四姐妹每人向女东家脸上吐一口吐沫，以示妇女翻身解放，哪知四姑娘一口吐沫吐在孟繁星脸上，只见孟繁星的脸一会儿红，一会儿白，并没发作，迅速带小姐妹退下去了。这时大会主持人说："谁有苦有冤可以上台揭发控诉。""惹不起"把小核桃拉到一边说："咱家啥也不缺，就缺头牛，我要这时立个功，备不住能分头牛。"小核桃说："那你还等啥?""惹不起"上台说："我给她家扛活喂猪时，发现了她家埋藏金银财宝的地方，我领你们去挖一定能挖出来。"工作队立刻派四个战士，跟"惹不起"来到金家大院，"惹不起"一指牛槽底下，很快就挖出了一个如板凳高的一个大肚坛子。抬到了会场，只见这坛子上扣个大碗，坛口用蜡封着，取下大碗从里面拿出一沓旧纸，不知是啥，四只蜡台，两只香炉八只高脚果盘，黄澄澄金灿灿十分耀眼，可是人们不知那是铜的，都以为是金的。打开那叠厚纸原来是早年的家谱，"惹不起"揭发有功得到了工作队的表扬，大崔说："窝藏珠宝对抗土改运动罪大恶极，男人又是伪满警察大汉奸，金喜鹊应该乱棍打死，乡亲们，你们说对不对?"可是没人吱声，杨桂香说："政策上说可杀可不杀的坚决不杀。"麻天接着说："她男人是汉奸可她儿子还是解放军营长呢，按说还是军属呢。"崔五接着说："她家藏着日本人，这够不够个死罪?"全屯子都知道这件事，以为女东家这下完了，大会主持人问金喜鹊为什么不交代，金喜鹊说："当时我看加代老师快生了，就把她留在家里生了孩子再向政府报告，哪知还没满月，小白龙的同伙下山就把她抢走了。”这话基本属实，工作队详细问了土匪的特征去向等等，金喜鹊一一做了解答。工作队又问，小白龙为什么盯住你家？金喜鹊说：“这一带土匪都和金中玉有仇。”工作队又问小白龙是怎么死的，这时人群中有一人说：“这得问崔五，我见他把小白龙像拖死狗似的扔水里了。”白燕听了，忽地火起，心说，崔五哇崔五哇，你可真够个人，可这一腔怒火就不知发向谁了，发疯似的冲向女东家又薅头发，又抓脸，可是没抓挠几下就瘫在了地上。可怜白燕一时愤怒，忘了自己已是临产之人，哪里经得了这么撕扯，就破了羊水。工作队一见这会出人命的，人民军队爱人民吗，马上派八名战士将白燕抬上门板，学校有日本人的被褥，抱出一床盖在白燕身上，四个战士抬在肩上，另外四个两边保护。然后互相替换，一行人小跑奔向郑家屯，那里有解放军卫生员。大崔哥俩跟在后面，后悔让白燕参加大会。这一行人走后，大会主持人将大会做了总结，认为大会开得很成功，群众情绪很高，积极揭发检举地主的种种罪行。金家屯的批斗大会给全区做了榜样，土地改革运动一定能取得圆满成功，批斗人员暂时回家，只许老老实实不许乱说乱动，好好接受改造。

再说白燕被抬到郑家屯，卫生员做了检查，属早产，胎位不正，孩子的屁股在下，白燕折腾到后半夜产下一男孩，产后流血不止。奄奄一息的白燕嘱咐崔五，一定要把孩子养活带大，不许给人，长大念书当先生，你们好好过吧，我想爹了，说完咽气。

欲知后事如何，且听下回分解。

第二十八回
春常村长支前获嘉奖　喜鹊和春劫后续前缘

上回说白燕给崔家生下一子，报了大瓦刀的恩情，含笑九泉，结束了凄苦而短暂的一生。可是也留下了难题，崔五如何能把这孩子养活？没办法，每日抱着孩子到有吃奶孩子的人家乞讨。本来崔五人缘不好，村里没人待见，可是看着这嗷嗷待乳的孩子实在可怜，女人最是见不得这般情景，所以没人拒之门外。也是这孩子命大，金家屯的女人居然将这孩子奶活，到后来这孩子聪明无比，念了大书，果然做了先生，没负白燕的苦心，也许是白燕在天之灵的佑护。崔五终其一生没续娶，此亦后话。

再说金梁伤口刚刚愈合，就打了报告，申请回家养伤，完婚，得到批准。按规定伤员回家养伤期间参加当地驻军或政府党组织的政治生活，金梁拿着介绍信和通宝兴冲冲往家赶。这日早上二人下了船，到驻军团部报到，初团长一听是金梁、通宝，大喜说："你们回来得太是时候了，我这两件大事就迎刃而解了，请岳通宝同志，我们的飞刀女侠，上桦树岭把你的师弟带下来，参加解放军，桦树岭的情况我们研究过了，成立独立连，鲍银梭同志任副连长，我再给你们配个指导员，现在还没有人选，由金梁同志代理，你们有什么意见没有？"金梁、通宝忙说："没有。"初团长说："第二件嘛，请金梁同志回家做你母亲的思想工作，思想的转变是个艰难的历程，地主、富农本该扫地出门的，考虑你母亲病着，区里这项工作一直没做。"金梁听了，因为母亲的缘故拖了土改的后腿，心里很是难过，就说："请团长放心，我一定能做好母亲的工作。"初团长说："好，为欢迎岳通宝同志入伍，团部原定要开个欢迎会，当想到你们是回家完婚，莫不如为你们举办个婚礼，今天在食堂加几个菜，做个简单的婚宴，部队的土改工作、治安工作、支前工作进行的都很顺利，也算是个小小的庆祝会，你们看好不好?”二人连忙称谢，婚宴上最高兴的是通宝，哪里受过这样的品评和赞扬，席上的话题就是通宝的故事，被冠誉为女侠、女英雄，将来立功后就是女将军，通宝美得飞上了天。午后二人戴着大红花，还有二名勤务兵，四个人骑马出城奔金家屯，勤务兵鞍后驮着两大包军服，是发给桦树岭新入伍战士的军装。

再说女东家这天一大早醒来，回想昨晚梦中情景，一上午心事重重，午饭后对胡先生说：“昨晚梦见门口唱大戏，全村人都来看戏，有一人说杀庙唱得好，我一辈子没看过戏，怎么会梦见唱戏呢，早年老太太好像说过，有杀庙这一出。”胡先生深思半晌说：“按旧说此梦不吉，现在解放了，这些都属封建迷信，大可不必在意。”二人正聊着，外面杨桂香喊，金梁、通宝回来了。土改后大院里，只剩胡先生、杨桂香和金祥的奶妈，这两个女人心疼这个早产的小生命，不忍心离去。胡先生和杨桂香把自己的钱捐给了农会修缮小学校，待完工后也要住到学校的。胡先生听金梁、通宝回来了转身出屋，金梁、通宝一见先生，啪，行个军礼，胡先生见二人穿着军装，戴着大红花，还有两名勤务兵，心说：“这是立了大功，升了大官。”心中不免有些内疚。张了张嘴无言以对，只好说：“快进屋，让你妈妈高兴高兴。”又叫杨桂香带两个卫兵别屋歇息，通宝先自飞身进屋，扑在女东家怀里，女东家摸着通宝胖得圆圆的脸蛋说：“好孩子，你还真把他找回家了，你阿玛呢?”没等通宝说话，金梁进屋，女东家见二人都披红戴花，看通宝，通宝脸红不说话，金梁说：“妈妈，我们结婚了，今天上午部队给我们举行了婚礼，通宝也参加了解放军，是连长。”胡先生对女东家说：“这么大的喜事，你心里那块乌云也该散了。”金梁听了说：“金柱又惹你生气了，他上哪儿去了?”女东家愣了一下说：“这么多年，他连个信都没有，没信更好，真还不知会来个啥信呢!”金梁听了掉下泪来，心里明白，是伤了他的自尊心了，换了自己也是要较较劲的，就把金柱的事说了。女东家说：“不回来也好，眼不见心不烦，少一个人气我。”

说完止不住眼泪哭起来，金梁说：“妈妈你别伤心，我去问问兰英，看有没有他的信。”说完出屋，通宝忙哄女东家说：“阿玛这时也该往回来了，你不用惦记。”就把这一路上的见闻描绘了一番，末了说：“金梁说了，以后不让你种地了，跟我们上部队。”女东家说：“我死也不会出这个大院，老太太受了多少若，给他们留下这个大院，可他们一点儿也不稀罕，你们俩也成亲了，留在家过日子是正理，过两年生个孩子，小两口亲亲热热一辈子才是福，在军队里打打杀杀没好下场。”没说完通宝流下了眼泪说：“我也这么想，可是我做不了他的主。”要说这娘俩还真对味、投缘，可命运却是残酷无情。

再说金梁见了相兰英，相兰英和孟繁星是杨桂香的助手，协助杨桂香组织村里妇女做军鞋。全村二百多姑娘、媳妇分十个小组，她俩每天发棉布、收军鞋，忙得不亦乐乎。听完了金柱的故事说：“我也参军跟部队走，一定能找到金柱，他胆小不会有事的，金梁哥，你放心，我等他，等一辈子。”她也真傻，就这一句话，三十年后，相兰英已是大干部了，金柱才从美国回来，二人也见面了，说起来算是幸运的，真乃是生也何乐，死也何苦，金梁告别兰英回家。女东家产后身体虚弱，被分、被斗后一口气憋在心里，一直病着。金梁、通宝回来了，本应心生欢喜的，但是又得知金柱不愿回家，春常的大车没有消息，金中玉生死不知，如此种种，女东家是忧心如焚，哪里高兴得起来。一下午，头朝里倚着被半躺在炕上，通宝靠在身边，胡先生、杨桂香坐在炕沿上，听通宝讲这一路的见闻。金梁进屋对女东家说：“金柱、兰英没有书信往来。”女东家说：“那孩子压根儿就不是庄稼院的媳妇，又倔又傲，一点儿不会来事，我看着就不顺眼，没往来更好，真要是成了咱家的媳妇，别指望她像通宝一样贴心。”通宝对金梁说：“妈妈说这么一大家子人，不能跟咱们上部队，又担心老的老小的小，种不了地。”金梁说：“不愿上部队，也不用担心，妈妈是军属，军烈属的土地由政府代耕，秋天收了给咱们送家来。”女东家听了这才露出了笑脸，金梁趁机说：“按政策地主、富农要扫地出门的，房子分给穷人，我和通宝明天上桦树岭，现在他们打着国民党旗号，穿着国民党军装，这太危险了，我们俩不回来，他们就被消灭了，我们俩带下来参加解放军，顺便带家来一个班，把咱们家牛棚收拾了。妈妈你给全区的地主、富农带个头，在牛棚里住些日子，他们都看着你呢，这项工作做完了，土改工作也接近尾声，部队也将开赴前线。”金梁说完了，只见女东家的脸一阵青、一阵红强压怒火没吱声，胡先生张了张嘴还是说了：“我有一事不明白，现在共产党也打下来了天下，地主的财产也分了，眼见得他们已无半点儿反抗能力，也算坐稳了江山，那些罪大恶极的地主恶霸杀之也大快人心，那些忠厚老诚的也让穷人拳脚相加、打倒斗臭，这让人觉得不够仁义。”金梁说：“这问题就看你站在哪个阶级的立场上说话了，共产党消灭地主阶级，搬走劳苦大众头上的三座大山，让农民彻底翻身解放，只分了土地，分了房子还不够，地主阶级的阴魂还在，他们虽然没了财产，但还不是平民，他们在乡里还是老爷、东家，穷人见了他们还是有畏惧心理，还是老远就点头哈腰称东家。打倒斗臭的目的，就是消除人们的畏惧心理，等都变成了自食其力的劳动者，和农民平起平坐，再没人难为他们，这项运动很快就会过去，就看你能不能正确对待。阿玛真是了不起，他能吃透我党的政策精神，给咱们家争得了荣誉，苏联革命靠的是工人，土地改革没有流血，土地归集体农庄，我们一步还不行，得两步，将来也一定要走苏联的集体道路。中国的广大农民兄弟跟着我党闹革命，死了那么多人，可以说中国革命的胜利是农民用鲜血和生命换来的，总得给农民一个交代吧，我党好多大地主出身的高级将领都是毁家革命。”女东家再也忍不住了说：“你回来是革你妈妈的命来了！”抓起扫炕笤帚，起身蹦地下，还没等抬手打呢，一口鲜血喷出，胡先生、杨桂香一把扶住没倒，女东家是气炸了肺，这一口血上来，怕吐在金梁身上，头一低吐在地上。四人连忙把女东家抬炕上躺下，通宝吓得大哭，这时天已黑了，女东家只闭目叹气、流泪无一言，四个人也无计可施，围在女东家身旁坐到天明。胡先生让金梁进城接医生，金梁说：“有任务，先上桦树岭接人到团部，然后带医生回家。”金梁、通宝、卫兵四人匆匆吃饭飞马而去，胡先生感慨说：“忠孝不能两全哪！”可是有谁知，此一去魂断桦树岭，留下了千古遗恨，谁之罪，情之罪，世上多少好儿女，因情而丧命，惜哉，痛哉！

四人不一时上了桦树岭，被两个哨兵截住，通宝说：“我是大师姐。”

两个哨兵连忙敬礼说："我们虽然没见过大师姐，却知大师姐是何人，但大师姐和解放军一起进山，我们需向参谋长通报一声。"说完一人飞身上岭，一路喊："大师姐回山了!"原来那十八个师弟听了，先自跑下山来，几年没见真是高兴，没想到大师姐已是解放军了，桦树岭何去何从，是众师弟最担心的事，这下好了，围着师姐问这问那，簇拥着上山，金梁和两个解放军战士只好跟在后面。鲍银梭在屋里也听见了，这时哨兵进屋，银梭问："几个人?"哨兵说："一共四个人，穿共军服装。"银梭明白了，他最怕的结果，还是发生了，带着自己的十个卫兵迎下山来说："到时听我命令，你们在前面走。"鲍银梭闪在树后，不一会儿，见通宝出现了，银梭本来就一肚子气，见后面果然是金梁，这一腔怒火便泼向了金梁，咬牙切齿恨恨地说："姓金的，武大郎的儿子，你也配娶通宝，算你命大跑苏联去了，我怎么也不能眼睁睁让你把通宝娶去，你死吧。"抬手就是一枪，正中左胸，金梁当场毙命，众师弟听枪响，立时把师姐护住，惊讶之余，银梭从树后冲过来说："把这三个共军绑了。"通宝一时傻了，没有反抗，跪在金梁身边，看着金梁动了几下嘴唇，想说什么没说出来，慢慢咽下最后一口气。这时银梭对通宝说："我是按参谋长你二叔的遗愿做的，我对天发过誓，保护通宝，成就一代女侠，巾帼英雄，党国的女将军，为你二叔和岳府争光，今天晚上我们就下山，拿下小城，我们在城中举行婚礼，全城都会祝福飞刀女侠的新婚，怕你一时想不开，先委屈你一会儿。"银梭正滔滔不绝描绘他的美梦，可是只见通宝身子一歪倒在了金梁身上，七窍流血死了，是通宝见金梁死了，就引气断了中脉。这可是银梭万万没想到的，一时泪流满面，跪在通宝身旁解开通宝的绑绳，从兜里拿出一枚戒指戴在通宝手上，对大师弟说："收拾下山，参加解放军，这是大师姐的遗愿，快给二位解放军同志松绑!"二人沉痛地对银梭说："岳通宝同志和金梁同志昨天刚刚举行了婚礼，是你们独立连连长，金梁同志是指导员，团部任命你为副连长，你犯下了滔天大罪!"银梭无限悔恨地说："我知道。"然后大声喊："岳克己你是谁?"然后对自己脑袋就是一枪，倒在通宝身上。

搁下桦树岭再说女东家似睡非睡，呼叫不应，实在令人着急，金梁、通宝走后，杨桂香觉得不能等，就舍脸来见道人说：“女东家因生气吐血了，请师父扎针。”道人说：“气炸了肺吐血，非针刺能医，你回去摸若身凉则无大碍，取韭菜根一把，蒜缸里捣烂，得一汤勺根汁即可，取一小碗，童便、人乳各半，倒入根汁，烫温服下，不可急于进食，慢慢将息，若体热则无救，预备后事。”这话今日听来也是有理，体热就是发烧了，肺炎感染，当时也没有抗生素，可不是必死无疑吗！杨桂香回来一摸，不热，心里宽慰了些，人乳、童便、韭菜根这东西，家里现成，杨桂香自然不会说破，女东家顺利喝下，肚里有了暖气，叫金闳把你四姐叫来，就说我想她了。这四姐是谁，就是四姑娘朱引娣，金闳去了，女东家对杨桂香说：“你和先生一宿没合眼，睡一会儿吧，四姑娘来了让她陪我。”小孩子腿快，说话间四姑娘就到了，杨桂香对她说：“你干妈要是饿了，熬碗小米粥给她喝，不能吃干的。”说完杨桂香出去了，女东家和四姑娘聊了一个多时辰，四姑娘眼睛都哭红了，女东家也没了说话的力气，让四姑娘近前把耳朵贴在嘴边说：“记住，不能对你春常大伯说，这事只能一个人知道，“惹不起”她们只挖出了坛子，原坑再下挖三尺，一共十根。”女东家喘了半晌说：“把金闳叫来吧。”四姑娘去叫金闳，金闳自然不会把这干姑娘放在眼里，走路磨磨蹭蹭，四姑娘一腿踹个前趴子，金闳爬起来跑进屋，向女东家告状说：“你干姑娘打我。”这时四姑娘刚好进屋，女东家说：“怎么打的，我没看见，再打!”四姑娘上去俩嘴巴，女东家说：“还敢告状，没打服。”四姑娘又是一顿大撇子，可怜小金闳才十岁，四姑娘已十五了，直打得小金闳嗷嗷叫，没处诉冤，胡先生、杨桂香被哭声吵醒奔过来，在门帘外一听，觉得不对劲，就没进屋，在门外偷听，小金闳捂着脑袋恶狠狠地瞪着四姑娘说：“你等我长大的。”女东家听了说：“再打!”四姑娘一把将金闳按在地上，女东家说：“用鞋底子打屁股!”四姑娘调身骑在金闳身上，脱下鞋照屁股又是一顿打，女东家说：“问他服不服。”金闳到这时就不知道是怎么回事了，忙说：“服，服了。”女东家说：“你们俩给我磕头吧，从今以后，你四姐就是你媳妇，你就归她管。”金闳一把鼻涕一把泪地说：“是，她就是妈!”这时二郎叼个狗崽顶开门帘进来，站在四姑娘面前，眼睛盯着四姑娘，女东家说：“它要把孩子托付给你，这狗通人性，它知道你可靠，看来我没看错人，你接了吧，好好喂着。”胡先生在外听了，流下了眼泪，拉起杨桂香回屋说：“女东家安排后事了。”说着从书箱里拿出一本书，过来给女东家看，封面是识字课本，先生翻开，女东家一看都是与城中店铺往来欠据，女东家感动了说：“我好了给先生磕个头，我死了交给四姑娘。”胡先生说：“如此我也报了老太太的知遇之恩，生逢改朝换代之际，顺应潮流则生，但凡看得开，放宽心则无大碍。”女东家点头，先生转身出屋，女东家和四姑娘聊到天黑日头落，四姑娘回家。杨桂香心中难过，回屋迷蒙睡去，不知啥时，一觉醒来至女东家身边，见无声无息，摇叫无应，魂归离恨天了。杨桂香大喊先生，胡先生情知不好，叫上了两个奶妈，杨桂香将女东家平日的衣服找出两件，好衣服已搜走，三个女人给女东家穿上了，胡先生搬来木板，在外间打个地铺，四人将女东家抬上地铺。点上蜡烛，香炉没有了，饭碗装高粱米插上香点着，也没有供品，盛碗剩饭插上一双筷子，脸上盖张黄纸，大门口挂张纸卷，就为家中有丧事。叫金闳带着小弟弟们跪着烧纸，忙完了这些，三个女人才大声哭起来。杨桂香不断地念叨：“你再等等，金梁、通宝就要回来了，好歹见一面。”哭着、哭着杨桂香见女东家脸上黄纸微微颤动，连忙取下趴在女东家脸上，并无气息，伸手摸身上却是火烫，女东家没死，起身跑崔家把道人拽了来说：“看看有救没救?”道人摸摸脉说：“或许有救。”取针在神庭上扎了一针，打开药箱取出两片白色洋药片，递给杨桂香说：“看其能否吞下?”正这时，通知开会人到说：“今天会议很重要，杨桂香不能缺席，并请胡先生写标语。”杨桂香、胡先生只好答应，二人看着女东家咽下了药片，让孩子回屋睡觉，道人心中暗喜说：“等你们回来再行针。”杨桂香叫出两个奶妈说：“不许离地方，这老道不是好人。”二人点头，杨桂香和胡先生出门，这时道人心说：“女东家呀女东家，你我还真是有缘，皇天不负有心人，终于等到这一天了，我怎么也得让你活着，死了就没意趣了，今天一晚上就行，天老爷都给咱们做美。”美滋滋地从药箱里拿出一个红布条扎在头上，在灶前抓把麦秆铺在女东家身旁，坐下闭目念经，两个奶妈见道人这一出，只觉毛骨悚然，道人说：“我作法如见有神鬼进来，不用害怕。”道人不说还好，一听这话两人只觉后背呼呼冒冷气，身子不由自主往后躲，道人见了说："要不你二人先回屋，别坏了我的法事。冲撞了神灵，女东家性命休矣。"两个女人哪有胆量，看他装神弄鬼，麻溜跑了，道人关好门，凑到女东家身边，摸摸手，摸摸脸，解开了女东家的上衣，将大红兜兜往上掀起，只见酥胸似雪，两乳坚挺如处子，肉体滚烫，道人摸着更加助兴。女东家是高烧不省人事，被道人掀开了衣服，体温降了许多，渐渐苏醒，也明白了道人使坏，只是口不能言，身不能动，一股怒火于心中升起。道人双手由胸至腹解开女东家腰带，退下裤子，只见这女东家肚脐以下如八十老妪，肚皮褶皱上摞，色如风干的猪肉皮，笑道："我说女东家呀，上天对你真是偏爱，让你面如桃花，胸似粉团，可这见不得人的密处却是这般模样。用手摸摸粗粗拉拉如那白板的老羊皮袄，这真是大千世界无奇不有，你是生孩子生多了，且一年一个，不等身体复原，哪里能得长久，但不知你这老羊皮是啥滋味?"道人心里正美呢，却不料女东家忽地坐起，道人抬头一看，女东家面目扭曲如厉鬼，吓得道人大叫："女东家诈尸了!"一屁股坐地上，女东家疯魔一般拔下头簪，对着道人就戳，嘴里冷冷地发出了几声鬼笑，往后一仰倒下死去。道人惊魂稍定，只觉手脚发麻，且来势迅猛，心里说声不好，这鬼女人的簪子有毒，活动几下手脚，已不甚听使，连忙就地打坐。要说这道人也是真能，引气封住了心经，然后默运周天，只要一个时辰，就能逼出簪毒。可是他的业障深重，天人不佑，他的灾星到了，春常的大车就要进院，还有二里多地，二郎就听到了，奔到春常跟前狂叫，春常明白家中有事，对后车说："我先走一步。"二郎在前，春常加鞭快赶，到了大门口，鞭子往车上一扔，跑进院开门一看，女东家坦胸露体，道人闭目坐在身边如泥塑，春常怒不可遏一脚踹倒，这时道人身上已见汗，再有半个时辰出身透汗，这一劫就算过去，哪曾想狗命该绝，受此一惊，防线崩溃，前功尽弃了，但心中明白，暗自叫苦，天亡我也，泪如泉涌，流出的泪水似鲜血一般，随即身亡。春常将女东家衣裤整理好，呼唤女东家："我回来了，你睁眼看看!"可是哪里叫得应，两个奶妈听见，出来见春常说："这道人装神弄鬼，女东家诈尸将道人捉了去。"正说着胡先生呼呼带喘跑回来，一见春常止不住老泪纵横说："你可回来了，娘俩动了真气，女东家一时想不开就去了，你如在家断无此事。”春常看一眼地上的女东家泪如雨下，这时后面大车已到，春常招呼几位老板将道人抬出说：“明日扔水里喂泥鳅。”杨桂香散会回来见了，对春常说：“我一见他就恶心，可他那药箱你收好。”三人坐在女东家身旁相视无言，良久，胡先生说：“金梁、通宝一去不归，怕不是出了什么事？”没人说话，又归寂寞，杨桂香连打了几个哈欠，胡先生说：“你昨晚就没合眼，睡一会儿吧。”春常说：“你二人就在里屋炕上睡下陪我，明天不知还有什么事呢。”二人实在熬不过，进屋头朝里和衣躺下，头一回睡在女东家炕上，拽过女东家的缎子大花被盖在腿上，四目相对，杨桂香说：“今天开会讨论我入党全票通过，明天区里来人主持我入党宣誓。”说完脸上露出了幸福的笑容，再看睡着了，许是美梦也做上了。先生爱怜地欣赏这张笑脸，抓起杨桂香的小手放在自己的脸上也进入了梦乡。

二人一觉醒来已日上三竿，出来看女东家也觉奇怪，气息全无，身体滚烫，纸盖在脸上则微微颤动。胡先生说：“一息尚存，女东家还有知，她在等人，家里五个孩子，金梁、通宝、金中玉均无消息，她能放心走吗，可悲可叹。”杨桂香梳头、吃饭，匆匆走了，今天对她太重要了，比结婚出嫁还重要，到了小学校见孟繁星正领人布置会场，将一间教室打扫干净，黑板正中挂着毛主席像，两边配着党旗，上面横幅大字标语。孟繁星说：“这是工作队教我的，他们今天放下其他工作，参加你的入党仪式，听说新来的区长带区里的同志和邻村的代表前来祝贺，你是全区第一个女党员，我好羡慕你，快坐下吧。”杨桂香向在座的人一一点头算是打了招呼，刚坐下，区领导就到了，一共十多人。大家鼓掌欢迎，工作队长主持会议，宣布会议开始：“首先请区长讲话！”区长肯定了金家屯的土改工作，妇女工作尤为突出，军鞋做得最多，青年踊跃参军，没有拖后腿的，家庭暴力消失，请杨桂香同志谈谈工作经验。大家鼓掌，杨桂香笑着说：“也没啥经验，我就是不要脸，臭老爷们骂啥我骂啥，声比他高，更难听，把他的气焰压下去了，我就胜了。不过得一半真，一半假，骂完就笑，这些人都属贱皮子，没啥能水，在家就知道打老婆骂孩子，你去一顿臭骂，他舒服了，我也舒服了。”一阵大笑，杨桂香接着说：“就好比驯服的马，和好的面，任你骑任你打，任你揉，任你掐。”又是一阵大笑，区长做了简单的评语后说：“请杨主任给我们唱个歌好不好，我可是知道你唱歌唱得好听。”会场更加热烈，掌声中齐声喊，唱一个！杨桂香只好把儿时哼的小曲改了几句词唱道：

春苗不得如丝雨，哪有秋收万斗米。
若无蜂儿勤奔忙，哪有人间甜蜜糖。
女儿若得缠郎恋，哪怕日子苦千般。
男儿怀中有娇妹，从此鱼儿不离水。
自从来了共产党，好似孤儿有了娘。
分得田地又分房，穷人从此得解放。

杨桂香唱完，入党宣誓开始，会场立时庄严肃穆，杨桂香激情满怀，站在党旗下，区长念一句，杨桂香重复一句：

我志愿加入中国共产党，做如下宣誓：
一、终身为共产主义事业奋斗
二、党的利益高于一切
三、遵守党的纪律
四、不怕困难，永远为党工作
五、要做群众的模范
六、保守党的秘密
七、对党有信心
八、百折不挠，永不叛党！

在热烈的掌声中宣誓结束，与会人员退场时一个干事模样的人叫住杨桂香说：“区长找你谈话。”杨桂香转身回屋，屋里只剩区长一人，区长亲切地说：“坐吧，难道你真的认不出我了？我就是当年被小白龙吓跑的杨明远，我是特意要求回乡工作的，就是为找小白龙报仇，可惜他死了。”

杨桂香说："你现在是大区长，我是啥？任人踢的马粪蛋子。"区长笑了说："真没想到，你参加了革命，而且是一位很有工作能力的妇女干部，你应该到区里工作，说说你的打算。"杨桂香说："我就在村里教书，还可以兼村里的妇女工作。"区长说："我看了你的材料，自己捐钱修学校，很感人，可你自己不知道，你是一个很有前途、很有价值的女干部，工作队同志的介绍、上级党组织的安排是很英明的，将来是要到县里工作的。"杨桂香说："那还真行，我先生原来就是在县里大学堂教书。"区长说："政治上可靠吗？别影响了你的前程。现在有个重要的任务交给你，是地委下达的，你应该感到骄傲。伪满警察署长金中玉从日本人手里劫下了东北军团长张家振，我党下江地区负责人相传东至今下落不明，只有抓住金中玉，才能真相大白，考虑你和金家的特殊关系，组织上相信你一定能完成任务，他一定会回家探望的，一有消息，立刻报告，这对你也是一次考验，对党是否忠诚，你表个态吧。"杨桂香好一会儿没说话，最后咬咬牙说："行，一定完成任务。"区长最后又叮嘱说："这可是大是大非的立场问题，关系到你的政治生命和个人前途。"杨桂香说："你放心吧，我既入了党发了誓，就不做叛党的事。不知你家夫人做什么工作的，是党员吗？"区长笑了说："我还没结婚呢。"杨桂香说："光干革命了，我给你介绍一个吧，就是我的助手孟繁星，今年二十岁，工作积极，思想要求进步，爱学习，有理想，是个好苗儿。"区长说："就那个大个的白脸姑娘？"杨桂香说："怎么样，只是中农家庭，成分高了些。"区长说："倒是可以培养培养。"杨桂香说："你等我的好消息吧。"二人告别，杨桂香跟孟繁星一提，孟繁星嘴一撇说："就他呀，别看他是大区长，我还真没瞧起，照金梁、金柱差远了，你没书生气，有点儿男人的阳刚气也行，他托生差了，托生女人就对了，也不对，男人的优缺点他都不具备，女人的优点他也不具备，好女人是人见人爱，他连个好老娘儿们都不如。"一句话把杨桂香说乐了，孟繁星接着说："工作队的战士哪个都比他强，这些天我们在一起学文化，我的脑筋开窍了，相兰英说得对，参军，中国这么大，干吗不出去闯闯，在这屯子里喂猪、生孩子，白活一回！"杨桂香说："你还真走哇，我以为你说着玩儿呢，你家能放你走吗？"孟繁星一下搂住杨桂香的脖子亲姨娘、亲姨妈地叫着，撒娇说："这事可就靠你成全了，你是谁呀，全县都出名，没有你办不成的事。"杨桂香一挺胸说："行，好样的，你放心走吧，到部队好好学习，找个女婿是营长，这个该死的金梁，他妈快死了，他也不回来看看，哎哟，我可得回去了。"说完快步回家，孟繁星听了，眼里含着泪见杨桂香走远了，一个人在教室里坐到天黑。

杨桂香是党员了，晚上又到学校参加村支委会议，春常和胡先生陪着一息尚存的女东家，胡先生劝慰道："你千辛万苦拼着命支撑这么大一个家，种一百垧地，春怕旱，秋怕涝何曾睡过一宿安稳觉，为孩子打下这片江山，可他们不领情，不稀罕，你是白操了一辈子心。现在世道变了，地没了，房子也不知属谁。也好，去掉浮财一身轻，须是想得开，放得下，领着孩子种几亩薄田，够吃就行，虽粗茶淡饭，小家日子，亦自有乐趣，要知道世人仇富笑贫，到头来，不会有好下场，自己能吃多少，用多少，积个金山，人见之眼红，必为所累。"春常说："就说你那两坛子欠据吧，你帮了人家，人家不会忘的，自然心存感激，有了自会还你，你就是救苦救难的观世音；你留了字据，写明了利息，这就是放高利贷，他们吃了用了，还骂你个黑心地主。"只见女东家眼角流出泪来，也不知有知无知，时近三更，也是精诚所至，女东家没白等，金中玉回来了，一见这情景，伏在女东家身上大哭，完全没有了顾忌，胡先生见了不忍，起身说："哭哭吧，我到门口看着来人。"金中玉止住了眼泪，把金梁、通宝事说了，春常泪流满面："我都猜到这步了。"这时女东家睁眼，看看金中玉，看看春常，使出最大力气说了一句："这要是你家苞米仓该多好。"没想到女东家都到这时了，会想起二十二年前春常家苞米仓那一幕，今天是真的到来了，这二十二年的苦辣酸甜定是一幕不落地在女东家脑海里闪过，各种滋味想是样样俱全。可只见女东家流泪再也说不出话来，春常对金中玉说："有话说给她听吧。"金中玉说："我从此再不回来，孩子有个汉奸的爹一生抬不起头来。"说着摘下脖子上的小喜鹊，金中玉一直是跪在女东家身旁的，就跪着举在春常面前说："五个孩子交给你了，看在她的分上收下吧，我现在很危险，不能久待。"春常对女东家说："你都听见了，放心吧，孩子委屈不了。"说完只见女东家胸口一沉，春常伸手合上了她的眼睛，接过金中玉的小喜鹊说："去看看孩子吧。"等金中玉从孩子屋里出来至门口见了胡先生，先生说："喝口水再走，此一别，今生能否再得相见便不可知了，老弟这一走可有去处?"只这一句，把金中玉眼泪问出来了，说道："天下之大，竟无我立足之地，先是田夫小鬼子、土匪余孽找我寻仇，现在共产党、国民党都在找我，我是上天无路，入地无门。去年我跟她说：咱们去香港吧，再不走就晚了，可她就是舍不得这个破大院，最后落得个让儿子气死的下场，不定啥时我回来放把火烧了干净!"胡先生见他说话时义愤填膺，一脸的怒容，便语重心长地说："上天行事浑圆而有法理，倘若世上无老太太、女东家这样一心为子孙后世着想的人，这天底下将为荒芜世界，安有人在，怕早已绝种，哪会有你我今日之别。没老太太、女东家何来金家屯，每年哪有这千石粮食入仓，上天设下这大院，亦必有你这门神守之，你守住了大院，便完成了天职，复有何憾！人生在世，八字天定，比如我落金家，那是做梦也不曾梦到，上天生下你我，自有其用意，也许就为助其种粮，粮食为饥饿之人所食，得以活命，村上没人饿死，此即为功德。东家虽死，功德不灭，你们是夫妻，自有一份阴德可享。"金中玉苦笑了一下说："先生是共产党吧?"先生大笑说："君子不党，大院事毕，先生我便住到学校去，和村童玩耍。"金中玉说："解放了，可是有一样好处，土匪余孽绝迹，我的孩子平安了，我死活都闭眼，就依先生言，复有何憾!"说完拱手出屋，趁夜深人静，可没走多远，见前面有一人影，忙蹲于篱下，这人匆匆走过，金中玉见是杨桂香，知道是散会回家，便放心离去，没走几步，忽地想起一事，返身快步追来，叫住杨桂香说："张家振临死时说你的父母在西安，他给买了房子，留了钱，让你不用挂念，以后不打仗了可以去接。"杨桂香这么多年，父母死活不知，总是觉得自己害了二老，备受煎熬，听到这消息，顿生感激，张家振死了，感谢谁呀，自然是眼前人，忙说："你可积了大德了，这些年也不知流了多少眼泪，这下好了，不说了，你见了她没?"金中玉点头，杨桂香说："你也别太难过，倒是你现在太危险了，你害死了共产党大干部，抓住别想活。"金中玉听了，只能往肚里咽苦水，杨桂香接着说："已布下天罗地网抓你，记住，再不要回来，天涯海角越远越好，快跑。"金中玉一抱拳转身离去，杨桂香看着金中玉的身影消失在夜色里。站那忽地不安起来，到这时才想起来上午入党宣誓，多么虔诚，多么神圣，一时心里突突发抖，不知所措，半晌才稳住心神。知道自己所犯下的罪行，一步一步向湖边走去，到了湖边大哭一场，扯下胸前的大红兜兜大叫："先生，你白操心了！"脚踩鞋跟，脱下鞋，扑通跳入湖中，便成了千古之谜，没人知道她因何投湖。

回头说金中玉走后，春常、胡先生二人坐在女东家灵前以酒浇愁，春常带醉意说："年轻时犯了一个让我羡了一生的错误，这个债我还了一生也没还清，你金中玉能跑几时，到头来还不是坐监牢，何年是头，陪她去多好，要不是她这几个孩子，我就跟她去了，你胡先生不欠人情，不欠外债一身轻，可我……"说着身子一歪，烂泥一般，胡先生听了，感慨万千，真是世事无常，人生如梦，这大院的兴衰竟比做梦还快。作为大院的谋划者，先生我是局外人，还是局内人，一时竟理不出个头绪，可先生我的前程可是坦途，读书、教书平生之夙愿，身旁且有红袖添香，也不知哪辈修来的福！想到这儿，又心生忧虑了，多年来总是觉得这杨桂香是个雪孩子，春天来了就化了，不觉闷上心来，也进了梦乡。

再说女东家一缕香魂似睡非睡，似醒非醒，只觉身体缓缓升起，既而飞了起来，且越飞越快，风驰电掣一般。不知啥时，总算落地，到了一个所在，放眼看去，灰蒙一片，无天无日，更无花草树木，只觉阴森凄冷，路上各色行人，无声无息，只顾低头赶路。不远处有一长桥，行人都匆匆奔那长桥，女东家也随人流而行，刚踏上桥阶，只听桥上有人喊妈妈，女东家抬头见是金梁、通宝，一下明白自己已死，此即阴阳两界之奈何桥。金梁大喊："千万别上来，上来就回不去了，我知妈妈一定想不开，必至这一步，已在这儿等你多时了，你不想想，家里就剩阿玛一个人了，他该多伤心，有多难，妈妈肉身没坏，可以回去的，你不知道得一肉身有多难。你过了桥，左边为金光大道，右边为漆黑无底幽洞，一下了桥，便善恶分明，作恶之人，业力深重，下桥便被吸入幽洞，万劫不复。左边虽为金光大道，积善之人重返人间，也属不易，须于桥下如春蚕作茧一样，蛰伏千年，才能脱尽阴气，一朝破茧而出，纵身冲入金光。到了人间获得肉身，才有知有觉，有苦有甜，享那人间的男欢女爱。再说家里金贵、金祥还小，你就忍心撒手!”女东家听了，毅然而返，可这时已是三天后的清晨，女东家的送葬队伍已出了大院奔树林。金闵在前扛着灵幡，四姑娘重孝跟在身旁，大棺材三十六个人抬着，女东家醒来，只觉如卧舟中，不知啥时小船不再晃动，隐约听得人声嘈杂，这时盛她的大棺材已放进预先挖好的穴坑，抬杠的人坐下抽烟，另有挖坑的人开始埋土。这时二郎忽地蹿上来狂叫，抓挠棺材，众人只好停手，可是谁能想到女东家苏醒，只有二郎有所感知，女东家慢慢睁眼，只见眼前盘着一条金龙，心里就是一惊，四下扫了一眼，明白了，这是把我装进棺材了。心里说道：“春常，你好狠心，我还没死，只做了一个梦。”一股怒气从心底升起，挣扎着欠起身，二郎在外面拼命狂叫，抓挠棺材，这情景让人撕心裂肺，当女东家看明白了金盅和夜明珠时说道：“春常啊，奶奶饶不了你!”使劲将棉被往前一推，身子也就势趴在腿上，一口气窝在心里，再也没撑起身来，金盅倒了，夜明珠滚在一边，被棉被盖住，一切复归漆黑。外面二郎也不再抓挠，跑出去又冲回来，一头撞在棺材上，众人见了，无不落泪，将二郎埋在女东家身旁。

发送完了女东家，人们开始议论杨桂香，村民都认为被女东家带走了，小白龙和牛鼻子老道的离奇死亡，让村民觉得女东家不是凡人，连胡先生也认为是追女东家而去。那晚杨桂香一夜未归，先生在村里遍寻不见，来到湖边一见杨桂香的遗物，大哭，先生可是懂得杨桂香的心。杨桂香每天开会回来得很晚，先生自己睡不着，杨桂香就把内衣或袜子留在枕边，先生就能安然入睡。先生把鞋和兜兜卷在一起，紧紧地搂在怀里，对湖水大喊道：“你没忘了先生，人生得一知己足矣，女东家视你为知己，一进大院就给你一等劳金，还不用你干活，你追东家而去，知恩图报，士为知己者死，先生我来了。”纵身跳入湖中，胡先生追杨桂香而去，春常很是钦佩，二人于此心气相投，先生对金家可谓鞠躬尽瘁。春常将先生和杨桂香的遗物收拾个包，如洪寄娘的样子，埋在寄娘身旁，墓碑写，夫胡君治平仁兄之位，妻杨氏桂香贤妹之位。墓碑立好了，春常打发走了帮工，点着了纸钱说：“先生你好狠心，你走了，春常连个说话的人都没有了。”一句话没说完大哭起来，这一连串的事情，每件事都是一把尖刀，刀刀见血，直哭得天昏地暗，不知啥时，起来擦把泪水，一数奶奶、六叔、六婶、洪寄娘、猎人、鹊儿、先生和杨桂香八个人，七个坟头，金梁、通宝还在桦树岭上，曾几何时，便都做鬼，是时林中叶落草枯，秋风萧瑟，令春常痛彻心扉，无以名状直至天边只剩一抹残阳，才不得不回家。想是悲切过度，又感风寒，第二天没爬起来，在炕上趴了一天，第三天给女东家烧期，春常爬了起来，带着孩子上坟，远远看见林中有烟火。等春常一行走近，那人便绕湖而归了，再看女东家坟上尚有余烟。春常看这人像是孟繁星，四姑娘早已看出，向地上吐了一口。要说这孟繁星起大早来女东家坟上磕个头，烧张纸，也是为了一份心事，女东家死了，她自有一份欠疚在心。明天就要走了，总算如愿以偿，当上了兵，村上二十多个男青年，还有一个特批，三十八岁的朱祥和就是懒虫。懒虫当兵还须交代几句，部队的马得病了，不爱吃草，累累见瘦，初团长很着急，工作队的战士说：“金家屯有个兽医。”就这样，懒虫被请到部队，还别说，几服药就好了。团长问：“什么病?”懒虫说：“西北的马初到东北，不服水土，和人一样。”团长说：“你一下子就看明白了，说明医术高。”懒虫说：“我这是家传，不知多少代了，土兽医。”团长又问了家庭状况，懒虫一一作答，这以后懒虫又来两趟，不到一个月，所有的马都胖得滚瓜溜圆，皮毛油亮，部队要走了，团长找懒虫谈话说：“希望你能跟部队一起南下，师部的马也是这问题，师长让把人带着，请你回家做好爱人的工作。”懒虫回家和麻天说：“部队破格让我参军，我同意了，这可是为了你呀，我走了你就是军属，地由政府代耕，你再不用起早贪黑下地了。”麻天说：“行，算你有良心，我也是盼你有个出头之日。”懒虫说：“可我就是不放心那，你整天像只发情的母狗似的。”麻天说：“你不在身边，我只好忌了，你放心吧，这屯子你挨个数像你这么结实的男人一个也没有，都病秧子似的，给我啃脚跟我都不用。”要说世上的饮食男女，白天铲地，推磨做工，做事没啥区别，可是到了晚上关门上床睡觉，可就不一样了。有一等女人不招男人喜欢，白生得一副好看的模样，性情如榆木疙瘩，说话倔驴一样，干活一个顶俩且干净利落，视男人如心尖眼珠。可上了床死人一样，任你百般爱怜，她那里就是没应、没声，日久这男人出去和一又老又丑的女人打得火热，这样的女人才叫可怜，任你做牛做马，男人就是不领情。那招男人喜欢的女人，长得不必美，也不必年轻，上了床蛇一样将男人缠住，嘴里娇声浪气，身子上了发条一样欢实，累了、乏了，引臂当枕，一觉天亮，哪会觉得苦日子没法过？懒虫、麻天便是这样的夫妻，麻天嫁懒虫是他爹老兽医特意挑选的。老兽医有个观点，就是俗话说当兵挎匣子，娶媳妇找麻子，麻子因得了天花，再不得病，且身强体壮，男人娶个麻子媳妇受用一生。今天看这观点，也是有些道理，能战胜天花活下来，实属不易，一定有超人的抵抗力，或许一生真的不得病，留下个麻脸的后遗症也值，亦可见上天行事之公允。麻天还有一个高小姐的雅号，她姓肖不姓高，若懒虫和麻天同时出现，村里的恶少们便不叫懒虫而叫八戒，麻天就顺理成章地为高小姐了。二人身高在村里排第一，这高小姐也不算白叫。婚事为老兽医一手包办，没想到二人婚后，真还对撇子，天天疯，疯跑了胎气，劁了一样，不开怀儿，白玩儿，没办法以二斗红高粱抱个小女孩，就是四姑娘。懒虫临行，麻天千叮咛万嘱咐："到部队一定学文化，我也学，咱俩一定要自己写信，咱俩的信，不许别人看，她杨桂香小时候也没上过学，她能学我就能学，你记住啦?"懒虫点头，参军的人都戴大红花，全村人敲锣打鼓送出村外，不大一会儿，锣鼓又敲到大院门口。说是送喜报，战区司令部通报嘉奖，春常被评为支前模范，一块大红木制奖牌，正中四个大字："支前模范"。挂在女东家住的房门上，人们热闹了好一会儿才散去。

工作队的战士随大军南下了，农会撤销组建村委会，因支前模范的嘉奖令上将春常写成村长，春常就被列入候选人名单，没想到春常人气极佳，全票当选为村长。上任的第一件事是将村委会从学校搬到大院，小学校收拾干净，并向区里打了请派老师的报告。冬去春来，村委会带领村民丈量土地，土改工作队已将全村土地、人口统计完成，订好了分配方案，全村耕地四百七十垧，人口五百八十三人，每人可分八亩土地。村里的调皮鬼们也跟着凑热闹，人家扯绳钉桩量出老远，他们还坐在大道旁听大崔讲外面世界的花花事。说到热闹处大崔故意卖关子说："你们他妈几个小嫩黄瓜纽，上炕认识老婆，下地认识鞋，啥时预备好酒菜，大爷我高兴了跟你们说说日本娘儿们，朝鲜娘儿们，老毛子娘儿们都什么味。”一个叫二孬的立马给卷根烟，点上火说：“你先说说哪国娘儿们最好。”大崔说：“告诉你小兔崽子，日本娘儿们最好，你要是捞着一回，死了都忘不了，最没劲的就是老毛子娘儿们，比套包子还松，蒜缸子捣蒜不刮边，中国人玩儿老毛子就是打滑出溜，白耽误工夫，有套嗑说朝鲜娘儿们赛辣椒，日本娘儿们枕头垫腰，老毛子娘儿们哈喇子臊，他们一见面先嘣啦哈喇子。”就这句把大伙笑得捂肚子，一个叫大艮瓜的说：“人家那叫接吻，什么哈喇子臊，那是人家打招呼用语，你尝过，臊吗？”大崔说：“臊啥，馊巴奶子味。”又把大伙笑倒在地，大崔嘴一哼，指着大艮瓜说：“笑啥，就你那压塌炕的地滚子媳妇交给我，不出三天，保你服服帖帖，我不是说着玩儿，我是看你受气于心不忍，年纪轻轻，啥时是头？”大艮瓜说：“就你这身子骨去掉下水就剩骨头了，死鸡崽子似的，我媳妇团巴团巴能把你塞肚里。”大崔说：“咱们打赌，今晚就上你家，我天黑上去，天亮下来没挺到时候，我这八亩地就归你，你要输了，你媳妇有我半拉屁股，我扛行李上你家，给你拉帮套，大伙做证。”看热闹的不怕乱子大，正嗷嗷叫号呢，远处走来一女子，众人说：“不是咱村人。”大艮瓜说：“这女子怎样？”大崔说：“任她是谁，上去就是一宿，捂到天亮让她来一倒勾。”说着，向那女子瞟了一眼，很得意地闭上了眼睛，咽口唾沫，晃晃脑袋心里美极了。可这女子径直走近来，像是要问路，众人就停止了喧闹，这女子将众人打量了一番，突然冲大崔叫了一声：“爹。”大崔睁眼一看是小满，因是小满这天生的，大瓦刀说就叫小满好记。就这一声爹，大崔只觉脑后嗡的一声，像挨了一闷棍，张了张嘴没说出话来。姑娘未曾开言眼泪先下来了说：“各村都在分地，你也不接我们娘俩回家，要是分不着地可怎么办哪，难道你不要我们了！”姑娘说话有些气愤，眼睛瞪着大崔，大崔是无言以对，恨不得有个鼠洞钻进去才好，大艮瓜还不依不饶地说：“这回方便了，好好捂吧。”后面那人踢了大艮瓜一脚用眼睛一指大崔，只见大崔的脸和紫茄子一样，一言不发，二孬说：“你自己在这儿晒眵目糊吧，我们先走啦。”众人要笑不敢笑，慌忙走开。大崔依然不知所措，姑娘问他话，像没听见，有时竟所问非所答，最后姑娘要他口供："你啥时接我们娘俩?"大崔很勉强地说："那就明天。"姑娘走时哭了，大崔连一句安慰的话也没有，姑娘伤心极了。看看走远，大崔照自己嘴巴一顿打，没觉疼，左一把右一把薅头发，总算清醒一些，叫着自己的名字，崔大山那崔大山，王八犊子，你还有脸见人吗？快步来到湖边，可就是不跳，坐下又站起，看来他在生与死的关口上，斗争得很激烈。往事历历在目，第一个害死的是舅舅，给舅舅磕个头吧，他这是自己给自己找个借口离开湖边，那可是只要一步就了结的地方。来到树林一看舅舅、父亲、母亲坟上满是荒草，都是自己害死的，三个兄弟至今没信，想来也难逃一死，要是活着早回来了，死吧一了百了。抬头看只有金老太太的坟上横着歪脖树杈，爬上坟头，坐在坟包上，一抬手就够着树杈了，解下腰带，系个勒死狗的扣。世上哪有这么上吊的，可是人要该死，天老爷都救不了，他坐那儿屁股直颠得，还大喊，天老爷，金老太太我死不死？不知喊了多少声，天老爷答应了。忽嗵一声金老太太的坟塌了，大崔身子一坠，脖子就勒住了，脑袋歪在一边，两脚踢蹬了几下，舌头伸出老长。大崔在金老太坟上吊死了，村民议论说："他往死里整女东家，那老太太能不来气吗，就伸手抓了去。"又一人说："那老太太是这屯子里的祖宗，还敢对她不敬!"总之大崔已死，不提也罢。

时值熏风送暖，大地回春，种田人分了土地便忙于春耕了。村委会将劳力多的，有耕牛的，有农具的做了调配，五、七户组成一个互助组，人们怀着翻身的喜悦和极高的劳动热情，迎来了解放第一个春天。屯里到处是新气象，大院门口一帮孩子玩儿得极其欢快，大人的欢乐也感染了孩子，井台上两个五六岁的小女孩对着拍手念儿歌："小姑娘，快快长，长大了，嫁营长，抽洋烟，披大氅，穿皮鞋，挂马掌，放小屁，没有响，坐马车，往后仰。"大人高兴，孩子更是欢乐，全屯子就一个人难过，就是崔五，孩子撒不开手，没办法，抱着孩子来找大崔媳妇，白燕死后，大崔媳妇可是相信了，崔家这房子死女人。大崔死了，再也不用进崔家大门了，崔五进屋泪流满面说："看在老爹在天之灵的分上，救救崔家这条根。"大崔媳妇答应了，留下孩子，崔五回来找春常，春常就说服了一个小组收留了他，崔家事毕。再说柴家，柴永能干活都愿意要，柴永心中高兴，这日议事回来见小核桃正做饭，贴饼子，小核桃叫柴永烧火，柴永向锅里一瞅炖泥鳅，更加高兴。再看小核桃让蒸气熏得红红的脸蛋，比平时好看几分，一时心血来潮，抱着屁股就蹭，柴永结婚五六年了，两口子从未脸对脸亲热过。小核桃说："你看见狗了吧，人和狗一样。"傻小子也不知别人家两口子的觉是怎么睡的，小核桃两手沾着面，只得任他胡来，柴永正入佳境，忽听外面有人喊："小核桃，孩子掉井了！"小核桃一步就蹿出去了，大院里人多，这时应叫村委会了，都跑出来了，问在一起玩儿的孩子怎么掉的，一个孩子说："两人拍手她往后一仰就掉下去了。"众人将一瘦小体轻的人竖下井，从水里将孩子捞起，可孩子早已没救了。小核桃哭天喊地哪里叫得应，一个好心的嫂子把她的裤子掖了掖，还真没人笑话，孩子掉井，她是母亲，跑掉了裤子也在情理之中。小核桃是全然不知，这时有人说："怎么不见柴永？"小核桃这才开骂："瘟大灾的，你死啦！"仍不见柴永的影子，还是那好心嫂子说："抱孩子回屋吧，再合计她的后事。"小核桃抹把泪水抱起孩子，好心人跟在后面，进门一看，柴永双手扶锅台，裤子掉在脚脖上，那物直挺挺矗着，人已没气了。一个小村庄出了件天下奇闻，只听一个嘴损的说："孩子掉井，火上房，鸡巴戳到大腿上，为世上最为忙急之事，让傻小子赶一起了，不知干哪样，一着急死了。"然后扭头对身边同伴说："你小子可得长点记性，这叫回马毒，过去只是听说，这回在家门口亲眼见，真还不是瞎说。你可别学柴永，死了没啥，人丢不起，连屯子都让他整出名了。"可怜小核桃哪里经得起这样的打击，就惊疯了，常常半夜里就突然大叫，孩子掉井了，起身冲出屋就满街跑。"惹不起"到这时心眼也正了，就跟在身边，每日悉心照顾，柴家事毕。

故事说到这儿就讲完了，可是还有个日本女人正处生死攸关之际，所以匆匆交代完崔、柴两家，说这日本女人，自从进山，秃脑袋色鬼视作女神、活菩萨。令和春加代很是感动，母子二人在大山里，平安度过了一个严冬。也是冬天歹人不敢进山，害人的野兽正处冬眠，春天来了，他们的邻居四只大老黑，出洞好几天了，一口吃的没找着，便打了邻居家的主意。秃子带来的小白狗这时已长成大狗了，突然惶惶不安起来，刘秃子在山里多年了，知道出洞的大老黑找不着食就会铤而走险，会向他们进攻的，原来人多它是不敢近前的。大意了，秋天就该挖陷阱以防不测，刘秃子拎枪出屋对天打了几枪，这狗才平静下来，但是知道大老黑不会死心的。就对和春加代说："下山吧，找金家小哥。"二人开始预备干粮、牲口料，山上不缺枪弹，和春加代把两支手枪都拆了擦好装上，很熟练，不用说受过军训。刘秃子说："双手能打吗？"和春加代说："不能，拿着壮胆。"刘秃子说："好，这我就放心了。"刘秃子自己擦了一支七九说："对付大老黑，还得这家伙。"又把匕首磨得飞快，第二天起个大早，和春加代牵着老牛，秃子背着孩子掩上了柴门告别了大山，爬上了橡树岭山顶，小白就叫了起来。刘秃子说："真快，撵上来了。"把孩子交给了和春加代说："先走。"和春加代觉得于情理不和，迟疑了一下，秃子急了吼了一声："浑蛋。"和春加代见他恼了，只得背起孩子，没等走呢，老牛吓跑了，刘秃子快速掏出皮绳拴在树杈上，拽皮绳上了树，这时两只饥饿的大老黑已出现。由于眼毛太长没看见树上有人，刘秃子当的一枪，前边这只中弹，才看见树上有人。后面那只冲到树下向上爬，刘秃子顾不得前头那只，对着往上爬的这只当当两枪，倒地不动了，先中弹那只嗷嗷怪叫看着刘秃子要爬上来和他拼命，刘秃子又当当两枪，没声了。为了稳妥又补了几枪。压好子弹才履皮绳下来，双脚刚落地嗷的一声背后又冲出一只。刘秃子真的不含糊，一纵身拽皮绳又上去了，哪知大老黑爬树行家，等刘秃子顺过枪口距大老黑不到三尺，刘秃子一枪，大老黑翻了下去了。接着当当当三枪，刘秃子恨死了也吓坏了，坐那儿稳了半天神，才有了点力气，恨得他对地上的三只大老黑连打十几枪才解恨，定了定吓丢了的魂，才溜下树来。哪曾想又一只悄没声地扑上来，刘秃子忙回身，没等举起枪，大老黑一巴掌，枪就飞了，刘秃子一蹲身，拔出匕首就刺过去，大老黑另一只爪子打过来，正打在刘秃子脑袋上，人也就翻了出去，可刺出去的匕首顺势在大老黑肚子上划了个大口子，肠子就冒出来了，这一切，不远处的和春加代看得清清楚楚，扔下孩子提双枪就冲了回来。大老黑见了，拎着肠子迎了上来。和春加代这时双手也会打枪了，对着大老黑的脑袋就是两梭子。然后向刘秃子奔去，见脑袋已碎，扑上去大哭，看看四面什么也没有，脱下布衫盖住刘秃子，磕了几个头，才回身奔向扔在林中的孩子，抱起吓得哭不出声的孩子。等和春加代牵着老牛背着孩子，隐隐约约看见了远处的金家屯，已是第二天清晨了，激动得和春加代流下了眼泪。小白先自向屯里奔去，春常一大早起来，听见树上喜鹊喳喳欢叫，小白赶到，围着春常汪汪叫，春常哪里还认得出，半晌，突然想起是“它”，秃子，加代出事了，春常一惊，跟着小白跑出村，二人见面，和春加代哭诉了历险经过。春常安慰说：“灾难都已过去，你也不用躲藏，还可以在村里教书。”说着从胸前摘下小喜鹊戴在她脖子上接着说：“它可以保你平安，你就叫喜鹊和春吧。”伸手接过和春身上的孩子，高高举起，骑在脖子上，和春牵着老牛，小白跟在身后，天边一轮红日正在升起，瞬间霞光千道，新的一天开始了。

图书在版编目(CIP)数据

女东家／喻成武著. —北京：中国文史出版社，2016.1

（跨度长篇小说文库）

ISBN 978-7-5034-7040-0

Ⅰ.①女… Ⅱ.①喻… Ⅲ.①长篇小说-中国-当代 Ⅳ.①I247.5

中国版本图书馆CIP数据核字(2015)第273791号

责任编辑：马合省　卢祥秋

出版发行：**中国文史出版社**
网　　址：http：//www.chinawenshi.net
社　　址：北京市西城区太平桥大街23号　邮编：100811
电　　话：010-66173572　66168268　66192736（发行部）
传　　真：010-66192703
印　　装：廊坊市海涛印刷有限公司
经　　销：全国新华书店
开　　本：720×1020　1/16
印　　张：28.75　　字数：400千字
版　　次：2016年1月第1版
印　　次：2016年1月第1次印刷
定　　价：58.00元